TABITHA KING

BAD GIRL

Roman

Aus dem Englischen
von Marcel Bieger

Deutsche Erstausgabe

WILHELM HEYNE VERLAG
MÜNCHEN

HEYNE ALLGEMEINE REIHE
Nr. 01/9143

Titel der Originalausgabe
ONE ON ONE

Redaktion: Werner Heilmann

Published by arrangement with Dutton,
an imprint of New American Library,
a division of Penguin Books USA Inc.
Wilhelm Heyne Verlag GmbH & Co. KG, München
Printed in Germany 1994
Umschlagillustration: Bildagentur Mauritius/Nitz, Mittenwald
Umschlaggestaltung: Atelier Ingrid Schütz, München
Gesamtherstellung: Elsnerdruck, Berlin

ISBN: 3-453-07595-1

Einige Menschen haben wertvolle Beiträge für das Entstehen und die Publizierung dieses Romans geleistet. Darunter sind mein Agent, Chuck Verrill, und meine Redakteurin, Audrey LaFehr. Barbara Perris hat sich die einzelnen Fassungen sehr gründlich angesehen. Meine ersten Leser, Stephen, Naomi, Joe Hill und Owen, haben mehr als nur ein paar Ratschläge gegeben. Ihre Kommentare an den Seitenrändern des Originalmanuskripts waren für mich wie eine wertvolle Konversation, die ich nicht missen möchte. Meine Schwester Marcella ist Lehrerin und hat mich mit Erfahrungen und Erinnerungen aus ihrem Beruf versorgt. Und der Streich auf dem Dach hat sich tatsächlich vor einigen Jahren in Penneseewasee Lake in Norway, Maine, zugetragen. Ich kenne die Namen der Übeltäter nicht und kann ihnen daher nur unbekannterweise für ihre Inspiration danken.

»What'sa matter, buddy, ain't you herda my school?
It's number one in the state...«
»Be True to Your School« – Brian Wilson

»I wanna shoot one in from downtown
to end the Double overtime... .
I wanna do the Victory Dance...«
»Victory Dance« – John Cafferty

PROLOG

Schillerndes Schneekonfetti, matt beleuchtet von den Bogenstrahlern, treibt aus der Leere über dem strahlenden horizontalen Klotz der Greenspark Academy herab. Es ist ein Sonntag Anfang März, 1 Uhr 40 früh, also noch mitten in der Nacht. Über dem Rasen vor der Schule verkündet ein Spruchband: 1990 WESTERN MAINE STATE CLASS A CHAMPS 1990. Darunter steht in kleineren Lettern: Winter Carnival Week.

Eisskulpturen beleben wie Statuen in einem Park das Schulgelände. Eines der Gebilde scheint der Büste des Indianerhäuptlings zu ähneln, wie man ihn von der Penny-Münze kennt; nur trägt dieser tapfere Krieger einen Walkman-Kopfhörer. Man kann auch einen aufgerichteten Bären, einen Bibo oder Big Bird aus der Sesamstraße und einen Bart Simpson entdecken. Überdimensionierte Sportausrüstung – ein Footballhelm, der so groß ist, daß sich ein kleines Kind darunter verstecken könnte, eine Eishockey Torwartmaske, die passenderweise mit einer Kettensäge dekoriert ist, ein Baseball und ein Baseball-Schläger – liegen überall herum, so als habe ein riesenhafter High-School-Sportler seinen Spind geleert. Und im Zentrum findet sich eine drei Meter hohe Basketball-Trophäe – ein Basketball auf einer Platte –, versehen mit der Inschrift WESTERN MAINE CHAMPIONS '90. Die glatten Oberflächen der Skulpturen haben sich mit einer Rauhreifschicht überzogen. Im Flockengewirbel erscheinen die Eiskristalle am Hurrikan-Schutzzaun, der die Spielplätze rund um die Turnhalle umschließt, und an den Basketballkorbringen wie feine Filigranarbeit.

Trotz der späten Stunde ist das Gebäude noch hell erleuchtet und sein Parkplatz voll belegt. In der Turnhalle halten sich zur Zeit mehr Menschen auf, als tatsächlich in der kleinen Stadt Greenspark leben. Ein Ü-Wagen von einer Fernsehstation steht zwischen dem Parkplatz und der Doppeltür zur Turnhalle. Auf seinem Dach erhebt sich eine hohe Antennenstange.

Die Geräusche, die nach draußen dringen, erinnern an das Tosen einer fernen Brandung. Mit seinem fortgesetzten Seufzen isoliert das Schneetreiben das dumpfe Hämmern eines Basketballs auf einem der draußen gelegenen Spielplätze. Der bebende Rhythmus des kalten Balls auf dem schneebedeckten Boden wird vom Gummiquietschen der Sohlen von Laufschuhen, vom leisen Schlagen loser Schnürsenkel und dem keuchenden Atem heftig arbeitender Lungen begleitet. Schneeflocken glitzern naß auf Wimpern, Brauen und mit Gel gestylter Frisur. Sie glänzen auf der angespannten Haut eines schmalen Gesichts und färben den goldenen Ring in ihrem Nasenflügel silbern.

Als die vogelscheuchenähnliche Gestalt hochspringt, fliegen die Seiten des nicht zugeknöpften Mantels wie fortgezerrt zurück. Der Ball löst sich aus den rissigen Fingern und fliegt in einem langen, wunderbaren Bogen durch die Luft; er stößt an den Korbring und fällt hindurch, doch das Geräusch verliert sich im Wispern des vom Wind gepeitschten Schnees. Die Gestalt fängt den hüpfenden Ball aus der Luft und bleibt stehen, um sich über die nasse Oberlippe zu wischen und den Rotz hochzuziehen.

Mit einem plötzlichen Aufheulen zerschmettern Polizeisirenen die silbrige Stille. Rote und blaue Lichter pulsieren auf der Hauptstraße. Die Türen der Turnhalle fliegen explosionsartig auf, und eine jubelnde Menge ergießt sich in das Netz der blendenden Fernsehscheinwerfer. Bunt und wild wie eine Clownskavalkade erscheinen die fünf Streifenwagen von Greenspark auf dem Schulgelände – sie führen die beiden gelben Schulbusse und die Karawane der hupenden Pkw an.

Die Jugendlichen in den Bussen drängen sich beim Anblick der Greenspark Academy an die Scheiben und schreien und johlen. Einige von ihnen schieben Kopf und Schultern nach draußen. Ihre Kameraden halten sie an Hüften und Taille zurück, damit sie nicht hinausfallen.

»Seht mal dort!« ruft einer im Bus. »Da will sich jemand schon für die nächste Saison fit machen!«

Das Gelächter über die einsame Gestalt auf dem verschneiten Spielfeld geht im Jubel der wartenden Menge unter, die die ankommenden Busse begrüßt.

Studenten bilden ein Willkommensspalier für die Greenspark Academy Indians, die seit nunmehr fünf Stunden den Meistertitel der Class A Schoolboy Basketball-Liga des Staates Maine errungen haben, und das im dritten Jahr in Folge. Als erster steigt der Coach aus dem Bus und präsentiert sich den Blitzlichtern und Fernsehscheinwerfern. Er trägt das gegnerische Basketballnetz um den Hals. Ihm folgen seine beiden Stellvertreter und die Team-Betreuer. Sie schreiten durch das Spalier zu der offenen Doppeltür, wo sie von den Honoratioren des Ortes begrüßt werden. Fast gleichzeitig leert sich der zweite Bus, und seine Insassen – Cheerleader und die Mitglieder der Kapelle – verschwinden sofort in der Menge.

Als der Coach die Turnhalle betreten hat, tauchen wie auf ein unsichtbares Signal hin Flaschen und Bierdosen aus den Jacken der Studenten auf, die die Ehrenformation bilden. Die Spieler steigen aus dem Bus, werden von einer Kaskade von Kronkorken und Dosenlaschen empfangen und von Fontänen hellen Biers und dunklen Cidres begrüßt. Jeder junge Mann, der den Bus verläßt, erhält stürmischen Beifall, aber der letzte, der erscheint, von allen der größte, erlebt den frenetischsten Applaus. Von allen Seiten bekommt er Flaschen angeboten. Sam Styles setzt eine davon sofort an den Mund und leert sie auf einen Zug. Eine Tat, die ihm neuen Jubel einbringt.

Sam blinzelt, um klebrigen Cidre von den Wimpern zu entfernen, und schüttelt den Kopf. Sein Pferdeschwanz wippt dabei von links nach rechts und verschleudert Tröpfchen, die in der schneegetränkten Luft eine Art Heiligenschein bilden. Dann nimmt er aus dem Augenwinkel die einsame Gestalt auf dem Spielfeld wahr. Er wendet den Kopf, und für einen Moment treffen sich die Blicke der beiden. In dieser Sekunde ist für ihn das Johlen der Menge genauso bedeutungslos wie das leichte Schneerieseln. Schweigend hebt die Gestalt auf dem Platz zwei Finger zum ironischen Siegeszeichen.

Einer der Spieler dreht sich um und entdeckt, auf wen Sams Blick gerichtet ist. Er lacht. »Du mußt üben!« ruft er, und die, die ihn gehört haben, sehen ebenfalls hin und lachen.

der gelben Busse leer, die am Nordrand stehen und ihn so begrenzen. Gefrorene Stapfenspuren von Laufschuhen zeigen sich auf einem der Spielfelder, die mittlerweile verlassen sind.

Ein zehn Jahre alter Ford-Lieferwagen schlittert von der Hauptstraße auf die Auffahrt zur Schule. Mit Mühe kommt er hinter dem Gebäude zum Stehen. Die fünf jungen Männer, die in ihm sitzen, wärmen sich mit einer Flasche Rum auf.

Die Eltern von vier der Jungs glauben – vielleicht wissen sie es auch besser –, daß ihre Söhne sich auf der Party des fünften, Scott Cosgrove, im Haus seiner Eltern befinden. Scotties Vater und Mutter sind der Ansicht, daß die Jungs ohnehin Alkohol trinken werden, warum soll man also nicht die Sache insoweit unter Kontrolle zu halten versuchen, indem man ihnen in der sicheren Umgebung des Zuhauses die Flaschen zur Verfügung stellt. Die Cosgroves haben das ganze Team mitsamt den Freundinnen – sofern vorhanden – eingeladen, damit sie dort ihren Sieg feiern können. Nach ein paar Stunden und dem Genuß von mehr kalifornischem Sekt, als ihnen gut tat, haben die Eltern sich ins Schlafzimmer zurückgezogen.

Scott sitzt am Steuer. Er hat vorher den anderen versprechen müssen, nüchtern zu bleiben, um später noch fahren zu können. Ganz nüchtern ist er nicht, aber er hat längst nicht soviel zu sich genommen wie die Kameraden. Als letzter steigt Sam Styles aus dem Lieferwagen. Er legt eine seiner Pranken auf das Wagendach und wuchtet sich aus dem Sitz. Die Federung quietscht. Sam atmet tief ein. Die kühle, feuchte Luft macht ihn schwindlig. Er ist kein Trinker und hat jetzt das Gefühl, ein Hammer habe ihn am Kopf getroffen. Vorsichtig blinzelt er in den schneidenden Wind. Die anderen – Scottie, ein anderer Senior Guard namens Josh Caron und Todd Gramolini und Rick Woods, beide Junioren wie Sam – sind schon zum Heck des Wagens gestolpert, um dort die Klappe zu öffnen.

»Mach schon, Samson!« ruft Woods.

Hinten im Wagen liegt in einem Nest von Seilen und Gerät ein zylindrisches Bündel von etwa zweieinhalb Metern Länge. Sein Umfang ist unter der Decke schlecht einzuschätzen, aber es dürfte ungefähr einen halben Meter dick sein. Sam hebt ein Ende hoch. Alle packen mit an, um den schweren Gegenstand von der Ladefläche zu hieven und auf den verschneiten Boden zu legen. Dann treten sie einen Schritt zurück, während Sam Seil und Gerät bereitstellt. Danach rollen sie den Zylinder auf die Seile, und Sam bindet ihn fest.

Weit ausholend schleudert Sam einen Seilhaken auf das Flachdach der Schule, der sich an einem Schutzgitter verfängt. Gramolini klettert an dem Seil hoch und sichert es oben, damit es schwerere Gewichte tragen kann. Sam und Scottie steigen Gramolini hinterher. Ihr Aufstieg ist von viel Gekicher, etlichen Flüchen und einigem Prusten begleitet. Sobald sie oben sind, ziehen sie den Gegenstand hoch. Woods und Caron, die unten geblieben sind, halten ihn in der Balance. Als das Ding mit einem Rumms auf dem Dach gelandet ist, klettern auch die beiden hinauf und bringen zusätzliches Werkzeug mit, das sie in ihren Taschen verstaut haben.

Die fünf drängeln sich hinter einen Ventilationsschacht, und die Flasche Rum macht erneut die Runde. Am östlichen Horizont löst sich die Nacht bereits auf. Todd hockt sich über den Gegenstand, löst die Seile und wickelt ihn aus. Er arbeitet mit der Konzentration eines erfahrenen Geburtshelfers, der einen Säugling in Steißlage in eine geeignete Position bringt. Die anderen behalten derweil die Hauptstraße im Auge. Zuerst schweigen sie, doch dann lebt die Konversation wieder auf. Sie reden über das Spiel, die zurückliegende Saison und die Party. Und dann darüber, wie blau sie sind und was für einen fürchterlichen Kater sie morgen haben werden.

Das Ding ist freigelegt, und Todd stößt einen tiefen Seufzer der Erleichterung aus. Die anderen versammeln sich wortlos um ihn. Sie bestätigen sich gegenseitig mit fachmännischem Kopfnicken, daß der Gegenstand wirklich beeindruckend sei. Und Gott sei Dank habe er den Transport vom Versteck in der Fischerhütte am See unweit der Schule bis hierher unbeschadet überstanden. Ja, versichern sie sich, es ist wirklich ein Kunstwerk. Sie beglückwünschen Todd dazu, der die Eisskulptur nach einer Anregung von Sam am vergangenen Samstag nach dem Training geschaffen hat – selbstverständlich mit Wissen der Mitverschworenen. Die fünf rollen das Gebilde zum vorderen Dachrand.

Unter ihnen befindet sich die gläserne Doppeltür des Haupteingangs der Schule. Mit einiger Anstrengung wuchten sie die Skulptur hoch, bis sie sich wie eine Säule vom flachen Dach erhebt, und häufen Schnee rund um den Sockel, damit sie einen sicheren Stand hat. Dann öffnen sie wieder die Rumflasche. Sam ist als letzter an der Reihe. Er leert sie, holt weit aus und schleudert sie auf die Hauptstraße, wo sie direkt auf dem Mittelstreifen explodiert.

Lonnie Woods erwacht zum zweitenmal in der Küche. Er steht an der Anrichte, hält den Meßlöffel in der Hand und erinnert sich, daß er Kaffee machen wollte, weiß jetzt aber nicht mehr, wie viele Löffel er bereits in die Kaffeemaschine gegeben hat. Also kippt er den Inhalt der Filtertüte in die Dose zurück und fängt von vorn an. Die Samstagnacht hat er sich freigenommen, um nach Portland zu fahren und dort Rick im Endspiel zu sehen. Dafür mußte er die Sonntagsschicht übernehmen. Wenigstens ist sonntags nie viel los. Er füllt die Kanne mit Wasser. Sie fällt ihm fast aus der Hand.

»Scheiße«, murmelt er.

Seine Frau schläft noch, und er will sie nicht wecken. Aber als er den Geschirrschrank öffnet und nach den Bechern sucht, hört er das Schlurfen ihrer Pantoffel auf dem Flur im ersten Stock. Und dann, wie sie die Badezimmertür hinter sich zuzieht.

So aufgedreht, wie sie nach dem großen Spiel waren, wundert es ihn, daß sie überhaupt ein Auge zubekommen haben. Doch es macht ihm viel größere Sorgen, daß Rick noch nicht heimgekehrt ist. Sie hatten ihm erlaubt, zu der Siegesfeier bei den Cosgroves zu gehen, er hatte ihnen aber das Versprechen geben müssen, sich nicht ans Steuer eines Wagens zu setzen und an keiner Sauftour teilzunehmen, wohin auch immer. Und wenn er nach Hause kommen wollte, sollte er seine Eltern anrufen und sich von ihnen abholen lassen. Doch Rick hatte die ganze Nacht nicht angerufen, und so verbrachten sie Stunden damit, an die Decke zu starren und sich zu fragen, ob sie das Richtige getan hatten.

Lonnie rasiert sich unten im Badezimmer und wünscht sich nichts sehnlicher als eine Zigarette. Als er fertig ist, ist auch der Kaffee durchgelaufen. Fern sitzt bereits am Küchentisch und wärmt ihre Hände am Kaffeebecher. Ihr Gesicht ist leer, als sie ihm die Wange zu einem Kuß hinhält und mit ihm ein gemurmeltes »Morgen« austauscht. Sie hat sich so hingesetzt, daß sie die Hintertür im Auge behalten kann. Er drückt ihre Hand, und als sie ihm dabei über die Schulter blickt, reißt sie plötzlich die Augen weit auf und zuckt zusammen.

Rick kommt den Weg herauf, mit Sam Styles im Schlepptau. Beide sehen mit ihren rotgeränderten Augen und den feinen Bartstoppeln so jung und unfertig aus. Und sie bewegen sich, als wäre ihre Kleidung um einige Nummern zu groß.

Lonnie öffnet ihnen die Tür.

»Was für ein Anblick für meine entzündeten Augen!« ruft Fern.

Rick reißt seine Mutter vom Stuhl und wirbelt sie durch die Küche.

Die Erleichterung ist ihr deutlich anzumerken. Sie lacht und tadelt ihn: »Du böser Junge, du. Du versuchst nur, mich abzulenken!«

»Ganz genau«, gibt Rick fröhlich zu.

»Habt ihr beiden endlich genug von der Feierei?« fragt Lonnie den Freund seines Sohnes. Der Junge sieht genauso aus, wie man das von jemandem erwartet, der die ganze Nacht gezecht hat. Er blinzelt, schlurft mit den Füßen über den Küchenboden und nickt verlegen.

Das Telefon läutet. Alle schweigen, als Lonnie den Hörer abhebt. Fern weiß, was von Anrufen am frühen Sonntagmorgen zu halten ist. Alles in ihr verkrampft sich, und sie denkt an die vielen Jugendlichen, die an der Party teilgenommen haben. Die beiden Jungs werfen sich verstohlene Blicke zu.

Lonnie legt auf und knöpft sich den Kragenknopf zu. Er nimmt die Uniformkrawatte, die über der Lehne seines Stuhls hängt.

»Irgend jemand«, beginnt er, während er sich die Krawatte bindet und Sam und Rick ins Visier nimmt, »hat sich letzte Nacht auf dem Schulgelände einen Scherz erlaubt. Der Wachhabende glaubte beim ersten Anrufer noch, er wolle ihn auf den Arm nehmen. Aber seitdem haben zwei weitere Einwohner den Vorfall gemeldet.«

Er betrachtet sich kritisch im Spiegel neben der Tür und rückt sein Namensschild gerade, auf dem SGT. WOODS zu lesen ist. Fern reicht ihm seine Jacke und seine Mütze.

»Auf, ihr zwei Helden. Wenn an der Sache was dran ist, werdet ihr sie euch sicher ansehen wollen. Kommt mit.«

Sam und Rick sehen sich an. Rick zuckt mit den Schultern.

»Nun macht schon!« fordert Lonnie sie ungeduldig auf. »Ihr habt noch den ganzen Tag Zeit, euch auszuschlafen.«

Als die High-School vor ihnen auftaucht, kann Lonnie sich ein Grinsen kaum verkneifen. Wie die Galionsfigur eines alten Segelschiffs ragt ein zweieinhalb Meter großer angeschwollener Penis direkt über dem Haupteingang vom Dach auf. Jemand hat große Mühe darauf verwendet, ihn so akkurat wie möglich zu gestalten.

»Verdammt nochmal!« schmunzelt der Polizist. »Wenn das keine Morgenlatte ist!«

Auf dem Rücksitz bemühen sich Rick und Sam nach Kräften, die Fassung zu bewahren. Sie können das Lachen aber nicht lange zurückhalten, grölen und prusten, bis ihnen die Tränen über die Wangen laufen, halten sich den Bauch und rutschen vom Sitz.

Auf der Hauptstraße ist es zum Stau gekommen, weil alle langsamer fahren, um sich die Skulptur genauer anzusehen. Einige haben sogar am Straßenrand angehalten und sind ausgestiegen. Sie stehen neben ihren Wagen, haben die Hände in die Hüften gestemmt und gaffen. Im Umkreis von hundert Meilen stehen die Telefone nicht still.

Die Dämmerung hat die Wolken vom Himmel vertrieben. Die Luft ist kristallklar und mild. Lonnie steht eine Weile mit dem Hausmeister, dem Schuldirektor, dem Polizeichef und einigen anderen selbsternannten Experten herum, um die

Lage zu sondieren. Dann verlangt der Rektor vom Hausmeister, aufs Dach zu steigen und die Skulptur mit einer Plane zu bedecken.

»Tu dir keinen Zwang an, Bill«, entgegnet George Moody, der Hausmeister. »Mach du's. Ich habe wieder Ärger mit meinem Rücken. Wenn du mich fragst, würde ich sagen, das Ding sollte so rasch wie möglich vom Dach entfernt werden.«

Bill Laliberte, der Rektor, leidet sichtlich darunter, daß der Hausmeister ihn geduzt hat, und setzt ein säuerliches Grinsen auf. Alle wissen, daß Moody einmal zum Zeichen des Protests gegen seiner Ansicht nach unzumutbare Arbeiten Lalibertes Privattoilette mit einer toten Ratte verstopft hat.

Sam und Rick hocken auf der Motorhaube von Lonnies Streifenwagen und tun so, als würden sie sich nicht kennen.

Wenig später rollt die Feuerwehr an. In voller Besetzung. An einem Sonntagmorgen gibt es in Greenspark selten etwas zu tun, und es kommt nicht jeden Tag vor, daß sich ein zweieinhalb Meter hoher erigierter Eispenis vom Schuldach erhebt. Die Männer fahren die Leiter aus und steigen aufs Dach. Andere fühlen sich berufen, ihnen zu folgen, darunter der Polizeichef, der Stadtratsvorsitzende und der Rektor. Nach einer Weile fällt jemandem auf, wie viele Kameras auf sie gerichtet sind. Den Würdenträgern wird ziemlich simultan bewußt, daß sie sich der Lächerlichkeit preisgeben, wenn sie sich zusammen mit einem Riesenschwanz fotografieren lassen.

Es wird elf Uhr, bis die Feuerwehrmänner die Skulptur vertäut und zur Entfernung vorbereitet haben. Mittlerweile hat sich nahezu die gesamte Studentenschaft unter die Zuschauer gemischt; einige von ihnen leiden sichtlich unter den Nachwirkungen der gestrigen Party. Lonnie Woods ist zu sehr damit beschäftigt, den Verkehr zu regeln, als daß er Rick und Sam im Auge behalten könnte. Die beiden liegen träge wie am Strand auf der Motorhaube und genießen ihren Logenplatz. Die anderen Spieler des Basketball-Teams versammeln sich nacheinander um sie herum.

Endlich gleitet der Penis unter dem Johlen und Beifall der Menge an Seilen vom Dach. Der Feuerwehrmann, der am

Steuer des Wagens sitzt, legt den Rückwärtsgang ein. Das Fahrzeug rollt langsam vom Schulgebäude fort.

Sam richtet sich auf und ruft: »O je!«

Der Eisschwanz schwankt bedenklich in seiner Vertäuung. Plötzlich reißt eines der Seile. Der Fahrer spürt sofort, daß etwas nicht in Ordnung ist, und tritt auf die Bremse – doch der abrupte Stopp läßt die Skulptur nach hinten schwingen. Unter den überraschten Rufen und Schreien der Anwesenden löst sich der Phallus aus der Vertäuung, bricht durch die gläserne Doppeltür und zerschellt mit lautem Getöse auf dem Boden der Eingangshalle. Eisstücke und Glasscherben vermengen sich, bis es aussieht, als würde weißes Konfetti herabregnen.

Sam gleitet von der Motorhaube. Er ist so fassungslos, daß er nicht weiß, ob er lachen oder weinen soll. Die leisen Laute, die aus seiner Kehle kommen, ähneln dem Ausdruck untröstlichen Kummers. Rings um ihn herum brüllen und kreischen seine Teamkameraden.

Vierzig Minuten später trotten die beiden Jungs die Treppe hinauf. Rick läßt sich auf sein Bett fallen und beugt sich vor, um die Schnürriemen seiner Sportschuhe zu lösen.

»Du schläfst auf dem Boden«, erklärt Rick. »Ich teile mein Lager nie mit jemandem, der einen Schwanz hat.«

Die Decken und Kissen, die Mrs. Woods auf dem Teppich ausgebreitet hat, sind genau richtig für Sam. Er ist so müde, daß er sogar auf einem Nagelbrett schlafen würde.

Für eine Weile sagt niemand ein Wort, dann stöhnt Rick: »Ich weiß nicht, ob ich einschlafen kann, Slammer.« Er boxt in sein Kissen. »Verdammt! Wir haben die verdammte Meisterschaft gewonnen!«

Er rutscht an den Rand seines Betts und sieht nach, ob sein Freund das auch in gebührendem Maße zu würdigen weiß.

Aber Sam hat die Augen geschlossen und gibt keinen Ton von sich. Rick weiß, daß sein Freund alles andere als ein Weichling ist – Sam hat Kräfte wie ein Ackergaul, und ohne seine Hilfe hätten sie einen Flaschenzug besorgen müssen, um die Skulptur aufs Dach zu bekommen –, aber der Junge hat seit vierundzwanzig Stunden nicht mehr geschlafen. Erst hat er sich beim Spiel nicht geschont, und dann mit den anderen gefeiert. Nun ja, auf seine Weise. Letzte Nacht hätte er jedes Mädchen haben können, aber er hat sich nur die Kopfhörer aufgesetzt, Bier getrunken, den Diskjockey gemacht und für die anderen Scotties Platten aufgelegt.

Sam schläft wie ein Stein. Kaum hat er sich ausgestreckt, verpuffen seine letzten Kraftreserven, und er fällt wie aus großer Höhe in die Tiefen des Erschöpfungsschlafs. Seine Träume sind genauso wild und intensiv wie die physische Anstrengung, der er sich ausgesetzt hat; oder wie die Gefühle, die ihn durchtosten. Wacht er auf, wird er sich nur an einen Traum erinnern. Darin sieht er die einsame Werferin auf dem Spielfeld neben der Turnhalle. Dem Bild haftet auf unheimliche Weise die Qualität eines Polaroid-Fotos an. Die Gestalt ist verwischt und grobkörnig, nur der Basketball ist deutlich, klar und in Farbe zu erkennen. Tatsächlich – einziger Farbfleck ist der zwar geisterhaft wirkende, aber doch klar umrissene Basketball, dessen warmes, etwas schmutziges Orange sich aus perfekt geformten Fingern erhebt, die aus Eis modelliert scheinen. Sam kann nicht unterscheiden, ob dieses Bild verblaßt oder sich noch entwickelt. Der Eindruck ist so stark, daß Sam förmlich das Gummi des Basketballs riecht und schmeckt. Vermischt mit schmutzigen Tränen.

1

Auch ganz vorne im Klassenzimmer – dem Ruhehafen von Sam Styles – findet sich kaum Platz für seine Beine. Er faltet sich mühsam unter dem Rahmen seiner Bank zusammen, die außen in der ersten Reihe steht. Nach und nach entspannt er sich, bis seine Converse-All-Stars-Schuhe, Größe sechzehn, sich in dem Niemandsland befinden, in dem Mr. Romney, der Englischlehrer, auf und ab schreitet.

»Herrschaften«, beginnt Romney in einem Tonfall, der besagt, daß er jetzt am liebsten einen Ochsenziemer in der Hand hielte. »Sie alle *haben* doch die betreffenden Kapitel gelesen, nicht wahr? Aber natürlich, warum frage ich überhaupt?«

Sam hat Mühe, sich auf den Lehrer zu konzentrieren. Unter dem Heft hält er eine Hand an den Unterleib gepreßt, um den Steifen zu verbergen, der wie aus dem Nichts aufgetaucht ist. Das verdammte Organ tut und läßt, was es will. Schon vor längerem ist er zu dem Schluß gelangt, daß er im Grunde nicht mehr ist als das Lebenserhaltungssystem für seinen Schwanz.

Romney schreitet zu einem der Fenster und öffnet es. Die kalte Luft, die hereinströmt, bewirkt ein kleines Wunder: Die Schüler regen sich, zumindest ein wenig.

Sam rafft wegen der Kälte sein Flanellhemd über dem T-Shirt mit dem legendären Aufdruck DOPE IST OPIUM FÜRS VOLK zusammen und wirft Romney einen entschuldigenden Blick zu.

Der Lehrer zieht eine Braue hoch, aber Sam hockt immer noch zusammengekauert da. Romney kann sich noch sehr genau an seine erste Begegnung mit Sam Styles erinnern. Das war vor drei Jahren, und schon damals ließ die Körperhaltung des Jungen nur darauf schließen, daß er sich nach Kräften unsichtbar machen wollte. Fast hält es der Lehrer für einen Fortschritt, wenn Sam heute genug Selbstvertrauen zu haben scheint, um sich genauso herumzulümmeln wie die anderen.

»Mr. Styles, könnten Sie uns *bitte* erklären, was Huck Finn damit meint, wenn er sagt: ›Du kannst keine Lüge beten‹?«

Sam zieht seine Füße an, richtet sich auf, fängt an zu schwitzen und erinnert sich an jenen entsetzlichen Moment, als er im ersten Jahr auf der High-School war und Paul Romney ihn aufforderte, laut vorzulesen. Er wischt sich mit den großen Händen durch das Gesicht und sucht nach einer Antwort. Für einen Moment ist sein Kopf absolut leer.

»Äh, man kann Gott nicht verar..., äh, hereinlegen.«

Romney wischt sich übertrieben den imaginären Schweiß von der Stirn.

»Vielen Dank, Sam. Kurz und bündig wie immer.«

Während der Lehrer weiter zwischen den Bänken auf und ab läuft und nach Anzeichen von Hirntätigkeit fahndet, atmet Sam tief durch. Seine Achselhöhlen sind schweißverklebt, und sein Magen hat sich verknotet, aber er hat eine weitere Attacke überstanden. Er schaut auf seine Klassenkameraden, mit denen er von Anfang an zusammen ist. Der eine oder andere grinst ihm freundlich zu.

Romney übersieht dieses kleine Zwischenspiel. An jenem Tag vor drei Jahren, an dem Sam vorlesen mußte und erst stotterte und dann in eine Art katatonische Starre verfiel, waren die anderen Schüler stocksauer auf ihren Englischlehrer gewesen. Einer von ihnen, Todd Gramolini, kam nach dem Ende der Stunde zu ihm und teilte ihm ebenso erregt wie direkt mit, er solle nicht länger auf Sam herumhacken.

»Er kann doch nichts für sein Stottern«, hatte Todd gesagt. »Alle anderen lassen ihn in Ruhe.«

Paul Romney war danach ins Sekretariat gegangen und hatte sich Sams Akte vorgenommen. Er entdeckte dort das, was er schon vermutet hatte. Seit er von der Nodd's Ridge Grundschule nach Greenspark gekommen war, hatte der Junge nur die leichtesten Kurse gewählt, in denen es in der Regel schon ausreichte, körperlich anwesend zu sein, um einen Schein zu bekommen. Mit Ausnahme der handwerklichen oder technischen Kurse, in denen er die besten Noten aufwies, hielten sich seine Leistungen ziemlich exakt an der Minimalgrenze, die von einem Mitglied des Basketball-Teams verlangt wurde. Sam schien jedesmal, wenn ein Test anstand und ihm ein Fragebogen vorgelegt wurde, an Grippe zu erkranken. Die Unterlagen wiesen aus, daß alle seine Eignungstests unvollständig waren. Allem Anschein nach war Sams Sprachtherapie mit dem Ende der vierten Klasse ausgelaufen. Es hatte bei ihm nie Disziplinschwierigkeiten gegeben, und er war auch sonst nie unliebsam aufgefallen. Aber ein Lehrer, der aufrichtiger war als seine Kollegen, hatte an einer Stelle notiert: *Ich habe selten erlebt, daß soviel Aufwand zu einem so geringen Ergebnis führt.*

Die Bildungsmühle hatte den Jungen einfach Jahr für Jahr weitergetragen, und er hatte stets gerade soviel Leistung gezeigt, wie nötig war, um weiter im Team spielen und das Klassenziel erreichen zu können. Romney wußte, daß Sam Styles kein Einzelfall war, aber trotzdem beschäftigte ihn die Angelegenheit sehr. Eines Tages holte er den Jungen aus einem Arbeitsraum, führte ihn in sein Büro und unterzog ihn einem informellen Test. Sam Styles war nicht in der Lage, aus einem konfiszierten Comic-Heft vorzulesen. Romney gab ihm schließlich ein Harley-Davidson-Handbuch. Hier stellte der Junge sich schon besser an, aber der Lehrer merkte bald, daß Sam nur vortäuschte, er verstünde den Text. Der Junge nutzte sein Wissen über technische und mechanische Zusammenhänge, um damit zu vertuschen, daß er kaum mehr als ein paar Worte lesen konnte, die mit spezifischen Objekten verbunden waren – Verkehrsschilder, Texaco, Normal, Super, Bleifrei, McDonald's und so weiter. Und natürlich verstand er Obszönitäten, auch wenn es ihn verwirrte, welchen Variantenreichtum bestimmter Begriffe man an den Toilettenwänden vorfinden konnte.

Weitere Tests bestätigten Romney, daß Sam an Dyslexie litt. Seitdem kümmerte er sich besonders um den Jungen, und in den folgenden Jahren erwarb Sam etwas Ähnliches wie eine schulische Grundreife. Der Junge entschied sich schließlich lieber für den sommerlichen Nachhilfeunterricht bei Romney als für Basketball-Meisterschaften. Wenn Romney heute daran dachte, wie weit Sam schon gekommen war – er stotterte fast überhaupt nicht mehr, wenn er aufgerufen wurde und etwas sagen sollte –, überkam ihn ein kurzer Anflug von Zufriedenheit. Doch er zog sich rasch wieder auf den Boden der Tatsachen zurück. Wie viele Niederlagen hatte er einstecken müssen, um einen Erfolg wie diesen zu erzielen? Sams ältere Schwester Karen stellte eine dieser Niederlagen dar. Sie hatte weniger Probleme mit dem Lernen als mit der Disziplin, und an Karen war Romney gescheitert.

Romney hatte hart gearbeitet, um Sam weiterzubringen, und das sowohl um sein Versagen bei Karen zu kompensieren, als auch um der Schule den Basketball-Star erhalten zu können. Sam war froh gewesen, daß Romney sein Geheimnis entdeckt hatte, und er hatte sich große Mühe gegeben, sein Manko auszugleichen. Schließlich hatte es dem Lehrer richtiggehend Freude bereitet zu verfolgen, wie der Junge dahinter kam, daß ihm seine Konzentrationsfähigkeit, die ihm beim Sport so nützlich war, auch bei den Hausaufgaben weiterhalf.

Der Lehrer bleibt stehen und reibt sich den Nasenrücken. Amüsiert stellt er fest, daß er heute genauso große Mühe hat, sich auf etwas zu konzentrieren, wie seine Schüler. Es muß etwas in der Luft liegen, sagt er sich müde. Ein Virus, den man sich im Rahmen dieses Systems einfängt... oder von den Kindern. Aber wen interessiert das schon? Eigentlich niemanden.

»Ich möchte, daß Sie über den Kontrast zwischen Tom Sawyers und Huck Finns Vorstellungen von Gut und Böse nachdenken. Ganz besonders darüber, wie jeder von ihnen die Sklaverei sieht. Behalten Sie dabei bitte unseren Test am Freitag im Hinterkopf, der, wie ich Sie erinnern darf, die Form eines Aufsatzes haben wird.«

Und so versickert ein weiterer von Sam Styles' Schultagen.

Als er sich im Umkleideraum für das Training umzieht, ist er froh, ein paar Momente Ruhe zu haben. Es kommt ihm so vor, als läge seit einiger Zeit ein Fluch auf ihm. Er kann sich nicht umdrehen, ohne gegen irgendein Mädchen zu prallen, oft genug gegen eine ganze Gruppe von schnatternden, gackernden Hühnern. Nein, von kichernden Hühnern, verbessert er sich. Denn genau das passiert, gehässige, kichernde Sopran-Geysire brechen aus, noch ehe er so recht begreift, daß er wieder einmal nicht aufgepaßt und sich wie ein Trottel angestellt hat. Entweder ist er unbeabsichtigt mit dem Ellbogen gegen den Busen eines Mädchens gestoßen, oder er hat einer anderen ebenso unbedacht auf den Fuß getreten. Er hat das unangenehme Gefühl, den Großteil seiner Zeit damit zu verbringen, mit hochrotem Kopf vor kichernden Mädchengruppen zu fliehen.

Während des Trainings sitzen die Spielerinnen des Mädchenteams, die Cheerleaders und andere junge Frauen auf den Rängen, aber das macht ihm nicht so viel aus. Sobald er den Ball spürt, vergißt er alles andere. Dann sind die Kichererbsen und Schnattergänse für ihn nicht mehr als Kulisse.

Kevin Bither stößt die Tür mit einem Knall auf und ruft: »Hoss!«

Sam unterdrückt den Drang, Bither auf der Stelle zu erwürgen. Wenn Bither herausfindet, wie sehr sich Sam über diesen Spitznamen ärgert, wird er ihm damit keine Ruhe mehr lassen. Es ist schon schlimm genug, auf den Sportseiten der Schulzeitung und des Provinzblättchens mit ›Samson‹, ›Slammer‹ und ähnlichem betitelt zu werden. Wenn die Öffentlichkeit je erfahren sollte, wie die Teamkameraden ihn in der Umkleidekabine nennen – Hoss, Riesenbaby und ähnliches –, wird jemand dafür mit seinem Leben bezahlen müssen. Er faßt seine Haare im Nacken zusammen und schiebt den Gummiring darum höher.

»He, Hoss«, ruft Bither, »ich glaube, Romney ist scharf auf dich!«

»Erspar mir deine Homo-Phantasien, du Tunte«, gibt Sam zurück.

Die anderen brechen in Gelächter aus. Bither stemmt wie ein empörtes Mädchen die Hände in die Hüften, wirft den Kopf zurück und zieht einen Schmollmund.

Zu blöd, denkt Sam. Wenn es einmal losgegangen ist, kennt Großmaul Kevin kein Maß mehr. Er wird bestimmt auch Möglichkeiten finden, den Streit beim Training fortzusetzen. Kev kann ein ganz schön widerwärtiges Frettchen sein.

Das Training beginnt mit Laufübungen, und Sam geht ganz in seinem Rhythmus auf. Nach Stunden der Untätigkeit im Klassenzimmer ist sein Körper begierig darauf, gefordert zu werden, in Schweiß auszubrechen und überhaupt alles zu tun, um sich nicht mehr wie ein bloßer Träger von Hirnwindungen vorzukommen. Und das Gehirn hat eigentlich auch nichts dagegen. Im Gegenteil, es mag solche Tätigkeiten wie Rennen, Abgeben, Vortäuschen, Abblocken, Drehen und Springen.

Das Team übt Spielzüge. Zusammen mit dem Backup Center Peter Fosse nimmt Kevin Sam in die Zange. Die beiden belästigen ihn, wo immer sie können. Großmaul bedenkt ihn mit allen üblen Beschimpfungen, die ihm in den Sinn kommen, natürlich nur dann, wenn der Coach gerade außer Hörweite ist. Er will Sam damit nicht wütend machen – dafür sind seine Beleidigungen zu abgegriffen und albern –, sondern ihn zum Lachen und damit aus dem Rhythmus bringen.

Sam täuscht schließlich einen Spielzug vor. Fosse folgt seiner Bewegung, und Sam dreht sich, um zwischen den beiden hindurchzustoßen. Vollkommen überrascht stolpert Bither über seine eigenen Füße. Während Großmaul mit den Armen durch die Luft rudert, um sein Gleichgewicht nicht zu verlieren, will Sam über ihn hinweg springen, dabei prallen die beiden jungen Männer gegeneinander und purzeln über eine leere Bank ins Mädchen-Team. Der kleinere Kevin wird gleich von der ersten Zuschauerin abgefangen, die anderen Mädchen kreischen und versuchen mit wenig Erfolg, sich vor den jungen Männern in Sicherheit zu bringen.

Sam kracht zwischen weibliche Körper, Nylon-Sweater und Shorts, in eine Parfümwolke voller Arme, Beine, Brüste, Hintern, Zöpfe, Kurzhaarfrisuren, samtener Haarbänder und winziger, funkelnder Ohrringe. Er landet zwischen zwei Bänken auf einer zu glatten Nylonbluse, die mit einem Mädchenoberkörper ausgefüllt ist.

Lange, muskulöse Beine ragen links und rechts von ihm hoch. Eine Bauchdecke hebt und senkt sich schwer atmend unter ihm. Er bemüht sich, von der jungen Frau loszukommen, ist aber festgekeilt. Seine Schultern sind für den engen Zwischenraum der Bänke zu breit. Er muß sich drehen und versuchen, seitlich zu entwischen, so ähnlich, wie er hineingeraten ist. Verzweifelt sucht er nach einer Möglichkeit, sich festzuhalten und hochzuziehen, und dabei fällt ihm auf, daß eine Hand einen Hüftknochen und die andere eine kleine, feste Brust umschließt. Begleitet von einem Tosen im Kopf, das lauter ist als das Gelächter seiner Teamkameraden, die sich auf seine Kosten und die des unglücklichen Mädchens unter ihm amüsieren, stemmt er sich hoch und blickt in die ironischen, schokoladenbraunen Augen der Mutantin.

Deanie Gauthier, alias die Mutantin.

Früher war Deanie Gauthier nur eine knochige, anonyme Einheimische, ein Niemand, das Kind einer Rockerbraut und eines Vaters, der sich schon vor langem aus dem Staub gemacht hat.

Doch in ihrem zweiten Jahr auf der High-School hat sie sich verwandelt und ist zur Mutantin geworden.

Der Irokesenhaarschnitt: Früher trug sie einen Haarkamm, mittlerweile rasiert sie sich die Haare auf Stoppellänge ab. Ihre Augen ummalt sie mit einem dicken Eyeliner schwarz, und der Lippenstift, den sie verwendet, läßt ihren Mund in einer unwirklichen Farbe glänzen. Im Kontrast dazu steht ihre zarte, leicht verletzliche, narzissenweiße Haut. Wenn sie Basketball spielt, muß sie den Großteil ihres Modeschmucks ablegen, aber außerhalb des Spielfelds bildet der Ring im linken Nasenflügel den Endpunkt der fünf Ketten, die von fünf Ringen im linken Ohr ausgehen. Eine einzelne Kette verläuft durch die fünf Ringe am rechten Ohr und vereinigt sich dann mit den dickeren, schwereren Ketten, die sie um den Hals trägt. Für das Training nimmt sie zwar das Gehänge ab, aber auf der linken Wange bleiben von den Gesichtsketten verursachte Mascara-Spuren zurück.

Wenn sie ihren Sportdress trägt, kann man alle ihre Tätowierungen sehen: Auf ihrem gut ausgebildeten rechten Bizeps hält ein geflügelter Totenschädel eine Rosenknospe zwischen den Zähnen, auf dem – kräftigeren – linken Oberarm löst sich eine Träne aus dem Auge des Mannes im Mond. Eine recht kleine Rose breitet ihre Blütenblätter wie Blutstropfen über eines der knochigen Knie. Die Mutantin rasiert sich nur ein Bein. Auf dem anderen und unter den beiden Achselhöhlen wächst ungestört feines schwarzes Haar.

Selbst als Anfängerin hat sie für das Team stets zwanzig Punkte oder mehr geholt. Die Mutantin spielt wie eine Besessene und bereitet den gegnerischen Mannschaften die Hölle auf Erden. Mit ihrer Größe von einem Meter siebenundsechzig, ihren vierundfünfzig Kilogramm Gewicht, ihrem rasierten Schädel und ihrer Vogelscheuchenaufmachung hat sie hart um den inoffiziellen Titel des bösesten Mädchens der Greenspark Academy gerungen. Doch in Wahrheit ist sie für alle eben nur Deanie Gauthier, die eine eigenartige Frisur hat, Tätowierungen trägt, sich in Lumpen hüllt und mit Ketten behängt. Nichts als eine typische hagere Einheimische, die sich in eine Mutantin verwandelt hat.

»Bist du okay?« fragt Sam.

Sie liegt zwischen den Bänken und kann zur Antwort nur matt mit den Schultern zucken. Er streckt ihr die Rechte entgegen. Sie zögert. Dann ergreift sie seine Hand und läßt sich von ihm hochziehen. Sie hat die Unterlippe trotzig vorgeschoben und sieht aus wie ein Raubvogel, der gerade vor Hunger gekrächzt hat.

Sam erinnert sich an das Gefühl ihrer Brüste an seinen Rippen, und daran, wie wild ihr Herz gehämmert hat.

»Tut mir leid«, sagt er.

»Arschloch!« fährt sie ihn an, läßt sich auf die Bank plumpsen, verschränkt die Arme vor der Brust und starrt wütend zu ihm hoch.

Großer Gott, denkt Sam und zieht sich zurück.

Der Coach klopft gerade Bither den Staub ab, der sich auf die Zunge gebissen und am Rand der Sitzbank das Kinn aufgeschlagen hat.

Rick Woods stößt Sam einen Ellbogen in die Seite.

»Toller Spielzug, Sambo. Das ganze Mädchenteam auf einen Streich. Mir müßte so etwas mal passieren, dann würde ich mich auf die Jandreau-Zwillinge fallen lassen. Aber nicht auf die Mutantin. Das käme mir zu sehr wie Nekrophilie vor.«

Sams Kopf fühlt sich an, als hätte er sich ebenfalls in einen Mutanten verwandelt. Als lägen seine Locken auf dem Boden eines Friseursalons; als hätte er sich schwarze Linien auf den rasierten Schädel gemalt und dort das Wort SPALDING eintätowieren lassen. Ein Gedicht von Dharma Bums kommt ihm in den Sinn, ein Klagelied:

I'm gonna crawl, I'm gonna fall, gonna be a pumpkinhead.

Die Mutantin sieht ihm hinterher, wie er zum Center Court stolpert. Er wirkt niedergeschlagen und gedemütigt. Kichernd und tuschelnd kehren ihre Spielkameradinnen zurück und lassen sich wie Vögel auf einer Überlandleitung neben ihr nieder.

Melissa Jandreau hockt sich hinter sie. »Hast du sein Ding gespürt? Wie groß ist es?«

Die Mutantin verdreht die Augen und läßt den Kopf so abrupt nach hinten fallen, als hätte sie sich das Genick gebrochen.

»Verpiß dich!« entgegnet sie.

Melissa beugt sich zu ihrer Zwillingsschwester Melanie und flüstert so laut, daß Deanie es hören kann: *Miststück.*

Alles in Sam verkrampft sich vor Wut. Der Vorfall wird für Wochen das Tagesgespräch in der Schule sein. Vermutlich bis ans Ende alles Zeiten. Er wird zu einer Legende werden, die man sich von Generation zu Generation weitererzählt. Sam zwingt sich dazu, langsam und tief zu atmen, um sich wieder auf den Ball konzentrieren zu können. Die Mutantin ist wie eine schwarze Katze, die einem über den Weg läuft, wie eine Leiter, unter der man hindurchgeht, wie Freitag der Dreizehnte. Sie bringt sieben mal sieben Jahre Unglück. Er spielt heute sehr schlecht.

Die Mutantin sieht ihm zu und verspürt ein grimmiges Vergnügen an seiner schlechten Form. Mr. Sam Styles alias »Doppel-Null«, nach seiner Spielernummer, obwohl einige gehässig behaupten, das käme von seinem IQ. *Slammer. Shammer. Sambot, Sambo. Samson. Preacher. Saint Sam. Godzilla. Samgod. Mr. God-to-you.* Er hat bestimmt mehr Spitznamen als der liebe Gott. Sie hat schon einmal mitbekommen, wie sie ihn in der Umkleidekabine »Bigger« nannten und damit meinten, er sei größer als Gott. Er ist dumm wie Bohnenstroh, aber sie sind glücklich, ihn hier in diesem Drecksnest zu haben. Wahrscheinlich geben sie ihr die Schuld dafür, daß er heute so schlecht spielt. Na und? Scheiß doch der Hund drauf.

Was mag der göttliche Sam auf Parties treiben? Vermutlich saufen. Und fressen. Und blöde, pubertäre Streiche aushecken. Ansonsten hockt er vor dem Fernsehgerät, klappert die Sender ab, hält kurz inne, um festzustellen, ob auf MTV gerade Heavy Metal läuft, und bleibt dann bei der erstbesten Sendung hängen, in der Männer irgendeinem Ball hinterherlaufen. Dann geht er früh heim, um seine Lautsprecher zu reparieren. Und ist schon so gut wie eingeschlafen, als ihm einfällt, daß er sich eigentlich einen runterholen wollte. Sofort kommt er aber zu dem Schluß, daß er in der letzten Zeit zu oft onaniert hat und daß das nicht gut für seine Fitness ist. Er dreht sich schließlich auf die andere Seite und träumt von einem mächtigen Pick-up mit Allradantrieb. Die Mutantin grinst.

Sie wischt sich mit einem Handtuch über das verschwitzte Gesicht. Schmutzspuren bleiben auf dem Stoff zurück. Einige von den Jungs sind aus der Umkleidekabine gekommen und haben sich am Rand des Spielfelds aufgebaut, um den Mädchen beim Basketball zuzusehen. Gott Sam befindet sich unter ihnen. Vermutlich drängt es ihn, nach Hause auf die Kuhfladen-Farm zu kommen. Sie stellt sich die Szene vor, wie der blondgelockte Hüne den Ball durch eine Herde von schwarzweißen Belted-Galloway-Rindern dribbelt. Das Bild beflügelt die Mutantin. Sie fügt der Szene ein paar Schneeflocken hinzu. Eine Kuh fährt ihre lange Zunge aus, um einige der kühlen Kristalle aufzufangen. Das herumrennende Riesenbaby blinzelt den Schnee verständnislos an, fängt an zu lachen, ahmt die Kuh nach und schmeckt den Winter.

Sie hofft, daß er sie spielen sieht. Niemand bekommt sie zu fassen. Sie ist flink wie Quecksilber. Der Coach wütet, gestikuliert und gibt ihr so zu verstehen, daß sie es langsamer angehen soll, weil die blöden Zwillinge nicht mit ihr Schritt halten können. Sie fühlt sich so gut, daß sie es sogar mit Gott Sam aufnehmen könnte. Zumindest würde sie sich gern einmal mit ihm messen. Mit dem Ärmel wischt sie sich die Nase ab und riecht dabei kurz ihre Achselnässe. Sie mag den Geruch. Mit grimmiger Miene ruft der Coach die Mutantin ins Spiel zurück.

Während er den Mädchen zuschaut, verliert sich Sam in seinen eigenen Phantasien: Rund und kürbisfarben tanzt er von Fingerspitze zu Fingerspitze, stößt rhythmisch gegen die Handfläche der Blonden, als würde er von ihr gestreichelt. Er schießt in einem überraschenden Unterhand-Paß davon, wirbelt zwischen langen, nackten Beinen hindurch. Um ihn herum sind heftiges Atmen, das Rascheln von Shorts, der süße Duft von Mädchenhaut, vibrierender Boden und das Quietschen der Sohlen, das wie das Zirpen hungriger junger Vögel klingt. Und dann steigt er, steigt in einem langen, eleganten Bogen zum Scheitelpunkt, für einen Sekundenbruchteil schwerelos, im perfekten Gleichgewicht mit dem ganzen Planeten – bis die Schwerkraft ihn herabzieht in einen magenumstülpenden Sturz, den wartenden Händen entgegen.

Abrupt ist er wieder er selbst. Und schwitzt wie ein Schwein, obwohl er gerade erst unter der Dusche war. Er versucht, sich auf die Spielzüge der Mädchen zu konzentrieren. Schließlich und unvermeidlich ruht sein Blick auf der Mutantin, angezogen von der Geschmeidigkeit ihrer Bewegungen, aber auch von dem obszönen nackten Schädel und ihrem verzweifelten kleinen Gesicht. Sie ist schnell wie die Zunge eines Frosches, glatt wie nasse Blätter auf überschwemmtem Sand und so unangenehm wie nadelspitzer Eisregen. Ihre Bewegungen gleichen einer gutgeölten Maschine. Sie hat frische Kratzer und Striemen an den Beinen. Schuldbewußt erkennt er, daß sie von seinem Sturz in die Zuschauerreihen stammen. Und das Haar unter ihren Achseln… Es sieht zart und seidig aus, wie das Fell seines alten Teddybären, den derzeit seine kleine Schwester India von oben bis unten besabbert. Was ihn daran erinnert, daß Heim und Essen auf der anderen Seite von Greenspark auf ihn warten.

Tony trinkt sein erstes Bier an der Küchenanrichte.

Wortlos geht die Mutantin an ihm vorbei und in ihr Zimmer, ein enger Raum unter der Treppe, kaum groß genug für ein Bett. Judy und Tony schlafen oben in einem niedrigen Raum, der früher als Abstellkammer diente. Die Mutantin schließt die Tür zwischen sich und Tony. Ein Haken hängt samt Öse an der Rückseite der Tür, der Rahmen ist gesplittert.

Der Raum ist fensterlos, jede Oberfläche schwarz bemalt. Auf dem schwarzen Boden thront ein Alligator, dessen Haut aus reflektierendem Glas besteht, aus billigen Schminkspiegeln und angelaufenen gerahmten Spiegeln. Hier und dort unterbricht ein ovaler Spiegel mit Handgriff das Glasmosaik wie ein Ausrufezeichen. Wenn die Mutantin stoned ist, wird der schwarze Boden zu einem Netz, das leuchtende Knotenpunkte der Realität gefangen hält.

Sie schüttelt Bücher und Hefte aus ihrem Rucksack und öffnet das Biologiebuch. In einer Lücke, dort, wo das Kapitel über die menschliche Fortpflanzung herausgeschnitten worden ist, liegt ein Joint. Sie langt über das Bett, um ihren Radiowecker einzuschalten. Mit einem Streichholz entzündet sie das Kraut, setzt sich mit gekreuzten Beinen hin und lauscht Axl Rose, der davon singt, einen sicheren Ort zu finden.

Tony öffnet die Tür, beugt sich über sie und schaltet das Radio aus. »Gib mir einen Zug.«

Sie gibt ihm den Joint. Andernfalls hätte er ihn mit Gewalt genommen.

»Ich brauche das«, sagt er. »Wenn ich einen Freak wie dich ansehen soll, muß ich stoned sein.«

Sie antwortet nicht. Er geht und nimmt den Joint mit.

Die Mutantin schaltet das Radio wieder ein und dreht die Lautstärke auf, um Axl zu hören, der noch immer jammert. Zum Teufel mit dem Joint. Sie muß ihre Hausaufgaben machen, ihren Notendurchschnitt halten, damit sie weiterhin spielen darf. Ein oder zwei Züge war alles, was sie gewollt hatte, aber Tony mußte sich wie ein Schwein aufführen und ihr alles wegnehmen. Sie wagt nicht mal, dankbar dafür zu sein, daß er fort ist. Er könnte zurückkommen.

Und er kommt. Er kehrt zurück, schaltet wieder das Radio aus und überläßt ihr die letzten paar Züge, während er an ihr herumgrabscht. Sie macht, was er will, denn dann wird er gehen und sie ihren Hausaufgaben überlassen.

Früher einmal mußte sie dabei die Augen schließen, aber jetzt braucht sie das nicht mehr. Sie sieht sich und ihn in den Spiegeln, gebrochen und vervielfacht, verkleinert und vergrößert, ein Puzzle aus Körpern und Gesichtern. *Picasso,* denkt die Mutantin und erinnert sich an die farbigen Drucke in einem Bildband der High-School-Bibliothek... *Vielleicht lebt er in den Spiegeln. Ob sie einen festhalten können?*

Sie hört, wie Judy heimkommt. Die Schranktür wird geöffnet, dann klirrt die schwere Flasche auf der Anrichte. Jack Daniel's plätschert in eine Kaffeetasse.

»Tony!« ruft Judy.

Er antwortet nicht.

»Ich bin zurück«, sagt Judy.

Die Couch knarrt unter Judy. Der Fernsehapparat dröhnt los. Das *Familienduell* läuft. Judy lacht vor Vergnügen. Sie versäumt diese Sendung nie.

Fluchend läßt sich Tony auf die Mutantin fallen. Sein Gewicht lastet auf ihr, während er zu Atem zu kommen versucht und sich schließlich von ihr herunterrollt. Seine Hose hängt ihm auf den Knöcheln. Er zieht sie hoch, knöpft das Hemd zu und steckt es in den Hosenbund. Sie betrachtet ihre linke Schulter in einer Gruppe von Spiegeln. Wenn sie genug Geld sparen kann, wird das eine gute Stelle für eine Tätowierung sein. Tony dreht sich um und gibt ihr einen Schlag auf den Hintern, der ihren Körper auf der Matratze hüpfen läßt.

»Braves Mädchen«, grunzt er.

Beim Öffnen der Tür zieht er seinen Reißverschluß hoch.

Die Mutantin schaut über ihre nackte Schulter. Judy blickt kurz vom Bildschirm hoch. In dem blauen Flackerlicht wirken ihre Augen angsterfüllt. Die Mutantin erwidert ruhig den Blick ihrer Mutter. Eilig wendet sich Judy wieder dem Bildschirm zu. Einen Sekundenbruchteil später bricht Judy in Gelächter aus. Sie lacht laut und ausdauernd, doch inzwischen hat Tony die Tür zum Zimmer der Mutantin geschlossen und setzt sich zu Judy auf die Couch. *Familienduell* ist auch eine seiner Lieblingssendungen.

Die Mutantin zieht sich wieder an und hebt die Bücher und Hefte auf, die Tony, das Schwein, auf den Boden geworfen hat. Sie schaltet das Radio ein. Mit gekreuzten Beinen hockt sie auf dem zerwühlten Bett und macht ihre Schularbeiten.

Sam sitzt am Küchentisch, hält seine kleine Schwester im Arm und massiert ihr wundes Zahnfleisch. Sie kaut eifrig und ziemlich feucht auf seinem Finger, während sie nach den Kopfhörern auf seiner Schulter greift.

Das Küchenradio spielt Axl Rose.

W. Axl Rose. Waxl. Besessen von Janis Joplin, denkt Sam, er trägt sogar ihre Kleidung.

Reuben spült die Töpfe, Pearl schüttet die Essensreste weg. Sams Stiefmutter umarmt seinen Vater von hinten und stößt ihn sanft gegen das Spülbecken. Reuben lacht. Sie windet sich um ihn herum, und er preßt sie gegen die Spüle. Sie schlingt ihre Arme um seinen Hals, er hebt sie hoch, um sie zu küssen und schubst sie in das bis zum Rand mit Seifenlauge gefüllte Becken. Sie kreischt und strampelt. Er kitzelt sie. Sie bespritzen sich und die ganze Küche mit dem schaumigen Wasser und haben ihren Spaß daran. Nach einem Seitenblick bemerkt Sam, daß sein Vater einen Steifen kriegt.

Mit Indy auf den Schultern huscht Sam ins Wohnzimmer. Er legt sich auf den Teppich, läßt das Baby herunterkrabbeln und zieht die Kopfhörer über die Ohren. Sam tastet nach dem Startknopf des Walkmans, der an seinem Gürtel festgehakt ist. Als er zur Küche schaut, sieht er seinen Vater und seine Stiefmutter, die sich an den Händen halten und zu einer Musik bewegen, die er über den Lärm des Grunge-Rocks aus seinem Walkman nicht hören kann.

Das Baby klettert auf seine Brust. In der goldenen Iris ihres linken Auges ist der gleiche messingfarbene Keil zu sehen wie in den grauen Augen ihrer Mutter. Ein Familienmerkmal, das in der weiblichen Linie vererbt wird. Pearls helle Augen im Kontrast zu ihrer herrlichen, mahagonifarbenen Haut wirken sicher fesselnd. Rick Woods hat Sam erzählt, daß seine Großmutter so helle Augen bei Farbigen Teufelsaugen nennt. Sam überlegt, daß man seine kleine Schwester wohl auch zu den Farbigen zählen muß, doch ihre Haut ist bernsteinfarben, und ihre dicken Ringellöckchen sind nicht schwarz wie die Pearls, sondern gelbbraun. Indy verliert jetzt schnell ihr kindliches Froschgesicht. Sie krabbelt an Sams Körper entlang, um an seiner Unterlippe zu ziehen. Dabei muß sie aufstoßen, und ihre fremdartigen, goldenen Augen weiten sich vor Erstaunen.

Plötzlich beugt sich Reuben über Sam, um das Baby aufzunehmen. Er sagt etwas, und Sam nickt, obwohl er nichts hören kann außer dem Bekenntnis »Shit for Brains« der Bastards. Sam kommt auf die Füße und geht nach oben. In seinem Zimmer hockt er sich aufs Bett und schreckt damit Pearls Siamkatze aus ihrem Nickerchen auf seinem Kopfkissen hoch. Mit einer Hand streift er Kopfhörer und Walkman ab und schaltet die Anlage am Kopfende seines Bettes ein. Die Katze saust aus dem Zimmer.

Von draußen, unterhalb seines Fensters, ertönt der Anlasser von Reubens Lastwagen. Sein Vater fährt mit Pearl und dem Baby zur Farm. Sie bauen den ursprünglichen Hof der Styles wieder auf, der abgebrannt war, kurz nachdem Reuben Pearl geheiratet hatte. Zur Zeit drängeln sie sich in dem kleineren Haus, das sie geerbt hat. Abends und an den Wochenenden, wenn er nicht in der Werkstatt gebraucht wird, arbeitet Reuben am Farmhaus. Pearl und das Baby begleiten ihn häufig.

Durch Basketball, Hausarbeiten und die paar Stunden, die er selbst in der Werkstatt arbeitet, bleibt Sam wenig Zeit, um beim Haus mitzuhelfen – bestenfalls einige Stunden am Sonntag Nachmittag. Ihn überkommt ein seltsames Gefühl, wenn er dort ist. Es war schon schlimm genug, das Gebäude nach dem Feuer in Trümmern zu sehen, doch jetzt wird etwas anderes daraus: Reuben läßt es nicht exakt neu erstehen, sondern verändert es auf verschiedene Weise.

Mit so wenig Geld und Zeit ist der Wiederaufbau langsam vorangegangen, und jetzt scheint es, als würde das Haus nicht fertig, bis Sam die High-School abgeschlossen hat. Er fragt sich, ob er tatsächlich jemals in diesem Haus leben wird – oder das will. Vielleicht sollte er im Juni ausziehen, sich eine eigene Wohnung suchen und der neuen Familie seines Vaters die Farm ganz überlassen.

Er schließt die Kopfhörer an das Radio an und durchforscht

die Ätherwellen, ohne zu wissen, wonach er sucht. Aber er ist sich sicher, daß er es rechtzeitig mitbekommen wird. Etwas wird aus dem statischen Rauschen nach ihm greifen, ihn bei den Ohrläppchen packen und ihn aus seinen Schuhen heben. Es ist dort draußen. Er muß nur Geduld haben.

2

Als Sam erwacht, ist der Winter wie eine Katze hereingeschlichen, die seinen Atem stehlen will. Frost hat die Fensterscheiben gezeichnet, das Schlafzimmer klirrt vor Kälte, und drinnen ist es genauso düster wie draußen. Der Radiowecker wird sich in knapp drei Minuten wieder einschalten. Hustend rollt er sich hinüber und stellt ihn ab.

Als er einen Blick ins Kinderzimmer wirft, sitzt Indy hellwach in ihrer Wiege und lutscht an einem Schnuller, den sie sich selbst in den Mund gesteckt hat. Sie kräht ihn an. Er streckt seine Finger aus, und sie legt ihre kleinen Greiferchen darum und versucht, sich selbst auf die Füße zu ziehen. Als sie den Halt verliert, landet sie mit einem schmatzenden Geräusch auf dem Hintern. Sie riecht nach Babypisse.

In schiefhängenden Pyjamahosen kommt Reuben hinter Sam herein. Jeden Morgen ist Sam von neuem überrascht, wieviel Grau er im Bart und in den Brusthaaren seines Vaters entdeckt.

»Wie geht's meiner kleinen Miss Nimm?« fragt Reuben.

Sam lacht und Indy ebenfalls.

Reuben hebt sie hoch. Sie strampelt heftig mit den Beinchen und schleudert die Windel zielgenau in Reubens Mundwinkel.

»Mhm, lecker.«

Mit dem Baby unter dem Arm verschwindet Reuben im Bad, und eine Sekunde später wird die Dusche aufgedreht.

Sam und Pearl stoßen fast an der Tür des Schlafzimmers zusammen, das sie mit Reuben teilt.

»Hoppla«, sagt sie. »Um diese Zeit könnten wir eine Verkehrsampel brauchen.«

Als sie an ihm vorbei in Richtung Bad eilt, leuchtet ihr rotes Bikinihöschen kurz unter dem Oberteil von Reubens Pyjama hervor.

»Benutz doch das Höschen als Stopplicht«, neckt er sie.

»Sam!« sagt sie, doch ihre Entrüstung ist nur gespielt.

Es gibt zwei Badezimmer, aber das Wasser reicht jeweils nur für eine Dusche. Wenn alle gleichzeitig aufstehen und zur Schule oder zur Arbeit müssen, bleibt wenig Raum für eine ausgeprägte Privatsphäre. Sam duscht sich abends, bevor er ins Bett geht, und rasiert sich morgens im Bad im Erdgeschoß, um dem Rest der Familie den oberen Teil des Hauses zu überlassen.

Über Nacht hat der starke Frost, den sie schon erwartet hatten, den Boden in Eisen verwandelt, und die Luft rostet in Sams Lunge. Sein Wagen – ein 1987er International Harvester mit Allrad-Antrieb, der trotz seines wenig beeindruckenden Äußeren erheblich mehr unter der Haube hat als zu dem Zeitpunkt, an dem er vom Band lief – springt widerwillig an. Von jetzt an muß er darauf achten, die Motorheizung anzuschalten, bevor er ins Bett geht.

Obgleich es zu kalt ist, um sich außerhalb des Schulgebäudes herumzutreiben, ist die Mutantin allein auf einem der draußen gelegenen Spielplätze und wirft Bälle durch den netzlosen Ring. Der Boden ist glitschig vom Frost und den herabgefallenen Blättern. Hände und Nase sind in der frostigen Atmosphäre rot angelaufen. Sie trägt einen Männermantel, nicht zugeknöpft, damit sie sich frei bewegen kann. Die zu langen Ärmel sind zurückgerollt und enthüllen ihre Hände. Ihr kahler Schädel läßt Sam an ein Baby denken, das in einer Mülltonne ausgesetzt wurde.

In der Schule ist es schon fast zu warm. Er beugt sich über den Fundsachenbehälter vor dem Büro und fischt einen selbstgestrickten dotterblumengelben Schal, ein Paar Handschuhe, deren Nähte an den Fingern aufgeplatzt sind, und eine aus der Form geratene Mütze heraus. Kurz entschlossen stopft er die Stücke in seine Jacke, verläßt das Gebäude wieder und trabt zum Spielplatz hinüber.

Die Mutantin bleibt stehen. Der Ball ruht auf ihrer linken

Handfläche. Schweigend legt er den Schal um ihre dünnen Schultern und wickelt ihn lose um ihren Hals. Sie hält still wie ein kleines Kind, das angezogen wird. Als er ihr die Strickmütze über Kopf und Ohren zieht, spürt er ihre kalte Haut. Ihre Nasenlöcher glitzern, und eine Kriechspur klaren Schleims bewegt sich auf ihre Oberlippe zu. Sam findet in seiner Jacke ein Taschentuch und putzt der Mutantin in der gleichen Art die Nase, wie er es bei Indy gelernt hat. Er packt ihre rechte Hand und zieht ihr einen Handschuh über, nimmt den Ball aus ihrer Linken, klemmt ihn sich unter den Arm und zieht ihr auch den anderen Handschuh an.

Jetzt, wo ihr Kopf bedeckt ist, kann er sich vorstellen, wie sie mit Haaren aussehen würde. Ihr schmales Gesicht mit den dunklen Rehaugen unter sehr feinen Augenbrauen wirkt wie ein Porträt aus dem 18. Jahrhundert; wie das Vorsatzblatt eines verstaubten alten Buches; ein Porträt in einem ovalen Rahmen und mit einem hauchdünnen Blatt Papier als Schutz darüber.

Im Zurückgehen wirft er ihr den Ball zu. Sie steht einfach da, steif und regungslos. Mit einem Gefühl als sei der Frost in sein Gehirn gekrochen, geht Sam weiter. Als er vor dem Eingang der Schule einen Blick über die Schulter wirft, sieht er Mütze, Schal und Handschuhe in einem Haufen auf dem Boden liegen. Die Mutantin setzt zu einem Wurf an – barhäuptig, mit geröteten Händen und laufender Nase. Der Ball knallt wütend gegen den Eisenring.

Die Wärme im Inneren ist jetzt erstickend. Sam schließt die Turnhalle auf und holt sich einen Ball aus dem Regal im Geräteraum. Er schaltet die Musikanlage ein und schiebt eine Kassette in den Schlitz des Bandgerätes. Es ist ein paar Minuten nach sechs. Als Sam nach Greenspark kam, gab es kein morgendliches Training. Er setzte sich dafür ein, und jetzt besitzt er die Schlüssel, denn er ist stets als Erster dort. Obwohl es keine Vorschrift ist, erscheint der größte Teil des Teams schon vor Schulbeginn, selbst in der spielfreien Zeit. Wenn es auf acht Uhr zugeht, finden sich für gewöhnlich Schüler, Lehrer und Verwaltungsangestellte ein, um ein wenig zuzuschauen. Meist kommt auch der Trainer vorbei, aber da er es für wichtig hält, daß die Jungs auch weiterhin das Spiel als Spaß betrachten, gibt er sich üblicherweise damit zufrieden, wie Sam das Tempo und den Ton angibt.

Sam kann die Mutantin nicht vergessen, die draußen im Frost trainiert. Zum erstenmal wird ihm klar, daß die Mädchen die Halle nicht vor dem Unterricht benutzen dürfen. Sie gehört den Jungen. Das ist nicht fair. Da muß etwas geschehen. Eine Art Rotation, die auch den Mädchen Spielzeit zuteilt. Doch rasch werden ihm die Konsequenzen bewußt. Wird es Auswirkungen auf sein Spiel haben, wenn einige der morgendlichen Trainingsstunden ausfallen? Möglicherweise könnte man in der Mittagspause spielen. Schon beim Gedanken an ein derartiges Opfer fängt sein Magen zu knurren an.

Zweiter Akt: Sam im Gewichteraum. Hier trainieren hauptsächlich ältere Studenten, außerdem ein paar Bodybuilder und einige Jungs, für die Muskeln eine wichtige Sache sind.

Einer der Nicht-Spieler ist J.C., der eigentlich auf den Namen Jason Chapin hört. Obwohl er Muskeln vorweisen kann, die selbst Rockern Respekt einflößen, färbt er sein asymmetrisch geschnittenes blondes Haar wie einen Neon-Regenbogen und treibt sich mit Außenseitern herum, zu denen auch die Mutantin gehört. Er stemmt wohl aus Eitelkeit Gewichte, denn er gehört keiner Sportmannschaft an, und gesundheitliche Gründe bewegen ihn offensichtlich auch nicht. Seine Fingerspitzen sind vom Nikotin gelb verfärbt. Zweifellos hat sein Aussehen geschäftliche Vorteile: J.C. dealt. Das ist eine Art Gesetzmäßigkeit: Jeder, der vom Stoff abhängig ist, handelt auch damit. Es ist die Ökonomie des Dopes. Doch J.C. fühlt sich über schiere Ökonomie erhaben. Er ist *der Mann* an der Greenspark Academy, oder zumindest glaubt er das von sich. J.C. ist ein fröhlicher Kommilitone, ein beliebter Kumpel, der viel lacht und sich nicht um die Vorschriften schert. Chapin und Sam Styles wahren einen sorgsamen Abstand zwischen sich.

Sam wird früh genug fertig, um den Trainer in dessen Büro abzufangen und ihm seinen Vorschlag zu unterbreiten.

»Sam, Sam!« ruft der Trainer. »Hast du dir deine Kokosnuß an einer Bank aufgeschlagen, als du auf die Mädchen gefallen bist? Ich hoffe, du hast das nicht überall 'rumerzählt. Die Mädchen werden glauben, sie hätten ein Anrecht darauf.«

»Haben sie ja auch.«

»O hüpfender Jesus.«

Sam grinst. »Ich gehe damit zur Verwaltung.«

»Du gehst in deinen Unterricht und sonst nirgendwohin. Diese morgendlichen Lockerungsübungen könnten für uns entscheidend sein. Warum willst du an einer optimalen Sache herumpfuschen?«

»Die Mädchen haben im letzten Jahr beinahe gewonnen. Mit etwas mehr Zeit in der Halle könnten sie bis ans Ziel kommen.«

Mit einem Stöhnen reißt der Trainer die Hände hoch. »Von allen Burschen in diesem Team bist du der einzige, der will, daß die Mädchen nicht nur auf der Rückbank eines Wagens bis ans Ziel kommen. Hat dir eine von den Weibern diese tolle Idee in deinen Dickschädel gesetzt?«

Sam schaut auf die Uhr.

»Ich versuche nur, fair zu sein«, sagt er und verschwindet.

Zur Mittagsstunde, als Sam mit dem Rektor spricht, hat der Trainer bereits seine Ansicht vorgetragen.

»Das ist allein deine Idee«, sagt Laliberte und praktiziert dabei die Vernunft eines Vorgesetzten, der sich seine Meinung längst gebildet hat. »Warum läßt du sie das nicht selbst ausfechten?«

»Was fair ist, ist fair. Warum sollten sie um das bitten, was ihnen zusteht?«

»Was ist in dich gefahren, Sam? Du hast die Halle seit drei Jahren morgens genutzt, ohne einen Gedanken an die Mädchen zu verschwenden. Und plötzlich befindest du dich auf einem Kreuzzug.«

Durch die Fenster im Büro des Rektors kann Sam die leeren Übungsplätze sehen. Das buntfarbige Häufchen Lumpen scheint in dem Gewirr aus toten, stumpfbraunen Blättern am Boden festgefroren zu sein.

»Deanie Gauthier war heute morgen dort draußen und hat bei unter null Grad Körbe geworfen.«

Laliberte schnaubt. »Dann hat sie nicht genug Verstand, um ins Warme zu gehen. Gauthier ist nur *ein* Mitglied des Mädchen-Teams. Die anderen scheinen mit der gegenwärtigen Situation zufrieden zu sein. Und wenn sie rausgehen und sich ihre Rosinenbrötchen abfrieren will, ist das nicht deine Sache.« Der Rektor wippt unruhig auf seinem Stuhl. »Sam, denk nach: Willst du, daß dein Team durch diese Angelegenheit aufgebracht wird, daß Unruhe entsteht, während ihr einen weiteren Titel gewinnen könntet?« Laliberte beugt sich vertraulich vor und spricht in jenem ernsten Ton, den der Rektor, wie Sam weiß, immer dann anschlägt, wenn er Bockmist verzapft. »Du bist ein guter Junge, Sam, und wir sind stolz auf dich. Du und deine Freunde, ihr tragt eine Menge Verantwortung. Mißbrauche deinen Einfluß nicht, um etwas anzufangen, das die Schule in zwei Lager spalten könnte.«

Du bist nur ein Kind, meint Laliberte in Wirklichkeit, *und das einzige, wovon du etwas verstehst, ist, wie man einen Gummiball durch einen Eisenring wirft, also halt die Klappe und scher dich zurück ins Glied.*

Sam dankt dem Rektor, daß er ihm sein Ohr geliehen hat, und begibt sich zur Cafeteria.

Es gehört zu den Gepflogenheiten des Teams, nach Möglichkeit gemeinsam zu essen. Sie schieben ein paar Tische zusammen, hocken eine Weile drumherum und fühlen sich dadurch ein bißchen mehr miteinander verbunden. Einige der Jungs, wie Rick Woods, der mit Sarah Kendall geht, haben ihre Mädchen dabei. Die Mädchen, die am Team-Tisch sitzen dürfen, benehmen sich affektiert und auffällig, um sicherzugehen, daß jeder merkt, wo sie sich befinden.

Sam hört kaum den schmutzigen Witz des Tages, als er sein Essen so schnell wie möglich in sich hineinschaufelt. Die Anspannung in der Magengrube vermindert aber seine Fähigkeit, den Geschmack von Hühnerragout und Waffeln, die seine Stiefmutter zubereitet hat, zu genießen.

Die Mutantin ist nirgendwo in der Cafeteria. Die Leute, bei denen sie 'rumhängt, essen nicht zu Mittag. Sie haben Wichtigeres in der Raucherecke zu tun.

Ausgewählt, um ein Höchstmaß an Unbehagen und Unbequemlichkeit zu gewährleisten, befindet sich die Raucherzone für Studenten an einer rückwärtigen Ecke der Turnhalle. Der Boden ist häufig naß, Abgase aus dem Heizungskeller wehen herüber, und es zieht, als käme der Wind direkt aus der Antarktis. Über ihre Kippen gebeugt drängeln sich die Raucher zusammen wie Schafe in einem Blizzard. In ihrer Gemeinschaft der Ausgestoßenen teilen sie großzügig den Rauch miteinander. Irgendwer hat immer ein Kofferradio dabei, und so ertönt stets Musik oder zumindest ein wahrnehmbarer Rhythmus. Es gibt genügend Raucher, um sie in kleinere Gruppen zu sortieren: Grufties und Rocker, Punks und Kiffer. Alle mit weit geöffneten Jacken, sofern sie überhaupt welche tragen, ohne Handschuhe oder Fäustlinge, barhäuptig, die Jeans an strategischen Stellen aufgeschnitten, um möglichst viel rissige Haut zu enthüllen: eine buchstäbliche Darstellung ihrer Coolness, verstärkt durch den gegenwärtigen Frost.

Sam denkt auch nicht daran, seine Jacke zu schließen. Mit den Händen in den Taschen, wo sie Geborgenheit suchen, steht er ebenfalls vorgebeugt und zitternd da.

Die Mutantin lungert bei einer der Gruppen herum. Sie selbst hält nichts Rauchbares in den Händen, aber zweifellos bekommt sie einiges vom allgemeinen Qualm ab. Auf dem Sportplatz draußen vor der Schule trug sie fadenscheinige Jeans. Offenkundig als Konzession an die Kleiderordnung des Spieltags – Röcke oder Kleider für die Mädchen, Jackett und Krawatte für die Jungen – hat sie einfach die Jeans ausgezogen und das verschlissene Trikot darunter anbehalten. Ihr »Kleid« ist ein formloses, übergroßes Männer-T-Shirt, das ihren Hintern nicht ganz bedeckt, und darüber trägt sie eine Männer-Strickjacke mit ausgefransten Rändern und ohne Knöpfe. Das T-Shirt ist verschwitzt und abgetragen, die Jacke verschlissen und unansehnlich. Die beiden Stücke sehen aus, als habe sie den Lumpensack eines fetten alten Mannes geplündert. Sie kommt mit dieser Verhöhnung der Vorschriften davon, weil die Verwaltung sich scheut, geschlechtsspezifische Regeln durchzusetzen.

Neben der Mutantin steht Shasta Grey, eine jüngere Schülerin aus Nodd's Ridge. Sie nickt Sam zu. Er erinnert sich an sie aus der zweiten Klasse, ein blasses kleines Würmchen mit Entzündungen am Mund, und nickt zurück. Jetzt ist sie Kettenraucherin, ihre Kippen brennen bis zum lippenstiftverschmierten Filter ab.

J.C. hat einen muskelbepackten Arm um Deanie gelegt. Sie lehnt sich mit ihrem knochigen Oberkörper gegen ihn.

»Kann ich mal mit dir reden?« fragt Sam sie.

Die Augen der Mutantin blicken herablassend amüsiert. »Verpiß dich.«

»Später«, sagt Sam. »Erst muß ich mit dir reden.«

»Du hast doch gehört, Samson«, sagt J.C. und schnippt eine brennende Zigarette nach ihm. »Also verpiß dich.«

Sams Hand schnellt vor und fängt die trudelnde Kippe auf, bevor J.C. ausgesprochen hat. Ohne zu lächeln, gibt er sie ihm zurück. J.C. betrachtet sie mit hochgezogenen Augenbrauen und steckt sie dann mit einem Lächeln wieder in den Mund.

»Ich wußte nicht, daß ich die Sache erst mit deinem Privatsekretär abklären muß, Deanie«, sagt Sam und dreht sich um. Es ist zu kalt, um mit diesem Mist weiterzumachen.

Die Mutantin hat ihren Vornamen schon so lange nicht mehr gehört, daß sie einen Moment braucht, um zu merken, daß er ihn verwendet hat. Es ist wie ein Schock für sie, so als hätte man ein Tabu gebrochen. Sie drückt J.C.s Arm und läuft hinter Sam her.

»Warte eine Minute.«

Sam bleibt stehen.

J.C. schaut ihr nach, wendet sich dann mit einem Schulterzucken ab und nimmt einen weiteren Zug. Grey beugt sich zu ihm, um etwas in sein Ohr zu flüstern.

Sam ist reizbar. Die Pose der Mutantin ärgert ihn. *Posen* ärgern ihn. In seinen Turnschuhen rollt er die Zehen vor Kälte ein. Der Wind schneidet wie mit Rasierklingen durch seine dünnen Trainingshosen.

»Willst du dieses Jahr die Ausscheidung gewinnen?«

Ihre Augen sind dicht vor ihm. »Mußt du danach fragen?«

»Mit Frostbeulen an den Fingern schaffst du das nicht.«

Sie verzieht ihren Mund zu einem sarkastischen Schlitz. »Ach, leck mich doch.«

Er erwidert den Sarkasmus. »Wann immer und wo immer.«

Sie will sich zu ihren qualmenden Freunden umdrehen.

»Es ist zu kalt draußen«, sagt Sam. »Ihr solltet die Halle benutzen können. Bring dein Team dazu, von eurer Trainerin und dem Rektor die gleiche morgendliche Trainingsmöglichkeit zu verlangen, wie wir sie Jungs haben. Nimm sie dir heute nacht im Bus vor, nach dem Spiel, wenn sie ausgepumpt sind. Ich kümmere mich bei uns darum. Wir sollten zu einer Regelung kommen, wonach jeder in der einen Woche dreimal trainiert, in der nächsten dann zweimal.«

Sie starrt ihn an. »Kein Scheiß? Warum machst du das? Es geht von eurer Zeit ab.«

»Weil's fair ist.«

Sam verschwindet, ehe sie noch etwas sagen kann. Er macht es nicht wegen ihr. Sie mag die treibende Kraft sein, aber sie ist nicht das einzige Talent. Die Jandreau-Zwillinge, Billie Figueroa, Nat Linscott und Debbie Michaud, sie alle verdienen eine zweite Chance, sich den Titel zu holen. Nur ein paar Worte mit der Mutantin genügen, um zu bestätigen, daß sie eine blöde Qualmerin ist, eine Kratzbürste, ein maulfauler Fischkopf.

Deanie Gauthier ist wie seine Schwester, nur schlimmer. Karen rasiert sich ihren Kopf nicht – jedenfalls noch nicht. Irgendwie hat sie diesen Blödsinn versäumt, aber das war wohl auch das einzige, was ihr entgangen ist. Eines Tages wird die Mutantin von der Schule fliegen, genau wie Karen, und er wird sie an irgendeiner Straßenecke wiederfinden, zusammen mit einer Handvoll anderer Verlorener. Das scheint für Mädchen wie sie die Regel zu sein.

J.C. ignoriert die Rückkehr der Mutantin für einen Moment und fragt dann in gelangweiltem Ton: »Was war denn los?«

Die Hände in den Taschen, dreht sich die Mutantin von den anderen weg. J.C. beugt sich zu ihr vor.

»Nur B-Ballscheiß«, sagt sie.

J.C. holt ein Taschentuch hervor und putzt sich die Nase.

»Was ist das für ein Mist, daß Samson gestern auf dich und die anderen Hühner gefallen ist? Ich hab' gerade erst durch Grey davon gehört.«

Die Mutantin zuckt die Schultern. »Wenn du alles wissen willst, was ich tue, dann miet dir ein Kamerateam und schau dir das Videoband an.«

J.C. räuspert sich und spuckt aus, doch dann grinst er.

Mit klappernden Zähnen kauert sich die Mutantin zusammen und stampft mit den Füßen. Ihre erste Reaktion auf Sambots sonderbaren Vorstoß ist, obwohl er so unglaubwürdig klingt, daß sie es so haben will, für sich selbst, für ihr Team. Sie ärgert sich, weil sie nicht selbst darauf gekommen ist, und noch wütender macht es sie, daß es da überhaupt ein Problem gibt. Warum soll die Turnhalle am Morgen automatisch den Jungs gehören?

In der Mädchentoilette neben der Cafeteria kotzt jemand in einer der Kabinen sein Mittagessen aus. Die Mutantin würgt nachahmend und setzt damit einen Chor von Imitationen bei den Mädchen in Gang, die vor dem Spiegel stehen, um Frisuren und Make-up zu richten.

Als Antwort ertönt ein wütend hervorgestoßener Schrei: »Verpißt euch, ihr fetten Kühe!«

Die Mutantin erkennt Cady Flemmings Stimme. »Na mach schon, Flemm«, ruft sie, »schluck's runter!«

Eine Rolle Toilettenpapier segelt über die Kabinentür und entrollt im Flug einen Kometenschweif.

»Friß das, Mutantin«, kreischt Cady. »Erstick dran!«

Die Mutantin grinst in den Spiegel.

Cady versucht schon das ganze Semester über, ihr Gewicht durch regelmäßiges Erbrechen zu halten. Die Gruppe würgender Hühner kann sich von ihr aus gegenseitig auf die beschissenen Frisuren reihern. Sie beobachtet sie, wenn sie sich durch ihre Cheerleader-Übungen durcharbeiten und kann nicht glauben, daß sie tatsächlich den Nerv haben, ihr Gewackel mit Titten und Ärschen, im Verein mit den schwachsinnigen Sprechgesängen, als *Sport* zu bezeichnen. Wenn das Sport ist, dann sollte Masturbieren zu den olympischen Disziplinen gehören.

Obgleich die Mutantin für die Zuteilung von kostenlosem Frühstück und Mittagessen in Frage kommt, hat sie den Antrag seit der fünften Klasse regelmäßig weggeworfen. All der

Scheiß von wegen Vertraulichkeit, wo doch trotzdem jeder weiß, wer den Wohlfahrtsfraß bekommt.

Die Mutantin trinkt Kaffee als Frühstück und holt sich ein Stück Kuchen oder ein Blätterteighörnchen aus den Abfällen der Cafeteria oder des Lehrerzimmers. Wenn sie wirklich hungrig ist, schiebt sie sich vormittags das Essen von irgend jemandem rein. Die Schule ist voller Nahrung, sofern man nicht heikel ist und flinke Finger hat. Manchmal bleibt sie hungrig, doch dann kann etwas Stoff den Schmerz dämpfen, und außerdem ist sie daran gewöhnt. Wenn die alte Flem sich mehr anstrengen müßte, um an etwas Eßbares zu kommen, würde sie sich vielleicht nicht so schnell den Finger in den Hals stecken.

Cady Flemming verläßt die Kabine. Sie kramt eine große grüne Flasche aus ihrer riesigen Handtasche, gurgelt und spuckt eine Fontäne des Mundwassers in das Becken neben der Mutantin. Dann schaut sie hoch in den Spiegel. Ihre Augen sind verquollen.

»Geht's besser?« fragt die Mutantin.

»Irgendwann stopfe ich dir meine Faust in den Hals«, sagt Cady. »Dann probier mal, ob du sie wieder auswürgen kannst.«

Die Mutantin macht ihr im Spiegel einen Kußmund.

»Die Gauthier hat schon mehr rausgewürgt als ein bißchen Kotze«, bemerkt Melissa Jandreau quer durch den Raum.

Fast alle außer der Mutantin lachen.

»Das ist ekelhaft«, quietscht eine aufgebrachte, überschnappende Stimme.

Alle schauen die kleine Kerry Hatch an, die plötzlich heftig errötet.

»Genau wie das Klo, das du gerade verlassen hast, Flemming«, sagt die Mutantin.

»Und wie dein Gesicht, du Mißgeburt!« giftet Cady zurück.

»Dann leck doch mich«, kontert die Mutantin. »Dein Freund hat ja schon dein Essen in seiner Hose.«

Als Flemming aufkreischt und ihre Haarbürste wirft, huscht die Mutantin durch die Tür.

Gegen drei sind sie unterwegs zum ersten Spiel der offiziellen Saison in Castle Rock. Und das ist eine große Sache, denn die beiden Schulen sind gutnachbarliche Rivalen. Der Bus der Jungen ist nicht so überfüllt wie der andere, weil die Cheerleader zusammen mit dem Mädchen-Team fahren, aber es geht dort genauso laut zu.

Sam Styles versiegelt seine Ohren mit den Kopfhörern und schließt die Augen. Eingestimmt auf den Rhythmus, der durch seine Schädelknochen wummert, und die beruhigenden Schwingungen der Räder des Busses auf der einsamen Landstraße, schläft er ein. Er befindet sich noch im Wachstum und fällt mitunter genauso plötzlich in Schlaf wie seine kleine Schwester. Auf Fahrten zu Auswärtsspielen nutzt er bewußt seine Empfänglichkeit für den einschläfernden Effekt der Straße und stöpselt sich selbst aus.

Rick Woods, der wie üblich neben Sam sitzt, lauscht seinem eigenen Walkman und übersetzt eine französische Hausarbeit. Ein Blick auf seinen Freund veranlaßt ihn, den Kopf zu schütteln. Wie kann Sam vor einem Spiel nur so fest schlafen, während seine eigenen Gedärme in Aufruhr sind und sein rechter Fuß unkontrolliert zuckt?

Die Kombination von Sams Fähigkeiten und seinem völligen Mangel an Ambitionen, die über die diesjährigen Meisterschaften hinausreichen, frustriert Rick, dessen Träume von einer Karriere als Profi-Sportler während seiner High-School-Jahre buchstäblich unter Schmerzen dahinschwanden. Talent hat er, das weiß Rick, doch sein langer, schmalgliedriger Körper zeigt eine bestürzende Zerbrechlichkeit. Er ist geschlagen mit Verstauchungen, Haarrissen, Sehnenzerrungen, Knochenwucherungen und allen anderen Flüchen, die einen Sportler treffen können. Dank eines nervösen Magens hat er Schwierigkeiten, ein angemessenes Gewicht zu halten, und seine Ausdauer ist unzuverlässig. Die Leute belasten Rick mit der Vermutung, er sei ein geborener Athlet – soll heißen, es falle ihm alles in den Schoß. Der Trainer und eine Menge der örtlichen Fans halten ihn für eigenwillig und launisch, wenn nicht gar für durch und durch hypochondrisch.

Im Gegensatz dazu kann Sam Styles, der wie ein langsam denkender, übergroßer Affe auftritt, gar nichts falsch machen. Es ist ein übler Scherz, fast schon ein Verbrechen, daß Sam sein eigenes Potential nicht ausschöpft. Sam könnte ein Prinz sein in dieser Welt, doch er zieht die Armut vor. Jede halbwegs normale Mieze an der Schule ist scharf auf ihn, aber der Dummkopf ist immer noch Jungfrau. Seit seine idiotische Schwester Karen unter die Räder kam, ist Sam sogar noch lahmarschiger geworden, und das nicht nur in Punkto Sex. Er knallt sich nicht mal den Kopf zu. Soweit Rick weiß, hat sich Sam seit dem Streich mit dem Schwanz aus Eis nicht ein einziges Bier reingezogen. Trotz seiner Lästerei über Religion steckt etwas von einem echten Asketen in ihm. Es ist kein Geheimnis, daß Sam eine Taschenbuchausgabe der Bibel in seiner Stofftasche mitschleppt. Manchmal liest er darin – und das vor allen Leuten. Rick vermutet, daß Sam auf diese Weise nur den Gerüchten, er könne nicht lesen, entgegentreten will, doch es würde ihn auch nicht verwundern, wenn Sam plötzlich erklärte, er habe Jesus zu seinem persönlichen Erlöser und Trainer erkoren.

Rick schaut wieder zu Sam hinüber. Er schläft wie Smaug, der Drache, auf dem Gold seines eigenen Lebens. Der große Junge schläft den tiefen, ruhigen Schlaf der Unschuldigen. Na gut, vielleicht doch nicht so unschuldig. Im Sitz zurückgelehnt, offenbart Sam eine beachtliche Erhebung in seinen Levis. Rücksichtsvoll bedeckt Rick den Freund mit seinem eigenen Mantel.

3

Zwischen Greenspark und Castle Rock. Sam träumt. Er steht auf dem Boden des Bangor Civic Center. Das geschwungene Dach über ihm ist mit Fernsehscheinwerfern besetzt, die wie Miniatursonnen leuchten und den polierten Boden in eine spiegelnde Lichtfläche verwandeln. Der leuchtende Platz ist riesig, und nur er befindet sich darauf. Als sich die Ränge füllen, wirft er ein paar Bälle und genießt es, die Anzeigetafel erzittern und klappern zu lassen. Es ist ein gutes Gefühl, wieder hier zu sein, dies eine, letzte Mal, bevor seine Kindheit und all das enden. Plötzlich weiß er, es ist die Landes-Liga, in der er spielen soll. Und das Spiel beginnt jetzt. Er blickt sich um: Wo ist sein Team?

Die Menge brüllt auf, als das gegnerische Team auf den Platz stürmt. Sam erkennt, daß er gegen die Mädchen-Mannschaft spielt. Er schaut sich abermals um und erwartet, Rick und Todd, Kev und Billy und all die anderen auf der Bank zu sehen, wie sie ihn angrinsen und sich über diesen speziellen Streich auf seine Kosten amüsieren. Doch die Bank ist leer.

Er blickt auf die Anzeigetafel, und dort steht deutlich *Sam gegen die Mädchen.* In der Mitte des Spielfeldes wartet der Schiedsrichter, den Ball in der Hand und die Pfeife zwischen den Zähnen. Die Mutantin tritt aus der Gruppe der fünf Mädchen hervor, die das erste Team bilden, und stellt sich für den Aufschlag in Position. Sam fühlt sich unsäglich dumm. Er ist mindestens einen Fuß größer als sie und wiegt rund hundert Pfund mehr. Sie läuft neben ihn, nah genug, daß er die Hitze ihres Körpers spüren kann. Natürlich gehört der Ball ihm, ein leichter Stoß, und er ist aus ihrer Reichweite. Das einzige Problem dabei ist, daß er kein Team hat. Rick ist nicht da, um den Ball anzunehmen. Nat Linscott angelt ihn sauber aus halber Höhe, und bevor Sams Füße den Boden wieder richtig berühren, sind die Mädels um ihn herum und auf dem Weg zum Korb.

Scheiiiße.

Wieso erwartet man von ihm, allein gegen ein ganzes Team zu spielen? Er schüttelt den Kopf und läuft schwerfällig hinter den Mädchen her, die irgendwas in seiner Richtung intonieren. Es dauert einen Moment, bis er kapiert, daß sie *Muschi* rufen. *Muschi-schiii Musch-schiii-Musch-hey-Sam.*

Seine Ohren werden knallrot.

Wütend startet er und rempelt Melanie Jandreau an, die den Ball hat. Melanie streckt ihm die Zunge raus, als sie den Ball an Melissa abgibt. Seine Hand folgt dem Ball, aber er ist nicht mehr da. Melissa hat ihn und streckt jetzt ihre Zunge raus, und die Mädchen singen *Na-na Na-na Naa-naa,* während Melissa triumphierend von einem Fuß auf den anderen hüpft und dabei den Ball dribbelt. Jedesmal, wenn Sam danach greift, scheint seine Hand durch ihn zu stoßen wie durch einen Geist.

Die Mutantin schlüpft zwischen ihn und Melissa, übernimmt den Ball und treibt ihn in Richtung Korb. Er versucht, sich zwischen den Mädchen hindurchzuschlängeln, und alle stürzen sich auf ihn. *Himmel, wo ist der Schiedsrichter?* Sieht der Idiot nicht, daß sie ihn links und rechts foulen, daß es hier zugeht wie in einem Horrorfilm?

Er blockt die Mutantin vor dem Korb ab. Sie täuscht, aber er geht mit. Sie kann den Ball nicht an ihm vorbeibringen, und er kann ihn ihr nicht wegnehmen, und so sind sie in einem absonderlichen Tanz gefangen. Warum gibt sie den Ball nicht an Nat ab, läßt sie von außen über ihn hinwegwerfen? Es sieht nicht so aus, als könnte er an den Ball kommen, solange sie dribbelt, aber, verdammt nochmal, sie ist schon zu lange in Ballbesitz. *Wo ist der beschissene Schiedsrichter?*

Auf einmal merkt er, daß er, von den Schuhen abgesehen, splitternackt ist. Und er kriegt eine Latte.

Die Mutantin steht genauso plötzlich ohne da. Ihre weißen Titten zittern und schwingen bei jeder Bewegung, und ihr Gebüsch wird in den kurzen Augenblicken zwischen Aufstieg und Fall des Balles sichtbar. Der Ball wird undeutlich; das verdammte Ding soll untenbleiben, damit er ihren Busch sehen kann. Verzweifelt kämpft er um seine Konzentration, und... *Scheiße,* alle Mädchen sind jetzt nackt, wie Gott sie schuf. Sie bewegen sich in einem Hexenring um ihn und die Mutantin herum. Debs Brüste sind größer, als er vermutet hätte, Nats Busch ist flammend rot, ihre Warzenhöfe sind groß wie Goldstücke, und Sommersprossen bedecken sie überall wie Goldstaub. Die M&M-Zwillinge sind Spiegelbilder ihrer selbst, vier perfekte, völlig identische Brüste, zwei elegante kleine Nabel, zwei milchige Wirbel goldener Schamhaare. Ihre schönen Münder werfen ihm neckische Küsse zu. Sein Schwanz fühlt sich so schwer an, als müsse er eine Kette samt Eisenkugel mitschleppen.

Der Schiedsrichter gerät in sein Blickfeld, auch er ist nackt bis auf seine Pfeife und die schwarzen Schuhe.

Halbblind vom Schweiß, der ihm in die Augen läuft, lauert Sam auf den Ball. Sein Herz macht einen Sprung, als seine

Finger es schaffen, ihn zu packen. Im gleichen Moment schlingen sich die Finger der Mutantin um seinen aufragenden Penis. Ein Gefühl wie ein Stromstoß flammender elektrischer Kälte, als ob sie eine Handvoll Trockeneis hielte. Mit einem ärgerlichen Aufschrei kommt er sofort, und sein Sperma spritzt wie in Zeitlupe silbrig auf den Ball zwischen ihnen. Mit der zur Faust geballten Hand schlägt die Mutantin den Ball von unten her aus seinem Griff, und er fliegt über ihren Kopf hinweg ins Netz.

Als der Ball durch den Ring fällt und die Menge aufbrüllt, bemerkt er, daß seine Familie und all seine Freunde auf den Tribünen sind. Auch sein Team sitzt jetzt auf der Bank, und sie alle applaudieren dem Treffer der Mutantin.

Sam stöhnt im Schlaf. Niemand hört ihn in dem Lärm, den die Jungs im Bus veranstalten und der immer lauter wird, je näher sie Castle Rock kommen.

Rick stößt ihn leicht an. »Wach auf, Mann. Wir sind da.«

Seine Zunge liegt dick im Mund, und Sams Gesicht fühlt sich an, als wäre es während des Schlafs geschmolzen. Sein Kopfhörer ist verrutscht. Sam hängt ihn sich um den Hals. Er schwitzt sehr stark. Ricks Mantel liegt auf seinem Schoß. Er schiebt ihn weg und setzt sich auf.

Rick beugt sich zu ihm. »Ich dachte mir, es wäre besser, dich zuzudecken, mein Lieber. Du wärst sonst in Verlegenheit gekommen, verstehst du?«

Krebsrot im Gesicht, wird Sam sich plötzlich der klebrigen Feuchtigkeit gewahr, die durch sein Schamhaar rinnt. Dann erinnert er sich an den Traum, und seine Verlegenheit wächst.

»Scheiße«, murmelt er.

Rick setzt sich die Brille auf die Nase. »Jemand, den ich kenne?«

Sam weicht aus. »Hast du mal sowas als Alptraum erlebt?«

Rick lacht. »Nein. Hört sich an wie etwas, das einem Burschen passiert, der es noch nie gemacht hat.«

Sam gähnt. »Das ist wirklich mal eine Hilfe, Doc.«

Die Mädchen sind zuerst dran. Oben auf den Zuschauerbänken, mit Rick und Sarah an seiner Seite, schiebt Sam die Erinnerung an seinen feuchten Traum beiseite, die durch das Erscheinen der Mädchen sofort hochgekommen ist. Er stöhnt innerlich über die Blödheit der Geschichte. Warum macht man in Träumen alles mit, ganz gleich, welche Absonderlichkeiten auch geschehen? Ganz so wie die tranigen Teenager in diesen Splatter-Filmen, die immer dann in der Klasse einnicken, wenn Freddy Krueger genau hinter ihnen sitzt; als ob man einschlafen könnte, wenn ein verrückter Mörder einen angrinst und dabei Fingernägel ausfächert, die wie Schlachtermesser aussehen. Als er die Mutantin anschaut, fühlt er sich unwohl in der Erinnerung an das, was passiert ist, als sie ihn im Traum berührte. Andererseits regt es ihn auch wieder an. Es ist wirklich krankhaft, wenn man sich von einem Freak wie ihr anturnen läßt, selbst in einem Traum. Demnächst wird er noch wegen Freddy Krueger einen Steifen kriegen.

Zu seiner Erleichterung läuft das Spiel immer schlechter. Die Mutantin hat nicht gerade ihren besten Tag. Wegen eines kleinen Patzers ärgert sie sich zu sehr über sich selbst, verkrampft sich und fängt an, Fehler zu machen. Die Trainerin schickt Billie Figueroa rein, um sie zu ersetzen, bevor sie alles ruiniert. Zum Glück zeigt sich, daß Figueroa gut drauf ist.

Reuben berührt Sams Schulter, und Sam schaut auf. Indy hängt krumm über dem Arm seines Vaters, und Pearl ist an seiner Seite.

»Viel Glück«, sagt Reuben, und Sam langt nach oben, um die Hand seines Vaters zu ergreifen.

Reuben schüttelt auch Rick die Hand. Rick grinst ihn und Pearl an und kitzelt Indys Fußsohle durch die weiche Ledersohle ihrer Stiefelchen.

Sam schaut zu, wie sie zu den oberen Rängen hinaufgehen. Sie bleiben stehen, um Ricks Eltern zu begrüßen.

Es kann nicht mehr als zwanzig Schwarze im ganzen County geben. Obwohl jedermann die Woods kennt – als Bulle ist Lonnie jeden Tag überall unterwegs, und Fern hält neben ihren normalen Schichten in der Geburtshilfe-Abteilung des Krankenhauses noch Schwangerschafts-Kurse ab –, sind sie auch nach den fünf Jahren, die sie hier schon wohnen, irgendwie isoliert geblieben. Sam sieht, wie Pearl ihren Rücken streckt und ihr blendendstes Lächeln für Fern Woods aufsetzt, die aufspringt und die Luft neben Pearls Wange küßt. Fern scheint nie aufzufallen, wie sich ihr Mund verhärtet, wenn sie Reuben und Pearl zusammen sieht, doch Sam ist sicher, daß Pearl es bemerkt hat. Pearl wird deswegen nicht aus Ferns Kursen verwiesen, und Fern war immerhin bei Indys Geburt dabei, aber trotzdem, die beiden Frauen halten eine Armlänge Abstand.

Indy zappelt auf Reubens Arm. Sie hat Fern erkannt, die wegen ihr ganz aus dem Häuschen ist. Das Baby wirft sich ihr entgegen, Fern fängt sie entzückt auf, und Pearl freut sich mit den beiden. Vielleicht wird Indy aus den Frauen noch Freundinnen machen.

Im Umkleideraum bringt sich Bither vor Nervosität selbst um den Verstand. Er läuft jammernd herum, mit nichts am Leib als einem Suspensorium.

Rick schaut vom Bandagieren seines linken Knöchels hoch. »Irgendwer soll Mouth eine Beruhigungspille geben. Wenn er nicht bald die Klappe hält, brauche ich selbst eine.«

Bither hüpft auf die Bank neben Rick und macht mit seiner Achselhöhle ein Furzgeräusch.

Sam applaudiert. »Du bist ein wirkliches Talent, Mouth.«

Bither strahlt. »Hey, Sambot, kennst du die Mutantin gut? Stimmt es, daß ihre Muschi genauso kahl ist wie ihr Kopf?«

Woods stöhnt inmitten des ausbrechenden Gejohles und anzüglichen Gelächters laut auf.

Todd Gramolini stößt einen Schrei aus und hebt die Stimme, um dem gesamten Umkleideraum die Frage zu stellen: »Mouth will wissen, ob die Mutantin ihre Pflaume rasiert.«

»Irokesenschnitt!« ruft Pete Fosse.

»Du mußt betrunkener gewesen sein als ich«, wirft Tim Kasten ein. »Ihre Fotze ist so kahl wie Michael Jordans Schädel.«

»Ist sie nicht«, verkündet Matt Michaud dramatisch. »Ihr Gebüsch reicht vom Bauchnabel bis halb zu den Knien.«

»Und sie hat eine Tätowierung auf dem Arsch«, ruft irgendwer.

»Genau«, arbeitet Fosse die Sache weiter aus. »Dort steht *Hier ist Oben*, und die Pfeile zeigen in beide Richtungen.«

Sam zieht die Zunge aus seinem linken Stiefel und hält sie fest, während er den Schuh zuschnürt. Diese Art rüden Blödsinns erscheint ihm gemein, wenn dabei Mädchen beim Namen genannt werden. Es ist ihm unangenehm, und sei es auch nur, weil sie so über seine Schwester sprechen könnten – was sie vielleicht auch tun, wenn er nicht dabei ist. Er versucht, jetzt nicht überzureagieren. Allerdings muß er sich eingestehen, daß aller Wahrscheinlichkeit nach der alte Skandal um seine Mutter ebenfalls Anlaß zu derartigem Gerede sein dürfte, und noch viel mehr die Heirat seines Vaters mit Pearl, und das Baby, das acht Monate später zur Welt kam. Wegen all dem verachtet er die Mutantin noch mehr.

Die Jungen reihen sich auf, um den Mädchen, als diese den Platz verlassen zu ihrem 49:43 Sieg zu gratulieren. Grinsend streckt Sam der Mutantin seine Hand hin. Sie bleibt stehen, rollt die Finger ihrer Linken ein und zeigt ihm den Mittelfinger. Sam betrachtet ihn und schüttelt den Kopf.

»Gutes Spiel«, sagt er.

Sie fährt aus der Haut. »Schieb ihn dir selbst rein, Euer Heiligkeit.«

Ihre Trainerin taucht plötzlich hinter ihr auf. »Gauthier, das habe ich gehört.«

Die Mutantin schaut über die Schulter, als sie in Richtung Umkleideraum davonhüpft.

»Brecht euch die Schwänze, Jungs«, sagt sie.

Ihre Trainerin schubst die Jungs beiseite und brüllt: »Gauthier!«

Die Jungen brechen die Gratulation ab, zum Mißfallen ihres eigenen Trainers, doch sie gehen locker raus und bleiben in gelöster Stimmung.

Obwohl der Center der Rocks aus gerade mal sechs Fuß Höhe zu Sam hinaufgrinst, ist er ein stramm gebauter Bursche, ein Nachwuchsspieler, der seinen Job versteht. Er trägt rote Stiefel und einen Mundschutz. Zwei beim Training verstauchte Finger der rechten Hand stecken in einem Verband.

Er heißt Lucas Priest und ist mit halb Greenspark und auch mit dem größten Teil von Castle Rock verwandt.

Genau wie Sam ist Lucas bei der Jugendabteilung der Freiwilligen Feuerwehr und auch ausgebildeter Rettungssanitäter. In den vergangenen Sommern haben sie gelegentlich bei Häuserbränden, schweren Autounfällen oder Rettungsaktionen zusammengearbeitet. Sie mögen es, sich gegenseitig ihren Musikgeschmack vorzuhalten: Lucas steht auf Country&Western. Beim Wechsel von der Junior zur Senior High-School unternahm Lucas sogar den ernsthaften Versuch, seine Eltern zu überreden, ihn bei einer Tante in Greenspark wohnen zu lassen, damit er in Sams Team eintreten könnte. Die beiden Jungen klatschen zur Begrüßung ihre Handflächen derart überschwenglich aufeinander, daß die Menge lacht.

Beim dritten Wechsel haben die Indians ihre Führung ausgebaut. Sam geht raus, um Fosse, dem Backup Center, die Chance zu einer guten Vorstellung zu geben. Es ist eine Freude, Lucas zuzuschauen, wie er losbricht und seine entmutigten Kameraden zusammentrommelt. Pete gerät vorübergehend aus der Fassung. Woods, Gramolini, Bither und Kasten arbeiten zusammen, um das auszugleichen, doch am Ende des Viertels zittert Pete wie ein überanstrengtes Pferd. Der Trainer beruhigt ihn. Billy Rank geht für Rick rein, der völlig ausgepumpt ist. In der Verteidigung entsteht ein kurzes Durcheinander; Lucas geht an Pete vorbei und landet einen sauberen Wurf. Wie ein Artist wirft sich Lucas über Billy weg, um den Einwurf zu schnappen. Todd Gramolini erwischt den Ball und dreht sich dabei um die eigene Achse, nur um sich Lennie Clutterback von den Rocks gegenüber zu sehen, der darauf gewartet hat, ihm den Ball zu klauen und ihn wieder in den Korb zu schleudern. Der Trainer ruft Pete heraus und schickt Sam auf den Platz. Im Vertrauen auf ihn beruhigt sich Billy wieder, und dann schaltet *Die große Maschine* hoch und schlägt Castle Rock 70:58.

Draußen ist es kälter als im Gulag, aber die Fenster des Mädchenbusses rattern nach unten, und die Jungen werden von Schokoriegeln, Notizblättern, Tonbandkassetten und Kußhändchen überschüttet. Die Hände so tief wie möglich in den Taschen seiner Jacke vergraben, geht Sam am Bus entlang bis zum Fenster der Mutantin und schaut zu ihr hoch. Für einen Sekundenbruchteil starrt sie auf ihn hinab, dann spuckt sie ihn an. Er sieht das Geschoß kommen, springt zurück, und es verfehlt ihn.

Plötzlich langt Sam nach oben, packt die Kante des Fensters und klettert am Bus hoch. Das Fahrzeug schwankt unter seinem Angriff. Im Innern schreien die Mädchen. Auf einmal klettert das gesamte Jungenteam am Bus hoch. Sam schiebt seinen Kopf durch das Fenster. Die Mutantin weicht nicht zurück. Sie kniet innerhalb seiner Reichweite auf ihrem Sitz. Sam schaut sich im Bus um, in dem Hysterie ausgebrochen ist. Er grient.

»Danke«, sagt er. »Ihr habt uns aufgemuntert.«

Die Mutantin betrachtet ihn kühl.

»Arschloch«, murmelt sie.

Rechts und links strecken die Jungs ihre Köpfe und teilweise auch die Schultern durch die Fenster in den Bus hinein. Einige von ihnen werden geküßt – die M&Ms sind ziemlich großzügig. Andere Jungs werden zurück nach draußen geschoben.

»Schnappt sie euch!« ruft die Mutantin plötzlich. »Holt euch ihre Hosen!«

Kreischend eilen die Mädchen aus dem Bus, während die Jungen sich aus den Fenstern winden. Diejenigen, die der Bustür am nächsten sind, stecken sofort in Schwierigkeiten, denn die Mädchen ziehen an ihren Jeans oder Trainingshosen, bevor sie flüchten können.

Da seine Schultern ihn daran gehindert haben, mehr als seinen Kopf durch das Fenster zu stecken, landet Sam problemlos auf seinen Füßen. Rick Woods, Billy Rank, Tim Kasten und Bither haben nicht so viel Glück: ihre Hosen hängen irgendwo zwischen Hüften und Knöcheln.

Die Trainerin der Mädchen bellt durch ein Megafon, das sie irgendwo im Bus gefunden hat: »Jede, die nicht im Bus und auf ihrem Platz ist, wenn ich bis zehn gezählt habe, wird suspendiert!«

Als die Mädchen zu ihren Plätzen rennen, ziehen die

Jungs genauso hektisch ihre Hosen hoch und verschwinden in ihrem eigenen Bus, direkt vor ihren Trainern und den Busfahrern, die sich zwischen ihnen bewegen wie die Treiber bei einer Moorhuhnjagd.

Als Sam in seinen Bus steigt, dreht er sich um und winkt der Mutantin zu. Sie kniet immer noch auf ihrem Sitz, das einzige Mädchen, das sich während des Handgemenges nicht gerührt hat. Man kann die Trainerin hören, wie sie die Mädchen anfährt. Die Fenster des Busses werden zugeknallt.

Nur das Fenster der Mutantin ist noch offen, als sich der Bus der Mädchen in Bewegung setzt und den noch haltenden der Jungen passiert. Da dreht Deanie Gauthier sich um, hebt ruhig ihr übergroßes Hemd hoch, zieht die Leggins runter und präsentiert den Spielern ihren nackten Hintern. Keine Tätowierung.

Vor Begeisterung grölend, stürzen die Jungen auf Sams Seite des Busses, um einen Blick zu erhaschen. Der Trainer explodiert, und der arme Busfahrer beugt sich über das Lenkrad und bedeckt seine Augen. Im Mädchenbus stürzt die Trainerin den Gang entlang auf die Mutantin zu. Bevor sie dort angekommen ist, hat die Mutantin die Hosen wieder oben und sitzt auf ihrem Platz.

Rick Woods windet sich auf seinem Sitz. Sein Lachen wird zu einem irren, atemlosen Heulen.

Die Glotzaugen des Trainers tauchen plötzlich vor Sams Gesicht auf. »Hüpfender Jesus! Ihr zwei solltet das Team leiten!«

Mit hochgezogenen Augenbrauen spreizt Sam in einer verständnislosen Geste die Hände, als habe er nur seinem Walkman gelauscht und die ganze Sache verpaßt.

Es dauert eine Weile, bis im Bus der Mädchen Ruhe einkehrt. Vorn sackt die Trainerin müde zusammen und schließt die Augen. Geräuschlos bewegt sich die Mutantin durch den Bus und spricht die anderen an. *Versammlung.* Sie deutet zum Heck des Busses, wo die Trainerin sie dank des Geschnatters der Cheerleader nicht mehr hören kann. Einige der Mädchen sind zuerst widerwillig, doch schließlich siegt die Neugier, zumal es sich um etwas dreht, das die Mutantin vor der Trainerin geheimhalten will. So sehr sie das Mädchen mit dem Kahlschädel auch verabscheuen, ihre Vorstellung von vorhin hat ihr doch eine vorübergehende Autorität verliehen.

»Wir sind die Captains«, protestiert Melissa Jandreau. »Wir sollten die Versammlung einberufen«, fügt Melanie hinzu.

»Jeder kann eine einberufen«, erklärt die Mutantin. »Wenn ihr das jetzt hört, werdet ihr euch ärgern, nicht von selbst draufgekommen zu sein.«

Sie berichtet ihnen von Sams Initiative.

»Schon gut, schon gut«, gibt Melanie zu. »Ich habe nie zuvor darüber nachgedacht, aber wenn mir jemand diese Möglichkeit angeboten hätte, dann hätte ich bestimmt mitgemacht.«

»Ist es das wert?« fragt Melissa. »Es wird einigen Ärger geben, um die Erlaubnis zu bekommen. Und wir können nicht mal sicher sein, daß es uns wirklich was bringt.«

»Es läuft alles auf eines hinaus«, sagt die Mutantin. »Wollt ihr es dieses Jahr nochmal mit der Meisterschaft versuchen?«

Die Mädchen schauen einander an.

Die Antwort von Melissa ist ein tiefes Grollen. »Meinetwegen.«

Die Mutantin grinst. »Dann wollen wir es folgendermaßen angehen…«

Seine Teamkameraden äußern lauthals Widerspruch, noch bevor Sam geendet hat. Rick schüttelt ungläubig den Kopf. Die Arme verschränkt, blickt der Trainer ihn düster an. Wohin Sam auch sieht, überall erwartet ihn ablehnende Körpersprache.

»Du stehst auf ihrer Seite?« fragt Todd Gramolini.

Sam nickt.

»Du solltest die billigen Drogen sein lassen, Sambot«, meint Pete Fosse. »Wenn sie mehr Zeit brauchen, sollen sie abends spielen.«

»Wann denn? Nachdem beide Teams gespielt haben? Nachdem sie zwei Stunden geübt und weitere zwei Stunden unser Training abgewartet haben?« kontert Sam.

Rick Woods stützt sich auf den Ellbogen und blickt auf den Boden.

Nicht sonderlich überrascht darüber, daß die Stimmung gegen ihn ist, schlüpft Sam auf seinen Sitz und starrt aus dem Busfenster. Er sieht die Spiegelung seines Gesichts, das wie ein geisterhafter Mond über die verkrümmten schwarzen Schatten von Bäumen und die holprigen Formen ungezäunter Felder wandert. Dichte Schneewolken verdunkeln den Himmel. Der einzige Mond, der in dieser Nacht aufgegangen ist, war der Hintern der Mutantin – eher ein umgedrehtes Herz, und keineswegs mondförmig. Sie hat hübsche Grübchen am Ende ihres Rückgrats. Den Arsch in einer derart kalten Nacht wie dieser rauszuhängen, das war schon was.

»*Ich will mein Klagen vergessen, ich will meine Schwermut zurücklassen*«, murmelt Sam seinem Spiegelbild zu.

»Tu das«, rät Rick ihm.

Sam schaut ihn an und hebt eine Augenbraue. »*Ist der Trost Gottes nicht genug für dich*?«

»Halt die Klappe, Prediger, und lies in deiner Bibel«, sagt Rick, »sonst mußt du dich gleich mächtig trösten lassen.«

»*Werden eitle Worte jemals verstummen*?« fragt Sam.

»Amen, Bruder Styles«, sagt Todd Gramolini und imitiert Sams salbungsvollen Ton.

Rick Woods gibt auf und schließt sich dem allgemeinen Chor von *Amen, Brüder* und *Gib uns Erleuchtung* an.

Sam wartet, bis wieder Ruhe eingekehrt ist. Er steht auf und schaut mit großer Feierlichkeit den Gang hinauf und hinunter.

»L-l-leckt mich«, sagt er mit beredtem Stottern, und die Jungen im Bus brechen in Lachen, Hochrufe und Applaus aus.

Vor der Greenspark Academy leert sich der Bus der Mädchen, während der der Jungen daneben anhält. Als Sam seinen Wagen aufschließt, sieht er die Jacke der Mutantin um die Ecke des Gebäudes verschwinden. Sie läuft in Richtung des Pfads, der den bewaldeten Hügel hinter der Schule emporführt; er wird sie ostwärts zur Kansas Street bringen, also genau in die entgegengesetzte Richtung von ihrem Heim in der Depot Street, unten im Dorf. Sam fährt auf der Hauptstraße ebenfalls nach Osten, biegt nach links in die Kansas ein und sieht sie einen Block weiter vor sich.

Er hupt. Sie bleibt stehen und blickt ihn trotzig an.

»Soll ich dich mitnehmen?« fragt Sam.

Es dauert nur einen frostigen Atemzug, da hat sie sich in Bewegung gesetzt, ist um den Wagen herumgeschlittert und hat sich in die Kabine geschwungen. Sie kriecht zitternd auf dem Sitz zusammen.

»Gott«, wimmert die Mutantin, »es ist so verdammt kalt.«

Sam hält eine Hand vor die Ventilationsöffnung: der Motor des Trucks wird erst in ein paar Minuten Wärme abgeben.

»Willst du meine Jacke haben?«

Sie wirft ihm einen säuerlichen Blick zu. »Scheiße, nein. Laß mich einfach an der Scotia raus.«

Chapin wohnt an der Scotia. Sam nickt.

»Nach deiner Show am Fenster und bei der Art, wie du gekleidet bist, müßte dir eigentlich der Hintern abgefroren sein«, meint Sam. »Hast du mit den Mädchen wegen der Halle gesprochen?«

Die Mutantin starrt aus dem Fenster. »Klar.«

»Die Jungs waren nicht begeistert.«

Das bringt sie nicht aus der Ruhe. »Wer braucht die schon? Laß mich hier 'raus.«

Genauso schnell aus dem Wagen, wie sie hereingekommen ist, eilt sie mit wehenden Mantelschößen die Auffahrt zu Chapin hinauf.

»Deanie!«

Sie wirft einen Blick über die Schulter.

»Nichts zu danken«, ruft er.

Sie winkt ihm zu und springt die Stufen hinauf. Er schaut zu, wie sie mit der flachen Hand gegen die Tür schlägt. Sie läßt ihren Rucksack und die Sporttasche fallen und hüpft von einem Fuß auf den anderen. Als J.C. die Tür öffnet, um sie hereinzulassen, fährt Sam weiter.

4

Als die zufallende Tür die Kälte ausschließt, kuschelt sich die Mutantin eng an J.C., um etwas von seiner Wärme abzubekommen. Er hebt sie hoch und läßt sie wieder herab, bis ihre Füße auf seinen stehen, und geht mit ihr ins Wohnzimmer hinüber, wo der Kamin fiebrige Hitze verbreitet. Dort schubst er sie von den Füßen, fängt sie auf, legt sie auf die Couch und gibt ihr den Walkman, den er gerade abgelegt hat, um zur Tür zu gehen. Als sie die Kopfhörer über ihre Ohren stülpt, hört sie Bob Dylan, der darauf besteht, jeder müsse stoned werden.

J.C. verschwindet in Richtung Küche und kehrt mit einem Becher heißen Kaffees und einem Zuckertopf zurück. Er enthält keinen gemahlenen, sondern Würfelzucker, der die Mutantin in kindliche Begeisterung versetzt. Sie versenkt vier Stücke im Kaffee, J.C. nimmt ihr die Kopfhörer und den Rekorder wieder ab und läßt sich damit neben sie auf das Sofa fallen. Er legt seine mit Turnschuhen bekleideten Füße auf den gläsernen Couchtisch. In Piratenmanier trägt er ein schwarzes Seidentuch um den Kopf, ein Muscle-Shirt und sackartige Pumphosen, deren Farben und Muster an eine ausgekotzte Pizza erinnern.

Seine Eltern sind nicht zuhause. In all der Zeit, die die Gauthier in diesem Haus verbracht hat, sind sie ihr nie begegnet. Die Mutantin vermutet, daß sie vergessen haben, wie sie herfinden können.

»Gewonnen?«

Sie nickt. Es ist unwichtig für ihn, aber sie mag es, daß er wenigstens so tut als ob. J.C. hat die Fähigkeit eines Vertreters, sich lange genug für seine Kunden zu interessieren, um sie davon zu überzeugen, er sei ein guter Freund. Die Eleganz seines Betrugs amüsiert sie.

Er holt einen Joint hervor und schwenkt ihn unter ihrer Nase. »Willst du abschalten?«

»Klar. Das hab' ich mir verdient.«

Er hebt eine Augenbraue. »Ach. Was haste denn gemacht, D.?«

»Dem Bus der Jungs meinen Arsch gezeigt.«

J.C. krümmt sich vor Kichern. »O Scheiße, ich verpasse all die tollen Sachen.«

Die Mutantin zuckt mit den Schultern. »Viel hast du nicht verpaßt, J.«

Grinsend nimmt er einen Zug und reicht ihr den Joint. »Samson muß es gefallen haben, wenn er dich hergebracht hat.«

»Er wollte nur einen Vortrag halten, mir erzählen, wie Jesus sein Leben verändert hat«, lügt sie, um witzig zu sein. »Es ist eine kurze Fahrt und so verdammt kalt draußen; ich dachte mir, so lange halte ich das schon aus.«

»Richtig. Muß die Kälte gewesen sein, wegen der deine Brustwarzen hochstanden, als du zur Tür reingekommen bist.«

Die Mutantin hält den Kaffeebecher an ihr Gesicht, um die Wärme zu spüren.

Langsam streckt J.C. seine Beine aus, hebt seine Hüften an und lehnt sich entspannt gegen das Rückenpolster der Couch. Er nimmt einen tiefen Zug und schließt seine Augen, während er den Rauch in der Lunge hält.

»Komm her«, sagt er etwas später, seine Stimme klingt rauchig vom Dope und von Verlangen.

Sie setzt den Becher ab und rutscht zu ihm. Nach einem weiteren Zug läßt sie die brennende Kippe im Aschenbecher liegen.

J.C. nimmt das Kopftuch ab. Sie bindet es sich um und befestigt es so, daß vor ihrem Gesicht eine Art Schleier entsteht. Er mag Verkleidungen.

»Gut, Schwesterchen«, kichert er.

Sie setzt sich rittlings auf ihn, und er läßt seine Hände unter ihr Hemd und in ihre Hosen gleiten, drückt ihre Pobacken und preßt seinen Schwanz gegen sie, während sie seine Zunge mit der ihren bearbeitet. Die Mutantin wehrt sich nicht, als er ihren Kopf zu seinem Schwanz hinunterdrückt. Sie ist müde und würde das hier gern schnell hinter sich bringen, was üblicherweise auch geschieht, wenn sie ihm einen bläst. Aber nach einem kurzen Moment unterbricht er sie und zerrt ihre Leggins herunter. Er kniet zwischen ihren Beinen, hebt ihren Hintern hoch und schiebt sein spuckebefeuchtetes Glied mit vorsätzlicher Grobheit in sie hinein.

Sie schließt die Augen und atmet den kräftigen Moschusgeruch seines Schweißes ein, den komplexen Duft seines teuren Aftershaves. Das hier ist Routine und nichts im Vergleich zu dem, was Tony mit ihr anstellt. J.C. schlägt sie nie, er teilt seinen Stoff mit ihr, und sein Körper ist jung und fühlt sich gut an. Warm. Für einen Moment vergißt sie das lächerliche Stoßen und Schieben. Sanft berührt sie seinen Nacken, während er sich abrackert. Sie ist weit weg von dem Körper, den er gerade benützt. Plötzlich sucht er hektisch nach ihrem Mund und beißt sie in die Unterlippe. Reflexartig rutscht sie von ihm weg und schreit vor Überraschung und Schmerz auf. Er wirft sich strampelnd und stöhnend wieder auf sie.

»In Ordnung«, sagt J.C. und löst sich nach einem Moment des atemlosen Zusammenbruchs von ihr. »Alles in Ordnung.«

Er zieht seine Hose hoch und geht nach oben.

Schweigend bindet sie das Kopftuch ab und betupft damit ihre blutende Lippe. Das Blut ist nur ein feuchter Fleck auf der schwarzen Seide. Sie rollt sich nah ans Feuer. Es ist wie ein Trip, in die Flammen zu schauen, und vor allem ist es warm. Das Feuer macht sie schläfrig. Das Haus der Chapins ist das hübscheste, das sie je von innen gesehen hat. Vielleicht hat sie J.C. nur deshalb an sich herangelassen, um hin und wieder hier etwas Zeit verbringen zu können.

J.C. kehrt mit einer kleinen Papiertüte zurück, die er in ihre Stofftasche steckt. Sie enthält Gras – das meiste davon wird sie außerhalb ihres Zuhauses verbergen, um Tony oder Judy davon abzuhalten, es sich anzueignen – und ihre Antibabypillen.

J.C.s Vater ist Arzneimittel-Vertreter – wie der Vater, so der Sohn, scherzt J.C. gern. Die Chapins wollen, daß J.C. Medizin studiert. Er ist damit völlig einverstanden, kann er es doch kaum abwarten, seinen eigenen Rezeptblock in die Finger zu kriegen. Bis dahin ist er aber zu schlau, etwas bei seinem alten Herrn zu klauen, von Kleinigkeiten wie den Antibabypillen für die Mutantin einmal abgesehen. Es ist nicht schwer, eine einzelne Monatspackung verschwinden zu lassen. Der alte Herr nimmt dann an, er habe sich verzählt oder jemand in der Fabrik habe Mist gebaut.

Er gibt ihr für ihre Lippe ein feuchtes Tuch, in das ein Stück Eis eingehüllt ist, und läßt sich dann neben ihr nieder.

»Tut mir leid. Ich hab' die Beherrschung verloren.«

Sie zuckt die Schultern. Abgesehen von der empfindlichen Lippe und dem Schmerz zwischen ihren Beinen ist es fast schon so, als habe es Sex nie gegeben.

»Haben die Jungs heute abend gewonnen?«

»Klar.«

»Ich habe über Samson nachgedacht«, sagt J.C. und langt nach dem kalten Stummel.

Die Augenlider der Mutantin senken sich plötzlich.

»Slammer ist ein Android«, sagt sie. »Er hat soviel Verstand wie ein Videospiel. Seine Schaltkreise warten blinkend darauf, daß jemand eine Diskette reinschiebt, entweder eine fürs Einkaufen oder eine fürs Ballspielen. Steck die Diskette rein, und die Maschine aus Fleisch geht los, redet und spielt, aber darüber hinaus gibt es in seinem Dachstübchen nur statisches Rauschen.«

J.C. lacht auf und hält ihr den wieder angezündeten Joint hin. Sie nimmt ihn, zieht daran und hält den Rauch in den Lungen.

»Wenn du ihn dafür interessieren kannst«, sagt J.C. schließlich, »gebe ich dir ein paar Proben für ihn mit. Möglicherweise kann er Speeds brauchen. Laß ihn wissen, daß ich ihm alles besorgen kann, was er haben will – Muntermacher, Steroide – alles, was es gibt. Wenn er was kauft, gebe ich dir eine Provision.«

Sie ist bereit, die Suspendierung vom Team zu riskieren. Es liegt ein gewisser Reiz darin, mit dieser Vorstellung zu flirten, und außerdem möchte sie nicht eines Tages in den Spiegel schauen und eine weitere arschkriechende, angepaßte Spielerin sehen. Aber mehr als die Suspendierung will sie nicht riskieren. Sie hat nie mehr als einen einzigen, leicht loszuwerdenden Joint oder ein paar Pillen bei sich. Und sie weigert sich hartnäckig, für J.C. zu dealen.

»Ach was, der ist so gradlinig, daß man ihn als Lineal in einem Ingenieurbüro benutzen könnte. Ich habe dir schon früher gesagt, daß ich nicht für dich mit Shit handeln werde. Falls er – und das ist genauso wahrscheinlich, wie daß ich die Miß-Amerika-Wahl gewinnen werde – falls Samson eines Tages eine Nachricht von Jesus erhält, er müsse unbedingt im Polizeibericht auftauchen, dann werde ich das für dich tun, aber auch nur dann.«

J.C. hält inne, die Kippe zwei Zentimeter von seinen Lippen entfernt, und lächelt. »Wie auch immer. Ist deine Sache, Mädchen.«

Mit klagendem Miauen huscht die Siamkatze aus dem Schatten hervor und streicht um Sams Knöchel, als er die Treppe zum hinteren Eingang hinaufgeht. Hunger, ausgelöst durch den Geruch von brennendem Holz in der Luft, nagt an seinen Eingeweiden – und löst beinahe Krämpfe aus, als der erste warme Duft des Abendessens aus der Tür dringt, die sein Vater für ihn öffnet. Reuben begrüßt ihn wegen des guten Spiels mit festem Handschlag. Pearl, an der Indy herumkrabbelt, küßt ihn auf die Wange.

Vor Hunger von Kopfschmerzen geplagt, hat Sam den Löffel schon in seinem Essen, bevor Reuben den Teller absetzen kann. Pearl hat sich selbst übertroffen: Die Paella ist würzig, dick und sättigend. Während er sie wegschaufelt, blättert er den kleinen Stapel Briefe neben seinem Teller durch. Collegeprospekte und andere unwillkommene Erinnerungen an das, was die Zukunft für ihn bringt.

Er hat schon einen ganzen Aktenordner voll von Anfragen, ob er an diesen oder jenen Sommer-Basketball-Camps teilnehmen wolle. Obgleich er bei einer Reihe von Auswahlspielen dabei war, hat er niemals eine Einladung zu Sommertournieren oder Basketball-Camps angenommen. Immer, wenn der Trainer mit ihm über SEINE ZUKUNFT reden will, erinnert sich Sam an dringende Geschäfte, die er andernorts erledigen muß.

Sein Eignungstest im Frühjahr endete mit einer Katastrophe. Er war wie vernagelt, so als hätte er nie mit Romney geübt, nie die offizielle Einstufungsprüfung bestanden. Jeder in der Schule weiß, daß er seinen Test schon nach vierzig Minuten abgab und direkt zum Waschraum marschierte, wo er sich die Gedärme aus dem Leib kotzte. Romney hatte ihn schließlich dazu überredet, weiterhin an der Prüfung teilzunehmen, und er hatte auch zugestimmt, aber nicht zu seiner alten Form zurückgefunden. Mit unterdurchschnittlichen Noten war ihm nur der Weg durch die Hintertür geblieben, nämlich in der College-Mannschaft mitzuspielen – und möglicherweise würde er sogar für ein oder zwei Jahre an ein auf akademische Nachhilfe spezialisiertes College gehen müssen. *Nicht schlau genug, um den Abschluß zusammen mit deinen Kameraden zu schaffen? Wir tun dir einen Gefallen, weil du einen genetischen Glückstreffer gelandet hast, der dich groß und stark und sportlich gemacht hat.* Eine Demütigung – und eine Erinnerung an jene vierzig Minuten, in denen er versucht hatte, den Stift in seiner schwitzenden Hand und die Gedärme im Bauch zu halten. Irgendwie verdarb das seine echten Erfolge, sowohl die auf dem Platz als auch die außerhalb davon.

Eine Postkarte liegt im Stapel, das übliche kurze, überschwengliche Geschreibsel seines Bruders Frankie vom Persischen Golf, wo sich seit August ein Krieg anbahnt. Sam weiß nicht, wie er damit leben soll, wenn er selbst Gratis-Turnschuhe erhält und sich seinen Weg durch die beschissenen Kurse schummelt, um einen College-Platz zu ergattern, während sein Bruder sein Leben aufs Spiel setzt für die gerade aktuelle patriotische Sache: Öl, die Abwehr von Ungläubigen oder was auch immer. Im Grunde geht es doch stets nur darum, welcher von zwei alten Männern den längeren Schwanz hat.

Er nimmt den Nachtisch – heute sein Lieblingsgericht: mit Schokoladen-Kokosnuß-Creme gefüllte Teigtaschen – mit nach oben, wo er essen kann, während er sich in die Ultrakurzwelle einstöpselt.

Das Geschrei des Babys weckt ihn. Es ist sehr kalt und immer noch dunkel draußen. Die Uhr zeigt 3:50. Im Haus ist es etwas zu still. Scheiße, die Heizung.

Er zieht einige Kleidungsstücke über und geht nach unten. In Decken gehüllt sitzt seine Stiefmutter in ihrem Schaukelstuhl dicht vor dem antiken Holzofen in der Küche. Das Feuer im Ofen tost und brüllt. Reuben hat es auf dem Weg in den Keller geschürt. Indy steckt irgendwo unter Pearls Dekke, wenn man nach den erstickten kleinen Schreien gehen kann, die darunter hervordringen. Pearl bewegt sich etwas, und plötzlich stößt Indy begeistert schnüffelnde Laute aus, was sie immer tut, wenn sie weiß, daß die Brustwarze in Reichweite ist. Das ist ihre Art, mit dem Löffel am Zellengitter entlangzuscheppern. Schmatzend und schnaufend spielt sie, auch nachdem sie ihr Ziel gefunden hat, den Gefangenenaufstand weiter. Pearl zuckt zusammen, als das Baby zubeißt. Schläfrig lächelt sie Sam zu.

Sam zieht die Jacke an und bewegt sich in Richtung Keller. Reuben liegt mit dem Rücken auf dem schmutzigen Boden und leuchtet mit einer Lampe in die Innereien des toten Ofens.

»Weißt du, woran's liegt?« fragt Sam.

»Hauptsächlich daran, daß dieser verdammte kleine Brenner nicht dafür gedacht ist, auf Dauer das ganze Haus zu heizen. Joe hat ihn als Sicherung eingebaut, damit die Rohre nicht einfrieren können, wenn er mal nicht da war, um das Feuer in Gang zu halten. Der alte Sack hat in seinem ganzen Leben nie mehr beheizt als den Raum, in dem er sich gerade aufhielt.«

»Kann ich irgendwas tun?«

»Mach mir etwas Tee«, grunzt Reuben, »und schau nach dem Holzvorrat.«

Sam schlurft nach oben und setzt den Kessel auf. Er schiebt ein weiteres Holzscheit ins Feuer, das jetzt reichlich Wärme abgibt. Unten im Keller hört er Reuben fluchen. Kein gutes Zeichen. Sam geht wieder runter und reicht Reuben Werkzeug zu, bis der Ofen wieder rumpelt.

Vor dem Frühstück probiert Sam seinen Truck aus, der es dem Brenner nach Kräften gleichtut. Er hat vergessen, die Motorheizung einzuschalten. Das wird er sich wohl auch auf einem seiner zahlreichen Erinnerungszettel notieren müssen. Er holt das Kabel von Reubens Wagen und schließt es an. In der Küche macht er sich eine Tasse Instant-Kakao.

»Ich möchte ein Stück vom Wald verkaufen und das Geld für einen neuen Brenner verwenden«, teilt Pearl gerade Reuben mit.

Reuben schüttelt den Kopf. Er trägt noch immer die Jacke, die er angezogen hat, um unten im Keller am Ofen zu arbeiten. Indy sitzt in seiner Armbeuge, während er sie mit Apfelmus füttert.

»Nein. Das Land gehört dir. Und Indy. Wir haben schon genug von deinem Geld ausgegeben. Außerdem läuft es gegenwärtig auf dem Immobilienmarkt recht flau. Du könntest derzeit nicht mal ein Haus zur Rechten Gottes loswerden, selbst wenn du gratis Kabelanschluß und einen Radiowecker dazugibst.«

Pearl wendet ungeduldig einen Pfannkuchen und schlägt mit dem Heber drauf. »Dann verkauf das Holz auf dem Land. Wir müssen einen neuen Ofen haben. Das Baby wird den ganzen Winter über krank sein, wenn wir weiter in dieser Kälte leben müssen.«

»Herr im Himmel«, regt Reuben sich auf, »erzähl mir etwas, das ich noch nicht weiß.«

Erschreckt durch die laute Stimme, fängt Indy an zu heulen.

»Ich werde dir was sagen«, erklärt Pearl, »außer deinem gottverdammten Yankee-Stolz gibt es keinen vernünftigen Grund dafür, daß wir uns am frühen Morgen in die Haare kriegen, bloß weil es zum Schlafen zu kalt ist!«

Reuben schaukelt das Baby, um es zu beruhigen, doch sein Mund ist vor Ärger verzogen. »Also gut. Gib mir Zeit, mich umzuhören, ob ich mit irgendwem einen Tauschhandel arrangieren kann.«

Pearl knallt einen Teller mit Pfannkuchen vor ihn hin.

»Wenn ich das nächste Mal wegen eines nicht funktionierenden Ofens aufwache, ziehe ich los und kaufe selber einen neuen.«

Reuben springt auf und gibt ihr das Baby. Er schnappt sich den Teller und schleudert ihn an die Wand. Das Baby kreischt wegen des splitternden Porzellans, und Pearl geht in Deckung. Reuben packt seine Jacke und stürmt wutschnaubend zur Tür hinaus.

»Du schweineköpfiges Arschloch!« Pearl stellt sich auf die Zehenspitzen, um hinter ihm herzuschreien.

Indys Angstgeheul wird lauter. Pearl wiegt sie und verwandelt sich dabei schlagartig von der Furie in die sorgende Mutter. Eine Hand im Nacken des Babys, klopft und tätschelt sie es, bis Indy rülpst und nur noch leise winselt.

Wortlos sammelt Sam die Scherben des Tellers und die Überreste der Pfannkuchen auf und wischt die Wand mit einem Lappen ab.

Im Vorgarten stapft Reuben ein Weilchen auf und ab und schleicht dann mit niedergeschlagenen Augen ins Haus zurück.

»Es tut mir leid«, sagt er. »Schweineköpfiges Arschloch?«

Als Pearl der Kleinen die Nase putzt, verzieht sich ihr Mund zu einem Lächeln.

Sam meint versöhnlich: »Wir sind alle zu früh aufgestanden.«

Die drei schauen sich gegenseitig an, und Pearl lacht.

»Wahrscheinlich«, sagt sie.

Reuben schließt sie und das Baby in seine Arme. »Ich werde noch heute etwas wegen des Ofens unternehmen.«

Später, als sie das Haus verlassen, hält Reuben Sam an der Hintertür fest.

»Tut mir leid wegen des Ausbruchs«, sagt er.

Sam blickt zurück in die Küche, wo Pearl Indy wickelt, bevor sie zur Arbeit geht.

»Wir sollten heute abend mit ihr essen gehen«, sagt Sam. »Ich hätte Lust auf etwas Chinesisches.«

Reuben grinst. »Warum nicht. An einem Tag, an dem ich das Geld für einen neuen Brenner zum Fenster rausschmeiße, fällt eine weitere Belastung der MasterCard nicht mehr ins Gewicht als ein Päckchen Kaugummi.«

Die Spielplätze vor der Schule sind leer, abgesehen von herabgefallenen Blättern und einigen kaum identifizierbaren gefrorenen Lumpen. Rick Woods hüpft und schlittert über den Parkplatz auf Sam zu; gemeinsam betreten sie die Schule.

Die meisten Mitglieder des Mädchen-Teams lungern erwartungsvoll auf dem Flur vor der Turnhalle herum. Mit undurchsichtigen Mienen, als wären sie Wachtposten, die an einer Straßenecke auf die Ankunft einer gegnerischen Bande warten, haben sich einige der Jungs vor der Tür zusammengerottet. Die Mutantin steht auch dort. Sie hat keck eine Hüfte vorgeschoben und verfolgt gespannt das Geschehen.

Sam nickt allen freundlich zu und schließt die Tür auf. Sie folgen ihm in die Halle, die Mädchen murmelnd und kichernd, die Jungs schweigend und angespannt. Als er die Gerätekammer öffnet, erscheint die Mutantin neben seinem Ellbogen und stößt den Ball, den er aus dem Regal nimmt, aus seiner in ihre Hand.

»Wir nehmen die Halle«, verkündet sie.

Sam schaut zu, wie sie leichtfüßig zur Mitte des Raums geht. Die Mädchen sind bereits auf dem Spielfeld. An den Seitenlinien stehen die Jungen zusammen und werfen sowohl Sam als auch den Spielerinnen ärgerliche bis angewiderte Blicke zu. Sam verschränkt die Arme und lehnt sich gegen die Tür der Kammer.

»Scheiß drauf«, sagt Pete Fosse und geht quer über das Feld auf die Mutantin zu. »Gib den Ball her, du Pißnelke.«

Unbeeindruckt gibt sie den Ball an Billie Figueroa ab und zeigt Fosse einen Vogel.

Tim Karsten schließt zu Figueroa auf. Als sie versucht, den Ball an Nat Linscott weiterzugeben, schnappt Tim ihn sich. Lachend läuft er von den Mädchen fort. Mit wütendem Geschrei stürzen die Mädchen hinter Tim her, doch plötzlich sind die anderen Jungs da und bilden einen Wall, als gäbe es eine feste Regel, die in solchen Fällen eine bestimmte Aufstellung vorschreibt. Die Mädchen bremsen ab und bleiben stehen.

»Verschwindet vom Feld«, sagt Fosse und schwenkt seinen Daumen in Richtung der Seitenlinie.

Die Mutantin geht auf ihn zu. »Auf gar keinen Fall. Heute gehört die Halle uns.«

Sam nähert sich und winkt mit dem Finger Fosse zu sich, dem Kasten den Ball gegeben hat. Sam streckt seine Hand aus. Pete zögert. Woods, der Co-Captain, steht plötzlich neben Sam. Pete entläßt den Ball in Sams Hand und wird mit einem Lächeln belohnt.

»Fünf gegen fünf«, sagt Sam.

Inmitten eines Ausbruchs von Flüchen und Protesten auf Seiten der Jungen stößt die Mutantin einen triumphierenden Schrei aus. Fosse greift nach dem Ball, aber Sam hält ihn hoch über seinem Kopf.

»Na, na, Peteybird«, sagt Sam mit sanftem Tadel. »Gram, Woods, Michaud, Fosse und ich spielen für die Jungs.«

»Black, Carver, die M&Ms und ich!« ruft die Mutantin.

Alle Mädchen außer jenen, die sie genannt hat, begeben sich zum Spielfeldrand. Die Jungen bleiben an Ort und Stelle und diskutieren untereinander. Schließlich gehen sie ebenfalls zum Rand und lassen nur Rick Woods und Billy Rank zurück, um für die Jungs anzutreten.

»Freiwillige?« fragt Sam.

Joey Skouros, für alle der heißeste Kandidat für den Titel ›Größter Trottel des Universums‹, schlurft zurück aufs Spielfeld und zuckt unter dem Hagel von Flüchen und Verwünschungen zusammen, der von Seiten seiner Teamkameraden auf seinen schlecht frisierten Kopf niederprasselt. Sam, der als Schiedsrichter fungiert, bestimmt Skouros für den Aufschlag. Skouros schafft es, seinen fast zwei Meter großen, massigen Körper hoch genug zu heben, um den Ball in Woods' Hände zu schlagen.

Das Getümmel beginnt. Sam verläßt den Platz lange genug, um seine Kassette in die Musikanlage zu stecken. Als er zurückkehrt, hat die Mutantin Woods den Ball abgenommen und läuft mit ihm zum Korb der Mädchen. Rick schaut ausgesprochen belämmert drein. Die Jungs am Spielfeldrand johlen über Woods und Skouros. Und dann über Rank, der stolpert und stehenbleibt. Skouros geht plötzlich zum Rand. Die Hände in die Hüften gestemmt, schaut Rick Woods zu Sam hinüber und verläßt dann ebenfalls den Platz. Billy Rank wirft Sam einen flehentlichen Blick zu und folgt Woods.

Die Mutantin wirft den Ball sanft durch den Ring. Er landet in Melissa Jandreaus Händen. Melissa dribbelt und schaut zu Sam hinüber, um zu sehen, was als nächstes geschieht.

Er zuckt mit den Schultern und läuft auf den Platz, als das Ende des Startbands seiner Kassette den Tonkopf passiert. Leise Töne erklingen, und dann drängt die vibrierende, gutturale Stimme von Wilbert Harrison:

Together we will stand,
divided we fall,
come on people,
let's get on the ball
and work together.
Come on, come on
let's work together.
Now now people,
say now together we will stand,
every boy girl woman an man.

Seine Musikauswahl bringt die Mutantin zum Grinsen. Sam tanzt geradezu danach. Er täuscht, Melissa fällt darauf rein, und er schnappt ihr den Ball weg, dreht sich und läuft auf den Korb zu. Die Mutantin ist ihm auf den Fersen, und der Rest ihres Teams spurtet los, um vor ihm dort zu sein.

»Ah yeah!« ruft er zusammen mit Wilbert Harrison. »Aw look a here, look a here!« Kurz vor dem Korb schnellt er senkrecht hoch und versenkt den Ball über den Köpfen der Verteidigerinnen.

Er landet inmitten von Applaus und Hochrufen. Die Atmosphäre ist plötzlich rauh und herzlich. Kopfschüttelnd trottet Rick Woods wieder auf den Platz und klatscht in die erhobenen Hände. Die Mutantin nimmt den Ball und begibt sich zur Spielfeldmitte.

»Verteidigung!« ruft Todd Gramolini und strebt seinem Platz auf dem Feld zu.

Grinsend stolpert Joey Skouros hinter Gram her, und Billy Rank folgt ihm.

Am Spielfeldrand tanzen die restlichen Mitglieder der beiden Teams miteinander: Mädchen mit Mädchen, Mädchen mit Jungen und ein Junge – Kevin Bither – mit zwei Mädchen. Jeder, der zufällig in die Halle schaut, wird sich fragen, ob dort statt eines Basketball-Trainings eine Party stattfindet. Der einzige Außenseiter ist Fosse. Er verschwindet.

Sam wendet sich wieder der Mutantin zu. Der Zweikampf ist nur auf den ersten Blick lachhaft: Deanie ist viel kleiner und leichter als er, aber, bei Gott, sie hat es drauf. Wenn er tanzt, betreibt sie Kick-Boxen. Sie hat weniger Kraft als er, aber dafür mehr Mumm, als er das bei einem Mädchen erwartet hätte. Oft genug hat er sie auf dem Platz gesehen, um mit der Intensität ihres Spiels vertraut zu sein, aber an diesem Morgen hat sie sich selbst aufgepowert, um seinen Größen- und Gewichtsvorteil wettmachen zu können. Die Kleine ist so wieselflink, daß er sich echt anstrengen muß.

Als er sich der Mutantin nähert, wird ihm bewußt, daß sie beide die Situation aus seinem Traum im Bus herbeigeführt haben. Es beruhigt ihn zu wissen, daß er diesmal nicht seinen Mannschaftsdress anhat, sondern einen einteiligen Trainingsanzug und einen Pullover. Klamotten also, deren plötzliches Verschwinden ziemlich unwahrscheinlich sein dürfte. Und sie trägt abgeschnittene Jeans über einem von diesen Body-Stockings, die den ganzen Körper bedecken und nur die Beine ab Wadenmitte freilassen. Natürlich sehen ihre Sachen aus wie von der Rot-Kreuz-Sammlung. Wenn sie die Arme hebt, wird die sanfte, blasse Rundung ihrer Brust durch eine ausgefranste Naht unter dem Arm sichtbar, und der schwarze Stocking schimmert durch die Risse in den hautengen, abgeschnittenen Jeans.

Die Musik hebt seine Stimmung, und alles kommt ihm in einer Weise richtig vor, die dem Traum abging. Er ist froh darüber, als zweites Stück auf dem Band harten Rock von ZZ Top ausgewählt zu haben.

»Macht sie fertig!« ruft er.

Seine Jungs grinsen einander an. Die Mädchen werfen sich hektische Blicke zu. Die allgemeine Heiterkeit vergeht. Die Nicht-Spieler hören auf zu tanzen, schauen zu und tauschen leise Kommentare aus. Die Mutantin ruft Deb Michaud ins Spiel, um Megan Black zu ersetzen. Meggie sieht erleichtert aus.

Sam nimmt den Ball wieder von Nat Linscott an und gibt ihn an Skouros weiter. Die Mutantin ist wie der Blitz bei Joey, stürmt um ihn herum und versucht, ihm den Weg abzuschneiden.

»Pimmel«, sagt sie zu Sam, als sie hinter ihm läuft.

»Lutsch mich doch«, gibt er zurück.

»Jederzeit«, erhält er zur Antwort.

Neben ihm kichert Rick Woods.

Und es wird Sam wie eine Offenbarung klar: Behandle die Mutantin wie einen Kerl. Für sie ist das eine Respektbezeichnung.

Als die Glocke zum Unterrichtsbeginn ruft, beugt sich die Mutantin keuchend vor und umklammert ihre Knie.

Mit dem Ball im Arm bleibt Sam neben ihr stehen. »Alles in Ordnung?«

»Du Hurensohn«, schnauft sie. »Ich fühle mich wie eine Maus, die einen Elefanten flachlegen will.«

»Willst du den Titel gewinnen oder nicht?«

Sie schaut gereizt auf. »Mach's dir doch selber.«

Er bemüht sich, keine Miene zu verziehen. »Hier und jetzt? Das hättest du wohl gerne.«

Immer noch kurzatmig, beginnt sie zu lachen und bekommt einen Hustenanfall.

Rick Woods verschränkt die Arme und lehnt sich mitsamt dem Stuhl zurück. Seine Freundin Sarah sitzt neben ihm, eine Hand besitzergreifend auf seinem Knie.

»Da haben wir aber die Scheiße aus diesen Muschis geprügelt.«

Sarah stößt ihm fest in die Rippen, und er zuckt zusammen. Sein Gesicht verzieht sich zu einer Grimasse. »Ich mag dieses Wort nicht«, sagt sie.

»Red doch keinen Scheiß«, blafft Rick.

Sarah springt auf und stapft davon. Die Jungs schauen ihr nach.

»Noch etwas, wofür ich mich bei dir bedanken kann«, murmelt Rick Sam zu. »Wie ich eben sagte, es hat Spaß gemacht, aber wo bleibt der positive Nutzwert?«

Sam fischt eine Muschelschale aus der übriggebliebenen

Paella in seiner Thermostasse. »Es hat mit ihrem Titelgewinn zu tun. Wenn sie uns schlagen können, dann können sie jeden schlagen.«

Pete Fosse zerquetscht seine leere Maiskolben-Verpackung zwischen den Händen. »Wen interessiert es denn, ob sie den Titel kriegen. Die Weiber können mich mal.«

Sam beugt sich vor und spricht eindringlich. »Was uns schlagen könnte, das ist ein Team von Nirgendwo: Eine Mannschaft, die es eigentlich gar nicht schaffen dürfte, es aber trotzdem tut, weil sie es wirklich will. Und weil wir nicht daran gewöhnt sind, gegen jemanden anzutreten, der so dringend gewinnen will, daß er tatsächlich glaubt, uns schlagen zu können. Gauthier spielt wie eine wilde Bestie. Hört zu: Wir spielen weiterhin gegen sie so, wie wir es heute morgen gemacht haben. Wir stampfen sie in Grund und Boden. Gönnt ihnen nicht die geringste Pause.« Er hält inne und versucht, sich zu erinnern, ob er irgend etwas vergessen hat. »Foult nicht mehr als unbedingt sein muß, dann kann auch niemand behaupten, wir hätten sie begrabscht.«

»Scheiß drauf!« platzt Kevin Bither heraus. »Wenn du uns schon mit Mädchen spielen läßt, dann dürfen wir auch überall hinlangen, wo wir drankommen. Du wirst sie alle dabei erwischen, Sambot. Wir haben auch unsere Bedürfnisse.«

Rüde Kommentare über die Perversität von Bithers Bedürfnissen werden laut.

Rick Woods schweigt noch.

»Ich glaube, du hast verloren, Sam«, sagt er schließlich. »Der Mist, den du dir über Kopfhörer 'reinziehst, hat deine Gehirnzellen schrumpfen lassen.«

Sam schiebt mit der Fingerspitze die leere Muschelschale herum. »Wenn es warm ist, spielen wir Volleyball mit ihnen, oder Softball. Reg dich ab, Rick. Falls es nicht klappt, nutzen wir halt abwechselnd die Halle.«

Rick schüttelt zweifelnd den Kopf.

Sam stößt ihn an, und Rick schaut über seine Schulter. Auf der anderen Seite der Cafeteria führen Sarah und die Jandreau-Zwillinge einer Gruppe von Mädchen Tanzschritte vor, die sie bei MTV aufgeschnappt haben müssen. Sarah schaut in Ricks Richtung und läßt die Hüften kreisen.

»O mein Gott«, stöhnt Rick. »Sie läßt mich bestimmt Scheiße fressen, ehe ich wieder 'randarf.«

Sam hebt die Augenbrauen und schiebt eine Schachtel mit Salzgebäck zu Rick hinüber. »Möchtest du vorher einen Cracker?«

5

Pickelige Schulschwänzer sammeln sich auf dem Flur vor dem Sekretariat. Die Wandschränke der Neuen befinden sich ganz in der Nähe, und am Ende des Tages verwandelt sich dieser Platz in eine Art Rattenlabyrinth, in dem pubertätsgeplagte Heranwachsende verzweifelt den Ausgang suchen. Sams Weg wird durch zwei Neulinge versperrt, die plötzlich aufeinander einschlagen.

Einen der Kämpfer erkennt er als Kevin Bithers jüngeren Bruder Bobby, der kleinste Junge in der untersten Klasse. Der andere ist ein schlampiges, fettes Kind mit dicken Brillengläsern und einer Bart-Simpson-Frisur. Es ist keine heroische Prügelei, nicht einmal eine mäßig Interesse erweckende Auseinandersetzung. Die beiden grunzen lediglich viel und schubsen sich etwas herum. Sam schert sich wenig darum, wer angefangen hat, oder was der Anlaß war. Die Bengel sind ihm im Weg. Er zerrt Bobby von dem fetten Vierauge fort und stößt ihn unsanft gegen einen Schrank. Der andere, der anscheinend nicht sehr helle ist, schlägt Luftlöcher, als Bobby so plötzlich aus seiner Reichweite verschwindet.

»Macht das draußen ab«, sagt Sam. »Hier stört ihr den Verkehr.«

Laliberte sitzt an seinem Schreibtisch und winkt Sam in sein Büro herein. Die beiden Trainer haben sich bereits dort eingefunden und schlürfen billigen Bürokaffee aus Styropor-Bechern.

Unvermittelt, wie zuhause die Siamkatze, taucht die Mutantin auf und schlurft hinter Sam in den Raum. Sie läßt sich auf einen der beiden Stühle vor dem Schreibtisch des Rektors fallen und hebt ihre Füße, um sie auf das polierte Mahagoni zu legen.

Ihre Trainerin bellt: »Gauthier! Die Füße auf den Boden. Und werd den Kaugummi los!«

Die Mutantin setzt gehorsam die Füße auf die Erde und steckt ihre Finger in den Mund, um einen Klumpen Kaugummi herauszuholen. Sie begutachtet ihn, schaut umher und klebt ihn schließlich zwischen ihre Augenbrauen.

»Gauthier!« grollt die Trainerin.

Die Mutantin runzelt die Stirn, und der Kaugummi fällt in ihre Hand. Sie lehnt sich zur Seite und wirft ihn in den Papierkorb neben dem Schreibtisch des Rektors.

»Treffer«, sagt sie.

Sam hockt schlaff auf dem anderen heißen Stuhl. Er ist sich bewußt, daß sein Trainer ihn argwöhnisch beobachtet.

Die Stirn in Falten gelegt, beugt sich Laliberte vor und preßt die Fingerspitzen aneinander. Er räuspert sich und lächelt sein Ich-bin-ein-verständnisvoller-Rektor-Lächeln.

»Die Benutzung der Turnhalle vor dem Unterricht ist ein Privileg, kein Recht. Heute Morgen haben Sie beiden dieses Privileg auf eigene Faust neuinterpretiert. Und zwar ohne Zustimmung der Verantwortlichen, ja sogar, ohne sich darüber mit Ihren Kameraden zu verständigen. Was haben Sie dazu zu sagen?«

Die Mutantin nimmt eine gelangweilte Haltung ein, wirft den Kopf zurück und starrt an die Decke.

»Mr. Styles«, sagt Laliberte mit einiger Ungeduld.

Sam deutet auf das Handbuch für Studenten, das zur Handbibliothek auf Lalibertes Tisch gehört. »Dort heißt es, die Halle steht für Trainingszwecke zur Verfügung. Von Jungen oder Mädchen wird nichts erwähnt. Wir haben uns mit unseren Teamkameraden besprochen, und das Ergebnis war unentschieden. Ich hatte vorgeschlagen, einen täglichen Wechsel zu vereinbaren, aber heute morgen waren die Mädchen schon da und bereit zu spielen. Sie einfach rauszuwerfen, wollte ich nicht auf meine Kappe nehmen. Es schien mir ein vernünftiges Experiment zu sein, die Halle gemeinsam zu benutzen. Was zählt, ist doch, daß es funktioniert hat.«

Sam schwitzt heftig. Flehentlich schaut er in der Hoffnung auf Unterstützung zur Mutantin hinüber, doch die ist anderweitig beschäftigt. Immer eine große Klappe, außer wenn man sie braucht. Dann ist sie mit der höchst wichtigen Aufgabe beschäftigt, die Fliegenscheisse an der Decke zu zählen.

Plötzlich kommt Bewegung in sie. Die Mutantin springt auf, beugt sich über Lalibertes Schreibtisch und schiebt ihr Gesicht dicht vor seine Nase. »Es ist auch unsere Halle.«

Dann wendet sie sich an die Trainerin: »Als wir da reingingen, wollten wir nur unseren Anteil an der Hallennutzung. Eines ist uns aber klar geworden: Wenn wir regelmäßig mit den Jungs spielen, werden wir so stark, daß uns keiner mehr schlagen kann. Wir haben noch nie so hart gespielt wie heute Morgen.«

Mit verschränkten Armen hört die Trainerin aufmerksam zu und wendet sich an den Rektor. »Ich habe einiges von dem Spiel gesehen, und ich war überrascht, wie die Mädchen dort gekämpft haben. Ich neige dazu, die Sache weiterzuverfolgen.«

Sams Trainer schnaubt ungläubig. Er klopft sich mit dem Daumen gegen die Brust. »Schön und gut für die Mädchen, aber was bringt das meinem Team? Die Jungs gewöhnen sich daran, die Mädchen zu überrennen, und verlieren allen Biß. Außerdem ist das ein Sport mit Körperkontakt. Bedenken Sie nur die Größenunterschiede. Jemand könnte verletzt werden. Wenn dieser Klotz hier auf eines der Mädchen fällt, zerquetscht er sie womöglich.«

Der Rektor und die Trainerin lachen, und Sam lächelt selbstbewußt. Die Mutantin ist damit beschäftigt, einen Faden aus ihrem T-Shirt zu ziehen.

»Davon abgesehen«, fährt der Trainer fort und wird rot, »mag ich es nicht, wenn Jungen und Mädchen zusammen spielen. Als nächstes werden sie sich… befummeln…«

»Also bitte«, unterbricht ihn die Trainerin empört.

Die Mutantin springt ein. »Es ist doch nur Gerangel. Die meiste Zeit laufen und werfen wir.«

Sam blickt schleunigst zu Boden. Sie lügt, und das weiß ihre Trainerin auch. Das war heute morgen keine Gerangel, sondern ein richtiges Handgemenge.

Laliberte seufzt laut, ein Zeichen dafür, daß er mit dem

Gedanken spielt, das Kind in den Brunnen fallen zu lassen, wenn ihm niemand eine bessere Lösung anbieten kann.

Sam räuspert sich, und alle sehen ihn an. »Die Jungs werden etwas dazulernen. Wenn die Mädchen stärker werden, müssen die Jungs sich ständig neu darauf einstellen. Ich habe ihnen gesagt – die gefährlichsten Gegner in diesem Jahr werden die sein, die wir unterschätzen, diejenigen, von denen wir glauben, wir könnten sie überrennen, und die dann zeigen, daß sie mehr Feuer als wir in sich haben. Die Mädchen sind sehr mutig und schwer einzuschätzen. Ich glaube«, er holt tief Luft, »es ist einen Versuch wert.«

Laliberte schaut die Trainer fragend an.

»Ich auch«, sagt die Trainerin.

Sams Trainer schnaubt angewidert. »Es wird Ärger geben, verlassen Sie sich darauf!«

Laliberte nickt feierlich. »Ich werde das im Hinterkopf behalten. Miss Gauthier, ich würde gerne ein Wort mit Ihnen allein sprechen. Mr. Styles, danach sind Sie an der Reihe.«

Sam hockt auf einem Stuhl im Vorzimmer und versucht, seine Füße so unterzubringen, daß niemand darüber stolpert. Er bekommt die Höhepunkte des Gesprächs zwischen dem Rektor und der Mutantin mit. Das Wort *Einstellung* wird mit beachtlichem Nachdruck mehrfach von Laliberte verwendet. Die Entgegnungen der Mutantin sind kurz und unhörbar. Die Tür öffnet sich. Sie marschiert hinaus und an ihm vorbei, als wäre sein Stuhl leer.

»Mr. Styles!« ruft Laliberte.

Sam muß warten, bis der Rektor damit fertig ist, Papiere zu sortieren. Er weiß, er soll daran erinnert werden, daß er Ärger gemacht hat und Laliberte wertvolle Zeit kostet.

»Sam. Ich fühle mich etwas überfahren. Das alles ist ziemlich plötzlich gekommen. Ich bin mir nicht sicher, wer mehr Anteil daran hatte, Sie oder die Gauthier. Jedenfalls hoffe ich sehr, daß Sie beide sich nicht zusammentun und weitere Umwälzungen aushecken.«

Sam hört aufmerksam zu. Wie Puzzleteile fügt sich plötzlich alles zum Bild der Mutantin zusammen.

»Das einzige, was die Gauthier jemals an dieser verd...

Schule interessiert hat, sind Körbe. Wenn sie damit Erfolg hat, wird ihr vielleicht bewußt, daß sie es auch in anderen Bereichen schaffen kann.«

Laliberte lächelt nachsichtig.

Sam errötet, als er sich der Naivität seiner Worte bewußt wird.

»Sehr lobenswert. Haben Sie jemals das Sprichwort vom verfaulten Apfel gehört?«

Sam spürt einen Kloß im Hals und schaut zur Seite. »Sie schreiben sie ab, genau wie man meine Schwester abgeschrieben hat – besser, wie sie abgeschrieben worden ist.«

Laliberte richtet sich auf wie jemand, dem man gerade ein Lineal in den Hintern geschoben hat. »Es gehört nicht zu meinen Aufgaben, irgend jemanden abzuschreiben. Ich darf Sie daran erinnern, daß ich hier noch nicht Rektor war, als Ihre Schwester abgehauen ist, und ich bin mir sicher, daß niemand sie je abgeschrieben hat.«

Sam murmelt eine Entschuldigung.

»Angenommen.« Laliberte wird wieder umgänglich. »Ich wußte nicht, daß es Ihnen noch immer zu schaffen macht, wie Ihre Schwester hier behandelt worden ist. Was macht sie zur Zeit?«

Sam starrt auf seine Füße. Er möchte am liebsten im Erdboden versinken, doch irgendwie gelingt es ihm, sich aus der Sache herauszuwinden.

»Weißnich«, murmelt er. »Ich sehe sie nie.« Er kratzt an einer Schwiele auf seiner Handfläche. »Spielt keine Rolle.«

Laliberte schweigt für ein paar Sekunden.

»In Ordnung, Sam. Bitte keine überraschenden Regeländerungen mehr. Sehen Sie zu, daß diese Geschichte in der Turnhalle nicht aus dem Ruder läuft. Andernfalls ist sie gestorben.«

Ein Sonnenstrahl wirft seinen Zauber über Sam, als er versucht, an einem der großen Tische in der Schulbücherei eine Aufgabe für Romneys Englischstunde zu entziffern. Das Licht fließt wie eine Haut aus warmem, dickem Karamel über seinen schweren Schädel und seine breiten Schultern und zerdehnt die Zeit. Es kommt ihm so vor, als habe ihn der Schrei des Babys in dem eiskalten Haus an einem ganz anderen Tag aufgeweckt. Nur einen Augenblick, verspricht er sich selbst, nur einen Augenblick – und läßt die schweren Lider sinken.

Fast im gleichen Moment schüttelt ihn jemand an der Schulter. Als er den Kopf hebt, erkennt er, daß er irgendwann nach vorn über das Buch gesunken sein muß.

»Sambot«, flüstert Rick, »die Ruhezeit ist vorbei. Zeit zu laufen und zu spielen und die alten Spinnweben aus unseren Köpfen zu vertreiben. Und wisch den Sabber aus dem Buch. Das sieht ekelhaft aus.«

Sam reibt sich den Schlaf aus den Augen, blinzelt und fährt seinen Hals wie eine Taube aus. Das Zifferblatt der Bibliotheksuhr gerät in sein Blickfeld, und er springt auf die Füße, daß die Stuhlbeine nur so quietschen. Sam umrundet den Tisch, knallt mit der Hüfte gegen die Ecke und jault auf. Der Bibliothekar wirft ihm einen finsteren Blick zu, und Rick bricht in lautes Gelächter aus.

Draußen auf dem Gang und auf der Treppe macht sich Rick weiter über Sam lustig. »In der Bücherei einzuschlafen, ist eins der sieben todsicheren Anzeichen für übertriebenes Wichsen.«

»Du bist der Experte«, antwortet Sam. »Wenn du's sagst.«

Kichernd tut Rick so, als wolle er ihm einen Fausthieb versetzen.

Der Trainer steht an der Tür zum Umkleideraum. Er hebt den Arm, deutet auf seine Uhr und spreizt die Finger seiner Hand, um anzuzeigen, daß sie sich bereits um fünf Minuten verspätet haben. Jede Minute kostet eine Runde um das Spielfeld.

»Scheiße«, murmelt Rick und stürzt zu seinem Spind.

»Styles«, sagt der Trainer, »ich muß mit dir reden.«

Ganz gleich, wie lange der Trainer ihn aufhält, Sam wird die entsprechende Anzahl von Runden drehen müssen. Das ist die bevorzugte Methode des Trainers, Widerspruch auf ein Minimum zu begrenzen.

»Ich bekomme dauernd Anrufe von Talentsuchern«, beginnt der Trainer. »Sie fragen nach dir und nach Woods. Ich sag's dir, Sam, ich bin nicht scharf drauf, ihnen mitzuteilen, daß meine Jungs jetzt mit den Mädchen spielen. Am Montag hatte ich noch ein Siegerteam, und jetzt frage ich mich, wie lange ich überhaupt noch eine Mannschaft haben werde. Am Montag stolperst du in die Mädchenbank, am Dienstag spielst du am Bus der Mädchen den Affen, und diese freche tätowierte Hexe hängt ihren nackten Hintern aus dem Fenster, und heute morgen bringt ihr beiden meine Jungs dazu, mit den Mädchen zu trainieren. Verdammt nochmal, Sam, bist du im Mädchenteam oder bei den Jungs? Ich meine, es stinkt hier langsam nach Vietnam. Hast du dir eigentlich mal überlegt, daß du möglicherweise dein Team zerstörst, bloß um die Mädchen zu retten?«

Mit Blick auf die Uhr und einer stetig wachsenden Zahl von Runden vor Augen folgt Sam der Argumentation bis Vietnam, dann wird sein Blick vor Verwirrung glasig.

Der Trainer schnippt mit den Fingern vor Sams Gesicht. »Paß gefälligst auf, Sammy. Ich gebe nicht einen Pfifferling dafür, ob die Mädchen in der Staatlichen Lotterie gewinnen oder bei einem Preisausschreiben oder bei der Landesmeisterschaft im Blasen. Ich warne dich – wenn dieser Mist auch nur die geringste negative Auswirkung auf mein Team hat, auf *dein* Team, auf das mit dem Gehänge, dann mache ich dir das Leben so schwer, daß du dir wünschen wirst, du hättest gar keins.«

Ein Leben oder ein Gehänge? überlegt Sam, aber mit der Aussicht auf fünfzehn Runden sagt er nur ein Wort: »Yessir.«

»Recht so.«

Rick hat seine Runden beendet und wärmt sich zusammen mit dem Rest des Teams auf. Während Sam allein den Platz umkreist, hat er reichlich Gelegenheit, seine Teamkameraden zu beobachten. Es gibt kein Anzeichen dafür, daß der Teamgeist durch die Mädchen beeinträchtigt worden ist. Im Gegenteil, die Stimmung ist eher gestiegen.

Da die Mädchen das Frühtraining schon hinter sich haben, gehen einige von ihnen direkt vom Umkleideraum durch die Halle zu den Zuschauerbänken, um sich dort niederzulassen. Die Mutantin schlendert zu einer Ecke der Tribüne. Wie eine Zigeunerin hat sie ihren Kopf mit einem buntgefärbten Tuch bedeckt, das aussieht, als habe es einst im Wohnzimmer einer alten Jungfer als Tischdecke gedient. Sie setzt sich mit vorgestreckten Hüften und gespreizten Beinen hin, ganz in der Art einer Nutte im Film.

Als er an ihr vorbeikommt, hält er ihr die Hand hin.

Ohne zu zögern, schlägt sie gegen seine Handfläche und ruft: »Los, Mädchen!«

Die Mädchen auf der Tribüne stehen auf, applaudieren und wiederholen den Ruf. Die Jungen auf dem Platz antworten gleichermaßen.

Sams Hochgefühl hält nicht lange an. Der Trainer findet Fehler bei allem, was er tut. Der Rest des Teams verfällt in vorsichtiges Schweigen. Der Trainer hält sie alle im Umkleideraum zurück, um ihnen eine anfeuernde Rede über das Heimspiel am nächsten Tag zu halten. Er haut mächtig auf den Putz und spart nicht mit Seitenhieben auf das, was er verächtlich das Spielen mit einer *Bande von Muschis* nennt.

Draußen ist es genauso dunkel wie zu dem Zeitpunkt, als Sam aufwachte, was ihn daran erinnert, daß es noch immer derselbe Tag ist. Ihm ist, als sei die Zeit, die sich in der Bücherei gedehnt zu haben schien, wieder zu ihrem normalen Tempo zurückgekehrt. Die Achterbahnfahrt dieses Tages ist an einer ebenen Stelle angekommen. Er befindet sich frustrierenderweise an einem Punkt, von dem aus eine Heimfahrt kaum lohnt, der ihm andererseits aber auch nicht genug Zeit läßt, um etwas Sinnvolles zu tun – von einem kleinen Abstecher zur Drogerie einmal abgesehen –, bevor er sich mit den anderen im China-Restaurant trifft.

Er schlendert langsam an den Regalen entlang und hakt Pearls Einkaufszettel ab. Am Kosmetikstand besprühen sich Billie Figueroa und die M&Ms gegenseitig mit Parfüm aus Probefläschchen. Ihr Kichern klingt, als würde ein Vogelschwarm plötzlich von einer Stromleitung aufsteigen. Eine kleine Wolke des Duftgemisches treibt zu ihm herüber, und er unterdrückt ein Niesen. Tim Kasten und Pete Fosse betrachten die Titelbilder der in Plastik eingeschweißten Wichsvorlagen im obersten Fach des Zeitschriftenregals. Die Glocke über der Tür bimmelt, und Sam entdeckt kurz die Irokesenbürste der Mutantin, bevor sie zwischen den Regalen verschwindet.

An der Kasse gerät die umständliche kleine Kassiererin, deren Brille an einer Kette befestigt ist, ins Stocken, weil sie auf einer Flasche Baby-Öl zwei einander widersprechende Preisaufkleber erblickt hat. Sie stößt einen tiefen Seufzer aus und wendet sich ab, um am Mikrofon ihrer Gegensprechanlage herumzufummeln. Hinter ihr sind, bequem in Reichweite, Zigarettenpäckchen aufgestapelt. Als die Kassiererin hektisch wegen des Preises nachfragt, stößt irgend jemand Sam von hinten an. Reflexartig stützt er sich mit der Hand auf der Theke ab und läßt dabei seine Waren fallen. Bei dem Versuch, die Sachen wieder aufzusammeln, rumpelt er gegen einen Ständer mit Stilleinlagen und bringt ihn zum Kippen.

Mit einem Aufschrei langt die Kassiererin danach. Doch zu spät, alles landet auf dem Boden. Die Frau bückt sich, und im gleichen Moment huscht die Mutantin in einer fließenden Bewegung hinter Sam hervor, stellt sich auf die Zehenspitzen und angelt sich eine Schachtel Zigaretten aus dem Fach. Sie ist schon hinter dem nächsten Regal verschwunden, als sich die Kassiererin triumphierend mit der Schachtel Stilleinlagen in den Händen aufrichtet. Als wäre er gerade nach einem langen Aufenthalt in extremer Kälte hereingekommen, steigt unangenehme Hitze in Sam auf. Seine eigenen Finger fühlen sich plötzlich dick und schuldig an.

Bis er den Laden verlassen hat, sind diese Anzeichen jedoch wieder verschwunden. Vor seinem Wagen überlegt er, was er tun soll. Er könnte einen Tisch im Restaurant besetzen, chinesischen Tee trinken und weiter in dem Buch lesen, über dem er in der Bibliothek eingeschlafen ist. Ebenso gut könnte er sich in der Innenstadt umschauen, wo es jetzt von Halbwüchsigen wimmelt, die herumhängen, Pizza und Pommes verdrücken, Videoautomaten füttern und sich gegenseitig auf den Füßen stehen. Noch unentschlossen, fällt ihm ein winziger roter Punkt auf, der scheinbar in der dunklen Leere hinter dem Holzzaun schwebt, der das kleine Einkaufszentrum umgibt.

Zweiarmige Bogenlampen erleuchten den Parkplatz und werfen einen Lichtsaum über den Rand des Weges. Von einem Durchbruch im verwitterten Zaun führt eine mit einem Geländer versehene Holztreppe in steilem Bogen zum Bach hinab. Der Bach schlängelt sich wie ein Bandwurm durch Greenspark. Im Stadtzentrum, wo der Mill Brooke sanft fließt und die meiste Zeit des Jahres über in seinem Bett bleibt, bilden die Flächen, die vom Frühlingshochwasser überschwemmt werden, eine hübsche Grünfläche. Weiter abwärts, dort, wo die wenigen Blocks der Innenstadt enden und die Ufer steiler aufragen, wird der Bewuchs wilder, bis der Bach und seine überwachsene, dschungelähnliche Böschung schließlich unterhalb der gepflasterten Straßen des kleinen Ortes verschwinden. Das Einkaufszentrum – Automatenwäscherei, Supermarkt, Drogerie und Lebensmittelladen – ist genau oberhalb des Platzes erbaut worden, an dem sich der gepflegte Teil des Grüngürtels, in dem sich ein neuerrichteter Abenteuer-Spielplatz befindet, unter der Überbrückung der Grant Street dahinzieht, um dann auf der anderen Seite in eine Art Schlucht mit hochaufragenden Ufern überzugehen, die schließlich vor der rotziegeligen Ruine der alten Fabrik ausläuft. Die Lampen auf dem Spielplatz sind noch nicht ans Netz angeschlossen, und so wird das Gelände bei Dunkelheit abgesperrt.

Sam springt über den Zaun und bahnt sich einen Weg durch das Gewirr langer, gefrorener Grashalme hin zur Treppe. Unter ihm hat der rote Punkt inzwischen die Treppe verlassen und bewegt sich auf den mit Zinnen und Türmchen bewehrten Spielplatz zu. Schwach zieht der Geruch von Tabakrauch zu ihm hinauf. Oben auf der Überführung rumpelt der Verkehr. Sam zieht fröstelnd seine Jacke zusammen und folgt der gewundenen Treppe nach unten. Als er hinabsteigt und das Licht der Lampen ebenso wie das Geräusch der Autos nachläßt, wird seine Sicht etwas klarer. Am Ende der Treppe wachsen große Büsche wilder Rosen, deren dornenbewehrte Äste über die Stufen hängen.

Der winzige rote Stern glüht vom unbeleuchteten Spielplatz herüber. Er macht keinen Versuch, seine Schritte auf dem kiesbestreuten Pfad zu dämpfen. Noch einen Moment, und das einzelne rote Auge wird sich wieder öffnen. Als es soweit ist, hat sich auch seine Nachtsicht verbessert. Er sieht den Umriß der Mutantin, die wippenden Enden des Tuchs, als sie den Kopf bewegt, und dann die rote Glut der Zigarette, widergespiegelt und verdoppelt von ihren Augen, und den rötlichen Schimmer, der auf den Nasenring und die ersten Glieder der Gesichtskette geworfen wird. Das Leder ihrer Jacke knarzt leise, als sie sich bewegt.

»Samson!« ruft sie in gespielter Überraschung.

Er nickt ihr zur Begrüßung zu. »Gib mir eine.«

Sie zieht die Augenbrauen hoch, langt aber automatisch in die Brusttasche ihrer Jacke.

Genauso schnell, wie sie sich die Packung hinter dem Rücken der Verkäuferin geschnappt hat, pflückt ihr Sam sowohl das Päckchen wie auch die brennende Zigarette aus den Fingern. Er schnippt die Kippe in Richtung des Baches. Der rote Punkt taumelt durch die Dunkelheit und zerfällt in viele feurige Funken.

Die Mutantin springt hoch, um die Packung zu erwischen, die er außerhalb ihrer Reichweite hält. »Du Arsch!«

Sam schleudert das Päckchen in Richtung Bach. Aus der Finsternis ertönt ein leises Platschen. Ein reiner Glückstreffer. Er hat die winzige Fläche offenen Wassers inmitten der von den Uferböschungen ausgehenden Eisflächen getroffen.

Die Mutantin schlägt mit beiden Fäusten in Sams Bauch. »Du verdammter Drecksack!«

Er geht rückwärts und zwingt sie so, ihm zu folgen, wenn sie ihn treffen will. Als sie vorwärtsstürmt, fintet er, packt ihr Handgelenk und dreht ihr den Arm auf den Rücken. Immer noch fluchend, tritt sie nach ihm. Als sie durch die Wucht des Trittes aus dem Gleichgewicht gerät, läßt er sie los. Die Mutantin landet mit dem Gesicht nach unten im feinen Sand des Spielplatzes.

Keuchend rollt sie sich herum und starrt ihn an. »Du Scheißnazi!« zischt sie.

Sam friert und vergräbt seine Finger in den Jackentaschen. »Ich habe meinen Arsch für dich riskiert«, erklärt er, »und du rennst los und klaust ein paar Lullen. Ich rede jetzt nicht von dem Scheiß, daß Zigaretten dich kurzatmig machen und daß wir unterschrieben haben, während des Trainings nicht zu rauchen. Aber wenn man dich beim Ladendiebstahl erwischt, dann wirst du nicht nur für ein paar Wochen suspendiert. Dann fliegst du aus dem Team und hast keine Chance, jemals wieder aufgenommen zu werden.«

Sie zittert vor ohnmächtiger Wut. »Verpiß dich, du Arschloch! Das ist meine Sache! Ich hab' dich nicht gebeten, deinen Schwanz zu riskieren. Deine Fürsorge kannst du dir an den Hut stecken!«

»Von wegen, deine Sache!« Sam ist fassungslos. »Du diebische Pißnelke, du hast mich da mit reingezogen! Wenn sie dich erwischt hätten, hätte es so ausgesehen, als wäre ich dein Komplize. Dann wäre ich mit aufgeflogen und hätte meinen Platz im Team verloren. Wie's aussieht, hast du das Ganze zu *meiner* Sache gemacht.«

Sie setzt sich auf und schlingt ihre Arme um sich. Ihm wird klar, daß der Boden eiskalt sein muß. Er beugt sich vor, um ihr aufzuhelfen. Die Mutantin spuckt ihn an. Treffer.

»Sehr nett.« Er wischt seine Hand an der Hose ab. »Paß auf, mir ist es scheißegal, ob du Körbe wirfst oder nicht. Aber eines verspreche ich dir: Wenn ich dich auch nur dabei erwische, wie du ein paar Kaugummis klaust, lasse ich dich auffliegen. Das zumindest bin ich mir schuldig, seit ich erlebt habe, wie du meinen Arsch wegen einer Schachtel Camel riskierst.«

Sam dreht sich auf dem Absatz um, schafft aber nur ein paar Schritte in Richtung Treppe, bevor sie sich auf ihn stürzt. Sie landet auf seinem Rücken, stößt ihre Knie in seine Nieren und hängt sich an seine Kapuze. Er taumelt rückwärts, bekommt keine Luft mehr, ist nahe daran zu ersticken. In seiner Panik wirft er sich nach vorn und macht eine Rolle vorwärts, so daß sie unter ihm landet. Sein Gewicht preßt ihr die Luft aus den Lungen. Er stemmt sich auf allen vieren hoch. Sie liegt flach auf dem Rücken und schnappt nach Luft. Als er ihre Hand berührt, erschreckt ihn deren Kälte. Er kriecht zu ihr und schiebt seine Hände unter ihre Schultern. Die drahtigen Muskeln können nicht darüber hinwegtäuschen, wie dicht die Knochen unter der Haut liegen. Als er sie auf die Füße stellt und aufrecht hält, zittert sie zu sehr, um Widerstand leisten zu können.

»Bist du okay?«

Sie zuckt vor ihm zurück.

»Nun komm schon«, drängt er sie sanft. »Ich bringe dich nach Hause. Was machst du überhaupt hier unten? Es muß doch wärmere Orte geben, um eine Zigarette zu rauchen.«

Sie benutzt das herabhängende Ende ihre Kopftuchs, um die laufende Nase abzuwischen, und murmelt: »Abkürzung.« Sie zeigt flußabwärts. »An der Fabrik vorbei und durch den Wald. Dann landet man auf der Depot Street.«

»In dieser Finsternis?«

In ihrer Stimme liegt mürrische Verachtung. »Ich kenne den Weg.«

Sein suchender Blick entdeckt ihre Sachen neben der Treppe, und er hebt sie auf. Wortlos trotten sie die Stufen hinauf. Er wirft ihren Rucksack und die Sporttasche in die Fahrerkabine seines Trucks. Als er ihr hineinhelfen will, schlägt sie seine Hand beiseite. Drinnen kauert sie sich zusammen, lehnt sich gegen die geschlossene Tür und schmollt.

Sam beugt sich über das Steuer. Sein Basketball rollt auf dem Boden der Kabine hin und her, als der Wagen sich in Bewegung setzt. Die Mutantin bibbert vor Kälte und schlingt die Arme um sich.

»Möchtest du irgendwas Heißes trinken? Kakao vielleicht?«

Sie tritt gegen das Handschuhfach. »Ein paar Scheiß-Pillen will ich!«

Angewidert wendet Sam seinen Blick ab und legt den Gang ein.

Die Mutantin stößt wieder gegen das Handschuhfach, und dann, in einem Wutanfall, feuert sie eine ganze Salve von Tritten ab. Das Fach springt auf und erbricht Zettel, Karten und diversen Müll.

Sam hält am Bordstein an, schiebt den Gang in Parkstellung und langt über den Sitz hinweg in ihre Richtung. Er will nicht mehr, als sie aus dem Wagen werfen. Die Panik, die in ihren Augen aufflackert, als sie in sich zusammenkriecht, um ihren Körper zu schützen, und dabei zugleich versucht, ihn mit ihren Händen abzuwehren, erschreckt ihn. Hastig zieht er sich auf seine Seite der Kabine zurück. Sie wirft ihm einen vorsichtigen Blick zu, richtet sich dann auf und tut so, als wäre sie nicht gerade noch sichtlich eingeschüchtert gewesen.

»Ich wollte dir keine reinhauen«, sagt er. »Ich wollte dich nur auf dem Bürgersteig absetzen.«

»Was für einen Unterschied macht das? Du bist ein mieser, faschistischer Schläger!«

Während er den Gang wieder einlegt, schnaubt er: »Ein Schläger mit einem demolierten Handschuhfach. Das war sehr erwachsen, Deanie, wirklich sehr erwachsen. Ganz wie immer.«

»Ach, leck mich doch.«

»Hättest du gern, was?«

Sie kann ein Kichern nicht unterdrücken.

Auf der Main Street zieht er zum Bordstein hinüber und springt mit dem Versprechen, schnell zurück zu sein, aus dem Wagen.

Er wird ihr eine Schachtel Zigaretten kaufen, hofft die Mutantin, als Samgod zur Corner läuft, deren Glasfenster kaltes Licht auf die Straße werfen. Sie erschauert in dem magnetischen Moment, als er aus dem Schatten in das goldene Licht tritt. Er lehnt sich über die Theke und spricht mit dem Mädchen dahinter, ein lebendes Bild, wie Hopper es gemalt haben könnte. Sam wird Hopper natürlich nicht kennen. Kunst ist für seinesgleichen nur ein Fremdwort.

Flink durchsucht sie die Sachen aus dem Handschuhfach, dann den Inhalt seiner Sporttasche. Scheiße, eine Bibel! Der Idiot schleppt tatsächlich eine Bibel mit sich herum! Und überall sind Stellen mit Leuchtfarbe markiert, als würde er tatsächlich darin lesen! Sie schaut unter der Sitzbank nach und läßt ihre Finger in den Spalt zwischen Sitzfläche und Rückenlehne gleiten. Nichts. Sie hat nicht gerade einen Beutel voll Gras oder ein Fläschchen Koks erwartet, aber jeder hat doch irgend etwas, und seien es auch nur Dinge, die zwischen die Polster gerutscht sind. Jeder, nur nicht Sam. Nicht mal eine beschissene Pfandflasche liegt auf dem Boden herum.

Als er die Fahrertür öffnet, durchwühlt sie gerade den Beutel aus der Apotheke. Keineswegs beschämt, kramt sie weiter darin herum und schenkt ihm nur einen kurzen Blick. Sam hält in jeder Hand einen mit Kakao gefüllten Pappbecher.

»Irgendwas Brauchbares dabei?«

»Was zum Teufel sind Stilleinlagen? Ich hab noch nie von sowas gehört.«

»Tja, bei manchen Leuten ist Einbildung schon die ganze Bildung. Meine Stiefmutter stillt ihr Baby. Und manchmal läuft ihr die Milch aus.«

»Iih!« macht die Mutantin.

Und das von jemandem, der regelmäßig andere Leute anspuckt. Lieber Himmel. Er fischt einen gefüllten Beutel aus seiner Jackentasche und hält ihn ihr hin.

Die Mutantin schnappt nach der Tüte und läßt dabei die Einkäufe aus der Apotheke auf den Boden fallen. Ihre Finger zerren an der kleinen Tüte, doch sie enthält lediglich zwei mit Marmelade gefüllte Donuts. Enttäuscht läßt sie sich in den Sitz zurücksinken und stopft sich den größten Teil eines Donuts in den Mund. Marmelade quillt rot zwischen ihren Fingern hervor. Die Mutantin schmatzt und schluckt ziemlich laut. Sie ißt mit der gleichen Eleganz wie Indy, wenn sie auf zerstampften Bananen herumkaut. Sam schaut zu, wie sie ihre Finger abschleckt und ihre Zunge über die Lippen kreisen läßt, um die Reste von Marmelade und Puderzucker zu erwischen. Sie schaut in die Tüte, angelt den zweiten Donut heraus und stopft ihn in sich hinein, ohne auch nur zu fragen, ob er ihn vielleicht haben möchte. Sam fühlt sich an Pearls Siamkatze erinnert, die ihre Nase schon in den Napf steckt, bevor er die Dose mit Futter richtig geleert hat.

Das Licht aus dem Café enthüllt ein Muster in dem schimmernden Bogen ihres Kopftuchs. Nach einer Sekunde dämmert es ihm: Es ist Brokat, Brokatleinen. Sieht hübsch aus in diesem Licht.

»Wegen dem Zigarettenklauen – warum gehst du das Risiko ein? Na schön, Camel sind vielleicht etwas teuer, aber du könntest auch eine andere Sorte rauchen. Man kriegt schon welche für einen Dollar zehn.«

»Hab keine eins zehn«, sagt sie mit vollem Mund.

»Dann such dir einen Job.«

Sie streckt ihm die Zunge raus. Sie ist voller Marmelade. Ein Tupfer davon klebt auch auf ihrer Nasenspitze. »Ich hab' schon einen. Samstags putze ich ein paar alten Leutchen das

Haus. Mehr schaffe ich nicht neben Basketballspielen und Schule. Außerdem stellt niemand einen Skinhead ein, um Hamburger zu verkaufen.«

»Wie du aussiehst, hast du dir selbst ausgesucht. Und wenn du nicht genug Geld für Zigaretten verdienst, ist das ein weiterer Grund, mit dem Rauchen aufzuhören.«

Deanie zerknüllt die Tüte und wirft sie nach ihm. Er fängt sie und läßt sie auf den Sitz fallen.

»Was ist, wenn ich nach den Scheißdingern süchtig bin? Ich bin auch nach dem Essen süchtig, mehrmals täglich sogar. Soll ich deiner Meinung nach lieber auf die Designerklamotten und auf meine Masseuse verzichten?«

Die Mutter der Mutantin ist Angestellte in einem Kurzwarenladen, wo sie nicht viel verdient, aber sie lebt mit einem Fabrikarbeiter zusammen, insofern gibt es ein zweites Einkommen. So schlecht kann es der Mutantin also doch gar nicht gehen. Sie ist zwar auf die Donuts losgegangen wie ein Straßenköter auf einen Sack voll Küchenabfälle, aber sie verbrennt auch eine Menge Energie beim Basketball. Wieviel mag sie an einem Tag rauchen? Vielleicht zwei in der Schule, und zuhause auch nicht viel mehr. Selbst bei einem sehr niedrigen Lohn muß sie mehr verdienen, als eine Schachtel pro Woche kostet. Er glaubt ihr kein Wort, das alles ist nur dummes Geschwätz.

»Vielleicht solltest du einfach die Zigaretten einsparen.«

»Du hast keinen Schimmer, wovon du redest. In meinem ganzen Leben habe ich noch keine Kippe bezahlt.«

Sam versteift sich innerlich. Er zerknüllt seinen leeren Becher und läßt ihn auf den Boden fallen. »Na schön. Was ich wirklich an dir bewundere, ist dein Ehrgeiz. Du läßt dich von niemanden vom Stehlen, Kiffen oder Fluchen abhalten. Das ist genau die Art von Größe, die du im Halbfinale bewiesen hast, als sie dich vom Platz gejagt haben...«

Die Mutantin überschüttet ihn mit dem Rest ihres Kakaos. »Wer, verdammt nochmal, hat dir erlaubt zu predigen? Bring mich nach Haus, du Arsch.«

»Mit Vergnügen«, murmelt er und unterdrückt ein »Nutte«. Er will sich nicht auf ihr Niveau begeben. Und er will sich nicht selbst zum Hurenbock stempeln, denn das macht ein Mann nach Pearls Ansicht, wenn er eine Frau so nennt. Es ist eines der wenigen Worte, das seine Stiefmutter nicht durchgehen läßt.

Er wischt sein Gesicht mit dem Jackenärmel ab und startet den Wagen. Die Depot Street ist nur ein paar Minuten entfernt. Sie läßt ihn zwei Blocks vor der Straße, in der sie wohnt, anhalten.

»Das ist weit genug.«

»Ich fahre dich bis vors Haus.«

»Nein!«

»Ist doch kein Aufwand.«

»Nein!« Sie gerät außer sich. »Der Freund meiner Mutter macht Terror, wenn mich ein Junge heimbringt. Da kann ich heute abend gern drauf verzichten.«

Ungeschickt kämpft sie mit dem Türgriff, dann ist sie draußen.

»Es war mir ein Vergnügen!« ruft Sam sarkastisch hinter ihr her, während er sich reckt, um die Tür zu schließen, die sie offen gelassen hat.

Sie zeigt ihm einen Vogel und stolpert über den holprigen Bürgersteig heimwärts.

6

In einer süßlich riechenden Wolke aus Zigarettenrauch sitzt Tony vor dem Fernseher. Judy ist noch nicht daheim.

Die Mutantin bleibt neben der Couch stehen und atmet tief ein, was ihr Verlangen nur noch steigert. »Krieg ich eine Kippe?«

Er wendet die Augen nicht vom Bildschirm ab. »Und was kriege ich dafür?«

Wütend weicht sie zurück. Auf keinen Fall wird sie wegen einer Kippe für Tony die Beine breit machen. Sie wirft ihre Sachen in ihr Zimmer und huscht nach oben in der Hoffnung, eine Schachtel aus dem Karton stehlen zu können, den Judy oben auf ihrem Kleiderschrank stehen hat. Wer hätte das gedacht, das Scheißding ist leer.

Tony dreht sich zu ihr um, als sie die Treppe herabschleicht. Sie starrt ihn an. Er grinst zurück.

Die Mutantin stürzt in ihren Raum, schmeißt ihre Bücher durch die Gegend und läßt sich aufs Bett fallen. Sie könnte kotzen, so sauer ist sie auf Samgod. Es besteht keine Aussicht, daß Judy welche von ihren Zigaretten abgibt, wenn sie nach Hause kommt. Aber vielleicht kann sie ihr ein paar aus der Handtasche klauen, wenn Judy erst einmal ihr tägliches Quantum Alkohol getrunken hat. Verdammter Samgod. Vielleicht drei Sekunden lang überlegt sie ernsthaft, Tony für eine Schachtel Kippen einen zu blasen. Doch mit ihm zu handeln bringt stets mehr Ärger als Gewinn. Sie kann sich nie darauf verlassen, daß er seinen Teil des Handels erfüllt.

Um Deanie Gauthiers Abgang zu feiern, schiebt er ein Band in den Rekorder des Wagens. Das erste Stück ist Shineheads Reggea-Version von »One Meat Ball«. Er dreht die Lautstärke auf. Der Sound reicht, um seine gute Laune wenigstens etwas wiederherzustellen. Was für eine blöde Kuh sie doch ist. Es gibt mindestens zwei Typen in seinem Team, die er nicht leiden kann, aber wenn sie auf dem Spielfeld stehen, läßt er den ganzen privaten Mist außen vor. Genauso könnte er das mit ihr auch halten. Trotzdem sollten die Mädchen besser nicht zu sehr auf sie zählen. Beim nächsten Training wird er sich mal Billie Figueroa, ihren Backup Quarterback, genauer anschauen. Wenn er Billie helfen kann, wird er das tun, und die Mutantin soll sehen, wo sie bleibt.

Reubens restaurierter '63er Eldorado ruht wie ein glatter, schön geschwungener Wal vor dem chinesischen Restaurant. Sam ist plötzlich hungrig genug, um den ganzen Eldorado zu verschlingen. Der Wagen tickt leise, als er daran vorbeiläuft. Er läßt seine Fingerspitzen über die noch warme Motorhaube wandern. Das Auto wird nur zu besonderen Anlässen benutzt. Dabei gibt es eigentlich keinen Grund, dieses Modell zu schonen: Es ist ein Panzer mit einer gewaltigen Maschine unter der Haube. Bei ein paar Gelegenheiten hat er ihn schon selbst gefahren und sich dabei jedesmal von neuem gewundert, daß sein Vater ihn nicht täglich benutzt. Wenn es sein Eldorado wäre, würde er das tun. Er würde jeden Tag damit fahren, würde nichts anderes mehr tun wollen. Möglicherweise war das der Grund, warum sein Vater den Eldorado nur selten benutzte; sonst hätte er keine Zeit für die Arbeit gefunden, den Wiederaufbau der Farm und all solchen Mist.

Am nächsten Morgen, während der Wetterbericht im Radio vor Schnee warnt, überprüft Sam seine Ausrüstung. Mit den Fingerspitzen streicht er über die Kappen seiner Hightops, wo der Gummi bereits Blasen wirft und brüchig wird. Die Schuhe werden fast nur noch vom Pflegemittel zusammengehalten und fangen langsam an zu schmerzen. Sie hätten schon vor zwei Wochen ersetzt werden müssen. Die billigeren Hightops würden allerdings die Strapazen von vier bis fünf Stunden Training am Tag nicht überstehen. Es ist praktisch unmöglich, ein Hundert-Dollar-Loch in seinem Bankguthaben zu vermeiden. Während der Basketball-Saison wird praktisch jedes Geldstück, das durch seine Hände geht, für Benzin, Ersatzteile und sonstige Ausgaben verwendet. Fast nichts landet auf seinem Konto, weil er kaum Zeit zum Arbeiten hat.

Er könnte natürlich Gratisexemplare zusammen mit T-Shirts, Shorts, Sporttaschen und allem anderen von einem der Schuhhersteller, einem College-Trainer oder einem Schuhgeschäft bekommen. Doch er scheut davor zurück, sich vereinnahmen zu lassen. Scheinbar harmlose Gefälligkeiten führen zu Verpflichtungen gegenüber diesem Trainer oder jener Schule. Diese Scheu sitzt tief in den Knochen, ererbt von seinem Vater und bestätigt durch seine eigenen Erfahrungen und die Lehren der Bibel: Nichts ist umsonst, und deshalb sollte man besser wissen, wer die Rechnung übernimmt, und aus welchem Grund.

Der Revolution folgt prompt eine Phase postkoitaler Depression, wie Sam feststellen muß. Die Schar der Spieler in der Turnhalle ist zusammengeschrumpft, und manche von ihnen geben sich auf mürrische Weise aufrührerisch. Es ist nicht nur der Trainer, der seinen Einfluß spüren läßt, es ist vor allem der simple Umstand, daß er die Dinge auf den

Kopf gestellt hat, der jetzt seine Autorität untergräbt. Konterrevolution liegt in der Luft und läßt die Halle, im Verein mit der abnehmenden Spielerzahl, leerer und irgendwie auch kälter erscheinen. Sam hat natürlich nicht die Macht, auf Anwesenheitspflicht zu pochen oder unentschuldigtes Fehlen zu bestrafen. Aber noch ein paar Fahnenflüchtige mehr, und er wird wieder allein mit den Bräuten spielen.

Die Mädchen sind zwar in voller Stärke angetreten, wirken aber verkrampft und befinden sich in einem Zwiespalt zwischen Theorie und Realität. In der vergangenen Nacht hat es erste Auseinandersetzungen mit ihren Freunden gegeben. Die Mädchen haben mit Erschrecken feststellen müssen, daß das, was ihnen als eher minimale Neuinterpretation ihrer Rechte erschien, von vielen als außergewöhnlicher und radikaler Einschnitt betrachtet wird.

Sam stellt ein paar Liter Apfelwein auf einer der Sitzbänke ab und öffnet zwei Schachteln mit Muffins, die er seiner Stiefmutter abgeschwatzt hat. Die Mutantin taucht sofort neben ihm auf und bedient sich selbst. Heute hat sie sich neu herausgeputzt. Über dem langen Hemd und den abgeschnittenen Jeans trägt sie eine Reihe miteinander verbundener Ketten um Taille und Hüften. Eine davon verläuft von vorn nach hinten zwischen ihren Beinen hindurch. Sie spricht nicht mit ihm.

»Herzlich willkommen«, neckt er sie.

Sie ignoriert ihn, würdigt ihn nicht einmal einer obszönen Geste.

Die Muffins und der Cidre brechen ein wenig das Eis zwischen den verbliebenen Spielern. Schon bald ist die Atmosphäre erheblich entspannter. Die einzige Ausnahme bildet die Mutantin, die, nachdem sie sich rasch von ihren Ketten befreit hat, einen Ball nimmt und noch kauend mit den Übungen beginnt.

Später, nachdem er sich aufgewärmt hat und sich entsprechend wohlfühlt, zieht sich Sam an den Rand des Spielfeldes zurück, um zuzuschauen. Er ist nicht allein. Beide Trainer stehen dort, zusammen mit ihren Assistenten. Was er sieht, gefällt ihm. Die Mädchen haben ihre Zweifel vergessen und sind mit ganzem Herzen bei der Sache. Wieder erinnert er sich daran, daß diese Mädchen fast die Meisterschaft gewonnen hätten. Und das nicht nur wegen der Mutantin, die im übrigen heute einwandfrei spielt. Selbst als die Jungen sie wiederholt daran hindern, den Ball im Korb zu versenken und dabei ihre Körpergröße ausspielen, gerät sie nicht aus dem Tritt. Ihre Verbissenheit spornt die anderen an. Selbst bei den störrischen Jungen verwandelt sich Unglauben langsam in widerwilligen Respekt.

Die Mutantin geht zur Bank, damit Billie Figueroa ihren Platz einnehmen kann. Die Ellbogen auf die Knie gestützt, betrachtet sie den ungleichen Kampf. Kleiner, langsamer und schwächer, schaffen die Mädchen nur dann einen Punkt, wenn die Jungs einen Fehler machen. Ihre einzige Möglichkeit besteht darin, clever zu spielen, jeden Zufall oder Fehler auszunutzen und daraus ihren Vorteil zu ziehen.

Eine der M&Ms, Melanie, gibt auf und sackt neben ihr zusammen. »Das ist pervers«, jappst Melanie.

»Genau. Basketball, was? Zuckerärsche.«

Melanie wirft ihr einen ungläubigen Blick zu. »Hast du etwa heute morgen schon gekifft?«

Die Mutantin will ihre Nase mit dem Handrücken abwischen und zuckt zusammen. Sie hat den Verband über der Brandwunde vergessen.

»Wir sind nahe daran, selbst diese Kerle fertigzumachen, wir können jeden schlagen«, erklärt die Mutantin ihr.

»Wenn du das sagst«, meint Melanie.

Die Mutantin hört kaum hin. Sie ist damit beschäftigt, sich wieder ihre Ketten anzulegen und segnet innerlich die Erfindung der Sicherheitsnadeln, die das Leben während der Basketball-Saison soviel einfacher machen. Wenn sie mit dem Spielen aufhört, will sie einige der Ketten dauerhaft befestigen.

Die Trainerin drängt sich zu ihr durch. »Gutes Spiel, Gauthier. Was ist mit deiner Hand los?«

»Ein Kratzer von der Katze.«

Stirnrunzelnd warnt die Trainerin sie vor einer möglichen Infektion.

Da besteht keine Gefahr, sagt sich die Mutantin. Judy hat mit ihrer glühenden Zigarette jeden Bazillus verbrannt.

Gegen Ende der zweiten Runde im Bodybuilding-Raum schaut Sam gerade Rick zu, als Chapin sich nähert. J.C. ist ausgepumpt vom Training. Sein T-Shirt verkündet eine allgemeine Einladung: *Setz dich auf dies glückliche Gesicht.*

»Samson!« Er grinst. »Das war eine wirklich gute Idee von dir, die Mutantin gestern abend zu mir zu bringen. Daraus könntest du ein Geschäft machen, Muschi-Schnelldienst oder sowas.«

Bei dem Wort »Muschi« verstummen die Gespräche ringsum und werden die Ohren spitz. Auf der Trainingsbank atmet Rick aus und läßt die Gewichte sinken.

Sam reagiert mit einem zustimmenden, zugleich aber auch verwirrten Lächeln. »Ist bei mir nicht ganz angekommen, Chapin.«

»Dafür ist sie bei mir um so heftiger gekommen«, grinst J.C..

Die anderen Jungs lachen, und Rick gibt ein ersticktes Geräusch von sich.

Sam wirkt noch verwirrter. Einen Moment nach Ricks Röcheln grunzt er, als habe er endlich den Witz kapiert. Dann runzelt er in verbissener Konzentration die Stirn.

»Mutantin… hast du Mutantin gesagt?« Sam schnippt mit den Fingern. »Ach, du meinst die Gauthier? Richtig! Die habe ich gestern abend mitgenommen und abgesetzt. War das dein Haus?«

Chapin lacht. »Genau.«

Sam nickt, als sei er erleichtert, daß sich ein bedeutsames Rätsel aufgeklärt habe. Für einen Moment scheint er mit sich selbst zufrieden, doch dann ziehen sich seine Augenbrauen wieder zusammen.

»Vielleicht kannst du es mir erklären, Chapin… Ich habe mich schon immer gefragt, was damit gemeint ist: Mutantin? Hat sie eine von diesen Erbkrankheiten, die einen kahl machen? Mir ist aufgefallen, daß sie furchtbar dünn und blaß ist. Und da habe ich mir gesagt, daß sie vielleicht mal krank war und eine Chemotherapie oder Bestrahlung oder etwas in der Art bekommen hat.«

Chapin klärt ihn nachsichtig auf: »Samson, sie rasiert ihren Kopf.«

»Klar.«
»Macht sie wirklich«, wiederholt er zur Verdeutlichung.
Langsam dämmert in Sams Gesicht eine Frage auf. »Warum?«
Niemand ist derart dämlich, sagt sich J.C. und erkennt, daß er auf den Arm genommen wird. Aber irgend etwas muß er jetzt antworten. »Sie ist eben irre – kapiert?«
Nachdenklich nickt Sam. »Trotzdem hat sie einen verdammt guten Wurf.«
Chapin zwingt sich zu einem höflichen Grunzen. »Das ist nur eines ihrer Talente. Du solltest so eine kahle Braut mal erleben, wenn sie dich bearbeitet.«
Sam blinzelt verdutzt und sagt erstaunt: »Mich bearbeiten? Wie? Wo? Du meinst...« Er schaut mehrmals auf seine Hose hinunter, als könne er sich die ganze Sache nicht richtig vorstellen.
J.C. hält die Hände vor seinen Unterleib und stößt mit den Hüften. »Wir reden von Kopfarbeit.«
Plötzlich bemerkt J.C., daß ihn Rick Woods mit einem ungläubigen Ausdruck auf dem Gesicht anstarrt. Zu spät fällt ihm die pubertäre Prahlerei in seinen eigenen Worten auf. Es schmerzt ihn zu erkennen, daß Rick Woods ihn nicht mehr cool findet. J.C. ist nicht gerade ein Fan der örtlichen Sportskanonen, doch Woods ist praktisch von Haus aus cool. Es gibt nichts Cooleres als einen schwarzen Sportler.
»Oh.« Sam betrachtet den Fußboden, und seine Augenlider zucken unter der ungewohnten Anstrengung scharfen Nachdenkens. Schließlich schüttelt er den Kopf. »Ich kapier's nicht«, bekennt er feierlich. »Vielleicht führst du mir mal vor, wie ›Kopfarbeit‹ gemacht wird?«
Die anderen Jungs ringsum geben erstickte Geräusche von sich, und Rick röchelt wieder.
J.C. gelingt es nach einer gewaltigen Anstrengung, seine Wut hinter einem Lächeln zu verbergen.
»Du bist süß, aber so süß nun auch wieder nicht, Arschloch«, sagt Chapin.
Sam lächelt unschuldig und zuckt enttäuscht mit den Schultern.
J.C. verzieht sich. Das Lächeln ist verschwunden.

Rick hebt die Hantel in ihre Halterung und setzt sich auf. »Teufel auch, Sambot, du bist furchtbar. Ich bin von all dem Gerede über oralen Sex ganz scharf geworden.«

»Fast bin ich erleichtert, daß er's nicht getan hat«, erklärt Sam. »Er ist so ein romantischer Bursche. Vermutlich dachte er, wir würden fest miteinander gehen, wenn er's täte.«

Rick erleidet einen Hustenanfall, und Sam klopft ihm hilfreich auf den Rücken.

Sie tauschen die Plätze, und Rick schaut zu, wie Sam die Gewichte stemmt.

»Weißt du was, ich könnte bei diesem verrückten kahlen Huhn keinen hochkriegen.« Rick schüttelt sich demonstrativ. »Nein, wirklich nicht!«

Sam atmet aus. »Ich frage mich, wie sie es mit einem Schnarchsack wie Chapin treiben kann.«

»Ach, du Einfaltspinsel, das ist doch keine Romanze. Das ist Kapitalismus. Sie schließt die Augen und stellt sich vor, sein kleiner weißer Wurm wäre der Stoff, den sie sich damit verdient. Was er sich dabei vorstellt, weiß ich nicht und will ich auch gar nicht wissen, sonst werde ich noch zum Sexkrüppel. So wie du.«

»Was soll das heißen? Sarah scheint meine Maiskolbensammlung zu mögen...«

»Halt die Klappe, Sambo«, unterbricht ihn Rick.

»Yessir«, entgegnet Sam gehorsam.

Auf dem Weg zum Mittagessen erspäht Sam die Mutantin, die sich gegen den Strom der Schüler bewegt, und geht ihr nach. Gauthiers Hand liegt schon auf der Klinke der Tür, die hinaus zur Raucherecke führt, als er ihr zuruft, sie solle auf ihn warten.

An einen Spind gelehnt und die Hand hinter dem Rücken verborgen, schaut sie zu ihm hoch. »Mach es kurz.«

»Es wäre schön, wenn auch mal jemand anderer Musik fürs Training mitbringen würde. Ich dachte mir, du könntest vielleicht ein Band zusammenstellen.«

»Hör mal, du Genie, wenn ich von einem Radiowecker auf einen Walkman überspielen könnte, dann könnte ich auch mit einem Bleistift in den Hauptcomputer des Pentagon eindringen und dort den Dritten Weltkrieg auslösen.«

Sie bemerkt mit Vergnügen, wie verdutzt Sam dreinschaut.

»Oh.« Er blinzelt. »Das wußte ich nicht. Aber vielleicht kann eines der anderen Mädchen ein Band bespielen.«

Den Kopf gegen das Spind gelehnt, schenkt sie ihm ein geringschätziges Lächeln.

»Ich werde sie fragen. Aber mach mich nicht dafür verantwortlich, wenn dabei irgendein beschissenes Country-Zeug rauskommt und ich auf dem Feld reihern muß. Und jetzt, wenn du nichts dagegen hast, muß ich raus und ein paar Rauchwolken einatmen. Sonst sterbe ich nämlich.«

»Wenn du meinst, daß du das tun mußt?« stichelt er.

Sie zeigt ihm einen Vogel und wendet sich der Tür zu.

»Du machst das besser als irgendwer, den ich kenne«, spottet er. »Das ist genau die Art von Fertigkeit, die einen im Leben weiterbringt. Was ist mit deiner Hand passiert?«

»Das ist deine Schuld, du Arsch.« Sie reißt das Pflaster ab und wirft es ihm ins Gesicht. »Ich habe versucht, meiner Mutter eine Kippe zu klauen. Und die blöde Kuh hat die, die sie gerade rauchte, auf meiner Hand ausgedrückt. Gut so? Bist du jetzt zufrieden? Wenn du dich um deinen eigenen Mist gekümmert hättest, dann hätte ich meine eigenen Zigaretten rauchen können.«

Sam zuckt zusammen. Er greift nach ihrem Handgelenk und sie erlaubt ihm kurz, die Hand umzudrehen und die Wunde anzuschauen. Dann zieht Deanie sie rasch zurück, vergräbt sie in ihrer Jackentasche und stolpert hinaus.

Aus irgendeinem Grund scheinen die Lampen heller zu leuchten, ganz so, als wollten sie einen Kontrast bilden zu Sams Stimmung, die sich plötzlich verdüstert hat. Sein Magen krampft sich zusammen. Ohne Eile geht er zurück zur Cafeteria und betritt dort den Waschraum. Er ist überfüllt, Schlangen stehen vor den Urinbecken, und alle Toilettentüren sind geschlossen. Für einen Augenblick steht er wie erstarrt da und kann sich nicht mehr erinnern, weshalb er hergekommen ist.

Die Wunde auf ihrem Handrücken hat ausgesehen, als habe jemand einen Nagel hineingeschlagen. Die blasse Haut war dort gerötet, wo sie das Pflaster abgerissen hatte.

»Scheiße«, murmelt er.

Einen Moment lang schwankt er, und sein Kopf ruckt vor, als würde er mit Brechreiz kämpfen. Dann scheint sich sein mächtiger Körper wie eine Sprungfeder zusammenzuziehen. All seine Spannung entlädt sich, als er senkrecht emporschießt und seine Faust in die Deckenverkleidung rammt. Sie zerspringt in einem Regen faseriger Bruchstücke. Er wirbelt auf dem Absatz herum, tritt gegen den Spiegel über dem nächsten Waschbecken, weicht vor dem explodierenden Glas zurück und stolpert gegen die rückwärtige Wand.

Die Jungen an den Urinierbecken versuchen, sich vor den herumfliegenden Glassplittern zu schützen. Eine Massenflucht setzt ein.

Schwer atmend sinkt Sam an der Wand herab, geht in die Hocke und läßt den Kopf hängen. Für einige Augenblicke ist nur sein sich beruhigender Atem zu vernehmen. Dann knarrt plötzlich die Tür.

»Lieber Himmel!« entfährt es Rick, der sich umschaut. »Ich habe gehört, du würdest den Raum hier auseinandernehmen. Das war anscheinend kein Scherz. Bist du okay?«

Angewidert von sich selbst zuckt Sam die Schultern. »Zu blöde.«

Rick streift mit den Füßen das Glas und die Deckensplitter. »Da hast du recht. Was war denn los?«

»Nichts.«

Rick schnaubt. »Für mich sieht das aus wie ein klassischer Fall von sexueller Frustration. Du...«

Die Tür fliegt auf, und Mr. Liggott, der Konrektor, steht auf der Schwelle.

Rick beeilt sich, seinem Freund aufzuhelfen, doch Sam wehrt ihn ab und rappelt sich ungeschickt hoch. Rick lächelt unglücklich.

»Ich habe durchgedreht, Mr. Liggott«, erklärt Sam rasch.

»Ich bin sicher, daß Sie das tun werden«, antwortet der Konrektor. »Sobald Sie fertig sind, finden Sie sich in meinem Büro ein. Woods, Sie sorgen dafür, daß niemand hereinkommt, solange Sam hier aufräumt.«

Liggott ist nicht allein in seinem Büro, als Sam eintritt. Laliberte und der Trainer haben sich bereits eingefunden. In gleicher Haltung, mit verschränkten Armen und vorgerecktem Kinn, bilden die drei einen Halbkreis um den Schreibtisch des Konrektors. Ihre Gesichter tragen allesamt den Ausdruck von Geschworenen, die für den Angeklagten die Todesstrafe fordern.

Liggott räuspert sich. Disziplinarmaßnahmen fallen in seinen Zuständigkeitsbereich, weshalb er auch als erster spricht. »Was war los, Sam?«

Als ihm klar wird, daß er später auch noch seinem Vater gegenüberstehen wird, beschließt Sam, daß ihm etwas Übung nicht schaden könne, und hebt den Blick, um den anderen in die Augen zu blicken. Er weiß, daß er eine sofortige Suspendierung zu erwarten hat, was bedeutet, daß er bei dem morgigen Spiel nicht dabei ist. Und dann auch noch die Prüfung bei Romney heute nachmittag. Man wird ihm nicht erlauben, eine Arbeit nachzuschreiben, die er wegen einer Suspendierung versäumt hat. Und wenn er bei dieser hier fehlt, verliert er auch seine hart erarbeitete B-Note.

»Ich… ich habe wohl einfach die Nerven verloren. Es tut mir leid. War wirklich dumm von mir.«

Die drei Männer tauschen Blicke aus.

»Warum haben Sie die Nerven verloren?« fragt Laliberte.

»Hat irgendwer eine Bemerkung gemacht?« hakt Liggott nach. »Etwas Beleidigendes?«

Sam senkt den Blick und starrt auf die Spitzen seiner Turnschuhe. Seine Hand schmerzt. Aber vermutlich nicht annähernd so sehr wie die der Mutantin. Die Worte Deanie Gauthiers stecken ihm wie ein Kloß in der Kehle: *Meine Mutter hat eine Zigarette auf meiner Hand ausgedrückt.*

Wenn er es ihnen erzählt, werden sie es dem Jugendamt melden. Mit ziemlicher Sicherheit kommt nicht viel dabei heraus, außer daß es Deanie bei ihrer Mutter und deren Freund noch schlimmer ergehen wird. Sam weiß, wie diese Dinge laufen. Bei Kindesmißhandlung zeigt sich das System zwar erzürnt in Worten, aber flügellahm in Taten.

Sam schüttelt den Kopf. »Nein, Sir.«

Der Konrektor seufzt tief. »Montag nachmittag kommen

Sie vor den Disziplinarausschuß. Es ist Ihnen klar, daß jeder andere schon längst suspendiert wäre und sich auf den Heimweg machen könnte. Denken Sie mal darüber nach. Und erwarten Sie von dem Disziplinarausschuß am Montag keinerlei Nachsicht, solange Sie nicht aufrichtig zu uns sind.«

Der Rektor läßt die Arme sinken und stützt sich auf den Schreibtisch seines Stellvertreters. »Was immer der Anlaß für Ihr Ausrasten war und was immer am Montag herauskommen mag, Sie sollten besser dafür Sorge tragen, daß so etwas nicht noch einmal vorkommt.« Er lächelt flüchtig. »Diese Einrichtung kann sich so etwas nicht leisten.«

»Du mußt deine inneren Spannung ausschwitzen«, wirft der Trainer ein. »Im Trainingsraum hängt ein Sandsack. Und denk dran, Handschuhe anzuzuiehen. Was macht deine Hand? Du muß sie gleich untersuchen lassen.«

»Ist die Sache damit erledigt?« fragt Laliberte den Konrektor.

Liggott nickt. »Das ist alles, Sam«, sagt er und schickt ihn hinaus.

Rick ist schon in der Werkstatt. Er hat bereits genug Punkte in seinen College-Vorbereitungskursen gesammelt und hat die Arbeit in der Werkstatt nicht mehr nötig. Trotzdem kommt er, denn er hat viel Spaß daran.

»Wie geht's deiner Hand?«

»Ein bißchen gequetscht, und die Haut ist etwas aufgerissen. Nichts Ernstes.«

Rick schüttelt den Kopf. »Mensch, was hat dich bloß gebissen?«

Sam grinst. »Das war nichts weiter als ein pubertätsbedingter Hormonschub.«

Die beiden lachen.

»Würden uns die Herren vielleicht an ihrer Heiterkeit teilhaben lassen und uns den Witz auch erzählen?« fragt der Lehrer.

»So lustig war es nicht«, beteuert Sam.

»Zu schade, daß ihr dann eure Zeit damit vergeudet. Habt ihr beide heute noch etwas anderes vor außer Tuscheln und

Kichern? Da wartet doch eine Limousine aus Jugoslawien, oder woher auch immer darauf, von euch wieder flottgemacht zu werden. Ihr müßt nur noch Kuhfladen finden, die man dem Karren als Reifen verpassen kann. Ich verlasse mich da ganz auf dich, Styles.«

»Gott, ich liebe diese Klasse«, murmelt Rick. »Diese ganze Stadt.«

»Was soll das denn heißen? Ziehst du Kohlkopf etwa über uns Landeier her?« fragt Sam und zerrt an der Motorhaube des kleinen Importwagens.

Er hebt den ganzen Wagen leicht an, doch die Haube ist festgerostet oder verklemmt, und so senkt sich das Vehikel ungeöffnet wieder. Sam reißt erneut ungeduldig an der Haube des Yugos. Ein metallisches Kreischen ertönt, und er hält die Motorhaube in seiner Hand. Um ihn herum bricht die Klasse in brüllendes Gelächter aus.

7

Funkelnde Schneeflocken fallen aus der Dunkelheit in die Scheinwerferstrahlen des Trucks. Bislang drohen weder Eis auf der Fahrbahn noch Schneeverwehungen an den Straßenrändern, dennoch ist es ratsam, langsam zu fahren. Sam bedient sich mit einer Hand aus dem Lunchpaket, das neben ihm steht. Eine Viertelmeile von der Schule entfernt schleppt sich die Mutantin dahin. Beladen mit Rucksack und Sporttasche wirkt sie wie ein herumziehender Kesselflicker. Sam leckt sich die Finger sauber, reibt sie an der Hose ab und hält neben dem Mädchen an.

Gegen die Seitentür gelehnt, kauert sie sich in ihrer Jacke zusammen.

Obgleich er nicht vorhat, sich mit ihr zu unterhalten, dreht er aus Höflichkeit die Lautstärke des Kassettenrekorders herunter.

Die Mutantin schnieft, wie üblich läuft ihre Nase.

Er wühlt nach einem Taschentuch und reicht es ihr hinüber. »Wenn du eine Fahrgelegenheit brauchst, dann frag einfach. Ich muß so oder so quer durch die Stadt, um nach Hause zu kommen. Ist also keine große Sache.«

Sie putzt sich die Nase. Gleichzeitig springt die Heizung an und bläst Hitze in die Kabine. Mit einem geseufzten »O Gott« hält sie ihre gespreizten Finger in den Luftstrom.

Sam lenkt den Wagen auf die Straße zurück. »Deanie.« Er zögert, traut sich dann aber doch. »Das mit deiner Hand tut mir wirklich leid.«

Abgesehen vom Schniefen und Zittern erfolgt keine Antwort. Als er zu ihr hinüberschaut, glitzern stumme Tränen auf ihren bleichen Wangen und hinterlassen Mascaraspuren auf den Ketten.

»He«, sagt er und greift impulsiv nach ihr, um sie an sich zu ziehen; dabei stößt er sein Lunchpaket auf den Boden.

Ihre Ketten klirren leise, als sie seinem Griff nachgibt. Sie vergräbt ihr Gesicht an seinem Oberarm und ihre Schultern beben, doch sie gibt keinen Laut von sich. Er kann die Ketten in ihrem Gesicht durch seine Jacke hindurch spüren. Seine Hand liegt auf ihrem Nacken, und er wird sich ihrer ungewöhnlichen Zerbrechlichkeit bewußt. Seine Finger folgen dem durch ihre hervortretenden Muskelstränge geformten Weg hinauf zu dem Kamm auf ihrem Schädel. Es ist eine instinktive, beruhigende Bewegung. Die Kopfhaut ist kalt und bleich und mit Stoppeln in der Farbe von schwarzem Pfeffer besetzt. Blaue Venen pulsieren sichtbar in einem Muster, das ihn an den Schädel seiner kleinen Schwester erinnert, als diese gerade geboren war. Doch dann, genauso plötzlich, wie sie in Tränen ausgebrochen ist, zieht sich die Mutantin wieder in ihre Ecke zurück, säubert ihr Gesicht und putzt sich die Nase. Sie räuspert sich und starrt verlegen aus dem Fenster.

»Alles in Ordnung? Soll ich wieder an der Drogerie anhalten, um uns Kakao zu besorgen?«

Sie schüttelt ablehnend den Kopf und deutet dann auf das Lunchpaket, das auf dem Boden gelandet ist. »Bist du damit fertig?«

»Bedien dich. Ich habe heute das Mittagessen versäumt. Und als ich dich sah, war ich gerade dabei, mir den Appetit für das Abendessen zu verderben. Weißt du, du solltest wirklich etwas an Gewicht zulegen. Es würde deine Ausdauer verstärken. Und laß die Kippen weg. Wenn du zehn Minuten an einem Stück spielst, geht dir die Puste aus.«

Sie greift in die Tüte und holt die verbliebene Hälfte seines zweiten Sandwiches heraus. Mit vollem Mund lehnt sie sich seufzend zurück. »Hast du wirklich die Jungentoilette demoliert und den Fuß in die Deckenverkleidung gerammt?«

»Die Hand. Den Fuß nur in einen Spiegel. Und gleichzeitig habe ich mich wie ein Riesenarschloch gefühlt.«

Lachend tritt die Mutantin gegen das Handschuhfach. Es springt auf und spuckt abermals seinen Inhalt aus. Ihr Lachen wird lauter.

Sam beugt sich hinüber und reißt den Deckel des Fachs mit einer Hand ab. »Scheiß drauf.« Er schiebt ihr das Teil rüber. »Mach ein paar Dellen rein und benutz ihn als Aschenbecher.«

Die Mutantin quittiert das Angebot mit einigen weiteren Tritten gegen das Armaturenbrett. Dann holt sie sich eine Banane aus dem Lunchbeutel. »Ich hab' dir doch gesagt, Samgod, daß du ein Arschloch bist.«

Sam läuft das Wasser im Mund zusammen, als er das Aroma der Banane riecht. Er deutet mit den Fingern an, daß er etwas abhaben möchte. Sie steigt auf die Bank, kniet sich hin und lehnt sich hinüber, um ihn zu füttern.

»Was soll diese Samgod-Scheiße?« will er wissen. »Warum nennst du mich immer so?«

Wieder in ihrer Ecke, läßt sie die Bananenschale herumwirbeln und meint: »Zuerst dachte ich, das ›God‹ käme von Godzilla. Dann habe ich gehört, wie die Jungs sagten, du wärst größer als Gott. Und genauso benimmst du dich und wirst du auch behandelt. So, als könntest du nichts Falsches tun. Ich wette, der Disziplinarausschuß verleiht dir einen Orden für die Renovierung des Scheißhauses. Womöglich benennen sie es auch noch nach dir und hängen eine Plakette mit deinem Namen auf.«

Sam grinst. »Es ist das erste Mal, daß ich vor den Disziplinarausschuß muß«, bekennt er.

»Wird auch langsam Zeit, daß du erfährst, wie wir dort unten in der Gosse leben.«

»Ich könnte darauf verzichten.« Sam bewegt unbehaglich die Schultern. »Aber wie auch immer, es ist nicht der Ausschuß, wegen dem ich mir Sorgen mache. Es ist mein alter Herr.«

Die Mutantin läßt die Schale fallen, wischt die Finger an der Jacke ab und meint dann schulterzuckend: »Was kann dein alter Herr dir schon tun? Dich ein bißchen verhauen? Du bist fast so groß wie er, und jünger. Und du kannst ebenso gut austeilen wie einstecken.« Sie grinst. »Wenn er nicht auch so ein Riese wäre, würde ich annehmen, du nimmst Steroide. Deine Familie kommt zu all deinen Spielen, stimmt's?« Ihr Ton ist wehmütig, wird dann aber verbittert. »Meine Mutter würde höchstens dann zu einem Spiel kommen, wenn es dort Freibier gäbe.«

Sam konzentriert sich auf die Lichtkegel seiner Scheinwerfer. Der Schnee bleibt liegen. Heute Nacht wird es viel zu tun geben.

»Meine richtige Mutter hat mich auch noch nie spielen gesehen«, gibt er zu. »Sie hat mal irgendeinen Scheiß erzählt, wie gerne sie käme, aber zu große Angst hätte, dort meinem Vater zu begegnen. Ich habe sie dann gefragt, was ihrer Ansicht nach denn Schlimmes passieren könnte, wenn sie ihn dort treffen würde. Sie meinte, es könnte unangenehm werden.« Verblüfft bemerkt er, daß seine Kehle plötzlich ausgetrocknet ist. »Ach, Scheiße. Du weißt schon, eben unangenehm.«

Die Mutantin starrt ihn an. Ihr Blick ist ebenso neugierig wie undurchschaubar. Er kommt sich vor wie ein Insekt unter dem Mikroskop.

»Tut mir leid«, murmelt er. »Ist alles ätzender Familienscheiß.«

»Kein Scheiß. Und immerhin ist dein Vater für dich da. Es muß schön sein, wenn man jemanden hat, der stolz auf einen ist.«

Alles, was sie sagt, irritiert ihn, genau wie das leise Klirren dieser Ketten, die sie trägt. Er weiß nicht, was er angesichts der Scham sagen soll, die ihn wegen seiner Undankbarkeit überkommt.

»Kotz dich ruhig aus, wenn du willst«, sagt sie, »mich stört das nicht.« Ihre Stimme klingt munterer, als sie das Thema wechselt. »Was diese Bänder angeht, die du zusammenstellst... magst du wirklich diese alten Opas? Ich habe dich eigentlich eher für einen Heavy Metal-Typ gehalten.«

»Ich bin mit Sinatra aufgewachsen.« Er nutzt die Chance, über weniger schmerzvolle Dinge zu sprechen. »Was das angeht, bin ich nicht übermäßig voreingenommen. Hauptsache, es ist laut. Grunge, Techno, Hard Rock, Rockabilly, das gefällt mir alles. Auch die Crossover. Hast du schon mal Punk-Reggae gehört? Gefällt dir sowas?«

Sie holt den Walkman aus ihrem Beutel und läßt die Kassetten herausgleiten.

Er wirft einen kurzen Blick darauf. »*Sister of Mercy*!«

»Hab' ich vor ein paar Wochen in Lewiston geklaut.«

Angewidert wirft er ihr die Kassette hin. »Heiliger Himmel, Deanie, weißt du eigentlich, daß du ein tolles Beispiel für Gehirnschäden durch Drogenkonsum abgibst?«

»Und was hat dich so dämlich gemacht? Das viele Wichsen?« giftet sie zurück.

Wütend wie er ist, vergißt er, daß er an der Straßenecke anhalten soll und biegt in die Depot Street ein.

»Scheiße!« kläfft sie. »Halt sofort an!«

Er beugt sich hinüber, um die Tür für sie zu öffnen. »Du holst dir noch den Tod, wenn du bei diesem Wetter so angezogen rumläufst.«

»Leck mich, Mammi!« kreischt sie ihn an.

Er reckt den Mittelfinger hoch. »Von mir aus gern.«

Toll. Jetzt hat sie ihn dazu gebracht, in ihrem Jargon zu sprechen. Wenn er sie nochmal irgendwohin mitnimmt, sollte er ihr den Mund zukleben.

Er macht sich auf den Weg nach Hause. Im Radio kommt nur schauerliche Tanzmusik. Er schiebt ein neues Band in den Rekorder, kann sich aber nicht aufs Zuhören konzentrieren.

Seine Gedanken drehen sich im Kreis: *Irgend etwas, das ich getan habe, hat dieses Mädchen verletzt. Nicht ernsthaft, natürlich, es wird schon vernarben. Aber ich wette, es schmerzt höllisch. Verdammt nochmal, ich habe sie nicht verletzt. Mein Fehler war's nicht. Ihre verrückte alte Dame war's. Was muß das für ein Mensch sein, der mit seiner Zigarette ein anderes menschliches Wesen verbrennt, noch dazu die eigene Tochter? Und was kann ich da machen?*

Auf gar keinen Fall kann er seinem alten Herrn diesen Scheiß erzählen. Sein Vater würde schon am Telefon hängen und Laliberte anrufen, noch bevor Sam das Wort *Kippe* auch nur ausgesprochen hätte.

Er selbst war noch gut weggekommen bei der staatlichen Vormundschaft, unter die man ihn gestellt hatte, als seine Familie auseinanderbrach. Ma Lunt, seine Pflegemutter, war schon in Ordnung gewesen, und trotzdem war ihm alles wie ein Alptraum erschienen. Plötzlich hatte er keinen Vater, keine Mutter, kein Heim mehr, nur noch einen Sachbearbeiter und einen Richter, der ihn in einem Wagen der Landespolizei hierhin und dorthin schaffen ließ. Sein Großvater Frank war bei der Polizei gewesen, und sein Onkel Terry war damals auch noch dabei, insofern hatte er sich vor den Bullen nicht so sehr gefürchtet, wie das manche Kinder tun. Irgendwie glaubte er jedoch nicht, daß die Mutantin den Rücksitz eines Bullenwagens sonderlich beruhigend finden würde.

Möglicherweise würde auch gar nichts geschehen, außer daß er sich höchst unbeliebt machen könnte bei der alten Dame der Mutantin und ihrem sogenannten Lebensgefährten, wobei es ihn nun wirklich nicht schert, was diese beiden Penner von ihm halten. So verrückt, wie die Gauthier sich aufführt, käme die Mutter möglicherweise damit durch, wenn sie einfach behauptete, die Mutantin hätte sich die Verletzung selbst zugefügt. Der Gedanke läßt ihn zusammenfahren. Sie hat es doch nicht wirklich selbst getan? So verdreht kann sie doch gar nicht sein. Es ist schließlich ein weiter Sprung von Tätowierungen bis zu selbst zugefügten Brandwunden. Aber wie auch immer, arg bescheuert ist die Mutantin schon.

Ach, was soll's. Schlimmstenfalls wird sein alter Herr dafür sorgen, daß er sich schäbig vorkommt. Er hat sich ohnehin schon zu sehr in diese ganze Sache reingehängt, angefangen mit dem Schlag in die beschissene Deckenverkleidung.

Und plötzlich geht es ihm besser. Möglicherweise hängt es damit zusammen, daß er inzwischen die vertrauten Straßen von Nodd's Ridge erreicht hat. Jedenfalls fühlt er sich wieder mehr wie er selbst. Es ist eben ein anderes Universum als jenes, in dem die Mutantin lebt. Eine andere Dimension.

Der Abschleppwagen steht fahrbereit unter dem Schutzdach der Texaco-Tankstelle. Durch die Scheibe des Bürofensters kann er seinen Vater erkennen.

Als Sam eintritt, nimmt Reuben die Brille von der Nasenspitze und legt sie auf den mit Papieren bedeckten Tisch.

»Bill Laliberte hat angerufen. Willst du mir etwas dazu sagen?« Er lächelt beruhigend angesichts Sams kummervoller Miene. »Spuck's schon aus, Junge.«

Mit tief in den Taschen vergrabenen Händen und unruhig scharrenden Füßen starrt Sam auf den Boden, während sich die Stille dehnt.

Reubens Lächeln verschwindet. Abrupt lehnt er sich zurück. »Hast du Hunger?«

Sam schüttelt den Kopf.

Reuben deutet mit dem Kopf auf das Auto, das in der nächstliegenden Garagenbucht steht. »Dann hilf mir, der Kiste dort Winterreifen aufzuziehen.«

Sam hängt seine Jacke an einem Haken auf, und für eine halbe Stunde arbeiten Vater und Sohn ebenso schweigend wie effizient daran, die Reifen zu wechseln. Als sie fertig sind, legen sie die Sommerreifen auf die Ladefläche des Wagens.

Reuben schüttelt den Kessel, der auf der heißen Herdplatte steht, und gießt sich eine Tasse Tee auf. Ungefragt füllt er auch eine Tasse für Sam und fügt Honig und frischgepreßten Zitronensaft hinzu. Das seit der Kindheit vertraute Gebräu löst Sams Kehle. Er merkt erst jetzt, wie eng sie ihm geworden war.

Sein Vater läßt sich wieder auf den Stuhl fallen. »Als Bill mir erzählte, daß du den Waschraum demoliert hast, mußte ich sofort daran denken, wie ich gestern den Teller an die Wand geworfen habe. Als ich das tat, kam ich mir schäbig vor, Sammy. Und jetzt fühle ich mich noch schäbiger. Es kommt mir vor, als hätte ich dir damit die Erlaubnis gegeben, auch auszurasten.«

»Das hatte absolut nichts mit dir zu tun.«

Reuben nimmt die Brille ab und spielt nachdenklich damit herum. »Worum ging's denn dann?«

Jetzt sitzt er in der Falle. Scheiße.

»Um nichts.«

Reuben klappt die Brille sorgfältig zusammen und schiebt sie in ihre Lederhülle. »Sammy. Das ist nun wirklich der reine Blödsinn.«

Sam schnappt seine Jacke und macht einen Schritt in Richtung Tür.

»Sammy.« In der Stimme seines Vaters schwingt ähnlich viel Widerwillen mit, die Angelegenheit weiter zu verfolgen, wie ihn Sam dagegen verspürt, die Frage zu beantworten. »Ich weiß, es ist schwer für dich, darüber zu sprechen. Aber so zu tun, als sei gar nichts passiert, macht weder die Sache ungeschehen, noch den Grund, warum du es getan hast.«

Die Hand schon auf dem Türgriff, stellt Sam zu seinem eigenen Entsetzen fest, daß er dicht davor steht, in Tränen auszubrechen. Er packt den Griff fester, bewegt ihn jedoch nicht. Langsam lehnt er sich gegen die Tür und schließt die Augen. Das kalte Glas kühlt seine Stirn.

»Machst du dir Sorgen wegen Pearl und mir?« stößt Reuben hervor.

»Nein!« Sam läßt die Tür los, richtet sich auf und dreht sich um, um in die besorgten Augen seines Vaters zu schauen. »Was immer passiert, ihr beide bleibt stets meine Freunde.«

»Was?« Reuben lacht bitter. »Lieber Himmel, Sammy.« Er reibt seinen Brustkorb, als ob es ihn dort schmerze. »Das war doch nur eine kleine Streiterei. Ich werde sie nicht verlassen, und sie wird mich nicht verlassen. Den neuen Ofen werde ich an diesem Wochenende einbauen.«

Diese letzte, eher nebensächliche Bemerkung bringt beide zum Lachen.

»Es war nicht wegen dir und Pearl«, wiederholt Sam.

Hinreichend abgelenkt durch den flüchtigen Einblick in die Ansichten seines Sohnes über seine Ehe, gibt sich Reuben damit zufrieden.

»Ich fahre jetzt heim, um etwas zu essen«, erklärt Sam. »In einer halben Stunde bin ich wieder da. Soll ich dir irgend etwas mitbringen? Es sieht so aus, als würde es eine lange Nacht werden.«

»Pearl hat mir schon mein Abendessen auf dem Rückweg von der Arbeit vorbeigebracht.«

Sie schauen hinaus auf die Schwaden tanzender Schneeflocken.

»Es hat ausreichend Warnungen vor diesem Wetter gegeben«, bemerkt Reuben. »Mittlerweile sollten die meisten Leute schon von der Straße verschwunden sein.«

Sam grinst. »Ein paar davon werden wir wohl erst wieder auf die Straße zurückbringen müssen.«

Am nächsten Tag haben die Mädchen nach der Schule ihr erstes Heimspiel gegen Hamlin. Sam, der mit seinen Teamkameraden auf der Zuschauertribüne sitzt, nimmt kühl und unbeteiligt zur Kenntnis, daß der Mutantin gegen Ende des ersten Viertels die Luft ausgeht. Sie schnauft so laut, daß man es über das Stampfen der Füße und die Schreie der Spieler hinweg in dem widerhallenden Saal vernehmen kann. Das Pflaster auf dem Rücken ihrer linken Hand ruft in ihm jedesmal, wenn er sie anschaut, Unbehagen hervor. Billie Figueroa kommt auf das Feld, um sie zu ersetzen. Im dritten Viertel ist die Mutantin wieder im Feld und spielt gut, bis sie mit dem Off Guard der Lady Pipers unter dem Netz zusammenstößt. Heftig mit den Armen rudernd, schlägt sie mit dem Handrücken gegen den Pfosten.

»Scheiße!« schreit sie.

Alles lacht.

Obgleich sie sichtlich mit den Schmerzen in ihrer Hand zu kämpfen hat, wirft sie sich wieder ins Getümmel. Sie schont die verletzte Linke und bemüht sich, hauptsächlich mit der Rechten zu spielen. Schließlich nimmt die Trainerin sie vom Platz. Die Mutantin hockt sich schmollend auf die Bank, umklammert ihre Hand und nagt an ihrer Lippe. Im letzten Viertel, als Sam und seine Kameraden sich in den Umkleideraum begeben, um sich für ihr eigenes Spiel fertigzumachen, ist der Ausgang des Matchs trotz der vehementen Anstrengungen von Billie und den anderen Mädchen ungewiß.

Als die Mädchen schließlich geschlagen sind, führt Sam die Reihe der Jungen an, die jede der Spielerinnen mit einem Händedruck und einem tröstlichen Klaps empfangen. Die Greenspark Indians kommen mit emporgerecktem Kinn und trockenen Augen vom Platz. Manchmal heulen Mädchen, wenn sie verloren haben, aber dieses Team nicht. Gerüchten zufolge muß jede Spielerin, die auch nur betrübt dreinblickt, sofort mit dem schmerzenden Spott der Mutantin rechnen.

Die Mutantin starrt auf seine Hand und marschiert an ihm vorbei. Er könnte sich darüber amüsieren, auf welch lächerliche Weise sie wütend ist. Es erinnert ihn an Indys Wutanfälle, wenn ihren kurzen Babyfingern die Wasserflasche oder ein Plastikspielzeug entgleitet und sie vor Ärger durchdreht. Irgendwer sollte Deanie Gauthier mal so ausgiebig kitzeln, daß sie vor lauter Lachen einen Schluckauf bekommt. Doch jetzt ist wohl kaum der richtige Moment, um ihr klarzumachen, daß sie nur eines von vielen Spielen verloren hat.

Auf dem Spielfeld findet Sam die Erfüllung seines Lebens. Alle Probleme verschwinden, als hätte es sie nie gegeben. Dies ist der Platz, wo er, seinen vielen Namen zum Trotz, am meisten er selbst ist.

Während einer Spielunterbrechung erhascht er durch das Gedränge um den Trainer hindurch einen Blick auf die Mutantin, die mit dem Rest ihrer Mannschaft in die Halle zurückgekehrt ist, nachdem sie sich geduscht und umgezogen haben. Sie steht neben Nat Linscott. Die beiden bilden ein sonderbares Paar, Nat mit ihrem flammend roten Haar und Deanie mit ihrem Billardkugel-Schädel und den Ketten im Gesicht, als müsse dort etwas Gefährliches am Ausbruch gehindert werden.

Etwas später steht Sam an der Freiwurfmarke und wischt sich das Gesicht mit seinem Hemd. Zwischen den beiden Schiedsrichtern läuft eine Diskussion ab, alle anderen stehen abwartend auf ihren Positionen. Wieder schaut er zu den Rängen hinüber, wo die Leute aus Greenspark sitzen, und sieht, wie die Mutantin sich auf ihrem Platz umwendet, um etwas zu Nat zu sagen. Die elfenbeinfarbene Kurve ihres Halses erinnert ihn stark an ihre Hand, wie sie vor der Brandverletzung war.

Er wendet seine Aufmerksamkeit wieder dem Schiedsrichter zu, der sich mit dem Ball in der Hand unter dem Netzpfosten aufgestellt hat. Dann ist der Ball in seiner Hand, und er versucht, alle anderen Gedanken zu verdrängen und sich nur auf die sanfte Kurve zu konzentrieren, die der Ball beschreiben muß, um im Netz zu landen. Als er den Ball wirft, lenkt ihn das plötzlich auftauchende Bild feuriger, orangefarbener Glut ab, die sich auf einen blassen, schmalen Handrücken senkt. Er weiß, daß der Wurf nichts taugt, noch bevor der Ball auf dem Ring herumtorkelt und schließlich langsam neben dem Netz herabfällt. Der Anblick entspricht seinen eigenen Gefühlen.

Der alte Wagen kommt holpernd und stotternd vor dem Supermarkt zum Stehen, und Miss Reggie Rodrigues schiebt ihren fest korsettierten, ein Meter achtzig langen und zweihundert Pfund schweren Körper hinter dem Lenkrad hervor. Mit ihrem großen, ausladenden Hinterteil und dem steifen Gang sieht sie wie ein exotischer flügelloser Vogel einer längst ausgestorbenen Art aus.

Der Samstagmorgen beginnt für das alte Mädchen stets damit, daß sie mit dem 1954er Buick Century Special ihres verstorbenen Vaters zum Supermarkt fährt, wo sie und die Mutantin den wöchentlichen Einkauf erledigen. Nachdem die Lebensmittel im geräumigen Kofferraum des Buick verstaut sind, begeben sie sich zur Drogerie. Manchmal halten sie auch bei der chemischen Reinigung oder an der Selbstbedienungstankstelle weiter unten an der Straße, um ein paar Dollar für den nimmersatten Tank des Buick zu opfern. Tanken gehört zum Aufgabenbereich der Mutantin, da Miss Reggies gichtige Finger nicht mehr dafür taugen, den Umschalter zu bewegen, der den Zapfhahn freigibt. Der letzte Stopp gilt der Bäckerei, um Kuchen für die nachmittägliche Teepause zu kaufen, wobei die Mutantin sich ein Stück für sich selbst aussuchen darf. Obgleich die ganze mit Gebäck gefüllte gläserne Vitrine ihrer Wahl zur Verfügung steht, endet es doch stets damit, daß sie ein Stück Kokos-Zitronen-Kuchen aussucht.

Zusammen mit sieben älteren eigensinnigen Katzen leben die Rodrigues-Schwestern in einem Haus am östlichen Stadtrand von Greenspark, das früher dem inzwischen verstorbenen Ehepaar Doktor und Mrs. Rodrigues gehört hat. Über die Hauptstraße, die Route 302, ist es etwa eine Meile von der Greenspark Academy entfernt. Zwischen alten, immergrünen Bäumen gelegen, die das Licht abhalten, ist das niedrige, aus Holz erbaute Farmhaus mit in verblassendem Gelb gehaltenen Platten innen getäfelt und außen verkleidet. Die mit Möbeln vollgestopften Zimmer riechen nach Katzenpisse und Lavendel, nach Zitronenpolitur, muffigen alten Polstern und langsam verrottendem Dämmschutz hinter schimmeligen Tapeten. Die Küche enthält ein zerkratztes Spülbecken, eine Handpumpe, einen mit Holz befeuerten gußeisernen Herd, der durch einen kleinen Gaskocher ergänzt wird, sowie einen Gefrierschrank, auf den oben ein Kompressor montiert ist.

Miss Katherine wartet an der Küchentür. Sie ist die ältere der Schwestern. Genauso groß und schwer wie Reggie, ist sie erheblich stärker durch die Arthritis verkrüppelt und braucht eine Hilfe, wenn sie mehr als einen oder zwei Schritte tun will.

Die Mutantin putzt die Küche von oben bis unten. Das Linoleum ist alt und schon seit langem aufgescheuert. In jedem Eimer des schmutzigen Putzwassers, den die Mutantin in die Toilette schüttet, befindet sich ein gewisser krümeliger, teeriger Anteil erodierten Linoleums, ähnlich dem vom Mississippi fortgetragenen Mutterboden. Sie entfernt ein Büschel Katzenhaare vom Rand des sich auflösenden Bodenbelages. Die Küche zu putzen, nimmt den größten Teil des Vormittags in Anspruch, denn dort verbringen die alten Damen und die Katzen die meiste Zeit, besonders während der kalten Monate, weil dies der wärmste Raum im ganzen Haus ist.

Der Nachmittag vergeht mit dem Beziehen der Betten, der Reinigung der beiden Badezimmer, mit Staubsaugen, Staubwischen und dem Polieren der zahllosen schweren viktorianischen Möbelstücke. Während sie auf Händen und Knien mit Soda und einer alten Wurzelbürste die Badezimmereinrichtung schrubbt und der Walkman ihr dabei die Ohren volldröhnt, ist die Mutantin so zufrieden wie sie nur sein kann, wenn sich kein Basketball-Korb in der Nähe befindet.

Als die Mutantin spät am Nachmittag den Tee zubereitet und die Gedecke auf den Tisch stellt, überlegt sie, daß ihre wirkliche Arbeit in diesem Haus in der Unterhaltung gelangweilter alter Frauen besteht. Sie ist jemand, mit dem sie sprechen können, der ihnen das Gefühl gibt, sie seien noch immer mit der Welt verbunden. Die Schwestern sind auch netter zu ihr als irgendwer sonst. Sie füttern sie. Sie erlauben ihr, im rückwärtigen Flur zu rauchen und auch in dem kleinen Raum, der einmal das Arbeitszimmer ihres Vaters war; denn, wie sie sagen, der Geruch des Zigarettenrauches erinnert sie an ihn.

Die Gegenwart ihrer toten Eltern ist überall im Haus spürbar, angefangen bei den offiziellen Familienfotos in fast jedem Raum bis hin zu den ererbten Möbelstücken, die noch immer so stehen, wie Mama sie Anno Tobak arrangiert hat. Der zeitlose Fortbestand dieser anachronistischen, schon fast ausgestorbenen Familie ist tröstlich. Eine Schwester zu haben, mit der man alt werden, wertvolle Erinnerungen teilen und den Verlust der geliebten Eltern betrauern kann, erscheint Deanie genauso außergewöhnlich luxuriös wie das Stück Kokos-Zitronen-Kuchen, das ihr ganz allein gehört.

8

Blasse Bahnen dünnen, kraftlosen Lichts fallen über den honigfarbenen Boden in der Halle des Versammlungshauses, die von allen nur Fitness-Center genannt wird. Der höhlenartige Raum verzerrt die Musik der Cramps und verlangt eindeutig nach einem anderen Klang – vielleicht dem von Nitroglyzerin – als jenem, der jetzt aus Sams Ghettoblaster dringt und sich mit dem Klatschen des Basketballs mischt, als Sam mit einer Reihe Übungen beginnt. Der Thermostat ist auf zwölf Grad eingestellt. Sam begegnet der Kälte mit mehreren Sweatshirts, einem als Stirnband verwendeten Taschentuch und Handschuhen, deren Fingerspitzen abgeschnitten sind.

Binnen einer Viertelstunde erscheint Rick Woods zusammen mit mehreren anderen Teamkameraden; so vielen, wie sich eben von der Jagd oder der Arbeit losreißen konnten. Joey Skouros kommt den ganzen Weg von Dickensfield her, Andy Alquist aus Lafayette. Sie fahren mit dem eigenen Wagen, sofern sie einen besitzen, lassen sich von anderen mitnehmen, wenn das nicht der Fall ist, oder leihen sich innerhalb der Familie ein Fahrzeug aus. Die aufrührerischen Spieler kommen her, um zu unterstreichen, wie es ihrer Meinung nach laufen sollte: ohne Weiber. In stärkerem Maße als sonst macht sich unter den Jungen, die sich hier einfinden, ein Gefühl der Verschwörung breit. Ohne sich deswegen abgesprochen zu haben, hat niemand die Absicht, die Mädchen hiervon in Kenntnis zu setzen, ganz zu schweigen davon, sie daran teilnehmen zu lassen.

Wie es der Zufall will, besitzt das Versammlungshaus von Nodd's Ridge einen ausgezeichneten Boden, ein Spielfeld, das Reuben Styles vor einem Jahrzehnt angelegt hat. Sam und sein Vater pflegen den Belag im Auftrag der Stadt, wodurch Sam Zugang zu den Schlüsseln des Fitness-Centers hat. Dieses stillschweigende Arrangement gibt einigen oder auch allen Jungen die Chance, weitere drei oder vier Stunden auf dem Spielfeld zu verbringen. Je nachdem, ob noch irgendwelche anderen Veranstaltungen in der Halle vorgesehen sind.

Mit einer verächtlichen Grimasse holt Rick die Cramps aus dem Rekorder und schiebt eine Shinehead-Kassette in den Schacht. Der Raum hallt hohl wider vom Trampeln der Jungen und dem Klatschen des Balls, das mehr oder weniger gleichmäßig dem Rhythmus der Rap-Musik folgt. Der Klang unterscheidet sich sehr von dem in der Turnhalle der Greenspark Academy. Sam erscheint er als eine Art Walgesang, der hörbaren Aufschluß über die Lage der federnden Bodenbretter gibt. Es ist wie ein vertrautes Schlaflied.

Sehr früh am Montagmorgen, dem Tag, an dem sich Sam dem Disziplinarausschuß stellen muß, fällt die Temperatur unter den Gefrierpunkt. Der neue Ofen hat einen Nervenzusammenbruch und bläst ölige Rauchwolken durch den Keller, die den Feuermelder in Alarm versetzen. Wieder einmal in Decken gehüllt, kauern sich Pearl und das Baby auf den Sitz von Reubens Truck und warten darauf, daß die Heizung anspringt, während Sam und Reuben im Haus alle Fenster und Türen öffnen, damit der Rauch abziehen kann.

Als Pearl die mit öligem Schmer bedeckten Gesichter sieht, läßt sie sich in den Sitz zurückfallen und strampelt kreischend mit den Beinen. Das Baby, das nach dem Schreck, von den nervtötenden Alarmgeräuschen aus dem Schlaf gerissen, fast wieder eingeschlafen ist, quietscht vor Überraschung.

»Ihr seht ja aus wie die Knights der Columbus Minstrel Show!« japst Pearl.

Irgendwie bringen sie den Brenner wieder in Gang. Keiner von ihnen ist sich ganz sicher, wie sie das geschafft haben, aber manchmal kommt unverhofft eben oft.

Sam benötigt dringend eine Dusche, und Reuben geht es genauso. Pearl will freiwillig kalt duschen, was Reuben mit der Begründung ablehnt, dadurch könnte ihr Milchfluß gebremst werden. Sie duscht zusammen mit dem Baby als erste, dann folgt Sam, während sein Vater Indy ankleidet. Reuben kommt ins Bad, als Sam sich gerade abtrocknet.

»Wie ist das Wasser?« fragt er.

»Soweit ganz okay.«

Mit einem Handtuch um die Hüften geschlungen, lungert Sam herum und kämmt langsam sein Haar, das er mit nicht auswaschbarem Conditioner behandelt hat. Der verhindert, daß sich die Haare statisch aufladen.

Als das eiskalte Wasser Reuben trifft, schreit er vor Entsetzen auf. Sam lacht. Ein alter Trick, aber immer noch lustig.

»Sehr komisch«, grummelt Reuben und taucht hinter Sam aus der Dusche auf, schnappt sich die Dose mit dem Rasierschaum und spritzt ihn über Sams bloße Brust.

Sam verteidigt sich mit der Tube Zahncreme, und schon bald haben sich beide eingeschäumt und beschmiert. Es endet damit, daß er sich noch einmal Duschen muß, wobei er unter dem gleichen schauerlich kalten Wasser leidet wie sein Vater.

Es scheint angeraten, das kalte Haus möglichst bald zu verlassen, und so fahren sie zum Diner, um dort zu frühstücken. Auf dem Parkplatz des Diners gibt der Truck seinen Geist auf. Bis er Starthilfe von Reubens Silverado bekommt, ist Sam schon ziemlich spät dran.

Chapins gelber Sunbird steht mit laufendem Motor auf dem Parkplatz der High-School. Die Mutantin springt heraus, als Sam seinen Wagen abschließt. Sie ist vor ihm im Gebäude – kein Wunder angesichts der Temperatur – und steht an der Tür zur Turnhalle, als er hereinkommt. Nat Linscott ist neben ihr und hält eine Kassette in der Hand. Als sie die Halle betreten, gibt sie sie der Mutantin, die sich umdreht und sie Sam zuwirft. Er pflückt sie aus der Luft, wirft ihr die Schlüssel zum Geräteraum hinüber und legt das Band ein, während die Mutantin ihre Jacke auf den Boden fallen läßt und sich einen Ball aus dem Regal holt. Mit einer gewissen Erleichterung vernimmt Sam das wie außerirdische Fahrstuhlmusik klingende Intro zu Van Halens »Jump«.

Auf dem Spielfeld angekommen, versucht die Mutantin, ihn zu provozieren. Sams Finger schließen sich um die Schlüssel, er wechselt hinter ihrem Rücken zur anderen Seite und schnappt ihr den Ball mit der Finesse eines Taschenspielers weg.

Deanie Gauthier schreit vor Empörung auf, doch als sie sich auf ihn stürzen will, deutet er mit dem Finger auf ihre Ketten, und die Mutantin wendet sich um, um sie und ihre Jeans abzulegen. Über ihre Trikothosen, die gleichen, die sie jeden Tag anhat, wenn sie nicht gerade ihren Einteiler trägt – Sam hat sich all die Löcher gemerkt –; zieht sie ein Paar abgeschnittener Levis, bei denen sie das, was von den Beinen noch übrig ist, bis zum Unterleib hochgerollt hat.

Heute gibt es Ausfälle bei den Mädchen. Die Mutantin würde selbst dann hier sein, wenn die Halle von einer vereinten Gruppe libysch-iranischer Terroristen besetzt wäre, doch wenn das morgendliche Training sich durchsetzen soll, können sie es sich nicht leisten, auf Nat oder die M&Ms oder Billie zu verzichten. Denn dann würden die Jungen zum Schluß alle vertreiben.

Sam und Todd Gramolini necken Nat Linscott mit dem Ball, als Gauthier zwischen ihnen explodiert. Todd gibt den Ball an Sam ab, der ihn hoch über dem Kopf auf einer Fingerspitze kreiseln läßt, während die beiden Mädchen vergeblich nach ihm springen. Er hält ihn dort, bis die anderen Spieler und die Zuschauer, die langsam in die Halle kommen, in schmetternden Applaus ausbrechen.

»Schwanzlutscher!« zischt ihm die Mutantin entgegen.

Lachend tänzelt er über das Spielfeld und ärgert sie mit dem Ball. Sie bleibt dicht neben ihm. Auf einmal wird ihm bewußt, daß sie ihr Zittern zu unterdrücken versucht. Ihre Rippen und Hüftknochen ragen hungrig hervor. Er hat die in der Halle herrschende Kälte nicht gespürt, aber er ist auch entsprechend angezogen.

Er gibt den Ball an Rick Woods ab und trabt zur Seitenlinie, von wo aus er zusieht, wie die Mutantin Rick den Ball abnimmt. Die Jungen können ihn sich nicht wiederholen. Sie versenkt den Ball sauber im Korb, und Todd versiebt den Abwehrschlag.

Sam zieht sein altes, formloses orangefarbenes Sweatshirt über den Kopf und fängt die Mutantin am hinteren Spielfeldrand ab, wo er ihr das Teil wortlos hinhält. Sie verschwendet nur einen winzigen Moment ihre Aufmerksamkeit daran, zögert, schnappt sich dann das Shirt und verschwindet darin. Es reicht ihr bis über den Hintern hinab. Die Ärmel hängen weit über ihre Hände. Sie rollt sie zu dicken, unordentlichen Stulpen auf und rennt los, um sich dem Getümmel am Korb der Jungen anzuschließen. Das Sweatshirt hüpft und wogt und schwingt um sie herum.

Sam verbirgt sein Grinsen.

Am Dienstagnachmittag fahren die Busse in Richtung Ravenswood Academy in Prosper. Sam befindet sich an Bord und hat die Erlaubnis, weiterhin zu spielen. Der Disziplinarausschuß hat ihm schriftlich die Verpflichtung auferlegt, den Schaden zu beheben. Des weiteren erhält er eine Verwarnung und muß sich schriftlich entschuldigen. Alles wird in seiner Personalakte festgehalten.

Die Rivalität mit Ravenswood ist wesentlich aggressiver als die zwischen Greenspark und Castle Rock, denn sie basiert auf Klassenunterschieden. Wie einige andere Internate in Maine fungiert Ravenswood zwar auch als öffentliche High-School, betrachtet sich jedoch selbst als eine auf ein College vorbereitende Privatschule und verfügt über einen Direktor, um diesen Anspruch zu beweisen. Der Anblick all dieser zarthäutigen schönen Söhnchen der Reichen mit ihren perfekten Zähnen provoziert bei Greenspark die Zurschaustellung proletarischer Grobheit. Ravenswood reagiert stets mit wohlerwogener Überraschung, bevor es mit ruchlosem kapitalistischen Blutdurst zurückschlägt.

Wie üblich treffen zuerst die Mädchen aufeinander. Die Spielerin, die der Mutantin beim Anstoß gegenüber steht, kann ein spöttisches Kichern nicht unterdrücken, womit sie bei ihren Teamkameradinnen eine Explosion von Prusten und anderer Erheiterungen hervorruft. Schniefend wischt sich die Mutantin die Nase mit dem Arm ab. Ravenswood erwischt den eingeworfenen Ball, doch Deanie landet haargenau auf dem linken Zeh der so furchtbar amüsierten Zikke.

Damit sinkt der Amüsierwert von der Gauthier ganz rapide. Sie benutzt den Boden, als wäre er eine Wasserrutschbahn und huscht in otterngleichen Schwüngen über das Spielfeld, um überall an der richtigen Stelle aufzutauchen. Ohnehin schon verschorft und mit Kratzwunden übersät, sammeln ihre nackten Arme und Beine neue Abschürfungen und Quetschungen ein.

Die Menge raunt und wispert, als die Gauthier mit dem Ungestüm eines Hockeyspielers durch das Match hindurchjagt. Die Reihe der auf der Reservebank zusammengedrängten Reichen und Schönen wird unruhig, ihre Hände fliegen ängstlich zum Mund. Die Greenspark-Mädchen grinsen, ermuntern sich mit hochgereckten Daumen, Händeklatschen und Klapsen auf den Hintern. Noch vor der Halbzeit schafft es die Mutantin, die verwöhnte Braut, die über sie gelacht hat, so weit zu bringen, daß sie beinahe wegen eines Fouls vom Platz gestellt wird. Im letzten Viertel muß sie allerdings selbst zwei Minuten vor Schluß wegen eines Fouls ausrasten. Ein Three-pointer von Nat Linscott verhilft Greenspark zu einer 50 : 47 Entscheidung.

Die Zuschauer aus Ravenswood verlangen nach Rache, als die Jungen das Spielfeld betreten. Beim ersten Blick auf den pferdeschwänzigen blonden Riesen im grünsilbernen Trikot von Greenspark geht eine Bewegung durch die Ränge der Einheimischen. Genau wie die Mutantin ist auch Sam von früheren Begegnungen der beiden Mannschaften her wohlbekannt.

»Steroide! Steroide!« kreischt ein Trio schlanker, kaschmirverwöhnter Töchterlein. Angesichts ihrer Verwegenheit brechen sie gleich darauf in Gekicher aus. Ihre Finger flattern hoch zu den Geistern der Perlenketten, die in den Bankschließfächern ihrer Familien auf sie warten.

Als Antwort beugt sich Sam vorwärts, stützt sich mit den Knöcheln auf dem Boden auf und keckert. Er kräuselt seine Lippen und kratzt sich unter der Achsel, was die Zuschauer zu schallendem Gelächter veranlaßt und sogar ein leises Lächeln bei einem der Offiziellen hervorruft.

Von den oberen Rängen dröhnt Reubens brüllendes Gelächter zu Sam herab.

Eine Woge außergewöhnlich guter Laune treibt ihn an. Er erteilt Ravenswood eine regelrechte Lektion, indem er seine Teamkameraden derart antreibt, daß sie durch den Versuch, mit ihm mitzuhalten, schließlich fast ebenso erschöpft sind wie die Ravens. Es ist einer jener Fälle, wo er das eigene Team genauso ausspielt wie die Gegner. Normalerweise läßt er das nicht geschehen, doch manchmal geht die Begeisterung mit ihm durch, oder, noch seltener, wird er durch die Gegenseite dazu aufgestachelt. Doch selbst diesmal läßt er sich nicht wirklich freien Lauf. Er bemüht sich, niemals zu vergessen, daß der Rest des Teams auf sich selbst vertrauen muß, denn sonst würde es gar kein Team mehr geben.

Als sie das Gebäude verlassen, müssen die Teams aus Greenspark feststellen, daß Ravenswood die Niederlagen nicht besonders gut aufgenommen hat. Die Busse sind mit sehr erbaulichen Hinweisen besprüht worden: FRISS SCHEIS-

SE GREENSPARK – DER GROSSE IST EIN SCHWANZLUTSCHER – MASSAKRIERT DIE INDIANS – STEROIDEN-SAM LUTSCHT SCHWÄNZE – VERBRENNT DIE GLATZENHEXE – PERVERSE KAHLKÖPFIGE NUTTE – ARSCHLÖCHER FAHRT NACH HAUSE. Dies alles verstärkt jedoch nur den Siegesrausch der Greenspark-Spieler. Das letzte, was man von Greenspark auf dem Campus von Ravenswood sieht, sind Massen hochgereckter Mittelfinger an den Fenstern der Busse, als sie an den Schlafsälen von Ravenswood vorbeifahren.

Am Rand des Parkplatzes der Greenspark Academy bremst Sam, um neben der Mutantin anzuhalten. Er beugt sich über den Sitz, öffnet ihr die Tür, und sie hebt ihre Sporttasche hinein und hüpft ohne zu zögern hinterher. Sie klatscht gegen seine Hand, lehnt sich ins Sitzpolster zurück und deponiert ihre Füße auf dem Armaturenbrett.

»Hey, Sam! War ein tolles Spiel!«

Sam schiebt sein Lunchpaket in ihre Richtung. Mit einem flüchtigen Grinsen stürzt sie sich darauf. Er hat eine Extraportion eingepackt, doch das muß sie nicht unbedingt wissen.

»Hast du einen Korb zuhause?« fragt er.

»Hatte ich mal. War nur ein alter Ring, den ich an einem leerstehenden Haus abmontiert habe. Es war auch saumäßig schwer, ihn allein an unserem Haus anzubringen. Tony hat ihn eines Nachts runtergerissen, als er bedröhnt war. Manchmal gehe ich zum Platz im Park oder zu dem an der Grundschule. Die liegen näher als die High-School.«

Und im Freien, fügt Sam bei sich hinzu. Er deutet mit dem Kopf auf das Handschuhfach. »Ich habe dir ein Band zusammengestellt. Alles Punk. Es ist im Handschuhfach.«

Sie reißt das Stück Pappe ab, das er vor das deckellose Handschuhfach geklebt hat, und wühlt nach der Kassette mit der sorgfältig geschriebenen Auflistung der einzelnen Stücke auf der Hülle.

»Das meiste ist klassisches Zeug, das du wahrscheinlich schon kennst, Ramones, Dickies, Buzzcocks...«

Sie steckt das Band in ihre Sporttasche.

»Vor ein paar Jahren hat sich meine Mutter mit meinem alten Herrn angelegt, um das Sorgerecht zu bekommen, deshalb bin ich abgehauen, um meine Tante in Oregon zu besuchen... Na jedenfalls hat mich damals mein Cousin in einige Clubs in Portland und Seattle mitgenommen.« Die Erinnerung daran erregt ihn, doch es will ihm einfach nicht gelingen, diese Erfahrung zu vermitteln. »Es war unglaublich«, platzt es aus ihm heraus, und er läuft wegen dieser wenig anschaulichen Beschreibung rot an.

Die Mutantin hockt sich auf ihre Beine und starrt ihn an. »Echt kein Scheiß? Hattest du einen gefälschten Ausweis?«

»Die meisten Läden, die wir besucht haben, nahmen es nicht so genau, solange man das Eintrittsgeld in der Hand hielt. Oft genug waren nur vielleicht sieben Leute dort, die zuhörten – wenn sie mal zuhörten –, und die Band. Bei einer der besten Kapellen, die ich gehört habe, war das so. Manchmal war der Laden aber auch rammelvoll, und dann ging es hoch her. War schon toll.«

Ihre Augen sind groß.

Er verspürt ein angenehm warmes Gefühl in der Magengrube. Offenbar imponiert er ihr. Der Schweiß bricht ihm aus. »Ich habe gehört, in der Schul-Cafeteria ist ein Job frei. Es wäre nur für die Mittagszeit, das Buffet auffüllen und solche Sachen. Du würdest ein Gehalt kriegen und könntest außerdem umsonst essen, und zwar nicht nur zu Mittag. Da hättest du Frühstück und Snacks für zwischendurch. Das würde dir helfen, etwas Gewicht zuzulegen.«

Die Mutantin lehnt sich gegen die Tür. »Muß ich dabei ein Haarnetz tragen?«

»Damit deine Haare nicht ins Essen fallen?« Sam kann sein Kichern nicht unterdrücken.

Sie schwingt ein Bein auf den Sitz und tritt ihn an den Oberschenkel.

»He! Das tut weh!«

»Würdest du eins von diesen blöden Dingern tragen?«

»Nein! Aber ich würde auch meinen Schädel nicht rasieren oder mir einen Ring durch die Nase ziehen. Nun komm schon, Deanie. Du mußt etwas mehr Gewicht zulegen und kräftiger werden. Die größeren Spieler pusten dich doch einfach weg.«

Sie schnappt sich sein Lunchpaket. »Ja, ja. Der große Sam hat immer recht.«

»Wie auch immer, sie werden auf jeden Fall verlangen, daß du in der Cafeteria irgend etwas um den Kopf bindest, und vielleicht darfst du ja dein Stirnband tragen. Mir gefällt sowas.«

Sie schaut auf. »Wirklich?«

Er läßt den Kopf kreisen, als wäre sein Nacken steif. »Hm, ja.«

Als er sie an der Ecke aus dem Wagen läßt, ruft er hinter ihr her. »Sieh zu, daß deine Hexen morgen früh antanzen! Mach ihnen Feuer unter dem Arsch!«

»Mit Vergnügen!« schallt es zurück.

»Sehr schön!« ruft er.

Die Jungs sind unsere Geheimwaffe, lautet die Überschrift über dem kurzen Interview mit dem Star der Greenspark Indians, Deanie Gauthier, das auf der unteren Hälfte der Titelseite der Tageszeitung von Portland abgedruckt ist. Es ist alles eine Frage der gegenseitigen Unterstützung, hat die umstrittene Point Guard dem Reporter erklärt, der über den Kampf zwischen Ravenswood und Greenspark berichtet. Erst haben die Jungs der Greenspark Indians die Mädchen auf dem Platz angefeuert, und umgekehrt wurden anschließend sie vom weiblichen Teil der Indians angetrieben. Ein Foto ist neben dem Artikel zu sehen, auf dem die Mutantin mit einer Spielerin aus Ravenswood um den Ballbesitz kämpft, während man im Hintergrund einen der Jungs erkennt, der auf der Sitzbank steht und sie anspornt.

Um einen Kommentar gebeten, bemerkt die Trainerin des weiblichen Ravenswood-Teams, ihre Mädchen hätten lediglich eine schlechte Nacht gehabt, mehr nicht, und es sei erstaunlich, daß Greenspark die abstoßende Aufmachung dieser Gauthier dulde. Zu Berichten, die Greenspark-Busse seien mit Obszönitäten und persönlichen Angriffen gegen einzelne Spieler beschmiert worden, äußern beide Trainer aus Ravenswood übereinstimmend, Greenspark reagiere doch sehr übertrieben, und der ganze Zwischenfall werde künstlich aufgebauscht.

Sam rollt die Zeitung zusammen und klopft damit die Eingangstakte von Queens »Under Pressure« auf der Kante des Küchentisches, bevor er das Blatt zu seinem Vater hinüberschiebt. Heute morgen wird jeder beim Training sein. Das war ein Geniestreich. Danke, Gauthier. Und Dank auch an Ravenswood, dafür, daß ihr so schlechte Verlierer seid.

Zur Mittagszeit steht die Mutantin hinter einem dampfbetriebenen Warmhaltetisch aus Edelstahl und hält einen Schöpflöffel in der Hand. Es geht zu wie im Zoo. Sie ist einer der Tierpfleger, und auf der anderen Seite drängen sich die Bestien, schieben ihre Tabletts am Tresen entlang und studieren den Inhalt der Warmhaltebecken wie Aasgeier, die ihre Schnäbel über nicht angenehm genug riechende Kadaver recken.

Alles – das Essen, die Küchengeräte, die Mitarbeiter und die Kids – riecht zerkocht, so wie eine Tomatensuppe aus der Konservendose, die so lange auf der Kochplatte gestanden hat, bis sich oben eine verschrumpelte Haut bildet und am Boden des Topfes ein steinharter schwarzer Belag klebt. Die Tiere murmeln und wispern, kichern und schnattern. Gauthiers Achselhöhlen sind naß, der überwältigende Geruch verursacht ihr Brechreiz, und sie könnte jetzt dringender denn je eine Zigarette brauchen. In ihr keimt der Verdacht, daß dies alles nur das Komplott eines gewissen übergroßen Riesen ist, um sie während der Mittagszeit von der Raucherecke fernzuhalten.

Nur ist er zu dumm für einen derart abgefeimten Plan. Schließlich kommt sie zu der Überzeugung, daß die meiste Zeit über in Sams Schädel nichts anderes abläuft als mentaler Basketball, untermalt von einem Endlosband mit dem Scheiß, den der Trainer über gesundes Leben verbreitet, und gelegentlich unterbrochen von kindischen Gedanken oder dem Geräusch eines Autounfalls. Ganz so wie bei einem von diesen Videospielen, die allein ablaufen, solange niemand ein Geldstück einwirft.

Und noch immer schieben sich die Tiere vorbei, lamentieren, meckern und stoßen sich gegenseitig an. Wenn sie zu ihr kommen, muß jeder irgendeinen witzigen Mist ablassen.

Grimassen schneiden. Sich gegenseitig die Augen zuhalten. Sich den Magen halten und schreien, sie wären vergiftet worden.

Kevin Bither, das Großmaul, steht vor ihr und starrt auf das Zeug in ihrem Kessel.

»He, Mutantin, du hast doch keine von deinen Rasierklingen in diesen Mampf fallenlassen, oder?«

Beifallheischend dreht er sich nach seinen Freunden um. Dann reckt er das Kinn vor und rümpft vor Widerwillen seine kleine Schweinenase. Sein Gesicht zeigt die gleichen Farben wie das Essen – wurmartige Blässe und das Rot von Tomatensuppe.

Die Mutantin kratzt einen riesigen Berg amerikanisches Chop Suey zusammen: schlaffe Makkaroni, eingemachte Tomaten, dazu Stücke von angebratenen Hamburgern und alles zart gewürzt mit Zwiebelwürfelchen und grobgehacktem Sellerie – und knallt alles auf sein Tablett.

»Lieber Himmel«, stöhnt Bither, »soll ich diesen Scheiß etwa essen?«

Die Mutantin taucht ihre Hand in die Makkaroni, langt mit der anderen Hand über die Theke, um Bither am Hemd zu erwischen, zieht ihn zu sich heran und reibt ihm das Gesicht mit dem Zeug ein.

»Leck mich«, erklärt sie ihm ganz ruhig und schubst ihn dann zurück.

Spuckend und prustend stolpert Großmaul gegen den Jungen hinter ihm.

»Essensschlacht!« schreit jemand.

Die Cafeteria explodiert.

Eine fleischige Hand fällt auf die Schulter der Mutantin.

»Gauthier«, sagt der Aufpasser, »wir müssen miteinander reden.«

Sam duckt sich unter einem heranfliegenden Brötchen. Er schnappt sich Thermosflasche und Lunchpaket und bewacht sein Essen. Auf keinen Fall wird das als Munition mißbraucht werden. Im Zickzack läuft er durch die Schlacht in Richtung Theke, wo der Aufruhr begonnen hat. Die Doppeltür wird vom Konrektor aufgerissen, und mehrere Lehrer stürzen herein. Sie versuchen, alle zur Ordnung zu rufen. Sam erhascht einen Blick auf Liggott, der von etwas mitten im Gesicht getroffen wird, das wie eine Handvoll blaßrosafarbener Maden aussieht. Bither sitzt rittlings auf der Theke, die von den Angestellten fluchtartig verlassen wurde.

Sam schlingt seine Arme wie ein Gorilla von hinten um ihn und zieht ihn herunter, während das kreischende Großmaul eine Handvoll gekochter Erbsen in Sams Haaren verschmiert. Das Ende ist unvermeidlich, Bither unterliegt Sams überlegener Kampfkraft.

Dieses Mal, verspricht er sich selbst, als sie nach dem Training in die Kabine seines Trucks klettert, wird er nicht ein einziges verdammtes Wort sagen, das sie als Angriff auslegen könnte. Ohne ihn zu fragen, greift sie nach dem Lunchpaket und hält es im Arm, während sie sich mit dem Rücken gegen die Tür lehnt und die Beine auf dem Sitz ausstreckt.

»Du hast Glück gehabt«, sagt er. »Ich dachte schon, sie würden dich von der Schule jagen.«

Die Mutantin grinst. »Dachte ich auch.«

Sie klingt, als hätte sie etwas besonders Pfiffiges angestellt. Ärger steigt in ihm hoch. »Der erste Tag im neuen Job, und schon fliegst du raus. Und auf Bewährung bist du auch noch.«

»He«, schnappt sie, »leck mich. Ich habe dich nicht gebeten...«

»Mich einzumischen«, ergänzt er den Satz. »Ich weiß, ich weiß. Du mich auch, Deanie.«

Sie tritt nach ihm und trifft ihn hart am Oberschenkel.

»Au! Scheiße, hör damit auf.«

Sie macht weiter, und er schnappt ihren Knöchel und schiebt ihr Bein zurück. Ihr Knie krümmt sich, als sie mit dem Rücken gegen die Tür gedrückt wird.

»Arschloch!« Sie schleudert das geöffnete Lunchpaket nach ihm.

Er wehrt es mit der Hand ab, bremst, dreht das Lenkrad nach rechts und schlingert über den Standstreifen. Nachdem er die Handbremse angezogen hat, springt er aus dem Wagen, marschiert auf die andere Seite und reißt ihre Tür auf. Er packt sie an der Jacke, zieht sie aus dem Wagen und setzt sie auf die Erde. Dann holt er ihre Sporttasche und wirft sie neben ihr auf den Boden.

Mit erhobenen Händen sagt er: »Du hast gewonnen, Gauthier, ich habe die Nase voll davon, mich einzumischen.«

»Leck mich doch!« schreit sie ihm nach, als er sich auf dem Absatz umdreht und zur Fahrerseite hinübergeht.

Als er in den Rückspiegel schaut, sitzt sie immer noch dort, die Beine gespreizt und den Mittelfinger emporgestreckt. Ihr schmales, angekettetes Gesicht wirkt eisig.

9

Die Sonne lauert wie eine Zwanzig-Watt-Birne hinter dem von schmutzigen Wolken bedeckten Himmel. Die Kälte hat über Nacht ihren Griff verstärkt, und nach der Wettervorhersage ist keine Milderung zu erwarten. Draußen läuft jeder möglichst warm eingepackt herum.

Die meisten Spieler sind zum morgendlichen Training angetreten. Als die Mutantin die Mädchen und auch sich selbst vehement antreibt, reagieren die Jungen auf den andauernden Druck mit einer gewissen Bewunderung. Am Freitag tauchen auch die letzten Aufwiegler, Fosse und Dupree, auf und tun fröhlich so, als hätten sie die Übungsstunden niemals boykottiert. Und an dem Tag können beide Teams wieder einen Heimsieg verbuchen, als sie wie erwartet Dyer's Mills, auch Weavers oder Weaverbirds genannt, schlagen.

»Kommst du morgen zum Tanz?« erkundigt sich Rick Woods im Umkleideraum bei Sam. »Es werden ein paar Mädchen dort sein. Wenn du dich etwas anstrengst, könntest du dich dort um dein Problem kümmern.«

Erschöpft nach dem Sieg fühlt sich Sam von diesem Vorschlag nur wenig angetan. Es ist viel einfacher, zur Arbeit zu gehen, als sich mit einigen seiner Teamkameraden, dazu gehört möglicherweise auch Rick, herumzutreiben. Sie schlürfen auf dem Parkplatz Bier, rauchen Gras und laden ihn ein, es ihnen gleichzutun. Als Mitglied der Unterschicht hat er sich daran gewöhnt, gelegentlich eine Dose Bier zu trinken.

Seine Wahl besteht darin, entweder bei der heimlichen Verletzung der Sportlerregel, keinerlei Genußgifte während der Trainingsmonate zu sich zu nehmen, mitzumachen, oder aber den Aufseher des Teams zu spielen. Auch Schnüffler genannt. Doch jetzt kehrt er zu dem gewohnten Verhaltensmuster zurück: Er kann sich immer noch fernhalten, auch wenn alle anderen mitmachen.

»Ich gehe lieber arbeiten«, erklärt er Rick.

Rick stopft seine Kleidung in die Sporttasche und schnaubt: »Kein Wunder, daß du dich dermaßen anstrengst, um die Meisterschaft zu gewinnen. Das ist schließlich der einzige Anlaß, an dem du dir selbst eine Feier genehmigst. Sowas ist furchtbar ungesund, Sambo. Hast du schon mal etwas von Maßhalten gehört? Du mußt dich nicht vollaufen lassen, und du brauchst dir auch keine Kippe anzustecken, wenn du nicht willst. Ein paar Bier, etwas Warmes und Weiches auf dem Rücksitz des Eldorados deines Vaters, und schon fühlst du dich wie neugeboren.«

»Ich habe Bibelverse, die ich lesen kann. Und«, wiederholt er, indem er die Jacke über seine Schultern wirft, »ich brauche das Geld für neue Sportschuhe, Woodsie.«

Ricks Grinsen verflüchtigt sich. Er schnappt seine Sporttasche und folgt Sam. Als er seine Schritte denen von Sam angepaßt hat, spricht Rick eindringlich und mit gesenkter Stimme, damit niemand sonst ihn hören kann. »Du mußt nicht dafür arbeiten. Frag einfach, und du kriegst welche. Das weißt du doch ganz genau. Hör mal, Sambo, hast du je darüber nachgedacht, wie dies Heiligengehabe auf den Rest von uns wirkt? Wenn du gewinnen willst, mußt du das Team an die erste Stelle setzen.«

»Genau«, sagt Sam, »deshalb habe ich diese Erklärung unterschrieben, in der steht, daß ich kein...«

»Das ist doch Scheiße!« explodiert Rick.

Sam zuckt mit den Schultern. »Ich treff' dich dann morgen. War übrigens ein gutes Spiel, Rick. Du warst die ganze Zeit über spitzenmäßig.«

Draußen stolpert die Mutantin bei Temperaturen unter dem Gefrierpunkt am Rand der Main Road entlang. Sie sieht von der Kälte halb erfroren aus. Sam tritt auf das Gaspedal. Doch bevor er an ihr vorbei ist, schlägt er frustriert mit der Faust aufs Lenkrad. Sein Seufzer erklingt gleichzeitig mit dem Quietschen der Bremsen, als er an den Bordstein fährt.

Sie packt all die Kälte, die sie spüren muß, in einen frostigen, wütenden Blick und geht weiter.

Unter ihrer Jacke trägt sie mehrere jener Hemden, die, zusammen mit Trikothosen, als Kleidersatz gedacht sind, und dazu ihre verschlissene Jeans, die sie nach dem Spiel angezogen hat. Außerdem hat sie ihren Kopf wieder mit diesem Stück Brokatstoff bedeckt. Es kommt Sam erstaunlich vor, wie sehr er sich an ihr Aussehen gewöhnt; das Stirnband scheint nicht länger dazu zu dienen, nackte Haut zu bedecken. Als die Mädchen an diesem Abend spielten, durchzuckte ihn plötzlich der Gedanke, daß die anderen Mädchen furchtbar viele Haare auf ihren Köpfen zu haben schienen.

Er fährt langsam neben ihr her und ruft: »Sei nicht albern! Ich setze dich auch nicht wieder auf die Straße!«

Sie schleppt sich noch ein paar Schritte weiter und bleibt dann plötzlich stehen.

Er hält, zieht die Handbremse an und springt raus, um ihr zu helfen – was auch dringend nötig ist. Ihr ganzer Körper ist wegen der Kälte derart verkrampft, daß sie kaum dazu in der Lage ist, ihre Gelenke soweit zu biegen, wie nötig wäre, um in den Truck zu steigen oder auch nur ihre Sporttasche loszulassen, damit er sie nehmen kann.

»Das war ein gutes Spiel«, sagt er, sobald sie an Bord ist.

Zusammengekauert in der Ecke, gibt sie keine Antwort. Möglicherweise kann sie das auch gar nicht, weil ihre Zähne so wild klappern. Bis die Heizung des Wagens anspringt, werden sie schon in der Stadt sein.

Sogar er selbst fröstelt. »Möchtest du etwas Kakao?«

Sie nickt.

Er legt ein altes Band ein, und sie lauschen schweigend den Droogs, bis er an der Corner anhält.

Eines der ersten Bücher, die Romney ihm zu lesen gegeben hatte, war *A Clockwork Orange*. Der Lehrer hatte eine Kassette der Droogs bemerkt, die aus Sams geöffnetem Mantel ragte, und ihn sofort gefragt, ob er wisse, daß der Name aus Burgess' Roman stamme. Sam wußte das nicht. Wie sich zeigte, war es für Sam nicht schwieriger, den erfundenen Slang des Romans zu verstehen, als das amerikanische Englisch eines normalen Druckwerks zu entschlüsseln. Eine größere Offenbarung war allerdings die Entdeckung gewesen, daß Schriftsteller tatsächlich Wörter erfinden konnten, um eine Geschichte wirksamer zu erzählen, ähnlich wie Musiker mitunter neue Klänge entwickeln, wenn sie einen Song schreiben.

Eilig läuft er zur Corner hinüber, um für beide Kakao und ein paar Marmeladen-Donuts zu kaufen. Als er wieder hinter dem Lenkrad sitzt, holt er die Droogs aus dem Rekorder und ersetzt sie durch ein Band mit Bluestiteln. Er trinkt seinen Kakao und konzentriert sich auf Earl Kings »Time for the Sun to Rise«. Auf der Brücke hat er sich schon fast davon forttragen lassen – und beinahe vergessen, daß er nicht allein ist. Überrascht stellt er fest, daß er das Lied leise mitgesungen hat.

»Wow.« Die Mutantin erschauert vor Bewunderung, als das Stück endet. »Guter Stoff.« Sie streicht sich mit den Fingerspitzen über die Lippen. »Ich hätte Hunger.« Die Mutantin wirkt überrascht. Sie blickt ihn neugierig an, als hätte sie ihn bisher noch nicht richtig wahrgenommen.

Er langt nach der Gangschaltung. »Ich bringe dich besser nach Hause.«

»Weißt du was, bring mich zur Fabrik. Dort ist es unheimlich.« Mit plötzlicher Begeisterung und funkelnden Augen, als hätte ihr der Zucker neue Energie verliehen, schaudert sie und umschlingt sich mit ihren Armen. »Warst du schon mal drinnen? Ich führe dich herum.«

Er zögert. »Machen wir das nicht besser an einem Tag, wo es nicht so arschkalt ist?«

»Die Wände sind meterdick. Drinnen ist es gar nicht so übel. Ich kann überhaupt nicht glauben, daß du noch nie dort gewesen bist.«

An den Abenden, an denen ein Spiel stattgefunden hat, muß er nicht arbeiten oder Schichtdienst übernehmen. Es liegt bei ihm, ob er noch ein paar Stunden an der Tankstelle verbringt und dafür Lohn kassiert. Freitag ist zwar der freie Tag von Jonesy, dem einzigen anderen Angestellten seines

Vaters, doch um die Tankstelle offenzuhalten, genügt ein einzelner Mann. Wie lange konnte es schon dauern, sich kurz in der verlassenen Fabrik umzuschauen und Deanie zu zeigen, wie unheimlich man es dort findet? Sie versuchte eben auf ihre simple Art, sich bei ihm zu bedanken. Sie brauchte das Gefühl, eine Gegenleistung zu erbringen. Und er möchte wieder gutmachen, daß er sie auf die Straße gesetzt hat.

Sie dirigiert ihn zum Parkplatz am neuerdings erleuchteten Spielplatz, der ihm schon gruselig genug erscheint, auch ohne die Fabrik. Dank der Taschenlampe unter seinem Sitz und der zweiten, die sich im Werkzeugkasten auf der Ladefläche befindet, können sie ihren Weg beleuchten, der sie durch das Dickicht vereister Äste am Rande des Mill Brook entlangführt bis hin zur klobigen Dunkelheit des verlassenen Gebäudes. Sam folgt der Mutantin in der Hoffnung, daß sie weiß, was sie tut. Die Bogenlampen des Spielplatzes helfen ihnen, den Pfad zu finden. Gegen den kalten schwarzen Himmel erscheint der Umriß des Gebäudes wie ein Scherenschnitt, eine lange, rechteckige Silhouette mit einem quadratischen Turm an einem Ende.

Er kann den Verfall und die Verlassenheit der Fabrik riechen, bevor ihre Masse über ihm aufragt und den schneidenden Wind, der vom vereisten Bach herüberweht, abblockt. Es stinkt nach Vogelscheiße und Schlimmerem, als würde die Fabrik immer noch menschliche Exkremente durch ihr aus dem Neunzehnten Jahrhundert stammendes Abwassersystem in den Bach ergießen. Deanie zeigt ihm eine kleine Holztür in der ihnen zugewandten Seite des Gemäuers. Irgendein Wartungszugang, vermutet Sam. Sie ist durch ein Vorhängeschloß gesichert, doch Deanie hat einen Schlüssel.

»Ich habe das alte Schloß aufgebrochen und mein eigenes angebracht«, sagt Deanie mit einem verschmitzten Lächeln.

Als sie ins Leere treten, befällt Sam für einen Moment ein Schwindelgefühl, ganz so, als würde er in ein Kaninchenloch stolpern. Doch der sandige Boden unter seinen Füßen ist fest. Der Ort riecht wie ein Vollrausch inklusive Delirium tremens. Er läßt den Strahl seiner Taschenlampe nach oben wandern und sieht etwa zehn Meter über sich eine Reihe Dachsparren, begreift dann aber, daß das Überbleibsel von Balken und Dielenbrettern sind. Über dem Erdgeschoß gibt es noch drei weitere Stockwerke. Die Dielen der obersten Etagen sind völlig verschwunden. Die Tragbalken wirken massiv und sind offenbar aus ganzen Baumstämmen gefertigt. Dort oben gibt es Aufbauten, deren Zweck er nicht erkennt, außerdem Seile, Haken und Flaschenzüge, die von den schweren Balken herabbaumeln und Schatten werfen, die an Galgen erinnern. Hoch oben fährt der Wind seufzend durch zerborstene Fenster. Ein etwas stärkerer Windstoß läßt irgend etwas klappern und stört eines der Muster. Ihre Lampen erfassen ein kräftiges Seil, das schwingt, als sei gerade jemand daran hinabgeglitten. Sein Schatten zittert an der Wand.

»Im Sommer«, erzählt Deanie, »ist das hier ein toller Platz für Feten. Such dir ein paar abgefahrene Leute, dreh die Musik ordentlich auf, und es geht echt was ab. Hier kommt nie jemand her. Abgesehen von Pennern. Vor ein paar Jahren haben wir sie mal verjagt. Manchmal kommt trotzdem einer wieder, aber dann verscheuchen wir ihn aufs neue.«

Die dicken Wände halten den eiskalten Wind ab und möglicherweise auch die Hitze des Sommers. Die Mutantin führt ihn durch den Raum zu einer dunklen Stelle, wo eine weitere, unverschlossene Tür verborgen ist. Sie hat kein Schloß mehr, ein Loch befindet sich jetzt dort, wo ursprünglich der Griff hervorragte. Die beiden gehen Korridore entlang, Treppen hinauf und hinunter und an kleineren Räumen vorbei, die vielleicht einmal als Büros dienten. In der Dunkelheit verliert Sam jedes Gefühl dafür, wo in der Fabrik sie sich gerade befinden. Und er verliert jegliches Zeitgefühl, und zwar nicht nur jenes für die verstreichende Zeit, sondern sogar seine Verbindung zum auslaufenden Zwanzigsten Jahrhundert. Was seine Lungen füllt, ist die Luft des Neunzehnten Jahrhunderts, schale Ausdünstungen der Industriellen Revolution, grimmig, düster und ölig.

Als sie einen schmaleren Raum betreten, wird es merklich kälter. Plötzlich sind unheimliche Gerätschaften überall um sie herum. Sie wachsen von irgendwo unterhalb durch den Boden herauf, erstrecken sich vor ihnen so weit wie das

Licht und ragen über ihnen auf. Auf den ersten Blick könnten es die verrosteten eisernen Knochen eines riesigen, jüngst entdeckten Sauriers sein. Für einen Moment scheint alles in Bewegung zu geraten, und sein Bauch spannt sich in einer fast sexuellen Erregung. Es scheint sich um eine Energieversorgungsanlage zu handeln, die solide genug erscheint, um noch arbeiten zu können. Furchtbare Kälte steigt von unten empor, und ihm wird klar, daß sie sich über dem Bach befinden, direkt oberhalb des Mühlrades.

»Ist das nicht irre?« fragt sie. »Es sieht aus, als könnte man es dazu benutzen, einen Riesen zu foltern.«

Er lacht vergnügt. Doch hält er es nicht für seltsam, sondern nur für ein bemerkenswertes Relikt einer vergangenen Ära. Auf einmal ist die Fabrik für ihn überhaupt nicht mehr unheimlich. Er möchte sie bei Tageslicht sehen, um die alten Räder und Getriebe zu erforschen.

Sie beugt sich vor, um eine metallene Platte zu beleuchten. Angelaufenes Messing, in Eisen eingelassen. Neben ihr bückt sich Sam und erstarrt angesichts der geschwungenen Inschrift: SAM'L R. STYLES, 1948

»Ist das zu glauben?« flüstert sie mit von Ehrfurcht erfüllter Stimme. »Mir ist ganz schön der Schreck in die Glieder gefahren, als ich es zum ersten Mal gesehen habe. Muß dein Ururgroßvater oder sowas gewesen sein, nicht wahr?«

Mit zitternden Fingerspitzen zieht Sam die Buchstaben nach. Niemand hat ihm jemals erzählt, daß einmal eine Verbindung zwischen seiner Familie und der Fabrik bestand. Doch hier steht sein Name, so wie er seit Generationen immer wieder in der Familienbibel aufgeführt wird, die seine Tante Ilene aufbewahrt. Welcher Sam Styles war dieser hier? Was anders könnte die Tafel bedeuten, als daß diese riesige Maschinerie das Werk eines von Sams eigenen Vorfahren war?

»Komm weiter«, drängt sie.

Er trottet hinter ihr her, verstört durch die Entdeckung und erpicht darauf, den Rest der Führung hinter sich zu bringen und nach Hause zu fahren. Auch bezweifelt er, daß es etwas geben könnte, das seine Aufmerksamkeit noch stärker beansprucht als die alte Maschine, die den Namen eines seiner Vorfahren auf einer Metalltafel trägt.

Hinter einer anderen Tür, die mit einem Vorhängeschloß gesichert ist, dessen Schlüssel die Mutantin ebenfalls besitzt, findet sich etwas, das der Aufenthaltsraum eines Nachtwächters gewesen zu sein scheint. Das Zimmer ist ausgestattet mit einer fleckigen Matratze, die auf einer Pritsche liegt, und einer Kochecke, in der ein abgerissenes Rohr die Stelle markiert, wo sich einmal ein Spülbecken befunden hat. Die früheren Plätze eines Kühlschranks und eines Herds sind leicht zu erkennen, denn jemand hat hilfreicherweise die Umrisse der fehlenden Gerätschaften auf die Wände und das Linoleum des Bodens gezeichnet. Leere Lebensmittelpackungen, Kippen und zerknüllte Zigarettenschachteln bedecken den Boden. Die von Spinnweben bedeckten schmutzigen Scheiben des einzigen kleinen Fensters sehen aus wie schwarze Spiegel in der Nacht.

Er schaut sich um und fragt: »Der Partyraum?«

Sie streckt ihm die Zunge raus.

Er bemerkt das kaum, denn etwas an der Wand über der Pritsche erregt seine Aufmerksamkeit. Eine von Drogen geführte Hand hat dort mit bunter, bröckliger Kreide den blaßblau gestrichenen Verputz mit Karikaturen und Gedichtfragmenten bedeckt. Die Zeichnungen vermischen sich miteinander, so als habe jemand eine Gabel genommen und alles wie Spaghetti zusammengedreht. Sein erster Eindruck ist, daß es Stunden dauern muß, um alle Kunstwerke genauer zu betrachten. Doch auf Anhieb bemerkt er, daß einige davon pornographisch sind. Schnell lenkt er den Strahl der Lampe beiseite.

»An einem Wochenende im September war ich voll auf LSD«, sagt Deanie. »Ich konnte nicht mehr aufhören zu zeichnen. Am liebsten möchte ich alle Wände hier bemalen. Aber dafür würde ich mein Leben lang brauchen und dazu noch eine Riesenladung Acid.«

»Ich wußte nicht, daß du… zeichnen kannst. Es ist… interessant.«

»Es ist etwas anderes als Basketball. Ich bin nicht besonders gut darin.«

Er kann das nicht beurteilen. Kirchenmalerei ist es jedenfalls nicht, das steht mal fest.

»Es ist kein übles Versteck, sofern das Wetter mild ist. Ich würde hier wohnen, wenn ich es beheizen könnte«, fährt sie fort.

Lieber Himmel, es ist eine *Höhle*. Ein Ort, um zugrunde zu gehen. Es überläuft ihn eiskalt, die Haare im Nacken stellen sich auf, und er bekommt überall eine Gänsehaut.

In seiner Kindheit hatten er und Frank ein Klubhaus auf dem Dachboden der Scheune eingerichtet, einen Platz, um Poker zu spielen, ihre Basketballkarten zu tauschen oder einen heimlichen Blick auf die Bilder in den zerfledderten *Playboy*-Ausgaben zu werfen, die Frankie zusammen mit Zigaretten von den älteren Brüdern verschiedener Freunde bekam. Der Heuboden war ein warmer, staubiger Platz, wo es nach Pferden roch und nach den nassen Zigarettenkippen in Frankies Aschenbecher, einer alten, zur Hälfte mit Wasser gefüllten Thunfischdose. Dieses schmutzige, düstere Loch hier ist das genaue Gegenteil des Heubodens. Wer sich hier verbirgt, muß sich vorkommen wie lebendig begraben.

Sie springt auf die Pritsche und hüpft auf der Matratze herum. All ihre Ketten klicken, klingeln und scheppern. Sie heben und senken sich im Licht wie Wellen einer Flüssigkeit. Ihr Gesicht strahlt vor Freude. Sie möchte, daß er diesen elenden, verlassenen Ort mag.

»Toll«, sagt er, und sie streckt ihm wegen seiner offenkundig falschen Begeisterung die Zunge heraus. Er grinst, und sie lacht.

Es gibt noch mehr zu sehen. Sie bringt ihn wieder zu dem ersten leeren Raum zurück und führt ihn durch eine andere Tür, um Ecken und auf und ab, bis sie sich schließlich am Boden eines Treppenschachtes befinden. Sam weiß, wo sie jetzt sind – im Turm am nördlichen Ende der Fabrik. Der Verputz hat sich von den Wänden gelöst, doch die Stufen machen einen stabilen Eindruck. Deanie vertraut ihnen jedenfalls völlig, hüpft vor ihm hinauf und nimmt dabei immer zwei Stufen auf einmal vor Begeisterung über etwas, das vor ihnen liegt. Die Stufen steigen rechtwinklig um einen quadratischen Schacht auf und münden in einer quadratischen, dunklen Galerie, kleiner als die vorherigen, die von einem schwarzen Dach abgedeckt wird. Taubenscheiße sammelt sich auf dem Boden, und die Fenster werden durch verrottete Läden blockiert.

»War das ein Uhrenturm?«

»Hm«, sagt Deanie. »Auf der dem Ort zugewandten Seite gab es mal ein Zifferblatt. Es ist seit neunzehnhundert-und-was-auch-immer nicht mehr da. Aber ich glaube, der Turm war in Wirklichkeit eine Art Lastenaufzug. Schau dir mal den Ausblick an.«

Er späht durch einen zerbrochenen Fensterladen hinaus auf den größten Teil der Innenstadt von Greenspark. Unter ihnen schlängelt sich das silberne Band des vereisten Baches durch die geheimnisvoll erleuchtete Stadt. Sam hat Greenspark noch nie aus einem derartigen Blickwinkel gesehen. Auf einmal wird die Geschichte der Stadt greifbar. Sie erscheint wie ein Lebewesen am Ufer des Baches, jeder Stein eine eindringliche Erinnerung daran, daß es hier nicht immer eine Ansiedlung gab. Menschen kamen her und bauten sie auf, jeden einzelnen Pfahl, jeden Stein und jeden Ziegel, mit ihren eigenen schwieligen Händen. So wie sie diesen Turm bauten, auf dem er und das Mädchen stehen.

»Das ist schon was«, sagt er.

»Jaah.«

Plötzlich schlüpft sie davon und läuft klappernd die Stufen hinunter. Er zögert kurz, um einen letzten Blick nach draußen zu werfen, und verspricht sich selbst, daß er zurückkommen wird, um alles im Tageslicht zu sehen.

Als er sich dem Boden des Treppenhauses nähert, bemerkt er mißvergnügt, daß Deanie dort nicht auf ihn wartet. Dadurch abgelenkt, ist er beim nächsten Schritt nicht auf den Bruch der Stufe und das magenumstülpende Gefühl wegrutschenden Holzes gefaßt. Instinktiv wirft er sein Gewicht nach vorn auf den Fuß, der sich bereits auf die nächste Stufe herabsenkt. Aus der Balance gebracht, stolpert er schwerfällig die letzten paar Stufen hinunter, wie ein Tier, das zu groß und zu sehr daran gewöhnt ist, auf vier Beinen zu gehen. Für einen Moment glaubt er, daß er Hals über Kopf hinabstürzen wird. Seine Hand schlägt hart gegen die Wand, und die Taschenlampe fliegt davon. Der Lichtstrahl hüpft wie wild herum und verlischt plötzlich. In völliger Dunkelheit lauscht Sam, wie die Lampe die Treppe hinunterkullert.

Blind und schwer atmend tastet er sich die letzten Stufen hinab. Als er gereizt auf dem Boden nach der verlorenen Lampe tastet, bekämpft er eine brechreizerregende Panik. Er könnte *sterben* in diesem Scheißloch, er hätte glatt durch die verdammte Treppe fallen und sich seinen idiotischen Hals brechen können. Das ganze baufällige Gemäuer ist ein bösartiger Magen, der nur darauf wartet, irgendein blödes, hirnloses Kind zu verschlingen. Vielleicht verdient er sogar einen schmerzhaften, grotesken Tod, aufgespießt von einem zerbrochenen Stück Holz, weil er so unglaublich dumm war, hier nach Einbruch der Dunkelheit und zusammen mit einer boshaften Pißnelke herumzulaufen, die es vermutlich *lustig* findet, den großen Ochsen sich seinen Weg allein suchen zu lassen. Wahrscheinlich steckt sie irgendwo in der Dunkelheit, amüsiert sich über ihn und wartet darauf, plötzlich hinter ihm hervorzuspringen, damit er sich vor Schreck in die Hosen macht. Er beißt sich auf die Lippen, um sich daran zu hindern, ihren Namen zu rufen und ihr so das befriedigende Wissen zu verschaffen, ihm Angst eingejagt zu haben. Mühsam zwingt er sich, tief und gleichmäßig zu atmen.

Die Taschenlampe scheint ihm auszuweichen. Sicher, denkt er verzweifelt, hat er mittlerweile jeden Zentimeter dieses abstoßenden Bodens abgetastet. Dann berühren seine Finger kühles Metall, und er hebt die Lampe auf. Der Druck auf den Schalter bewirkt keine Reaktion, was bedeutet, daß die Birne entweder zerbrochen ist oder keinen Kontakt mit den Batterien hat. Vorsichtig drückt er auf die Linse, um den Kontakt zu verbessern, und plötzlich gibt es Licht. Es zeigt Sam die Tür, enttäuschend normal, schäbig, schmutzig, ohne Griff und nicht verschlossen, und wunderbarerweise schwingt sie bei seiner Berührung auf. Er geht hindurch und in den großen leeren Raum hinein, den sie zuerst betreten haben.

Aus der Dunkelheit über seinem Kopf ertönt ein Kichern. Etwas glimmt wie Kohle.

Er richtet die Lampe nach oben und sieht sie im Lichtschein, wie sie mit einem Joint zwischen den Fingern auf einem Balken balanciert. Rauch tanzt im Licht um sie herum.

»Schaff deinen blöden Hintern hier runter!« brüllt er. »Ich gehe jetzt!«

»Sei doch ruhig. Wenn du nicht so ein Lahmarsch wärst, würdest du einen Weg hier herauf finden und einen Zug mit mir nehmen. Ist guter Stoff.«

Sie bewegt sich und setzt wie ein Seiltänzer einen Fuß vor den anderen. Sam hält den Atem an, als sie schwankt und sich dann wieder fängt. Er ist zu erschrocken, um sie anzuschreien. Sie winkt einladend mit der Kippe und lacht.

Sams Licht schwenkt hektisch über die Wände und sucht nach der Aufstiegsmöglichkeit. Schatten sprenkeln die mit bröckelndem Putz bedeckten Ziegel, so daß er nicht erkennen kann, was feste Wand ist und was ein Durchgang oder eine Treppe sein könnte. Sein Atem steht in der kalten Luft wie der Rauch ihres Joints. *Gefrorene Seufzer*, denkt er. *Ich habe das irgendwo gelesen*. Auf eine Übereinstimmung zwischen geschriebenem Wort und der Wirklichkeit zu stoßen, berührt ihn noch immer so stark, daß er alles, was um ihn herum geschieht, wie durch Spinnweben wahrnimmt. Dann ist alles, was er riechen kann, ihr Dope und seine Furcht.

Sie summt tonlos über ihm und bricht gelegentlich in wieherndes Gelächter aus. Hinter ihrem Rücken geht er zu einem Ende des Balkens, und dort findet er es, das dicke Seil, das in den Schatten fast unsichtbar war. Sein Licht kann das obere Ende nicht entdecken. Er packt das Tau, zieht daran, und es hält. Es hat Deanies Gewicht getragen, sagt er sich, steckt die Lampe in die Jackentasche, zieht kräftiger am Seil, und es hält noch immer. Hand über Hand hangelt er sich hinauf, zuerst zögerlich, bis er dem Hanf Vertrauen schenkt, dann schnell und kraftvoll.

Sie schaut ihm zu, bricht in hexenhaftes Gelächter aus und feuert ihn an. Auf halbem Weg bemerkt er aus den Augenwinkeln, wie etwas herabstürzt, und erstarrt. Doch es ist nicht sie, die da hinuntergefallen ist, sondern etwas Leichtes, das mit einem leisen Rascheln auf dem Boden landet. Etwas anderes flittert vorbei. Falls es eine Fledermaus ist, die sie aufgescheucht haben, dann ist sie noch zu schlaftrunken, um richtig zu fliegen. Er möchte seine Lampe benutzen, um sicherzugehen, daß mit der Mutantin alles in Ordnung ist, doch er braucht beide Hände, um sich an dem Tau festzuhalten.

»Deanie!« ruft er.

Sie kichert. Ihre Lampe leuchtet auf, und er sieht sie auf dem Balken stehen. Sie hält die Taschenlampe in ihrer Hand, als wäre sie die Fackel der Freiheitsstatue, und hat ihre Jacke und die Hemden ausgezogen. Es war ihre Kleidung, die neben ihm herabfiel.

»Scheiße«, murmelt er und schließt die Augen.

Er sieht sie noch immer. Ihre teilweise Nacktheit hat ihn geblendet wie ein plötzlicher Lichtausbruch. Das Nachbild brennt auf seiner Netzhaut. Das Seil knarrt unter seinem Gewicht, während er dort hängt, und schneidet in seine Hände. Er muß hinauf oder wieder nach unten, dort, wo er jetzt ist, kann er nicht bleiben.

»Deanie, warum machst du das?«

Sie antwortet nicht.

Er öffnet die Augen und sieht sie auf dem Balken, die Augen fest geschlossen und tief den Rauch inhalierend, sich offenbar der Tatsache nicht mehr bewußt, daß sie auf einem schlüpfrigen Balken zehn Meter über dem Boden balanciert. Mit dem Zigeunerkopftuch, den Ketten und Ringen wirkt ihr nackter Oberkörper irgendwie normal. Sie sieht aus, als sei sie dort hinaufgeflogen, vielleicht aus irgendeinem dämonischen Grund auf dem Rücken eines gefallenen Engels, vielleicht um dort die Eier des Teufels zu legen.

»Wenn ich nach unten klettere, kommst du dann freiwillig runter?«

Sie schüttelt den Kopf. »Komm rauf, nimm einen Zug von diesem Stoff, und dann komme ich runter. Als erste, wenn du willst.«

»Warum sollte ich nicht einfach die Bullen rufen, damit sie dich nach unten holen?«

Sie kichert. »O Samgod, das willst du doch gar nicht tun.«

»Was soll das heißen?«

Sie stellt sich auf die Füße, dann auf die Zehenspitzen. »Rate mal.« Sie reckt die Arme, und der Lichtstrahl ihrer Lampe enthüllt ihm kurz ihre sich hebenden Brüste und die

Haarbüschel unter ihren Armen. »Ich wollte, ich könnte fliegen.«

Sam löst sich aus seiner Erstarrung und klettert am Seil hoch, als würde er von einem übellaunigen Rekrutenausbilder angetrieben. Er hangelt sich an dem Balken vorbei und läßt sich dann darauf herab. Sobald er ihn betritt, weicht die Mutantin ein paar Schritte zurück.

»Beweg dich nicht«, sagt er. »Bitte.«

Der Balken scheint stabil, doch er bleibt für einen Moment ruhig stehen und wartet auf das Geräusch brechenden Holzes. Unter ihm ist es völlig finster. Er holt die Taschenlampe heraus und richtet sie schräg an ihr vorbei, um die Mutantin nicht plötzlich zu blenden. Oder ihre blanken Brüste zu genau zu sehen. Doch auch in der seitlichen Beleuchtung irritiert sie ihn sehr. Er richtet den Strahl nicht nach unten, denn er will nicht sehen, wie hoch oben er steht.

»Ich verfolge dich nicht. Komm zu mir.«

Sie schlendert auf ihn zu und spreizt dabei die Arme seitlich ab. Ihre Brustwarzen sind harte kleine Höcker. Hastig richtet er seinen Blick auf ihr Gesicht. Sein Penis schwillt an, es ist gleichermaßen eine abwegige Reaktion auf den durch seine Höhenangst hervorgerufenen Adrenalinstoß wie auf den Anblick ihrer zitternden kleinen Hügel. Ihre Augen sind genauso schwarz und bodenlos wie der Abgrund unter ihnen. Gerade noch außerhalb seiner Reichweite bleibt sie stehen und nimmt einen langen Zug aus dem Joint. Der Duft des Rauchs kitzelt in seiner Nase, und er fürchtet, niesen zu müssen.

»Mach schon«, drängt Sam, »es ist saukalt, und ich fürchte mich hier oben zu Tode. Gib mir die verdammte Kippe, und dann laß uns hier verschwinden.«

»Faß mich nicht an«, warnt sie ihn.

Sam nickt. Er hat nicht die Absicht, sie oder sich selbst durch dummen Heldenmut aus dem Gleichgewicht zu bringen.

»Leg deinen Arm um mich«, weist sie ihn an. »Langsam.«

Er umfaßt ihre Taille, so daß sie Hüfte an Hüfte nebeneinander stehen.

Sie hält den Joint an seine Lippen. »Jetzt komm schon, das ist wirklich gut.«

Für einen Sekundenbruchteil berührt das feuchte Papier

seine Lippen, dann spuckt er es mit Macht fort. Der Joint verschwindet in der Dunkelheit. Schreiend beugt sie sich vor, um danach zu greifen, doch er hält sie fest. Sie schwanken auf dem Balken. Deanie klammert sich voller Angst an ihn, und er muß für beide das Gleichgewicht halten. Nach dem Echo ihres Schreis hört er in der Stille seine eigenen hämmernden Herzschläge. Ihre Wange preßt sich gegen seine Rippen; sie hört sein Herz ebenfalls und kichert.

Er braucht ein paar Anläufe, bis er wieder sprechen kann. »Komm schon, du hast auch Angst.«

Sie führt seine Hand zu ihrer Brust. »Willst du nachprüfen?«

Er reißt seine Hand zurück. »Laß das!«
Sie schlüpft an ihm vorbei zum Seil und kichert, als sie seine Erektion an ihrem Hüftknochen spürt. Er lauscht auf jeden Zentimeter ihres Abstiegs. Als er hört, wie ihre Turnschuhe den Boden berühren, schließt er vor Erleichterung für einen Augenblick seine Augen. Dann nimmt er allen Mut zusammen und klettert hinter ihr her.

Jedes Knirschen des Seils hallt in seinen Ohren, während er das Geräusch reißender Fasern erwartet. Bis zu dem Moment, wo er festen Boden erreicht, betet er lautlos, automatisch, ohne Überzeugung. Er fleht einfach jeden Gott an, den es dort draußen geben mag, seinen Arsch vor dem Absturz zu bewahren.

Die Mutantin hat ihre Hemden gefunden und zieht sie über. Angesichts seines Adrenalinüberschusses ist er fast dankbar für die Ablenkung und den weiteren Blick auf ihre Brüste. Das alles ist wieder mal typisch Mutantin: Man geht mit ihr in die Fabrik und riskiert sein Leben. Aber man bekommt auch ihre nackten Titten zu sehen. Als sie merkt, daß er sie beobachtet, lacht sie ihn aus. Er findet ihre Jacke und wirft sie ihr zu.

»Ooooh«, neckt sie ihn. »Da ist jemand sauer.«

Draußen steuert er ein paar Büsche an, während sie den Riegel der Tür mit dem Vorhängeschloß absperrt.

»Wohin gehst du?«

»Eine Stange Wasser wegstellen.«

Er muß so dringend pinkeln, daß es zuerst nicht klappt,

weil er völlig verkrampft ist; und als es endlich läuft, tut es weh. Es dauert ewig, und er pißt, als hätte er sich das Zeug seit Tagen aufgespart.

»Es ist so scheißkalt«, murmelt er vor sich hin, »so scheißkalt«, doch der Spruch ändert nichts daran. Es wäre schon ein Wunder, wenn er ohne eine Blasenentzündung davonkäme.

Als er durch das Gehölz bricht, findet er sie zusammengekauert neben der Tür. Sie summt wieder. Er fragt sich, ob sie so stoned ist, daß sie die ganze Nacht hier sitzen und auf ihn warten würde, ohne zu merken, daß sie dabei erfriert. Entschlossen schubst er sie in Richtung Wagen.

Sie springt von ihm fort und läuft voraus. »Bist du noch immer sauer auf mich, Sam?«

Er ist zu durchgefroren und verärgert, um zu antworten.

Statt zum Wagen tänzelt sie zum Spielplatz hinüber, packt eine der Schaukelketten und schwingt sich auf den Sitz.

»Verdammt, Deanie!« ruft er. »Es ist zu kalt für diesen Scheiß! Ich habe genug von deinem Mist! Wenn du nach Hause gebracht werden willst, dann steig sofort in den Wagen, sonst fahre ich ohne dich, und du kannst deinen Arsch selbst heimschaffen!«

Sie steht auf dem Sitz, die Arme um die Ketten geschlungen, und schaukelt verträumt vor sich hin. Die Hände tief in den Hosentaschen vergraben, stampft er mit den Füßen auf dem Kies herum, um sein Blut in Bewegung zu bringen.

Sie springt von der Schaukel und schält sich aus ihrer Jacke.

»Scheiße!« Er setzt sich in Bewegung.

Sie streift die übereinandergezogenen Hemden über den Kopf, als wäre es nur ein einziges Kleidungsstück. Sam fängt sie in der Luft auf, schnappt sich ihre Jacke und legt einen Arm um Deanie. Sie ist zu sehr mit Kichern beschäftigt, um sich zu wehren. Als die beiden den Wagen erreichen und er sie loslassen muß, um ihn aufzuschließen, drückt er ihr die Kleider in die Arme.

»Zieh deine verdammten Hemden an, bevor du dir eine Lungenentzündung holst«, fleht er.

Die Mutantin läßt die Kleidung fallen. Sam hebt die Jacke auf und wirft sie in den Wagen. Er versucht, die beiden Hemden, die noch immer ineinander stecken, über ihren Kopf zu ziehen. Sie läßt sich zusammensacken, so daß er gezwungen ist, sie mit einem Arm aufrecht zu halten, während er versucht, die Halsausschnitte der beiden Hemden über ihr Kopftuch zu ziehen. Dann stößt sie sich von ihm ab. Er verstärkt seinen Griff, und sie kämpft. Sam kann sie nicht abwehren, denn seine Hände sind voller halbnackter sich windender Frau, und das fühlt sich zu sehr nach etwas Schlimmem an. Zum Teufel mit den Hemden. Er packt Deanie mit dem Rettungsgriff eines Feuerwehrmannes und hebt sie in die Kabine.

Sie will sofort wieder hinausschlüpfen; er erwischt sie auf halbem Weg und versucht, sie zurückzuziehen. Sie gleitet an ihm herab, nackte Brüste an seinem Gesicht und dann in seinen Händen. Ihre Beine schlingen sich um seine Taille, und er kann den harten Rand ihres Schambeins und die Weichheit ihres Geschlechts an seinem Nabel fühlen. Sie packt ihn an den Ohren und reibt ihren Mund wie wahnsinnig über seinen, bis er den Kopf heftig zurückbeugt. Die Kälte ihrer Haut und die Ketten auf ihren Wangen erschrecken ihn und verursachen überall eine Gänsehaut. Der Schauer verknotet seinen Hodensack und stößt gegen die Wurzel seines Schwanzes. Sam zieht sie von sich herunter und legt sie auf die Sitzbank. Er hebt die Hemden wieder vom Boden auf, wirft sie in die Kabine, klettert atemlos und zitternd hinter das Lenkrad und knallt seine Tür zu. Dann schiebt er den Schlüssel ins Zündschloß. Im kalten Schweiß sexueller Erregung gebadet, die sich mit der Wut auf sie vermischt, weigert er sich, sie anzuschauen. Dennoch ist er sich ihrer sehr bewußt, wie sie dort gegen die Tür gelehnt kauert, die Hände zwischen den Knien, die nackten Brüste unter ihrem krampfhaften Kichern erzitternd. Plötzlich drückt sie auf den Türgriff. Er greift nach ihr und erwischt sie an den Hüften, als sie sich in Richtung der sich öffnenden Tür dreht. Sie schafft es, die Hemden durch den Spalt hinauszuwerfen, bevor er die Tür zuschlägt und den Riegel herunterdrückt.

Sam ist über ihr, und ihre linke Hand liegt auf seinem Schwanz. Er greift nach unten, um ihre Finger wegzuschieben, doch als seine Hand die ihre bedeckt, kann er das nicht mehr, im Gegenteil, er preßt ihrer beider Hände gegen seinen Unterleib und bewegt sich instinktiv gegen den

Druck. Jetzt ist es Sam, der ihren willigen Mund sucht. Sie schmeckt nach Marihuanarauch, Kakao und Marmeladen-Donut, und ihre Zunge ist ein schlüpfriger, drängender Muskel. Ihre Ketten sind Teil ihrer Haut, eine kalte, seidige Wulst, ein geheimnisvolles neues, mechanisches Organ, das über seine Wangen und den Mund gleitet. Der metallische Geschmack läßt ihn aufstöhnen, wird von seinem Gehirn aufgenommen und rast durch sein Nervensystem wie eine Droge, die seinen Schwanz in Eisen verwandelt. Die Ketten um ihre Taille und zwischen ihren Beinen drücken hart gegen sein Bein, seinen Bauch, seinen Penis. Ihre andere Hand drückt gegen das untere Ende seines Rückens, gleitet über seinen Hintern hinab und drängt ihn gegen sie. Sam stemmt sich hoch und verläßt ihren Mund, um ihre Brüste zu suchen. Sie reibt an seinem Bein entlang, findet seine Hand und zieht sie zu ihrem Schamhügel. Er wühlt mit der Nase in ihren Achselhöhlen, riecht sie, schmeckt sie. Als seine Zunge das Haarbüschel in ihrer Achselhöhle erkundet, schiebt sein Schwanz die Kette zwischen ihren Beinen in die warme, weiche Spalte. Er schiebt die Kette beiseite, und seine Fingerspitzen gleiten über die seidenen Fäden ihres Schamhaars, das er durch die abgenutzten Jeans und ihre Trikothose hindurch fühlen kann. Den Daumen nach unten gereckt, die Hand geschlossen, gleiten seine Knöchel über die nachgiebige Hitze ihres Geschlechts und begegnen den harten Kurven der Kettenglieder. Ihre Schenkel zittern, und sie klemmt sie zusammen, um seine Hand einzuschließen. Dann löst sie irgend etwas an ihrer Taille, und das Gehänge zwischen ihren Beinen löst sich und rutscht fort. Ihre Finger fummeln an dem Reißverschluß seiner Hose, tasten dann tiefer, um seine Hoden zu umfassen, gleiten wieder höher und drücken sein Glied. Als er an ihrer Hose zieht, stößt er mit dem Arm gegen das Armaturenbrett. Plötzlich schaltet sich die Lüftung ein, und ein Schwall von Hitze spült über ihre ringenden Körper.

Selbst als er weiter an ihrer Kleidung zerrt, hält er ihre Hand an seinem Schwanz fest. »Nein«, keucht er. »Deanie, nein. Ich habe, äh, kein…« Aber sie beruhigt ihn. »Ist schon in Ordnung. Ich nehme die Pille.«

Obwohl sich seine Hand entspannt und zuläßt, daß Deanie seine Hose öffnet, bleibt er unsicher. Ihre Hand ist in seiner Unterhose, und er schließt die Augen, als sie ihn direkt berührt und ihre Fingerspitzen auf seiner Eichel liegen. Sie erhebt sich über ihm, ihr Gesicht an seinem, und als sie ihm ihren Mund hinhält, schiebt er seine Zunge hinein. Ihre Jeans sind offen, er zieht daran und an den Trikothosen darunter. Und sie ist ihm so nah mit ihrer Hitze, ihrer nachgiebigen Hitze.

Farbiges Licht streift den Truck von hinten, und der Rülpser der Sirene eines Polizeiwagens setzt einen spöttischen Kontrapunkt.

Der Strahl von Lonnie Woods' Taschenlampe erwischt Sam, als seine Finger hektisch den Reißverschluß seiner Hose bearbeiten, während die Mutantin an der gegenüberliegenden Tür lehnt. Sie begreift nur langsam, was geschieht. Ihre Brüste sind noch immer nackt, Jeans und Trikot halb über die Hüften herabgezogen, und der Rand ihres Schamhaars ist zu sehen. Sam wirft seine Jacke über sie. Sie kichert. Jeder Idiot kann erkennen, daß sie stoned ist.

»Hallo, Sam«, sagt Ricks Vater. »Ich sah deinen Truck hier unten und dachte, er wäre vielleicht festgefahren oder liegengeblieben oder sonstwas. Würdest du bitte den Motor ausschalten? Deanie, Schätzchen, wo ist dein Oberteil?«

Sie kichert nur.

»Auf dem Boden, auf der anderen Seite des Wagens«, antwortet Sam an ihrer Stelle.

Der Polizist winkt mit seiner Lampe. Sam öffnet die Tür und steigt aus, um die Hemden zu holen. Sergeant Woods redet der Mutantin von der Tür aus gut zu; erstaunlicherweise bleibt sie friedlich. Während sie auf dem Rand des Polsters sitzt, zieht Sam ihr Jeans und Trikot über die Hüften, steckt ihre Arme in die Ärmel und zieht ihr die Hemden über den Kopf.

Lonnie betrachtet Sam gelassen. »Hast du auch getrunken, Sam, oder nur geraucht?«

»Ich habe nicht geraucht. Nur sie.«

»Tatsächlich? Hast du noch mehr Dope im Wagen?«

Sam schüttelt den Kopf. »Möglicherweise ist was in ihrer Sporttasche.«

»Deanie, hast du noch mehr Dope?« fragt Woods.

»O je«, kichert sie. »Tut mir leid, Sie müssen schon selbst was besorgen.«

Der Bulle lacht. »Soll ich dir das wirklich glauben, Schätzchen?«

Sie lächelt. »Durchsuchen Sie meine Sachen. Da ist kein Shit mehr.«

Während der Bulle ihre Taschen durchwühlt, drückt Sam seinen Schwanz und zuckt zusammen. Als er aufschaut, bemerkt er, daß Woods ihn dabei gesehen hat. Woods grinst wölfisch. Sam schaut schnell weg. Der Sergeant braucht nur einen Moment, um auch Sams Sporttasche zu durchsuchen. Dann läßt er die beiden auch noch ihre Hosentaschen leeren.

»Okay«, seufzt er schließlich. »Es ist verdammt kalt für diesen Mist, Kinder. Sam, ich will jetzt, daß du erst das Mädchen und dann dich selbst geradewegs nach Hause fährst, und zwar ohne Zwischenstopp. Das, was ihr hier angefangen habt, wird heute nicht mehr beendet. Diese Sache bleibt unter uns beiden. Und laß dich hier nicht noch einmal erwischen. Das ist ein öffentlicher Park, kein Motel.«

Sam stößt ein »Danke« hervor.

Der Polizist schaut ihn einen Moment prüfend an, als würde er überlegen, ob er noch etwas sagen soll. Dann setzen die beiden die Mutantin wieder in den Wagen, Woods schließt die Tür und führt Sam ein paar Schritte beiseite.

»Sam, ich wundere mich über dich. Du könntest dir wirklich bessere Gesellschaft suchen. Ich bin mir sicher, daß du an nichts anderes gedacht hast, als sie flachzulegen. Aber das Mädchen dort ist stoned, und um das festzustellen, brauche ich genausowenig einen Test wie du. Es spielt keine Rolle, ob sie bereit und willig war, denn wenn sie unzurechnungsfähig ist, kann sie nach dem Gesetz ihre Einwilligung gar nicht geben. Vermutlich ist es nicht sehr wahrscheinlich, daß die junge Dame hier jemals behauptet, sie wäre vergewaltigt worden. Aber sie wird nicht das letzte bedröhnte Mädchen sein, mit dem du herummachen willst. Du müßtest dir dann über viel ernstere Dinge Sorgen machen, als nur um deine Zulassung zum Basketball. Bring dich nicht nochmal in so eine Situation, mein Junge. Das ist es nicht wert.«

Sam kann ihm nicht in die Augen schauen. »Yessir«, murmelt er.

»Dann hau jetzt ab.«

Der Sergeant geht weg, als Sam den Truck startet.

»Uff«, seufzt die Mutantin. »Vielen Dank, Sam, daß du mir diese Kakerlake vom Hals geschafft hast. Mein Zustand hätte gereicht, mich dreimal aus dem Team zu feuern.« Sie lacht und klatscht in die Hände.

»Freut mich, daß du das von der lustigen Seite nimmst.«

Er wendet den Truck und fährt den Zufahrtsweg zur Mill Street hinauf.

Die Mutantin befestigt ihre Ketten wieder und rutscht über den Sitz, um eine Hand auf seinen Schenkel zu legen.

Er schiebt sie weg. Alles, woran er denken kann, ist, daß er dieses kiffende Miststück nie wieder in seinen Wagen lassen will. »Faß mich nicht nochmal an.«

»Komm schon, ich mach's dir mit der Hand, dann fühlst du dich besser.«

»Laß mich in Ruhe, rutsch wieder auf die andere Seite.« Seine Stimme wird vor Wut laut. »Ich wollte das nicht tun, ich wollte nicht, Deanie! Also laß mich in Ruhe! Laß mich bloß in Ruhe!«

Erst jetzt merkt er, daß er ihr wieder Angst einjagt. Sie kauert auf dem Boden der Kabine und hat die Jacke hoch über den Kopf gezogen, um sich zu schützen. Plötzlich brennen Sams Augen, und sein Hals wird eng. Er langt hinunter und berührt vorsichtig ihren Schädel. Der Brokat unter seinen Fingerspitzen fühlt sich zugleich seidig und hart an. Sie schreckt vor seiner Hand zurück.

»Tut mir leid«, murmelt er. »Tut mir wirklich leid.«

Es ist nicht weit bis zur Depot Street. Er hält an der Ecke, so wie sie es immer gewollt hat. Sie hält sich von ihm fern. Hinter ihnen nähert sich langsam der Streifenwagen.

»Soll ich dir deine Sachen tragen?«

Wortlos zieht Deanie ihm die Tragegriffe aus der Hand. Sie wischt sich mit dem Handgelenk die Nase ab und hinterläßt dabei eine feuchtglitzernde Spur auf ihrer rissigen Haut. Ihre von schwarzer Schminke umrahmten Augen schimmern, sie leuchten wie schwarze Spiegel im Licht der Laternen. Er holt ein Taschentuch aus seiner Jacke, nimmt ihre Hand und wischt den Nasenschleim ab. Sie reagiert mit einem scheuen, müden, kindischen Kichern.

»Geh jetzt nach Haus. Es ist kalt.«

Sie erschauert gehorsam und zieht ihre Jacke enger um die Schultern. Sam schließt die Beifahrertür. Sie steht noch immer da, und so gibt er ihr einen Schubs, und sie stolpert heimwärts.

Auch er setzt sich in Bewegung, nimmt wieder hinter dem Lenkrad Platz und fährt davon. Plötzlich zittert er, als würde er die Grippe kriegen. Sein Penis fühlt sich an, als hätte jemand einen Draht bis zu den Eiern hineingeschoben. Seine Hände schließen sich um das Lenkrad, und einen Moment lang möchte er es aus dem Armaturenbrett herausreißen und durch die Windschutzscheibe stoßen. Deanie wackelt bloß mal mit den Titten, und schon hat er eine Riesenlatte. Aber das ist nicht ihre Schuld, genausowenig wie ein Basketball was dafür kann, daß er rund, orangefarben und glatt ist. Sie ist einfach nur dumm und versaut.

Kurz vor der Stadtgrenze bleiben die Lichter des Polizeiwagens hinter dem Truck zurück.

An einer Seite der Narrows verläuft ein Ausläufer des langgestreckten Sees in südöstlicher Richtung und trennt Greenspark von Nodd's Ridge. Das Wasser, das von einem Damm zurückgehalten wird, wirkt in der Dunkelheit wie eine feste Masse. Sam kann es nicht sehen, aber riechen und fühlen – die Konzentration von Wasser, ein ruhiges, sanftes Wogen, das an den Rändern wie eine Zellwucherung härter und schneller gegen den Damm drückt. Seine Augen werden gereizt durch etwas, das sich anfühlt wie Kristalle, die sich in seiner Tränenflüssigkeit bilden, ein mikroskopisches Wachstum in seinen Zellverbänden, Verunreinigungen, die unendlich viele einzigartige und unterschiedliche Formen bilden. Es ist, als würde sich damit eine ernste Fehlfunktion zu erkennen geben; dies Gefühl, am Rande des Abgrundes zu erschauern, dicht davor zu stehen, der Wunsch, das Lenkrad, einen Hebel oder einen Schalter oder sonst etwas Lebenswichtiges herauszureißen, macht ihm mehr als deutlich, vor welchen Problemen seine eigene Maschinerie steht.

10

Sam hat gelogen, ganz klar. Er wollte das nicht, von wegen! Wen bescheißt er hier? Ein steifer Schwanz hat vielleicht kein Bewußtsein, aber er verbreitet auch keine Lügen darüber, was er wirklich will.

Dieser Blues-Song hat Sam wie ein goldener Regen überschwemmt, denkt Deanie, hat in ihm die gleiche Intensität hervorgerufen, die ihn sonst beim Basketball überkommt. Auf dem Spielfeld zu stehen, veranlaßt ihn, sich zu konzentrieren, als ob jemand ein Bild justiert, es scharf einstellt und das normale unbeholfene Ich auslöscht. Wie aus heiterem Himmel hatte sie die Erkenntnis getroffen, daß es an der Zeit wäre, ihm die Fabrik zu zeigen, die gleichsam durch die Hand eines Gottes mit seinem eigenen Namen gekennzeichnet war.

Als sie die Inschrift zwei Sommer zuvor entdeckte und die Schwünge und Kurven und Höhlungen mit den Fingerspitzen nachfuhr, hatten sie sich unter ihrer Berührung in die Farben des Nordlichtes verwandelt. Zuerst hatte sie gedacht, alles sei eine Drogenvision gewesen, doch die beschriftete Platte war immer noch dort, als sie von dem Trip wieder herunterkam. Es war ein großes Geheimnis gewesen, nur für sie und ihn von Bedeutung, eine Gottheit, die sich ihrer Existenz kaum bewußt war. Je länger sie das Geheimnis bewahrt hatte, desto mächtiger war es geworden, so daß es selbst bei seiner Enthüllung für sie gearbeitet hatte. Sie konnte sehen, daß er beeindruckt war – Samgod, der größte Star des ganzen Staates –, und sie wollte ihn mehr denn je haben.

Zuerst war es nur ein Spiel. Sie wollte sehen, ob sie ihn anmachen konnte, aber der Shit war zu gut. Er gab ihr das Gefühl, alles tun zu können. Ihn anzutörnen und ihn ein bißchen lockerer zu machen. Und plötzlich war sie selbst heiß geworden, schärfer als jemals bei irgendwem sonst. Sie ist immer noch innerlich verkrampft vor lauter Erregung. Sam ist so groß und kräftig. Er erschreckt sie wie eine Fahrt auf der Achterbahn. Als würde man einen Tiger im Käfig reizen. Ihn scharf und völlig auf sie konzentriert zu sehen, ganz in ihrer Gewalt, das war wie ein Rausch. Sollte er sie ruhig wie Scheiße behandeln, das wäre es wert, wenn sie ihn nur noch einmal in ihrer Gewalt hätte, wenigstens einmal noch.

Wie durch den Einfluß eines wirksam werdenden Bannes werden die Schritte der Mutantin schwerer und langsamer, je näher sie dem Haus kommt. Sie geht hinein, und Tony packt sie, als sie an der Couch vorbeikommt. Judy schaut nicht einmal auf.

»Hey, hey«, schnauft Tony, »was ist das denn? Hat sich hier schon jemand was reingezogen? Wie wär's denn, wenn wir die Party mit Tony fortsetzen, Schätzchen?«

Er scheut nicht davor zurück, seine Hand unter ihr Hemd zu schieben und ihre Brüste zu kneten – trotz Judys Anwesenheit. Das allein mach ihn schon scharf.

Die Mutantin reißt sich von ihm los. Ihr dreht sich der Magen um bei dem Gedanken, J.C. könnte bereits ausgegangen sein, und sie geht zum Telefon, um ihn anzurufen. Als er sich meldet, kann sie vor Erleichterung kaum etwas anderes tun als zu kichern, aber sie schafft es, ihm klarzumachen, daß sie hier verschwinden muß. Er stellt keine Fragen. Sie deponiert ihren Kram in ihrem Zimmer und macht sich sofort wieder auf den Weg. Als sie zur Tür hinausgeht, zeigt sie Tony einen Vogel.

»Leck mich, du ausgeleierte kleine Fotze«, bellt er hinter ihr her und lacht über seinen eigenen schneidenden Humor.

Die Mutantin läuft zur Straßenecke, um dort auf J.C.s Sunbird zu warten. Sie wird Chapin nichts von Sam erzählen, beschließt sie. Ihre Zähne klappern, ihre Nase läuft, und sie kann nicht schnell genug auf und ab hüpfen, um dadurch warm zu werden. *Himmel, er braucht verdammt lange.*

Jonesy schiebt Freitagabend Dienst an der Tankstelle.

»Dein Vater hat mich gebeten, für ihn einzuspringen. Mich stört das nicht. Patty und ich hatten ohnehin nichts anderes vor, als uns einen Film auszuleihen«, versichert er Sam.

Es gibt nicht genug Arbeit für sie beide.

Zuhause wartet das Essen darauf, aufgewärmt zu werden,

und auf dem Tisch liegt eine Nachricht, daß Reuben, Pearl und das Baby im Farmhaus sind.

Sam läuft nach oben und wirft seine Sachen auf den Boden. Sein Basketball springt ein paarmal und rollt in eine Ecke. Er hebt ihn auf und läßt ihn automatisch aufklatschen. Sam soll im oberen Stockwerk nicht dribbeln, weil die Erschütterung Staubwolken aus dem alten Deckenverputz treibt. Er legt sich auf den Rücken und plaziert den Ball auf seinem Bauch.

Er mag die Mutantin wirklich nicht. Sie nimmt Drogen, und sie ist häßlich. Na gut, sie hat sich selbst häßlich gemacht. Man muß schon ein Auge zudrücken und sehr genau hinschauen, um festzustellen, wie sie aussehen könnte. Sie ist eine Diebin. Eine Hexe mit Haaren auf den Zähnen. Und er war trotzdem kurz davor, sie zu ficken, einer von diesen Spinnern im Umkleideraum zu werden, die darüber reden, die Mutantin zu vögeln. Ein Arschloch wie Chapin zu werden. Er war nicht mal betrunken gewesen. Wenn Ricks Vater nicht genau in dem Moment gekommen wäre…

Mit geschlossenen Augen rollt Sam den Ball über seine Rippen. Sie ist… ein Käfig aus Knochen, eine Falle. Ein Ort, an dem man ertrinken kann.

Die Art, wie sie ihn berührt hat… Himmel. Sie läßt ihre Finger über seine Schwanzspitze laufen. Erfahrene Finger. Sie weiß, was sie tut. Es erfüllt ihn mit Übelkeit, daran zu denken. Wie viele Typen? Wenn nur ein Zehntel von dem, was er im Umkleideraum gehört hat, wahr ist…

Er schnüffelt an seinen Fingerspitzen. Ihre Gerüche, Salz, Kupfer und irgend etwas anderes. Er weiß nicht, wie man es nennt, aber es macht ihn wahnsinnig, sich daran zu erinnern. Der Moschusgeruch der Haare in ihren Achselhöhlen. Ihre Haut, feingemustert wie das Wasser auf dem See und erschreckend kalt neben der seinen, doch ihr Mund, heiß und naß, harte Zahnränder wie die Glieder der Kette, die gegen sein Gesicht drücken. Er kann die Ketten noch immer schmecken. Sanft und kühl wie Narben, sind sie zugleich von komplizierter Struktur. Süße cremeweiche Brüste in seinem Gesicht, harte und kleine knopfartige Nippel, die sich unter seinen Fingern bewegen. Eigenartige kleine, seidige, harte Dinger. Sie reagieren, als wären sie direkt mit ihrem

Brennofen verbunden. Der feste kleine Hintern, genau passend für seine Hand. Schenkel, offen für ihn, Beine, die ihn umschlingen. Die fleischige Hitze ihres Geschlechts an seinem steifen Schwanz, der spürbare Knopf ihrer Klitoris. Wie zwei Körper fließen und aufsteigen, um sich zu treffen, hier härter, dort sanfter, sich öffnend und schließend, zufassend und sich wieder lösend. So dicht, so dicht. Fast war er drin, verdammt nochmal! Er drückt den Ball so hart, daß er aus seinen Fingern rutscht und auf dem Boden aufprallt.

Am Samstag wacht er mit einer dicken Erkältung auf. Um sechs Uhr morgens in der Halle des Versammlungshauses, wo er Freiläufe übt, fühlt er sich fiebrig, seine Augen schwimmen, und seine Lippen sind aufgeplatzt. Sein Kopf ist so angeschlagen, daß er sich nicht konzentrieren, nicht denken kann. Als er mit den anderen übt, kriegt er nicht genug Luft, um ordentlich zu spielen, und seine Lungen brennen, als wäre er unter Wasser. Sam treibt sich zu sehr an, bekommt einen Hustenanfall und spuckt in der Herrentoilette Rotz und Spucke. Er hat keinen Appetit, läßt das Essen aus und geht gleich zur Arbeit, wo er jede Viertelstunde einen mit Honig und Zitronensaft versetzten Tee schlürft.

Der Angriff der Viren besänftigt unglücklicherweise nicht im geringsten seinen aufgereizten Sexualtrieb. Erstaunlicherweise wird es dadurch eher noch schlimmer.

Ein dunkelhaariges, dunkeläugiges College-Mädchen in einem kleinen schwarzen Mercury, an dessen Heckfenster ein Bowdoin-Sticker klebt, hält an der Zapfsäule.

»Volltanken, bitte«, sagt sie mit süßer Stimme.

Er betrachtet den Schwung ihrer miniberockten Hüften und die Schere der netzbestrumpften Beine, als sie zur Toilette geht, und knallt dabei mit dem Zapfhahn für verbleites Benzin gegen die Tanköffnung. Genau deshalb werden ja die Tankstutzen unterschiedlich geformt, erklärt er sich mürrisch selbst, damit man eben nicht den falschen Kraftstoff einfüllt. Er hängt die falsche Zapfpistole zurück in die Halterung, zieht die für unverbleites Benzin heraus und schiebt sie in die Öffnung des Benzintanks. Die wissen schon, daß es Typen wie dich gibt.

Während er den Kreditkartenbeleg ausfüllt, steht die Flamme aus Bowdoin direkt neben ihm. Sie lächelt ihn an, und er verwechselt die Zahlen, was ihm sonst nie passiert. Er muß einen neuen Beleg ausfüllen. Sein Gesicht ist knallrot, und er atmet mit offenem Mund.

Ein Transporter hat auf halbem Weg nach Partrigde Hill seine Ladung in einen Graben gekippt. Sam und Reuben fahren zusammen hinaus, um dem vermutlich verkaterten Sonny Lunt zu helfen, den Wagen wieder auf die Straße zu bringen. Als Sam auf dem gewölbten Schutzblech herumklettert, um ein Bäumchen loszutreten, das sich in der Achse verklemmt hat, überrascht er sich selbst dabei, wie er die Schneeketten auf dem Reifen anstarrt und dicht davor ist, die verdammten Dinger zu streicheln.

Zurück in der Werkstatt, verschwindet er auf der Toilette. Wieder einmal. Hektisch durchwühlt er den Stapel dort liegender Magazine nach einem, in dem keine nackten Frauen abgebildet sind. Alles soll ihm recht sein, *Popular mechanics, Reader's Digest* oder *Der Wachturm*, doch erst muß er sich durch die auf Hochglanzpapier gedruckten Mädchenmagazine wie *Population Mechanics, Whacker's Digest* oder *The Snatchtower* hindurcharbeiten. Jemand hat ein Exemplar von *People* zurückgelassen, doch wie sich herausstellt, enthält es einen Artikel über die Sexualität Heranwachsender, der klarstellt, daß praktisch jeder außer ihm selbst bereits Geschlechtsverkehr hatte oder das zumindest von sich behauptet. Der Artikel informiert ihn darüber, daß die männliche Sexualität zwischen neunzehn und fünfundzwanzig ihren Höhepunkt erreicht. Kommt es noch schlimmer? Er schleudert das Magazin gegen die Wand und entdeckt die *Playboy*-Ausgabe mit dem großbusigen Rotschopf, dessen Sommersprossen ihm mittlerweile äußerst vertraut sind.

»Alles in Ordnung?« fragt Reuben, als Sam wieder auftaucht. »Ich überlege mir gerade, Miete für den Teekessel zu verlangen.«

»Der Tee läuft glatt durch mich hindurch«, murmelt er.

»Das ist gut«, erklärt sein Vater. »Spül deine Leitungen gründlich.«

»Genau«, stimmt Sam zu.

Später am Nachmittag, als er sich zwei Stunden frei nimmt, um nach North Conway zu fahren und dort die neuen Sportschuhe abzuholen, die er drei Wochen zuvor bestellt hat, besorgt er sich auch noch ein rezeptfreies schleimlösendes Mittel.

Die Mutantin aufzuwecken, ist harte Arbeit. Sie möchte nichts als schlafen, und J.C. will sie nicht allein lassen. Er kümmert sich um sie, murmelt, versucht sie zum Aufstehen zu bewegen, doch es dauert einige Zeit, bis sie erkennt, daß sie sich noch immer in der Wohnung von Jimmy Bouchards älterem Bruder Dickie befindet. J.C. zündet ihr eine Zigarette an und macht ihr Instant-Kaffee. Er hält ihren Kopf, als sie alles wieder ausspuckt. Chapin kommt zu dem Schluß, daß es keinen Sinn hat, ihr ein Aufputschmittel zu geben, solange bei ihr doch alles wieder hochkommt.

Solange sie sagt, daß sie bei J.C. ist, interessiert es Tony einen Dreck, ob sie die ganze Nacht über fortbleibt. Er hält J.C. wegen dessen gefärbten Haaren und der zweimal durchstochenen Ohrläppchen für sonderbar. Natürlich ist Chapin clever genug, sich in Tonys Nähe entsprechend dessen Vorurteilen zu verhalten. Außerdem besitzt J.C. den größten Vorzug, den sich Tony vorstellen kann – er ist eine zuverlässige Quelle für guten Stoff.

J.C. sorgt dafür, daß sie zum Supermarkt kommt, um dort Miss Reggie zu treffen. Er kauft ihr einen Becher Kaffee, und ihr kommen die Tränen. Manchmal ist er so lieb zu ihr, daß Deanie nicht weiß, wie sie darauf reagieren soll. Sie kann sich nicht vorstellen, was er damit bezweckt.

Die Mutantin schafft es, den Einkauf durchzustehen, aber als sie die Waren verstaut, fängt sie wieder an zu husten und erstickt fast an dem Schleim. Miss Reggie hat bereits ihre roten Augen und die blasse Haut bemerkt, und auch, wie schwer ihr das Atmen fällt. Doch die Mutantin beharrt darauf, es sei nur eine Erkältung. Sie kann ihnen schließlich kaum erzählen, daß sie zuviel gekifft und dabei auch noch zuviel Wodka getrunken hat.

Zur Teezeit stolpert die Mutantin mühselig die Treppe hinab. Sie entschuldigt sich für ihre Unbeholfenheit. Die alten Damen weisen das vehement zurück. Sie füttern sie. Als Deanie teilnahmslos ihren Tee umrührt, fängt sie wieder an zu husten.

»Also, ich erkenne Lungenrasseln, wenn ich es höre«, erklärt Miss Katherine. »Du gehst jetzt sofort zum Arzt, junge Dame.«

Der Schmerz, der beim Husten in ihrer Brust entsteht, erschreckt sie. Miss Reggie bringt sie, sehr vorsichtig, zur Notaufnahme. Der Arzt stellt eine Lungenentzündung fest, und die Mutantin fühlt sich zu schwach, um zu protestieren, als Miss Reggie sie direkt nach Hause fährt.

Dummerweise liegen sich Tony und Judy gerade in den Haaren.

»Erzählen Sie das jemandem, der sich einen Scheiß darum schert«, raunzt Tony Miss Reggie an, als die alte Dame versucht, ihn von der Lungenentzündung in Kenntnis zu setzen.

Tief in ihrem fieberheißen Innern ist die Mutantin wütend auf ihn und fühlt sich zugleich erniedrigt, als sie sich in ihren Raum verkriecht. Sie wickelt sich in die Decken, gleitet mit dem Kopfkissen in der Hand aus dem Bett und krabbelt darunter. Ihre Brust fühlt sich an, als sei sie mit Glassplittern gefüllt, doch sie bemüht sich, nicht zu husten, weil Tony sonst auf sie aufmerksam wird.

11

Wie ein verstohlener Raucher, der schnell noch eine Kippe qualmen will, sitzt Sam am Montagmorgen in seinem Truck und versucht, genügend Mut aufzubringen, um die Schule zu betreten. Was soll er ihr sagen? Wie soll er sich verhalten? Was wird sie sagen, und wie wird sie sich verhalten? Vielleicht hat sie schon ihren ganzen Kifferfreunden erzählt, wie sie ihn heißgemacht hat, oder daß sie ihn mit verknoteten Eiern weggeschickt hat, oder möglicherweise auch, daß sie es wirklich miteinander getrieben haben. Was ist, wenn er schon bei ihrem bloßen Anblick scharf wird?

Das Innere seiner Nase juckt. Sie ist ausgetrocknet, weil er die schleimlösenden Tabletten seit Samstag nachmittag dauernd gelutscht hat, und *warum muß er jetzt ausgerechnet so etwas denken*? Er wird noch auf dem Spielfeld knien und sein Gesicht im Zwickel von Melissa – oder auch Melanie, das spielt keine Rolle – Jandreaus Shorts vergraben. Sam muß sich selbst in den Griff kriegen, und das ist auch wieder so ein dummer Gedanke. Er will sich gar nicht daran erinnern, wie oft er am vergangenen Wochenende Hand an sich selbst gelegt hat. Lieber Himmel, sein Kopf fühlt sich an, als befände sich ein großer, mit Preßluft gefüllter Ballon zwischen und hinter seinen Augen, der kurz vor der Explosion steht. Er wischt seine rauhe Nase ab und legt den Gang ein.

Das alles beweist nur, welch eine Ablenkung Frauen darstellen. Er hat nicht mehr getan, als mit einem Mädchen rumzumachen, das er kaum ausstehen kann, und das hat schon gereicht, um ihm das ganze Wochenende zu ruinieren, gar nicht zu reden von der Erkältung, die sie ihm eingebracht hat. Selbst die sonntägliche Arbeit mit seinem Vater, die ihm normalerweise viel Freude bereitet, ist dadurch versaut worden.

Man stelle sich mal vor, er würde mit einem Mädchen ausgehen. So dumm zu glauben, mit einer Freundin wären alle seine Probleme gelöst, ist er nun auch nicht. Erst schwitzt du, weil du nicht weißt, ob sie dich überhaupt leiden kann. Später fummelst du ein bißchen und wirst verdammt scharf, und dann gehst du stärker ran und wirst vor Geilheit wirr im Kopf. Und wenn du dann nicht aufhörst, sondern anfängst, es richtig zu treiben, *dann* – jedenfalls wenn es so läuft wie bei Rick und Sarah oder seinem Vater und Pearl oder anderen Eltern, bei denen er das beobachtet hat – dann bist du noch schlimmer dran als zu der Zeit, wo ihr einfach nur scharf aufeinander wart. Und das ist nur die sexuelle Seite. Daneben müßt ihr euch besser kennenlernen, ausgehen, Zeit am Telefon verbringen, euch in das Leben des Partners einfügen, alles Dinge, die ablenken und Zeit kosten. Und Geld. Und wenn irgend etwas schiefgeht – du sagst was Falsches, oder sie sieht, wie du mit ihrer besten Freundin sprichst, oder du siehst, wie sie mit irgendwem flirtet, alles idiotische Sachen, die seinen Freunden schon passiert sind –, dann streitet ihr euch oder ihr macht Schluß und dein Kopf ist voll von dem ganzen Mist, wenn du eigentlich an Basketball denken solltest. Bis jetzt hat er jedenfalls nichts erlebt oder bei anderen gesehen, was ihn von der Überzeugung abbringen könnte, daß er erheblich schlauer sein müßte, als er ist, um all diese Sachen zur gleichen Zeit bewältigen zu können.

Alle warten schon, nur die Mutantin nicht. Einen Moment lang kann er kaum atmen. Auf dem Spielfeld kommt es ihm dann so vor, als befände er sich in einem anderen Medium. Oder in kalter Melasse. Oder auf einem anderen Planeten. Er weiß nicht, warum er keine Gummi-Fingerabdrücke auf dem Ball hinterläßt oder bei jedem Schritt eine schmierige Schleimspur hinter sich herzieht.

Als sie die Übungen beenden und noch immer keine Spur von der Mutantin zu sehen ist, fragt er Nat, ob sie weiß, wo die Gauthier steckt. Nat schüttelt den Kopf und sagt, sie will es herausfinden.

Kaum ist er aus der Halle, trifft er den Trainer, der bei seinem Anblick aufstöhnt.

»Lieber Himmel, Sam, schau dich an. Augenringe wie ein Waschbär und weiß wie ein Blatt. Und du atmest durch den Mund. Du siehst aus, als hättest du das ganze verdammte Wochenende durchgevögelt.«

»Nur ein Schnupfen«, protestiert Sam und fühlt bereits, wie die Hitze in seinem Gesicht aufsteigt. »Es klappt schon mit dem Spielen.« Er hat einen plötzlichen Geistesblitz. »Viele Leute haben Schnupfen.«

»Ja, ja«, meint der Trainer düster. »Und deinen gibst du an das ganze Team weiter. Paß nur auf, daß es kein französischer Schnupfen wird, klar?«

Beim Wechsel von einer Klasse zur anderen erhascht er einen Blick auf Shasta Grey und bahnt sich einen Weg durch die Menge, um sie abzufangen. »Die Gauthier hat beim Training gefehlt. Im Büro haben sie keinen Anruf von ihrer Mutter gekriegt. Ist sie krank?«

Shas läßt ihren Kaugummi schnalzen und grinst. »Da wette ich drauf. Freitagnacht hat sie mächtig gefeiert. Vielleicht hängt ihr das immer noch nach.«

Nach dem, was sie in der Fabrik und im Park abgezogen hat, ist die Pißnelke noch *ausgegangen*? Wie ist er bloß auf den Gedanken gekommen, sie wäre ernsthaft am Meisterschaftstitel interessiert?

»Hast du ihre Nummer? Ich sollte mal anrufen. Sie könnte ihre Spielerlaubnis verlieren, wenn niemand sie krankmeldet.«

Shasta kramt nach einem Stift. »Ach ja, das habe ich vergessen. Bei euch Sportskanonen geht's ja zu wie im Kindergarten. Ihr braucht sogar zum Pissen eine Erlaubnis.«

Abrupt stellt sie ihre Suche ein und klopft ihm auf die Brust, so vertraulich wie Tante Ilene das voller Wohlwollen und Sherry am Weihnachtsnachmittag tut. »Überlaß den Anruf besser mir, Samson. Der Penner, mit dem ihre Mutter zusammen ist, benimmt sich wie ein echtes Arschloch, wenn sie von Jungs angerufen wird. Wie ein *riesengroßes* Arschloch, meine ich, kapiert?«

In der Mittagspause sucht Shas ihn auf und teilt ihm mit, daß die Mutantin krank zuhause liegt und eine Lungenentzündung hat.

»Tony – Mr. Arschgesicht – war am Telefon. Er sagt, eine von den alten Schachteln, bei denen sie putzt, hätte sie am Samstag heimgebracht. Sie hat Lungenentzündung. Der Drecksack sagt, sie hätte ihn mit ihrem Husten wachgehalten. Hält man sowas für möglich?«

Lungenentzündung. Das war ja wohl abzusehen. Er wünscht, er wäre nie mit ihr zur Fabrik gegangen. Dort hat alles angefangen.

Die Schulsekretärin willigt ein, bei ihr anzurufen und die Sache zu überprüfen. Natürlich nicht der abgewrackten Mutantin zuliebe, sondern ausschließlich wegen Sam.

Dann eilt er zu Mrs. Hobart, der Leiterin der Cafeteria, um sie zu beschwatzen, die Stelle offenzuhalten. Er bringt ein starkes Argument vor: Jeder weiß, wie wichtig die Mutantin für das Mädchen-Team ist. Deanie braucht den Job wirklich. Sie muß Gewicht zulegen. Und wenn sie schon vorher Essen nötig hatte, dann um so mehr, wenn sie erst die Lungenentzündung hinter sich hat.

Mrs. Hobart ist anfällig für rührselige Geschichten, besonders wenn sie von heranwachsenden Jungs erzählt werden. Für sie sind sie alle kleine Hündchen, die sich in der Nähe der Küche herumdrücken und mit den Schwänzen wedeln, um gefüttert und gestreichelt zu werden. Sie neckt ihn wegen seines Pferdeschwanzes und steckt ihm ein paar Kekse in die Hemdtasche.

»Achte auch auf deine Erkältung«, ermahnt sie ihn. »Ihr Rangen.«

Schnelle Erleichterung verspricht die Aufschrift auf der flüssigen Schnupfenmedizin, die Sam in der Apotheke besorgt, um sie nach der Schule zu nehmen. Worauf es ankommt, ist nur, daß sie ihn nicht schläfrig macht. Die Dosierungstabelle reicht nicht bis zu seiner Größe, also verdoppelt er den Höchstwert. Es schmeckt – bäh –, als sollte es ihn in einen Frosch verwandeln. Obgleich er sich seltsam abgehoben fühlt, hilft ihm die Medizin, die zwei Stunden des Trainings in Echtzeit statt in Zeitlupe zu überstehen.

Alle weiblichen Indians, ausgenommen die abwesende Mutantin, bleiben nach ihrem Training da, um den Jungs zuzuschauen. Kein Applaudieren, kein Flirten mehr. Sie wollen lernen. Sam grinst innerlich.

Während der Truck warmläuft, schluckt er eine weitere Doppeldosis der Froschbrühe. Der üble Geschmack überzeugt ihn davon, daß er tatsächlich dabei ist, sich in einen Frosch zu verwandeln. Ein zweihundertfünfunddreißig Pfund schwerer, zwei Meter acht großer Frosch, dessen Maul und Kehle mit diesem nach vergorenen Fliegen schmeckenden Mist glasiert sind. Angesichts seiner kalten, feuchten Haut fühlt er sich jetzt schon innen und außen grün.

Er fährt seine Zunge aus und schnappt damit nach einem imaginären Insekt. *Fröschlein kam zum Königshof, hum hum huh.* Es wird Zeit, die Straße zurück zum alten Teich, zum alten Lilienblatt runterzuhüpfen. Hoffentlich wird er nicht von einem Sechsachser zerquetscht. Schon jetzt fühlt er sich ziemlich platt und schleimig, mit einem attraktiven Reifenmuster auf seinem ledrigen Rücken. Das passende Band springt ihm fast von allein in die Hand, die Buzzcocks quaken und rumpeln aus seinen Lautsprechern.

Die Straße wirkt ohne die Mutantin seltsam leer. Es kommt ihm vor, als hätte er etwas vergessen, weil er sie nicht mitnimmt. Plötzlich fällt ihm ein, daß er gar nicht weiß, wie sie morgens zur Schule kommt. Es sind vier Meilen von der Depot Street bis zur High-School am Rande der Stadt. Die Busse fahren natürlich nicht früh genug, um sie rechtzeitig zum morgendlichen Training zu bringen. Manchmal steigt sie aus Chapins Sonbird, manchmal aus Shastas rollendem Wrack von einer Chevelle, doch an jenem Morgen, als sie so früh draußen auf dem Platz war, war sie ganz allein, und soweit er sich erinnern kann, stand keiner dieser Wagen auf dem Parkplatz. Sie muß zu Fuß gehen, zumindest hin und wieder.

Er sollte sie besuchen. Feststellen, ob es ihr gut geht, oder zumindest so gut, wie es einem mit Lungenentzündung gehen kann. Ihr eine Schachtel toter Fliegen mitbringen. Es gibt ein paar Dinge, die er ihr wirklich sagen muß. Aber nicht jetzt. Heute muß sie ausruhen und zu Kräften kommen. Und er sollte besser heimfahren und sich um seine eigene Erkältung kümmern. Er wird sie morgen besuchen. Zur Hölle mit dem Freund ihrer Mutter. So wie Sam sich fühlt, besitzt der Gedanke, jemanden mit dem Kopf an die Wand zu knallen, eine beträchtliche Anziehungskraft.

Der nächste Tag bringt ein Heimspiel gegen Chamberlain.

Die Mädchen aus Chamberlain, die Lady Colonels, schlagen Greenspark im ersten Viertel vernichtend. Ohne die Mutantin wirken die Mädchen zerfahren. Zur Halbzeit liegen die Indians bedenklich zurück. Als Melissa Jandreau zu Boden geht, beugen sich ihre Schwester, die Trainerin und deren Assistentin voller Besorgnis über sie.

Sam quetscht sich hinter die Bank der Mädchen und lehnt sich zu Nat und Billie vor.

»Ihr laßt euch von denen einwickeln«, erklärt er ihnen. »Die Gauthier wird für einige Zeit nicht dabei sein. Ihr müßt es ohne sie schaffen. Reißt euch zusammen. Billie, nimm den Kopf hoch. Wo war deine Konzentration, als Melissa den Paß gemacht hat? Du hast gespielt, als hättest du noch nie einen Ball gesehen, und sie haben dich ausgetrickst, stimmt's? Warum macht ihr keine Finten? Und jetzt beruhigt euch, nehmt euch zusammen und erzählt den anderen folgendes: Wenn ihr das Spiel verliert, rasiere ich euch morgen früh die Köpfe und ziehe euch Ringe durch die Nasen.«

Nat und Billie lachen, geben ihm einen Handschlag und verkünden dem Rest des Teams seine Drohung.

Bei seinem eigenen Team sorgt Sam für etwas Unterstützung aus den Zuschauerrängen. Es hilft, daß die Jungs schon unruhig sind, weil das Spiel für die Indians so schlecht läuft. So fällt es ihm leicht, die gleiche rüpelhafte Stimmung hervorzurufen, die in der Nacht des Sieges über Ravenswood geherrscht hat.

Als die Mädchen wieder das Spielfeld betreten, jetzt getragen von einer Woge überschäumender Begeisterung, droht die Trainerin der Mädchen Sam mit dem Finger.

»Wer hat dich zum Assistenztrainer gemacht?« grollt sie, hat dabei aber ein Lächeln um die Augen.

Das Lächeln verstärkt sich, als Greenspark loslegt.

Angeregt von seiner Froschmedizin trampelt Sam auf dem Boden herum und quakt dazu.

In der Umkleidekabine, wo die Jungen sich für ihren Einsatz bereit machen, hören sie, wie der Lärmpegel ansteigt, als die Uhr die letzten paar Sekunden des Spiels der Mädchen anzeigt. Irgendwer hat Greenspark schließlich doch noch in Führung gebracht. Dann wird das Triumphgeschrei schwächer und verebbt schließlich. Der Team-Manager stürmt in den Raum und tritt vor lauter Frust gegen einen der Spinde.

»Ich glaube das einfach nicht!« schreit er. »Chamberlain hat durch einen Zufallstreffer von der Seitenlinie einen Korb erzielt – fünf Sekunden vor Schluß! Ein einziger verdammter Punkt!«

Sam ist über die Reaktion seines Teams genauso entgeistert wie über die niederschmetternde Nachricht. Die Jungs drehen durch, als hätten sie selbst diese Niederlage erlitten. Was hat er da angerichtet? Diese Explosion des Ärgers ist phänomenal. Noch erstaunlicher ist allerdings das Objekt ihres Zorns.

»Diese Scheiß-Mutantin!« flucht Pete Fosse. »Ihr *wißt* ja,

was diese Pißnelke am Wochenende getrieben hat! Hat sich glatt ihren verhurten Arsch weggesoffen!«

Rick Woods feuert einen Turnschuh über die Reihe der Spinde hinweg. »Diese perverse kleine Kifferin. Man sollte sie rausschmeißen, weil sie ihr Team im Stich gelassen hat.«

»Langsam, langsam«, widerspricht Sam. »Sie ist krank. Hat eine Lungenentzündung. Ich habe das selbst überprüft.«

Kevin Bither kauert wie ein Wasserspeier auf der Bank. »Schwachsinn«, knurrt er. »In was für einer Welt lebst du, Sambot? Glaubst du, sie würde zugeben, daß sie mit Chapin bei Dickie Bouchard war? Jeder weiß, daß sie dort war. Und jeder weiß auch, daß sie sich derart zugeknallt hat, bis sie völlig weggetreten war.«

»Ihr wißt einen Scheißdreck«, antwortet Sam. »War irgend jemand hier auch bei Bouchard und hat diese berühmte Party miterlebt?«

In der nachfolgenden Stille gibt Gramolini Rick dessen Turnschuh zurück.

Rick zieht sich den Schuh an und lehnt sich dabei gegen Sam. »Samstag Nacht bei diesem Tanz, Slammer – dort haben wir es gehört. Du warst ja nicht dort, weil du in der Bibel lesen mußtest. Chapin hat geprahlt, wie furchtbar sie Freitagabend abgestürzt sind.«

»Chapin quatscht gerne. Jeder quatscht gerne. Es ist eine verdammte Schande, daß die Mädchen heute verloren haben. Aber vielleicht hätten sie so oder so verloren.«

Sein Team reagiert mürrisch. Ihre Gesichter, ihre Schultern, alles drückt aus, daß sie anders darüber denken.

»In einem durchschnittlichen Spiel holt die Mutantin zwanzig Punkte, Sambot«, sagt Bither. »Sieh es doch mal realistisch. Das sind zwanzig Punkte, die den Mädchen heute fehlen. Es hätte ein Sieg mit neunzehn Punkten Vorsprung sein können.«

»Na schön, gut, in Ordnung«, sagt Sam besänftigend. »Jedenfalls ist das Spiel vorbei. Und wir müssen jetzt unser eigenes machen.«

Oben auf den Zuschauertribünen blickt Reuben zu Pearl hinüber. Indy sitzt ruhig in ihrer Armbeuge und beschäftigt sich mit einem Bund Plastikschlüssel. Pearl schaut mit einem aufmunternden Lächeln zu ihm hoch.

Er müßte lügen, wenn er behaupten wollte, das Spiel der Mädchen hätte für ihn den gleichen Stellenwert wie das der Jungen, obgleich die Gauthier die Sache durchaus interessant macht. Es sieht nicht so aus, als könnten sie es ohne sie schaffen, obgleich man ihnen fairerweise zugestehen muß, daß sie jetzt besser spielen als im letzten Jahr. Er könnte schwören, daß sie einiges bei den Jungen gelernt haben.

Mit verschlossenen Gesichtern kommen die Greenspark-Jungs aufs Spielfeld. Alle sind angespannt, nur Sammy nicht. Wie immer ist Reuben verblüfft über die Verwandlung, die mit Sam vorgeht, sobald er ein Basketballfeld betritt. Seine Gestalt scheint größer zu werden, und er bewegt sich anders. Auch sein Gesicht verändert sich. Obgleich er mit seinen Flächen und Schatten männlicher, erwachsener wirkt, schimmert doch auf sonderbare Weise auch der sechsjährige Sammy durch, wie er sich mit engelsgleicher Ruhe mit seinen Spielsachen beschäftigte.

Schon vom Einwurf an scheint Sam nicht ganz bei der Sache. Er ist etwas langsam, und immer wieder reißt er die Augen weit auf und zwinkert dabei. Wahrscheinlich macht ihm seine verdammte Erkältung zu schaffen. Rick Woods kommt stark raus. Gramolini ist heiß, er übernimmt den Ball, wann immer Sam oder Rick ihn anspielen, und tut dann alles, was nötig ist. Anderthalb Minuten nach dem Spielstart verrenkt sich Kasten den Knöchel, und der Coach ersetzt ihn durch diesen komischen Skouros. Er sieht aus, als hätte sich ein etwas dämlicher Elch mit seiner Mutter gepaart, aber er zeigt auf der Position des Bog Guard Instinkt und Mut. Bither, der als Small Forward eingesetzt ist, versenkt ein paar Freiwürfe, nachdem er gefoult wurde.

Während die Colonels Sammy mit zwei Leuten decken, haben die anderen vier Greensparker leichtes Spiel, die drei verbliebenen Gegner auszutricksen. Sam macht sich einen Spaß daraus, seine Bewacher zu foppen, indem er so tut, als wolle er losstürmen, dann aber nur auf der Stelle trippelt. Dann sind sie am Greenspark-Ring, Gramolini gibt an Rick ab, der hochspringt, um den Ball in einem möglichst hohen

Bogen Sammy zuzuspielen, und Sammy steigt aus der Gruppe seiner Bewacher empor, die zur Seite fallen wie die Raketenbooster beim Start einer Saturn. Ihre Gesichter sind Grimassen der Überraschung. Sanft berührt er den Ball, und der plumpst in den Korb.

Dieser Korb bringt nicht zwei, sondern vier Punkte. Einer der Chamberlain-Bewacher hat Sammy gefoult, indem er versuchte, ihn abzublocken. Der Schiedsrichter gibt zwei Freiwürfe, die Sam beide verwandelt. Enttäuscht und verzweifelt geht Chamberlain dazu über, drei Bewacher für ihn abzustellen, und Sammy konzentriert sich darauf, deutlich zu machen, daß sie ihn wiederholt foulen. Die meisten Punkte in diesem Viertel holt er von der Freiwurflinie aus.

Gegen Ende des Viertels geht Rick vom Platz, um sich auszuruhen. Billy Rank kommt für ihn herein und verdirbt aus reiner Nervosität zwei Ballabgaben. Gramolini gerät wegen der zweiten in Rage und putzt Billy hitzig runter. Eine schleunigst verkündete Aus-Zeit, damit Gramolini sich abregen kann und Billy sich beruhigt, gibt Chamberlain die Gelegenheit, sich ebenfalls neu zu informieren.

Nach der Halbzeit kommt Sam mit einem breiten Grinsen auf dem Gesicht aus dem Umkleideraum. Er entschlüpft seinen Bewachern, wann immer er will. Bei jedem Paß und jedem Wurf scheint seine Zunge hinter dem Ball herzuzucken. Er springt an der Grundlinie hoch, und als seine Füße den Boden wieder berühren, macht er ein paar Hüpfer. Der letzte Sprung bringt ihn bis zum Pfosten, seine Schenkel arbeiten wie Kolben, treiben ihn höher und höher, bis er schließlich den Arm ausstreckt und den Ball ins Netz fallen läßt. Bevor sein Sprung ihn wieder nach unten tragen kann, packt er den Ring mit beiden Händen und bleibt dort hängen, während sich ein Ausdruck dümmlicher Begeisterung auf seinen Zügen ausbreitet. Ein verrückter Einfall bringt seine Augen zum Leuchten, und er verdreht sie, als wolle er auf diese Weise nach hinten schauen. Er stellt sich vor, wie er auf und ab schwingt, sich abstößt und mit einer gekonnten Drehung auf allen vieren in der Mitte des Spielfeldes landet. Statt dessen schlägt er sich ein paarmal das Kinn an und fällt auf den Boden.

Inmitten der brüllenden Menge verstummt Reubens eigenes Gelächter, und er schaut Pearl an. Sie wendet ihm den Kopf zu und verzieht fragend ihre Gesichtszüge.

Auf der Bank vergräbt Sammy sein Gesicht in einem Handtuch, während einer der Spieler von Chamberlain den Strafwurf ausführt, an dem Sammy schuld ist, weil er sich am Netz festgehalten hat, obwohl keine Verletzungsgefahr für ihn bestand.

Auf das Ergebnis des Spiels hat das keinen Einfluß. Nach dem Wurf liegt Chamberlain um siebzehn Punkte zurück. Und Sammy scheint die üblichen Gratulationsrituale geradezu zu durcheilen, bevor er schleunigst im Umkleideraum verschwindet.

Die Arme gegen seine sich verkrampfenden Eingeweide gepreßt, kotzt Sam horrorfilmartig grüne Galle in ein Becken. Irgend etwas kitzelt sonderbar in seiner Nase, und als er schnaubt, fliegen widerliche schleimige Klumpen wie Geschosse gleichzeitig aus Mund und Nase; zugleich verschwindet der Druck hinter seinen Augen.

Als er sich auf die Beine rappelt, entdeckt er, daß der Trainer, dessen Assistent und seine Teamkameraden um ihn herumstehen und ihn anstarren. Rotäugig, naßgeschwitzt und bis auf die Knochen frierend, grinst er sie an.

»Es ist nicht leicht, grün zu sein«, quakt er.

Der Trainer packt ihn bei der Schulter und schiebt ihn in Richtung Dusche.

»Du bleibst besser bei ihm«, sagt der Coach zu Rick. »Paß auf, daß er dort drin nicht ohnmächtig wird.«

Während Rick sich hastig auszieht, marschiert Sam vollständig angezogen unter die Dusche. Rick holt ihn raus und sorgt dafür, daß er seine Turnschuhe auszieht. Noch immer in Socken, verschwindet Sam wieder unter den Wasserstrahlen. Er hebt den Kopf und öffnet dem süßen Wasser seinen Mund, das den schleimigen übelschmeckenden Überzug wegspült, der seinen ganzen Rachen und die Nasenschleimhäute zu bedecken scheint. Zehn Minuten später zieht ihn Rick sanft unter der Dusche hervor.

Sam vertraut Rick. »*Fröschlein kam zum Königshof, hum hum huh.*«

Rick schlägt mit einem Handtuch auf Sams Kopf. »Reiß dich zusammen, Sambo. Du wirst noch in eine Flasche pinkeln müssen, wenn du dich nicht beruhigst.«

»Nur eine geile Kröte«, murmelt Sam.

Sein Freund schüttelt den Kopf. »Ach du lieber Himmel. Jetzt mach schon, bei deiner Erkältung darfst du dich nicht auch noch unterkühlen.«

Als er angezogen ist, kann Sam dem Trainer versichern, daß es ihm gut geht. Und das stimmt auch. Er fühlt sich erheblich besser, sein Magen ist leer, der Kopf klar. Nur ein bißchen müde ist er. Das Gift ist er losgeworden. Jetzt muß er nur noch nach Hause und ungefähr zehn Stunden schlafen.

Draußen steht Nat Linscotts kleiner Honda neben seinem Truck. Sie kurbelt das Fenster herunter. »Willst du morgen wirklich Köpfe rasieren?«

»Nein. Nicht wegen einem Zufallstreffer.«

Sie kichert erleichtert, winkt und kurbelt das Fenster wieder hoch.

Rick stößt ihn an. »Ich glaube, die ist heiß auf dich, Bürschchen. Was ist das für ein Scheiß, von wegen Köpfe rasieren?«

Rick nimmt ihn auf den Arm, doch trotzdem verspürt Sam einen gewissen schleimigen Schauer bei dem Gedanken, daß Nat heiß auf ihn sein könnte. Irritiert erläutert er seine Drohung.

»Du bist ein sehr kranker Mann«, sagt Rick. »Entwickelst du jetzt eine Vorliebe für kahle Miezen? Wenn du mich fragst, läuft hier schon eine zuviel herum. Ich hätte nie geglaubt, daß ich mal höre, wie du eine Kifferin verteidigst. Nicht du. Sie hat ihr Team im Stich gelassen, Sambo.«

»Sie ist krank.«

»Ja, ja. Das hat sie sich selbst zuzuschreiben – wenn es überhaupt stimmt.«

Sam lehnt sich gegen seinen Wagen und schließt vor Müdigkeit die Augen. Es ist ein sonderbares Gefühl, genau zu wissen, daß sie nicht simuliert. Schließlich war er dabei, als sie halbnackt in der Kälte herumgehüpft ist. Es wäre schon ein Wunder, wenn sie sich nicht genau dort die Lungenentzündung geholt hat, ganz gleich, was sie später noch alles trieb. Er ist nicht bereit, darüber mit Rick zu streiten. Es geht ihm nicht darum, sich selbst vor der Peinlichkeit zu schützen oder etwas erzählen zu müssen, das wie Prahlerei klingt. Was zwischen ihnen beiden geschehen ist, gehört ihnen beiden ganz allein.

»He, schwing deinen Arsch nach Hause«, ermahnt ihn Rick, als er zu seinem Wagen geht, wo Sarah ihren Lippenstift im Rückspiegel nachzieht. »Paß auf dich auf.«

»Ja.«

Er erkennt die triefäugige Frau an der Tür als die kettenrauchende Angestellte aus dem Kurzwarenladen wieder. Bevor sie sich soweit sammeln kann, um nach seinem Begehr zu fragen, baut sich ein Mann neben ihr auf.

Tony. Shas hat ihn Tony genannt. Mr. Arschgesicht. Sam läßt seine Gedanken abschweifen, so wie es ihn Romney für den Fall gelehrt hat, daß er sich außerstande sieht, sich an etwas zu erinnern. Sich selbst gewissermaßen auszustöpseln verstärkt den Eindruck, er sei langsam, und natürlich steht im Moment auch noch sein Mund offen, damit er Luft holen kann, doch immerhin wirkt diese Methode. Er zieht den Rest von Tonys Namen irgendwo aus dem Nichts zu sich heran. Tony Lord.

»Was willste?«

Lord ist fleischig, die Muskeln verwandeln sich in Fett, doch in seinen geäderten Unterarmen ist noch reichlich Kraft übrig. Der Mann ist frisch rasiert, und seine Arbeitshosen sind sauber, vermutlich hat er heute Nachtschicht. Doch auf dem Weg zur Arbeit oder nicht, sein Atem riecht jedenfalls nach Alkohol, und in der rechten Hand hält er eine Bierdose.

Fast hätte Sam seine Hand ausgestreckt und sich vorgestellt, doch er erkennt, daß zivilisiertes Benehmen hier fehl am Platz ist. »Ich bin vorbeigekommen, um nach Deanie zu sehen.«

Lord schiebt sein breites, gekerbtes Kinn in seine Richtung. »Du bist'n großer Bengel. Styles' Junge, richtig? Gar keine Frage, würd' ich sagen. Ging mit deinem Alten zur Schule. Ist auch ein großer Kerl.«

»Richtig«, stimmt Sam zu.

Er hat derartige Bemerkungen zu hören gekriegt, solange er sich erinnern kann. Selbst als kleiner Junge war er der größte kleine Junge weit und breit.

»Wie geht's Deanie?«

»Ist krank. Wenn ich einen Hund hätte, der sich so anhört wie sie, würde ich ihm eine Kugel in den Kopf jagen.«

Lord dreht sich zu der Frau um, die zur Couch zurückgekehrt ist und auf den Bildschirm starrt. »Dreh die Scheißkiste leiser, Judy! Wie soll ich denn denken können bei diesem Lärm?«

Die Frau richtet schnell die Fernbedienung auf das Gerät und stellt den Ton leiser.

»Wo war ich? Willste'n Bier?« Das Angebot kommt routinemäßig und eher unbewußt.

»Nein danke.« Von der Türschwelle aus blickt Sam an dem Mann vorbei in das kleine Haus. Es ist ärmlich eingerichtet, und es gibt wenig zu sehen. Die Frau vor dem Bildschirm, eine Anrichte und Küchengeräte auf der anderen Seite das Raums, eine baufällige Treppe, ein paar Türen, die möglicherweise zum Bad, zum Keller und zu einer Abstellkammer führen. Der Raum riecht wie eine Party am nächsten Morgen, kalte Zigaretten und schalgewordener Alkohol – das Bier des Mannes und das harte Zeug, das sich die Frau reinkippt, und dazu noch der Geruch der leeren Schnapsflaschen in einem Müllbeutel, der auf dem Küchenboden liegt, als habe dort ein versoffener Weihnachtsmann seinen Sack verloren. Über all diesen Düften ist noch ein anderer Geruch zu verspüren, weitaus schlimmer als der Gestank in der alten Fabrik. Er kann nicht genau sagen, was es ist, doch er hat so etwas schon früher gerochen, und es dreht ihm den ohnehin schon angegriffenen Magen um.

»Ich bin auf dem Weg nach Hause und wollte nur für einen Moment reinschauen.«

Der Mann leert seine Bierdose und zerdrückt sie. Dann betrachtet er sie nachdenklich. »Naja, ist ja deine Zeit, die du verschwendest.«

Das Quietschen einer Türangel lenkt Sams Blick zu der Wand unter der Treppe. Die Mutantin kauert im Türspalt, die Hand fest auf dem Griff, als wäre die Tür ein Schild. Sie ist schmaler und dünner und trägt einen Jungen-Pyjama, der mit Cowboys und Indianern auf einem verwaschenen roten Untergrund bedruckt ist. Deanie hat ihren Kopf seit mehreren Tagen nicht rasiert, und ihr Schädel ist wie der eines Neugeborenen mit schwarzem Flaum bedeckt. Ihre Augen sind durch das Fieber geweitet, und sie ist barfuß und ohne Ketten.

Seine Sorge, er könne von plötzlich aufwallender Lust auf sie überwältigt werden, erweist sich als lächerlich. Es scheint unmöglich, daß er auf dies kranke Geschöpf scharf war, ganz zu schweigen davon, daß er sie jemals intim berührt hat.

Sie schnüffelt. »Was willste?«

Ein Bier, denkt Sam. Eine große, heiße Rothaarige. Ein Lächeln. Lieber Himmel, alles, außer hier zu sein.

»Wie geht's dir?«

Sie zuckt die Schultern. »Wie ist es gelaufen?«

Sam zögert. »Die Mädchen haben mit einem Punkt verloren.«

Ihr blasses Gesicht verhärtet sich. »Oh.«

»Die Jungs haben gewonnen.«

»Die verdammte Tür steht offen«, sagt Lord. »Wir beheizen die ganze beschissene Umgebung, Bürschchen.«

Sam marschiert hinein und schließt die Tür.

Ärger verzerrt Lords Gesicht, und er dreht sich zu der Mutantin um. Sie zuckt zurück. Erst jetzt merkt Sam, daß er seinen Einsatz verpatzt hat. Lord hat ihn aufgefordert, zu gehen.

Die Mutantin öffnet die Tür etwas weiter, hält sie aber immer noch zwischen sich und Lord. Sie sagt schnell: »Tut mir leid, daß ich nicht dabei war.«

Für einen Moment kann Sam in ihr Zimmer schauen. Es dauert einen Augenblick, bis er erkennt, daß die vielen geisterhaften Bilder seiner selbst Spiegelungen sind, genauso wie die nadelscharfen zuckenden Lichter, die ihn an pfingstliche Feuerzungen erinnern, Reflexionen der Kerzenflammen darstellen, die in ihrem Zimmer brennen. Der ganze Raum ist mit Spiegeln ausstaffiert wie eine Kirmesbude.

»Es geht mir schon besser«, sagt sie. »Am Freitag gehe ich wieder zur Schule.«

Sam tastet nach der Tür hinter sich. »Ich dachte mir, du würdest die Ergebnisse wissen wollen. Hoffentlich geht es dir bald besser.«

Einen Augenblick lang schaut sie ihn direkt an. Ihr Gesicht ist wie ihr Spiegelraum, eine zusammengesetzte Mischung aus Ärger, Scham und Angst. Sogar sich selbst sieht er dort reflektiert, ein verzerrtes, krötenartiges Monster. Wie ein wildes Tier, das sich in seine unterirdische Höhle zurückzieht, verschwindet sie hinter ihrer Schlafzimmertür.

Sam geht wieder hinaus in die Winternacht.

12

Die Kerzenflamme flackert, als sie ihre Zigarette mit zitternden Händen entzündet

Tony tritt die Tür auf, sie läßt Kippe und Kerze fallen, und er schlägt ihr in den Magen. Sie fällt würgend und hustend aufs Bett.

»Warum ist das Großmaul hergekommen? Um deine Temperatur zu messen?«

Ängstlich darauf bedacht, ihn nicht durch abwehrende Haltung zu provozieren, wischt sie sich die Nase mit dem Unterarm ab und schützt so ihr Gesicht, wenn auch nur für einen Sekundenbruchteil. Selbst diese minimale Deckung hilft, ihre Nerven zu beruhigen.

»Ich weiß nicht. Er ist geistig ziemlich zurückgeblieben. Blöd wie einer von diesen Irish Setters. Er kann eine Frisbee-Scheibe fangen wie ein Frosch eine Fliege, aber wenn er sie hat, weiß er nicht, was er damit machen soll.«

Zur Erleichterung der Mutantin lacht Tony.

»Ja, ich kann mir richtig vorstellen, wie er zwischen deinen Beinen liegt.« Diese Vorstellung amüsiert Tony derart, daß er sie weiter ausarbeitet. »Lieber Himmel, er und du, das wäre schon sehenswert. Ein Bernhardiner, der eine von diesen frechen kleinen Ratten bespringt – wie heißen die noch gleich?«

»Chihuahuas«, murmelt sie.

Tony umklammert ihr Handgelenk. »Warst du am Wochenende bei dem Großmaul, als du nicht heimgekommen bist?«

»Bei J.C., ich war Freitag Nacht bei J.C. Ich hab' mich nur vollaufen lassen, Tony. War völlig zu. Sonst nichts.«

»Dieser kleine Scheißer Chapin. Wenn er nicht mit gutem Stoff handeln würde, müßte ich ihm seinen verdammten Arsch aufreißen. Schaut er gern zu? Ist es das? Du läßt dich vögeln, und er schaut zu? Hältst du mich für blöd oder was? Ich weiß, was du da treibst. So bedankst du dich für alles, was ich für dich getan habe. Ich gebe dir ein Dach über dem Kopf, ich füttere dich, ich sorge für dich, und ich liebe dich mehr als deine Mutter. Und du hurst herum. Genau wie deine Mutter.«

Die Mutantin schlingt die Arme um Tonys Hüften. »Nein, Tony, das tue ich nicht.«

Tony drückt ihr Gesicht gegen seinen Schwanz. »Glaubst du, irgendwer würde jemals so gut zu dir sein? Du bist doch innerlich genauso häßlich wie von außen. Wenn das Großmaul nochmal herkommt, zerschlage ich dir das Gesicht.«

Außer sich vor Angst reibt die Mutantin ihr Gesicht an seiner Erektion. »Er wird nicht nochmal herkommen, Tony. Das verspreche ich.«

Tony stößt sie weg. »Die Scheißkerze brennt den Boden an.«

Hastig hebt die Mutantin Kerze und Zigarette auf. Die Bodenfarbe wirft bereits Blasen.

»Gib mir die Kerze.«

Sie reagiert nicht schnell genug, und er entreißt ihr die Kerze, packt sie im Nacken und drückt ihr Gesicht auf eine der Brandblasen hinunter. Sie ist noch heiß.

»Leck das ab«, sagt er.

Sam bemerkt im Vorbeifahren, daß im Rathaus noch Licht brennt und daß der Wagen seines Vaters mit ein paar anderen Autos auf dem Parkplatz steht. Er betritt sein Heim durch die Küchentür. Sein Essen steht auf dem Küchentisch.

Von oben klingt es nach Indys Badestunde: Platschen und Schnaufen und Pearls Stimme, die singt:

Sie trank all das Wasser,
sie aß all die Seife.
Sie wollte die ganze Wanne essen,
doch die war viel zu groß.

Er schlüpft am Badezimmer vorbei in seinen Raum und läßt sich erschöpft aufs Bett fallen. Ein unangenehm klebriges Spinnennetz sitzt hinter seinen Augenlidern und in seiner Kehle. Entweder ist das schon eine Nachwirkung des Hustensaftes, oder ein Weinkrampf wartet auf seinen Einsatz.

Einige Zeit später wird er sich vage der Gegenwart seines Vaters bewußt, der auf der Bettkante sitzt und ihm die Haare zurückstreicht, um auf seiner Stirn die Temperatur zu prüfen. Im Wegdämmern verhakt er seine Finger mit denen des Vaters. Er ist ein großer, starker Junge, der genauso schnell und leicht einschläft wie ein Kind. Als sein Vater die Decke über ihm ausbreitet, atmet der Junge in seinem übergroßen Männerkörper tief und seufzend ein und vergräbt sich in der wohligen Geborgenheit.

An Händen und Füßen gefesselt, strampelt er verzweifelt, um sich aus dem Gewirr der Decken zu befreien, die ihn mit ihrem Gewicht in den Alptraum zurückzudrücken versuchen. Bei seinem plötzlichen Erwachen sitzt die Dunkelheit wie ein übelwollender Sukkubus auf seinem Zwerchfell. Er ist naß und eingewickelt in feuchtes Leinen. Schweiß – nur Schweiß. Seine Magenmuskeln zittern vor Erleichterung, daß er nicht ins Bett gepinkelt hat. Der Kopfhörer ist verrutscht und drückt gegen seinen Nacken. Ein Blick auf die Uhr: Mitternacht ist gerade erst vorbei, er hat also gar nicht sonderlich lang geschlafen.

Dann hört er die beiden, ihre tiefe Ekstase. Die keuchende Stimme seines Vaters, dann ihre Schreie. Er legt die Kopfhörer ab, rollt sich auf die Seite und zieht das Kissen über den Kopf. Unten im Wohnzimmer flüstern sein Vater und Pearl miteinander.

Donnerstagmorgen ist Sams Erkältung auf dem Rückzug. Als er im Gewichteraum trainiert, hat er das Gefühl, immer noch Gift auszuschwitzen. Es ist, als wäre er zusammengestaucht gewesen und müsse sich jetzt wieder auf seine normale Größe ausdehnen.

Während er Rick zuschaut, lauscht er Chapin, der den Leuten rings um die Soloflexmaschine, an der er trainiert, etwas erzählt. Chapin, der den im Raum umherstreifenden Assistenztrainer im Auge behält, spricht mit gedämpfter Stimme, so daß die Einzelheiten nicht immer klar verständlich sind, doch das Thema ist klar. Die Mutantin und Lexie Michaud, Debs kleine Schwester. Lieber Himmel, Lexie ist im ersten Jahr auf der High-School!

Die Mädchen hatten gleich am Mittwochmorgen das Training wieder aufgenommen, um die Niederlage möglichst schnell zu vergessen. Die Lungenentzündung der Mutantin und die daraus für die Mannschaft entstandenen Folgen interessieren Chapin nicht. Deanie dient ihm lediglich für seine eigenen schmutzigen Geschichten. Die Mutantin ist auch nicht die Einzige, deren Ruf der kleine Wichser zu ruinieren versucht.

Als Chapin hinausgeht, fällt sein Blick auf Sam.

Sam nickt mit dem Kopf in Richtung Korridor. »Auf ein Wort.«

»Ich kann meine Zeit nicht mit unnützem Mist vergeuden, Sam!«

Doch Sam ist beruhigend ernst. Er wirkt wie jemand, der ein Geschäft abschließen will. »Keine Sorge«, sagt er.

Der leere Korridor ist nur ein paar Schritte entfernt.

»Was gibt's?« fragt J.C., als sie dort sind. Er klopft seine Kleidung nach Zigaretten ab, bis ihm einfällt, daß er Sportsachen anhat.

»Du und die Gauthier, ihr seid richtig gute Kumpel, stimmt's?« fragt Sam zögernd. »Ihr hängt zusammen 'rum, geht auf Feten, solche Sachen eben, wie?«

Neugier und Vorsicht wechseln einander auf Chapins Zügen ab. Er hat keine Lust, nochmal auf Sams Darbietung eines Dorftrottels hereinzufallen. Beim letzten Mal, als er sich mit Samson über die Mutantin unterhielt, hat der Kerl ihn schwer reingelegt. Um Zeit zu gewinnen, damit er herausfinden kann, nach welchem Drehbuch diesmal gespielt wird und welche Rolle für ihn vorgesehen ist, verlegt er sich zunächst auf freundliches Geplauder. »Ich selbst habe nicht mit ihr gesprochen, aber Grey hat gestern abend mit ihr geredet. Sie sagt, es ginge ihr besser. Aber sie ist sauer, weil die Mädchen verloren haben.«

»Ja, das tat weh«, stimmt Sam zu.

Chapin, der immer noch auf der Hut ist, nickt mitfühlend.

Sam lehnt sich gegen die Wand und betrachtet die Spitzen seiner neuen Schuhe. »Ein paar Leute geben ihr die Schuld an der Niederlage, weil sie krank war, als ihr Team sie brauchte. Sie behaupten, sie hätte einfach zuviel herumgemacht.«

J.C. lacht.

Als er so neben Sam steht, wird ihm plötzlich die physische Präsenz seines Gegenübers bewußt. Wieviel Raum dieser Gorilla einnimmt! Der Schweiß bricht ihm aus, und er fängt hastig an zu sprechen. »Ja, gut. Freitagnacht war wirklich was los, gar keine Frage. Sie war schon zugedröhnt, als ich sie abgeholt habe. Und das war erst der Anfang. Aber ich hätte nie geglaubt, daß sie krank wird.«

Sam starrt in Chapins typisch amerikanisches Jungengesicht. Gute Zähne, zarte Haut, wohlgenährt, muskulös und freundlich, ein verwöhntes Kind des Wohlstandes. Das gekräuselte, regenbogenfarbene Haar wirkt wie eine fröhliche Flagge. Der Drang, dies hübsche Gesicht mit einem Fausthieb zu verunstalten, ist fast unwiderstehlich.

Statt dessen gibt sich Sam vertraulich. »Wenn man im Büro erfährt, daß die Gauthier am Freitag mit dir auf einer Fete war, könnte es sein, daß sie einen Drogentest für sie ansetzen. Du bist ihr Freund, also wirst du auch wollen, daß sie sauber bleibt, damit sie weiterhin tun kann, was sie am liebsten macht – Basketballspielen nämlich.«

J.C. schüttelt den Kopf. Also wirklich! Es ist schließlich Sache der Mutantin, ob sie einen Drogentest bestehen kann oder nicht. Sie kann ja auch einfach nein sagen. Dieser stupide Ballspieler scheint nicht zu kapieren, daß sie sich genauso gern zudröhnt, wie sie Basketball spielt. Möglicherweise ist ihr das sogar lieber als das Spiel.

»Außerdem fragt dann auch niemand, wo zum Teufel sie den Stoff herbekommt, den du ihr besorgst«, fährt Sam fort.

Chapins Lächeln gefriert. »Was soll dieser Scheiß?« protestiert er. »Du tust so, als wäre Deanie ein Junkie und ich der böse alte Pusher, der auf dem Schulhof herumlungert. Sie will einfach ein bißchen Spaß haben, was ist schon dabei?«

Sam spricht mit leiser Stimme. »Ich sage dir, was dabei ist. Halt deine blöde Klappe, Chapin, sonst muß ich nämlich meine eigene aufreißen.«

»Ach, leck mich doch. Vielleicht machst du ja eines Tages deine Sporttasche auf, und es fällt etwas Koks heraus.«

Mit einer überraschend schnellen Bewegung drückt Sam Chapin mit einer Hand gegen die Wand. Der Aufprall preßt J.C. die Luft aus den Lungen. Sam schiebt seinen Kopf dicht vor Chapins Gesicht.

»Und vielleicht darfst du mal einen Baseballschläger verschlucken«, sagt er. »Probier es ruhig aus. In meinem ganzen Leben wollte ich noch niemanden so fertigmachen wie dich.« Er preßt ihn immer noch gegen die Wand und hebt ihn dabei empor, bis sich sein Mund direkt neben J.C.s Ohr befindet. »Sorg dafür, daß sie clean bleibt, oder du darfst deinen eigenen Schwanz rauchen, Pißkopf.«

Der Assistenztrainer eilt aus dem Gewichteraum. »Was zum Teufel ist hier los?«

Sam läßt Chapin auf den Boden herab.

Mürrisch sagt J.C.: »Gar nichts.«

Sam lächelt und klopft Chapin auf den Kopf. »Chapin meinte, er wäre gern etwas größer. Da wollte ich ihm behilflich sein.«

»Erspar mir diesen Scheiß«, grollt der Assistent. »Styles, ich darf dich daran erinnern, daß du schon eine Verwarnung kassiert hast. Möchtest du unbedingt für längere Zeit Urlaub machen?«

Am nächsten Morgen ist es so kalt wie in einer Kühltruhe. Die Mutantin ist zu Fuß die ganzen vier Meilen von der Depot Street aus hergelaufen. Sie und Sam kommen gleichzeitig an der Einfahrt zur Greenspark Academy an. Sam murmelt ungläubig vor sich hin, während er sich ihrem Tempo anpaßt. Er beugt sich über den Sitz, um die Tür aufzustoßen. Die Mutantin ignoriert ihn.

»Komm schon«, sagt er. »Du bist weit genug gelaufen.«

»Die paar Meter werden mich auch nicht umbringen.«

»Sollen wir wetten?«

Hochnäsig akzeptiert sie seine Hilfe und klettert auf den Sitz. Sie atmet, als würde ihr das Schmerzen bereiten.

»Hast du niemand gefunden, der dich mitnimmt?«

»Klar doch«, meint sie und schaut aus dem Fenster. »Ich hatte acht oder neun Angebote. Aber es ist ein schöner Tag, und ich kann das Training brauchen.«

Sein Blick gleitet über sie. Sie sieht noch immer krank aus. Vielleicht ist das der Grund, warum er nicht von einem Gefühl plötzlich aufbrandender Lust geplagt wird, sondern lediglich von einer gewissen Ungläubigkeit darüber, daß überhaupt mal etwas zwischen ihnen geschehen ist. Möglicherweise war es ja auch nur etwas in der Art, wie sich elektrische Spannung zwischen zwei Polen manifestiert. Seine angestaute Frustration muß sich schließlich irgendwo entladen, und sie ist immerhin eine Frau, auch wenn sie alles in ihrer Macht Stehende tut, um den gegenteiligen Eindruck zu erwecken.

»Ist alles in Ordnung mit dir?«

Diese Frage hält er noch für zulässig. Immerhin hat er aufgehört, ihr ständig zu erklären, sie gehöre nicht hierher, sondern ins Bett.

Sie zuckt die Schultern.

»Deine alte Stelle ist noch offen«, fährt er fort. »Sprich deswegen mal mit Mrs. H. Vielleicht kannst du nächste Woche wieder dort anfangen, wenn du dich bis dahin entsprechend fühlst.«

Als er zu ihr hinüberschaut, hält sie den Kopf gesenkt, und er kann nicht einmal erkennen, ob sie zuhört. Die Spitzen ihres Haarschopfes zittern ein wenig, als sie aus dem Fenster schaut. Sie springt aus dem Wagen, sobald er anhält.

»War mir ein Vergnügen!« ruft er hinter ihr her.

Sie hält lange genug inne, um ihm zwei hochgereckte Mittelfinger zu präsentieren.

Rick holt Sam am Rande des Parkplatzes ein. »Habe ich da

gerade ein häßliches, bösartiges Weibsstück aus deinem Wagen steigen sehen, oder bin ich nur auf einem Nachtrip?«

»Die Mutantin ist wieder da«, grinst Sam. »Und bösartiger denn je.«

»Dieser Tag fängt ja richtig gut an.«

Er hält den Basketball in der linken Hand, schließt mit der anderen die Tür zur Gerätekammer und riskiert, gewissermaßen als wissenschaftliches Experiment, einen Blick auf sie. Sie hakt gerade die Ketten zwischen ihren Beinen ab. Mit wachsender Freude stellt er fest, daß er diese Handlung lediglich als mechanische Operation betrachtet, die ihn keineswegs erregt. Mit den Ketten in der Hand hebt die Mutantin den Blick und schaut ihn an. Ihre Gesichtszüge bleiben ausdruckslos. Auch in ihrer Körpersprache deutet nichts auf Leidenschaft oder Willigkeit hin. Sie hat ihn schlicht beim Glotzen erwischt, und ihre Augen funkeln ironisch.

Doch kurz darauf hockt sie an der Seitenlinie, und ihr Körper wird von einem Hustenanfall geschüttelt. Sie verbirgt das Gesicht hinter ihren Armen. Sam bringt ihr wieder sein altes Sweatshirt, und sie akzeptiert wortlos, daß er es ihr über den Kopf zieht. Am Ende des Trainings ist sie verschwunden, und das Sweatshirt mit ihr. Dann kriegt er es eben später zurück. Was kann sie schon damit anfangen? Sich die Nase damit putzen? Einen Voodoo-Zauber über ihn sprechen?

An der Tür der Sporthalle holt Sam die kleine Nat ein.

»Hör mal, die Gauthier ist heute morgen den ganzen Weg zu Fuß gegangen«, sagt er. »In dieser Jahreszeit sollte sie keine vier Meilen marschieren müssen, jedenfalls nicht, nachdem sie eine Lungenentzündung gehabt hat. Ihr braucht sie gesund, Nat. Vielleicht könnt ihr Mädchen sie abwechselnd mitnehmen?«

Noch bevor er den Satz ganz ausgesprochen hat, verschränkt Nat die Arme vor der Brust und schüttelt den Kopf. »Nicht mit mir, mein Lieber. Meine Mutter ist davon überzeugt, daß die Mutantin eine Satanistin ist. Wenn sie herausfindet, daß ich sie mitnehme, schleppt sie mich in die Kirche und läßt dort einen Exorzismus an mir vornehmen. Außerdem darf ich dann wahrscheinlich nicht mehr aus dem Haus gehen. Warum fährt die Mutantin nicht mit ihren Drogenfreunden?«

»Von denen steht keiner so früh auf. Außerdem, je weniger Zeit sie mit diesen Typen verbringt, desto größer ist die Wahrscheinlichkeit, daß sie gesund genug zum Spielen bleibt. Und daß sie nicht vorzeitig von der Schule fliegt.«

Nat zuckt mit den Schultern. »Du mußt doch sowieso quer durch die Stadt. Warum nimmst du sie nicht mit?«

Sam hat gehofft, sie würde diese Frage nicht stellen. Gegen seinen Willen wird er rot.

Nat grinst über sein Unbehagen. »Na, komm schon, Sam. Du bist größer als sie, du kannst dich sicher gegen sie wehren. Übrigens, warum hast du mich seit letztem Sommer nicht mehr eingeladen? Hast du etwa geglaubt, ich ginge mit jemand anderem?«

Er kann ihr nicht in die Augen schauen und starrt statt dessen auf seine großen Füße.

»Vielleicht, wenn die Saison vorbei ist«, murmelt er. »Du weißt ja, wie es ist. Keine Zeit.«

»Klar«, sagt sie. »Es ist eine Schande, nicht?«

Sam vermutet, daß sie damit die Mutantin meint. Er weicht etwas zurück und knallt gegen einen Spind.

»Ich muß noch mit jemand reden«, sagt er.

Er läuft zum Trinkbrunnen, feuchtet seine Kehle an, atmet tief durch, wischt sein verschwitztes Gesicht ab, und dann läutet schon die Glocke zur erste Stunde.

In der Pause spricht er die Jandreau-Zwillinge an.

»Auf gar keinen Fall«, sagen sie im Chor und brechen dann in heftiges Gekicher aus. »Du willst mich wohl verscheißern«, schnappt Melissa. »Entschuldige, aber ich muß kotzen«, fügt Melanie hinzu.

Deb Michaud steht direkt hinter ihnen.

»Frag Deb«, sagt Melissa. »Sie wohnt ganz in der Nähe der Mutantin.«

Während die Zwillinge schadenfroh zuschauen und sich dabei gegenseitig in die Rippen stoßen, startet Sam einen Versuch bei Deb Michaud.

Sie blickt ihn fassungslos an. »Ich soll diese Schlampe mitnehmen? Wenn ich sie auf der Straße sehe, trete ich aufs Gas und fahr sie platt.«

Rick drängt sich durch die aus den Klassenzimmern strömenden Schüler, während die drei Mädchen fortgehen und dabei die Köpfe zusammenstecken. Sie blicken zu Sam zurück, mit einer deutlich sichtbaren Mischung aus Spott und Verachtung.

»Was hast du gemacht, Sambo?« fragt er. »Hast du Deb und die M&Ms zu einer Schwarzen Messe eingeladen?«

Sam beachtet ihn nicht. Es muß doch irgend jemand im Mädchenteam geben, der die Mutantin nicht derartig haßt. Doch er macht sich nur lächerlich bei dem Versuch, ihr eine Fahrgelegenheit zu verschaffen. Entmutigt unterwirft er sich seinem Konditionstraining und hofft, daß irgendwo aus dem Nichts doch noch eine Antwort kommt.

Die Mutantin geht vom Feld und setzt sich auf die Bank, allerdings abseits von ihren Teamkameradinnen. Die Mädchen spielen auch ohne sie mehr als gut. Sie überrennen die Raiders. Vom üblichen Händeklatschen und Schulterklopfen nach dem Sieg bleibt die Mutantin ausgenommen. Als dann auch die Jungs gewinnen, zeigen die Mädchen den gleichen Enthusiasmus wie zuvor, was Sam in seiner Überzeugung bestärkt, das beste Ergebnis des morgendlichen Trainings sei die gegenseitige Unterstützung. Wichtig ist jetzt aber, die Mutantin nicht zu isolieren. Als er sich ihr mit einem ermutigenden Lächeln nähert und ihr seine Hand zum Abklatschen anbietet, wirbelt sie herum und marschiert davon.

Bei der Abfahrt fallen die ersten Schneeflocken, und als die Busse die Greenspark Academy erreichen, kommen sie nur noch mühsam vorwärts. Der Parkplatz ist noch nicht geräumt worden, und in dem schweren, nassen Schnee hinterlassen Busse und andere Fahrzeuge tiefe Spuren. Die Feuchtigkeit dringt durch seine neuen Sportschuhe – seine Stiefel liegen in der Kabine des Trucks, wo sie nun überhaupt nichts nützen. Doch er streckt zufrieden seine Zunge heraus, um den Schnee zu schmecken. Was für ein Glückstreffer dieser kleine Schneesturm doch ist. Auf seinem Konto herrscht schmerzliche Leere. Da die Schule vorerst vorbei ist, kann er nun, wenn es sein muß, die ganze Nacht durcharbeiten.

Am Straßenrand kämpft die Mutantin mit dem schlüpfrigen Boden und mit Gegenwind. Ihr Blickfeld wird durch den wirbelnden Schnee genauso eingeschränkt wie durch den Matsch, den der vorbeifahrende Verkehr hochschleudert.

Mit einem Seufzer lenkt Sam den Truck zu ihr hinüber und läßt sie einsteigen.

Er muß einen Wagen von UPS und Ricks Skylark vorbeilassen, bevor er sich wieder in den Verkehr einfädeln kann. Rick winkt ihm zu und schenkt ihm ein spöttisches Grinsen.

»Wie geht's dir?« fragt er, als sie sich auf den Sitz kauert und auf etwas Wärme aus dem Gebläse wartet.

»Beschissen.« Sie zuckt die Schultern. »Du hörst dich selbst verschnupft an.«

»Ich habe deine Erkältung erwischt«, gibt er zu.

»Aber du hast gespielt.«

Er wühlt in den Kassetten und schiebt die erste, die ihm in die Hand kommt, ins Gerät. The Dharma Bums. »Pumpkinhead.«

»An dem Tag, als ich auf der Tribüne über dich gefallen bin, habe ich mich genauso gefühlt«, gesteht er.

Sie schiebt ihren Kopf vor, um besser zuhören zu können.

Im Rückspiegel erhascht er einen Blick auf Nats Honda. Scheiße. Er könnte genausogut *Mutantenmobil* an die Seite des Trucks pinseln. Sam macht jetzt genau das, was er eigentlich nicht tun wollte, aber er kann sie nicht einfach am Straßenrand zurücklassen, halb krank wie sie ist. Warum, zum Teufel, ist sie nicht einfach zuhause geblieben?

»Vielleicht solltest du während der freien Tage nicht unbedingt trainieren«, sagt er.

»Ich werde kommen.«

Schön. Und er darf ihren blöden Arsch dann hin und her transportieren.

»Ich habe heute versucht, eine Mitfahrgelegenheit für dich zu organisieren, damit du in dieser Kälte nicht zu Fuß laufen mußt. Weißt du, daß keine von deinen Teamkameradinnen bereit war, dich mitzunehmen?« Er will nicht ärgerlich klingen, doch genauso kommt es heraus, und er stellt fest, daß er wütend ist. Noch ärgerlicher macht ihn allerdings der Umstand, daß er nicht in der Lage ist, seine Gefühle zu kontrollieren. »Lieber Himmel, du bist ihr Star, und du kannst in dieser lausigen Kälte auf keine von ihnen zählen. Von deinen Kiffer-Freunden wird dich auch keiner mitnehmen, oder?«

Das Gesicht der Mutantin wird hart. »Ich habe Freunde! J.C. ist mein Freund. Und Grey auch. Sie sind nur nicht so borniert wie du. Du hältst dich ja für was Besseres, du blöder Sack!«

»Tolle Freunde. Grey hat noch nie zugeschaut, wenn du gespielt hast. Und Chapin nutzt dich aus. Er schert sich nicht einmal darum, ob du aus dem Team fliegst oder nicht, so ein guter Freund ist er.«

Sie hebt den Basketball vom Kabinenboden auf und tippt ihn gegen das Armaturenbrett. »Du bist eifersüchtig auf ihn.«

»Eifersüchtig!« Sam zeigt mit dem Finger auf sich. »Eifersüchtig! Weshalb denn? Wegen dir?«

Sie kniet sich auf den Sitz, wendet sich zu ihm hin, öffnet ihre Jacke und rafft die Hemden im Rücken zusammen.

»Ja, natürlich wegen mir. Warum sonst tust du mir all diese Gefallen, um die ich gar nicht gebeten habe?« provoziert sie ihn.

Er schüttelt ungläubig den Kopf.

Langsam spreizt sie ihre Schenkel, bis ihr Dreieck genau auf dem Ball ruht. Dann beginnt sie darauf zu schaukeln.

Sam zieht ihr mit einer Hand den Ball weg und wirft ihn auf den Boden. »Laß das sein, Deanie.«

Sie rutscht auf den Knien über den Sitz zu ihm hinüber, bis ihr mit Ketten behängter Unterleib gegen seinen Unterarm drückt. Er zieht den Arm weg und starrt auf die Straße. »Du kannst nicht mit deinen Titten vor einem Burschen herumwackeln und dann erwarten, daß er keine Reaktion zeigt. Sowas ist unfair. Ich will nicht diese Art von Beziehung zu dir haben. Was ist eigentlich mit dir los? Weißt du nicht, wie man mit einem Jungen befreundet sein kann, ohne mit ihm zu vögeln?«

Sie grinst. »Jungs wissen nicht, wie sie mit einem Mädchen befreundet sein können, ohne zu vögeln, du Knallkopf. Der beste Beweis dafür sitzt gerade jetzt hinter dem Steuer dieses Wagens. Sei mal realistisch, du Penner.«

Ihre Hand fällt auf seinen Schenkel, und er schiebt sie weg. »Hör auf damit. Ich bringe dich nach Hause, und mehr wirst du von mir nicht kriegen.«

Sie hockt sich auf ihre Fersen, ist ihm aber immer noch zu nahe.

»Hältst du mich für häßlich?«

»Nein! Lieber Himmel, nein.«

Er erkennt, daß er das wirklich meint und schaut lange genug von der Straße weg, um sie anzusehen. Nicht häßlich. Selbst ihr Kopf erscheint ihm nicht mehr häßlich. Der rasierte Schädel ist genauso glatt wie eine Eierschale, die Ketten unterstreichen die Kurven ihrer Ohren, und der Ring in ihrer Nase bildet dazu einen geheimnisvollen Gegenpol. Heute Nacht scheinen die Ketten das zarte Porzellan ihres kindlichen Gesichtes vor dem Zerbrechen zu schützen. Er läßt die Fingerspitzen ihren Arm hinaufgleiten, folgt der Linie des Halses und birgt ihren Kopf in seiner Hand, um ihn an seine Schulter zu ziehen. Wenn sie atmet, kann er das Rasseln in ihren Lungen hören. Die Stelle in seiner Brust, in der der Ärger saß, ist wieder leer. Er holt tief Luft, spreizt seine Hand über ihrem Gesicht, berührt die Ketten, die Haut.

»Du bist schön, Deanie. Ich weiß nicht, wieso, aber es stimmt.«

»Und wo ist dann das Problem?«

»Ich habe es noch nie gemacht«, bekennt er.

Mit einem leisen, kehligen Lachen leckt sie wie ein Kätzchen seine Handfläche ab.

Zögernd legt er seine Hand aufs Steuer zurück. Sie hat es wieder geschafft. Die Mutantin ist nicht schön, sagt er sich selbst. Sie ist ein Freak. Manches an ihr ist schön, gibt er zu. Ihre Haut und ihre Hände, die Augen und die Augenbrauen, ihr Mund, ihre Brüste, ihre Körper. Na gut, das war's dann aber schon.

»Du brauchst es«, erklärt sie mit der gleichen Bestimmtheit wie eine Mutter, die einem widerspenstigen Dreijährigen

Spinat aufdrängen will. »Kein Wunder, daß du immer so komisch bist.«

Wenigstens lacht sie nicht.

Er hat Magenschmerzen vor lauter Aufregung. »Das wird nicht geschehen«, sagt er sowohl zu ihr wie zu sich selbst. »Setz dich jetzt rüber auf deine Seite.«

»Warum nicht?«

Die quengelig vorgebrachte Frage erregt erneut seinen Ärger. »Vielleicht, weil ich nicht auch einer von den Burschen sein will, die im Umkleideraum damit prahlen, mit dir gevögelt zu haben. So wie diese Ratte Chapin, der Witze darüber macht, wie du ihm einen geblasen hast.«

Als ob das scharfe Luftholen ihr Schmerzen bereiten würde, kreuzt sie die Hände vor dem Brustbein und schreckt vor ihm zurück.

Es ist wahr, will Sam sagen, doch seine Kehle reagiert nicht richtig. Was er herausbringt, ist lediglich Gemurmel. Er bezweifelt, daß sie hören kann, wie er sagt, es täte ihm leid.

Plötzlich schnappt sie sich den Basketball und wirft ihn ihm an den Kopf.

Für einen Moment spürt er nur den plötzlichen Schmerz an seinem Ohr, der ihn dazu bringt, das Lenkrad zu verreißen. Der Truck kommt ins Rutschen. Er blinzelt die Schmerztränen aus seinen Augen und gewinnt die Kontrolle zurück. Mühsam biegt er in die Depot Street ein, während sich hinter seinen Augen Kopfschmerz zusammenballt.

Sie weint leise. Ihre Schultern sind hochgezogen, und sie wischt ihr Gesicht mit dem Handrücken ab. Großartig. Er hat sie wieder zum Heulen gebracht. Offenbar hat er da die Begabung seines Lebens entdeckt. Das Licht der Straßenlaternen spült mit der Intensität von Röntgenstrahlen über sie hinweg, hinterläßt sie mehr als bloßgestellt, mehr als nackt, fast schon durchsichtig. Als er den Arm ausstreckt, um sie zu berühren, schlägt sie seine Hand weg. Plötzlich greift sie nach ihrer Tasche und rutscht zur Beifahrertür hinüber.

»Einen Moment, warte, was machst du da?«

Sie drückt den Türgriff hinunter, preßt die Tasche gegen sich und stolpert aus dem Wagen. Er schnellt sich quer über den Sitz hinter ihr her. Als seine Füße den Boden berühren, finden sie keinen Halt, sondern rutschen einfach weiter. Sam greift nach der offenen Tür und hält sich für eine Sekunde daran fest. Doch sein Gewicht drückt die Tür nach außen, und er fällt in den Matsch; wild um sich schlagend landet er auf dem Bürgersteig. Seine weit aufgerissenen Augen spiegeln das Licht der Laternen wie Scheinwerfer.

In einem Wirbel weißer Flecken verschwindet die Welt; als würden Farbe, Form und Substanz der Realität sich ablösen wie brüchige Tapete von einer Wand und dabei das schwarze Universum dahinter enthüllen. Das Laternenlicht zersplittert in zahllose leuchtende Funken, wie flackerndes Kerzenlicht, das in Spiegeln reflektiert wird. Dann wird Sam klar, daß er mit dem Rücken im nassen, kalten Schnee liegt. Flokken bedecken seine Wimpern und blenden ihn. Er schmeckt sie auch in seinem Mund, als er tief Luft holt, um wieder zu Atem zu kommen. Sam spürt auch den Geschmack von Blut, offenbar hat er sich in die Zunge gebissen. Seine Schulter ist verrenkt, und sein Hinterkopf fühlt sich an, als hätte er einen Schlag erhalten. Er schaut hinauf in die herabfallenden Flocken. Langsam rollt er sich herum und hievt sich auf die Füße. Als er seinen Hinterkopf berührt, sind seine Finger naß und rot. Eine zweite Berührung macht klar, daß er sich zwar den Kopf aufgeschlagen hat, die Wunde jedoch nur etwa einen Zentimeter lang ist.

Deanie ist fort, verschwunden im Schnee. Inzwischen sicher schon daheim. Scheiße, er hat vergessen, sie zu bitten, ihm sein Sweatshirt zurückzugeben. Es ist sein Lieblingsshirt; ursprünglich gehörte es seinem Vater. Frankie schenkte es Reuben zu Weihnachten, und ein paar Jahre später holte Sam es aus dem Trockner, als er verzweifelt nach sauberen Klamotten suchte. Eine Zeitlang neckten sich die beiden, indem sie es sich gegenseitig aus dem Wäscheschrank klauten, doch als Reuben merkte, wie sehr sich Sam ihm verbunden fühlte, wenn er es trug, überließ er es ihm schließlich ganz. Und etwas später war es dann einfach nur noch ein Sweatshirt unter vielen. Er mag nur den Gedanken nicht, daß er es jetzt vielleicht für nichts und wieder nichts verloren hat.

13

Die Mutantin richtet sich in ihrem Bett auf. Sie schlägt auf eine Falte im Bettlaken. Noch immer spürt sie den Schmerz in ihrer Brust, als seien ihre Rippen aus Glas.

Ist er wirklich aufgestanden? Sie hat das gesehen, als sie sich an der Straßenecke umschaute. Oder ist er verletzt? Nein, er ist aufgestanden und weggefahren. Scheiß drauf.

Wenn sie nicht ständig seinen Sturz vor Augen hätte, könnte sie vielleicht einschlafen. Ein bißchen Shit wäre da hilfreich, doch das wenige, das sie besitzt, ist in der Fabrik versteckt, wo Tony nicht drankommen kann. Sie rollt sich zusammen und zieht die Decke über den Kopf.

Nach einer Weile beginnt es sich in ihrem Kopf zu drehen, und sie hat das Gefühl zu fallen. Sie kann sich selbst sehen, wie sie als erste in einer endlosen Kette stürzender Mutantinnen hinabfällt. Ihr Ich zersplittert kaleidoskopartig, und sie schließt die Augen vor dem Schwindelgefühl, vor allem aber, um nicht die Klinge zu sehen, die wie das Blinzeln eines gläsernen Augenlides herabfährt. Langsam kommt sie zur Ruhe, setzt sich wieder zu einer einzigen Person zusammen und ruht in einem Bett aus unschuldigem Schnee. Das Bett ist kalt und besteht aus winzigen, kristallinen Federn, aus gläsernen Tränen, die aus den blinden Augen des Mondes herabtropfen.

Obwohl er noch spät gearbeitet hat, ist Sam Samstagmorgen als erster im Versammlungshaus. Der kleine Riß in seiner Kopfhaut ist etwas empfindlich und die Schulter ein wenig steif; doch vermutlich nicht annähernd so schlimm, wie es geworden wäre, wenn er sie nicht bei der nächtlichen Arbeit in der Garage so oft wie möglich beansprucht hätte. Er testet die Schulter und macht Ballübungen. Sam dribbelt, läuft, spurtet und wirft Pässe. Er erkundet jeden Zentimeter des Balls, betastet ihn, bringt ihn in seine Umlaufbahn, läßt ihn auf den Sonnenwinden reiten und beamt ihn zurück. Als die anderen Jungs auftauchen, ist er aufgewärmt und locker. Er spürt seine Schulter noch, aber sie behindert ihn nicht mehr.

»Kommst du auch zum Tanz?« erkundigt sich Rick.

Es ist der Weihnachtstanz, ein wichtiges Ereignis. Er sollte sich zumindest vorübergehend den Gepflogenheiten der anderen Jungs anpassen.

»Ich wollte gehen, aber mein Vater ist krank. Hat sich an meiner blöden Erkältung angesteckt. Ich werde mindestens bis zehn Uhr arbeiten müssen.«

Rick schaut zweifelnd drein. »Dann sorg heute selbst für dein Mittagessen. Ich habe keine Zeit, zum Essen zu gehen, weil ich selbst arbeiten muß.«

Sam spürt, daß die anderen Jungen ähnlich denken. Die meisten von ihnen sagen das ansonsten übliche Frühstück im Diner ab, ohne ihm dabei in die Augen zu schauen. Rauhes Gelächter dringt von Fosse herüber, der mit gebeugtem Kopf eine Bemerkung zu Dupree macht. Vielleicht geht es nicht um mich, denkt Sam, doch dann schaut Pete zurück, und Sam weiß, daß sie doch über ihn geredet haben.

Was die Sache so unfair macht, ist der Umstand, daß er diesmal wirklich zu dem blöden Tanz gehen wollte. Nat war ihm gegenüber ziemlich direkt. Möglicherweise würde sie allein dort sein –, soweit er gehört hat, geht sie zur Zeit mit niemandem – und sie könnten… tanzen oder so. Sie könnten über Basketball reden, sich miteinander vertraut machen, und vielleicht würde er sie ins Kino einladen.

Draußen ist es milder geworden, wie es häufig nach einem Schneesturm vorkommt. Es sieht auch nicht so aus, als würden die paar Zentimeter, die gefallen sind, liegenbleiben. Die Straßen sind schon fast wieder frei, leuchten schwarz mit ein paar Streifen darin, und auf dem Boden rings um die Garage sind einige Pfützen entstanden.

»Gibt's nicht heute abend einen Tanz?« will Reuben wissen. Krank oder nicht, er ist bei der Arbeit, nimmt Aspirin und trinkt Tee und Orangensaft.

»Ich sollte besser arbeiten. Ich brauche das Geld.«

Während er in ein Taschentuch hustet, winkt Reuben abwehrend mit der freien Hand. »Heute nacht wird es ziemlich ruhig sein. Jonesy schafft das schon.«

»Ich brauche das Geld auch«, wirft Jonesy ein.

»Warum hörst du nicht um acht, halb neun hier auf und gehst dann hin? Vor acht Uhr ist ja doch noch nichts los, oder?«

Sam zuckt die Schultern. »Du solltest daheim im Bett liegen.«

»Du hörst dich schon wie Pearl an. Ich kann hier genauso gut krank sein wie zuhause. Du versuchst nur das Thema zu wechseln. Das ist dein letztes Jahr, Sammy. Du solltest dir etwas Spaß gönnen.«

Sam schließt seinen Overall. »Ich werde schon noch Spaß kriegen. Jetzt spare ich für eine Harley-Tätowierung. Näher werde ich doch nicht an ein Motorrad herankommen. Mit der richtigen Tätowierung komme ich vielleicht mit ein paar hübschen Motorradbienen zusammen.«

Jonesy schnaubt verächtlich.

Reuben schüttelt den Kopf. »Muß an dem Zeug liegen, das du immer hörst. Schau dir an, was die Musik, die wir gehört haben, aus meiner Generation gemacht hat. Was ihr mal werdet, weiß ich nicht. Kannibalen vermutlich.«

»Dad?«

Reuben schaut von der Werkbank auf.

»An der Pinnwand im Diner hängt ein Zettel. Alf Parks hat einen Wurf Beagles bekommen.«

»Wir haben uns darüber schon unterhalten, Sammy. Auch ich vermisse einen Hund. Nur ist im Moment die falsche Zeit für einen Welpen, solange das Baby auf dem Boden herumkrabbelt und alles in den Mund steckt. Außerdem ist das Haus jetzt schon zu voll. Stell dir die Küche vor, wenn auch noch ein Hund während der Mahlzeiten dort herumläuft. Nächstes Jahr werden wir uns einen anschaffen.«

»Genau«, sagt Sam. »Ist ja auch nicht so wichtig.«

Fröstelnd schaut Reuben wieder auf die Werkbank und erweckt den Anschein, als versuche er sich daran zu erinnern, woran er gerade gearbeitet hat.

»Zum Teufel auch«, sagt er plötzlich. »Ich gehe nach Hause.« In seine Jacke gehüllt, bleibt er an der Tür stehen. »Warum gehst du nicht doch noch zum Tanz, Sammy?«

Sam schaut auf und meint: »Wenn ich gehe, komme ich früh nach Hause.«

Die sonderbare Wetterlage beschäftigt ihn von dem Moment an, in dem er die Garage verläßt – nicht um halb neun, sondern um halb elf, als er sich plötzlich entschlossen hat, die Werkstatt dichtzumachen. Obwohl er vor vierundzwanzig Stunden noch Schnee geschaufelt hat, ist die Luft jetzt regelrecht *mild*, auch wenn man bei jedem tiefen Atemzug immer noch den Hauch des Frostes spürt.

Auf dem Parkplatz ist genausoviel los wie in der Turnhalle. Überall stehen zwischen den Autos Menschen herum, die palavern, Bier trinken und Zigarettenrauch in die Luft blasen. Einige von ihnen haben schon vorher in den Häusern von Eltern gefeiert, die erfreulicherweise nicht daheim oder zumindest bereit waren, ein Auge zuzudrücken. Die Bullen tauchen in unregelmäßigen Abständen auf, um den Parkplatz zu kontrollieren. Doch da es unmöglich ist, unbemerkt auf den Platz zu gelangen, machen immer wieder entsprechende Warnungen, alle Beweise verschwinden zu lassen, die Runde.

Am Morgen wird der Parkplatz mit leeren Pappbechern übersät sein, dazwischen ein paar mit Sperma befleckte Papiertücher, die Überreste ausgeleerter Aschenbecher, sowie ein oder zwei benutzte Kondome. Hier und dort wird der Boden mit Kotze gesprenkelt sein, und zumindest ein winziges Unterhöschen wird einen der Wacholderbüsche rings um die Schule dekorieren. Ein paar der Besucher werden es schaffen, sich von den Bullen hochnehmen zu lassen, entweder hinter dem Steuer ihres Wagens, oder weil sie auf einem der altbekannten Bumsplätze erwischt werden. Doch schließlich gibt es eine Menge Häuser, die leerstehen, weil die Eltern selbst unterwegs sind, und außerdem eine ganze Reihe von Nebenstraßen, Friedhöfen und sonstigen Orten, wohin man sich zurückziehen kann, wenn einen die Lust überkommt.

In der Gruppe von Motorrädern an einem Ende des Parkplatzes erkennt Sam die Harley Romneys. Romney muß einer der Anstandswauwaus sein. Wenn er die Aufsicht auf dem Parkplatz hat, wird er herumwandern, ein Auge auf sich anbahnende Streitereien haben und durch seine bloße Anwesenheit verhindern, daß jemand auf den Dächern fremder Autos herumtanzt, mit Flaschen wirft, in der Öffentlichkeit pinkelt oder sonst irgendwelchen Unfug treibt.

Drinnen sind die Verstärker so weit aufgedreht, daß man Nasenbluten bekommen könnte, und die ganze Turnhalle erzittert unter den Schlägen aus Skinny Puppy's Synthesizern, ein ohrenbetäubendes apokalyptisches Lied, bestens geeignet für den Vorraum zur Hölle. Im Hinblick auf die Ferien hat das Dekorationskomitee die Lampen rot und grün verkleidet, was eine schauerliche Atmosphäre verursacht. Die zuckenden Tänzer, über die das sonderbare Licht hinweghuscht, könnte man leicht für die gequälten Seelen des Höllenreiches halten. Ein lebensgroßer Weihnachtsmann baumelt mit einem Strick um den Hals von einem der Basketballkörbe herab. Der ansonsten so fröhliche alte Knabe trägt Freddy-Krueger-Handschuhe, deren Klingen mit giftig aussehendem Flitter besetzt sind und durch das rote Licht blutig wirken. Es sieht so aus, als hätte die Mutantin bei der Gestaltung ihre Hand im Spiel gehabt.

Todd Gramolini kommt näher, legt einen Arm um Sams Schulter und pustet ihm seinen Bieratem ins Gesicht. »Slammer!«

»Hast du Woods gesehen?« fragt Sam.

»Er war mit Sarah hier, aber –« Todd hebt bedeutungsvoll die Augenbrauen – »sie sind gegangen.«

Vorsichtig durchquert Sam den Raum. Er ignoriert eine Menge Bieratem bei seinen Teamkameraden und tut so, als wäre er schwerhörig, wenn er zu einem Schluck auf dem Parkplatz eingeladen wird.

Wenn die Saison vorbei ist, so versichert er sich selbst, wird er ein ordentliches Besäufnis veranstalten. Bis dahin reichen ihm aber der Lärm, die allgemeine Stimmung und das, was die Mädchen auf der Tanzfläche abziehen. Die flackernden Lichter zerlegen ihre Figuren in einzelne Teile, es wirkt wie eine kubistische Darstellung unendlicher Variationen des weiblichen Körpers. Plötzlich ist er höllisch geil.

Am Erfrischungsstand kauft er sich gerade eine Coke, als

Nat neben ihm auftaucht. Blinzelnd nimmt sie eine Kontaktlinse heraus und setzt sie sorgfältig wieder ein.

»O Scheiße«, kichert sie und grinst ihn dann an. »Tanzen wir?«

Sie ist ein bißchen angeschickert, stellt er fest, und als er sich vorbeugt, stellt er in ihrem Atem den Geruch von Alkohol fest. Aber nicht den Duft von Bierhefe, sondern ein zartes Kaffeearoma. Mokkalikör ist bei den Mädchen beliebt, weil er so süß ist.

Die Musik ist wild, also steht kein langsamer Tanz an, und es wird auch keinen Körperkontakt zwischen ihnen geben. Dann liegt ihre Hand in der seinen, und sie schaut mit einer Wärme zu ihm auf, daß ihm dabei ganz heiß wird. Es ist überraschend, daß sie nicht mit jemandem hier ist, und es versetzt ihm einen kleinen Ruck, als er sich überlegt, daß sie vielleicht absichtlich allein ist und nur auf ihn gewartet hat. Plötzlich möchte er andere Musik haben, etwas Langsames, damit er sie an sich drücken kann. Nat ist eines der beliebtesten Mädchen an der Schule. Ihm wird klar, daß sie wohl schon mehr als einmal gespürt hat, wie sich ein harter Schwanz gegen sie drückt. Vielleicht ist sie nicht einmal mehr Jungfrau. Vermutlich nicht. Eher unwahrscheinlich. Er möchte sie dicht an sich ziehen und abwarten, was passiert.

Irgend etwas flattert von oben herab, und er greift automatisch danach, um es aufzufangen. Es ist sein Sweatshirt. Sam und Nat lassen ihre Hände los und gehen beide einen Schritt zurück, um nach oben zu schauen.

»Schau mal an«, kichert Nat.

Die Mutantin marschiert unter dem Dach auf einem Stützbalken wie auf einem Laufsteg herum. Mit unbewegter Miene winkt sie flüchtig. Rings um das Auge auf der nicht mit Ketten verzierten Seite ihres Gesichts hat sie mit schwarzer Tusche ein Pik-As gemalt, dessen Spitze nach unten hin verlängert ist. Obgleich ihr Schädel nackt ist – das Kopfband trägt sie an ihrer Hüfte festgeknotet – ist sie nicht barbusig. Diesmal trägt sie zu ihren verschlissenen Jeans und den Ketten einen roten Spitzen-BH. Sie ist nicht einmal das einzige Mädchen, dessen BH man sehen kann, denn fast alle anderen Mädchen tragen durchsichtige oder halbdurchsichtige Blusen.

Sams Gesicht rötet sich bei der Erinnerung an jene Nacht, als sie es beinahe getan hätten. Seine Hand, die das Hemd hält, ist verschwitzt, und er weiß nicht, was er machen soll.

»He, Nat-Baby!« ruft die Mutantin. »Komm hier rauf. Die Aussicht ist toll. Und bring den Großen mit. Das ist die einzige Möglichkeit, ihn ›high‹ zu machen.«

Um sie herum hat sich jeder ihnen zugewandt. Plötzlich bahnt sich Romney einen Weg durch die Menge.

»Komm da 'runter, Gauthier«, erklärt er mit einem Grinsen.

Sie streckt als Antwort auf das Gejohle und Geschrei, sie solle die Hüllen fallen lassen, die Zunge heraus, kommt aber herunter. Romney marschiert los, um sie abzufangen, als sie den Boden erreicht.

Sam bemerkt, daß Nat ihn neugierig anstarrt.

»Den Großen?« fragt sie und kichert erneut.

Nat ist wirklich schon etwas weggetreten. Sie wirkt fahrig, und ihr Make-up ist ein wenig verschmiert. Wenn er sie jetzt abschleppt, kann er ihrer beider Leben verändern. Und nicht unbedingt zum Besseren, falls sie nicht die Pille nimmt oder er bei dem Versuch Pech hat, bei Rick oder jemand anderem ein Kondom abzustauben.

Er erinnert sich an das Hemd in seiner Hand. »Entschuldige mich, ich glaube, ich sollte das hier der Gauthier bringen.«

Nat blinzelt. »Klar.«

Doch in der Menge kann er Romney nicht ausmachen, ganz zu schweigen von der Mutantin. Möglicherweise hat Romney sie ins Büro mitgenommen oder zu ihrem Spind gebracht, um dort etwas zu suchen, das sie anziehen kann. Rick sieht er auch nirgendwo. Doch solange er ihn nicht gefunden hat, tut er besser daran, Nat zu meiden, um nicht in eine dumme Sache hineinzustolpern. Und immerhin hat er ja sein Sweatshirt zurück.

Draußen wirft er das Hemd in den Wagen. Biergeruch hängt in der Luft, eine Versuchung, die zu groß ist, um sie in Worte zu fassen. Aus einem Impuls heraus nimmt er den Basketball und dribbelt damit langsam über den Parkplatz in Richtung auf das außen liegende Spielfeld.

»Schenk dem blöden Ding doch auch mal eine Pause«, bellt Bither von der Ladefläche eines Trucks herunter.

Das Netz hat man natürlich entfernt, doch die warmen Temperaturen haben die Spielfläche freigelegt. Er will nicht ernsthaft trainieren, nur ein bißchen die Zeit totschlagen, bevor er heimgeht. Außerdem sind so seine Hände beschäftigt und können sich nicht um eine Flasche Bier schlingen oder nach einem Mädchen grabschen. Sam dribbelt und läuft dabei Achterfiguren. Er vergißt den Parkplatz, den Lärm aus der Turnhalle und die mangelhafte Beleuchtung.

Spöttischer Beifall schreckt ihn auf. Er dreht sich um und entdeckt die Mutantin, die sich am Zaun rings um das Feld festklammert und heftig daran rüttelt.

»Hemd!« zischt sie.

Er läuft zum Truck, holt das Sweatshirt heraus und kehrt wieder aufs Spielfeld zurück. Statt außen herum zu gehen, ist es ihm lieber, wenn der Zaun zwischen ihnen bleibt und wenn er das Hemd durch eines der rautenförmigen Löcher schieben kann. Sie legt ihre Jacke ab. Darunter trägt sie ein schwarzes Harley T-Shirt, das aus Romneys Werkzeugkasten stammen muß. Es ist schmutzig und voller Löcher, paßt also genau zu ihren sonstigen Sachen. Ihre Brustwarzen unter dem Spitzen-BH lugen aus den Rissen im T-Shirt und sehen wie kandierte Kirschen aus, bis sie unter dem Sweatshirt verschwinden. Diese Details verankern sich auf Anhieb in Sams Gehirn, und er kann nichts dagegen machen. Und plötzlich ist auch die in der Turnhalle verspürte Geilheit wieder da. Sie zieht eilig ihre Jacke an.

»Du solltest dich nicht hier draußen aufhalten«, sagt er. »Du müßtest besser zuhause sein und dich pflegen, statt hier deine Titten vorzuzeigen.«

»Schmier dir den Scheiß in die Haare!« sagt sie.

Eine Minute lang denkt er darüber nach. »Ehrlich?« fragt er dann probehalber.

»Ha!« Sie schlägt mit der Hand gegen den Zaun und versetzt ihn so in Schwingungen. Er schiebt die Finger seiner linken Hand durch das Drahtgeflecht und stoppt so die Vibrationen. »Glaubst du, daß du dazu in der Lage bist, das Training während der Ferien mitzumachen?«

»Natürlich. Ich bin wieder auf dem Damm.«

Sie stehen jeder auf einer Seite des Zauns und haben unbewußt spiegelbildliche Positionen eingenommen.

»Hat dir die Musik nicht gefallen?« erkundigt sie sich.

Sam sieht nicht zur Turnhalle hinüber. »Das ist keine Disco, und eine richtige Party ist es auch nicht.«

Sie bricht in Gelächter aus. »Und deshalb bist du abgehauen.«

»Ich bin wegen den anderen Sachen abgehauen«, bekennt er. »Schnaps auf der einen Seite, Mädchen auf der anderen. Ich dachte, hier draußen wäre ich sicher.«

Sie grinst und versetzt dem Zaun einen heftigen Schlag. »Alle anderen knallen sich die Köpfe zu, und ich bin genauso nüchtern wie du. Eigentlich wollte ich mir ja zumindest einen Joint reinziehen. Ich bin rausgekommen, um zu schauen, ob ich irgendwo was abstauben kann. Aber eigentlich wollte ich doch nicht. Verstehst du? Ich will nicht wieder krank werden und noch mehr Spiele verpassen.«

»Ja.«

Ihre Blicke treffen sich für einen Moment des Schweigens. Deanies Augen sind voller Bestimmtheit. Sie will, daß er weiß, wie ernst es ihr mit dem Spielen ist. Und mit dem Siegen. Ihre zusammengepreßten Lippen, die Finger, die sich um das Drahtgeflecht krallen, die Anspannung ihrer Oberschenkelmuskeln, dies alles verkündet die selbe Botschaft. Er nickt. Sein Lächeln drückt Zustimmung und Ermunterung aus. Sie läuft um den Zaun herum und auf das Spielfeld. Er läßt den Ball in ihre Hände fallen.

Sie dribbelt nachdenklich. »Ich dachte, daß J.C. vielleicht heute abend gute Laune hat und daß ich mit ihm rumziehen könnte, aber er ist jetzt mehr an Lexie interessiert. Naja, ich bin so oder so noch sauer auf ihn.«

Bleib sauer, denkt Sam, *und ich sorge schon dafür, daß er seine schlechte Laune behält*.

Sie hält inne. »Du bist gestern ziemlich schwer hingefallen.«

Sam stößt den Ball sanft aus ihren Fingern.

»Mir geht's gut. Einer gegen einen?«

Sie grinst ihn an. Die Ketten auf ihrem Gesicht glitzern im Licht der Laternen auf dem Parkplatz.

»Genau«, sagt sie. »Aber wir spielen nicht nur so 'rum.«

Mit wehender Jacke dreht sich die Mutantin dicht neben dem Ring und springt plötzlich hoch, um den Ball zu versenken. Er fällt durch den Korb in Sams ausgestreckte Hand.

Der Zaun erzittert abermals, diesmal durch Rick in Bewegung versetzt, der mit der flachen Hand dagegen schlägt.

»Das ist schon zwanghaftes Verhalten!« ruft er. »Gar nicht gesund.«

Die Mutantin zeigt ihm zur Antwort einen Vogel.

»Sie kann nichts dafür«, erklärt Rick seiner Freundin Sarah. »Drogenschäden.«

Kichernd drückt Sarah ihr Gesicht gegen Ricks Brust. Sie ist selbst ein wenig drogengeschädigt. Und Rick auch.

Die Mutantin wirft Sarah einen kurzen Blick zu. »Hast du mal 'ne Kippe?«

Sarah kramt ihre Zigaretten heraus. Die Mutantin zögert.

»Sind französische«, sagt Sarah.

»Die Gauthier ist im Training«, wendet Sam ein. »Und sie erholt sich gerade von einer Lungenentzündung.«

»Ja, ja, ja.« Die Mutantin tritt ihm auf den Fuß. »Kümmre dich um deinen eigenen Kram, Prediger.«

Doch sie lehnt Sarahs Zigarette ab. Sarah zuckt die Schultern und zündet sich selbst eine an.

Auf dem Parkplatz geht es lauter und geschäftiger zu.

»Sie machen den Laden dicht«, sagt Rick. Sein Arm umschlingt Sarahs Hüften unter ihrer Jacke. Seine Hand befindet sich unter ihrem Pullover.

»Genau. Ich verschwinde jetzt auch. Soll ich dich mitnehmen?« fragt Sam die Mutantin.

»Siehst du irgendwo meine Limousine? Der verdammte Chauffeur ist wohl schon wieder abgehauen«, sagt sie.

Rick und Sarah spielen Hinternkneifen und jagen sich gegenseitig um den Platz.

Als Sam der Mutantin in den Wagen hilft, schaut sie an ihm vorbei. Sam wendet sich in ihre Blickrichtung und sieht Nat, die gerade mit Deb Michaud und Kerry Hatch die Turnhalle verläßt. Nat lächelt säuerlich.

Scheiße und nochmals Scheiße!

Er duckt sich hinter das Lenkrad. Höchst zufrieden mit sich selbst, lehnt sich die Mutantin zurück, als säße sie wirklich in ihrer Limousine. Er schnappt sich eine Kassette, schiebt sie ärgerlich ins Gerät und dreht die Lautstärke auf, um jedes Gespräch zu unterbinden.

»Na schön!« Die Mutantin hockt sich auf den Sitz und dreht vorsichtig, aber ohne zu fragen, die Lautstärke herunter. Dann deutet sie auf ein gelbes Farmgebäude, das etwas abseits der Straße liegt, weniger als eine Meile von der Schule entfernt. »Dort wohnen meine alten Tanten. Die, für die ich putze.«

Es interessiert ihn nicht. Er will nicht mehr über sie wissen, als er bereits weiß. Und das ist schon zuviel.

»Sie haben mich zur Notaufnahme gebracht, als ich krank war, und sie haben für meine Medizin geblecht. Ich werde den halben Winter brauchen, um alles zurückzuzahlen.«

Er dreht die Lautstärke wieder auf und tritt aufs Gas. Sie stellt das Gerät erneut leise.

»Laß mich auf der Main Road raus, wenn wir in die Stadt kommen, o.k.? Es sei denn, du hast noch Lust zu fummeln.«

»Nein«, sagt er und langt wieder nach dem Lautstärkeregler. »Und versuch erst gar nicht, wieder damit anzufangen. Und laß auch diesen Knopf hier in Ruhe.«

Sie streckt ihm die Zunge raus. Er ignoriert sie.

Sie wandert hügelabwärts, nimmt ständig Abkürzungen durch Hinterhöfe in der Depot Street, arbeitet sich durch den Ring aus Sumpf und Schwemmholz am Ufer des Mill Brook und erreicht schließlich die Fabrik. Dort nimmt Deanie Kerze und Streichhölzer, die sie direkt hinter der Tür versteckt hat, und beleuchtet damit ihren Weg zu der kleinen Wohnung. Die Mutantin steckt die Kerze auf einen Flaschenhals, kuschelt sich in ihre Jacke und hockt sich auf die Matratze. Sie könnte noch auf irgendeine Party gehen und es dort wärmer haben als hier, könnte sich einen Joint reinziehen und müßte nicht nach Hause. Alles ist besser als heimzugehen. Doch die besondere Milde der Nacht scheint sie inspiriert zu haben, nachdem sie Samgod draußen auf dem Platz entdeckt und das Sweatshirt als eine Art Omen zurückverlangt hat. Irgendwie vernahm sie ein kosmisches Geflüster, das ihr versicherte, er gehöre ihr. Und hat sie nicht Nats Plan bravourös vereitelt?

Sein Sweatshirt riecht noch immer nach ihm. Wenn sie es trägt, fühlt sie sich, als sei sie in seine Haut gekrochen. Einiges weiß sie schon über ihn. Daß er sich fürchtet. Vor ihr. Es ist wie ein Trip – Macht über ihn zu haben.

Wegen der feuchten Kälte ist ihr Schlaf nicht sehr tief, und sie träumt einen Traum, an den sie sich nach dem Erwachen nicht mehr erinnern kann.

14

Reuben ist so krank wie ein gelber Hund am Weihnachtsabend und läßt sich von Sam zur Notaufnahme fahren.

»Was ist denn mit dem Handschuhfach passiert?« erkundigt er sich, als er den Pappkarton sieht, den Sam über die Öffnung geklebt hat.

»Oh«, meint Sam und verzieht das Gesicht. »Der Deckel ist abgefallen.«

Reuben schließt die Augen. Angesichts der Gewohnheit des Jungen, seine eigene Stärke ständig zu unterschätzen, kann man darauf wetten, daß Sammy ihn selbst abgerissen hat. Und es war ihm zu peinlich, die Sache zu erwähnen. Zweifellos hat er beabsichtigt, das Handschuhfach heimlich, still und leise zu reparieren.

Der Doktor untersucht Reuben und schickt ihn nach Hause, nachdem er ihm eine üppige Ladung Antibiotika gespritzt hat. Diese Spritze und die in den nächsten Tagen noch folgenden werden Reuben neunzig Dollar kosten. Auf dem Rückweg schlummert er ein und verschläft dann auch den Rest des Tages.

Sam und Pearl stellen den Baum auf – ein beachtliches Projekt, bei dem auch Preiselbeeren, Popcorn und andere Dinge gewissermaßen als Verbeugung vor der Tradition Verwendung finden. Nach dem Fest wird der Baum, dessen Wurzeln intakt sind, nach draußen gestellt, wo die Vögel sich daran gütlich tun können. Es stört die Tiere nicht weiter, daß das Popcorn schal und die Beeren bitter geworden sind. Während sie den Schmuck aufhängen und die Geschenke unter den Weihnachtsbaum legen, greift Indy nach allem, was glitzert. Es ist noch ein oder zwei Jahre zu früh für sie, um das Fest auch nur andeutungsweise begreifen zu können, doch sie erfreut sich auf ihre etwas primitive Art bereits jetzt daran.

Sam beneidet seine kleine Schwester ein wenig um ihr ungetrübtes Erleben. Er selber vermißt Reubens Teilnahme an den Weihnachtsvorbereitungen, er vermißt Frankie, und er vermißt sogar die Weihnachtsfeste seiner Kindheit. Sein Blick begegnet dem seiner Stiefmutter, und er erkennt, daß sie im Hinblick auf das Fest ähnliche Empfindungen hegt wie er.

»Meine Mutter sagte immer, sie hätte in Florida nie das Gefühl gehabt, es sei wirklich Weihnachten«, sagt Pearl und zieht eine rohe Preiselbeere aus dem Mund des protestierenden Babys. »Ich wünschte, sie könnte jetzt hier sein.«

»Sollen wir uns die alten Alben anschauen?« fragt er.

Ihr ganzes Gesicht beginnt zu strahlen. »Ja, gern. Ich mache uns Kakao.«

Zu Weihnachten fällt nasser, glitschiger Schnee. Um halb fünf morgens hockt Sam am Telefon und gibt den Bereitschaftsdienst an Maxie Sweetser in Greenspark ab. Maxie stört das nicht, er mag schlechtes Wetter. Seine drei Angestellten tun dann etwas für ihr Geld, und Maxie hat einen Grund, aus dem Haus zu verschwinden, bevor die Schwiegereltern aufkreuzen. Jonesy erscheint um fünf und bietet seine Hilfe an. Sam erklärt ihm, daß Maxie bereits ihr Gebiet mit abdeckt. Sie trinken eine Tasse Kakao zusammen, wünschen sich gegenseitig Frohe Weihnachten, und dann verschwindet Jonesy, um den Rest des Tages mit seiner Freundin zu verbringen.

Sam nutzt die Gelegenheit, um seine Mutter, die jetzt fünfzig Meilen entfernt wohnt, anzurufen und ihr mitzuteilen, er könne wegen des Wetters nicht zu ihr kommen. Sie scheint darüber genauso erleichtert zu sein wie er.

Vorsichtshalber sagt er nichts über Reubens Krankheit. Es geht sie schließlich nichts mehr an. Neuigkeiten über das Leben seines Vaters muß sie sich jetzt von Karen besorgen, bei einer der seltenen Gelegenheiten, wenn sich Mutter und Tochter noch sehen. Das letzte Mal, als Sam eine Frage seiner Mutter über Reuben beantwortet hat – oder eher nicht beantwortet hat – war, als sie wissen wollte, ob sein Vater sich wirklich mit einer farbigen Frau treffe.

»Farbig?« hatte Sam ungläubig geantwortet. »Bleib dran, ich schau mal nach.« Dann war er weggegangen und hatte den Hörer neben dem Telefon liegenlassen. Ungefähr eine Stunde später hatte er den Hörer wieder aufgenommen, doch die Leitung war tot. Also nahm er an, sie hätte etwas Wichtigeres zu tun gefunden.

Da Indy noch nicht alt genug ist, um sich darum zu scheren, beschließen Sam und Pearl, die Geschenke erst am Nachmittag zu öffnen; in der Hoffnung, Reuben gehe es bis dahin besser.

Als Reuben am späten Nachmittag aufwacht, dauert es eine Weile, bis er begriffen hat, daß Weihnachten ist. Als er erfährt, daß alle wegen ihm die Bescherung verschoben haben, besteht er darauf, sofort nach unten zu kommen.

Für Indy besteht das Geschenkeauspacken vor allem darin, herrlich buntes Papier zu zerfetzen und Bändern nachzujagen. Die Inhalte der Päckchen erscheinen ihr weniger interessant als deren Äußeres. Alles wandert auf direktem Weg in ihren Mund, um dort durchgekaut und eingesabbert zu werden. Ihr Gesicht ist von den verschiedenen Papieren und Geschenkbändern bald bunt verfärbt.

Reuben packt die Pyjamahose aus, die ihm Sam geschenkt hat, und Pearl entdeckt in einem ihrer Päckchen das passende Oberteil – ein kleiner Scherz, der sie ausreichend amüsiert, um die Mühe wert gewesen zu sein. Außerdem hat Sam seinem Vater ein paar alte Platten besorgt, hauptsächlich Singles, die Sammler aus alten Musikboxen gerettet haben. Die Geschenke für Sam sind eher nützlicher Natur, Socken, Shorts und dergleichen, doch es ist auch ein neuer Basketball dabei.

Als alles verteilt ist, schaut sich Reuben verwirrt um und runzelt die Stirn.

»War da nicht noch irgendwas, Schätzchen?« fragt er Pearl.

Sie runzelt ebenfalls die Stirn, entspannt sich dann aber wieder.

»Muß ich oben gelassen haben. Ich werde es schnell holen.«

Weil sie nicht will, daß Sam diesen Gang für sie erledigt, vermutet der Junge, der kleine Dialog mit Reuben sei nur Theater gewesen. Er nimmt ihr das Baby ab, doch Indy gibt keine Ruhe, und so setzt er sie wieder mitten in das Geschenkpapier, mit dem sie sich sofort beschäftigt.

Sam wartet gespannt und überlegt zugleich, ob Pearl es irgendwie im Verlauf des Tages geschafft haben könnte, einen Welpen nach oben zu schmuggeln. Doch sie kehrt mit einem recht großen Paket zurück. Als er sich ans Auspacken macht, verspürt er eine leichte Enttäuschung. Zwar hat er nicht wirklich erwartet, einen Welpen zu bekommen, genausowenig wie eine Harley, trotzdem hatte er den Hund ganz oben auf seinem Wunschzettel aufgelistet. Dann riecht er das Leder, noch bevor er das Seidenpapier auseinandergefaltet hat.

Der Hund ist augenblicklich vergessen. Er zieht die Jacke an, bemerkt, daß sie genau paßt und erkennt, daß es sich um Maßarbeit handelt, also um etwas sehr Teures. Er weiß, daß seine Augen leuchten, als er sich bei ihnen bedankt, und dieses Leuchten findet seinen Widerschein in ihrer Freude über das gelungene Geschenk. Unwillkürlich fassen sich Reuben und Pearl bei der Hand, und dieser Ausdruck gegenseitigen Vertrauens bewegt Sam sogar noch mehr als das Geschenk selbst. Um seine Rührung zu überspielen, stellt er sich mit der Jacke in Positur, wirft dramatisch sein Haar nach hinten und schnippt mit den Fingern.

Ihr Beifall wird durch ein heftiges Klopfen an der Hintertür unterbrochen. Pearl erhebt sich, doch Sam bedeutet ihr, zu bleiben, wo sie ist. Er ist schon aufgesprungen und unterwegs. Sam kennt das Klopfen seiner Schwester.

Obgleich der Schneeregen aufgehört hat, ist es noch immer windig und kalt.

An der Hintertür steht Karen, eingehängt bei einem leicht angeheiterten jungen Mann. Karen besitzt nicht die für die Styles-Familie typische Größe, ist aber so dünn wie ihre Mutter. Nur ihre Gesichtszüge gleichen denen von Reubens

Mutter auf einem Jugendbildnis. Dafür erscheint ihr Busen im Vergleich zu dem ihrer Großmutter überreich entwickelt. Mit ihren roten Augen, den ungekämmten Haaren und dem verwischten Make-up sieht sie aus wie ein ungemachtes Bett – aus dem sie zweifellos auch gerade erst herausgekrochen ist. Keine Frage, daß sie das Wochenende feiernd verbracht hat. Sie legt ihre Arme um Sam und küßt ihn schmatzend. Ihr Atem riecht wie der Inhalt einer Weinbrandbohne. Sie bemerkt seine Jacke und reibt mit der Hand darüber.

»Oooh, Sammy! Wie sexy!« quietscht sie.

Ihre durchdringende Stimme lockt Pearl in die Küche. Reuben folgt ihr nach.

Für einen Augenblick entsteht in der Küche ein Durcheinander aus Umarmungen. Karen weint und lacht gleichzeitig. Sam, Reuben und Pearl tauschen besorgte Blicke aus, als Karen sich auf Indy stürzt. Was immer sie sich auch reingezogen haben mag, es macht ihre Bewegungen fahrig und unsicher.

Sam stellt sich selbst ihrem Begleiter vor, der gutmütig, aber ein ziemlicher Idiot zu sein scheint. Der Bursche heißt Bobby Irgendwas; er nennt Karen »Kare«. Bobby wirft ihr sehr warme, freundliche Blicke zu, was Sam zu der Vermutung drängt, daß der gute Bobby seine Schwester noch nicht sehr lange kennt. Vermutlich hat er sie Freitagnacht aufgegabelt und glaubt noch immer, damit einen guten Fang gemacht zu haben. Sie hat weder seine Taschen ausgeräumt, während er schlief, noch seine Kreditkarten geklaut, sofern er überhaupt welche besitzen sollte, oder sein Auto zu Bruch gefahren. Anders ausgedrückt, sie hat noch nichts von dem getan, was sie früher oder später jedem Typ antut, der sich noch in ihrer Nähe befindet, wenn sie aufwacht.

Indy bekommt Angst vor Karens überschwenglicher Art und dem ihr fremden Gesicht. Sie streckt ihre Hände verzweifelt nach Pearl aus und fängt an zu schreien. Karen läßt sie beinahe fallen, verstärkt dann aber ihren Griff, wodurch sie ein Schmerzgeheul bei Indy auslöst, und wirft das Baby geradezu in die Arme seiner Mutter.

Um das Kind zu beruhigen, will Pearl es stillen. Obgleich

sie das sehr dezent tut, läuft Karens Freund rot an. Karen kichert albern.

»Da liegt etwas für dich unter dem Baum, Liebes«, sagt Reuben zu Karen.

Es folgt ein regelrechter Auszug aus der Küche. Sam führt seinen Vater, Karen und Bobby zum Durchgang ins Wohnzimmer und baut sich dort auf, als wolle er Pearl und Indy vor jeglichem weiteren Kontakt mit Karen schützen.

Im Wohnzimmer packt Karen ihr Geschenk aus und schnattert dabei mit Bobby. »Ich hab' dir doch von den Preiselbeeren und dem Popcorn erzählt, oder nicht? Daddy sagt, das sei wegen der Tradition, aber in Wirklichkeit ist er nur geizig. Mutter sagte immer, er wäre darin genau wie Großvater, nur daß der an seinem letzten Weihnachtsfest den Baum mit seinem Gehirn dekoriert hat.«

Sie bückt sich in dem Moment, als Sam gerade seine Hände ausstreckt, um sie zu erwürgen. Die Vorstellung, die sie hier bietet, ist typisch für Karen. Sie ist viel zu zugedröhnt, um zu verstehen, was sie ihrem Vater antut, der mit aschfahlem Gesicht auf die Couch gesunken ist.

Karen schüttelt den selbstgestrickten Pullover aus. Ma Lunt hat ihn angefertigt, passend zu den Farben ihrer blauen Augen und im Vorderteil geräumig genug, um darin ihre großzügige Ausstattung unterzubringen. Dann läßt sie den Karton zu Boden fallen, springt auf und zieht ihr T-Shirt über den Kopf. Sie trägt keinen BH, und für einen Augenblick steht sie von der Hüfte aufwärts nackt da. Ihre riesigen Brüste schwingen und beben, als würde sie für das Klappfoto in der Mitte des *Penthouse*-Magazins posieren. Die überraschte Reaktion der drei Männer übersieht sie, zieht sich den neuen Pulli über und wackelt mit ihren Titten in Bobbys Richtung.

»Na, gefällt dir das?« neckt sie ihn mit funkelnden Augen und läßt ihre Hände über die Brüste wandern.

Doch das ist im Grunde nur eine reflexartige Bewegung, und sie wendet sich wieder von dem dümmlich grinsenden Bobby ab.

»Daddy«, ruft sie kurz danach aus der Küche herüber, wo sie vor dem geöffneten Kühlschrank steht. »Habt ihr schon alles ausgetrunken? Da ist ja nicht mal ein einziges Bier drin.«

Sam taucht hinter ihr auf, schiebt sie beiseite und schließt den Kühlschrank nachdrücklich. »Wie haben keinen Alkohol im Haus. Auch kein Koks, keinen Shit, keine Pillen…«

»Sammy«, sagt sein Vater, der ihm in die Küche gefolgt ist, »vielleicht wollen Karen und ihr Freund zum Essen bleiben.«

Karen schaut ihn mit leerem Blick an und wendet sich dann zu Sam um.

»Leck mich«, sagt sie, packt den Zipfel seiner Lederjacke, die er noch immer trägt, und zerrt daran. »Du bist jetzt vielleicht größer als ich, aber du hast noch ins Bett gepißt, als du schon elf warst, du Blödmann. Also erzähl mir hier keinen Scheiß.« Karen geht zu Bobby hinüber, der mit dem T-Shirt in der Hand dasteht und sich offensichtlich wünscht, irgendwo anders zu sein. Sie deutet auf Sam. »Dieser Dünnbrettbohrer konnte mit fünfzehn noch nicht lesen…«

»Karen«, unterbricht Reuben sie und legt ihr eine Hand auf den Arm, »das reicht jetzt. Warum setzt du dich nicht mit deinem Freund ein bißchen ins Wohnzimmer? Später essen wir zusammen, und ihr beide bleibt über Nacht.«

Sie schüttelt seine Hand ab. »Laß mich bloß in Ruhe! Ich weiß gar nicht, warum ich überhaupt hergekommen bin. Vermutlich habe ich mir eingebildet, ich würde wenigstens zu Weihnachten wie ein menschliches Wesen behandelt. Aber das ist in diesem Haus wohl unmöglich. Wie immer erzählen du und mein dämlicher Bruder den gleichen Scheiß: ›Es gibt hier keinen Alkohol!‹ Dabei bist du doch derjenige, der Angst hat, einen Schluck in Reichweite zu haben. Du bist derjenige mit dem Alkoholproblem. Aber jedesmal, wenn ich durch diese Tür komme, tut ihr so, als wäre ich der Säufer. Immer die böse alte Karen.« Ihr Gesicht ist naß und gerötet.

Reuben versucht sie zu umarmen, doch sie weicht ihm aus und hebt abwehrend die Arme.

»Es reicht«, sagt er und geht einen Schritt zurück. »Ich liebe dich, Karen, aber es tut uns allen weh, wenn du dich so verhältst. Ich möchte, daß du jetzt gehst… Komm uns besuchen, wenn du nüchtern bist.«

In der nachfolgenden Stille macht Pearl ein schniefendes Geräusch, und Sam erkennt, daß seine Stiefmutter hinter vorgehaltener Hand weint. Reuben geht zu ihr hinüber und legt ihr eine Hand auf die Schulter.

»Ich hau' ab aus diesem Scheißloch«, sagt Karen.

Sam folgt ihr nach draußen, doch bevor er sie erreichen kann, knallt sie ihm die Autotür ihres Freundes vor der Nase zu.

Bobby schlurft heran, seine sanften braunen Augen sind umwölkt. »Tut mir leid. Ich wußte nicht, was hier los ist.« Er zögert und kratzt sich am Kopf. »Ich habe Karen erst letzte Nacht kennengelernt.«

Sam klopft gegen das Wagenfenster, und Karen kurbelt es ärgerlich herunter.

Als er zum Sprechen ansetzt, bemerkt er mit Schrecken, wie bleich und ausgelaugt seine Schwester aussieht. Für gerade mal neunzehn wirkt sie reichlich heruntergekommen. Der Anblick entsetzt ihn, stimmt ihn aber milder.

»Dad ist ziemlich krank. Warum schläfst du deinen Rausch nicht aus und kommst morgen noch einmal vorbei? Sag ihm, daß du alles nicht so gemeint hast.«

»Ach, leck mich doch«, schnarrt sie. Sie kämpft mit dem Pullover, und er wendet den Blick ab, als das Kleidungsstück aus dem Wagenfenster auf die Straße fliegt.

Sam hebt ihn auf. »Auch dir fröhliche Weihnachten, Karen«, murmelt er.

Das Leder der Jacke ist steif vor Kälte, und er muß sich abmühen, seine Finger in die Taschen zu bekommen. In der linken Tasche stoßen seine Fingerspitzen gegen ein Stück Papier. Es fühlt sich dick an, und noch bevor er es herausgezogen hat, weiß er, daß es sich um ein Polaroidfoto handelt. Das Foto zeigt die Scheune ihrer Farm. Er dreht das Bild um, und auf der Rückseite steht: *Schau drinnen nach.*

Der Welpe! Er kann es vor seinem inneren Auge sehen – ein kleiner Beagle, sicher geborgen in einer Kiste, versehen mit einer Decke und einem Kauknochen. Und gleich neben ihm einer der elektrischen Heizlüfter, die sein Vater benutzt, um das Haus zu erwärmen, wenn er daran arbeitet.

Die Küche ist leer. Aus dem Wohnzimmer hört er die Geräuschkulisse des Fernsehgerätes. Er lehnt sich gegen den Rahmen des Durchgangs und hält dabei das Foto hinter seinem Rücken verborgen. Reuben und Pearl haben sich zusammen mit dem Baby auf der Couch unter einer Decke zusammengekuschelt und dösen vor sich hin. Nur Reuben öffnet ein Auge und schaut Sam an.

»Alles klar?« fragt Reuben.

Sam nickt.

»War schön scheußlich, was?« meint Sam.

»Wir sollten uns davon nicht den Rest des Tages verderben lassen«, sagt Reuben.

Sam zieht das Foto hinter dem Rücken hervor und hebt es fragend hoch.

Sein Vater grinst und zuckt mit den Schultern, sagt aber nichts. Sam schaut Pearl an, und deren Mund verzieht sich zu einem kaum wahrnehmbaren Lächeln.

»Es ist ziemlich unangenehm draußen. Ich glaube, ich kann auch bis morgen warten.«

Reuben hebt eine Augenbraue. »Das liegt ganz bei dir.«

Der Welpe wird einsam und verängstigt sein. Es ist keine weite Fahrt, und außerdem hat der Truck Allradantrieb.

Er hört ihr leises Lachen, als er zur Hintertür hinausgeht.

Die alte Farm steht hoch oben auf dem Ridge. Der Dachfirst erhebt sich wie der Rücken eines Leviathan vor dem Himmel. Da Reuben krank und Sam mit Basketball beschäftigt war, hat seit einiger Zeit niemand mehr daran gearbeitet, und so wirkt das Haus noch verlassener als sonst. Sam verläßt den Wagen und geht am Haus vorbei zur Scheune, die so weit vom Hauptgebäude entfernt liegt, daß sie von den Flammen verschont wurde.

Da sich schon seit längerem nichts Wertvolles in der Scheune befindet, war es nicht nötig, sie zu verschließen. Sam marschiert hinein und ruft: »He, Cujo!«

Er tastet im Dunkeln nach dem Lichtschalter. Als die Lampen aufflammen, sieht er in der Mitte des Raumes die Harley Electra Glide stehen. Die Schlüssel stecken im Zündschloß, und auf dem Sitz ruht ein Sturzhelm wie ein schwarzer, metallischer Schädel.

Cujo ist vergessen, als Sam den kalten, seidigen Stahl des Motorrades berührt.

An den Schlüsseln ist ein Umschlag befestigt, der die Fahrzeugpapiere und die Zulassung enthält. Die Maschine ist tatsächlich schon angemeldet. Bei den Papieren liegt noch ein Zettel: *Sie ist elf Jahre alt und hat drei Vorbesitzer gehabt, die alle daran herumgebastelt haben. Jungfräulich ist sie also nicht mehr. Jonesy hat sie aufgetrieben. Man muß noch etwas Arbeit hineinstecken, aber nicht sehr viel. Es wird ziemlich schnell gehen. Bis jetzt hast du noch keinen Motorradführerschein. Außerdem mußt du die Versicherung selbst bezahlen, und die wird so teuer werden, daß du vermutlich erst in etwa fünf Jahren damit herumfahren kannst. BITTE BRING DICH MIT DIESEM DING NICHT SELBST UM.*

Während er diese Notiz seines Vaters liest, schwingt er ein Bein über den Sattel und setzt sich auf die Maschine, ohne darüber nachzudenken. Das Motorrad paßt genauso gut wie die Jacke. Als er den Motor startet, überlegt er, daß er vorher besser den Helm aufgesetzt hätte, damit ihm angesichts des Lärms nicht das Gehirn herausfällt. Ihm fällt ein Song von Duke Tomato ein, in dem es heißt »Mehr Liebe, mehr Geld.« Wer braucht schon Geld, wer braucht schon Liebe, wenn man eine Maschine wie diese zwischen seinen Beinen hat?

Obwohl er noch keinen Motorradführerschein besitzt, ist er natürlich schon mit den Maschinen anderer auf dem Hof der Werkstatt oder auf dem Parkplatz vor der Schule herumgefahren. Auf jeden Fall ist er daran gewöhnt, seine Fahrweise von vier Rädern auf zwei umzustellen. Ohne weiter darüber nachzudenken, rollt er aus der Scheune heraus. Routinemäßig überprüft er Bremsen und Gangschaltung, dann drückt er die Maschine mit seinem Gewicht in eine Kurve. Draußen ist die Fahrt schwierig. Er rutscht über vereiste Pfützen, und der Adrenalinspiegel in seinem Blut steigt an. Doch er hat das Fahrzeug unter Kontrolle. Der Wind ist schneidend kalt, und er hält am Ende des Grundstücks an, um seine Jacke zu schließen.

Er weiß, daß Anfänger zu Beginn ihrer ersten Fahrt wenigstens einmal stürzen, und da die Straße schlüpfrig vom

Schneematsch ist, der hin und wieder sogar mit vereisten Stellen abwechselt, ist die Gefahr für ihn um so größer. Außerdem hat er keinen Führerschein. Andererseits ist es gegen elf Uhr am Weihnachtsabend, und die Bullen werden jetzt bei ihren Familien hocken. Jeder ist jetzt daheim bei seiner Familie. Nodd's Ridge ist ein Netz leerer Straßen, auf denen Sam seit seinem fünfzehnten Lebensjahr herumfährt. Und bei der Arbeit mit seinem Vater hat er jedes einzelne Schlagloch kennengelernt. Überdies trägt er ja auch noch den Sturzhelm.

Als er in einer scharfen Kurve ins Schlingern kommt und die Maschine gerade noch abfangen kann, erinnert ihn der Schmerz in seiner rechten Schulter an die Prellung. Er kann es sich nicht leisten, auf die ohnehin schon verletzte Schulter zu stürzen, nicht nur, weil ihn das vermutlich den Rest der Basketball-Saison kosten würde, sondern weil er auch bleibende Schäden davontragen könnte. Sofort fährt er langsamer und vorsichtiger.

Als er über die Kuppe des Partridge Hill kommt und kurz darauf die Stadtgrenze von Greenspark überquert, schießt ihm der Gedanke durch den Kopf, Rick aufzusuchen, um ihm die neue Maschine zu zeigen. Doch die in der Stadt herrschende Stille erinnert ihn daran, wie spät es ist. Außerdem fällt ihm erneut ein, daß er keinen Führerschein besitzt und daß Ricks Vater ein Bulle ist. Schließlich wartet ja auch Reuben auf ihn und macht sich Sorgen. Er wendet das Motorrad und fährt zurück.

Reuben sitzt am Küchentisch, studiert die Zeitung und trinkt Tee.

»Ich bin mit der Maschine rausgefahren«, sagt Sam.

Reuben schaut ihn über die Brille hinweg an. »Sieht so aus, als wärst du immer noch in einem Stück.«

»Sie ist herrlich«, platzt es Sam heraus. »Vielen Dank.«

Reuben lacht. »Sie ist wirklich toll, was?«

Er schiebt den Stuhl zurück und blickt auf die Wanduhr. »Meine Mutter sagte immer, der Morgen kommt früh. Wie es aussieht, ist er schon da.«

»Ich sollte das nicht sagen, Dad«, meint Sam, »aber sie muß eine Menge...«

»Dann sag es auch nicht«, fällt ihm Reuben ins Wort. »Sie ist gebraucht, Sammy, und deshalb konnten wir sie uns leisten. Ich wollte, ich könnte auch die Versicherung bezahlen, aber das schaffe ich beim besten Willen nicht. Es ist also kein unbelastetes Geschenk. Und du weißt, daß du ohne Versicherung nicht noch einmal damit fahren kannst, außer auf dem Gelände der Farm. Der Wert des Geschenkes ist also zumindest vorerst nicht besonders groß.«

»Ich hätte mir nicht etwas so Teures wünschen sollen«, meint Sam. Auf der Heimfahrt ist ihm der Streit zwischen Reuben und Pearl wegen der neuen Heizung in den Sinn gekommen. Hätte es diese Spannungen auch gegeben, wenn sie nicht schon einen Teil ihres Geldes in das Motorrad gesteckt hätten?

Reuben wirft ihm einen kurzen Blick zu. »Entschuldige dich nicht dafür, daß du dir etwas gewünscht hast, was vermutlich auch jeder andere gerne hätte. Schließlich war es meine Entscheidung, dir deinen Wunsch zu erfüllen.«

Sam nickt. »Schließt du alle Türen ab?« fragt ihn Reuben. »Meine Energie reicht gerade noch, um es die Treppe hinauf zu schaffen.«

15

Mutter und Kind wirken wie ein Bild, das vom Eingang zum Schlafzimmer umrahmt wird, als Sam innehält, um sich auch bei seiner Stiefmutter für die Weihnachtsgeschenke zu bedanken. Das Baby nuckelt unter der Pyjamajacke an Pearls Brust, während sie in einem Roman liest. Aus dem Badezimmer hört man, wie Reuben sich die Zähne putzt. Sam geht ins Schlafzimmer und küßt seine Stiefmutter, die mit einem Seufzer das Buch beiseite legt.

»Danke für das Motorrad.«

»Ist schon gut.«

Sam bleibt im Schlafzimmer, weil er auch seinem Vater noch eine gute Nacht wünschen will.

Pearls Schmuckschatulle steht geöffnet auf dem Frisiertischchen. Sie enthält eine Menge glitzernden Schmuck, doch nichts davon ist echt. Einst besaß sie auch echten Schmuck, doch als sie sich von ihrem ersten Ehemann trennte, mußte sie feststellen, daß er aus dem Bankschließfach nicht nur die Schmuckstücke mitgenommen hatte, die er ihr selbst geschenkt hatte, sondern auch die Dinge, die ihr gehörten, darunter Ringe und Ohrringe, die ihr von ihrer Mutter vererbt worden waren. Und einen Ring von einem Mann, den sie in ihrer Jugend geliebt und verloren hatte. Als sie Sam diese Geschichte erzählte, hatte sie mit einem reuevollen Lachen hinzugefügt, sie hätte dadurch erfahren, wie vergeblich es sei, in dieser Welt Schätze anzuhäufen.

Sam denkt an diesen Johnny, der Pearl erst den Schmuck geschenkt und dann wieder weggenommen hat. Pearl hat ihn nicht aus ihrem Fotoalbum herausgeschnitten, so wie es seine Mutter mit Reubens Bildern gemacht hat. Sam mag Johnnys Gesicht auf den ersten Bildern, jenen, die aus der Zeit ihrer Trauung stammen. Später erscheint sein Gesicht immer verschlossener. Auf Gruppenfotos entfernen sie sich buchstäblich immer weiter voneinander, fast im gleichen Maße, wie die Jahre seit ihrer Hochzeit vergingen.

Als er seine Finger über den Schmuck gleiten läßt, scheint die Kette der Hundemarke von allein in seine Hand zu gleiten. Darin verheddert ist eine Goldkette, an der ein keltisches Kreuz hängt. Auf dem Kreuz ist der gleiche Name eingraviert, der auch auf der Kennmarke steht. Sam muß an seinen Bruder denken, der jetzt ebenfalls so eine Kennmarke trägt. Er erkennt Marke und Kreuz wieder. In einem von Pearls ältesten Alben ist ein Foto, auf dem man sie zusammen mit einem jungen Burschen in einem Boot sehen kann. Das Bild stammt irgendwann aus den Sechzigern. Auf dem Foto trägt dieser junge Mann, ihre verstorbene erste Liebe, die Marke und das Kreuz.

Ihre Stimme schreckt ihn auf. »Würdest du diese Dinge gerne haben? Die Marke und das Kreuz?«

Das kommt so unerwartet, daß er im ersten Moment glaubt, er habe sie mißverstanden.

»Das Kreuz war so etwas wie eine zivile Kennmarke. Alle Fischer und Segler trugen eines, damit man sie identifizieren konnte. Er sagte immer, daß ein Gesicht unter Wasser nicht lange kenntlich bleibt, Gold hingegen hält sich ewig.« Sehr sanft zieht sie das Baby unter ihrer Pyjama-Jacke hervor. »Diese Sachen sind den weiten Weg bis Vietnam und wieder zurück gereist. Gestorben ist er erst nach dem Krieg. Ich habe sie zur Erinnerung an ihn getragen, bis ich Johnny heiratete.«

Zwinkernd hebt Sam die Ketten hoch. »Wirklich?«

»Hm«, sagt sie. »Ich hoffe, das bleiben die einzigen Hundemarken, die du jemals trägst.«

Reuben kommt aus dem Bad. »Was gibt's?«

»Pearl sagt, ich kann die hier haben. Vielleicht schützen sie mich vor dem Wehrdienst.«

Reuben erschauert. »Lieber Gott, das hoffe ich auch.«

Sam sagt beiden Gute Nacht und bedankt sich ein letztes Mal für die Geschenke. Als er sich über Pearl beugt, um sie auf die Stirn zu küssen, legt sie ihre Hand auf die seine, jene, die die Ketten hält. Es ist ein kurze, fast zärtliche Berührung.

Sanfte Lieder der Talking Heads erklingen aus der Stereoanlage, als er sich ein paar alte Shorts anzieht – seine übliche Nachtbekleidung, sofern er überhaupt was trägt. Einige seiner Prellungen schmerzen, auch wenn sie ihn nicht weiter stören. Als er nach dem Schnitt in seiner Kopfhaut tastet, fühlt er, daß die Wunde schon verschorft ist, obwohl sie noch immer etwas druckempfindlich ist.

Er hebt die Goldkette, um sie sich um den Hals zu legen, und hält in dieser Bewegung inne, als sein Blick auf sein Spiegelbild an der Wand fällt. Langsam hebt er sie an seine Wange, legt sie auf sein Gesicht, betrachtet ihren Verlauf von seinen Ohren bis zu den Nasenlöchern und schließt dann die Augen, um ihre kühlen, seidigen Ränder zu spüren. Er beugt sich vor, läßt sie über seinen Mund und die Zungenspitze gleiten. Sein Atem geht schneller, als er sie mit nervösen Fingern hinter seinem Nacken verschließt. Sie fällt auf sein Brustbein herab, und das Kreuz verfängt sich in seiner Brustbehaarung. Die blecherne Kennmarke stößt klirrend dagegen.

Er schaltet die Deckenbeleuchtung aus. Jetzt brennt nur noch die kleine Leselampe neben seinem Bett, und in deren

Licht wirkt er im Spiegel lediglich wie eine schattenhafte Gestalt. Die Ketten könnte man für Nähte halten, die seinen Kopf an den Schultern befestigen.

Wie er weiß – schließlich hat er den Roman unter Romneys Anleitung gelesen –, trägt das Filmmonster fälschlicherweise den Namen Frankenstein. Das ist in Wirklichkeit der Name des Wissenschaftlers, der es aus Leichenteilen zusammengesetzt hat. Das Monster selbst hat keinen Namen. Victor Frankensteins große Verfehlung bestand darin, daß er sich nicht um die Erziehung des Monsters kümmerte, nachdem er es aus einem Haufen toten Fleisches geschaffen hatte. Das Monster, so scheint es, besaß gerade genug Verstand, um sich mehr davon zu wünschen, doch letztlich hatte es keine Seele.

Keine Seele, denkt Sam, als er in den dunklen Spiegel schaut. Kein Gehirn, das eine Ausbildung wert wäre, außerdem ernsthafte Probleme mit der Motorik. Sam kann sich nicht erinnern, auf welche Weise sich das Monster ausgedrückt hat. Hat es hin und wieder unartikuliert gebrüllt oder gemein gekichert, bevor es sich an dem kleinen Mädchen vergriff? Er jedenfalls wäre nicht überrascht, wenn es gestottert hätte.

Er läßt sich aufs Bett fallen und zuckt und zappelt in der Hoffnung, auf diese Weise den sprachlosen Wunsch des Monsters nach Seele, nach mehr Verstand, auszudrücken. Dann liegt er still und genießt den angenehmen Druck seines Körpergewichtes auf seinem steifen Schwanz. Das tut so gut. Die Erinnerung daran, was er mit Deanie getrieben hat, kommt unvermeidlich. Wie sie sich gegenseitig angefaßt haben. Der Geschmack ihrer Achselhöhlen, der Ketten, ihres Mundes und ihrer Brüste. Kandierte Kirschen in ihrem roten BH. Stöhnend dreht er sich auf den Rücken und benutzt seine rechte Hand. Die Ketten glitzern wie Christbaumschmuck.

Wie ein Verkehrszeichen steht die Mutantin am Straßenrand. Er hält an. Was soll er sonst tun? Sie springt hinein und hält die Hände in den warmen Luftstrom der Heizung.

»Nette Jacke«, sagt sie.

»Danke. Was hat dir der Weihnachtsmann gebracht?«

Sie zuckt die Schultern.

Er versteht, daß er dieses Thema nicht weiter verfolgen soll. Vielleicht war sie ja schon froh, wenn sie *nichts* bekam, kein blaues Auge, keine weiteren Brandwunden. Weihnachten bei der Mutantin daheim. Allein der Versuch, sich das vorzustellen, bereitet ihm Übelkeit. Wortlos schiebt er ihr eine Papiertüte hin, in der sich etwas von Pearls Weihnachtsgebäck befindet, und außerdem einige sorgfältig verpackte Kassetten, die er für sie zusammengestellt hat.

Sie setzt sich aufrecht hin. »He, toll.« Sie packt die Kassetten nicht aus, hält sie nur in der Hand und meint: »Laß mich raten. Könnten das Kassetten sein?« Sie steckt sie ungeöffnet in ihren Rucksack und macht sich über das Gebäck her. »O Gott«, stöhnt sie.

Sam spielt einen langen Paß zu Bither hinüber. Die Mutantin stürmt mit mörderischem Gesichtsausdruck auf ihn zu. Der zutiefst erschrockene Bither gibt den Ball an Rick weiter.

Die Mutantin wirft Sam einen schnellen Blick zu und hebt dabei eine Augenbraue. Wie eine vielarmige Hindugöttin tanzt sie vor Ricks Nase herum. Sie trägt wieder ihre fadenscheinigen Trikothosen und die abgeschnittenen Jeans, außerdem ein Sweatshirt, allerdings nicht das von Sam. Auf ihren Armen und Beinen sind Prellungen und Hautabschürfungen zu sehen, doch die mögen daher rühren, daß sie Basketball spielt, als wäre es Hockey.

Alles, was er tatsächlich weiß, ist, daß ihre Mutter sie einmal als Aschenbecher mißbraucht hat und daß sie sich vor diesem Tony fürchtet. Falls er je mit Sicherheit herausfindet, daß der Kerl sie schlägt, wird er sich nicht damit begnügen, die Behörden zu informieren. Er wird den Mistkerl mit dem Gesicht voran durch einen Drahtzaun schieben.

Am Donnerstag ist es kalt, am Freitag düster, und es liegt Schnee in der Luft. Als er die Mutantin auf dem Weg zum Training mitnimmt, wartet Sam darauf, daß sie sich für die Kassetten bedankt, doch sie sagt nichts.

Nach dem Training hält er ihr ein Sandwich hin, das er für sie gemacht hat. Sie schnappt es sich, als würde sie befürchten, er könne es sich noch anders überlegen. Als sie die Depot Street erreichen, hat sie schon alles verschlungen.

»Oh«, sagt sie und schiebt ihm eine Papierrolle hinüber, »ich habe das für dich besorgt. Frohe Weihnachten und all den anderen Scheiß.«

Sie ist draußen, bevor er reagieren kann.

Es ist eine Seite, die sie aus einem Bildband herausgeschnitten hat. Das Bild eines Mannes in einem altmodischen, schlechtsitzenden schwarzen Anzug, wie man ihn im neunzehnten Jahrhundert getragen haben mag. Die zu kurzen Ärmel enthüllen die Handgelenke und die großen Hände. Sonderbarerweise trägt der Mann einen ausgehöhlten Kürbis auf seinem Kopf. *Selbstporträt mit Kürbiskopf. James Wyeth 1972* steht darunter. Sam verspürt ein seltsames Gefühl im Magen. Aber vielleicht hat er auch nur Hunger.

Seine Ferientage sind mit Arbeit ausgefüllt, sofern er nicht gerade in der High-School oder der Versammlungshalle trainiert. Hin und wieder kommt Rick zur Werkstatt, um ihn zu besuchen, genau wie die anderen aus seinem Team. Das Motorrad, das jetzt dort steht, übt eine erhebliche Anziehungskraft aus. Er lehnt eine rundes Dutzend Einladungen zu Silvester mit der Bemerkung ab, er müsse arbeiten.

Am Freitag fällt schließlich wieder Schnee und hält sie den ganzen Nachmittag hindurch und bis in den Abend hinein beschäftigt. Reuben macht am frühen Abend plötzlich schlapp und fährt heim. Er läßt den Schreibtisch mit Auftragsformularen und Rechnungen bedeckt zurück.

Später setzt sich Sam mit einer Tasse Tee an diesen Tisch, um eine Pause einzulegen. Die Bücher liegen genau vor ihm. Schon als Kind hat er Tabellen gelesen, weil Zahlen für ihn nie so rätselhaft wie Buchstaben waren.

Unten im Stapel findet er ein altes, eselohriges Hauptbuch, das er noch nie gesehen hat. Neugierig öffnet er es. Er findet darin einen Überblick über die Finanzlage seiner Familie. Alles ist aufgelistet, Grundsteuern ebenso wie die Einnahmen aus der Werkstatt, das Geld, das Pearl im Diner verdient, und auch alle Aufwendungen für die Reparatur der alten Farm. Die Situation sieht nicht gerade rosig aus. Läßt man den Wert der Grundstücke beiseite, die sich auf dem gegenwärtigen Immobilienmarkt ohnehin nur mit erheblichem Verlust veräußern lassen, dann tanzt Reuben am Rande des Bankrotts entlang. Neu ist das freilich nicht, denn er hat sich in finanzieller Hinsicht nie wirklich von den Folgen seiner Scheidung erholt.

Sam schließt das Buch und schiebt es fort. Ein Blatt Papier fällt auf den Boden, und er hebt es auf. Sein Vater hat dort die anstehenden Ausgaben notiert. Grundsteuer, Versicherungen, zu bezahlende Rechnungen und dergleichen mehr. Die Gesamtsumme ist so doch, daß Sam schwindelig wird. Er sieht keinen Weg, wie das zu schaffen sein soll. Sam nimmt sich die Bücher wieder vor und sucht nach einer Möglichkeit, wie sein Vater das nächste Quartal überstehen kann.

Plötzlich fällt Sam auf, daß sein Motorrad nirgendwo aufgeführt ist. Demnach muß es in Pearls Büchern stehen, was bedeutet, daß Reuben dafür im Grunde mit seinem Stolz bezahlen muß, es sei denn, er hat sich das Geld nur bei ihr geliehen und irgendwo anders insgeheim notiert, was er ihr schuldet. Er kann nachvollziehen, was das gerade für seinen Vater bedeuten muß, der praktisch zeitlebens auf eigenen Füßen gestanden hat und nie von jemand anderem abhängig war.

Am Samstag erfindet Sam eine Ausrede, um zur Farm zu fahren, wo er sich vergewissert, daß dort wirklich noch kein Zu-Verkaufen-Schild angebracht worden ist. Während er, die Hände tief in den Taschen vergraben, auf dem Grundstück umherwandert, findet er seinen alten Basketballkorb, jenen, den er nach dem Brand abmontiert, dann aber nicht an einer anderen Stelle angebracht hat. In der Scheune fällt ihm noch etwas anderes ins Auge, ein paar elektrische Kabel und Drähte. Die Stromgesellschaft hat den Brand zum Anlaß genommen, das alte, seit vier Jahrzehnten dort liegende Kabel durch ein neues zu ersetzen. Natürlich hatten er und Reuben die alten Drähte aufgehoben, man konnte schließlich nie wissen, ob man sie nicht doch noch einmal brauchen würde.

Sam hat eine Idee. Er nimmt Kabel und Korb und holt sich auch noch einen der Heizlüfter. Falls sein Vater ihn vermissen sollte, wird er eben behaupten, er sei über das Gerät gestolpert und habe es dabei demoliert. Außerdem fährt er noch am Eisenwarenladen vorbei und kauft dort einige Dinge auf Reubens Rechnung. Anschließend wird er furchtbar rot, als er seinen Vater über den Verwendungszweck dieser Dinge belügt.

»A-am So-so-sonntag re-repariere ich die Decke in der Schule«, stottert er. »I-ich ha-habe ein pa-paar Sachen dafür gekauft. Da-das Geld gebe ich dir zurück.«

»Gut.« Reuben wendet sich wieder der Ölpumpe zu, die er repariert. »Willst du Silvester freihaben?«

»Lieber arbeiten.«

»Es wird noch viele Silvesterabende in deinem Leben geben, wo du arbeiten mußt, Sammy.«

Sam zuckt mit den Schultern und wendet sich ab.

Um sechs Uhr am Sonntagmorgen parkt Sam den Wagen am Spielplatz. Er hofft darauf, daß angesichts des Zwielichts und des um diese Zeit sehr geringen Verkehrs niemand bemerkt, wie er die Stromleitung anzapft, die die Beleuchtung des Spielplatzes versorgt. Er verlegt das Kabel bis zur Fabrik, zieht es dort durch ein Loch im Fensterrahmen der Hausmeisterkabine ins Innere und führt es weiter bis zum Sicherungskasten. Als er fertig ist, sieht das Ergebnis zwar eher aus, als hätte jemand wahllos einen Haufen bunter Drähte zusammengeknotet, doch immerhin ist die Fabrik jetzt wieder ans Stromnetz angeschlossen.

In der Hausmeisterunterkunft gibt es mehrere Steckdosen. An eine davon schließt er den Heizofen an, den er von der Farm mitgebracht hat. Eine andere verbindet er mit einem langen Kabel, das er bis zu jenem höhlenartigen Raum führt, in dem Taue von der Decke hängen und in dem die Mutantin ihre Hochseilnummer abgezogen hat. Dort oben bringt er einige Scheinwerfer an, die er mit dem Kabel verbindet. Anschließend kehrt er zum Wagen zurück, holt eine Leiter und den Korb und montiert ihn an eine der Ziegelmauern in dem nun hellerleuchteten Raum.

Trotz des neuen Netzes, das er an dem Ring angebracht hat, sieht der Korb schäbig aus, genau wie der Rest des Raumes. Doch was soll er schon daran ändern? Man kann aus der Hölle genausowenig einen angenehmen Ort machen wie aus einem Puff ein Haus der Unschuld. Sam sammelt sein Werkzeug ein und fährt heim.

Die sehr geringe Teilnahme am Training im Versammlungshaus vergrößert Sams Entmutigung. Er hatte gehofft, es gäbe mehr Jungs, die bereit wären, dabei mitzumachen, um so einen Ausgleich zu schaffen für die Zeit, die durch das Weihnachtsfest verlorengegangen war. Doch die Parties begannen am Freitag und wurden am Samstag fortgesetzt, und das sah man denjenigen, die erschienen waren, auch an. Sam und Rick bleiben länger da, um den Boden zu reinigen; das Winterwetter verursacht eine Menge Schmutz.

»Kopf hoch«, meint Rick als Antwort auf Sams Trübsinnigkeit. »Es ist nicht alles schlecht. Ich zum Beispiel habe jemand zum Vögeln.«

»Stimmt«, erklärt Sam. »Und ich kann jetzt auch ohne meinen Keuschheitsgürtel schlafen.«

Rick grinst. »Ich hab' eine Idee. Warum besorgst du dir nicht auch eine Verabredung?«

Sam versetzt dem Besen einen Stoß. »Besser nicht. Ich muß arbeiten.«

»Gibt's sonst noch was Neues?«

Weil er weiß, wie Rick reagieren wird, sagt er vorsichtig: »Ich überlege mir aufzuhören.«

»Mit Wichsen? Ist zu spät, du hast jetzt schon einen Hirnschaden.«

Sam lacht. »Basketball.«

Rick starrt ihn an. »Du verscheißerst mich.«

Sam zuckt die Schultern. »Es ist schließlich nur ein Spiel, das mich nirgendwohin bringt. In ein paar Wochen ist es so oder so vorbei. Ihr könnt die Meisterschaft auch ohne mich gewinnen.«

»Ich kann diesen Scheiß einfach nicht glauben. Aus welchem Grund willst du denn aufhören? Erzähl mir nicht, du hättest etwas Besseres zu tun.«

»Wenn ich die Zeit, die für Basketball draufgeht, in die Arbeit stecke, könnte mein Vater viel mehr Aufträge übernehmen.«

»Dein Vater will, daß du aufhörst?«

»Nein! Natürlich nicht.«

Rick drückt Sam seinen Wischmop in die Hand. »Hier, probier schon mal das aus. In ein paar Monaten wirst du ja nur noch solche Arbeiten verrichten.«

»Nun reg dich nicht auf. Ich habe ja nur darüber nachgedacht. Ich muß schließlich, wie du weißt, mein Motorrad finanzieren.«

»Du wirst die verdammte Maschine nicht mal drei Monate lang fahren können.« Rick wirft den Mop beiseite, hebt einen Basketball auf und geht zum Spielfeld zurück. »Du bist einfach blöd, Sam. Du mußt nicht das Basketballspielen aufgeben, du mußt einfach nur mal den Kopf aus deinem Arsch herausziehen und endlich aufwachen.« Er knallt den Ball gegen die Tafel.

»So einfach ist das nicht…«, sagt Sam kopfschüttelnd.

»Ist es doch«, unterbricht ihn Rick. »Ist es doch.« Er deutet anklagend auf Sam. »Du bist nur zu blöd.«

Die Fenster der Corner leuchten warm und einladend. Vom Bürgersteig aus erspäht die Mutantin J.C. an seinem Lieblingsplatz. Drinnen beugt sie sich über die Rückenlehne der Sitzecke und stößt seinen Ohrring an. Er lehnt sich zurück und lächelt.

»Hallo«, sagt sie.

»Wie geht's?« antwortet er.

Sie klettert über die Lehne und rutscht neben ihn. Als sie sich wie eine Katze an ihn kuschelt, legt er automatisch eine Hand um ihre Taille. Sie schiebt eine Hand an der Innenseite seiner Schenkel hoch, bis sie seine Hoden erreicht.

J.C. stößt die Luft aus und beginnt zu grinsen. »Freust du dich so, mich zu sehen, oder prüfst du nur, ob ich einen Leistenbruch habe?«

Ihre Frechheit macht J.C. ebenso an wie der leichte, angenehme Druck ihrer Hand. *Samson kann ihm gestohlen bleiben.* Wenn sie irgend etwas haben will, eröffnen sich dadurch ungeahnte Möglichkeiten. Er beugt sich zu ihr, um sie zu fragen, ob sie gleich mit ihm nach Hause kommt. Sie hört genau zu, während sich ihre Finger immer fester um seine Eier schließen. Das anfänglich angenehme Gefühl verwandelt sich schnell in sein schmerzhaftes Gegenteil.

Sie leckt sich über die Lippen. »Möchtest du etwas erleben?«

J.C. tastet nach ihrem Handgelenk und keucht: »Du tust mir weh.«

»Ich sollte sie abreißen, du Arsch.«

Er hat das Gefühl, vor Schmerz wahnsinnig zu werden. »Loslassen. Bitte!«

Sie läßt los. Wenn das hier kein öffentliches Lokal wäre, würde er… J.C. schiebt den Gedanken beiseite. Heimzahlen kann er es ihr auch später. Er schließt die Augen, holt tief Luft und bringt schließlich sogar ein dünnes Lächeln zustande.

»Lieber Himmel, D., reg dich ab. Was ist denn los?«

»Wie kommt es, daß einige Jungs solange nett sind, bis man sie rangelassen hat, um sich danach in Arschlöcher zu verwandeln? Jungs, die es nicht abwarten können, ihren blöden Freunden zu erzählen, wie und mit wem sie es getrieben haben? Kennst du so jemanden?«

Jetzt dämmert es J.C., und er entspannt sich.

»Du hast mit Sam geredet?«

»Richtig. Und du, du Arsch, erzählst jedem, der es hören will, was du mit mir treibst.«

J.C. runzelt die Stirn. »Nun reg dich aber wirklich mal ab. Wie wär's mit ein paar Pillen?« Er kramt in seinen Taschen herum. »Du solltest nicht so ernst nehmen, was andere Leute erzählen.« Er drückt ihr eine Kapsel in die Hand.

Erstaunlich, wie glänzend die Pillen aussehen. Es ist kein echtes Preludin, das ist praktisch nicht mehr zu kriegen, sondern irgendein nachgemachter Mist, so ähnlich wie Margarine als Ersatz für Butter. Sie nimmt seine Pepsi, um die Pillen hinunterzuspülen.

»Ich hole dir auch eine«, sagt er und geht zur Theke. Als er zurückkommt, tätschelt er ihr Bein. »Besser?«

»Besser.«

Zufrieden darüber, daß er wieder im Geschäft ist, überzieht ein Grinsen sein Gesicht. »Grey sagt, du würdest nicht mehr auf Feten gehen.«

»Nicht, bis die Saison vorbei ist. Ich kann es mir nicht leisten, noch weitere Spiele zu versäumen. Ich brauche nur meine Antibaby-Pillen.«

»Könnte sein, daß ich dafür etwas Besonderes verlange«, sagt er.

Und das will er wirklich. Schließlich muß er ihr heimzahlen, was sie ihm angetan hat.

In gespielt schockiertem Ton sagt sie: »Schwein.«

Er lacht. »Ich schwöre, es bleibt von jetzt an alles unter uns beiden.«

Sie läßt es zu, daß er ihre Brust drückt, bevor er die Sitzecke verläßt. Er drückt ziemlich fest zu.

»Ist morgen abend auch noch Saison? Ich fahre nach Lewiston, ein bißchen feiern. Willst du mitkommen?«

Sie schüttelt den Kopf. »Diesmal nicht. Wie wär's mit Mittwoch? Nach dem Training?«

»Zu schade«, sagt er. »Aber gut, bis dahin müßte ich mich erholt haben. Wir sehen uns.«

Ihr ist klar, daß er sie wegen der Pillen zappeln lassen will. Schließlich muß er ihr heimzahlen, was sie getan hat, und für jemanden wie ihn ist es nicht damit getan, ihr einmal kräftig die Brust zu quetschen. Für ihn muß schließlich Gewinn dabei herausspringen, denn er ist der geborene Händler. Er verhandelt sogar mit seinem eigenen Schwanz, wenn er mal pinkeln geht.

16

Hoch oben über der Musik und den Verrenkungen der Tänzer wandelt die Mutantin durch die Strahlen schwarzen Lichtes. Immer wenn das dunkle Licht über sie hinweghuscht, beleuchtet es das Weiß ihres T-Shirts, das vorne geschlitzt ist, um die Hügel ihres roten BHs zu enthüllen. Der an Drähten befestigte Laufsteg erzittert unter dem Ansturm der Musik. Es ist ein angenehmes Gefühl, die anderen unbemerkt zu beobachten, insbesondere, wenn man sich hoch über der Menge befindet. Sie hat einen gottähnlichen Ausblick auf Dutzende von Annäherungsversuchen, Zurückweisungen und ähnliche Geschehnisse. Sie sieht, wer sich langweilt, wer betrunken ist, wer Krach hat. Pete Fosse streitet sich mit Cady Fleming, Cady schiebt ihm seinen Klassenring halb die Nase hinauf, bevor sie abrauscht. Sarah Kendall hat ihre Zungenspitze in Rick Woods' Ohr gesteckt, während Rick mit beiden Händen ihren reizenden Hintern knetet. Die Jandreau-Zwillinge haben Todd Gramolini zum Opfer dieser Nacht erkoren – Melanie heizt ihn an, und Melissa springt ein, sobald er seine Zweifel, ob wirklich er es ist, dem so etwas passiert, verliert. Nach fünfzehn Minuten heißer Anmache durch die Jandreau-Zwillinge hat er ein dümmliches Grinsen auf seinem Gesicht und eindeutig einen Steifen. Und ihm ist nicht bewußt, daß Deb Michaud die Szene mit wachsender Wut beobachtet.

Die Aufsichtführenden schauen so gelangweilt und kummervoll drein wie immer, stets darum bemüht, in der Nähe der Punschschale zu bleiben, doch sie sind nicht nahe genug dran. Während die Mutantin sich die Hand vor den Mund hält, um nicht laut loszulachen, pinkelt Jimmy Bouchard in der Deckung der Zuschauertribüne in eine leere Sodaflasche. Als Jimmy sich an den Punsch heranpirscht, lenkt ein Verbündeter die Aufsichtsperson ab, und so wird die Bowle mit einer besonderen Zutat angereichert. Wann immer die Aufseher nicht hinschauen, leeren die Kids ihre Gläser in Blumentöpfe und Waschbecken und schütten sie auf dem Parkplatz oder in der Deckung der Büsche aus, um sie anschließend mit Rum oder Wodka wieder aufzufüllen. Sogar von ihrem Versteck aus kann die Mutantin den Alkohol riechen.

Grey lungert bei Jimmy und den Motorradfans herum. Eigentlich wollte sie mit J.C. nach Lewiston fahren, doch der hatte erst die dezenten Hinweise und dann auch ihre offene Frage ignoriert und ihr schließlich entgegnet, sie solle sich verpissen, er habe ihr ewiges Gejammer satt. Auf solche Sachen reagiert sie sehr heftig und ist mittlerweile schon ziemlich oft auf dem Parkplatz gewesen, um sich mit Alkohol zu versorgen.

Lexie ist ebenfalls nicht gut drauf. J.C. kommt mit seinem gefälschten Ausweis in jede Bar hinein, doch sie ist ganz offensichtlich zu jung, um durchgelassen zu werden. Andererseits ist sie nicht Grey. Sie will sich etwas beweisen. So arbeitet sich das jüngere Mädchen durch die Menge, flirtet hier, nimmt dort einen Schluck aus einem Glas und sorgt so für Kontakte, die J.C. dann ausnutzen kann. Das viele Sodawasser, das sie trinkt, scheint der Grund für ihre häufigen Toilettenbesuche zu sein. Jungs lungern draußen vor den Waschräumen herum und warten anscheinend auf ihre Freundinnen. Innerhalb eines bestimmten Umkreises um die Toiletten erleichtert Lexie ihre Handtasche und füllt zugleich J.C.s Brieftasche.

Als Mitternacht naht, verschwinden einige Kids zu privaten Parties in verschiedenen Häusern, oder auch auf bestimmte Parkplätze, wo sie das neue Jahr mit Alkohol begrüßen können, ohne das Auge des Gesetzes auf sich aufmerksam zu machen. Vom Parkplatz her kommen Leute mit Sodaflaschen oder Sekt. Von oben sieht die Mutantin die Fontänen aufsteigen, als die zuvor kräftig geschüttelten Getränke um Schlag zwölf geöffnet werden.

Ein paar Minuten später stapft sie durch den Schnee auf dem äußeren Spielfeld. Der Parkplatz leert sich stetig, aber noch immer hängen ein paar Kids dort herum.

Grey und Lexie schauen durch den Zaun. Grey zündet sich eine Zigarette an, läßt sie fallen, hebt sie wieder auf und murmelt etwas vor sich hin.

Lexie rüttelt am Zaun. »He, Mutantin, alte Hexe. Komm, wir suchen uns eine Party, bevor alles vorbei ist.«

Die Mutantin knallt ihren Ball gegen die Tafel. Der Ball fällt in den Schnee und liegt still da. Die Mutantin hebt ihn auf und schießt ihn über den Zaun. Er prallt von einem Truck ab und springt auf die Motorhaube eines Chevy Blazer. Pete Fosse springt aus dem Wagen, gefolgt von Todd Gramolini, Tim Kasten, Bither und Billy Rank.

Billy nimmt den Ball und hält ihn hoch über seinen Kopf. Die Mutantin springt danach, doch Pete schnappt ihn sich vorher.

Rank lacht dümmlich.

»Keine Chance«, sagt Pete und wirft den Ball in den Wagen. »Ich behalte ihn.«

Die Mutantin zuckt die Schultern und zeigt ihm den Mittelfinger.

»Die hat's dir aber gegeben«, meint Bither.

Grey und Lexie kommen kichernd und stolpernd vom Spielfeld herüber.

»Party-Zeit«, murmelt Pete seinem Freund Todd zu.

Pete schiebt sich zwischen Lexie und Grey und legt jedem der Mädchen einen Arm um die Hüfte.

Todd legt einen Arm um die Schultern der Mutantin. »Meine Damen, es ist ziemlich kalt hier. Können wir irgend etwas tun, um Sie aufzuwärmen?«

Die Mutantin schnaubt verächtlich und duckt sich unter Gramolinis Arm weg.

Lexie schielt Pete an. »Wenn du Geld hast und ein paar Streichhölzer, könnte ich uns ein Feuerchen machen.«

Sie öffnet ihre Handtasche, und er schaut hinein. »Kein Scheiß. Wieviel?«

Lexie hängt sich an ihn und flüstert in sein Ohr.

»Gib mir mal den Spiegel«, sagt er zu Todd.

»Nicht hier«, widerspricht Todd. »Irgendwo, wo wir unter uns sind.«

»Zählt nicht mit mir«, erklärt Tim Kasten. »Wir sehen uns dann, Jungs.«

Sie schauen zu, wie Tim quer über den Parkplatz läuft und sich einer anderen Gruppe anschließt.

Pete drückt Lexie. »Wie wär's mit einer kleinen Fahrt?«

Bither und Billy Rank klettern in den Wagen, Pete hebt Lexie hoch und schiebt sie zu den beiden hinein. Grey klettert hinterher. Die Mutantin bückt sich an der offenen Vordertür und greift nach dem Ball. Gramolini packt sie an den Hüften und schiebt sie auf den Sitz. Er springt hinter ihr hinein und legt seinen Arm um ihre Schulter. Pete nimmt am Steuer Platz.

Todd schiebt eine Hand unter ihr T-Shirt. »Willst du ein Bier?«

Wütend wischt sie seine Hand beiseite.

Pete richtet sich hinter dem Steuer auf. »Seid vorsichtig, Leute. Haltet die Bierdosen unten, damit man sie von draußen nicht sehen kann.«

Die Mutantin schaut nach hinten. Bither flüstert etwas in Lexies Ohr.

Grey sitzt mit feuchten, blutunterlaufenen Augen da und raucht eine Kippe. Billy zeigt den dümmlichen Gesichtsausdruck eines Halbdebilen, der endlich einmal mit der Familienkutsche fahren darf.

»Pete«, sagt die Mutantin.

»Ja?«

»Lexie ist dreizehn.«

Er winkt ab. »Ich sag's keinem, wenn du's auch niemand sagst.«

Lexie tritt gegen den Sitz der Mutantin. »Entspann dich, Gauthier. Wir werden 'ne Menge Spaß haben. Ich hab' ein paar Flaschen Champagner.«

Tja, wenn Flem sich nicht ausgerechnet den Silvesterabend ausgesucht hätte, um sich mit Pete zu zanken, könnte sie sich jetzt mit Champagner vollaufen lassen und hätte endlich mal einen richtigen Grund zum Kotzen. Dieser Gedanke bringt die Mutantin zum Lachen.

Fosses Unterschlupf ist hübscher als das Haus an der Depot Street. Zwei Schlafzimmer, Wohnzimmer, Küche, zwei Bäder. Außerdem gibt es einen Kamin, doch den darf niemand benutzen. Pete ist von Anfang an nervös und droht jedem mit Mord, der irgendwelche Spuren hinterläßt.

Immerhin erlaubt er aber der Mutantin, das Radio einzuschalten. Er entkorkt den Champagner und läßt die Flasche kreisen. Auf dem Wohnzimmertisch breitet er das Gras aus, das er Lexie abgekauft hat, um daraus Joints zu drehen. Als er den ersten anzündet, schlüpft die Mutantin in die Küche. Der Duft ist einfach zu verlockend, und sie fürchtet, ihm nicht widerstehen zu können, wenn sie ihn erst einmal richtig eingeatmet hat. Eine Untersuchung der Küchenschränke fördert ein Glas mit Mais und etwas Öl zutage. Also macht sie Popcorn.

Todd kommt herein, lehnt sich gegen die Anrichte und schlürft an einem Bier. Er bietet ihr auch etwas an und lacht, als sie ablehnt.

»Der Heilige Sam wäre stolz auf dich«, lästert er.

Die Mutantin zuckt die Schultern. »Hat nichts mit ihm zu tun. Ich will nur gesund bleiben, das ist alles.«

Er lächelt wissend. »Wie auch immer – ich habe nichts gegen Sam. Ich kenne ihn noch aus der Zeit, als er hin und wieder ein Bier trank. Doch seit seine Schwester unter die Räder gekommen ist, benimmt er sich ziemlich puritanisch. Auch seine Mutter hat einen religiösen Tick, vielleicht hat er's daher. Aber wen stört das, solange er den Korb trifft!«

Lexie quietscht fröhlich im Wohnzimmer. Offenbar hat jemand ihre Brüste gedrückt. Todd tritt nervös von einem Fuß auf den anderen und umkreist mit seiner Fingerspitze den Rand der Bierdose.

»Um die Wahrheit zu sagen, ich mag Deb immer noch. Sie wollte etwas Festes, und dafür fühle ich mich noch nicht bereit. Aber wir mögen uns weiterhin, und deshalb fühle ich mich gar nicht gut dabei, wenn wir hier mit Lexie rummachen. Ich meine, ich kenne sie noch aus der Zeit, als sie den Mund voller Zahnspangen hatte und noch nichts von Titten zu sehen war.«

Das Popcorn knallt in der Pfanne, und die Mutantin drückt den Deckel etwas fester.

Todd legt seine Hände an ihre Hüften und läßt eine weiterwandern. Über die Ketten hinab zu ihrer Muschi.

»Mmmm« murmelt er. »Du hast zwar nicht viel in der Bluse, aber alles ist am richtigen Platz. Hast du eigentlich mit der Kifferei auch alle anderen Vergnügungen aufgegeben?«

Sie stößt ihren Ellbogen in seinen Solarplexus, und er weicht japsend zurück.

»Wie kommst du denn auf die Idee?« fragt sie spöttisch.

Er reibt sein Zwerchfell und grinst dann. Lachend greift er an ihr vorbei und holt sich eine Handvoll Popcorn aus der Pfanne.

Sie füllt eine kleine Schale für sich selbst und gibt ihm den Rest, damit er es ins Wohnzimmer bringen kann. Während sie das Popcorn knabbert, schaut sie sich weiter in der Küche um. Im Kühlschrank findet sie ein Paket gemahlenen Kaffee. Nachdem sie die Anweisungen auf der Packung genau studiert hat, setzt sie schließlich die Kaffeemaschine in Gang. Bisher hat sie immer nur Instant-Kaffee gemacht. Der Duft des Kaffees mischt sich mit dem Marihuana-Rauch aus dem Wohnzimmer.

Pete streckt seinen Kopf in die Küche. »Seit wann bist du so häuslich?«

Sie ignoriert ihn.

Er wedelt einladend mit dem Joint. »Guter Stoff.«

Die Mutantin winkt ab.

»Was ist los?« fragt er. »Schlechte Laune, oder hast du deine Tage?«

»Verpiß dich«, sagt sie.

Er zuckt die Schultern und geht wieder.

Als sie die zweite Ladung Popcorn ins Wohnzimmer bringt, sitzt dort nur noch Billy. Die anderen haben sich ins nächstgelegene Schlafzimmer zurückgezogen und den Stoff mitgenommen. Nur noch ein Joint liegt auf dem Tisch. Billy nimmt den Joint und bietet ihn ihr an. Sie schüttelt den Kopf, und Billy steckt ihn sich selbst an.

»Ich bin zugedröhnt«, verkündet er ernsthaft.

Sie klopft ihm auf die Schulter und läßt sich aufs Sofa fallen. Er gleitet neben ihr auf den Boden und lehnt den Kopf gegen ihr Knie. Der Joint duftet gut. Sie atmet tief ein.

Pete kommt aus dem Schlafzimmer, setzt sich auf die Rückenlehne der Couch und spreizt die Beine so, daß sie zwischen seinen Schenkeln sitzt. Deanie schiebt die Hände unter seine Knie und drückt sie nach oben. Pete stürzt rückwärts von der Lehne und kommt lachend wieder hoch.

»Früher warst du nicht so abweisend. Stimmt es, daß du einen Ring durch deine Pflaume gezogen hast?«

Billy wird rot und gibt einen erstickten Laut von sich.

Die Mutantin zeigt Pete einen Vogel.

Er hebt die Schultern. »Na, was soll's auch. Du bist so oder so nicht die beste Unterlage. Zum Glück habe ich meine Kanone eben schon abgeschossen.« Pete beugt sich vor, um ihr Stirnband zu berühren. »Da drinnen geht's übrigens reichlich abgefahren zu. Grey ist schon für sich allein genommen eine tolle Show. Geh einfach rein und schau ein bißchen zu, vielleicht bringt dich das ja auf Touren.«

»Du bist ein Arschloch, Pete«, sagt die Mutantin. »Wenn du mich nochmal anfaßt, reiße ich dir den Schwanz ab.«

Pete lacht und geht zurück ins Schlafzimmer.

Die Mutantin holt ihre Jacke und rollt sich damit auf der Couch zusammen. Sie hat ihre Augen erst ein paar Sekunden geschlossen, da stubst Billy sie an.

»Mir ist kalt«, erklärt er fröstelnd.

Sie läßt es zu, daß er sich an sie kuschelt und teilt die Jacke mit ihm, als wäre es eine Decke. Sein Körper wärmt angenehm, auch wenn er etwas säuerlich riecht. Die Geräusche aus dem Schlafzimmer übertönen das Radio. Sie schließt ihre Augen etwas fester, aber das hilft auch nicht.

Irgendwann verläßt Todd das Schlafzimmer und geht zum Bad hinüber. Sie hört ihn kotzen. Dann stolpert Bither aus dem Schlafzimmer und marschiert direkt nach draußen. Etwas später kommt Todd aus dem Bad und Bither aus der Kälte wieder herein. Die beiden lassen sich in Sessel fallen, die Köpfe gebeugt, die Augen geschlossen.

Pete erscheint und treibt die anderen an, die Wohnung aufzuräumen, damit sie endlich heimfahren können. Die Mutantin wirft einen Blick ins Schlafzimmer. Im Licht einer einzigen kleinen Leselampe sieht sie Grey, die auf einem Stuhl sitzt und eine Zigarette raucht. Ihr Make-up wirkt ziemlich derangiert, und sie zieht sich mit einem Stift die Lippen nach.

»Alles in Ordnung?« fragt die Mutantin.

Grey lächelt strahlend.

Das Bett ist gar nicht bezogen, die Matratzen sind in Plastik eingehüllt. Lexie wischt trotzdem alles sehr gründlich mit einem Papiertaschentuch ab; offensichtlich ist sie zugedröhnt. Sie geht ein paar Schritte zurück, um ihre Arbeit zu begutachten, dann betrachtet sie sich selbst im Spiegel. Ihre Lippen wirken etwas geschwollen.

»Lieber Himmel«, sagt sie, »war das eine Party. Eine Riesenfickerei. Und jede Menge Mundarbeit. Ich dachte schon, ich kriege einen Krampf in meinem Kiefer.« Sie schaut die Mutantin an, grinst und holt ein Bündel Banknoten aus den Taschen ihrer Jeans. »J.C. wir platzen«, prahlt sie. »Schau dir an, was wir diesen Arschlöchern abgeknöpft haben. Ich hab' ihnen gesagt, Grey und ich würden es nicht umsonst machen.« Lexie kichert. »Allein die Vorstellung, dafür zu bezahlen, hat Pete schärfer gemacht als alles andere.«

Todd kommt kurz herein, um den Aschenbecher zu leeren und ein paar Bierdosen und Champagnerflaschen aufzulesen.

Grey versucht aufzustehen, doch die Beine geben unter ihr nach. Todd und die Mutantin stützen sie.

»Überlastet«, kichert Lexie.

Auf dem Rücksitz des Wagens schließt die Mutantin ihre Augen. Sie hat genug Rauch eingeatmet, um schläfrig zu werden, und darf gar nicht an das Training morgen denken. Lexie und Todd sitzen vorn bei Pete. Die Jungs haben Grey auf den Rücksitz geschafft, wo sie sich jetzt zwischen Bither und der Mutantin befindet.

»Wenn sie kotzt«, droht Bither, »muß ich auch kotzen.«

Dann entdeckt er eine vergessene Sechserpackung Bier und ist erst einmal beschäftigt.

»Gib mir eins davon«, bittet Pete.

Bither bietet auch Billy eine Dose an, der aber stöhnend ablehnt.

Kurz bevor sie die Hauptstraße erreichen, gerät der Wagen ins Rutschen. Pete kurbelt fluchend am Steuerrad, dirigiert sie aber in eine Schneeverwehung. Alle steigen aus, damit die Jungs versuchen können, den Wagen zurück auf die Straße zu schieben.

»Tolle Fahrleistung«, murrt die Mutantin, und Pete schlägt ihr derart schnell mit dem Handrücken ins Gesicht, daß sie schon mit der Nase im Schnee liegt, bevor sie reagieren kann.

»Du hast ein reichlich großes Maul, und das kotzt mich langsam an!« schreit er, als sich das Mädchen aufrappelt.

Nach der durchzechten Nacht reagieren die anderen so langsam, daß sie kaum mitkriegen, was geschieht. Pete kommt drohend näher, Todd versucht, ihn zurückzuhalten, doch Pete schüttelt den leichteren Jungen ab und langt nach ihr.

Sie stolpert beiseite, doch er stürzt sich auf sie und benutzt sein Gewicht, um sie unten zu halten. Der Kampf erregt ihn. Er ärgert sich, weil er durch die Kleidung behindert wird, und stößt mit seiner reißverschlußbewehrten Latte gegen ihre Schenkel.

»Fick sie!« kreischt Lexie. »Los, mach schon, fick sie!«

Plötzlich bekommt Deanie wieder Luft, als Todd und Billy Pete von ihr wegziehen. Billy und die Mutantin klammern sich aneinander, um sich gegenseitig Halt zu geben, während Pete und Todd miteinander kämpfen. Beide sind zu müde und betrunken, um einen ernsthafteren Treffer landen zu können. Schließlich lehnt sich Pete erschöpft gegen den Wagen. Todd findet einen Baum, an dem er sich abstützen kann, um wieder zu Atem zu kommen.

»Irgendwer sollte wohl besser den Abschleppdienst rufen«, sagt er schnaufend. »Wo ist das nächste Telefon? In den Narrows?«

Instinktiv denkt Pete daran, seinen eigenen Arsch zu retten. »Wir sollten Sweetser's anrufen, denn sonst tauchen Sam oder sein Vater hier auf.«

Die Mutantin meldet sich freiwillig.

»Ich komme mit«, erklärt Billy, doch er kann sich kaum auf den Füßen halten.

Sie drückt seine Hand und versichert ihm, daß sie es allein schaffen will. Er würde nur ihr Tempo drosseln.

»Gehen wir zurück zum Haus«, sagt Todd. »Da haben wir es warm.«

»Auf keinen Fall«, erklärt Pete. »Dort ist schon alles aufgeräumt. Außerdem ist es eine halbe Meile entfernt, und wir alle haben nur Turnschuhe an. Wir können den Motor laufen lassen, dann haben wir es hier auch warm.«

Keiner will deswegen mit ihm diskutieren.

Die Mutantin läuft die Straße hinab. Ihr wird plötzlich bewußt, daß sie verschwitzt ist und Adrenalin durch ihre Adern rauscht. Lexie hatte recht. Eine tolle Party.

17

Ein blauer Mond am gefrorenen schwarzen Himmel färbt die Möbel bleich wie Ektoplasma. Sams Augenlider fahren langsam wie in einem Comic hoch. Das gräßliche Geräusch stammt nicht aus einem Alptraum: Das Telefon läutet wirklich. Während er sich auf der Couch im Wohnzimmer auf die Seite dreht und mit einer Hand nach dem Hörer greift, wirft er einen Blick auf den Radiowecker: 3Uhr 48. Als das »Hair of the Dog« um zwei Uhr geschlossen hat, haben er und sein Vater mindestens einem halben dutzend Autos Starthilfe geben müssen. Danach sind sie nach Hause gekommen und haben sich gleich hingelegt.

Das Räuspern von Maxie Sweetser antwortet seinem »Hallo?«

»Hi, Sammy«, sagt Maxie dann. »Ich habe dich doch nicht geweckt, oder?«

»Nein, ich habe nur was gedöst, Mr. Sweetser.«

»Paß auf, mein Junge, ich habe einen Anruf von einer dusseligen Kuh gekriegt, die ihren Geländewagen in den Graben gesetzt hat. Die Karre steht an der Road 20. Das liegt viel näher bei euch. Ich weiß auch nicht, warum der Trampel nicht gleich bei euch angerufen hat.« Maxie bläst sich lautstark die Nase frei. »Ich sehe nicht ein, warum ich dort hinausfahren soll. Außerdem sind meine drei Wagen zur Zeit alle unterwegs, um irgendwelchen Idioten aus der Patsche zu helfen. Habt ihr Interesse dran?«

»Klar. Danke, Maxie.«

»Keine Ursache. Richte deinem Vater die besten Grüße aus, und sag ihm, daß die Karre, die er repariert hat, wieder wie eine Eins läuft. Wenigstens einmal in seinem Leben hat er was richtig gemacht. Ach so, guten Rutsch ins Neue Jahr wünsche ich noch.«

»Ja, Sir. Und Ihnen auch einen guten Rutsch.«

Sam nimmt seine Jacke und schreibt eine Notiz auf den Block. Er rechnet eigentlich damit, daß Reuben vom Telefonläuten wach geworden ist, aber als er das Haus verläßt, ist er immer noch allein. Es war eine lange Nacht, und sie haben hart gearbeitet. Reuben braucht seinen Erholungsschlaf. Deswegen hat sich auch Sam und nicht sein Vater auf die Couch gelegt, um Notrufe entgegenzunehmen.

Road 20. Das ist am Südrand des Sees, eine halbe Meile von den Narrows entfernt. Das Land dort ist recht sumpfig, und die Straßen befinden sich nicht im allerbesten Zustand. Zu dieser Jahreszeit kann man sie nur mit einem Allradbetrieb befahren. Und wenn auch der nicht weiterhilft, sitzt man wirklich in der Klemme.

Die Frostnacht ist klar und rein. Das Land zeigt sich unter dem hexenhaften Mondlicht in all seiner weißen Schneepracht. Sam ist wach und fühlt sich gut. Es bereitet ihm große Befriedigung, die Welt ganz für sich allein zu haben.

Er braucht nicht lange zu suchen. Fosses Blazer steckt bis zu den Kotflügeln in einem verschneiten Straßengraben. Na toll, denkt Sam. Ausgerechnet um dieses Arschloch muß er sich kümmern, statt zuhause im warmen Bett zu liegen.

Der Motor des Wagens läuft, damit die Insassen es warm haben. Die Scheiben sind beschlagen, und aus dem Innern dröhnt Musik. Sam hält hinter dem Auto an und steigt aus. Als er an die Scheibe klopft, läßt Pete erschrocken die Bierdose fallen, aus der er gerade getrunken hat. Sam öffnet die Tür, und Fosse fällt beinahe aus dem Wagen. Aus dem Radio ertönt Led Zeppelins »Stairway to Heaven«.

»Verdammte Scheiße!« entfährt es Pete, als seine Bierdose in den Schnee plumpst. Starker Marihuanageruch dringt aus dem Wagen. »Grundgütiger, Sambo!«

Sam packt Fosse am Kragen, zieht ihn hinter dem Lenkrad hervor und stellt ihn an den Bronco.

»Scheiße, Mann!« keucht Pete. »Was hast du für ein verdammtes Problem?«

»Dich, du Arschloch!«

Die anderen klettern umständlich aus dem Fahrzeug: Todd Gramolini, Bither, Billy Rank und die kleine Lexie Michaud. Als letzte kommt die Mutantin heraus. Es schockiert ihn, sie hier bei diesen Typen anzutreffen, und er sieht rasch an ihr vorbei ins Wageninnere, um sich nichts davon anmerken zu lassen. Shasta Grey liegt auf dem Rücksitz und ist entweder im Tiefschlaf oder im Vollrausch. Die anderen machen auch nicht gerade einen nüchternen Eindruck. Der Rauch im Wagen ist so dick, daß man kaum etwas erkennen kann, und auf dem Boden türmen sich Dosen und Tüten.

»Gauthier, du blöde Fotze!« schimpft Fosse. »Ich habe dir doch ausdrücklich gesagt, du sollst Sweetser anrufen.«

Eine große Hand legt sich um Petes Kehle. »Halt die Klappe, Idiot«, knurrt Sam.

Als Sam ihn losläßt, taumelt Pete zurück. Todd fängt ihn auf. Beide haben Mühe, auf den Beinen zu bleiben. Als Bither in die Sicherheit des Waldes verschwinden will, stellt die Mutantin ihm ein Beinchen, und er legt sich lang hin. Billy Rank schwankt hin und her und scheint von allem nichts mitzubekommen.

Sam tritt gegen das Hinterrad des Wagens.

»Ganz ruhig, Sambo«, sagt Todd mit angsterfüllter Stimme. »Wir haben nur eine kleine Party gefeiert.«

Sam hält ihm eine Faust unter die Nase. »Du verblödetes Rindvieh. Ich sollte euch alle hier draußen lassen. Vielleicht werde ich das auch tun.«

Er steigt in seinen Abschleppwagen, startet den Motor und legt den Rückwärtsgang ein. Nach ein paar Metern hält der Wagen wieder an. Sam bleibt für eine längere Weile wütend hinter dem Steuer hocken.

Sie stehen da im Licht seiner Scheinwerfer, umarmen sich und stampfen mit den kalten Füßen auf. Die Mutantin sieht in ihrer Aufmachung aus wie ein Clown aus dem Zirkus des Satans. Vor Weihnachten hat sie ihm noch feierlich erklärt, sie wolle sich auf die Saison konzentrieren und dem Alkohol und den Drogen fernbleiben. Und jetzt, gerade mal neun Tage später, läßt sie sich schon wieder vollaufen und bedröhnen, und das auch noch mit seinen Mannschaftskollegen. Wahrscheinlich glaubt die Mutantin, er sei so scharf auf ihre Titten, daß sie ihm jeden Stuß erzählen kann.

Im grellen Licht sehen sie aus wie Zombies in einer Laser-Show. Er schaltet das Fernlicht ein, damit die Scheinwerfer ihre Augen blenden. Sie reißen ihre Hände hoch als seien sie Vampire, denen er gerade ein Kruzifix entgegengehalten hat.

Die Mutantin verläßt den Lichtkreis. Einen Moment später geht die Beifahrertür auf, und sie steigt zu ihm auf die Bank. Sie hockt auf ihren Knien, legt den Kopf wie ein neugieriges Schoßhündchen schief und fragt: »Was hast du jetzt vor?«

»Abhauen. Ihr Penner interessiert euch für nichts anderes als die nächste Party. Bitte, dann laßt euch vollaufen. Ich habe mein eigenes Leben, und in dem ist kein Platz für solchen Mumpitz. Wenn du unbedingt die Regeln brechen mußt, brauchst du auch nicht mehr mit meiner Hilfe zu rechnen. Wie alt ist die kleine Michaud eigentlich? Die Saufköpfe da haben sie doch bestimmt gevögelt, oder? Ach, ich will es lieber gar nicht wissen. Ihr habt Bier getrunken und Gras geraucht. Und danach habt ihr alle Hemmungen fallenlassen. Grey ist überhaupt nicht mehr ansprechbar. Wißt ihr eigentlich, in was für eine beschissene Lage ihr mich gebracht habt? Mir ist bekannt, daß ihr Drogen genommen, euch besoffen, eine Minderjährige blau gemacht und sie der Reihe nach besprungen habt. Wie kann ich dazu schweigen? Warum mußtet ihr diesen Mist ausgerechnet mit mir abziehen?«

»Holst du uns hier raus oder nicht?«

»Warum sollte ich für euch auch nur einen Finger rühren? Ihr habt mich in die Scheiße plumpsen lassen, und das macht euch nicht mal was aus. Jetzt lauf zurück zu deinen Kumpels und erklär ihnen, daß sie ihre verdammten Ärsche heben und zu Fuß nach Hause laufen können. Und es ist mir scheißegal, ob ihr Maxie oder die Bullen oder Axl Rose oder die U. S. Marines zu Hilfe ruft.«

Sie sinkt auf dem Sitz zusammen. Er will ihr Gesicht nicht mehr sehen. »Und jetzt mach, daß du rauskommst. Ich habe die Nase endgültig voll von dir.«

»Wieso? Ich habe doch nichts getan.«

»Aber du bist hier, bei diesen Typen. Oder hast du gedacht Fosses Wagen wäre der letzte Bus nach Hause?«

»Ich wußte nicht, wo ich sonst hin sollte. Ehrlich, ich hab' keinen Tropfen Alkohol angerührt. Und daß ich den Grasrauch der anderen einatmen mußte, dafür kann ich ja wohl nichts. Und ich habe keinesfalls die Beine breitgemacht, auch wenn dich das überhaupt nichts angeht.«

»Mann, du solltest dich für den Mutter-Theresa-Wettbewerb melden! Und jetzt raus aus meiner Karre.«

»Was hätte ich denn tun sollen? Verdammt, Lexie wollte es doch. Ich habe nur einen warmen und trockenen Platz gesucht, um nicht nach Hause zu müssen.«

Er schließt die Augen. Sie legt sich auf die Bank, und ein Knoten ihres Kopftuchs drückt gegen seinen Oberschenkel. Seine Finger fahren sanft über die Ketten zwischen ihrer Nase und ihrem Ohr. Wenn sie noch lange hier draußen bleibt, wird sie wieder krank. Nicht, daß sie es besser verdient hätte, die verlogene Drogenschlampe.

Schweigend befestigt er das Kabel am Blazer und zieht den Wagen aus dem Graben. Dann winkt er Lexie zu sich.

»Ich fahre die Mädchen nach Hause. Helft mir, die kleine Grey in meinen Truck zu schaffen.«

Pete und Todd zucken die Schultern und packen mit an.

Lexie grinst die Jungs frech an. »Tschüß!« Als sie an Sam vorbeigeht, reißt er ihr die Handtasche von der Schulter und durchsucht sie. Er findet einige Päckchen Gras und schleudert sie in den Wald.

»Du Scheißtyp!« kreischt die kleine Michaud ihn an.

Bevor die Mutantin zu ihr in den Wagen steigen kann, untersucht er auch ihre Tasche. Diesmal entdeckt er nichts, und sie lächelt ihn hämisch an, als er die Tasche zurückreicht. Wahrscheinlich hat sie alles vorhin verschwinden lassen, und wenn es nur Zigaretten waren, die sie im Supermarkt gestohlen hat. Zu seiner Verblüffung lag ihr Basketball in der Tasche.

Er zeigt auf Pete. »Das macht fünfunddreißig Dollar, Drecksack.«

Pete zieht alles Geld aus seiner Brieftasche und pumpt sich den Rest von den anderen zusammen. Billy lächelt mit benebelten Augen, als Pete in seine Hosentasche greift, um dort nach Kleingeld zu suchen.

»Und jetzt schiebt ihr eure Idiotenärsche besser zu Fosses Leuten rüber, bevor jemand auf euch aufmerksam wird und ihr aus dem Team fliegt. Und wenn ihr wieder im Graben landet, macht euch gar nicht erst die Mühe, bei mir anzurufen. Von mir aus könnt ihr euch hier draußen die Schwänze abfrieren. Und jetzt verpißt euch!«

»Du dich auch, Samson!« giftet Pete.

»Halt doch endlich die Klappe!« ermahnt Todd ihn leise.

»Ich fühl mich nicht gut«, sagt Billy. Er hält sich an Bither fest, um nicht hinzufallen, und kotzt ihn von oben bis unten voll.

Die Verandalampe auf der Grey-Farm leuchtet trübe wie ein ferner Stern. Sam hat sich das Mädchen über die Schulter geworfen und hämmert an die Tür. Ihr Großvater, ein gebeugter alter Mann mit weißen Bartstoppeln, macht auf.

»Sie ist besoffen«, sagt Sam.

Der Alte macht Platz und zeigt auf eine mitgenommene Couch. Im ersten Stock geht das Licht an, und dann steht eine Frau in mittleren Jahren an der obersten Stufe.

»Das dumme Ding ist voll wie tausend Mann«, erklärt der Großvater.

»Wer ist das da bei ihr? Sam Styles?« will die Frau wissen.

»Sie war mit ein paar Leuten zusammen, deren Wagen ich aus dem Graben ziehen mußte. Keiner der Jungs war mehr in der Lage, ein Fahrzeug zu steuern. Deswegen fahre ich jetzt die Mädchen nach Hause.«

»Der Junge ist mit dem Abschleppwagen gekommen«, bestätigt der Alte. »In der Karre sitzen noch mehr Mädchen.«

»Vielen Dank, Sam«, sagt die Frau. »Dad, deck Shasta bitte zu, ja? Mir reicht es jetzt endgültig mit diesem Früchtchen. Wenn sie morgen wieder zu sich kommt, kriegt sie aber was zu hören! Oh, verdammt, ich habe ja morgen die Frühschicht.«

Wieder in Greenspark, läßt Sam einen Block vor ihrem Haus Lexie heraus. Er sieht ihr hinterher, wie sie über den Bürgersteig schleicht. Bevor sie den Schlüssel ins Schloß stekken kann, wird die Tür aufgerissen, und ihr Vater zerrt sie am Kragen ins Haus.

Die Mutantin macht es sich auf der Bank bequem.

»Ich will nicht nach Hause«, sagt sie. »Laß uns woanders hin fahren. In die alte Fabrik. Oder vielleicht fällt dir etwas Besseres ein. Mir ist es gleich, Hauptsache, dort ist es warm. Wetten, daß ich dort deine Stimmung deutlich aufheitern kann?«

»Ich will nicht irgendwo hin, und mit dir schon gar nicht. Oder glaubst du, ich will mein Ding da reinstecken, wo schon Fosse und die anderen Arschlöcher dran waren?«

»Du blöde Sau!« fährt sie ihn an. »Ich habe dir doch gesagt, daß ich mit denen nichts hatte.«

»Das muß ja für dich eine ganz neue Erfahrung gewesen sein. Mensch, Deanie, du treibst dich mit Taugenichtsen wie Chapin herum und landest immer wieder in der Scheiße. Fosse und die anderen sind keinen Deut besser als J.C. Vielleicht ist deiner Meinung nach ja auch nichts Schlimmes dabei, wenn man sich bedröhnt und sich dann über willige kleine Mädchen hermacht. Aber ich denke, daß es verdammt niederträchtig ist, ein Mädchen zu vögeln, das man vorher blau gemacht hat. Dreckig und gemein ist das. Außerdem sind Drogen illegal. Und Kids in deinem Alter dürfen auch noch keinen Alkohol konsumieren. Stell dir nur vor, jemand hätte euch erwischt! Dann wärt ihr alle ins Loch gewandert.«

»Quatsch! Niemand wäre eingebuchtet worden. Und jetzt reg dich ab. Solchen Moralscheiß kannst du deinem Friseur erzählen.«

»Dir ist es wohl vollkommen egal, wenn du in der Gosse landest, was? Nun, ich kann mir bedeutend schönere Dinge vorstellen.«

»So weit ich das erkennen kann«, schnappt sie zurück, »gibt es absolut gar nichts, das gut für dich wäre.« Unvermittelt sieht sie ihn neugierig an. »Willst du wirklich aus dem Team aussteigen?«

»Ich wollte es nie mehr als jetzt.«

Seufzend macht sie sich wieder lang und legt ihren Kopf auf seinen Oberschenkel. Er möchte sie wegschieben, bringt es dann aber doch nicht über sich. Zögernd legt er eine seiner großen Hände auf ihren Kopf und befingert ihren Ohrring. Als er einen Blick auf sie wirft, hat sie die Augen geschlossen.

Verwirrung und Schmerz wüten in seinem Magen. Die Mutantin hat gesagt, sie wolle nicht nach Hause, sondern an irgendeinen Ort, an dem es warm ist. Wenn sie zur alten Fabrik gegangen wäre, hätte sie dort sicher den Heizkörper gefunden, den er in der Hausmeisterloge zurückgelassen hat. Wie lange haben sie bei Fosse gefeiert? Sicher zu lange.

Das Haus in der Depot Street ist dunkel. Der Garten ist wie üblich mit Abfall übersät.

Bevor er aussteigen und ihr die Tür öffnen kann, hat sie schon ihren Basketball genommen und ist aus dem Wagen geglitten. Er sieht ihr nach, wie sie zum Haus geht, ruft ihr aber keinen Abschiedsgruß zu; und sie dreht sich auch nicht nach ihm um, um ihn mit einer Geste zu verspotten oder zu beleidigen.

Blöde Kuh. Er sollte in die Fabrik gehen und den

verdammten Korbring aus der Wand reißen. Verdammte Arschlöcher! Er legt den Rückwärtsgang ein. Keiner von ihnen nimmt die Saison ernst genug.

Trotz des Feiertags wird an Neujahr trainiert. Die Mutantin wartet schon an der Ecke, als er mit seinem Truck erscheint. Sie hat sogar eine Art Friedensangebot mitgebracht. Er nimmt den Becher Kakao entgegen, den sie ihm reicht. Dann wirft sie ihre Tasche in die Fahrzeugkabine und steigt hinterher.

»Danke«, sagt er kurz angebunden.

»Bist du immer noch sauer?«

Statt eine Antwort zu geben, dreht er das Radio lauter. Ihr Anblick reicht schon aus, seinen Magen wieder zum Grummeln zu bringen.

Der Wagen des Trainers steht auf dem Schulparkplatz. Und auch Petes Blazer. Rick erscheint als nächster. Sam wartet mit den Händen in der Tasche am Rand des Parkplatzes auf ihn, während die Mutantin in die Halle eilt, weil es ihr hier draußen zu kalt ist.

»Na, wie war's gestern Nacht?«

Rick grinst. »Wir waren bei den Kendalls. Sarah hat einen ganzen Brie in die Mikrowelle geschoben, damit er weich werden sollte. Das verdammte Stück ist wie eine Käsebombe explodiert.«

Sam prustet los.

»Ich sagte mir, am besten lachst du nicht zu laut, sonst mußt du nachher dafür büßen.« Er zwinkert Sam beziehungsreich zu. »Danach ist dann auch alles prima gelaufen. Und wie war's bei dir? Du siehst aus, als wärst du die ganze Nacht auf den Beinen gewesen.«

»War ich auch.«

Sam hält Rick die Tür auf, und schon schlägt ihnen der Geruch von Putzmitteln entgegen.

»Hast du letzte Nacht Gras geraucht, Rick?«

Die Frage kommt so unvermittelt, daß Rick abrupt stehenbleibt.

»Frag mich so etwas besser nicht, Sambo.«

»Soll ich das als ja werten?«

Ricks Miene ist ernst geworden. Er weicht Sams Blick aber nicht aus. »Ich habe dir doch gerade gesagt, du sollst mich das nicht fragen.«

»Du weißt, daß wir einen Vertrag unterschrieben haben.«

»Und du weißt, daß ich schon mehrfach dagegen verstoßen habe. Wozu also die ganze Aufregung? Ist doch bloß ein dummes Stück Papier. Wir müssen es unterschreiben, sonst lassen sie uns nicht aufs Spielfeld. Im Grunde genommen kann man sich mit dem Wisch den Arsch abwischen. Oder glaubst du, ein kleiner Joint ab und an würde meine spielerische Leistung beeinträchtigen? Das ist doch der reine Blödsinn. Also laß mich mit dem Scheiß in Ruhe und kümmere dich um deinen eigenen Kram.«

Sam nickt nur, so als habe Rick ihm einen guten Rat gegeben.

Das macht Rick erst recht wütend. Er läßt Sam stehen und stampft davon.

Der Hausmeister hat die Halle aufgeschlossen, und die Spieler, die sich dort bereits versammelt haben, tauschen ihre Silvestererlebnisse aus. Pete und Todd sitzen auf der Tribüne und unterhalten sich leise. Als Sam eintritt, heben sie die Köpfe, blicken dann aber rasch in eine andere Richtung. Kevin Bither tut so, als hätte er ihn gar nicht bemerkt. Billy Rank hockt auf dem Boden, und seinen Augen und seiner Miene ist anzusehen, daß er an einem furchtbaren Kater leidet. Das gesamte Jungs-Team und fast alle aus der Mädchenmannschaft haben sich eingefunden.

Sam marschiert direkt zum Umkleideraum. Er kommt am Büro des Trainers vorbei und stellt erleichtert fest, daß der Coach nicht dort sitzt. In der Umkleidekabine räumt er seinen Spind leer und stopft alles in die Tasche. Als er wieder am Büro vorbeikommt, schiebt er die Notiz unter der Tür durch, die er gestern nacht geschrieben hat.

Er kehrt in die Halle zurück, und alle schweigen, als sie ihn in Straßenkleidung sehen.

»Sam!« ruft ihm Rick, der nichts Gutes ahnt, hinterher, doch er entschwindet durch die Doppeltür.

Rick läuft ihm nach und erwischt ihn an der Außentür. Die Mutantin kommt einige Sekunden später dort an, weil sie sich erst noch ihre Sachen holen mußte.

»Wo willst du hin? Was wird aus dem Training?«

»Ich steige aus«, sagt Sam und entschwindet mit einem müden Lächeln hinaus in die Kälte.

Rick hält die Tür auf und starrt ihm nach. Die Mutantin schlüpft unter seinem Arm hindurch.

»He!« ruft sie Sam hinterher. »Du bist mein Chauffeur! Du kannst mich doch nicht einfach so zurücklassen!«

»Kann ich nicht? Siehst du, wie ich meine Tasche auf die Bank werfe? Siehst du, wie ich einsteige? Und siehst du diesen Schlüssel hier? Wenn man den ins Schloß steckt, macht der große Kasten unter der Haube Wrumm-Wrumm!«

Sie läuft um den Truck herum und steigt atemlos an der Beifahrerseite ein. Er hat schon den Gang eingelegt und braust im nächsten Moment los.

»Mann, nicht so schnell!« schreit sie.

Er tritt das Gaspedal bis zum Boden durch und nimmt die Kurve zum Zubringer sehr scharf. Die Mutantin kreischt und rudert mit den Armen durch die Luft. Als sie sich auf der Straße befinden, fängt sie an zu lachen.

»Du fährst einen heißen Reifen!«

»Du wolltest ja unbedingt mit.« Mit einem Mal fühlt er sich deutlich besser.

Ernst sagt sie dann: »Hast du sie noch alle auf der Reihe? Du kannst doch nicht einfach so das Team verlassen!«

»Du siehst doch, daß ich es kann. Ich habe es gerade getan.«

»Du bist ja ein echter Alleskönner.«

Er lacht. »Und ich dachte schon, du wolltest mir jetzt einen Vortrag halten, von wegen das Team braucht mich und so.«

»Das wollte ich als nächstes sagen. Hör zu, wenn ich mit dem Rauchen und dem Alkohol aufhöre, um mein Team nach vorn zu pushen, könntest du doch auch wieder zurückkommen und deine Leute auf Vordermann bringen.«

»Du willst das Rauchen und alles andere drangeben? Dann war das wohl letzte Nacht deine Abschiedsvorstellung, wie?«

»Wenn du unbedingt eine Staatsaffäre daraus machen willst...«

Sam schüttelt den Kopf. »Ich werde mich nicht mit dir streiten, Deanie. Du verdrehst alles so lange, bis es dir in den Kram paßt.«

Sie grinst und stößt mit den Zehen gegen seinen Oberschenkel. »So geht man eben aus jeder Debatte als Sieger hervor.«

»Nicht bei mir. Wo willst du überhaupt hin? Nach Hause? Oder soll ich dich zum Training zurückfahren?«

»Ich gehe erst wieder zum Training, wenn du das auch tust. Und wenn du es genau wissen willst – ich verlasse diesen Truck erst dann, wenn du deinen Entschluß, auszusteigen, rückgängig gemacht hast.«

»Wart nur ab, bis ich dich rausschmeiße«, entgegnet er. »Aber um die Wahrheit zu sagen, ich suche schon seit langem nach einem Grund, das Team zu verlassen. Ich habe es nämlich satt, mein ganzes Leben nach einem Basketball auszurichten.«

»Lügner, Lügner.«

Seine Hände halten das Lenkrad nicht mehr so fest umklammert. Er ist frei, hat sich seiner Ketten entledigt. Das Gefühl ist so gut, daß er sich fragt, warum er nicht schon viel früher seinen Abschied genommen hat. Wieviel Zeit ihm jetzt zur Verfügung steht! Endlich ist er wieder Herr seiner selbst. Alle neugewonnene Zeit kann er dazu verwenden, Geld zu verdienen. Er steigt fest in der Werkstatt seines Vaters ein, und dann können sie den Laden ausbauen. Ein paar Wochen Arbeit, und er hat das Geld für seine Motorradversicherung zusammen. Er kann sogar beim Wiederaufbau der Farm mithelfen. Alles erscheint ihm jetzt, da er sich frei gemacht hat, so logisch und einfach.

Voraus taucht die Abbiegung zur alten Fabrik auf. Als er die Mutantin gestern nacht zuhause absetzte, hat sie den Korb nicht erwähnt. Vermutlich hat sie ihn noch gar nicht entdeckt. Aber seine Wut auf sie war gestern unglaublich groß. Wenn sie angefangen hätte, von dem Ring zu sprechen, hätte er sich bestimmt lieber die Zunge abgebissen, als zuzugeben, daß er ihr damit eine Freude machen wollte. Doch seitdem hat sich seine Laune deutlich gebessert. Schließlich ist er ein freier Mann.

»Warst du seit Sonntag nochmal in der Fabrik?«
»Wieso?« fragt sie vorsichtig.
»Weil ich dir eine Überraschung dagelassen habe. Sozusagen ein verspätetes Weihnachtsgeschenk.«
Sie setzt sich kerzengerade hin.
»Ich will sofort in die Fabrik!«
Sie parken am Spielplatz. Die Türme, Palisaden und Schaukeln sehen aus wie Zuckerbrot. Alles ist von einem bläulichen Schimmer überzogen, der ihn an den Mond in der letzten Nacht erinnert. Während er den Ball vom Wagenboden aufliest, läuft die Mutantin schon über den Weg zur Mühle. Als sie das Schloß öffnet, holt er sie ein, greift mit seinem langen Arm an ihr vorbei und macht das Licht an.

18

Ein blauer Funke explodiert aus dem Schalter. Der Stromschlag fährt von der Fingerspitze bis tief in die Armbeuge und zwingt ihn, den Ball fallen zu lassen. Das Krachen und der plötzliche Lichtblitz erschrecken die Mutantin genauso wie ihn. Sie springt zurück und landet auf seinen Zehen. Da sie auf seinen Stiefeln keinen Halt finden, rutschen ihre Füße unter ihr weg. Sie verdreht sich, fliegt auf ihn und rudert mit den Armen durch die Luft, um ihr Gleichgewicht wiederzufinden. Als er vorschnellt, um sie aufzufangen, trifft ihn ein harter Mutantenellbogen in die Eier. Sofort und unwiederbringlich stellt er seine Rettungsbemühungen ein. Er hält sich die Hände an den Unterleib, und ein lautes Stöhnen kommt aus seinem Mund.
Als sie sich wieder gefangen hat und sieht, was sie angerichtet hat, stöhnt auch sie. »Großer Gott!«
Sam winkt ab, als sie ihm helfen will. Er lehnt sich gegen die Wand, beißt die Zähne zusammen, wartet und hält die Hände schützend über die Hoden. Die einzige bekannte Heilmethode, die vor allem auf psychologischer Ebene wirkt, erinnert er sich an die Worte seines Vaters. Er hat sie an einem Sommerabend zu ihm gesagt, nach einem Baseball-

spiel mit Reuben. Dort hatte er einen Ball mit dem falschen Körperteil abgefangen.

Als der Schmerz in seinen Hoden etwas nachläßt, kümmert er sich um das taube Gefühl im rechten Arm. Er spannt und dreht ihn und spürt nur den Schatten eines Schmerzes. Der Schlag ist nicht so stark gewesen, daß Sam sich darüber in die Hose gemacht hätte. Dann bewegt er die Zehen in den Basketballstiefeln und atmet tief ein. Abgesehen vom Stechen und Zwicken fühlt er sich wie jemand, der gerade seine Batterien aufgeladen hat. Voll unter Saft und berstend vor Energie.

Währenddessen zieht die Mutantin sich zurück und bemerkt die Veränderungen. Ihre Pupillen erweitern sich, sie geht weiter und starrt den Basketballring an der Wand an. Im harschen Gleißen der Flutlichter sieht der Schatten des Rings an der Wand aus wie ein Henkersknoten.

Begeistert klatscht sie in die Hände und johlt. »Hast du das gemacht?«

Sam nickt. Er versucht aufzustehen, und es gelingt ihm.

Die Mutantin nimmt den Ball und dribbelt ihn langsam über die Sprünge und Risse im Zementboden. Fast ehrfurchtsvoll bezieht sie an der imaginären Freiwurflinie Stellung, springt hin und her und wirft den Ball dann in einer einzigen fließenden Bewegung in den Korb.

Sam applaudiert.

Die Mutantin schlägt ein Rad, springt in die Luft und stolziert mit den Händen in den Hüften wie eine Cheerleaderin herum. Sie fängt den Ball auf. »Komm schon. Selbst Sam der Große kann hin und wieder etwas Training vertragen.«

In dem Licht sieht alles so schmutzig aus. Und niemand ist hier, der sein heimliches Spiel mit ihr sehen könnte. Ein paar Würfe können nichts schaden. Seine ersten Würfe als freier Mann, für den Basketball nicht mehr als ein Zeitvertreib unter vielen ist. Dann ist er unterwegs. Er ignoriert den anhaltenden Schmerz in seinen Weichteilen und pirscht auf den Korb zu.

Mit der Bewegung kehrt das Gefühl in seinen Arm zurück. Und jetzt ist es wieder nur das Spiel. Er erinnert sich, warum er es so sehr liebt und wie er dabei alles um sich herum vergessen kann. Aus Sam dem Verletzten wird Sam der Wunderwerfer. Und die hagere Deanie Gauthier verwandelt sich in die Mutantin. Superpower strömt aus ihren Fingerspitzen. Sobald die beiden sich warmgespielt haben, ziehen sie ihre Jacken aus, und die Mutantin entfernt ihren Kopfputz. Sie beachtet die Ketten nicht, die gegen ihre Jeans und das dünne Fleisch auf ihren Wangenknochen klatschen. Einmal hält er sie fest und betastet die Ketten mit fragender Miene. Sie schüttelt den Kopf.

Sam spielt den unbeholfenen Slapstick-Trottel, und dennoch gelingt es ihm, einen Korb zu werfen. Und danach kratzt er sich wie ein Possenreißer am Kopf, der nicht fassen kann, daß sein Ball durch den Ring gefallen ist. Die Mutantin verwandelt sich in einen Derwisch. Sie versucht mit allen Tricks, ihm den Ball abspenstig zu machen, springt auf seinen Rücken, um ihn ihm aus den Händen zu schlagen, flitzt zwischen seinen Beinen hindurch, krabbelt wie ein Comic-Igel über den Boden und hält das gute Stück fest im Griff. Er hebt sie an den Füßen hoch, und sie stößt einen schrillen Schrei aus und läßt den Ball los.

»Zu blöd, daß wir keine Musikbox haben«, sagt er. »Mit Musik geht alles besser.«

»Ja.« Sie steht erst auf einem, dann auf beiden Füßen und verschränkt die Arme vor der Brust. Fast schüchtern sagt sie: »Du hast Ketten um den Hals.«

Er erinnert sich mit einer Berührung der Finger an die Ketten. Sein Körper hat das dünne Metall angewärmt. Die Ketten sind schon so sehr Bestandteil von ihm geworden, daß er nur dann an sie denkt, wenn er sie abnimmt und danach zum Training wieder anzieht. Er sagt sich, daß für die Mutantin ihre Ketten ähnlich selbstverständlich sind.

»Jetzt brauchst du nur noch einen Ohrring, eine Perle in der Nase und ein paar Tätowierungen«, sagt sie.

Er muß über den neuen, verbesserten Sam grinsen, so wie sie ihn beschreibt. »Aber ich müßte mir doch wohl auch den Schädel kahlscheren, oder?«

Sie verzieht entsetzt das Gesicht. »Untersteh dich!«

Er weiß nicht, was er noch sagen soll, und plötzlich fühlen sich beide verkrampft. Langsam hebt er den Ball auf, wirft ihr verstohlene Blicke zu und sagt: »Ich mache mich wohl besser auf den Weg.«

Sie scharrt verlegen mit den Füßen. »Verlaß das Team nicht.«

Er starrt auf den Ball. »Ich denk' drüber nach.«

Ein Schaudern der Erleichterung fährt durch ihren schmächtigen Körper, dann drückt sie sich an ihn und schlingt ihre Arme um seinen Hals. Ihre Umarmung kommt so unerwartet und stürmisch, daß ihm wohl ums Herz wird. Er lacht verlegen, läßt den Ball fallen und erwidert die Umarmung. Sie stellt sich auf die Zehenspitzen und küßt ihn rasch. Sam hat zwar nicht damit gerechnet, aber es gefällt ihm. Bevor er reagieren kann, springt sie an ihm hoch und schlingt ihre Beine um seine Taille. Sie sieht aus wie ein Affe an einer Stange. Ihre Lippen pressen sich hart und feucht auf die seinen. Er greift instinktiv nach ihren Hüften, um sie zu stützen, und dann um sie festzuhalten. Der Geschmack ihres Mundes ist unwiderstehlich. Er nimmt sich Zeit für sie, genießt die feuchte Wärme ihrer Mundhöhle und die glatte Härte ihrer Ketten an seinem Gesicht und an seiner Zungenspitze. Seine Hände schieben sich unter ihre Pobacken und geben ihr so zu verstehen, wie ihre Nähe seine Hoden zum Kochen bringt.

Sie schmiegt sich an ihn, und ihre Lippen finden sich erneut. Als er ihren Hintern losläßt und ihre Münder sich verlieren, preßt sie sich an ihn. Sie stößt den Kopf an seine Brust, reibt ihren Unterleib an seinem und führt seine Hand unter ihr Hemd an die Brust. Eine Einladung, der er kaum widerstehen kann, vor allem nach all seinen Sex-Phantasien, in denen sie eine Hauptrolle gespielt hat. Alle Einwände und Vorbehalte, die er vorher vielleicht gehabt hatte, sind mit einem Mal aus seinem Kopf verschwunden. Nur ein unbeholfener Protest bleibt zurück und in seiner Kehle stecken. Mit trockenem Mund, starker Erektion und wie in Trance läßt er sich von ihr in die Kabine des Wachmanns führen.

Als sie den Heizkörper sieht, zieht sie ironisch eine Braue hoch und sagt: »Du hast das geplant?«

Er bückt sich, um ihn anzumachen, und schüttelt nur den Kopf. In dem kleinen Raum ist es kalt wie in einer Kühltruhe, die ihre frostigen Temperaturen wie einen kostbaren Schatz hütet.

Sam setzt sie auf die alte Anrichte, und sie hält ihn wieder mit ihren Beinen fest. Er küßt die Totenkopf-Tätowierung auf ihrem rechten und den Mann im Mond auf dem linken Arm, bevor er ihr Hemd anhebt, um die himbeerfarbenen Knospen zu schmecken, die größer und härter werden. Als sie sich das Hemd über den Kopf zieht, steigen die Brüste in seinen Händen an und fallen wieder. Er schiebt seine Nase in ihre Achselhöhlen und genießt das frische, metallische Salz ihres Schweißes. Sie öffnet den Reißverschluß an seiner Hose, bekommt den mächtigen Schaft zu fassen und drückt und streichelt ihn.

»Du bist wun-der-schön«, stöhnt er.

»Großer Gott«, sagt sie, verdreht die Augen und schiebt ihn von sich.

Seine Verletztheit erweist sich schon nach einem Moment als unbegründet. Die Mutantin will nur die Lederriemen lösen, mit denen sie ihre Beine umwickelt hat. Das scheint eine halbe Ewigkeit in Anspruch zu nehmen, aber er ist dankbar für die Atempause, für den momentanen Aufschub seiner Erregung. Sie bewegt sich verlockend und grinst, als sie den Ausdruck auf seinem Gesicht sieht. Anscheinend ist ihm gerade bewußt geworden, daß sie nach den Riemen auch noch die Ketten, die Jeans und die Strumpfhose darunter entfernen muß. Er verfolgt wie gebannt ihre Finger, während sie die Ketten enthaken. Als sie sich aus Jeans und Strumpfhose schält, macht er sich wie benommen an den Schnüren seiner Hightops zu schaffen und fängt an, sich ebenfalls auszuziehen.

Sobald sie nackt in der Wärme steht, die von dem kleinen Heizgerät ausgeht, schiebt sie ihr Becken vor und starrt ihn an, aber nicht verführerisch, sondern herausfordernd. Ohne Kleider wirkt sie viel kleiner und weicher. Sie hat wie ein kleiner Junge Schorf auf den Knien. Mehr noch, ihr ganzer Körper ist von Schrammen übersät. Auf dem Spielfeld gibt sie ihr letztes. Er selbst hat auch ständig Kratzer, Schrammen und blaue Flecken.

Im entscheidenden Augenblick, als er die Jeans ausziehen muß, zögert er plötzlich. Er sieht sich verzweifelt nach seinen Stiefeln um, aber die scheinen ihr eigenes Ziel zu verfolgen und davonmarschiert zu sein. Um Zeit zu gewinnen, stottert er das erste heraus, das ihm durch den Sinn geht: »Trag dei-ne Ket-ten.«

Sie lacht verblüfft und bückt sich, um dem Wunsch nachzukommen.

Ihre Finger scheinen eingerostet zu sein, und so hilft er ihr, die Ketten anzulegen. Er hakt die ein, die um ihre Hüfte liegt, und führt die andere von hinten nach vorn zwischen ihren Beinen hindurch. Seine Finger streichen über ihr Schamhaar und spüren die Hitze, die ihrer Vagina entströmt.

Er wünscht sich, er würde nicht so leicht erröten, und flucht in Gedanken, weil es wohl kaum etwas Schwierigeres geben kann, als sich die Hose auszuziehen; vor allem, wenn dieses blöde Ding groß und hart gegen den Stoff preßt und gleichzeitig unübersehbar verrät, in welchem Zustand man sich befindet. Wenn sie jetzt über ihn lacht? Wenn das nun alles nur ein großer Spaß für sie ist, eine Möglichkeit, ihn zum Narren zu halten? Aber dann sieht er, daß auch ihr nicht ganz wohl in ihrer Haut ist, daß sie unsicher wird, als sie sein Organ erblickt, das noch größer ist, als die Ausbeulung der Hose vermuten ließ. Sie reißt sich sichtlich zusammen, und das vergrößert seine Pein noch. Er blickt sie durch die Wimpern von unten nach oben an, schluckt, weil sich seine Kehle so zusammengezogen hat, umklammert seinen Penis und drückt nervös zu, noch ehe ihm bewußt geworden ist, wo seine Hand sich befindet.

Wieder macht sie den ersten Schritt. Sie preßt sich an ihn, und ihre Ketten fühlen sich auf seiner Haut kühl an. Sein Penis preßt sich mit Macht gegen sie. Als sie an seiner rechten Brustwarze saugt, durchfährt ihn ein unglaubliches Gefühl, und die Haare auf seinen Armen richten sich auf. Unvermittelt kniet sie sich hin, umschließt seinen Schwanz mit einer Hand und fängt an, mit der Zungenspitze die Eichel zu umspielen.

»Nein, bitte nicht«, flüstert er heiser.

Sie hört sofort auf und scheint sich von seinen Worten nicht zurückgestoßen zu fühlen. Dafür zieht sie ihn auf das Feldbett. Es erbebt unter ihrer beider Gewicht. Die Mutantin ist so viel schmaler und kleiner als er.

Er versucht, sich an den Ablauf zu erinnern. Das gekräuselte Haar an ihrem Unterleib teilt sich bereitwillig, während seine Fingerspitzen hindurchfahren, doch als er die kleine Erhebung berührt, zuckt die Mutantin heftig zusammen.

Sie dreht sich unter ihm, um es ihm einfacher zu machen. Seine dicken Finger ertasten Vertiefungen, teilen feuchte, faltige Lippen und erreichen das seidige Innere. Er schließt die Augen, um sich die Strukturen besser vorstellen zu können, die seine Finger erkunden. Einer findet die Öffnung und den engen Tunnel. Oh, wie warm und feucht es darin ist. Mit der Hilfe eines zweiten Fingers weitet er den Muskelring, und im Kanal wird es noch feuchter.

Sie läßt seine Berührungen und Erkundungen erstaunlich ergeben über sich ergehen, fast so, als habe sie keinerlei Interesse daran und sei im Augenblick mit wichtigeren Dingen beschäftigt. Mit ihren Fingern dreht sie Löckchen in sein Haar, spielt mit seinen Ketten und leckt kurz mit der Zunge darüber. Aber dabei bringt sie noch weniger Enthusiasmus auf als seine kleine Schwester, wenn sie satt ist und noch einen Keks angeboten bekommt.

Er atmet tief ein. Nächste Stufe: Zusammenkoppeln. Im richtigen Winkel einführen. Ein simples Prinzip. Er teilt mit den Knien ihre Schenkel. Sie hebt ihren Unterleib.

Seine Lippen sind direkt an ihrem Ohr, und es platzt aus ihm heraus: »Hilf mir!«

Ihre Finger schließen sich um seinen Schwanz, und er hält den Atem an, als sie ihn einführt, und schon ist er in ihr. Beim ersten Kontakt mit ihrem Fleisch stößt er auf Widerstand, und die Mutantin antwortet ihm mit ihrem Becken. Er gerät in Panik, erstarrt und fängt heftig an zu schwitzen.

»Du bist noch nicht bereit. Ich tu dir weh.«

»Nein, nein«, murmelt sie und verschiebt ihr Becken. Als er das nächste Mal stößt, ist sie schon ein Stück offener für ihn.

Und dann kann er nicht mehr aufhören und versinkt in dem Gefühl, sie zu öffnen. Sie hält ihn mit Armen und Beinen fest, und das ist unermeßlich viel aufregender als seine Selbstbefriedigung. Er fühlt sich auf angenehme Weise gefangen und durchwärmt von ihrer Hitze, der Samtweichheit ihrer Haut und dem Muskelspiel ihrer Muschi. Sie rollt den

Kopf herum, und ihre Zungen vereinen sich. Wenn er sich bewegt, fühlt sich die brechende Welle von seidiger Reibung so unbeschreiblich an, daß er nie mehr aufhören möchte. Instinktiv sorgt er für die mechanische Feinabstimmung und schiebt eine Hand unter ihr Kreuz, bis ihre Leiber sich wie einer heben und senken. Sein Glied dringt noch ein Stück tiefer ein. Ihre Hüften wogen unter seiner Führung, ihre Schamlippen umschließen seinen Schwanz, und unter diesem unerwarteten Zugriff vergehen ihm beinahe die Sinne.

Als er sie ansieht, sind ihre Augen ganz groß. Und sie weiten sich noch, während er wieder in sie eindringt und auf den Wogen ihres Unterleibs reitet. Sie keucht in seinem Rhythmus und scheint von diesem Gleichklang genauso überrascht zu sein wie er.

»Oh!« stöhnt sie. »O Gott!«

Ihre Hände finden sein Kreuz und verfolgen das Spiel seiner Muskeln, während er in ihr auf und nieder fährt. Und sie nimmt seinen Rhythmus an, bewegt sich mit ihm, um ihn herum und gegen ihn. Das Lager unter ihnen quietscht und kracht. Um Sams Schwanz fängt alles an zu fließen, so als habe die Reibungsbewegung etwas zum Schmelzen gebracht. Der Metallrahmen des Betts kreischt plötzlich, und im nächsten Moment rast der Boden auf die beiden zu. In diesem winzigen Moment, in dem er im freien Fall nach unten kippt und noch in der Mutantin ist, kann er sich nicht länger beherrschen. Wie bei einem großen Zug, der sich nicht abbremsen läßt, spritzt eine gewaltige Ejakulation los.

»Scheiße!« keucht sie in sein Ohr.

Er hört nicht das Keuchen in seiner Kehle und den krachenden Zusammenprall seines und ihres Schreis.

Dann liegen sie auf dem Boden, zwar noch auf der Matratze, aber umgeben von den verbogenen Trümmern des Rahmens.

Für lange Zeit atmen sie schwer in der Stille der verlassenen Fabrik. Ihre Finger zwirbeln sein Haar so sehr, daß es ihm weh tut.

»Großer Gott«, stöhnt sie.

Er hebt ihr Kinn an und blickt ihr in die Augen. Ihr Gesicht ist feucht, und ihre Pupillen sind vergrößert und unendlich tief, so als könne man durch sie bis ins Zentrum der Erde schauen. Ihr Mund ist geschwollen, und als er die Ketten an ihrer Wange berührt, fühlen sie sich ein wenig naß an.

»Bist du okay?«

Sie blinzelt und räuspert sich. »Ich komme mir vor, als wäre ich gerade vom Rand der verdammten Erde gefallen.«

Ihre Halsschlagader pulsiert. Er leckt das salzige Naß von ihrem Hals.

»Danke«, sagt er leise. Und noch einmal: »Danke.«

Sie lacht, und es klingt immer noch etwas atemlos. Es fühlt sich für ihn angenehm und erregend an, dieses Lachen aus der Tiefe ihres Brustkorbs zu spüren. Sein Penis ist noch nicht ganz abgeschwollen, und ihre Hitze, die ihn umgibt, ist eine ganz tolle neue Erfahrung.

»Du hast dich doch nicht verletzt, als das blöde Bett zusammengebrochen ist, oder?«

»Das Bett war nicht so schlimm«, entgegnet sie. »Aber als du auf mir gelandet bist. Für einen Moment habe ich keine Luft mehr bekommen. Das war das Verrückteste, was mir je beim Sex passiert ist.«

»Tut mir leid, ich wollte dir nicht weh tun. Und es tut mir auch leid, daß ich es nicht länger zurückhalten konnte. Du warst noch nicht soweit, was?«

Sie dreht den Kopf langsam von links nach rechts und wieder zurück.

Er befeuchtet seine Unterlippe. »Kann ich noch irgend etwas für dich tun?«

Sie lacht laut, so als könnte sie es nicht fassen.

Er leckt an ihrem Ohrläppchen und genießt das Beben ihres Körpers unter ihm.

»Kein Problem«, sagt sie und zieht seinen Kopf herunter, bis ihre Münder sich berühren. Sie gibt ihm einen flüchtigen Kuß wie den, den Eheleute beim morgendlichen Abschied austauschen. Dann bewegt sie ihren Unterleib, so daß er sich zurückziehen kann. »Ich könnte jetzt sterben für 'ne Kippe.«

Er beobachtet sie, wie sie ihre Kleider durchstöbert, sich schließlich in dem kleinen Raum umsieht und nichts findet. Im fahlen Licht der nackten Glühbirne sehen die Schrammen, Flecken und Tätowierungen auf ihrer Haut aus wie ein Ausschlag. Die Haarlosigkeit läßt den Schädel trotz der Ohrringe nackt und wie eine Skulptur wirken. Die Nippel ihrer kleinen Brüste haben sich wegen der Kälte aufgerichtet. Das Schamhaar und die Büschel in den Achselhöhlen kleben wie Fremdkörper an ihrer elfenbeinfarbenen Haut. Die dunklen Augen werden durch den dicken schwarzen Lidstrich besonders betont. Und ihr schmales Gesicht wirkt mit den Ketten wie gefesselt. *Die hübsche Kannibalin*, erinnert er sich an einen Satz, den er einmal gelesen hat.

Die Mutantin weiß, daß er sie anstarrt, aber sie läßt sich nichts anmerken. Sein Schwanz ruht schlaff auf seinem Oberschenkel.

»Warst du wenigstens kurz davor?«

»Ich bekomme nie einen Orgasmus.« Sie klingt abwehrend. »Das geht vielen Mädchen so.«

»Wirklich nie? Nicht einmal, wenn du es dir selbst machst?«

Sie verzieht spöttisch das Gesicht. »Du meinst, ob ich an mir selbst herumspiele? Das habe ich nicht nötig. Das ist nur was für Weiber, die keinen Kerl abkriegen.«

Sam zieht eine Braue hoch. »Gott im Himmel«, murmelt er. Eigentlich ist er doch hier derjenige, der null Ahnung hat.

»Ich habe dir doch gesagt, daß das für mich keine große Sache ist.«

Seine momentane Euphorie ist wie eine Seifenblase zerplatzt. Das hier ist nur ein klaustrophobieerzeugender, schmutziger Raum an einem verlassenen Ort. Der Bettrahmen in der Ecke sieht aus wie eine geplatzte Apfelsinenkiste. Die Kälte aus dem Boden kriecht durch die dünne Matratze. Der einzige Grund, warum es in der Unterlage nicht von Krabblern wimmelt, liegt in der Kälte der Jahreszeit. Aber vielleicht gibt's hier Ratten. Hier und da findet sich in einer Ecke Rattenscheiße.

Er nimmt seine Unterhose und seine Jeans und klettert unbeholfen hinein. »Wenn das für dich keine große Sache ist, Deanie, was bedeutet dir dann etwas?«

»Eigentlich herzlich wenig. Die Meisterschaft zu gewinnen, ja, das wäre toll. Aber Bier trinken und dabei Gras rauchen, das ist nichts Besonderes. Training, Regeln, alles nicht so wichtig.«

Sam schließt die Augen. Die Mutantin ist ganz schön clever, in manchen Dingen sogar pfiffiger als er. Aber bei diesem Thema hat sie wirklich eine Macke. Warum sollte man ein Spiel spielen wollen, wenn man sich nicht an die Regeln hält? Was hat man von einem Sieg, den man durch Schiebung errungen hat?

Der Geruch nach Alter und Verfall in diesem Gebäude dringt ihm in die Nase. In dieser verkackten neuen Welt ist eine Regel eine Kuriosität wie diese aufgegebene Fabrik. Ein Relikt. Ein Hindernis. Wie die guten alten Maschinen, die dort vor sich hin rosten und zerfallen. Sie verbrauchen zuviel Energie. Sie wirken zu wuchtig und zu mächtig. Warum nicht alles mit Mikrochips und billigen Arbeitskräften irgendwo in Asien oder Südamerika preisgünstiger herstellen? Da kann man den alten Kram doch verkommen lassen, wenn er nicht mehr so recht will. Warum sich also über den Zustand dieser Geräte aufregen? Schließlich muß es auch Abfallhalden geben. Doch an diesem Ort findet sich eine Bronzetafel, die seinen Namen trägt. Er fragt sich, ob er ihn auch an die Wand sprayen soll.

»Was ist mit Lexie?«

»Wie? Mann, machst du dir deswegen immer noch ins Hemd?«

»Es war falsch. Sie war voll, und sie ist noch ein Kind. Wie konnten sie ihr das nur antun? Ich kann nicht einfach meine Augen schließen und so tun, als sei nichts gewesen. Ich käme mir dann wie einer von ihnen vor.«

Sie verzerrt das Gesicht. »Mensch, werd endlich erwachsen.«

Die Mutantin knöpft ihre Jeans zu und kniet sich neben ihn hin. Ihr Oberkörper ist noch nackt. Er spürt die Hitze, die immer noch aus ihrem Körper strömt, riecht ihr Aroma und hält ihre Brüste. Vor ein paar Minuten waren ihre Körper noch auf das Engste miteinander vereint. Jetzt kommen ihm ihre Nähe und ihre Blöße wie Hohn vor. Beides scheint ihm nun deutlich vor Augen führen zu wollen, wie fremd sie sich im Grund genommen sind.

Alles hat einen schalen Beigeschmack bekommen. So ergeht es ihm immer mit ihr. Er schweigt, weil er nichts zu sagen weiß, und sucht nach seinen Stiefeln. Sie schlingt die Arme um ihre Knie und beobachtet ihn. Da sie jetzt dem Heizofen näher ist, haben sich ihre Brustwarzen wieder entspannt. Sie hockt da und scheint sich gar nicht bewußt zu sein, daß sie oberhalb der Gürtellinie nichts anhat. Er setzt sich hin und hält die Zungen der Stiefel in der Rechten. Plötzlich läßt er sie fallen und zieht die Mutantin zu sich heran. Sie wehrt sich für einen Moment und lehnt sich dann an ihn.

»Ich dachte…« Er findet nicht die passenden Worte, und sie unterbricht ihn.

»Ein großer Fehler.«

Er stammelt immer noch: »Ich dachte, du wolltest mit mir schla-schla…« Ihre Finger legen sich auf seine zitternden Lippen.

»Das wollte ich auch. Ich fand das, was du getan hast, schön. Und daß du den Ring angebracht hast.«

Er weiß jetzt überhaupt nicht mehr, was er sagen soll. Im Grunde hat er nicht mehr von ihr erwartet als ein Danke und eine überraschte und erfreute Miene darüber, daß die alte Fabrik in einen Ort umgewandelt worden ist, an dem man auch bei schlechtem Wetter ein paar Körbe werfen kann. Ganz gewiß hatte er keine Sekunde daran gedacht, daß er mit ihr schlafen würde. Bestimmt nicht als Gegenleistung für ein paar elektrische Anschlüsse, einen Heizkörper und einen rostigen alten Basketballring. Ein paar Küsse, auch mit der Zunge, schön und gut, das wäre schon mehr gewesen, als er sich erträumt hatte. Zwar hat sie ihm mehrmals unmißverständlich zu verstehen gegeben, daß sie mit ihm schlafen will, aber bislang ist ihm nie in den Sinn gekommen, daß es über das reine Vergnügen hinaus zu einem weiteren Austausch kommen könnte.

In seiner Brust krampft sich die unangenehme Gewißheit zusammen, daß sie sauer auf ihn ist, weil er sie nicht befriedigen konnte. Vielleicht ist sie sich ihrer Unzufriedenheit gar nicht bewußt, aber sie verhält sich so. Ganz sicher erleben Mädchen genauso wie Jungs auch in irgendeiner körperlichen Form Frustration. Kein Wunder, daß sie sich immer so unleidlich gibt, wenn sie doch von einem Bett ins nächste hüpft und dabei noch nie einen Orgasmus erlebt hat. Vermutlich hat sie von ihm mehr erwartet und ist jetzt erst recht übellaunig.

»Es tut mir leid, daß ich so schlecht war.«

Sie schüttelt ungeduldig den Kopf. »Jetzt hör endlich mit dem Scheiß auf. Du warst okay. Du hast ihn reinstecken können und darfst dir jetzt eine Trophäe auf den Kaminsims stellen. Und du bist keine Jungfrau mehr. Vielleicht schlafen wir sogar irgendwann noch einmal miteinander.«

Mit einem Mal wird ihm bewußt, daß er fast die ganze Nacht gearbeitet hat. Er fühlt sich plötzlich wie ausgelaugt, senkt den Kopf und wartet darauf, daß sie ihn zusammenknüllt und in irgendeinen Papierkorb wirft.

Sie löst sich aus seinen Armen und nimmt ihr Hemd. »Nun laß dich nicht so hängen. Wir müssen zusammen trainieren. Wenn wir uns nur noch zum Knutschen auf dem Parkplatz treffen, fallen wir bestimmt auf.«Er folgt ihr aus dem Raum.

Sie zieht ihr Kopftuch aus dem Kleiderhaufen, der auf dem Boden liegt. »Ich bleibe noch ein bißchen hier. Wir sehen uns morgen beim Training.«

»Ich weiß noch nicht, ob ich komme.«

»O doch, du wirst da sein.«

Ihm fällt auf, daß sie jetzt ganz anders aussieht. Sie bewegt sich mit neuer Gewandtheit und Entschlossenheit.

»Und warum bist du dir da so sicher?«

Spöttische dunkle Augen blicken ihn an, und zwischen den feinen Wimpern zeigen sich leichte Falten. »Weil wir beide etwas Übung gebrauchen könnten.«

Die Doppeldeutigkeit dieser Antwort bringt ihn zum Grinsen. Ein müdes Lächeln, aber immerhin eine Reaktion. Er zieht sie zu sich heran, und ihre Hüftknochen stoßen gegeneinander. »Ich muß zur Arbeit.«

Sie tritt einen Schritt zurück.

Für einen Augenblick zögert er. Sollte das denn schon alles gewesen sein?

Sie schlingt sich das Kopftuch um den Schädel. Die Enden scheinen nach ihm zu schlagen, und dann wendet sie sich von ihm ab.

Die Mutantin trägt ihren Mantel in die Hausmeisterwohnung, legt ihn sich über die Schulter und läßt sich auf die Matratze fallen. Ich kann jetzt nicht nach Hause, nicht wo Tony gerade von seinem Silvesterkater aufwacht. Sie zieht die Knie an und legt sich in Embryonalhaltung hin. Vorhin wollte sie noch, daß Samgod verschwindet, aber jetzt kommt ihr die Fabrik kalt, riesig und furchtbar leer vor. Sie hat nicht einmal einen Basketball.

Die Mutantin schiebt die Hände zwischen ihre warmen Oberschenkel und schließt die Augen. Ihr Genitalbereich ist wund und geschwollen. Nie zuvor hat jemand etwas anderes von ihr verlangt, als die Beine breit zu machen. Aber mit ihm hat sich alles so gut angelassen, und es war so gut gewesen. Sie hat es wirklich genossen, wie er sie dazu gebracht hat, sich in seinem Rhythmus zu bewegen. Und sie ist eine zu gute Sportlerin, um einen durchtrainierten Körper nicht erkennen zu können. Er war genauso schnell fertig wie alle anderen auch, aber er ist bisher der Einzige gewesen, dem das etwas ausgemacht hat.

Vorsichtig und langsam bewegt sie die Hüften wieder wie vorhin. Irgend etwas bahnte sich in ihr an, war dann aber gleich wieder verschwunden. Aber sie ist sich sicher, daß da etwas gewesen war. Vielleicht ist es sogar tatsächlich passiert, doch woher soll sie das wissen? Möglicherweise ist dieses eigenartige, nicht greifbare Gefühl das, wovon alle tuscheln. Vermutlich ist es das, was bei Frauen passiert. Was haben Mädchen schon vom Vögeln? So weit die Mutantin weiß, ein leichtes, irgendwie nicht unangenehmes Anspannen des Unterleibs. Und Babys, wenn sie vorher nicht viel Mühe für den entsprechenden Schutz aufgewandt haben. Und natürlich einen schlechten Ruf, vor allem bei den Jungs, die einen dafür zu verabscheuen scheinen, daß man für sie die Beine breitgemacht hat; und diese Ablehnung verhält sich direkt proportional zu der Mühe, die sie sich machen, ehe sie zum Ziel gekommen sind. Wahrscheinlich ist es ihnen wirklich scheißegal, ob die Frau dabei zum Höhepunkt kommt; außer daß sie kurz vor dem Orgasmus so tun, als wollten sie unbedingt, daß es bei der Frau auch passiert. Es kommt ihr so vor, als sei das Vögeln im Grunde nicht mehr als die Art, wie Jungs einer Frau zeigen, daß sie alles mit ihr anstellen können, was sie wollen, und je grober und häßlicher, desto lieber.

Doch als sie mit Sam zusammen gewesen ist, kam es ihr gar nicht wie normales Vögeln vor. Vielmehr wie ein Spiel auf dem Platz, wo sie sich synchron mit den physischen Reaktionen eines anderen bewegt hat; wenn auch im Liegen. Glatt und rhythmisch und auf ein bestimmtes Ziel hin. Und weil sie nicht mehr daran denken will, bekommt sie es nicht mehr aus ihrem Kopf.

Und dann seine Sorge um sie. Die Mutantin ist sich noch nicht schlüssig, ob ihr das gefallen hat. Es kommt ihr vor, als sei er ihr damit zu nahe getreten. Sie drohte, in dieser psychischen Umarmung zu ersticken. Und demütigend für sie war es auch, weil er, die männliche Jungfrau, ihr die richtigen Bewegungen zeigen mußte. Sie fühlt sich leer, elend und besiegt, wo sie doch eigentlich voller Triumph sein sollte. Sam, der Große, hat sich für die Mutantin entschieden, und nicht für eine superblonde Cheerleaderin, deren BH-Größe ihrem IQ entspricht. Was für ein hübsches und süßes Geheimnis, das sie fest in ihrer Brust verschließen muß.

Aber in ihr herrscht das genaue Gegenteil von Triumph. Sie fühlt sich belästigt und überwältigt und auf der intimsten Ebene umgekrempelt. Mutiert. Müdigkeit und Erschöpfung müssen aus ihr heraus. Und deswegen, allein aus diesem Grund, fängt sie an zu weinen. Sie hat das Gefühl, ihr Innerstes sei nach außen gekehrt, und der Tränenfluß kann das nicht stoppen. Ach was, kein Problem. Wirklich kein Problem.

19

Die Kälte sticht und treibt ihm die Tränen in die Augen, während er auf dem Parkplatz versucht, den Motor des Trucks zum Leben zu erwecken. Sam reibt sich rasch die Augen. Verflixter Frost. Die Kälte fühlt sich an wie ein Vakuum, das ihn nach draußen zerren will. Er dreht das Radio an, und »Ninety-six Tears« dröhnt ihm unvermittelt die Ohren zu. Sofort dreht er den Ton herunter und wenig später wieder herauf. Die Orgel ist einfach unwiderstehlich.

So sollte es eigentlich nicht sein. Rick und Sarah verhalten sich verspielt und voller Zuneigung füreinander. Auch sein Dad und Pearl verstehen sich gut. Nur zwischen ihm und der Mutantin hat sich ein Universum des Frosts aufgetan. Es kommt ihm so vor, als hätten sie sich beim Vögeln in einem Transmitter befunden, und als hätte der Apparat urplötzlich das Bett zertrümmert und ihre Moleküle über viele Lichtjahre verstreut. Über verdammt elend kalte Lichtjahre.

An der Ampel entdeckt er auf dem Supermarkt-Parkplatz den Streifenwagen von Sergeant Woods. Ricks Vater winkt ihm kurz zu. Die Ampel springt um, und Sam setzt die Fahrt fort. Er fragt sich, ob der Polizist den Truck auf dem Spielplatz bemerkt hat.

Die Frage wird rasch unwichtig, während er seinem Zuhause näherkommt.

Wie toll es mit der Mutantin gewesen war. Auch wenn Sam sich dabei nicht mit Ruhm bekleckert hat, war es doch etwas Unbeschreibliches. Sowohl mehr als auch weniger als das, was er erwartet hat. Natürlich war der Ort beschissen ungemütlich. Die Matratze war durchgelegen und roch auch noch sehr unangenehm. Aber das Zusammensein mit der Mutantin war dennoch einfach wunderbar. Vielleicht ist es überhaupt das Größte, mit einer Frau zusammen zu sein, die einen ebenso sehr liebt wie man sie. Mit der Mutantin war es sicher noch nicht das Absolute, aber auf der anderen Seite war in seinem Magen diese Übelkeit wegen dem, was er gerade tat und vor allem mit wem. Viel zu spät hat er begriffen, daß es ihr keinen Spaß macht; oder anders gesagt, daß es ihr nicht viel bedeutet hat. Und er hat herausgefunden, daß es einer Seite in ihm völlig egal war, wie es für sie gewesen sein mochte, solange nur diese feuchte, feste Hitze seinen Steifen massierte. Er fühlt sich beschissen, so als habe er die Mutantin damit noch mehr als durch seinen vorzeitigen Orgasmus im Stich gelassen.

Er weiß jetzt einiges über sie. Zum Beispiel, wie sie nackt aussieht und wie sie sich anfühlt, sowohl inwendig wie außen. Ihr Leib ist trotz der Schrammen und des Schorfs auf eine gewisse Weise perfekt. Trotz allem, was er gehört hat, ließ sich ihre Klitoris leicht finden, aber sie mag es nicht, wenn man sie dort berührt. Obwohl sie viel kleiner und schmächtiger ist als er, passen sie beim Beischlaf ausgezeichnet zusammen. Wenn er sich die Einzelheiten ins Gedächtnis zurückruft, wird er wieder ganz scharf. Ihre heißen, nassen Lippen, als sie sich um seine Eichel legten. Und das unglaubliche Gefühl, als sie daran gesaugt hat.

Er dreht am Knopf, um einen Sender zu finden, der härtere Songs spielt, und greift sich dann wie automatisch an den Unterleib. Das ist auch so etwas, womit er nicht gerechnet hat. Statt gelöst und entspannt zu sein, ist er jetzt noch geiler als vorher. Er muß alle Willenskraft aufbieten, um nicht dem dringenden Wunsch nachzugeben, den Wagen zu wenden, zur Fabrik zurückzukehren und die Mutantin zu fragen, ob sie es nicht noch einmal probieren sollen. Es muß toll sein, mit ihr zusammen zu kommen, ihren weiblichen Orgasmus zugleich mit seinem zu erleben. Wenn es ihm gelingt, auch sie zum Höhepunkt zu bringen, lösen sich damit vielleicht alle anderen Probleme zwischen ihnen wie von selbst.

Vermutlich hat sie recht. So ist der Lauf der Dinge, und man sollte seine schwache Leistung nicht an die große Glokke hängen. Es gibt überhaupt keinen Grund, enttäuscht zu sein. Die Geschichte kam von selbst ins Rollen, hat dann ihre Eigendynamik entwickelt und schließlich irgendwie zu ihrem Ende gefunden. Es war ja nun nicht so gewesen, daß alles in ihm danach gedrängt hätte, unbedingt mit ihr zu schlafen. Obwohl es ihm bewußt gewesen war, daß er früher oder später mit irgendeiner im Bett landen würde. Die Mutantin war noch nicht einmal die erste, die ihn entsprechend angemacht hatte, aber früher war es ihm immer gelungen, einen klaren Kopf zu behalten. Vielleicht war jetzt die Zeit einfach reif gewesen, und deshalb war er mehr oder weniger zwangsläufig mit ihr zusammengekommen. Ganz gewiß war das nicht die große Liebe. Und wenn er schon einmal dabei war, Bilanz zu ziehen, sollte er auch ehrlich zu sich selbst sein und zugeben, daß sie ihn anzog, und zwar nicht trotz, sondern wegen ihres freakigen Verhaltens. Und inwieweit zog sie ihn an? Nun, er bekommt bei dem Gedanken an sie einen Steifen, nicht mehr und nicht weniger.

Dann kommt ihm die Ironie des Schicksals in den Sinn: Weil er das Team verlassen wollte, hat sich alles so ergeben, daß er jetzt keine männliche Jungfrau mehr ist und zu den anderen gehört. Und was macht für die Mutantin schon ein Schwanz mehr oder weniger für einen Unterschied? Er ist für sie nur ein weiterer Tropfen im Ozean.

Und das, was sie darüber gesagt hat, die Sache für sich zu behalten, klang so, als habe sie das auch gemeint. Aber die Mutantin ist voller Widersprüche, und man weiß nie, was sie als nächstes tut. Wer weiß schon, ob sie nicht bei nächster Gelegenheit in der Mädchenumkleidekabine alles brühwarm hinausposaunt? Er weiß nicht, wie er darauf reagieren soll. Am besten cool bleiben, alles mit einem Schulterzucken abtun und so weitermachen wie bisher. Denn das, was zwischen ihnen gewesen ist, geht allein sie beide und niemand sonst etwas an.

Reuben ist so sehr mit dem Innenleben einer schweren Maschine beschäftigt, daß er Sam erst bemerkt, als dessen Schatten ihm die Sicht versperrt. Er lächelt, als er den Jungen erkennt.

»Auf dem Tisch liegt ein Brief von Frankie.«

Mit den abgegriffenen Blättern vom Brief seines Bruders in der Hand durchstöbert Sam die restliche Post nach einem Schreiben vom Verkehrsamt DMV, das ihm einen Termin für die Motorradführerscheinprüfung nennt, auch wenn er weiß, daß es dafür noch viel zu früh ist. Anscheinend ist es der DMV nicht halb so wichtig wie ihm, daß Sam auf einem Motorrad die Straßen unsicher machen darf. Irgendwie fühlt er sich in seinem jetzigen Zustand auch selbst nicht reif dafür und fängt an, den Brief seines Bruders zu lesen. Frankie dankt ihm für die lieben Weihnachtsgrüße und gibt ihm Ratschläge betreffs der Pflege und des Umgangs mit dem Motorrad.

Sein Vater wischt sich die ölverschmierten Finger an einem Lappen ab und fragt, wie das Training gewesen ist.

Während Sam seinen Vater ansieht und nach den passenden Worten sucht, um ihm zu erklären, daß er das Team verlassen hat, blickt Reuben an ihm vorbei durch das Fenster auf die Zapfsäulen. Sam sieht ebenfalls dorthin und erkennt Trainer Connie. Neben ihm sitzt Rick Woods. Der Trainer ist bestimmt nicht den ganzen Weg von Greenspark gekommen, um hier zu tanken. Und wenn Sam die Miene auf Connies Gesicht richtig deutet, erwartet ihn gleich ein Anschiß, der sich gewaschen hat.

»Ich... ich habe das Team verlassen«, erklärt er seinem Vater.

Reuben wischt sich weiter die Finger ab und verzieht zunächst keine Miene. Die Arbeit mit dem Lappen ist ebenso schwer wie sinnlos, denn obgleich er sich die Hände mit einer Schutzseife eingerieben hat, haben sich Öl- und Schmierepartikel in den obersten Hautschichten und unter den Nägeln festgesetzt. Selbst wenn er seine Finger tüchtig mit Kernseife geschrubbt hat und kein Schwarz mehr an ihnen auszumachen ist, stinken sie immer noch nach Öl und Benzin. Sam weiß, daß das Wischen mit dem Lappen nicht mehr als ein Ablenkungsmanöver ist, Reubens Äquivalent für Zigaretten.

»Wie bitte?«

Sam räuspert sich. »Ich bin ausgeschieden. Ich habe mich von dem verdammten Team getrennt.«

Der Ärger, der in seiner Stimme mitschwingt, überrascht ihn ebenso sehr wie seinen Vater.

Der Trainer öffnet umständlich die Tür und platzt mit Rick Woods im Gefolge in den Raum.

»Was ist das hier für eine Scheiße?« Connie hält das Schreiben in der einen Hand und klopft mit den Fingern der anderen dagegen. »Was für gottverdammt verkackte *persönliche* Gründe könnten dich dazu veranlassen, dein Team einfach im Stich zu lassen, du Riesenidiot?«

Reuben legt dem Trainer die eine Hand auf die Schulter und hebt die andere fragend. Bebend vor Zorn schleudert Connie ihm den Zettel hin.

Mit brennendem Gesicht starrt Sam auf den Boden und schiebt die Schultern vor, um sich gegen den Sturm von Connies Wut zu wappnen. Er ist kein Riesenidiot. Wie kann der Trainer es wagen, so mit ihm zu reden? Warum können ihn nicht alle einfach in Ruhe lassen?

»Ich verstehe das nicht«, sagt Reuben und sieht seinen Sohn an. »Wieso?«

»Ich habe keine Lust mehr«, antwortet Sam. »Ich bin es leid, meine Zeit für Typen zu verschwenden, die sich einen Dreck darum scheren.«

»Was soll das heißen?« will der Trainer wissen. »Seit der Pause haben wir jedes Mal in voller Besetzung trainiert. Auch heute waren alle versammelt, bis auf dich und die Gauthier. Woods hat mir gesagt, du wolltest aussteigen, um mehr Zeit für die Arbeit zu haben.«

Reuben stellt sich vor den Trainer und schüttelt ungläubig den Kopf.

Sam blickt Rick an, der ihn wütend anstarrt.

Reuben läßt den Lappen auf den Halter fallen. »Ich habe noch nicht zu Mittag gegessen. Sam auch nicht, so weit ich weiß. Couch, warum gehen Sie und Rick nicht ins Schnellrestaurant und bitten meine Frau, für uns vier genug zu essen einzupacken? Und während sie dort sind, reden Sam und ich ein paar Takte miteinander.«

Connies Blick wandert vom Vater zum Sohn, der eine steinerne Miene aufgesetzt hat, dann verschwindet er mit seinem Begleiter.

»Sagen Sie ihr, daß wir alles essen, was sie herausrücken möchte«, erklärt Reuben dem Trainer noch, als die beiden sich auf den Weg machen.

Dann zieht er den Sessel unter der Schreibtischplatte hervor und läßt sich darauf plumpsen. »Und nun erzähl mir alles, Sammy.«

Sam fragt sich, warum er nie in der Lage ist, die Konsequenzen vorherzusehen, wenn er wieder einmal davorsteht, in die Scheiße zu greifen, und kommt zu dem Schluß, daß die anderen recht haben: Er ist einfach nicht schlau genug, um ohne Aufsicht und ganz auf sich allein gestellt durchs Leben zu gehen. Wie konnte er sich nur auf das alles einlassen, ohne auch nur einen Moment darüber nachzudenken, wie er es seinem Vater erklären sollte? Nein, *er kann es einfach nicht*.

»Ich weiß, wie knapp du rechnen mußt. Deswegen möchte ich dir helfen. Ich will nicht, daß du die Farm verkaufst.«

Reuben sieht ihn verblüfft an. »Ach, Sammy. So wie die Dinge stehen, könnte ich die Farm nicht verkaufen, selbst wenn ich es wollte. Glücklicherweise hatte ich genug Dusel, eine Frau zu heiraten, die nicht ganz mittellos und überdies Willens ist, mich zu unterstützen. Und sie hat mich davon überzeugt, daß sie es als Beleidigung ansehen würde, wenn ich nicht bereit wäre, ihre Hilfe anzunehmen. Du mußt wirklich nicht mitten in der Saison alles hinschmeißen.«

Sam schweigt. Er weiß keinen Weg, wie er Pete und die drei anderen Idioten anzeigen soll, ohne irgendwann zugeben zu müssen, daß er auch von den Verfehlungen anderer Teamkameraden weiß. Wie zum Beispiel von jenen Ricks. Und ganz zu schweigen davon, daß dadurch das Team auseinandergerissen würde. Vielleicht hat Deanie das gemeint, als sie ihm sagte, er solle endlich erwachsen werden. Möglicherweise bedeutete das Erwachsensein, die Dinge so zu akzeptieren, wie sie sind. Das, was Pete und die anderen getan haben, kann nicht rückgängig gemacht werden. Gewisse Dinge sind so fundamental, daß man die Struktur des Universums verändern muß, um sie umzustoßen. Nun ist ihre Tat Bestandteil dieser ganzen verkehrten Welt. Die Trainingsverträge spielen jetzt wirklich keine Rolle mehr, denn die Gesetze, die sie gebrochen haben, werden ohnehin kaum jemals durchgesetzt. Das Falsche, das sie begangen haben, bleibt weiterhin bestehen, aber es gibt nichts, was es wieder gutmachen könnte, weder Gerechtigkeit noch Strafe. Niemand scheint das zu kümmern, höchstens einen sturköpfigen, unreifen Bengel, der selbst auch kein Heiliger ist. Vermutlich begreifen sie alle die Zusammenhänge, die ihm noch verborgen sind.

Das Schweigen zwischen Vater und Sohn wird von einem explosionsartigen Knall zerstört, als einer der Heizöfen anspringt.

»Ja«, sagt Sam und nickt.

Reuben schiebt den Sessel zurück und legt die Füße auf den Schreibtisch. »Gut. Da kommt ja auch unser Mittagessen.«

Der Trainer sieht die Entschlossenheit in den Mienen der beiden, schließt die Augen und murmelt etwas vor sich hin, vielleicht ein Gebet, obwohl er kein gläubiger Mensch ist. Möglicherweise ermahnt er sich auch nur, nicht aus der

Haut zu fahren und sich daran zu erinnern, daß er Halbwüchsige trainiert.

Eine halbe Stunde später verläßt er die Tankstelle, fühlt sich von der unerwarteten Gratismahlzeit gestärkt und wiegt sich in der angenehmen Gewißheit, eine unerwartete Krise gemeistert zu haben.

Wo Sarah so nah ist, möchte Rick die Gelegenheit nicht verstreichen lassen, sie zu sehen. Er ruft sie an und bittet sie, ihn zum Supermarkt zu fahren, wenn seine Schicht beginnt, die von fünfzehn bis dreiundzwanzig Uhr dauert.

Als Reuben sich wieder an die Arbeit macht, gibt Rick Sam ein Zeichen, und die beiden gehen nach draußen.

»Du bist ein richtiges Arschloch«, erklärt Rick ihm. »Am liebsten würde ich dir stundenlang in die Fresse treten. Hast du überhaupt eine Vorstellung davon, wie lange es dauert, bis alle Jungs wieder okay sind? Du bist heute morgen einfach gegangen und hast mich allein mit den anderen gelassen. Der Coach hat sich ins Hemd gemacht, und das ganze Team hockte wie vom Donner gerührt da. Du kannst mir glauben, es hat uns allen gehörig Kopfschmerzen gemacht, die Jungs dazu zu bewegen, sich beim Training nicht zu dämlich anzustellen.«

Sam hört ihm mit undurchdringlicher Miene zu. Giftige Antworten hängen in dem Klumpen fest, der sich in seiner Brust zusammengeballt hat.

»Aber wir hatten unser Training, wir haben uns, wenn auch mehr schlecht als recht, den Arsch aufgerissen, während du lieber mit deiner kleinen Schlampe durch die Gegend gedüst bist!«

Sams Finger fahren wie von selbst an den Reißverschluß und überprüfen rasch, ob er geschlossen ist. Und dann pressen sie sich automatisch gegen den Unterleib.

»Ne-nenn sie bloß nicht Schla-schlampe! S-sie hat nämlich ver-versucht, mich da-davon abzubringen, das Team zu verlassen«, würgt er hervor und hat das Gefühl, an diesen Worten ersticken zu müssen.

»Ich hätte nicht übel Lust, sie mit noch ganz anderen Ausdrücken zu belegen«, knurrt Rick. »In einem Punkt hast du allerdings recht: die Gauthier ist wie deine Schwester. Du stellst dich wegen Karen so schlimm an, daß du kaum noch klar denken kannst. Karen ist nichts weiter als eine ausgebrannte Junkie-Nutte, und die Gauthier ist auf dem besten Weg, genauso zu werden. Es sollte dir egal sein, ob sie im Bett was taugt oder nicht! Schmink dir beide ab, Sambo. Vergiß sie ganz schnell, ehe sie dein ganzes Leben in Scheiße verwandelt haben.«

»Leck mich doch am Arsch«, entgegnet Sam leise und ohne Stottern.

Darauf reagiert Rick immer. Seine Faust fliegt wie von selbst heran und erwischt den bereits ausweichenden Sam an der linken Wange. Im nächsten Moment haben Sams Fäuste Ricks Handgelenke gepackt und schleudern ihn gegen die Scheibe des Büros. Durch den Knall aufgeschreckt, blickt Reuben erschrocken nach draußen.

»Karen ist meine Schwester, du Scheißkerl! Sie sitzt in der Scheiße, und vielleicht ist ihr nicht mehr zu helfen, aber sie ist keine Junkie-Nutte. Genauso wenig wie Deanie. Deshalb halt die Schnauze, Rick. Und kümmer dich lieber um dein eigenes Leben, du Wichser. Du bist selbst schon in der Scheiße gelandet!«

Die Tür fliegt auf, und Reuben tritt heraus.

Als sein Vater näherkommt, läßt Sam Rick los. Der wirft sich sofort auf Sam, und Reuben springt entschlossen dazwischen. Er hält Sam zurück und bemerkt, daß der Junge sich nur zum Schein gegen ihn wehrt.

»Was ist denn hier los?« will Reuben von seinem Sohn wissen.

Der Junge versinkt wieder in sein Schweigen.

»Rick?« fragt Reuben.

Rick schüttelt den Kopf. »Der Typ hat doch nur Scheiße im Hirn.«

Sarahs Honda ist zu hören.

»Du gehst jetzt dort hinein!« befiehlt Reuben seinem Sohn.

Sam braucht keine zweite Aufforderung, ist er doch viel zu froh darüber, von Rick wegzukommen.

Reuben schiebt beide Hände in die Taschen, legt den Kopf schief und blickt Rick ernst an. »Das war's dann wohl. Ihr beiden seid wohl nicht mehr im selben Team?«

Rick kämpft gegen seine Tränen an. »Ist mir doch scheißegal.«

»Wenn du es sagst?« entgegnet Reuben sarkastisch.

Zurück in seinem Büro macht sich Reuben eine Tasse Tee. Er dreht den Beutel im Becher, so als genieße er es zu sehen, wie das heiße Wasser langsam bernsteinfarben wird. Schließlich zieht er den Teebeutel heraus und drückt ihn zwischen zwei kräftigen Fingern zusammen – ohne Zweifel fügt er seinem Getränk damit ein leichtes Aroma von Motoröl hinzu –, bevor er den Rest in den Abfalleimer wirft. Die Teezubereitung ist für ihn ein Ritual wie das Abwischen der Finger mit dem Lappen. Sam dringt der angenehm bittere und frische Duft des Tees in die Nase.

»Junge, hör dir mal das Brummen dieses Bocks an und sag mir, ob du auch das Pfeifen hörst, das von den Dichtungsringen kommt.«

Sam nimmt das Geräusch sofort wahr und teilt das seinem Vater mit, der nickt. »Hab' ich's mir doch gedacht«, brummt Reuben so verdrossen, daß Sam seinen Vater besorgt ansieht. Aber bei ihm ist nichts als die altvertraute Miene zu entdecken.

Als es Zeit wird, ins Bett zu gehen, trödelt Sam und überprüft, ob die Türen verschlossen, die Lichter gelöscht und der Herd aus ist, auch wenn er weiß, daß sein Vater sich längst darum gekümmert hat. Er sieht auch nach dem Baby, das friedlich schläft – eben wie ein Säugling. Sam beugt sich über das Geländer des Bettchens und fährt sanft mit der Fingerspitze über die Handfläche der Kleinen. Ihre kleinen Finger schließen sich instinktiv um seinen großen. In ihrem Mundwinkel bläht sich eine Speichelblase auf.

Er nimmt sich ein Buch vor, kann sich aber nicht auf die Lektüre konzentrieren. Danach setzt er sich den Kopfhörer auf und klappert die Sender ab, bis er an der College-Station in Burlington hängenbleibt, die nervenzerfetzenden Techno-Rock präsentiert. Er schaltet den Kassettenrekorder ein, um die Musik aufzunehmen. Dieser Sound ist so toxisch, daß man damit Menschen vergiften könnte. Eigentlich kann man so etwas zu dieser späten Stunde nicht mehr hören.

Er schaltet ab. Und wieder ein. Und er will unbedingt Deanie haben. Nicht irgendeine Frau, sondern nur Deanie. Vergessen sind die unangenehmen Begleiterscheinungen, das ernüchternde, frustrierende Ende. Die Erfahrung mit ihr war so überwältigend, daß er an nichts anderes mehr denken kann. Er durchlebt die Gefühle, die Bewegungen und überhaupt alles noch einmal. Wie Deanies Ketten zwischen ihnen waren, als er mit ihr geschlafen hat. Als der Orgasmus kommt, keucht und hustet er.

Jetzt aber nichts wie geschlafen, es ist schon nach Mitternacht. Wenn er noch länger daran denkt, dreht er durch. Doch er liegt wach auf dem Bett, schwitzt, fühlt sich verklebt und wundert sich über seine anscheinend unstillbare Lust. Seit damals auf dem Parkplatz plagt ihn diese Geilheit, wegen der er sich schlecht fühlt. Nicht weil an der Lust etwas falsch ist, sondern weil er nur einer unter vielen ist. Er verabscheut sich dafür, eine weitere Trophäe von Deanie Gauthier zu sein. Aber es ist nun einmal geschehen und kann nicht wieder rückgängig gemacht werden. Und er fühlt sich noch schlechter, weil er immer noch Lust auf sie hat. Wie Tiger in der Nacht jagen sich die Gedanken in seinem Kopf, bis sie schwarz und orangefarben zerschmelzen und sich hinter seinen Augen drehen.

Am nächsten Morgen steht sie am Corner und hat die Arme um sich geschlagen, um sich vor der Kälte zu schützen. Das Kopftuch und die leicht hüpfenden Ohrringe erwecken in ihm sofort wieder die Lust. Genau das, was er jetzt braucht. Sein Schwanz regt sich träge wie ein schläfriger Hund. Die Mutantin grinst, als sie den Truck entdeckt. Sie steigt ein, macht es sich gleich bequem und legt die Füße auf das Armaturenbrett, als gehöre der Wagen ihr. Gleich fällt ihr die Tüte ins Auge, die neben ihr auf der Sitzbank liegt. Sie greift danach und freut sich hörbar, als sie darin ein riesiges Stück Blaubeerkuchen und einen Karton Orangensaft entdeckt. Während sie den Kuchen verdrückt, schaut sie aus dem Fenster und läßt den Blick wie ein Latifundienbesitzer über Greenspark schweifen.

»Wie geht's dir?« fragt er.

»Wie einer Kriegsverletzten«, antwortet sie zwischen zwei Bissen. »Ich fürchte, als du auf mir gelandet bist, hast du mir die verdammten Rippen gebrochen.«

»Tut mir leid«, murmelt er.

»Nun mach dir nicht gleich wieder ins Hemd. Ich kann immer noch spielen.«

Er stellt sich in Gedanken vor, wie sie ihn nach dem Training fragt, ob er mit ihr zur alten Fabrik kommt. Dann wird er ihr antworten, daß er zur Arbeit muß und keine Zeit hat. O nein, das wird er nicht. Und wenn sie ihn nicht fragt, wird er das tun. Vermutlich sagt sie nein, bloß weil sie glaubt, sie müsse das tun. Vielleicht aber auch nicht. Doch während der ganzen Fahrt spricht er kein Wort mehr. Und auch sie schweigt.

In der Turnhalle bemüht er sich, nicht nach ihr zu gaffen, während sie ihre Ketten löst. Äußerlich ist ihm genausowenig anzumerken wie ihr. Aber in seinem Innern fühlt er sich verwirrt und elend. Beide tun so, als wäre nie etwas zwischen ihnen gewesen. Er wünscht sich, es wäre wirklich nicht geschehen, und gleichzeitig sehnt er sich danach, daß es möglichst bald wieder dazu kommt.

Heute scheinen alle ihre Schwierigkeiten zu haben. Die Unruhe unter den Jungs hat sich auf die Mädchen übertragen. Alle bewegen sich, als befänden sie sich auf einer Leichenfeier. Keiner sieht sein Gegenüber an, und wenn zwei doch miteinander reden, dann abgewandt und im Flüsterton. Die Musik von dem Band, das Sam zusammengestellt hat, könnte nicht unpassender sein. Alle führen sich auf, als seien sie behindert, sowohl physisch als auch psychisch.

»Hab' ich's dir nicht gesagt?« raunt Rick Sam am Ende der Stunde zu.

»Keine Ahnung. Ich hab' dir nicht zugehört.«

Rick muß an sich halten. »Okay«, sagt er dann. »Ich werde dich nicht weiter belästigen.«

»Damit würdest du mir einen großen Gefallen tun.«

Zweite Trainingshälfte. Sam ist als erster im Übungsraum. Er legt die Kassette mit dem Synthesizer-Gedröhne ein, das er vom College-Sender aufgenommen hat, und dreht voll auf. Dabei fühlt er sich fiebrig wie nach dem Zusammensein mit der Mutantin und möchte den Überdruß des Gefühlswirrwarrs ausschwitzen, der sich nach einer ruhelosen Nacht in ihm aufgestaut hat. Die anderen kommen herein, aber keiner stört sich an der harten, technischen und emotionslosen Robotermusik. Alle beschäftigen sich mit sich selbst, und kaum einer reißt einen Witz. Einige müssen den Speck loswerden, der sich in den Ferien auf ihren Rippen angesammelt hat, aber insgesamt liegt eine eigenartige Stimmung über dem Raum. Keiner hat Lust, sich mit einem anderen zu unterhalten, am allerwenigsten mit Sam.

Rick aber baut sich vor Sam auf. »Was ist das denn für eine Scheiße?«

»Front 242.«

»Da möchte man lieber bis an sein Lebensende gar keine Musik mehr hören, als sich so etwas reinziehen zu müssen. Das einzig Gute an diesem Mist ist, daß er einen wahrscheinlich impotent macht. Brauchst du eine Hilfestellung?«

Sam nickt.

Und das ist auch schon das Ende ihrer Unterhaltung.

Sam ist als erster fertig und will unter die Dusche. Im Umkleideraum lärmen die Jungs, die gerade vom Spielfeld kommen. Seine Tasche liegt immer noch dort unter der Bank, wo er sie beim Hereinkommen hingeworfen hat. Seit gestern, als er gegangen ist, ist er nicht mehr an seinem Spind gewesen. Er läßt den Kulturbeutel auf seine Sporttasche fallen und streckt die Hand nach dem Spindgriff aus.

»Samson!« Chapin springt von einer Bank hoch und stolziert durch den Gang zwischen den Spinden heran. »Wie war's denn bei dir an Silvester? War mächtig was los? Oder mußtest du dein Ding wieder mal in eine Autobatterie stekken?«

Alle Gespräche verstummen. Sam hat den Eindruck, die Jungs wissen mehr als er.

Chapins Miene war nie vergnügter. Sein Grinsen ist so breit wie sein Gesicht, und aus seinen runden Augen strahlt diebische Freude. «Ich mußte Silvester an dich denken. Bin nämlich auf einer Party deiner Schwester über den Weg gelaufen.«

Im Umkleideraum hört man jetzt nur noch das Rappeln von Spindtüren, das Surren von Reißverschlüssen und das dumpfe Knallen von Basketballstiefeln, die auf eine Bank gestellt werden; und das Atmen der Jungs.

»Diese Karen«, fährt Chapin mit höhnischem Unterton fort, »das ist mir schon eine richtige Partylöwin.« Er legt Sam kumpelhaft einen Arm auf die Schulter und beugt sich näher zu ihm heran, als wollte er ihm ein Geheimnis verraten, obwohl seine Stimme auch noch im letzten Winkel deutlich zu vernehmen ist. »Ehrlich, man könnte sagen, deine Schwester war die Party. Erst hat sie sich alles an Stoff reingezogen, was dort zur Verfügung stand, und dann hat sie sich jeden vorgenommen, der einen Schwanz in der Hose hatte. Ich persönlich...«

Sam hebt mit angewiderter Miene Chapins Arm von seiner Schulter, schiebt den Jungen wie in der Parodie eines Ballettanzes herum und dreht ihm den Arm auf den Rücken.

»Aaah!« Chapins Grinsen vergeht in Stöhnen.

»Du bist jetzt sicher mächtig stolz auf dich, was?« höhnt Sam. »Ich wette, du warst der Tiefpunkt ihres Abends. Wenn ich Karen das nächste Mal sehe«, er stößt Chapin von sich fort, »frage ich sie, ob sie eine Lupe dabeihatte, um dein Dingelchen zu finden.«

Alle prusten.

Der Assistent des Trainers zeigt sich an der Tür.

Chapin bemerkt ihn nicht. »Batterienficker!« schimpft er.

»Meinen Sie mich, Hosenscheißer?« fragt der Assistent mit liebenswürdiger Stimme.

Chapin zieht sich zurück und raunt Sam zu: »Wir sprechen uns noch. Mach dich auf was gefaßt!«

»Ich fang schon mal an zu bibbern, ja?« entgegnet Sam, ohne ihn noch eines Blicks zu würdigen.

Er reißt die Spindtür auf. Auf dem obersten Fach liegt eine durchsichtige Plastiktüte. Er zieht sie ein Stück weit heraus, gerade weit genug, um festzustellen, daß sie eine bereits in Verwesung übergegangene tote Ratte enthält. Als er erkennt, daß die Tüte verschlossen ist, zieht er sie mit zwei Fingern ganz heraus und wiegt sie auf der Handfläche.

Rick fährt bei diesem Anblick erschrocken zurück. »O Scheiße!«

Allgemeines Gemurmel im Umkleideraum. Die Jungs tuscheln miteinander und wenden dann den Blick ab. Am anderen Ende des Gangs, vier oder fünf Meter entfernt, steht eine Abfalltonne.

»Das ist für euch!« verkündet Sam.

Er schleudert die Tüte zur Tonne. Sie beschreibt einen niedrigen Bogen – die Jungs ducken unter ihr weg und schimpfen –, landet in der Tonne und platzt auf. Augenblicklich breitet sich ein ekelerregender Gestank aus.

Der Umkleideraum leert sich erstaunlich rasch. Fluchend zieht einer nach dem anderen ab. Sam nimmt sich reichlich Zeit zum Umziehen, obwohl sich ihm bei dem strengen Geruch der Magen umdreht. Aber in seinem Innern ist ihm gut zumute. Alle haben etwas von der üblen Überraschung abbekommen, und mehr wollte er auch gar nicht.

20

Die glatzköpfige Medusa hält sich an der Essensausgabe und in Sams Gedanken auf, als er die Cafeteria betritt. An seinem Tisch sitzt er ganz allein. Sogar Rick entfernt sich. Halb bedauert er, die tote Ratte in die Tonne geworfen zu haben. Es wäre doch viel lustiger gewesen, sie hier zu präsentieren. Vom Mädchentisch winkt ihm Nat kurz zu. Er versucht zurückzulächeln.

Er will etwas essen, obwohl es in seinem Bauch rumort. Am liebsten möchte er hier sofort wieder verschwinden. Nachdem er etwas von dem Schinkensandwich abgebissen hat, blickt er auf und wagt es, die Mutantin kurz anzusehen. Sie scheint seinen Blick zu spüren, denn sofort hebt sie den Kopf und betrachtet ihn mit amüsiertem Spott.

Das Stück Sandwich liegt wie ein Ziegelstein in seinem Magen. Er schiebt den Rest in seine Tasche, wischt sich Krümel von den Fingern und wendet seine Aufmerksamkeit den Teamkameraden zu. Jeden blickt er so lange an, bis der den Blick abwendet. Einige von ihnen entwickeln urplötzlich das größte Interesse für ihre Mahlzeit oder das, was ihr Nebenmann gerade gesagt hat. Andere erwidern den Blick mit steinerner Ungerührtheit.

Das ist doch alles Superscheiße, sagt er sich. Er hätte seinen Abschied nie rückgängig machen dürfen.

Die Mädchen haben nach dem Unterricht als erste Training. Sam sieht ihnen zu und registriert, wie viele Bewegungen und Züge sie von den Jungs abgeschaut haben. Und mehr noch, keine von ihnen benimmt sich wie ein Mädchen. Sie spielen aggressiver und nicht mehr nur darauf bedacht, sich möglichst nicht zu verletzen. Sie spielen fast wie Jungs.

Die meisten anderen aus dem Team treiben sich in der Nähe der Turnhalle herum – entweder im Flur vor den Schokoriegelautomaten oder im Übungsraum –, und ein paar schlendern zu den Zuschauerbänken, um mit den Cheerleaders oder den weiblichen Mitgliedern der Kapelle zu flirten, die gerade ihr Übungsprogramm beendet haben. Gelegentlich tut sich auf dem Spielfeld etwas Besonderes, und dann sind Zurufe, Applaus und Pfiffe zu vernehmen.

Jedesmal, wenn es zu solchen spontanen Beifallsäußerungen kommt, fühlt Sam sich ein wenig besser. Die Vorstellung gefällt ihm, wie ein Team dem anderen Unterstützung gibt. Bald fängt er an, sich Strategien zurechtzulegen, wie er während des Trainings das Team wieder zusammenführen kann.

Auf dem Feld bricht die Mutantin aus, und schon folgt ihr die ganze Meute.

Rick Woods hockt sich neben ihn auf die Bank und bietet ihm wortlos einen Streifen Kaugummi an. Aber Sam wendet den Blick nicht von dem Mädchen und winkt nur ab. Rick zieht sich nicht zurück.

»He, Mann.«

Sam dreht sich zu ihm um.

»Ich hasse mich selbst am allermeisten dafür«, sagt Rick trocken, »aber ich muß dich doch noch einmal belästigen.«

Widerstrebend reißt Sam sich von dem unglaublich fließenden Spiel der Mutantin los.

»Du gehst mir ganz schön auf den Sack«, beginnt Rick, »aber irgendwie ist mir das alles zu blöde. Dir nicht?«

Sam nickt. Rick bietet ihm noch einmal den Kaugummi an, und diesmal nimmt Sam ihn, steckt ihn aber in seine Tasche.

»Danke.«

Rick klopft Sam auf die Schulter. »Komm schon, wir müssen uns fertigmachen.«

Stille herrscht im Umkleideraum, und eine ganz merkwürdige Stimmung. So wie beim letzten Viertel eines völlig vermasselten Spiels, denkt Sam, wo das Team den Glauben an sich und seinen Sieg verloren hat.

Als er zum Spielfeld zurückkehrt, strömen die Mädchen gerade in ihren Umkleideraum. Die Mutantin hat die Finger an die Hüften gelegt und folgt ihren Kameradinnen, ohne sich nach ihm umzusehen. Ihre Hüftknochen zeichnen sich deutlich unter ihrem Hemd und ihren Shorts ab. Die Falten in der kurzen Hose streben v-förmig ihrer Scham zu und erwecken den Eindruck, ihre Vagina habe Flügel bekommen. Hitze durchströmt sein Gesicht und seinen Unterleib. Bald wird sie auf der Tribüne hocken und ihm zusehen. Und etwas später werden sie dann zusammen im Truck sitzen, und er wird sie fragen. Möglicherweise fahren sie dann zur Fabrik und gehen in den kleinen Raum...

»Styles!« brüllt der Trainer, als stecke er am Spieß. »Was treibst du dann da?«

Mist, nur Mist. Er hat zwei linke Füße und den Kopf zuhause liegengelassen. Und seine Konzentration hat er an der Garderobe abgegeben. Wie will er das Team wieder zusammenführen, wenn er sich nicht einmal selbst im Griff hat?

Und später, nachdem die Tortur vorüber ist, der Trainer ihm den Arsch aufgerissen hat und alle anderen gegangen sind, ohne ein Wort mit ihm zu wechseln, steht er draußen in dieser verdammt kalten Winternacht, und sie ist nicht da. Sie hat nicht auf ihn gewartet, und er kann sie auch nirgends entdecken. Zwei Stunden sind vergangen, und sie kann sonstwo sein. Bei ihren alten Damen oder auch zuhause. Und zwei Stunden sind genug Zeit, um mal eben kurz bei ihrem alten Kumpel Chapin vorbeizuschauen, sich bei ihm Stoff abzuholen und sich dafür von ihm vögeln zu lassen. Was ist denn schon dabei?

Er dreht die Musik vom Kassettenrekorder so laut auf, bis er keinen klaren Gedanken mehr fassen kann, und fährt nach Hause. Sein Kopf ist voll von der Musik, die sich so anhört wie das Geräuscheband, das Rick ihm einmal gegeben hat. Nur ist dieser Lärm besser, hört sich eher an wie Godzilla, der gerade Detroit zertrampelt.

J.C. beugt sich über den niedrigen Tisch neben seinem Wasserbett, streut erfahren und umsichtig einen Streifen Gras auf das papiererne Rechteck und singt hin und wieder eine Textzeile von »Hotel California« mit, das aus seiner Stereoanlage dröhnt.

»Du hast meine Gefühle verletzt, D. Du hast mir vorgelogen, du müßtest trainieren und könntest deswegen nicht mit mir auf die Silvesterparty kommen. Und da treff ich Lexie, und die erzählt mir, du hättest lieber mit dem ganzen beschissenen Basketballhüpfer-Team gefeiert.«

Die Mutantin hockt mit verschränkten Beinen auf dem Bett und bindet sich ein Bandanna-Halstuch um den Kopf.

»Ich habe nicht mit denen gefeiert. Es war nur ein Ort, wo ich hinkonnte, um nicht nach Hause gehen zu müssen. Und es war beileibe nicht das *ganze* Team. Schließlich haben wir hier zwei Universitäten und jeweils ein Jungen- und ein Mädchen-Team, du Chauvinistenschwein!«

J.C. dreht die Enden seines Joints zusammen, legt ihn beiseite, macht sich an den nächsten und grinst sie an. »Ich bin sogar das Oberchauvinistenschwein. Aber du weißt, was ich gemeint habe. Und ich habe es von Lexie gehört. Leider nicht von dir.«

»Was regst du dich so künstlich auf? Früher war dir das doch immer scheißegal!«

J.C. klopft ihr mit einer Hand aufs Knie. »Nun komm mal wieder 'runter. Was immer du getan hast, hast du getan. Du gehörst dir ganz allein. Genau so, wie ich ganz allein mir gehöre. Da beißt die Maus keinen Faden ab. Ich will damit ja auch nur sagen, daß du mit mir eine prima Zeit gehabt hättest.«

Zufrieden mit seiner Arbeit zündet er sich den ersten Joint an und nimmt einen tiefen Zug. Als er ihr die Zigarette anbietet, winkt sie nur ab.

»Willste wirklich nicht?«

Sie rollt herum und legt sich auf den Bauch, auch wenn ihr die Wellenbewegungen des Betts Unwohlsein verursachen. J.C. nimmt noch einen Zug und hockt sich dann neben sie.

»Dieser Fosse setzt seinen Blazer in eine Schneebank oder so, und ihr alle fangt euch den Zorn von diesem Samson ein. Und dieser Starhüpfer wirft meinen gottverdammten Kram in die Büsche. Das kostet mich mein Geld, D. Irgendwer muß mir Ersatz leisten.«

Sie ignoriert seine Hand, die sich auf ihrem Po niederläßt. Er streichelt ihre Pomuskeln, und seine Hand gleitet zwischen ihre Beine und schiebt die Ketten beiseite. Sie hebt den Hintern etwas an, damit es seine Finger bequemer haben. Er rückt näher an sie heran und scheint an Sam bereits nicht mehr zu denken.

»Ist verdammt lange her«, murmelt er und zieht sie an sich, bis sein Steifer sich gegen ihre Pobacken preßt. »Gott, D., du hast einen wahnsinnigen Arsch.« Das Wasserbett schaukelt im Takt seiner Bewegungen. Ohne sich zu ihm umzudrehen, saugt sie die Rauchwolke ein, die über ihr kreist. J.C. rollt sich von ihr weg, nimmt den Joint, hält ihn ihr an die Lippen und grunzt zufrieden, als sie einen Zug macht. Die Mutantin drängt sich wieder gegen ihn, und er schiebt ihr T-Shirt hoch.

»Runter mit dem Klempnerladen.«

Langsam entfernt sie die Ketten von ihren Hüften, und er fordert sie mit einer ungeduldigen Handbewegung auf, schneller zu machen. Als sie sich von ihrem Hemd befreit hat, zieht er sie neben sich, macht noch einen Zug und bläst ihr den Rauch in den Mund. Ihr wird klar, daß es schon sehr lange her ist, seit sie sich zum letzten Mal so relaxed gefühlt hat. Vielleicht liegt es am Gras, daß sie ihn nicht deutlich erkennen kann. Er kommt ihr bekannt vor und ist ihr doch fremd. Er ist nicht Sam. Wie sonderbar.

J.C. schiebt ihren Kopf auf seinen Unterleib.

»Schwester D.«, flüstert er. »Mach's mir, Schwester.«

Das Dope verlangsamt ihre Bewegungen, und sie fühlt sich konfus, als er anfängt, in ihren Mund zu stoßen. Er erwürgt sie fast und tut ihrem Gaumen weh. Bevor sie reagieren kann, zieht er sein Glied zurück und reißt ihr die Hose und die Shorts herunter. Sie will eingreifen, um es ihm einfacher zu machen, aber er schiebt nur unwillig ihre Hände fort. Ein wenig hat sie jetzt Angst und wird ganz passiv. Zu ihrer großen Verblüffung hält er plötzlich ein Kondom in der Hand und streift es sich über. Das hat er nicht mehr gemacht, seit sie angefangen hat, die Pille zu nehmen.

Während er sie stößt, stellt sie verwundert fest, daß ihr Körper langsam auf seine Bemühungen reagiert. Bald bewegt sie sich in seinem Takt, und er wird immer aufgeregter, stößt heftiger und heftiger, bis er einem Kolben gleicht. Zuletzt liegt sie nur noch still da, bis er fertig ist.

Er läßt sich neben sie auf den Rücken fallen, streift den Gummi ab, legt ihn in den Aschenbecher und nimmt sich den erloschenen Joint. Es erfordert seine ganze Konzentration, ihn wieder anzuzünden.

»Gott, D., drei Jahre warte ich schon darauf, daß du endlich deinen Arsch bewegst. Warum hast du nur mittendrin aufgehört?«

Sie nimmt einen Zug, bevor sie antwortet. »Du warst so wild. Das mag ich nicht.«

»Es hat dir doch noch nie gefallen, D.«, entgegnet er. »Wer hat dir also etwas Neues beigebracht? Bestimmt nicht Tony. Von dem hast doch nur gelernt, es zu verabscheuen. Ich kann von mir nur behaupten, dir beigebracht zu haben, wie man einen Schwanz lutscht, und du warst eine gelehrige Schülerin.« Er lacht. »Nun sag's mir.«

Die Mutantin zieht sich wieder an. »Ich muß noch Hausaufgaben machen. Fährst du mich nach Hause?«

Er legt seinen Kopf auf einen Arm und sieht ihr beim Ankleiden zu. »Klar, D., aber warum solche Eile? Doch nicht etwa wegen Samson?«

Sie zieht die Jeans hoch und lächelt ihn an. Seine Bemerkungen haben sie getroffen, und das Gras macht sie mutig genug, es ihm zurückzugeben. »Wenn du so scharf darauf bist, daß ich ihn vögle, dann frage ich mich, ob du womöglich schwul und selbst heiß auf ihn bist.«

J.C. lacht etwas zu laut, und sein Grinsen wird von Zorn verzerrt. Er schwingt die Beine über die Bettkante und wirft ihr eine braune Papiertüte zu, in der sich ihre Antibaby-Pillen und ein Beutel Dope befinden.

»Was bist du doch für eine Giftspritze. Ich kann diesen scheinheiligen Muskelberg schlicht und ergreifend nicht leiden. Man muß ihm mal eine Lektion verpassen. Nichts auf der Welt würde mich glücklicher machen als ein Gott Samson, der sich vor mir verkriechen muß.«

Der Rauch formt magischen Frost auf dem Fenster ihres Gehirns, doch hinter dem Wirbeln ist ein helles Glitzern zu sehen, das an einen hellen, frostigen Januartag erinnert. Dieser Affenarsch. Dieser Pimmel. Ihre Finger sind plötzlich zu unbeholfen, um die Ketten anzulegen. Die Glieder kleben an ihnen, als seien sie daran festgefroren.

J.C. verhakt einen Finger in ihrer Kette und zieht daran. Er legt die Hand auf ihren Unterleib und bohrt mit den Fingern durch den Stoff. »Wäre doch zu dumm, wenn statt einer toten Ratte schlechter Shit in Samsons Spind auftauchen würde. Oder in deinem.« Er macht ein Geräusch wie von einer Toilettenspülung. »Und schon wären alle Uni-Träume durchs Klo hinuntergespült. Dann heißt es, Auf Wiedersehen, Bildung und Hallo, Knast.«

Es kostet sie große Überwindung, ihm in die Augen zu sehen, aber es gelingt ihr, und sie lacht ihn aus. Er kommt zu dem Schluß, daß sie zu high ist, um sich von ihm aufs Glatteis locken zu lassen, läßt sie los und drückt ihr den Rest des Joints zwischen die Finger. Sie raucht ihn zu Ende, während er sich anzieht. Das Gras hilft ihr, sich zu beruhigen.

»Das ist guter Shit.« Er hebt ihr Kinn und küßt sie leicht. »Du weißt doch, D., daß ich immer gut für dich sorgen werde.«

Sein rechter Fuß bewegt sich, als besitze er ein Eigenleben, stellt sich auf die Bremse und drückt sie leicht nach unten. Das Lenkrad rutscht durch seine Finger nach rechts. Sam beugt sich über die Sitzbank, streckt die Hand aus und öffnet die Beifahrertür. Aber er würdigt sie keines Blickes. Sie trägt ihr Brokatkopftuch, und ihr Gesicht ist von der Kälte ganz blaß. Als sie einsteigt und ihre Tasche auf die Bank knallt, sieht sie ihn auch nicht an. Sie nimmt Platz und starrt stur geradeaus. Er spricht kein Wort, bis sie den halben Weg zur Schule hinter sich gebracht haben.

»Wo warst du letzte Nacht?«

Sie könnte ihm antworten *zuhause* oder *bei den alten Tanten* oder auch *ich bin mit Grey herumgefahren*, aber sie schiebt ihr kleines Kinn vor und schnauzt ihn an: »Das geht dich einen Scheißdreck an!«

»O doch!« fährt er sie an und ärgert sich, weil er wütend geworden ist, wo er ihr doch kühl begegnen wollte. »Und ob es mich etwas angeht!«

Sie ballt eine Faust und schreit ihn an: »Ich habe nichts gemacht!«

Er wendet den Blick von der Straße und schaut ihr in die trotzige Miene. Ihre Augen sind gerötet, so als habe sie geweint. Oder Dope geraucht. Sie riecht noch nach Gras. Und nach Chapin. Letzteres macht ihn für einen Moment noch wütender. Dann richtet er niedergeschlagen die Augen wieder auf die Straße.

»Lügnerin.«

»Ich gehöre dir doch nicht!«

Das ist so gut wie ein Eingeständnis.

Er nickt und biegt vom Zubringer auf den Parkplatz ab. »Da hast du recht. Ich will dich auch gar nicht besitzen. Um die Wahrheit zu sagen, ich will überhaupt nichts mehr mit dir zu schaffen haben. Ich gebe auf, kapiert? Ich hole dich ab und fahre dich wieder nach Hause, bis du einen anderen Dummen gefunden hast, der dich mitnimmt. Für mich war's das dann.« Ihre Finger spielen nervös mit den Falten und Streifen ihrer Kleidung. »Ich verstehe sowieso nicht, was du an dem Blödmann findest. Schon wie er über dich redet! Hast du denn überhaupt keine Selbstachtung?«

»Es ist zum Kotzen.« Sie spricht, als hätte sie einen Kloß in der Kehle. »Dir ist meine Selbstachtung doch scheißegal. Du kannst nichts anderes, als dich selbst wichtig zu nehmen. Aber laß dir gesagt sein, daß ich sehr gut auf mich aufpassen kann!«

Kaum hat er angehalten, springt sie schon aus dem Truck. Er kurbelt das Fenster nach unten.

»Nur zu, tu's doch!« schreit er ihr voller Sarkasmus hinterher.

Sie läßt die Tasche fallen, zeigt ihm, ohne sich umzudrehen, über die Schulter den Mittelfinger, nimmt dann ihre Sachen wieder auf und rennt zur Schule. Unterwegs begegnet ihr Rick.

»Einen recht schönen guten Morgen«, flötet Rick, als er bei Sam angelangt ist. »Ist das nicht ein herrlicher Tag? Den wollen wir alle mit Sonnenscheingesichtern empfangen.«

»Bei dir leuchtet die Sonne doch aus dem Hintern«, murmelt Sam.

»Und bei dir stirbt die Hose vor Scham, weil sie über den Arsch und nicht über das Gesicht gezogen wurde«, kontert Rick. »Warum überfährst du die Nutte nicht? Ich werde jeden Eid darauf ablegen, daß es Notwehr war. Kein Gericht der Welt wird dich deswegen verknacken.«

»Ach, halt doch die Fresse.«

»Aber gern. Was glaubst du, wie sie im Bett ist? Wahrscheinlich ist es bei ihr noch nie so weit gekommen. Weißt du, ich fürchte, sie hat überhaupt nichts von einer Frau an sich. Wahrscheinlich würde man ihre Muschi besser als Abfalleimer benutzen, und in ihrem Kopf findet man ja sowieso...«

»Rick, würdest du jetzt endlich aufhören!«

»Oh, bitte tausendmal um Vergebung, Euer Gnaden. Habe ich dich an deiner empfindlichsten Stelle, dem Ding zwischen deinen Beinen getroffen?« Er lacht wie ein Wahnsinniger.

»Du bist krank, Mann«, entgegnet Sam und will sich an ihm vorbeischieben.

»Nein, von uns beiden bist du der Kranke«, erklärt Rick, unvermittelt ernst. »Ehrlich, Mann, ich mache mir Sorgen um dich.«

Sam legt ihm einen Arm um die Schultern.

»Nein«, versichert er ihm, »mittlerweile bin ich geheilt.«

»Tatsächlich? Dann bin ich der Kaiser von China.«

Die Turnhalle ist schon offen. Der Trainer gibt Sam zu verstehen, daß er in sein Büro kommen solle. Die Spielfläche ist durch die Fensterscheibe, die fast die gesamte Front des Büros einnimmt, deutlich zu erkennen. Der Trainer zeigt auf den Stuhl, der dem Schreibtisch gegenübersteht. Sam muß mit dem Rücken zur Tür sitzen.

»Wir haben ein kleines Problem«, beginnt der Trainer.

Sam sinkt auf dem Stuhl zusammen und macht sich darauf gefaßt, daß gleich ein Donnerwetter über ihn hereinbricht.

»Ihr Jungs«, sagt der Trainer mit einem traurigen Kopfschütteln und einem langen Seufzer. »Also, ehrlich, manchmal weiß ich es wirklich nicht. Was sollen wir nur mit dir anfangen?« Er legt die Hände auf die Schreibfläche und faltet sie wie zum Gebet zusammen. Dabei sieht er sein Gegenüber abwartend an. »Was sollen wir nur in deinem Fall unternehmen, Sam? Was sollen wir nur tun?«

Wie gelähmt sitzt Sam da und sucht nach irgendwelchen Worten, nach einer Phrase, mit der er sein Schweigen, sein schwieriges Verhalten erklären kann.

Der Trainer schnauft.

»Wir haben heute abend ein Spiel zu machen, und ich kann mich wirklich des Eindrucks nicht erwehren, als würdet ihr Jungs alles vermasseln.«

Sam schließt die Augen und atmet unhörbar ein. Anscheinend geht es hier und jetzt nicht um die Silvesternacht, sondern um heute abend.

Unvermittelt schlägt der Trainer mit beiden Handflächen auf den Schreibtisch. Sam zuckt bei dem Knall zusammen, reißt die Augen weit auf und registriert das finstere Starren des Mannes. Der Trainer zeigt sogar mit dem Zeigefinger auf ihn.

»Du!«

Und jetzt kommt das Donnerwetter. Der Trainer wütet, schreit und schimpft sehr lange. Wenn Sam einmal woanders hinblickt, läßt der Trainer die Hände wieder auf die Platte klatschen, schiebt sich einen Finger bis zum zweiten Glied in die Nase oder macht Anstalten, den Jungen über den Schreibtisch hinweg anzuspringen. Wie auch immer, Sam erhält keine Chance abzuschalten. Die dunklen Kreise unter den Achselhöhlen des Trainers vergrößern sich zusehends. Er zerrt so oft an seiner Krawatte, daß sie bald verschrumpelt und wie erwürgt aussieht. Und auf seinem sommersprossigen Gesicht breitet sich wie Tau eine Schweißschicht aus. Endlich ist er fertig und sinkt in seinen Sessel zurück.

Sam wirft einen Blick auf die Wanduhr.

Dem Trainer entgeht das nicht, und er richtet sich wieder kerzengerade auf.

»Du bleibst so lange hier, bis ich mit dir fertig bin, Freundchen!«

Rasch richtet Sam den Blick auf seine Füße.

»Nun, wir müssen heute abend dieses Spiel machen«, sagt der Trainer. »Und wir werden es durchziehen, auch wenn ihr Primadonnas keine Lust habt, eure hübschen, süßen Hintern hochzubekommen, und auch wenn ihr um eure manikürten Fingernägel, eure Ohrringe und eure kunstvollen Frisuren fürchtet! Gib mir den Ordner, der dort drüben liegt, du eingebildetes Riesenbaby, natürlich nur, wenn es deine kostbare Zeit erlaubt. Mir ist durchaus bewußt, daß du eine Menge wichtiger Dinge zu erledigen hast, Styles, zum Beispiel dich schnieke zu machen und dafür Sorge zu tragen, daß die Knöpfe am Jackett in der richtigen Reihenfolge zugeknöpft sind. Und nicht zu vergessen, dir die Ohren mit diesem Radau vollzudröhnen... Sieh mich nicht so blöde und gelangweilt an, Styles, als wäre ich ein Vollidiot! Ich gehöre zu denjenigen, die der Ansicht sind, daß die Beach Boys noch richtige Musik gemacht haben, Songs, die einem wenigstens keinen Schaden an Leib und Seele zufügen. Und ich bin nicht der einzige, der glaubt, daß das Zeugs, das du hörst, einem nicht nur die Trommelfelle ruiniert, sondern auch noch stumpfsinnig macht!« Der Trainer legt eine kurze Pause ein, um den Inhalt des Ordners einzusammeln, der sich mittlerweile über den ganzen Schreibtisch verbreitet hat. »Falls es bei dir nicht schon so weit ist, zeige ich dir jetzt die Spieleraufstellung für heute abend. Und falls du dich der Mühe unterziehst«, er legt wieder eine Pause ein und blickt Sam streng an, »dieser Aufstellung ein wenig von deiner Aufmerksamkeit zu widmen, könnten wir beide miteinander reden. Möglicherweise kommt uns ja eine vage Idee, welche Taktik man heute abend mit diesem müden Haufen einschlagen kann.«

Die Schulglocke befreit ihn endlich aus seiner Not.

Er entdeckt vor sich im Korridor Billy Rank und schließt zu ihm auf.

»Wie ist es gelaufen, Bill?«

Billy verengt die Augen zu Schlitzen. »Was meinst du?«

»Das Hacken und Stechen.«

Billys Schultern sacken nach unten, und er sieht sich nervös um. »Absolute Superscheiße. Alles, was danebengehen konnte, ist schiefgegangen. Alle haben sich wie komplette Idioten angestellt. Wir haben mitbekommen, wie der Coach dir den Arsch aufgerissen hat. Willst du wieder alles hinschmeißen?«

Sam legt ihm eine Hand auf die Schulter. »Meinst du, ich sollte das tun, Bilbo?«

»Gott, nein!« Billy blinzelt aufgeregt. »Ich meine, ach Scheiße, was sollten wir nur ohne dich anfangen?«

»Ich denke, dann würden sich einige bedeutend wohler fühlen«, grinst Sam. »Mensch, Billy, nächstes Jahr müßt ihr ohnehin ohne mich auskommen. Und auch ohne Rick. Wahrscheinlich wird dann aus euch endlich ein Klasse-Team.«

Billy lächelt schief, und es ist ihm anzusehen, daß er von dieser Vorstellung noch lange nicht überzeugt ist.

»Wie wird das Spiel heute abend ausgehen?«

Sam klopft ihm ermutigend auf den Rücken. »Sobald ich das Startzeichen höre, fange ich an zu spielen, Billy.«

Als er im Bus neben Rick Platz nimmt, entsteht zwischen ihnen eine unbehagliche Stille. Beide Jungs versiegeln ihre Ohren mit Kopfhörern. Rick nimmt sich ein Schulbuch vor. Sam schließt die Augen, ist aber zu angespannt, um schlafen zu können. Er weiß, daß sie das Spiel verlieren werden. Mit einem Team, das nicht wie ein Mann zusammensteht, kann man nicht siegen, denkt er. Als der Bus die Straße erreicht, öffnet er die Augen wieder. Er richtet sich auf, zieht den Kopfhörer herunter und stößt Rick in die Seite. Der Junge sieht sich verblüfft um und blickt aus dem Fenster. Dann seufzt er, nimmt die Kopfhörer ab und schließt das Buch.

»Wir haben ein Problem«, sagt Sam.

Rick rutscht in seinem Sitz nach unten, bis die Knie seiner langen Beine gegen die Lehne des Vordermanns stoßen.

»Richtig«, entgegnet er leise. »Du hast das Problem. Seit du vergessen hast, daß du zum Team gehörst, ist alles Scheiße gelaufen. Du schuldest dem Team deine Loyalität, Mann. Das Team muß für dich an allererster Stelle stehen. Was ist nur mit dir los, verdammt nochmal?«

Sam streicht über den dunklen Fleck auf der Wange, dort, wo Rick ihn geschlagen hat. Er öffnet den Mund, aber kein Ton kommt über seine Lippen.

Rick beugt sich zu ihm, um ihm die Meinung zu sagen.

»Ich höre von allen, außer von dir, daß du Fosse und diese Spinner aus der Schneeverwehung gezogen hast. Ich hätte mir ja denken können, daß die Gauthier der Grund dafür war. Wie fühlt man sich eigentlich, wenn man ein Team im Stich läßt, bloß weil ein paar Idioten sich mit drei Nutten vollaufen lassen und dann vergnügen? Vielleicht kannst du mir ja mal erklären, wie die Scheiße, die du dir mit dem Team erlaubst, irgend jemanden daran hindern soll, den Verstand zu verlieren und durchzudrehen. Du bist ein selbstgerechtes Arschloch und denkst nur noch mit dem Schwanz. Mann, ist wieder mal typisch du, auf so eine nichtsnutzige Pißnelke wie die Gauthier abzufahren. Warum hast du es nicht wie die anderen Idioten gemacht, sie gefickt, als du an der Reihe warst, und sie danach vergessen? Dann hättest du vielleicht herausgefunden, wie es ist, wenn man ein junger Mann ist und etwas Spaß hat.«

Er schiebt sich die Kopfhörer wieder über die Ohren und dreht sich zum Fenster um.

Sam hat die Zähne so fest zusammengebissen, daß es weh tut, und er zittert, weil ihm überall der kalte Schweiß ausgebrochen ist. Dann stülpt auch er sich wieder die Kopfhörer über, stellt die Musik an und schließt die Augen. *Wenn das alles ist, habe ich mich qualifiziert. Ich bin ein junger Mann, und ich hasse es wie die Pest.*

Die Mutantin verzieht den Mund und stolziert vor den Reihen der Fans von Dyer's Mills auf und ab. Sam, der inmitten seiner niedergedrückten Teamkameraden auf den Rängen sitzt, lacht laut, als er ihren Auftritt mitbekommt.

Drei Reihen unter ihm fängt Fran Pettit an zu klatschen, mit den Füßen aufzustampfen und zu pfeifen. Paul Romney, der neben ihr hockt, dreht sich zu Sam um, winkt ihm kurz zu und ruft: »Wenn sie sich einmal für die Catcher-Laufbahn entscheiden sollte, möchte ich gern ihr Manager sein!«

Das Kontingent aus Greenspark hat sich immer schon leicht entflammen lassen und reagiert sofort auf die Darbietung der Mutantin.

Die Mutantin schenkt den Fans ein ansteckendes Lächeln. Für einen Moment bleibt ihr Blick an Sam hängen. Er glaubt, daß sich ihr Mund bei seinem Anblick kurz bewegt hat, aber wahrscheinlich war das nur eine Illusion. Oder eine Selbsttäuschung.

Mühsam zwingt er sich dazu, sich nicht auf sie, sondern aufs Spiel zu konzentrieren. Und das kostet ihn seine ganze Kraft; denn die Mädchen aus Greenspark spielen die Weaverbirds anscheinend mühelos in Grund und Boden. Wieder und wieder wandert sein Blick zu der Mutantin, zum Wippen ihrer Brüste, zur kraftvollen Bewegung ihrer Arme, wenn sie an der Free-Throw-Linie steht, zur Grazie ihrer langen Beine und zur perfekten Rundung ihres Hinterteils. Sam empfindet es als große Erleichterung, als die Jungs die Tribüne verlassen, um sich umzuziehen.

21

In der Umkleidekabine ist alle ausgelassene Stimmung von ihnen gewichen. Die Jungs wärmen sich mit ernsten Gesichtern auf, und in ihrer Isolation voneinander erinnern sie Reuben an einen Trupp Gefangener, die zusammengekettet im Vorraum eines Gerichts in einer großen Stadt hocken. Als sie aufs Spielfeld hinauslaufen, fassen sie sich nicht an und scherzen nicht miteinander. Ein weiteres schlechtes Omen.

Die Weavers zeigen von Anfang an ein starkes Spiel. Sie mischen die Indians auf, und Sammy ist ganz auf sich allein gestellt. Vor allem die Verteidigung der Indians ist löchrig wie ein Schweizer Käse, und das liegt an der unfaßbaren Unkonzentriertheit und Fahrigkeit von Woods, Gramolini, Kasten und Bither. Es hat den Anschein, als seien sie mehr damit beschäftigt, Sam zu schneiden und auszutricksen, als die Angriffe der Weavers zu stören. Die Weavers haben bald herausgefunden, daß die Abwehr ihrer Gegner praktisch nicht existent ist, und sorgen dafür, daß es für sie Punkte und Körbe rasselt.

Die Angreifer der Indians vertrödeln ihre Zeit damit, sich gegenseitig den Ball zuzuwerfen, statt Sam auch nur einmal ins Spiel zu bringen. Sie geben den Ball sogar lieber an Dyer's Mills ab, bevor Sam ihn übernehmen kann.

Reuben verfolgt diese Manöver mit höchstem Interesse und fragt sich, was Sam wohl unternehmen wird und kann, um das Steuer herumzureißen und ein komplettes Desaster zu verhindern. Er bemerkt, wie sein Sohn den Unterkiefer vorschiebt und die Augen zu Schlitzen verengt. Im nächsten Moment prescht er vor, nimmt einem verdutzten Weaver-Spieler den Ball ab und wirft ihn aus fünf Meter Entfernung in den Korb. Kaum ist der Ball hindurchgefallen, ist Sam schon wieder mittendrin. Die Greenspark-Fans brüllen vor Erleichterung. Der große Forward der Weavers ist im Besitz des Balls, kann sich dessen aber nur für eine halbe Sekunde erfreuen, dann hat Sam ihn ihm abgenommen. Auftippen, drehen, täuschen, und schon ist Sam mitten im Gemenge. Hauptsächlich umgeben ihn Weavers, während die anderen Offensivspieler der Indians ziel- und planlos wie aufgescheuchte Hühner herumlaufen.

Der Trainer nimmt die erste Auszeit. Obwohl er sich zu den Spielern vorbeugt, die sich im Kreis um ihn versammeln, hört Reuben das wogenartige Aufbranden seiner Wut und erkennt an den vehementen Gesten des Mannes, wie er den hängenden Köpfen und niedergeschlagenen Mienen um ihn herum den Marsch bläst. Dann müssen die vier Flaschen von der Verteidigung auf der Bank Platz nehmen und werden durch Rank, Michaud, Skouros und den noch recht unerfahrenen Shane McCleary ersetzt.

Billy Rank bricht sofort mit Schweißausbrüchen und Magenkrämpfen zusammen. Der Trainer ersetzt ihn durch Woods, der auf der Bank einen Sinneswandel durchgemacht zu haben scheint. Das alte Zusammenspiel zwischen Rick und Sam blüht sofort wieder auf, und die Indians mit Sammy an der Spitze erleben im zweiten Viertel ein triumphales Comeback. Sam macht dreimal in Folge drei Punkte.

Die Greenspark-Fans engagieren sich jetzt genauso wie ihr Team. Indy, die auf Reubens Schoß sitzt, läßt sich von den ansteigenden Lärmwogen so stimulieren, daß sie sich auf ihre Füße stellt und auf dem Oberschenkel ihres Vaters auf und ab hüpft. Um sich vor den schlimmsten Auswirkungen ihrer Begeisterung zu schützen – sie hat in der letzten Zeit ein besonderes Gespür dafür entwickelt, ihn mit ihren Tritten in die Weichteile zu treffen –, hebt er sie lieber auf seine Schultern. Die Absätze ihrer Schuhe trommeln an seine Brust, und sie quietscht vor Vergnügen, weil sie jetzt viel mehr sehen kann. Als die Cheerleader zur Halbzeit aufs Spielfeld strömen, wird Indy ruhiger, und er setzt sie wieder auf den Schoß. Pearl kehrt vom Getränkestand zurück, nimmt ihm das Baby ab und gibt ihm dafür einen Becher Cola.

Der Trainer muß seinen Jungs in der Kabine ganz schön Feuer unterm Hintern gemacht haben, dann als die nächste Runde angepfiffen wird, zeigt das Team wieder seinen alten Biß. Es hat den Anschein, als wollten die Indians jetzt Revanche für das verpatzte erste Viertel haben. Sammy gibt das Zeichen, daß er heraus will. Der Trainer nickt und schickt Fosse für ihn aufs Feld. Das Team hält zusammen, bildet eine feste Abwehrmauer, und die Weavers machen keinen einzigen Punkt. Dann gelangt Woods an den Ball, aber Dyer's Mills blockt Fosse unter dem Korb ab und verhindert, daß Greenspark einen Punkt ergattert.

Der Trainer nimmt noch einmal Auszeit und tauscht alle fünf Spieler aus. Die Weavers wittern Morgenluft. Dyer's Mills kann Sam zwar nicht bändigen und ihn schon gar nicht daran hindern, Körbe und Punkte zu machen, aber die anderen Indians werden stets erfolgreich abgeblockt, und wenn sie einmal frei sind, vermasseln sie ihre Würfe. Sammy und dem jungen Skouros gelingt es zwar, die Gegner vor dem Korb abzuwehren, doch der Forward der Weavers verlegt sich darauf, vom Spielfeldrand aus über die Köpfe der Indians-Abwehr hinweg zu werfen, und es gelingt ihm, den Vorsprung, den sein Team im ersten Viertel errungen hat, aufrechtzuerhalten.

Wieder nimmt der Trainer eine Auszeit, und danach muß Sam den Forward der Weavers abblocken. Ein geschickter Schachzug des Trainers, denn der Gegner ist zwar groß, aber er kommt einfach nicht an Sam vorbei, der es ihm auch noch unmöglich macht, den Ball an andere abzugeben. Der Forward ermüdet langsam und scheint nur noch darauf aus zu sein, Zeit zu schinden, bis das Spiel beendet ist. Auf seiner Bank sitzt niemand, der ihn ersetzen könnte. Als nur noch eine Minute zu spielen ist, haben die Indians auf 58 zu 64 aufgeholt, aber die Weavers liegen immer noch vorn.

Die Sekunden verticken, und Skouros kämpft mit einem muskulösen Gegner um den Ballbesitz. Er erwischt ihn, wirft und steht dann mit offenem Mund unter dem Korb. Der Ball wackelt am Ring entlang und kippt dann weg vom Netz. Sammy wehrt die Weavers ab, die den Ball an sich bringen wollen, um Skouros noch eine Chance zu geben. Aber dann verpatzt der nervöse Junge und wirft den Ball direkt in die begierig ausgestreckten Hände des Weavers-Centers. Und im nächsten Moment stürzt Skouros; Sam vermutet, daß er über seine eigenen Füße gestolpert ist. Er springt über den Liegenden hinweg.

Reuben wirft einen Blick auf die Uhr und weiß, daß die Zeit nicht mehr reicht. Die Indians können den Abstand nicht aufholen.

Der Center der Weavers erreicht das andere Ende des Spielfelds und geht zum Sprung in die Hocke. Nur vier Sekunden bleiben noch, als Sammy mit ihm in die Höhe schnellt und mit beiden Händen den Ball ergreift. Reuben springt auf, und das Herz klopft ihm im Hals. Der Weaver-Spieler starrt fassungslos auf seine unvermittelt leere Hand. Sammy dreht sich im Aufkommen und schleudert den Ball durch die gesamte Länge der Halle. Damit kann er den Spielausgang nicht mehr verändern, aber er wirft trotzdem.

Reuben sieht der Miene seines Sohnes an, daß der Ball im Korb landen wird. Es kommt ihm vor, als kreische der Ball, bis er entdeckt, daß ein Mädchen das Geräusch von sich gibt: Deanie Gauthier, die Skalpierte, die Rasierte, führt sich auf wie eine Amazone. Ihr Geschrei geht im Summen des Schlußpfiffs und dem Toben der Menge unter. Das Endergebnis lautet 64 : 61, und die Fans von Dyer's Mills hat es von den Sitzen gerissen. Sie beklatschen und bejubeln Sammy. Denn für sie ist es der schönste Sieg, wenn sich ein stärkeres Team trotz einer außerordentlichen Glanzleistung am Schluß doch noch geschlagen geben muß.

Unten auf dem Spielfeld steht Sam ganz allein da und sucht die Ränge ab. Reuben strahlt und stößt die Faust in die Höhe. Sammy sieht ihn und nickt. Dann rennt Skouros zu ihm, klopft ihm auf den Rücken und schüttelt heftig seine Hand. Auch die drei anderen kommen, die im letzten Viertel gespielt haben. Selbst der Trainer gibt sich die Ehre und versetzt Sam einen anerkennenden leichten Faustschlag ans Kinn. Rick erhebt sich von der Bank. Er ist ganz still und wirkt elend. Die anderen auf der Bank machen ebenfalls einen schuldbewußten Eindruck.

»Was war denn heute los?« fragt Pearl ihren Mann. »Ich habe sie noch nie so spielen gesehen.«

»Ich weiß es nicht genau«, antwortet Reuben und nimmt ihr das Baby ab. »Es gab unter den Jungs einige Unstimmigkeiten. Vielleicht wachen sie nach dieser Niederlage auf und besinnen sich auf ihren Teamgeist.«

Aber sie hört ihm schon gar nicht mehr zu, sondern beschäftigt sich mit Indy und wickelt die Kleine in den warmen Strampelanzug.

So kann es gehen, sagt sich Reuben. Schließlich sind sie alle noch Kinder. Und wenigstens hat Sammy sein Bestes gegeben. Er wird dem Basketball treu bleiben, er kann ja gar nicht anders. Reuben ist plötzlich furchtbar stolz auf seinen Sohn; seine Vaterliebe ist so groß, daß es ihn selbst überrascht. Was für ein Wurf! Und was für eine Bande von Idioten! Vor allem Rick, der doch angeblich Sams bester Freund ist. Sie haben ihn hängen lassen, nach allem, was er für sie getan hat. Reuben kann nur hoffen, daß sein Sohn stark genug ist, diese Schweinerei zu ertragen.

Die Fenster sind beschlagen, und der Busmotor läuft schon, als Sam, der als letzter aus der Dusche gekommen ist, durch die kalte Nacht heranrennt und gegen die geschlossene Tür hämmert. Sie öffnet sich zischend, und Sam springt in den Bus.

Der Trainer erhebt sich.

»Denkt gut nach, Jungs«, beginnt er und hält sich an der Kopfstütze des erstbesten Sitzes fest, als der Bus sich rukkend in Bewegung setzt. »Denkt lange und gründlich darüber nach, wie wichtig es euch ist, den Dress dieser Mannschaft zu tragen.«

Wie seine ungewöhnlich schweigsamen Teamkameraden setzt sich Sam seine Kopfhörer auf, zieht sich in sich zurück und denkt über die Aufforderung des Trainers nach. Er muß nicht lange grübeln. Obwohl er insgeheim Vorbereitungen trifft, in ein paar Wochen den Basketball aufzugeben, will er doch bis dahin noch den Mannschaftsdress von Greenspark tragen. Und im Zusammenhang damit stellt sich für ihn die viel wichtigere Frage: Wenn er weiter mitmacht, gehen dann in den nächsten Wochen alle Spiele so aus wie heute abend?

Wie lange wird der Trainer brauchen, bis er hinter die wahren Gründe für die Differenzen zwischen dem Team und Sam kommt? Und was geschieht, wenn jemand, der etwas zu sagen hat, auf das aufmerksam wird, was sich in der Silvesternacht zugetragen hat? Wenn Rick schon darüber Bescheid weiß, sind bestimmt in der Schule allerlei Gerüchte im Umlauf, vor allem über die Rolle, die Deanie Gauthier dabei gespielt hat. Es sei denn, sie hat ihn beschwindelt. Letztere Möglichkeit erscheint ihm zunehmend wahrscheinlicher. Es kommt ihm so vor, als kreise ein Geier auf der Suche nach Aas über ihm. Schlimme Gefühle machen sich in seinem Kopf breit – mehr als nur Argwohn, Abscheu und Ärger darüber, wie das Team ihn heute behandelt hat –, und er weiß nicht, ob sich dahinter womöglich seine eigenen Schuldgefühle Deanie gegenüber verbergen.

Er reibt ein kleines Loch in der Scheibe frei und versucht, den Mädchenbus vor ihnen auszumachen. Er erspäht ein Rücklicht, das ihm in der Dunkelheit wie ein Stück verglimmender Kohle vorkommt. Oder wie eine Zigarette, die jemand in der Ferne raucht. Ein kleiner Funke.

Die Mutantin wartet zitternd und zusammengekauert am Truck, während die Busse sich leeren. Im Innern des Wagens scheint es noch kälter zu sein als draußen, so als habe sich der Truck, während er den ganzen Tag auf dem Parkplatz gestanden hat, wie eine Batterie mit Frost aufgeladen. Die Mutantin schlägt den Kragen hoch und versinkt in ihrem Mantel, bis nur noch die Augen und das kleine Kreuz der Falten auf der Nasenwurzel zwischen den Brauen unter dem Kopftuch auszumachen sind. Sie klappert mit den Zähnen.

»Das war ein Wahnsinnswurf. Ich weiß, daß du nicht mehr mit mir sprichst, aber ich darf dich doch wohl noch für eine tolle Leistung loben, oder?«

Als Sam den Wagen anläßt, fängt auch er an, mit den Zähnen zu klappern. Der Motor springt an, und Sam bückt sich, um den Eiskratzer unter dem Sitz hervorzuziehen. Er braucht ein paar Minuten, bis er die Fenster vom Eis befreit hat. Die Scheiben beschlagen von innen, und bald kann er die Mutantin nur noch als vage, kaum menschenähnliche Silhouette ausmachen.

Als er wieder hinter dem Steuer sitzt, putzt er sich die Nase und fährt los. Die Lüftung nimmt ihre Arbeit auf, und der milchige Nebel auf der Windschutzscheibe schrumpft wie durch Magie zusammen. Er hilft mit dem Ärmel seiner Jacke nach, bis er halbwegs freie Sicht hat.

»Der Wurf hat nichts gebracht. Die anderen sind jetzt auf mich noch mehr sauer als vorher«, antwortet er ihr.

»Was hättest du denn sonst tun sollen? Du hast besser gespielt als je zuvor. Wenn es am Ende nicht zum Sieg gereicht hat, ist das allein die Schuld dieser verdammten Idioten.«

Er wechselt das Thema. »Ihr Mädchen habt die anderen förmlich vom Platz gefegt. Ihr wart toll.«

»Ich habe gehört, jemand hat dir eine tote Ratte in den Spind gelegt.«

»Stimmt.«

»Und sie soll schon ziemlich schlimm gerochen haben.«

Er rümpft die Nase. »Stimmt.«

»Wie soll das nur weitergehen? Ich meine, mit dir und der Mannschaft?«

»Keine Ahnung. Ich denke, zur Zeit ist es ihnen lieber, mit mir zu verlieren, als mit mir zu gewinnen.«

»Geht dir das nicht auf den Keks?«

»Klar. Aber ist doch egal. Ist schließlich nur ein Spiel. In sechs Wochen habe ich das ohnehin alles hinter mir. Versteh mich richtig, es ist mir immer noch wichtig, daß ihr Mädchen euern Titel holt, aber mittlerweile kümmert es mich immer weniger, ob wir Jungs den Titel halten oder nicht. Es wäre vielleicht für alle das Beste, wenn ich in den Sack haue und aufhöre.«

»O ja, du Genie. Das ist so blöde, daß es wirklich nur auf deinem Mist gewachsen sein kann.«

»Weißt du, daß man sich in der Schule allerlei über die Silvesternacht erzählt?«

»Ja und? Glaubst du denn, irgendeiner von den Bonzen, die dort etwas zu sagen haben, wird etwas unternehmen? Für die ist die Geschichte so was wie die tote Ratte in deinem Spind. Sie stinkt so sehr, daß sie einen weiten Bogen darum machen.«

Sie malt Figuren an die Scheibe, während er nur geradeaus blickt.

Kurz vor der Ortseinfahrt findet er seine Stimme wieder. »Laß uns zur Fabrik fahren.«

Er wagt es, den Blick von der Straße zu nehmen und sie anzusehen. Sie stößt mit der Schuhspitze gegen den Basketball, der auf dem Boden liegt. Dann schiebt sie den Kopf ein Stück aus dem Mantel. Ihre Augen sind jetzt so dunkel wie der Nachthimmel.

»Okay.«

Die Klammer, die sich um seine Brust gelegt hat, löst sich auf, und er kann wieder freier atmen. Im Wagen ist es plötzlich warm, und alles riecht nach der Mutantin.

Sam steuert nicht den Parkplatz an, sondern nähert sich der Fabrik aus der entgegengesetzten Richtung und findet einen Zubringer zu dem Park am Ende der Mill Street, wo die Bäume das alte, verlassene Gebäude verbergen. Sobald sie die letzte Laterne hinter sich gelassen haben und Sam die Scheinwerfer ausgeschaltet hat, finden sie sich in schwärzester Finsternis wieder. Wie selbstverständlich kennt sie den kürzesten Weg durch den Wald zur Fabrik. An der Tür gibt sie ihm den Schlüssel.

»Bleib immer schön hinter mir«, grinst er, und sie lacht leise.

Als er die Tür aufgemacht hat und das Licht einschalten will, hält sie ihn zurück.

»Nicht. Jemand könnte von draußen den Lichtschimmer bemerken, der durch die zerbrochenen Fensterscheiben oben dringt. Kerzen wären ratsamer.«

Kaum ist sie eingetreten, bleibt sie stehen und zieht einen Stein aus der Wand. In dem Loch steht eine zerbeulte Blechdose, in der sich Kerzenstummel und Streichhölzer befinden.

»Meine alten Tanten werfen nie etwas fort. Ich habe einen Schuhkarton voll von dem Zeugs in ihrem Schuppen gefunden. Die Kerzen müssen dort seit anno-frag-mich-nicht herumliegen. Ich habe sie ausgeborgt. Die alten Leute werden sie sowieso nicht vermissen.«

Sie zündet eine der Kerzen an und strahlt. Das Flackern auf ihrem Gesicht sieht unwirklich aus und läßt sie wie eine Illusion der Flamme erscheinen. »Ich mag ihren Duft. Echtes Bienenwachs. Manchmal benutze ich diese parfümierten Kerzen, aber die hier sind mir lieber.«

Sie reicht ihm die Kerze, stellt die Dose ins Loch zurück und verschließt es mit dem Stein. Die beiden sehen sich für einen Moment in die Augen, dann macht sie sich auf den Weg. Zögernd folgt er dem Flackern der Kerze in die düstere Unendlichkeit der Fabrik.

Ihre Augen spiegeln die Flamme wider, als sie ein Streichholz an die Kerze hält. Für Sam hat es den Anschein, als würden in ihr kleine Feuer brennen. Ihre Miene ist unbewegt, aber das Leuchten der Flamme in ihren Augen verleiht ihr Unwirklichkeit. Wenn ihre Augen plötzlich neongrün strahlen würden, könnte ihn das nicht mehr erschrecken als dieser Anblick.

Während die Spulen des Heizofens sich rot färben, zündet die Mutantin weitere Kerzen an und verteilt sie in dem kleinen Raum. Sie schnürt ihre Basketballstiefel auf und zieht sie aus. Er macht es ihr nach. Sie lassen sich auf der Matratze nieder und warten darauf, daß es in dem Raum warm wird. Das Aroma, das die Kerzen verbreiten, ist angenehm rein, und Sam hat für einen Moment das Gefühl, in einer Kirche zu sein. Der Schein der Flammen färbt Deanies Haut golden und flackert wie eine untergehende Sonne über dem See auf ihren Ketten. Tigerstreifen entstehen an den Wänden, Reihen von Licht und Schatten.

»Ist noch ziemlich kalt«, murmelt er mehr zu sich selbst als zu ihr.

Während sie darauf warten, daß der Heizkörper die Eiseskälte etwas erträglicher macht, bewegen sie sich langsam. Und das ist ihm durchaus recht, denn er will, daß es möglichst lange anhält. Sie vergräbt ihr Gesicht in seiner Jacke, und ihre Finger gleiten unter sein Hemd und streichen sacht wie ein Hauch über seine Brustwarzen. Ein unbeholfener Kuß geht in den nächsten über. Er vergißt, daß er es langsam angehen wollte und stößt mit seiner Zunge an der ihren vorbei. Sie keucht kurz und fängt dann an, ihren Mantel aufzuknöpfen. Er umschließt unter ihrem T-Shirt ihre Brüste und stößt mit dem Unterleib gegen ihren Oberschenkel. Sehr lange, zu lange, sind sie in ihren Kleidungsstücken verheddert. Als er endlich die Jeans über seine Füße gezogen hat und sie nur noch ihre Ketten trägt, schwitzen beide von der Anstrengung. Ihre starken Finger umschließen seinen Schwanz und führen ihn zwischen ihre Beine. Er stößt gegen ihr Dreieck und trifft auf einen Hitzewall. Als er erneut zustößt, schreit sie auf und reißt an seinen Haaren.

Ungeduldig richtet sie sich auf, beugt sich über ihn und schließt ihre Lippen um seinen Penis. Sie saugt nicht daran, sondern leckt ihn nur naß und legt sich dann wieder hin. Er schnauft verärgert, weil sie immer noch nicht bereit zu sein scheint, und als sie die Beine spreizt, schickt er seine Finger vor, um die Route zu erkunden. Ihre Muschi leistet immer noch Widerstand, aber nicht mehr so stark wie vorhin, und davon abgesehen kann er jetzt ohnehin nicht mehr aufhören. Er spürt, daß er kurz vor dem Höhepunkt steht, und die Ketten, die zwischen ihm und ihr liegen, bereiten ihm ein unglaubliches Gefühl. Plötzlich ist es ihm egal, ob er sich wieder blamiert und sich schämen muß. Das, was ihn erwartet, ist einfach zu gut. *Was für eine süße Muschi! Was für eine süße Muschi!* ist alles, was er denken kann, während er stößt und pumpt, als wollte er sich zur Gänze in sie ergießen. Dann vergraben sich ihre Finger in seinem Haar und streichen über seinen Hinterkopf. »Ist schon gut. Wirklich kein Problem. Was ist schon dabei?«

Wieder diese Worte. Früher haben sie ihn irritiert, doch jetzt bescheren sie ihm große Erleichterung. Ihrer und sein Schweiß wirken wie Klebstoff, und er zittert. Er braucht sie gar nicht zu fragen, ob sie gekommen ist. Als er den Mund öffnet, um eine Entschuldigung zu stammeln, legt sie ihm einen Finger auf die Lippen.

»Ich werde bestimmt besser«, verspricht er ihr. »Zusammen werden wir besser.«

Sie scheint ihn gar nicht gehört zu haben. »Weißt du, wie lange es her ist, seit ich zum letzten Mal eine Zigarette geraucht habe?«

Wenn er sich an das süße Aroma in ihrem Mund erinnert, muß es wirklich schon eine Weile her sein. Aber sie hat die Frage ohnehin rhetorisch gemeint.

»Nach Sex sehne ich mich wirklich nach einer Zigarette. Ehrlich gesagt, ich halte sie für das Allerbeste daran.«

Er grinst schief und macht ein betrübtes Gesicht. Sie starrt ihn an und stöhnt: »O nein, nicht schon wieder dieselbe Platte.«

Er legt ihr eine Hand auf den Mund. »Bitte, laß uns nicht wieder damit anfangen, uns gegenseitig weh zu tun.«

Sie schiebt seine Hand fort. »Ich sage immer das, was ich will.«

Für einen Moment sieht er sie nur an. Dann spazieren seine Fingerspitzen über ihre Seite, biegen am Hüftknochen auf die Bauchdecke ab und fangen an, sie zu kitzeln. Die Mutantin kreischt und will sich fortschieben, aber sein Glied steckt noch in ihr. Er spießt sie unten auf und stößt ihr auch noch die Zunge in den Mund, um sie zum Schweigen zu bringen. Ihr Keuchen wirkt auf ihn genauso stimulierend wie das Zucken ihres Körpers. Als er aufhört, sie zu kitzeln, lacht sie weiter und amüsiert sich über seine ungelenken Bewegungen und darüber, daß die kurze Balgerei ausgereicht hat, sein Glied wieder steif werden zu lassen. Ihr Kichern vergeht in einem Stöhnen, während ihre Becken sich wieder im Takt bewegen.

Als er ihr in die Augen sieht, verschaffen ihm ihre sich weitenden Pupillen Befriedigung. Die Kerzenflammen sind nicht mehr dort – statt dessen reflektieren die Augen ihn. Er reißt ihr das Tuch vom Kopf, legt erst seine Hände und dann seine Wange auf ihren stoppligen Schädel und lauscht dem harten Rhythmus ihres Atems. Und sein Daumen spürt an ihrer Schläfe den Pulsschlag. Plötzlich stößt sie einen eigenartigen Laut aus und fängt an zu zittern. Er stößt machtvoll zu und gibt sich seinem eigenen Höhepunkt hin.

»Bist du gekommen?«

»Weiß nicht. Ich glaube, eigentlich nicht.«

»Was soll das heißen?«

»Ich denke, ich stand kurz davor. Aber irgendwie hat es am Ende nicht gereicht.«

»Na, das ist doch schon ein Fortschritt«, ermutigt er sie. »Vielleicht beim nächsten Mal. Es dauert sicher nicht mehr lange.«

Ihre Miene zeigt so wenig Reaktion, als habe sie eine Elfenbeinmaske über ihr Gesicht gestülpt. Er will sie noch nicht loslassen. Ihr Körper fühlt sich runder und weicher, einfach weiblicher an. Seine Zungenspitze fährt in die Kluft zwischen ihren Brüsten. Von mir aus kann das die ganze Nacht so weitergehen, denkt er. Ich möchte nur noch diese süße Muschi kosten und bearbeiten. Am Morgen ist von ihnen bestimmt nur eine Pfütze aus Schweiß und Sperma übriggeblieben. Geschmolzene Leidenschaft. Am besten zieht man das auf Flasche und verkauft es als Aphrodisiakum.

»Sollen wir uns morgen abend hier treffen? Um zehn bin ich mit der Arbeit fertig.«

Sie hebt die Schultern. »Okay.«

Als sie durch den Wald zurück zu seinem Truck stapfen, bewirft sie ihn unvermittelt mit einem Schneeball. Dieser Herausforderung kann er nicht widerstehen. Plötzlich springt sie ihn von hinten an und schiebt eine Handvoll Schnee in seinen Kragen. Sie fallen hin und wälzen sich im Schnee, bis sie sich auf ihn schwingt. Dann reiben sie sich gegenseitig das Gesicht mit der weißen Pracht ein. Er leckt die Schmelztropfen von ihren Wangen, und sie stehen kurz davor, es ein drittes Mal miteinander zu treiben.

»Neiiin, Samgod, es ist doch viel zu kalt hier draußen!« Sie zittert wieder, diesmal jedoch nicht aus Leidenschaft.

»Komm schon, du weißt nicht, was dir entgeht«, lockt er sie.

Er hilft ihr auf, bückt sich, packt sie an den Hüften und wirft sie sich über die Schulter. Die Mutantin kichert und tritt um sich, bis sie den Truck erreicht haben.

»Von hier aus gehe ich zu Fuß«, erklärt sie. »Es ist ja nicht weit.«

Sie gibt ihm einen leichten Kuß auf die Lippen und ist schon fort. Sam schüttelt den Kopf. Sie ist so abrupt, so sprunghaft. Ihre Stimmung ändert sich von Minute zu Minute. Und wenn es zwischen ihnen inniger und tiefer zu werden droht, läuft sie lieber weg.

Der Himmel geht nahtlos in das starre, gefrorene Universum über. Er hat das Gefühl, das schwarze Nichts will ihm die Lungenflügel aussaugen. Schweiß liegt auf seiner erhitzten Haut. In seiner Nase zieht sich alles zu, und seine Augen brennen, als versuchten sie, sich so vor dem Erfrieren zu retten. Dieses ganze gewaltige Universum ist gleichzeitig schön und herzlos. Es ist dem Menschen nicht gegeben, dieses Gebilde zu verstehen, ganz gleich, wie viele Gestirne er kartographiert. Vielleicht ist es der Sinn und Zweck des Alls, den Menschen Demut zu lehren. Und in diesem Moment spürt Sam seine Grenzen bis hinauf zu den winzigen Tröpfchen, die auf seinen Wimpernspitzen gefrieren.

Sein Vater liegt im Wohnzimmer auf der Couch. Er hat sich Kissen unter den Kopf geschoben und vergräbt sich unter einer Steppdecke, so als wolle er dort die Nacht verbringen. Doch dann schaltet Reuben die Spätnachrichten aus, schiebt die Decke zurück und richtet sich auf. Bis auf die Schuhe ist er immer noch angezogen. Er zieht sie unter dem Sofa hervor und sieht seinen Sohn an.

»Du kommst spät.«

Das hört sich nicht nach Tadel an, sondern nach einer freundlichen Aufforderung, eine Erklärung abzugeben.

Sam zuckt die Schultern.

Falten bilden sich in Reubens Augenwinkeln. »Keine Bange, Sam, ich habe nicht vor, auf der Couch zu nächtigen. Ich bin nur aufgeblieben, um mir die Spätnachrichten anzusehen.«

Sams Wangen fangen an zu glühen. Ist es ihm so deutlich anzumerken?

»Was ist los, Junge?« fragt Reuben unvermittelt.

Sam zwingt sich dazu, seinem Vater ins Gesicht zu schauen. »Nichts.«

Reubens ironisches Lächeln besagt, daß er weiß, daß sein Sohn ihm ausweicht.

»Du warst toll, Junge, auch wenn du die Niederlage nicht verhindern konntest.« Er steht auf, gibt seinem Sohn einen Gutenachtkuß auf die Stirn und geht nach oben.

WEAVERS BREMSEN DIE GREENSPARK KAMPFMASCHINE schreit die Morgenzeitung in die Welt. Das große Foto darunter präsentiert Sam mitten im Sprung bei seinem sagenhaften Wurf. Die Unterzeile lautet: *Shooting Star*. Ein weiteres, deutlich kleineres Bild zeigt den Forward von Dyer's Mills, wie er im dritten Viertel Bither und Gramolini austrickst.

Der Kommentar spekuliert über die schlechte Darbietung der Indians. Wenn ein Team so rasch und so vollständig auseinanderfällt, muß man nach Ansicht des Schreibers auf persönliche Differenzen schließen. Das zeige sich auch in der chaotischen Spielweise der Mannschaft. Im Grunde habe nur ein Indian gespielt – und was für ein Spiel er hingelegt habe! –, aber es wäre wohl doch etwas unfair dem restlichen Team gegenüber, Sam Styles allein als Helden hinzustellen. Und man solle auch dem Gedanken etwas Raum geben, daß Styles möglicherweise der Kamm geschwollen sei, nachdem er vom Anfang seiner High-School-Karriere an als Star gefeiert worden wäre. Da sei es nicht auszuschließen, daß bei seinen Teamkameraden ihm gegenüber einige Ressentiments entstanden sein könnten.

Die Berichterstattung über das Spiel der Mädchenmannschaft ist weniger ausführlich. Deanies Leistungen werden erst nach einigen mokanten Bemerkungen über ihr Auftreten und ihr Outfit erwähnt.

Warum werden die Pressefritzen nicht müde, über ihr Aussehen zu schreiben? Muß denn eine Spielerin für sie wie eine Barbie-Puppe gestylt sein? Wenn Sam sich die Haare abrasieren, sich einen Ring durch die Nase ziehen und sich von Kopf bis Fuß tätowieren ließe, dann würde man ihn nur, mit vielleicht etwas amüsiertem Unterton, als besonders aggressiven Spieler hinstellen. Aber niemand scheint die Mutantin fair behandeln zu wollen.

22

Samstagnachtschaffe, so nennt Reuben die lukrativen, aber auch ermüdenden Touren mit dem Abschleppwagen zu den Parkplätzen der Bars, wo er sich mit besoffenen Wagenbesitzern, volltrunkenen Beifahrern und stark alkoholisierten Neugierigen herumplagen muß. Manchmal werden sie ausfallend, manchmal brabbeln sie wirres Zeug, und manchmal fangen sie an zu kotzen. Heute abend wird Sam um zweiundzwanzig Uhr zum Hair of the Dog gerufen, wo er einen Subaru Justy anschieben soll, und gerät gleich an einen solchen Fall.

»Ich kann es einfach nicht glauben, daß ihr Flaschen von den Trotteln von Dyer's Mills weggeputzt worden seid«, raunzt der Besitzer des Subarus ihn an. »Was war denn bloß mit euch los? Wart ihr zu abgeschlafft vom Cheerleaderficken und den allsamstäglichen Besäufnissen? Oder hat euch Ärschen jemand ein paar Scheinchen dafür geboten, zu verlieren?«

»Alle drei Vermutungen sind richtig«, antwortet Sam.

»Häh?« Der Fahrer ist viel zu erregt, um Sams Bemerkung zu begreifen. »Ich hab' wegen euch fünfzig verdammte Dollar verloren!«

Die Uhr über der Kasse zeigt zweiundzwanzig Uhr fünfzehn an, als Sam den Betrag für das Abschleppen eintippt. Reuben kommt von den Zapfsäulen herein, und Sam tritt beiseite, um ihn an die Kasse zu lassen.

»Macht es dir etwas aus, wenn ich jetzt gehe?« fragt er und schiebt die Hände tief in die Hosentaschen, damit Reuben nicht sieht, wie seine Finger zittern. Aber die Füße, die ständig herumscharren, kann er nicht verbergen.

Sein Vater sieht ihn an. »Liegt etwas Besonderes vor?«

»Nö. Ich dachte nur, ich fahre zu Rick und schaue mir mit ihm und Sarah ein Video an.«

Reuben schließt die Kassenlade. »Hau schon ab«, lacht er. »Ich mache hier schon alles klar.«

Die Fabrik erscheint ihm wie das All, eine schwarze Leere. Er macht zögernd einen Schritt hinein und hat das Gefühl, daß er ins Nichts treten und endlos tief stürzen wird. Aber dann knirscht der Splitt, der auf dem kalten Steinboden liegt, unter den Sohlen seiner Basketballstiefel. Er schnüffelt. Hier riecht es nur nach kalter Nacht, aber nicht nach der Mutantin, einer ihrer Zigaretten oder einem ihrer Joints. Er späht in die Hausmeisterwohnung, aber dort sieht es noch genauso aus wie letzte Nacht, als sie gegangen sind. Sie war noch nicht hier. Es ist bereits dreiundzwanzig Uhr, und er ist eine Stunde zu spät dran.

Er stellt seinen Rekorder ab, geht zu dem Versteck in der Wand, baut die Kerzen im Halbkreis unter dem Korb auf und zündet sie an. Die vielen Flammen verwandeln die Halle in eine Höhle der tanzenden Lichter. Er legt die Pigface-Kassette ein, und bald hallt der Raum vom dröhnenden Beat, dem krächzenden, gepeinigten Gesang des Frontmans und der jaulenden Gitarre wider. Sam läßt den Ball mehrmals im Takt dazu aufprallen, und das Geräusch ist wie geschaffen für den Grunge-Rock. Er atmet ein, hält die Luft an, atmet aus, als die Gitarre wieder einsetzt, und kommt sich vor wie ein Backing-Chor des Grunge-Weltschmerzes. Das zweite Stück auf dem Band ist noch temporeicher: Das Schlagzeug hämmert wie eine Lokomotive, und die Stimme des Sängers ist nun nicht mehr leidend, sondern aggressiv und fordernd.

Sam hat das Gefühl, seine Kehle habe sich in Sandpapier verwandelt. Ein paar Biere wären jetzt die beste Medizin. Und noch ein paar Biere mehr würden alle seine Probleme lösen. Er wünscht sich, so besoffen zu sein wie damals, als er sich die Seele aus dem Leib gekotzt hat. Aber leider steht ihm als Ablenkung nur der Gummikürbis zur Verfügung, den er in den Händen hält. Das Ding hat seinen eigenen Beat, zu dem er ausgezeichnet tanzen kann. Und er muß sich nicht einmal allein bewegen. Das gute Dutzend Kerzen wirft so viele Schatten auf den Boden und an die Wand, daß er sich leicht vorstellen kann, dort springen, hüpfen, täuschen und ducken sich zwei komplette Teams. Die Phantome tanzen mit Sam, wischen sich wie er Schweiß von der Stirn und lassen genau so ihre Herzen schneller schlagen. Sie existieren nur, solange es ihn gibt und solange er mit dem Ball an ihrem Geistertanz teilnimmt.

Er schießt wie ein plötzlicher Flammenstoß hoch und schleudert den Ball durch den Ring. Seine Hände schließen sich um den Ring, und die Schwerkraft zieht ihn erbarmungslos nach unten, so als habe sich unter ihm eine Falltür geöffnet. So hängt er am Korb, der sich gegen dieses zusätzliche Gewicht wehrt. Sein Schatten fällt ihm ins Auge und erscheint ihm wie ein Erhängter am Galgen. Ein Vers aus einem Kinderbuch kommt ihm wieder in den Sinn: *Ich hab' einen kleinen Schatten, der ist dort, wohin ich geh', doch was er für 'nen Nutzen hat, ich leider nicht versteh'.*

Das Band läuft mit einem Wispern aus, und er läßt den Ring los. Der Steinboden rast ihm entgegen, und er fällt und rollt herum. Seine Beine sind wie Gummi, bis er endlich knien kann. Dann krabbelt er auf allen vieren wie seine kleine Schwester dem Ball hinterher. Als er ihn erreicht, preßt er ihn an seinen Bauch und zieht die Knie an. Der Boden ist eiskalt, und er ist von der Anstrengung erhitzt. Zitternd zwingt er sich, aufzustehen. Im Innern fühlt er sich so leer und sinnlos wie die Fabrik. Die Mutantin hat ihn schließlich sitzengelassen. Eigentlich sollte er nach Hause gehen. Er hält den Ball in der Armbeuge, geht in die Hocke und löscht die Kerzen eine nach der anderen mit Daumen und Zeigefinger.

»Du hältst mich bestimmt für sonderbar«, sagt sie.

Er fährt vor Schreck zusammen, verliert die Balance und landet auf dem Hintern. »Verdammt! Ich habe mir fast in die Hose gemacht!«

Sie tritt aus den Schatten neben der Tür und kichert noch über seinen komischen Sturz. Der Brokatschal hängt lose vom Kopf und wirkt wie eine Kapuze, die das Gesicht der Mutantin vor ihm verbirgt. Die Flamme der letzten brennenden Kerze lodert kurz auf und spiegelt sich in einem ihrer im Schatten liegenden Augen wider. Es sieht aus wie ein ferner Stern, wie ein flüssiges Leuchten, das über die Ketten an ihrer Wange wandert.

»Ich bin gekommen, als du dich gerade fallengelassen hast. Du warst zu sehr mit dir selbst beschäftigt, um mich zu bemerken.«

Er rappelt sich auf, schiebt die Hände in die Taschen und läßt den Ball auf dem Boden liegen. »Ich bin schon über eine Stunde hier«, erklärt er und fährt verärgert fort: »Wo um alles in der Welt hast du gesteckt?«

Sie gleitet an der Wand entlang zu dem kleinen Raum.

»Bist du voll? Oder high?« fragt er deutlich sanfter. »Warst du auf einer Party?«

»Leck mich am Arsch«, flüstert sie. Ihr Fuß gleitet auf dem Splitt aus, und sie stützt sich an der Wand ab. »Leck mich am Arsch!« schreit sie mit hoher Kinderstimme und verschwindet in der Kammer.

Sam hebt den Ball auf. Er hört, wie sie sich drin bewegt. Ihre Ketten klappern wie Nähnadeln. Langsam nähert er sich der Tür.

Sie entkleidet sich, streift ein Kleidungsstück nach dem anderen ab und verwandelt sich in eine Frau. Die Mutantin wirkt so heiter und verzückt, daß sie ihn an seine Stiefmutter erinnert, wenn sie seine kleine Schwester oder ihre eigene Haut mit Öl einreibt. In dem Raum ist es furchtbar kalt, weil er den Heizofen nicht eingeschaltet hat, und ihre Brustwarzen haben sich aufgerichtet. Jetzt ist sie nackt und bewegt sich wie selbstverständlich durch die Dunkelheit. Sie bückt sich, hebt die Ketten auf und legt sie sich wieder an. Dann sinkt sie auf die Matratze, zieht die Knie an und schlingt die Arme darum.

Er legt den Ball behutsam auf den Tisch, stellt dann die Heizung an und beginnt, seine Schuhe aufzubinden. Die Kälte dringt durch die Socken in seine Sohlen. Langsam öffnet er seine Hose und läßt es zu, daß die Kälte sein Fleisch einfriert.

Wortlos hockt er sich neben sie auf die Matratze. Ihre Haut ist so kühl. Die Berührung mit seiner Wärme läßt sie bibbern und macht ihr klar, wie durchgefroren sie ist. Hastig schmiegt sie sich an ihn. In ihrem Mund schmeckt es nach Rauch, genauso wie in der Nacht auf dem Parkplatz. Sie zuckt zusammen, als er seine Lippen fest auf die ihren preßt, und ihre Finger schieben sich vor seinen Mund. Er zieht den Kopf zurück und betastet vorsichtig die wunde Stelle über der Oberlippe.

»Wo hast du denn das her?«

Sie wendet das Gesicht ab. »Ach, das ist doch nichts. Ich bin durch den Wald gekommen und im Dunkeln gegen einen Ast gelaufen.«

Er dreht ihren Kopf herum, bis sie ihm in die Augen sehen muß. Sie wirkt ruhig und gelassen. Er kann es sich nicht erklären, warum, aber er ist fest davon überzeugt, daß sie ihn anlügt. Vielleicht will sie nicht, daß er ihr Vorwürfe macht, weil sie so stoned ist, daß sie nicht einmal einem Baum ausweichen kann?

Sie verschränkt ihre Hände hinter seinem Nacken und zieht sein Gesicht auf ihre Brüste hinab. Wunderbares bloßes Fleisch. Die winzigen Erhebungen am Rand ihres Brustwarzenhofs. Die sanfte Kurve unten an der Brust. Zögernd greift er ihr zwischen die Beine. Die Haare sind seidig wie immer, und die süße Feuchtigkeit erregt ihn noch mehr als früher. Er schließt beglückt die Augen. Ihre Vagina ist nicht angeschwollen oder klebrig von einem andern.

Ihre Finger streicheln und pressen seinen Penis, während er mit einem Finger in sie eindringt. Sie hat es nicht eilig, geht eher spielerisch vor, und er ist bemüht, sich ihrem Tempo anzupassen. Erst ein Finger, dann zwei, die ertasten und öffnen, gleiten und vordringen. Sie keucht rauh, und er ist davon überzeugt, daß sie jetzt bereit ist. Aber er wartet noch einen Moment in der Hoffnung, es ihr mit einer weiteren

Verzögerung leichter zu machen, zum Höhepunkt zu gelangen. Doch als er die beiden Finger gegen den Schwanz austauscht, ist sie plötzlich wieder abwehrend und unwillig. Es ist zu spät, auch für ihn. Zu seiner großen Verblüffung durchzuckt ihn der Orgasmus. Es gibt keine Möglichkeit, ihn aufzuhalten. Es kommt ihm einfach, und er ergießt sich heiß und ohne Gewinn.

Zuerst reagiert sie nicht darauf, doch als er anfängt, sich zu entschuldigen, begreift sie, was geschehen ist. »O Scheiße! Du hast mich ganz vollgemacht! Was soll das sein, deine Retourkutsche?«

»Retourkutsche?«

»Du weißt genau, was ich meine!«

Er reibt sich die Brust, in der sich alles schmerzhaft zusammengezogen hat. Auch sein Magen hat sich verknotet, und hinter seinen Augen breitet sich ein stechender Kopfschmerz aus.

»Du bist doch immer noch sauer auf mich!« ruft sie, so als interessiere sie es nicht, was er zu antworten hat.

Bei diesem Vorwurf gerät in seinem Bauch alles durcheinander und krampft sich zusammen, weil ihm klar wird, daß nun die x-te Runde in diesem Ringen der absoluten Unversöhnlichkeit ansteht. Er fragt sich, wie oft er diesen Mist noch über sich ergehen lassen muß, bevor er eine Aversion gegen sie entwickelt hat und endlich von ihr kuriert ist.

»Warum sollte ich nicht sauer sein? Hast du überhaupt eine Ahnung, wie ich mich gefühlt habe, als ich von dir und Chapin erfahren mußte?«

Sie sieht ihn mit funkelnden Augen an. »Du weißt doch überhaupt nichts.«

»Nein, woher denn auch? Wie konntest du das nur tun? Verdammt nochmal, warum?«

»Mach's dir doch selbst, du selbstgefälliger Pimmel!«

Er entfernt sich von ihr, rollt von der Matratze, steht auf und zieht an der Lampenkette. Die nackte Birne, die von der Decke baumelt, flammt auf.

Die Mutantin zuckt zusammen und reißt einen Arm hoch, um ihre Augen zu schützen.

»Mach dir keinen Streß«, erklärt er. »Du hast mir schon alles gesagt, auf deine Art. Ich weiß, es hat nichts mit uns beiden zu tun. Du machst für Chapin die Beine breit, und er gibt dir dafür Dope. Was ist schon dabei? Die Geschichte ist eingespielt und läuft schon seit langem. Schließlich ist es allein meine Schuld, wenn ich meinem Schwanz das Denken überlasse. Rick hat vollkommen recht. Du hast nur Scheiße im Kopf und bist genauso eine Drogennutte wie meine Schwester.«

Ihr Arm sinkt nach unten und sie sieht mit leeren Augen zu ihm hoch. Er kennt diesen steinernen, weggetretenen Blick von seiner Schwester, wenn er versucht hat, zu ihr durchzukommen. Das Licht fällt auf ihre Lippe. Sie ist angeschwollen und hat sich verfärbt. Ihre weiße Haut bildet einen deutlichen Kontrast dazu.

»Du bist genau wie alle anderen!« schreit sie.

Er weiß, was sie damit sagen will. Wahrscheinlich ist er tatsächlich wie alle anderen, und diese Erkenntnis macht ihn noch zorniger. »Du mußt es ja wissen, wer auch sonst«, schießt er zurück. Er schnappt sich ihren Mantel und die anderen Kleidungsstücke, die sie auf den Tisch geworfen hat und fängt an, die Taschen auszuleeren. »Wo ist er?«

»Wer?«

»Der Shit. Oder was immer du von dem Drecksack dafür bekommen hast, daß er sein Ding in dich stecken durfte. Wo ist er? Oder hast du heute nacht schon alles aufgeraucht?«

Die verschiedenen Taschen vergießen ihren kümmerlichen Inhalt auf den Steinboden neben der Matratze. Er durchstöbert die Ausbeute und wischt alles beiseite, was ihm nicht wichtig erscheint: ein paar Münzen, ein paar Scheine, zerknüllte Taschentücher, eine flache Plastikdose, eine Tube mit Creme, Lidschatten, Mascara, ein Lippenstift und ein Plastikkamm, an dem einige Zacken fehlen... aber kein Dope. Nur ein Fläschchen Mintol.

»Du Scheißkerl!«

Sie fischt die Plastikdose heraus und schleudert sie ihm an die Nasenwurzel.

»Autsch!« Er fällt wie vorhin auf den Hintern, hält eine Hand an die Nase und blinzelt, um die Tränen zu vertreiben, die ihm in die Augen geschossen sind. Als er die Hand fortnimmt und sie betrachtet, entdeckt er Blut auf ihr.

»Nur ein kleiner Schnitt«, sagt sie, als wäre das kein Grund, sich aufzuregen, und reicht ihm eines ihrer Taschentücher.

Er tupft die Nase ab, und sie fängt an, ihre Besitztümer zu einem kleinen Haufen zusammenzuschieben.

Sam hebt die Dose auf, mit der sie ihn beworfen hat, und öffnet sie: Antibabypillen.

»J.C. besorgt sie mir. Wenn er nicht wäre, hätte ich die Schule längst vergessen können und würde jetzt in irgendeinem verkackten Job arbeiten, um irgendeinen Hosenscheißer großzuziehen.«

Wie betäubt betrachtet er die Dose. Er kann es einfach nicht glauben. Entweder verarscht sie ihn, oder sie hält ihn für superblöde. Diese Pillen kann man problemlos überall erwerben. Sie kann doch nicht mit Chapin schlafen, bloß weil er ihr diese Dinger besorgt! Er klappt den Deckel zu und gibt ihr die Dose zurück.

»Deanie, die Dinger kosten dich höchstens zwanzig Dollar im Monat. Allein für deine Zigaretten gibst du mehr aus. Und die solltest du eigentlich nicht rauchen, wenn du die Pille nimmst. Ehrlich, ich habe selbst schon einmal für Karen solche Pillen aus der Apotheke geholt. Warum läßt du sie dir nicht einfach von einem Arzt verschreiben?«

Als er ihr sagt, daß sie besser auf die Zigaretten verzichten soll, streckt sie ihm die Zunge heraus. Aber ihm ist nicht das Entsetzen entgangen, das vorher kurz über ihre Miene gehuscht ist. Anscheinend hat sie wirklich nicht gewußt, wie billig diese Pillen sind. Wie kann jemand nur so blöde sein?

»Es kostet fünfunddreißig bis vierzig Mäuse, wenn man einen Arzt nur aufsucht. Und die wollen doch immer, daß man wiederkommt.«

»Dafür gibt es auch gute Gründe: Manche Pillen rufen Nebenwirkungen hervor. Es gibt nicht wenige Frauen, die davon Herzanfälle oder ähnliches bekommen. Vor allem die Frauen, die rauchen.«

»Ach, sieh mal einer an, du hast wohl die medizinische Fakultät besucht!«

»Ja, ich war in derselben Vorlesung wie Chapin!«

Sie lacht, wenn auch nur kurz und bitter, aber dieses Geräusch ist für ihn eine Erleichterung. Der Kamm fällt ihm ins Auge, und er zieht ihn aus dem Haufen. Er hat dicke Zakken, auch wenn die meisten abgebrochen sind. Ein Kamm für sehr kurzes Haar. Nur hat die Mutantin überhaupt keine Haare auf dem Kopf.

»Wozu soll der denn gut sein?«

»Ich brauche ihn als Schlüssel. Damit kann man die Plastikklemmen knacken, die sie in den Kaufhäusern an Kassetten anbringen, um sich vor Diebstahl zu schützen. Ich bin von ganz allein draufgekommen. Und es funktioniert.«

»Mann, Deanie!«

»Ach, mach dir nicht ins Hemd. Kassetten kosten einen Haufen Geld.«

Er zerbricht den Kamm in zwei Teile.

»Du Schwein!« fährt sie ihn an.

»Du mußt mit dem Stehlen aufhören.«

»Quatsch! Hör du Arschloch lieber damit auf, mein Leben umkrempeln zu wollen!«

»Ich denke, diesen Mist haben wir schon mehrere Male durchgekaut«, stöhnt er, »mindestens zehntausendmal. Kaum sind wir mit dem Sex fertig, fängst du damit an. Ich glaube, du hast eine Riesenangst davor, daß es dir wirklich einmal kommen könnte!«

Sie ignoriert ihn, beugt sich über ihre Kleiderhaufen und zieht eine Socke heraus. Sam sucht seine Sachen zusammen.

»Können wir uns morgen nachmittag sehen?« fragt er und versucht, sich die Verzweiflung nicht anmerken zu lassen, die ihn plötzlich befallen hat.

Ihre Züge werden weicher, und sie lächelt ein wenig. Für einen Moment kommt sie ihm so unfaßbar schön vor, daß ihm alles weh tut. Sie ist so leicht glücklich zu machen, und doch schlägt sie ihm stets in der nächsten Sekunde ins Gesicht. Der Augenblick ist vorbei, und sie dreht den Kopf zur Seite.

»Ich schätze, das wird nicht gehen. Ich muß noch ein Referat schreiben.« Sie rollt sich auf der Matratze unter ihrem Mantel zusammen. »Ich bleibe hier.«

Er versucht, sich seine Enttäuschung darüber, daß er abgewiesen wurde, nicht zu deutlich anmerken zu lassen. Bevor er geht, sieht er nach dem Heizofen. Sie ist hier gut aufgehoben. Er stolpert nach draußen und läßt seinen Frust in einer Schimpfkanone ab, deren Heftigkeit ihn selbst verblüfft.

Die Türkante schabt über Eis, als er sie hinter sich zuzieht. Jetzt ist sie ganz allein. Das Geräusch des Windes, der wie ein Asthmakranker durch die Bäume pfeift, läßt sie trotz der Wärme des Heizofens zittern. Das war knapp. Fast hätte sie ihn heute abend verloren. Zum ersten Mal kommt es ihr wie ein Segen vor, daß Tony keinen hochbekommen und nur an ihr herumgefummelt hat. So konnte er für Samgods mißtrauische Finger keine verräterischen Beweise hinterlassen. Sobald Tony aufgehört hatte, sie zu betatschen, brauchte sie dringend eine Dröhnung, auch wenn ihr klar war, daß Sam sauer sein würde, wenn sie high bei ihm auftauchte. Aber bislang hat Mr. Sankt Selbstgerechtigkeit ihr immer noch vergeben, wenn sein Schwanz steif geworden ist.

Mit einem bitteren Geschmack im Mund denkt sie daran, wie J.C. sie an der Nase herumgeführt hat. Dieser Dreckskerl. Sie wird einen anderen Weg finden, an die Pille zu kommen. Samgod soll ihr helfen. Er soll sie zu einer Klinik irgendwo außerhalb der Stadt bringen. Dort kann sie einen falschen Namen angeben und sich älter machen, wenn es Probleme geben und man von ihr die Erlaubnis der Eltern verlangen sollte. Sam der Große ist ganz wild darauf, zwischen ihre Schenkel zu kommen. Also soll er auch dafür bezahlen.

Am Montagmorgen ist die Schwellung an der Oberlippe so abgeklungen, daß man sie leicht für verschmierten Lippenstift halten könnte. Sie trägt ein neues Kopftuch, ein rotes Halstuch, und hat sich eine flauschige blaue Feder in einen der Ringe an ihrem linken Ohr gesteckt. Das süße Hörnchen verschlingt sie mit einem Heißhunger, als habe sie das ganze Wochenende nichts zu essen bekommen.

»Hast du dein Referat fertig?«

Er sieht ihr rasch in die Augen und entdeckt dort das kurze Aufblitzen von Verwirrung. Sie hat ihre eigene Lüge vergessen.

Sie schluckt, leckt an ihren Fingern und entgegnet dann mit geringschätziger Indifferenz: »Ach das. Ja, natürlich.«

Obwohl die Jungs heute zuerst die Halle benutzen dürfen, strömen die Mädchen schon herein; die Bälle sind noch im Regal in der Kammer aufgereiht. Sam legt die Kassette ein, die mit »Let's Work Together« beginnt. Die Jungs kommen und bauen sich in kleinen Gruppen an der Seitenlinie auf. Die Mädchen wärmen sich auf, aber keiner der Jungs gesellt sich zu ihnen.

Sam dribbelt im Takt mit der Rockmusik zum Zentrum, bleibt dort stehen und sieht seine Teamkameraden der Reihe nach an. Sie kommen ihm vor wie die Mitglieder einer Jury, die gleich ihre Wertungskarten hochhalten werden. Nur einer von ihnen kann ihm in die Augen sehen, und das ist nicht Rick. Hinter den aufgereihten Jungs erscheinen die Trainer der beiden Teams, aber niemand achtet auf sie.

Sam schlägt den Ball hart auf und läßt ihn dann auf seine Mitspieler zurollen.

Ihr Trainer hat gestern im Bus die falsche Frage gestellt. Natürlich möchten alle im Team weiterhin den Mannschaftsdress von Greenspark tragen. Er hätte sich vielmehr danach erkundigen sollen, ob sie weiter mit Sam zusammenspielen wollen.

Schweigend zieht Sam sein Sweatshirt aus. Darunter trägt er sein Trainingshemd. Als er sich auch noch seiner Hose entledigt und darunter die Shorts zum Vorschein kommen, fangen die Jandreau-Zwillinge an zu kichern, und die Mutantin pfeift anerkennend.

Einige seiner Kameraden grinsen über die Reaktion der Mädchen, doch die meisten tun so, als wäre nichts geschehen.

»Nun?« fragt Sam sie.

Die Mutigeren starren ihn ausdruckslos an, die weniger Mutigen betrachten ihre Fußspitzen.

Sam zieht sich das Hemd über den Kopf.

»Ausziehen!« ruft die Mutantin, und die anderen Mädchen johlen und applaudieren.

Sam fixiert Rick und geht auf ihn zu. Er reicht ihm sein Hemd, aber Rick hebt abwehrend die Hände, schüttelt den Kopf und weicht zurück. Joey Skouros, dem Sam das Hemd als nächstem anbietet, wehrt ebenfalls ab. Sam sucht und findet Billy Rank, der so tut, als sei er unsichtbar. Dann ist Pete an der Reihe. Er verzieht nur verächtlich den Mund. Nachdem schon drei vor ihm abgelehnt haben, kann er das Hemd jetzt nicht mehr nehmen. Er wendet den Blick ab.

Sam zieht das Hemd wieder an. »Kommt, wir wollen Basketball spielen.«

Äußerlich hört er sich ruhig und gelassen an, doch er hat das Gefühl, gerade einen Stein verschluckt zu haben. Als er den Jungs den Rücken zuwendet, weiß er nicht, ob sie ihm folgen werden. Er sieht die Mutantin an. Sie nickt ihm beruhigend zu und wirft einen Ball in seine Richtung. Während er ihn fängt, wirft er einen verstohlenen Blick über die Schulter. Rick hat sich bereits seiner Jacke entledigt, und die anderen fangen gerade an, sich umzuziehen. Nur Fosse macht ein wütendes Gesicht und scheint nicht zu wissen, was er tun soll. Sam atmet erleichtert aus, blickt zu den Trainern und zwinkert ihnen zu. Sie lachen und heben bewundernd die Daumen.

Sam muß gegen Nat Linscott und die Mutantin spielen.

»Mann, das war wirklich beeindruckend«, sagt die Mutantin.

»Das will ich meinen«, kichert Nat.

Sam lacht verlegen.

»Kein Grund, rot zu werden, Supermann«, neckt ihn die Mutantin. »Nat, du mußt ihm schweinische Sachen erzählen, er kann sich schon kaum noch konzentrieren.«

Nats Gesicht läuft unter den Sommersprossen purpurrot an. Sam ergeht es nicht besser.

In der Mittagszeit hat Sam die Halle ganz für sich. Er will allein mit dem Ball trainieren, hat aber noch einen anderen Grund, sich hierher zurückzuziehen. Ohne ihn am Mittagstisch können seine Teamkameraden zu Atem kommen und sich darüber klar werden, was sie eigentlich wollen.

Rick kommt in die Halle, hockt sich an der Seitenlinie hin und verfolgt Sams Spiel. Sam dribbelt zu ihm und läßt sich neben ihm nieder. Rick greift nach dem Ball, und Sam überläßt ihn ihm.

»Du hast mich kalt erwischt«, sagt Rick und fängt an zu lachen. »Du hast mich als ersten ausgesucht, weil du genau wußtest, daß ich dein verdammtes Hemd nicht nehmen würde. Und dann bist du zu Skouros und Rank gegangen, den Lämmern in unserem Wölfe-Team. Damit hast du Peteboy in die Zwickmühle gebracht und ihn vor aller Augen vorgeführt. War 'ne tolle Show, Sambo.«

Sam hockt vor ihm und läßt die Hände zwischen den Knien hängen. »Wollen wir hoffen, daß die Show auch morgen noch vorhält.«

»Das gestern nacht war der schönste Regenbogenwurf, den ich je gesehen habe. Natürlich völlig nutzlos, aber, Mann, so was bekommt man wirklich nicht jeden Tag geboten.«

Sam zuckt die Schultern, wirft einen Blick auf seine Armbanduhr und erhebt sich. »Ich muß was essen.«

Rick steht mit ihm auf. »Ich hatte fast vergessen, was für ein prima Kumpel du sein kannst, wenn du deiner blöden Art mal 'ne Pause gönnst. Hör zu, Sambo, irgendwie sind die Wellen etwas zu hoch geschlagen... und dabei sind Worte gefallen, die besser ungesagt geblieben wären.«

Sam packt sein Sandwich aus und beantwortet die Entschuldigung mit einem kurzen Lächeln. »Ist schon okay, Rick.«

»Vielleicht zwischen uns beiden. Ich hoffe nur, es ist noch nicht zu spät, das Team wieder zusammenzuschmieden.«

Ricks Befürchtungen scheinen unbegründet zu sein. Das Training läuft gut, und der Trainer ist zufrieden. Zwischen Fosse und Sam herrschen noch frostige Temperaturen, aber die sind nicht weiter hinderlich. Die beiden waren nie Freunde und haben sich stets nur gerade so toleriert; doch bis auf gestern abend konnten sie im entscheidenden Moment stets zusammenspielen. Pete Fosse weiß, daß er noch hart an sich arbeiten muß, wenn er im nächsten Jahr Sams Platz einnehmen will. Sam nimmt heute auf niemanden im Team besondere Rücksicht, aber Pete schenkt er erst recht nichts. Fosse ist anzusehen, daß er an sich halten muß, um nicht die Beherrschung zu verlieren. Als es immer schlimmer wird, nimmt der Trainer Sam beiseite und ermahnt ihn, es mit dem Jungen ruhiger anzugehen. Sam nimmt sich den Rat zu Herzen. Als das Training vorüber ist, stellt Sam sich vor das Team hin und lobt jeden einzelnen, Pete eingeschlossen, für seine Leistungen.

»Hol dir doch einen runter, Arschloch«, entgegnet Fosse, obwohl der Trainer nur ein paar Meter von ihm entfernt steht.

Sam wirft Pete eine Kußhand zu und verläßt mit den anderen die Halle.

»Zehn Strafrunden, Fosse«, verkündet der Trainer.

Pete verzieht das Gesicht, kehrt um und fängt an, um das Spielfeld zu traben.

Der Trainer hält Sam zurück. »Ich dachte, dieser Mist sei endlich Schnee von gestern.«

Sam zuckt die Schultern. »Ich schätze, Pete kann nicht damit aufhören.«

Der Trainer verbeißt sich ein Lächeln. Er weiß, was er von den beiden Jungen zu halten hat. »Und was schlägst du vor, Sam?«

»Ich möchte, daß er begreift, daß ich beim Spiel keinen weiteren Scheiß von ihm dulden werde. Ich habe mir meinen Platz in diesem Team redlich verdient, und ich muß ihm nicht in den Hintern kriechen, um diese Stellung weiterhin einzunehmen. Wir beide können nur miteinander auskommen, wenn er die Bereitschaft zeigt, ein Spiel zu gewinnen. Wenn er andere Pläne verfolgt, trete ich ihm so fest in den Arsch, daß er eine Woche nicht mehr sitzen kann.«

Der Trainer grinst jetzt doch. »Wow! Du willst es wissen, nicht wahr, Sam?«

Sam lächelt matt. »Wollen Sie, daß ich hinter ihm zurücktrete, Coach?«

Der Trainer reißt beide Hände hoch. »Nein, verdammt nochmal! Wenn Fosse sich nicht bald am Riemen reißt, kann er nächstes Jahr auf deinen Platz pfeifen. Ich will, daß ihr Burschen wieder ein Team bildet und nicht länger gegeneinander arbeitet!«

23

Der Ball dreht sich und fliegt vorbei. Die Mutantin hat einen weiteren Freiwurf verpatzt. Ihre Würfe sind heute hundsmiserabel. Sam bemerkt, daß sie die Innenseite ihres rechten Fußes möglichst nicht belastet. Die Schuhe, die sie trägt, sind wirklich Mist. Vermutlich hat sie sich darin Blasen gelaufen oder am Rist einen Muskel gezerrt. Er sieht ihr an, daß sie sich über ihr schlechtes Spiel ärgert. Aber an der Linie geht es besser. Dort macht es ihr weniger Probleme, den Ball zu fangen und zu werfen und ihre Mitspielerinnen zu dirigieren.

Nach dem Spiel geht er nach draußen, um den Motor anzulassen, damit sie es gleich schön warm hat, wenn sie zu ihm einsteigt. Er findet eine alte Dickies-Kassette und legt sie ein. Während die britische Punkband «The Sounds of Silence« und »Nights in White Satin« massakriert, leert sich rings um ihn der Parkplatz rapide, bis sein Truck als einziger darauf zurückbleibt.

Sie schlittert über den vereisten Plattenweg wie ein Käfer auf einer Glasscheibe.

»Die Trainerin meinte, sich aufregen zu müssen«, keucht die Mutantin, als sie sich neben ihn auf die Bank wirft und hastig die Tür hinter sich zuschlägt.

»*If Stuart could talk, what would he say to me*?« singt der Leadsänger der Dickies und hebt zu einer Betrachtung über das Seelenleben seines Penis' an.

»Das gefällt mir«, sagt die Mutantin und schiebt ihre Taschen auf dem Boden zurecht. »Er nennt seinen Schwanz Stuart. Das ist wirklich schön. Hast du auch einen Namen für dein Ding?«

»Nein«, antwortet Sam. »Stuart ist wirklich Klasse, aber ansonsten machen mich Jungs immer nervös, die ihrem Schwanz einen Namen geben.« Plötzlich wird ihm bewußt, daß er hier in seinem Wagen sitzt und sich mit einem Mädchen über Schwänze unterhält. Mit einer jungen Frau, mit der er schon geschlafen hat. Er fühlt sich großartig und mächtig geil. »Machen Mädchen das nicht? Ich meine, gebt ihr eurer Pflaume keinen Namen?«

Die Mutantin schnaubt entrüstet. »So was Blödes machen nur Jungs.«

Es verblüfft ihn immer wieder, wie ein Mädchen mit ihrem Ruf mitunter so prüde sein kann. Das gleiche Mädchen, das in der Fabrik und auf dem Spielfeld freizügig ihre nackten Titten vor ihm geschwenkt hat, die ihn erst dazu gebracht hat, mit ihr zu schlafen.

»Meine Stiefmutter hat mir einmal gesagt, jemand, der eine Menge Kosenamen bekommt, wird von vielen geliebt.«

»Das ist sicher der Grund dafür, warum Jungs ihren Schwänzen Namen geben.«

Plötzlich beugt sie sich seitwärts, bis sie auf der Bank liegt. Ihr Gesicht ist über seinem Hosenschlitz, und ihre Finger machen sich an seinem Gürtel und an seinem Reißverschluß zu schaffen.

»Hast du einen Knall?« fragt er mit zitternder Stimme, bedeckt ihren Kopf mit seinen Händen und sieht sich ängstlich um, ob sich gerade jemand auf dem Parkplatz aufhält. Scheiße, die Wagen der beiden Trainer stehen noch dort. Und auch der alte, rostzerfressene Oldsmobile von Hausmeister Moody.

Er schließt die Augen und lehnt den Kopf an die Stütze. Sam ist sich jetzt genauso unsicher wie bei früheren Gelegenheiten, ob es ihm wirklich gefällt, wenn sie ihm einen bläst. Er kämpft gegen den Drang an, sich zu bewegen und mit dem Penis zu stoßen, was in seiner sitzenden Position auf der Bank auch ein wenig schwierig wäre. Davon abgesehen fürchtet er, er könnte sie ersticken oder sie an der geschwollenen Oberlippe verletzen. Hin und wieder spürt er ihre Zahnspitzen, und das macht ihn noch nervöser. Sie ist offensichtlich erfahren in dem, was sie da mit ihm anstellt; fast geht sie ihm schon etwas zu mechanisch vor. Er erinnert sich an Chapins Angeberei und stellt sich vor, zu was für einer Berühmtheit er ohne Zweifel gelangen wird, wenn man ihn hier auf dem Parkplatz erwischt, wie er sich von der Mutantin einen blasen läßt. Doch trotz der Erregung, die in ihm stark anwächst, gibt es so viele Störfaktoren, daß er fast nicht kommen kann.

Doch dann ist es so weit, und er öffnet die Augen. Das erste, was er zu sehen bekommt, ist der Trainer, der sich ausgleitend und schlitternd dem Truck nähert.

Sam richtet sich sofort kerzengerade auf. Darauf war die Mutantin nicht gefaßt. Sie hustet, würgt und spuckt.

Er stopft seinen nassen, erschlaffenden Penis in die Jeans zurück, und sie rutscht von der Bank und verbirgt sich im Schatten unter dem Armaturenbrett. Sam kann seinen Gürtel schließen und den Reißverschluß hochziehen, bevor der Trainer am Seitenfenster steht. Sein Gesicht ist von der Kälte stark gerötet.

Sam kurbelt die Scheibe herunter, beugt sich zum Lenkrad vor und dreht sich so zum Trainer hin, daß er keinen Blick ins Wageninnere werfen kann.

»Hi«, sagt Sam.

Der Trainer sieht ihn mit verengten Augen an. »Probleme mit dem Wagen?«

Sam schüttelt den Kopf. »Nein, ich lasse ihn nur warmlaufen, Coach. Und hör mir meine Musik an.«

Der Trainer setzt eine schmerzverzerrte Miene auf. »Das ist doch keine Musik, das ist das Gelalle von Halbdebilen.«

Sam nickt, als gebe er ihm da vollkommen recht.

Der Trainer sieht ihn eigenartig an, murmelt: »Tja, dann wünsche ich noch einen schönen Abend«, und verschwindet.

Sam schließt rasch das Fenster und verdreht die Augen.

Die Mutantin hämmert mit der Faust auf den Boden und hält sich die andere Hand vor den Mund, um nicht laut zu prusten.

»Wahnsinn. Ich wette, er hat es gerochen. Wahrscheinlich denkt er, ich hätte mir hier einen runtergeholt. Bleib unten, bis wir den Parkplatz verlassen haben, ja?«

Die Mutantin bekommt einen Schluckauf.

»Ist mit dir alles in Ordnung?«

Der Schluckauf wird schlimmer, sie gibt ihm aber mit Gesten zu verstehen, daß ihr nichts fehlt. Als sie die Hauptstraße erreicht haben, klettert sie auf die Bank zurück und legt ihren Kopf auf seinen Oberschenkel. Er streicht über ihre Ketten.

»Deanie«, beginnt er und schweigt für einen Moment.

Sie wartet gespannt, ist sie es doch nicht gewöhnt, von ihm ihren Vornamen zu hören.

»Was stimmt nicht mit deinem rechten Fuß?«

Sie richtet sich auf und zieht sich so weit wie möglich von ihm zurück. Als sie ihm mit tonloser Stimme antwortet, sieht sie ihn nicht an, sondern starrt aus dem Fenster. »Hab' ihn mir vor dem Bett verknackst.«

»Weißt du, daß du instinktiv nicht mit ihm auftrittst? Und das war auch der Grund dafür, warum du so viele Würfe verpatzt hast.«

»Tatsächlich?« Der Sarkasmus in ihrer Stimme ist nicht zu überhören.

Er schaut sie kurz an, sieht auf ihren Mund, wendet den Blick zurück auf die Straße und dann wieder auf sie. Unter dem Kopftuch und den Ketten zeigt sich eine verärgerte Miene, aber ihren Zügen ist deutlich anzusehen, wie jung sie noch ist. Sechzehn, angeblich süße sechzehn.

Als die Dickies-Kassette zurückläuft und sie fast die Depot Street erreicht haben, findet sie ihre Stimme wieder.

»Es hat dir nicht gefallen, oder?« fragt sie mit vorgetäuschter Gelassenheit.

Er überlegt sich, was er sagen soll. »Weiß nicht.« Nein, freundlicher, um nicht wieder Streit zu bekommen. »Na ja, wo der Trainer jeden Moment aufkreuzen konnte und so...«

»Aha.« Ihre Miene ist leer. »Ich denke, manchen Leuten kann man es einfach nicht recht machen.«

Er streckt eine Hand nach ihr aus, aber sie hat schon die Tür aufgestoßen und ist nach draußen gesprungen. Sam sieht ihr nach, wie sie wütend über den Bürgersteig stampft. Was für ein unglaubliches Mädchen. Wenn sie sich nur selbst sehen könnte, wie sie mit ihrem Rucksack und ihrer Trainingstasche durch den Schnee marschiert, wie die Enden des Kopftuchs bei jedem Schritt auf und nieder hüpfen und wie ihr langer Mantel sich im Wind aufbläht. Die Mutantin dreht sich nicht einmal zu ihm um. Trotzdem kann er sich lebhaft vorstellen, was für ein Gesicht sie jetzt hat: Eine wütende, verletzte Miene, die Zähne zusammengebissen, und in den Augenwinkeln glitzern Tränen. Die Ketten rasseln auf der weißen Haut, die fast durchsichtig wirkt.

Er sieht sie jetzt so, wie sie wirklich ist. Keine Mutantin, sondern Deanie Gauthier. Sie lügt, stiehlt und versteht sich auf Dinge, von denen eine Sechzehnjährige eigentlich noch keine Ahnung haben dürfte. Und sie hat zu viele Schrammen und blaue Flecken am Leib.

Sam wirft einen Blick in den Rückspiegel. »Und du vögelst sie, du Heuchler.«

Am nächsten Morgen sehen sie sich in der Turnhalle wieder. Ricks scharfer Pfiff dringt durch das amüsierte Gelächter der Spieler, weil das erste Stück der Kassette, die Sam eingelegt hat, »She Drives Me Crazy« heißt. Die Mutantin – nein, Deanie, verbessert er sich – lacht am lautesten. Obwohl er alles als Scherz abtun will, kann er nicht verhindern, daß seine Ohren anfangen zu glühen. Zumindest bewirkt die allgemeine Heiterkeit ein gelöstes Spiel.

Nach der Physikstunde fängt der Trainer ihn auf dem Flur ab und will wissen, was denn mit Billy Rank los sei. Der Junge spiele heute, als habe er seinen Basketballverstand zur Pfandleihe gebracht. Als Sam ihn endlich losgeworden ist, kommt er ein paar Minuten zu spät in den Pausenraum. Chapin steht vor den Spielautomaten. Sam ignoriert ihn. Aus dem Lautsprecher ertönt Rock von Led Zeppelin.

»Scheiß-Zeps«, beschwert sich Rick. »Letztes Mal mußten wir uns schon diese verkackten Opas anhören. Ich würde was drum geben, mal was anderes zu hören.«

Nur wenige stehen auf Led Zeppelin. Die meisten Jungs verkünden lautstark, was sie für Kassetten mitgebracht haben.

»Ich habe was Neues«, verkündet Sam.

Die anderen stöhnen oder tun so, als müßten sie sich übergeben.

«Keinen Punk bitte!« fleht Rick. »Und erst recht keinen Hardrock-Scheiß.«

»He, nun mal langsam«, wendet Todd Gramolini ein. »Zufällig stehe ich auf Heavy Metal.«

Fast alle reagieren darauf mit obszönen Gesten und Geräuschen.

»Erinnert sich jemand an Dread Zeppelin?« fragt Sam.*

Rick stöhnt. »Leider zu gut. Das ist doch auch wieder so ein alter Mist.«

»Nein, ich habe hier etwas ganz Neues. Das Band, das ich mitgebracht habe, heißt 2 Live Zep.«

Einige lachen, und alle warten auf die Pointe.

»Das erste Stück heißt ›Suck My Black Dog‹«, verkündet Sam.

Alle kichern und prusten. Rick grölt lauter als alle anderen.

Sam läuft gegen seinen Willen wieder rot an.

»Hey, hey, Mama«, singt er dann und ahmt die rauhe, bluesige Tenorstimme von Robert Plant, dem legendären Sänger der Formation Led Zeppelin, nach, »saug an meinem Pimmel, saug lang an meinem Pimmel, bis du dich fühlst im Himmel.«

»Ich fühl mich schon wie in der Hölle«, stöhnt Rick.

Den Rest der Stunde geben alle abwechselnd Led-Zeppelin-Klassiker in neuen, entweder blödsinnigen oder obszönen Versionen zum besten. Sam sieht, daß alle ihren Spaß daran haben. Anders als bei den Anzüglichkeiten und Prahlereien in der Umkleidekabine fühlt sich hier niemand von den Zoten angesprochen oder unangenehm berührt. Und die Jungs erkennen, daß er immer noch einer der ihren ist, immer noch der zuverlässig blasphemische Prediger und einer der Gruppe, die den legendärsten Streich in der Geschichte dieser Schule durchgeführt hat.

Sam steht unter der Brause, als Chapin in die benachbarte Dusche tritt. Chapin läßt den Kopf nach hinten fallen, und das Wasser strömt über sein Gesicht und seinen Körper. Er schüttelt sich wie ein nasser Hund und beugt sich zu Sam hinüber.

---

* Spaßpunkband, die Texte von Led Zeppelin verfremdet oder zu Melodien von Led Zeppelin Texte von Elvis Presley gesunden hat. Bei 2 Live Zep handelt es sich um ein ähnliches Projekt. Anmerkung des Übersetzers.

»Du bist genau der Mann, den ich sehen wollte.«

Sam kehrt ihm den Rücken zu.

»Du bist mir noch was schuldig«, fährt Chapin fort. »Von der Silvesternacht.«

Links von Sam dreht Rick seine Dusche ab, trocknet sich ab und spitzt die Ohren.

Chapin zuckt die Schultern. »He, Mann, ich will keine große Geschichte daraus machen. Alle kennen mich als zugänglichen Typ, mit dem sich reden läßt. Und ich weiß, daß es immer mal zu Mißverständnissen kommen kann. Was haben wir beide davon, wenn wir miteinander auf Kriegsfuß stehen? Nun gib mir die Hand und Schwamm drüber.«

Sam starrt auf die Hand, die Chapin ihm hinhält.

»Nun mach schon«, drängt Chapin. »Es gibt für uns keinen vernünftigen Grund, Feinde zu sein. Schon gar nicht wegen Schwester D.« Er sieht abwartend erst Rick und dann Sam an. »Zwischen D. und mir läuft 'ne Kiste, das dürfte dir bekannt sein. Aber ansonsten kann jeder von uns beiden tun und lassen, was er will.«

Sam wendet sich an Rick. »Was für ein Arschloch«, sagt er leise, aber laut genug, damit Chapin es mitbekommt.

Rick lacht laut.

»Dann leck mich doch am Arsch«, entgegnet Chapin, ohne sein Lächeln zu verlieren. »Bitte, wenn du es unbedingt so haben willst.«

Sam hält das Gesicht unter den Wasserstrahl, um so die Wut zu löschen, die sich in ihm aufbaut.

Die Aufschläge des Balls hallen durch den Raum, als er ihn über den polierten Holzboden treibt. Wieder ist er nicht in die Cafeteria gegangen, um mit dem Ball und dem Korb allein zu sein. Er muß unbedingt seine Gedanken ordnen, muß sich über Deanie Gauthier klar werden; und das gelingt ihm nicht, solange sie ihm ständig über den Weg läuft. Während er mit dem Ball durch die Halle jagt, läßt er den Körper das tun, was er für richtig hält. Wie im Traum ruft der losgelöste Verstand nach dem Zufallsprinzip Programme ab: Basketball, Deanie und Sex. Die überlappen sich und fügen sich neu zusammen wie die bunten Glassplitter in einem Kaleidoskop.

Billy Rank betritt leise die Turnhalle, bleibt an der Seitenlinie stehen und geht in die Hocke. Sam dribbelt den Ball zu ihm und läßt sich neben ihm nieder.

»Was liegt an, Bilbo?«

»Ich muß mit jemandem reden, Sam.«

Sam bemerkt den nervösen Tic unter dem linken Auge des Freundes und erkennt, daß es um etwas Dringendes gehen muß, auch wenn ihm die Vorstellung nicht paßt, für Billy den Beichtvater spielen zu müssen.

»Sprich zu mir, mein Sohn«, fordert Sam ihn mit feierlicher Grabesstimme auf.

Billy lacht schrill und atmet tief durch. Dann sieht er Sam flehentlich an. »Ich hatte mit der blöden Ratte in deinem Spind nichts zu tun.«

Sam zuckt die Schultern.

Billy senkt den Blick, und sein Gesicht läuft vor Verlegenheit rot an. »Ich habe auch dem Mädchen nichts angetan, Sam.« Er schüttelt den Kopf. »Ich konnte ihr gar nichts antun, dafür war ich viel zu voll.« Seine Rechte reibt fahrig über die Stirn und wühlt ihm Haar. »Ich war in meinem ganzen Leben noch nie so voll. Eigentlich wollte ich nur ein paar Bierchen zischen, aber dann ging alles so schnell. Als wir die Mädels aufgegabelt hatten, hörte ich, wie die Mutantin Pete erklärte, Lexie sei erst dreizehn. Aber ich habe gedacht, es wäre alles nur ein Spaß und nichts Schlimmes könnte passieren. Doch dann ist es doch dazu gekommen. Ich wollte nicht mitmachen, aber Pete hat mich eine schwule Sau und einen Schlappschwanz genannt. Ich hätte mir früher nie vorstellen können, einmal bei so etwas mitzumachen. Doch irgendwie war ich plötzlich mittendrin und kam nicht mehr heraus.«

Sam legt seinem Freund eine Hand auf den Unterarm. »Nimm's nicht so schwer, Billy.«

Billy blickt auf und sieht ihn traurig an. »Ich kann einfach nicht aufhören, daran zu denken, und in meinem Kopf geht alles durcheinander. Ich weiß nicht einmal mehr, an was ich mich erinnere und an was nicht. Was soll ich nur tun, Sam?«

Diese Frage wollte Sam am allerwenigsten hören.

»Du weißt wirklich nicht mehr, was alles geschehen ist?«

Billy schüttelt den Kopf. »Nicht genau. Nur an ein paar

Dinge erinnere ich mich. Ich meine, du weißt doch, was in der Nacht vorgefallen ist. Wir hatten alle den Kanal voll, bis auf die Gauthier, und die hat sich von dem ferngehalten, was wir mit den Mädchen gemacht haben.«

Sam räuspert sich.

»Billy, willst du dich damit an jemanden wenden? An den Coach oder an Wild Bill? Oder vielleicht an Ricks Dad?«

»Scheiße, nein!«

Sam beruhigt sich ein wenig.

»Ich rede doch mit dir darüber«, sagt Billy.

»Okay. Aber möglicherweise kommst du nicht darum herum, dich an jemand anderen zu wenden.«

»Ich will doch bloß wissen, ob Lexie okay ist. Das allein ist für mich wichtig. Ich würde mich gern bei ihr entschuldigen, fürchte mich aber davor, daß sie mich auslacht.«

»Du mußt das tun, was du für richtig hältst.«

Billy stöhnt. »Ich weiß aber nicht, was richtig ist.«

»Nun ja, du kannst das, was vorgefallen ist, nicht ungeschehen machen. Jetzt laß die Geschichte erst einmal auf sich beruhen. Gewinn etwas Distanz zu der Sache, und dann wird dir vielleicht klar, was du unternehmen mußt. Und wenn du dich erst besser fühlst, wenn du siehst, daß Lexie okay ist, dann nur zu. Mit ist nichts zu Ohren gekommen, daß es ihr schlecht ginge. Außerdem war sie ebenso voll wie der Rest von euch. Wäre doch möglich, daß sie sich an nicht mehr erinnern kann als du.«

Billy nickt heftig. »Klar, wahrscheinlich läßt ihr Gedächtnis sie auch im Stich. Vielen Dank, Sam.«

Na toll, denkt Sam, noch ein Klotz am Bein, der ihn beim Spiel beeinträchtigen wird. Und wenn er sich Billy ansieht, dann müßte schon ein mittelschweres Wunder geschehen, um ihn daran zu hindern, heute abend wie ein Trottel zu spielen. Auch das ginge dann aufs Konto von Pete Fosse und Chapin.

Sie verlassen gemeinsam die Turnhalle, und zu ihrem Pech begegnen sie kurz vor der Cafeteria Rick, Pete und Todd. Billy wird leichenblaß und verschwindet sofort in die entgegengesetzte Richtung. Pete blickt ihm verwundert nach.

Rick gesellt sich zu Sam und begleitet ihn hinunter zur Werkstatt.

»Normalerweise würde ich dich ja fragen, was eben los gewesen ist. Aber ich habe gesehen, wie Pete Billy nachgestarrt hat, und damit war für mich alles klar. Billy hat sich bei dir die Seele aus dem Leib gekotzt, was?«

Sam grinst. »Warum fragst du, wenn du doch schon alles weißt.«

Jetzt grinst auch Rick. »Damit ich dir was raten kann: Sei kein Idiot.«

Sam weiß, daß Ricks Grinsen nicht freundlich gemeint ist. Und genauso mißtraut auch Rick dem breiten Lächeln Sams.

Nach dem Unterricht begibt sich Sam in die Bibliothek, um vor dem Spiel seine Hausaufgaben zu erledigen. Dort halten sich bereits die meisten Greenspark-Spieler auf; sie sind auf die gleiche Idee gekommen. Neben Nat Linscott ist ein Platz frei. Sie begrüßt Sam mit einem warmen, freundlichen Lächeln. Sam errötet und legt seine Sachen lieber neben Rick auf den Tisch. Er geht zum Katalog, um den Standort der Bücher herauszufinden, die er braucht. Als er zwischen den freistehenden Regalen steht, die bis an die Decke reichen und mit ihren Schatten Korridore schaffen, hört er, wie auf der anderen Seite rasch geblättert wird. Er späht um die Ecke.

Deanie hockt da im Lotossitz auf dem Boden und hat einen Kunstband auf dem Schoß liegen. Als sein Schatten ihr das Licht nimmt, sieht sie zu ihm auf. Ihre blassen Wangen erglühen sofort in den unterschiedlichsten Farben.

Er legt eine Hand auf seine Lippen, damit sie still ist, und hockt sich neben sie hin. Sie hebt das Buch, um ihm die Seite zu zeigen, die sie gerade betrachten wollte.

Sam hat das Bild schon einige Male gesehen. Einmal im Geschichtsbuch und öfters in Magazinen. Es ist ein berühmtes Gemälde und trägt den Titel *Nackte kommt eine Treppe herunter*. Die Gestalt, bei der es sich allem Anschein nach um eine Frau handelt, kommt gerade wie eine buntschillernde Offenbarung um die Treppenbiegung. Vor dem trüben Hintergrund in mehreren Goldschattierungen wirkt ihre Bewegung merkwürdig unbeholfen und mechanisch. Sam schaut sich das Bild genauer an, denn er hat etwas entdeckt: Die Gestalt scheint keine Haare zu haben.

Deanie zeigt mit einem ihrer wunderbaren langen Finger auf die Abbildung. Von der Zigarettenverbrennung auf ihrem Handrücken ist nur noch ein schattenartiger dunkler Fleck übriggeblieben.

»Es beruhigt mich immer wieder, dieses Gemälde zu betrachten«, sagt sie leise. »Ich weiß auch nicht, warum. Vielleicht weil es eine so geheimnisvolle Ausstrahlung hat.«

Beide sehen von dem Bild auf und einander an. Sam streckt die Hand aus und streicht mit seinem Zeigefinger über ihre Lippen. Sie sind warm und voll, und seine Fingerspitze gleitet von der weichen Schwingung in das feuchte Innere. Sie sieht ihm unentwegt in die Augen und bewegt den Kopf mit seinem Zeigefinger. Dann schiebt sich ein Schatten vor das Licht. Sie zieht den Kopf zurück und blickt an Sam vorbei. Er dreht sich um und entdeckt Rick. Er steht am Regalende und lehnt sich mit einer Hand dagegen.

»Oh, Verzeihung«, sagt Rick und entfernt sich.

Deanie bringt das Buch wieder an sich, und Sam steht auf. Aber er beugt sich zu ihr hinab, küßt sie rasch einmal, zweimal und dann intensiver. Sie zieht an der Halskette, die aus seinem offenen Kragen baumelt.

Als Sam sich wieder aufrichtet, fühlt er sich so schwindlig, daß er gegen das nächste Regal prallt. Das ganze Gebilde fängt an zu schwanken, und er stützt es mit seiner Hand. Noch immer benommen kehrt er zu seinem Tisch zurück.

»Na, wie weit bist du gekommen?« fragt Rick.

Sam läßt sich auf dem Stuhl neben dem Teamkameraden nieder.

»Wohin soll ich gekommen sein?«

»Nun, wie weit bist du bei ihr gekommen? Zungenkuß – oder hast du ihr an die Titten gelangt, oder gar zwischen die Schenkel?«

»Ach, das war doch nur Spielerei«, entgegnet Sam und legt dem Jungen eine schwere Hand auf den Oberschenkel. »Der Einzige, der mir etwas bedeutet, bist du.«

Rick schlägt die Hand fort und springt auf, als habe ihm jemand heißen Kaffee über die Hose geschüttet.

»Ich werde hier belästigt!« beschwert er sich lautstark.

Die Bibliothekarin macht ein trauriges Gesicht und sieht ihn über den Rand ihrer Brille an.

»Er hat darum gebeten«, erklärt Sam. »Er hat sich mir in eindeutiger Absicht genähert!«

Alle anderen fangen hinter vorgehaltener Hand zu kichern an.

»Ruhe bitte«, verlangt die Bibliothekarin, »sonst muß ich Sie beide hinauswerfen.«

Sam macht zu Rick gewandt einen Schmollmund und flüstert: »Zicke!«

Rick stößt seine Bücher einen Platz weiter und stellt einen Stuhl zwischen sich und Sam.

Sam wirft ihm Kußhändchen zu.

Wie ein doppeltes Zwillingspaar posieren die Jandreau-Schwestern vor dem Spiegel. Sie haben sich das Haar hochgesteckt. Bei der einen fällt der Zopf nach links, bei der anderen nach rechts. Sie stellen sich auf die Zehenspitzen, beugen sich zurück und schleudern imaginäre Bälle in nicht vorhandene Körbe. Dann fangen sie synchron an zu kichern. Bei dieser Pantomime handelt es sich um ein Ritual, das die beiden vor jedem Spiel durchführen.

Die Mutantin stößt Nat in die Seite. »Und da behauptest du, ich wäre sonderbar.«

»Sieh dich doch bloß mal im Spiegel an, Gauthier«, grinst Nat.

Die Mutantin springt auf die Bank im Gang und spaziert auf ihr wie auf einem Laufsteg entlang. Abgesehen von den Ohrringen und Ketten ist sie splitterfasernackt. Die anderen Mädchen lachen laut. Sogar die Zwillinge lassen sich von ihrem Spielchen ablenken. Am Ende der Bank bleibt die Mutantin vor dem breiten Spiegel über den Schminktischen stehen. Sie neigt den Kopf zur Seite, blickt wollüstig drein, streicht sich über ihre bloßen Brüste und leckt sich langsam über die Lippen.

»Ich kann einfach nichts dafür«, haucht sie mit rauchiger Stimme. »Das kann keine von uns. Sobald wir uns der Kleider entledigt haben, müssen wir uns berühren.«

Die anderen kreischen und applaudieren.

Danach steigt die Mutantin hastig in ihren Dress. Nat, die sich gerade die Schuhe zubindet, hört plötzlich auf zu kichern und fragt besorgt: »Was ist denn mit deinem Fuß? Der sieht ja furchtbar aus, ganz dunkelrot.«

»Hab' ihn mir in einer Wagentür eingeklemmt«, antwortet die Mutantin lässig. »Sieht viel schlimmer aus, als es ist.«

Deb Michaud fängt an zu grinsen. »Von wegen, Gauthier, wir alle wissen doch, daß du auf Sado-Maso stehst.«

»Oh, peitsch mich, schlag mich, bind meine Fesseln enger«, ruft die Mutantin in gespieltem Flehen.

»Ist das ein Knutschfleck da auf deiner Brust?« fragt Deb.

Die Mutantin sieht auf ihren Busen hinab.

»Nein, das nicht, aber das auf meinem Arsch ist ein Knutschfleck.«

Die anderen Mädchen stöhnen und verziehen das Gesicht.

»Das ist wirklich abartig«, ächzt eine.

»Nein, der wirklich abartige Knutschfleck befindet sich auf meiner...«

Die Trainerin stößt die Tür auf. »Meine Damen, kommen Sie, in zwei Minuten ist es so weit!«

»Wir sollen in zwei Minuten kommen!« flüstert Nat der Mutantin zu, und beide fangen an zu kichern.

Sobald die Mutantin fertig angezogen ist, stellt sie sich vor den Spiegel. Nat steht schon dort und betrachtet mißmutig einen kleinen Pickel auf ihrem Kinn.

»Was läuft zwischen dir und Sam?« fragt sie dann. In ihrer Stimme ist ein verräterisches nervöses Zittern, und sie errötet leicht.

Die anderen Mädchen, die sich vor dem Spiegel aufhalten, verstummen plötzlich. Die Antwort auf diese Frage möchte keine verpassen.

Das Gesicht der Mutantin bleibt unbewegt. Sie hält die Ketten in der Hand, hebt die Nase, spitzt den Mund und antwortet im Tonfall einer vornehmen Lady: »Wir rammeln wie die Kaninchen.« Dann erbebt sie und streichelt ihre Brüste. »Wann immer wir eine Gelegenheit dazu erhalten, vögeln wir um die Wette. Und wenn er mich nimmt, bricht in uns beiden ein Vulkan aus.«

24

Trotz ihrer Verletzung spielt die Mutantin gut. Im Rückspiel gegen die Raiders führt sie mit der Unterstützung der Mädchen aus Helsinki übertrieben aggressive Angriffe an und schont sich nicht im mindesten.

»Nichts sehen, nichts hören, so was kann nur Schiedsrichter werden!« stimmt Sam an, und alle Greenspark-Anhänger fallen ein.

Ein Foul wird gepfiffen. Die Mutantin stellt sich an die Linie und verfehlt den Korb. Sie hat eindeutig immer noch Probleme mit dem Auftreten, macht aber ihr Manko durch verstärktes Abwehrspiel und gelungene Vorgaben wett. Sam hat noch nie erlebt, daß sie freiwillig so viele Bälle abgegeben hat. Nach einer bravourös gelösten kniffligen Situation wirft sie ihm einen triumphierenden Blick zu.

Als die Mädchen das Spielfeld verlassen, hält er ihr die erhobene Hand entgegen. Sie zögert nicht, dagegenzuschlagen und ruft: »Was sind wir, Leute?« Alle Jungen und Mädchen stoßen den Schlachtruf aus.

Die Jungs aus Helsinki betreten in dem Bewußtsein das Spielfeld, daß Dyer's Mills einen dicken Knüppel in die Speichen der Big Machine von Greenspark gestoßen hat. Die wichtigste Frage in ihren Köpfen lautet, ob die Indians, auch wenn es beim Training nicht so ausgesehen hat, wieder zu einem Team zusammenwachsen können. In den ersten Minuten wirken die Jungs aus Greenspark sehr nervös. Kasten verzerrt sich den Knöchel, und der Trainer schickt Joey Skouros aufs Feld. Skouros scheint im Puzzle der Indians ein wichtiges Teil zu sein, denn kaum ist er auf dem Feld, arbeitet das Team wie in alten Zeiten zusammen.

Sam erlebt das Spiel wie einen einzigen befreienden Rausch. Er steigt mit den Thermalwinden wunderbar ausgeführter Spielzüge in ungeahnte Höhen auf; alles in ihm ist konzentriert und in Höchstform. Doch am Ende des dritten

Viertels landet er wieder auf dem Boden der Realität. Als Bither zur Foullinie läuft, signalisiert er dem Trainer, daß er ausgetauscht werden will.

Pete Fosse stoppt Sam auf dem Weg zur Bank und fragt: »Wer ist mein Mann?«

Sam sieht ihn fassungslos an. »Wo hast du deinen Kopf gelassen?« schreit er sein Gegenüber dann an. »Du solltest verdammt nochmal wissen, wen du decken sollst!«

»Styles!« ruft der Trainer.

Pete starrt Sam mit großen Augen an. Schweiß steht ihm auf der Stirn. Sams Wutausbruch hat ihn so überrascht, daß er fast das Atmen vergißt.

»Warum paßt du nicht besser auf?« knurrt Sam und läßt ihn stehen.

»Was ist denn hier los?« fragt der Trainer.

»Fosse weiß nicht, wen er decken soll«, schimpft Sam. »Was weiß ich, wo er seinen Kopf gelassen hat. Er dürfte gar nicht auf dem Feld stehen!«

Der Trainer wirft mit strenger Miene einen Blick auf Pete, der rot angelaufen ist und ein beleidigtes Gesicht aufgesetzt hat. »Wenn es dir nichts ausmacht, Styles, leite ich hier das Spiel. Und jetzt hock dich auf deine vier Buchstaben!«

Sam gehorcht und langt nach der Wasserflasche.

Fosse läuft aufs Spielfeld und hält nach dem Gegenspieler Ausschau, den er decken soll. Gramolini bemerkt Petes Verwirrung und gibt ihm per Handzeichen zu verstehen, daß er sich um die Nummer fünfunddreißig zu kümmern hat.

Der Trainer, der neben Sam sitzt, schnaubt und verschränkt die Arme vor der Brust. »Konzentrier du dich auf das Spiel, mein kleiner Sonnenschein. In neunzig Sekunden bist du wieder drin. Und mach dich darauf gefaßt, daß du bis zum Ende dort bleibst. Mr. Fosse darf sich schon auf ein paar sehr ungemütliche Nachhilfestunden freuen, die er von mir erhält.«

Pete wirkt vollends konfus, als der Trainer ihn auf die Bank winkt. Sam läuft an ihm vorbei und raunt ihm zu: »Die Fünfunddreißig war deine Nummer, Arschloch!«

Fosse läuft knallrot an. Der Trainer gibt ihm zu verstehen, daß er sich neben ihn setzen soll. Als Pete dort Platz genommen hat, legt ihm der Trainer einen schweren Arm auf die Schulter.

Zum großen Amüsement ihrer Mitspielerinnen, des Teams der Raiders und der Cheerleader beider Teams stolziert die Mutantin mit ihrem Fransenkopftuch und ihren Ketten über den Korridor vor den Umkleidekabinen. Alle strömen nach draußen in eine Winternacht, die unversehens mild und angenehm geworden ist. Die dicke graue Wolkenschicht hat sich verzogen. Aus den offenen Fenstern der Busse und der anderen Fahrzeuge auf dem Parkplatz dringt eine Kakophonie von diversen Rocktiteln und aufgeregten jugendlichen Stimmen.

»Soll ich dich mitnehmen?« fragt Sam.

Sie dreht sich klappernd und klirrend zu ihm um.

»Du meinst wohl, du willst mich nehmen«, entgegnet sie spöttisch.

Sam verfärbt sich, und die Umstehenden brechen in Gelächter aus.

Die Mutantin stolziert zum Truck, ohne weiter auf ihn zu achten.

Sam wischt seine Stirnlocke zur Seite, nimmt seine Taschen auf und schlurft hinter ihr her. Er kommt sich vor wie ihr Chauffeur.

»Ich muß noch arbeiten«, erklärt er ihr, als er den Schlüssel ins Zündschloß schiebt. »Ehrlich, ich muß wirklich noch was tun«, sagt er und wird sich bewußt, daß er sich damit vor allem selbst etwas vorzumachen versucht. »Was macht dein Fuß?«

Sie zuckt die Schultern.

»Du hast dir während des ganzen Spiels keine Pause gegönnt«, fährt er fort. »Dein Durchhaltevermögen ist wirklich bewundernswert.« Die Komplimente bringen ihm nur Schweigen ein. Schließlich wagt er es, sie zu fragen: »Bist du sauer auf mich?«

»Nein.« Sie kniet auf der Sitzbank und sieht ihn an. »Nat hat mich gefragt, ob zwischen uns beiden etwas läuft.« Sie mimt wieder wie vorhin die vornehme Dame und gibt das zum Besten, was sie Nat geantwortet hat.

Die Mutantin, wie sie leibt und lebt, denkt er und wischt sich die Lachtränen aus den Augen. Am liebsten würde er sie für ihre Darbietung küssen. »Grundgütiger. Wir rammeln also wie die Kaninchen?«

»Die Mädchen wollten es mir nicht glauben«, sagt sie und setzt sich wieder hin. »Es war mir klar, daß sie es mir nicht abkaufen würden.«

Sam wirft ihr einen Seitenblick zu und kann sich selbst kaum noch verstehen. Es kommt ihm vor, als gebe es zwei Sam Styles, den alten Sam und den, der mit Deanie Gauthier in die alte Fabrik fährt.

Er räuspert sich: »Ich könnte auch etwas später zur Arbeit gehen.«

Er starrt auf die durcheinanderwirbelnden Cartoons an der Wand über der Matratze. Nun erkennt er den Einfluß des Gemäldes, das sie ihm gezeigt hat. Natürlich sind ihre Zeichnungen nicht halb so gut, aber sie weisen eine ähnliche Unbeholfenheit in den Bewegungen auf. Sie malt vornehmlich sich selbst, oft allein, seltener zusammen mit anderen. Die Mutantin ist in allen Größen zu finden. Einige Male überragt sie ihr Gegenüber eindeutig, doch meist ist sie kleiner dargestellt. Und da sind Zeichnungen, in denen Deanie einzelne Körperteile von sich besonders hervorgehoben hat. In einer Szene, die ein Basketballspiel darstellen soll, ist ihr Körper genauso groß wie der ihrer Mitspielerinnen, aber ihre Hände sind immens vergrößert und werfen statt des Balls ihren Kopf. In einer anderen Szene sind alle Personen auf eine für ihn unverständliche Weise zerstückelt oder zerlegt. Man erkennt dort keine Gesichter, aber Sam kann die Mutantin leicht identifizieren, denn er weiß inzwischen, wie sie sich selbst zu zeichnen pflegt. Es hat den Anschein, als würden ihre Körperteile zusammen mit denen der anderen in einem großen Suppentopf schwimmen. Sam fürchtet sich davor, die Szene genauer zu studieren – ist sie doch die mit Abstand gewalttätigste und obszönste an der ganzen Wand –, und doch zieht sie seinen Blick wie magisch an. Je länger er hinsieht, desto mehr beunruhigt ihn die verstörende Erkenntnis, daß es sich bei der Abbildung um eine Art Code handelt, den er eigentlich entschlüsseln sollte. Sam schließt die Augen, um die Szene nicht mehr anschauen zu müssen. Schläfrig überlegt er, welche Lüge er seinem Vater auftischen kann, weil er erst so spät nach Hause kommt und noch nicht einmal von unterwegs angerufen hat, um Bescheid zu geben, was ihn so lange aufhält.

Er hält sie im Arm und weiß, daß es ihm am allerbesten bei ihren Treffen gefällt, ihre Wärme und die Sanftheit ihrer Haut zu spüren. Doch dann beschleichen ihn Bedenken. Mit allem anderen scheint er weniger Glück zu haben. Es gelingt ihm einfach nicht, sie zum Höhepunkt zu bringen. Jeder neue gescheiterte Versuch nagt an seinem Selbstbewußtsein. Es reicht ihm nicht, selbst einen Orgasmus zu haben; den kann er sich jederzeit auch mit der Hand verschaffen. Solange das Vergnügen nicht beidseitig ist, benutzt er sie nur wie eine Gummipuppe. Natürlich tun das Millionen Paare auch, jeden Tag und überall auf der Welt, sagt er sich. Machen denn alle den anderen und sich selbst etwas vor, wenn sie sich darüber auslassen, was für ein unvergleichliches, ekstatisches Erlebnis der gemeinsame Höhepunkt ist, während sie in Wahrheit auch nur die Frustrationen der Unbeholfenheit und des Versagens durchleiden? Oder ist Sam auf diesem Gebiet genauso eine Null wie auf vielen anderen auch? Wenn es sich damit verhält wie mit dem Lesenlernen, wird er seinen ersten Erfolg erst mit Vierzig oder so verbuchen können.

Ach, scheiß drauf. Er und sie mögen sich eben nicht genug, um erfolgreich miteinander schlafen zu können. Zuviel unterschwellige Feindschaft herrscht zwischen ihnen. Es verhält sich mit ihnen so wie beim Spiel mit dem Team. Mit Rick und Billy kann er prima zusammenarbeiten. Rick hilft ihm, und er hilft Billy. Aber wenn er mit Pete Fosse zusammenspielen muß, folgt unweigerlich ein Desaster.

Er rutscht von ihr weg und hockt sich auf den Tisch. Als er sich die Stiefel anzieht, regt sie sich.

»Ich muß gehen. Soll ich dich nach Hause fahren?«

»Nein«, murmelt sie, dreht sich auf die andere Seite und legt einen Arm über den Kopf. Er deckt sie mit ihrem Mantel zu. In dem kleinen Raum ist es mittlerweile mollig warm. Sie haben gleich bei ihrer Ankunft den Heizofen angedreht.

»Gute Nacht«, sagt er und gibt ihr einen Kuß auf das Kopftuch.

»Ja, Nacht«, murmelt sie.

Er steht über ihr, sieht sie an und zögert. Aber schließlich geht er doch.

Am Freitag fahren sie nach Mount Grace, um dort gegen die Red Demons und die Lady Demons anzutreten. Im Bus der Jungs ist es ungewöhnlich still. Obwohl der Waffenstillstand zwischen den Teammitgliedern hält und alles wieder zur Normalität zurückzukehren scheint, schwebt über den Spielern eine besondere Atmosphäre, so als seien noch nicht alle Dinge geregelt. Sam setzt sich ruckhaft die Kopfhörer auf, schließt die Augen und sinkt in einen unruhigen, leichten Schlaf. Träume kommen wie geflügelte und unheilbringende Schatten zu ihm.

Eine Kirchenorgel spielt ruhig und gesetzt ein Lied, das er noch aus seiner Kindheit kennt, wenn sie zur Ostermesse in die Universalist-Congo-Church auf dem Ridge gegangen waren. Aber dazu ertönt die klagende, nasale und ordinäre Stimme des britischen Sängers Billy Bragg:

And was Jerusalem builded here,
among those dark satanic mills?

Dann ist er wieder in der Hausmeisterloge und sucht an der von Deanie bemalten Wand nach Halt. Seine gespreizte Hand versinkt im Verputz, und die Dunkelheit preßt ihn wie eine Riesenfaust dagegen. Er bekommt keine Luft, alles tut ihm weh, und dann explodiert er wie eine aufgestochene Pustel in giftigen Farben. Er schwebt für eine Weile, bis kaum noch etwas von ihm übrig ist und er sich als Spinnennetz von Linien und Strichen auf der Wand wiedersieht.

Dabei kommt er sich vor wie in einem Gefängnis, nur daß der Raum selbst seine Zelle bildet. Rings um ihn herum zappeln und strampeln die Strichmännchen in dem verzweifelten Versuch, freizukommen. Er hört sie nur, kann sie aber nicht sehen, weil er nur in die Richtung zu blicken vermag, in die seine Pupillen gerade schauen. Sam hört auch nicht die Hände, die auf das zweidimensionale Gefängnis einschlagen, sondern ihre Herzen, ihre Lungen und ihre Zellaktivität; eine nervenzerreißende Melodie von Zorn, Furcht und Sehnen. Er vernimmt die Gedanken der Wesen. Sie hören sich an wie Liedtexte, sind aneinandergeschmiedet wie Ketten, deren Glieder teils glänzend und teils rostig wirken. Wortketten drehen sich zu einem kindlich simplen Rhythmus, der ihm erst allmählich deutlich wird. Und dann dringt die spöttische Stimme an sein Ohr, die er so gut kennt:

Gestern band sie alle Körbe zu Ringen,
sie rauchte Seile dick und rund.
Doch den Ball konnte sie nicht verschlingen,
der wollte nicht durch ihren Schlund.

Sam fährt hoch und ist von einem Moment auf den anderen hellwach. Die Körper der Jungen strömen genug Hitze aus, um es im Bus schön warm zu machen. Aber die Fensterscheibe neben ihm fühlt sich feuchtkalt an. Er zittert kurz.

»Der wollte nicht durch ihren Schlund«, murmelt er.

»Das glaub' ich gern«, sagt Rick. »Was für eine tapfere Nutte, daß sie es überhaupt versucht hat.«

Sam streckt sich, dreht den Kopf, bis die Halswirbel knakken, lehnt sich dann gegen die Scheibe und fährt mit den Fingerspitzen über das kalte Kondenswasser.

»Der Basketball«, widerspricht er.

»Tja, wenn du gerade an die Mutantin gedacht hast«, grinst Rick, »dann hatten wir beide wohl dieselbe Idee.«

Unter den hellen Lichtern wirkt ihr kahler Schädel inmitten der Locken, der seidenglänzenden Pracht und der Kurzhaarfrisuren der anderen wie ein verwirrender Mittelpunkt. Die Wölbung des Hinterkopfes, der dünne Hals und die dunklen, grimmig dreinblickenden Augen lassen sie wie ein Bussardjunges erscheinen. Sie schwitzt stark, und Eyeliner und Mascara verlaufen und hinterlassen dunkle Tränen und schmutzige Spuren. Die Mutantin wischt sich mit dem Saum ihres Hemds durchs Gesicht und verschmiert die Schminke, bis man annehmen könnte, sie habe sich eine Kriegsbemalung aufgelegt. An der Foullinie geht sie in die Hocke und richtet sich zum Wurf auf. Während er ihre Bewegung beobachtet, wird Sam auf beunruhigende Weise bewußt, daß er ihren Leib in- und auswendig kennt.

»Nun beruhige dich.« Rick stößt ihn freundlich in die Seite. »Die anderen Tussis werden das Schiff schon schaukeln.«

Der Ball prallt gegen die Platte und fliegt fort. Die Mutantin dreht sich, um ihn aufzufangen, und wirft ihn erneut. Es ist wirklich angenehm zu sehen, daß sich die Action endlich wieder vor dem Tor von Mount Grace abspielt.

»Komm schon, Großer«, drängt Rick. »Wir müssen uns fertigmachen.«

In der Umkleidekabine hören sie den Schlußpfiff und dann den Jubel der Greenspark-Fans. Sam grinst, und Rick stößt triumphierend die Faust in die Luft.

Als die Mädchen auf dem Weg zu ihrer Umkleidekabine an den Jungs vorbeikommen, hält Sam Deanie seine offene Handfläche hin. Die Mutantin sieht durch ihn hindurch, als wäre er Luft. Seit Dienstagnacht haben sie kaum ein Wort miteinander gewechselt. Er hat sie auch weiterhin chauffiert, aber dann stets die Musik aufgedreht. Sie haben nur das Notwendigste geredet. Als er mit den Teamkameraden einläuft, befällt ihn wie ein Stich die bestürzende Erkenntnis, daß die Geschichte zwischen ihm und Deanie auf fatale Weise an die Spannungen erinnert, die zwischen seinen Eltern geherrscht haben, als sie noch verheiratet waren.

In ihren ausgeleierten, schlecht sitzenden roten Uniformen sehen die Demons auf recht jämmerliche Weise wie kleine Jungs aus. Das Team, gegen das die Indians heute antreten, ist überhaupt sehr jung und unerfahren. Sam kann die meiste Zeit auf der Reservebank verbringen und die Jungs der zweiten Besetzung von Greenspark dabei beobachten, wie sie zeigen, was sie gelernt haben. Joey Skouros, der den Forward spielt, gefällt ihm von Minute zu Minute besser. Auf der Rückfahrt will er dem Trainer sagen, daß Joey das Zeug zu einem Center hat. Auch wenn Fosse den Platz Sams einnehmen soll, sobald er im nächsten Jahr seinen Abschluß gemacht hat, kann es doch nicht schaden, Joey darauf vorzubereiten, Pete von Mal zu

Mal zu ersetzen und ihn schließlich endgültig gegen Pete auszutauschen. Sam entdeckt auch unter den anderen Nachwuchsspielern zwei Jungs, die sich für die Position des Forward eignen. Der Trainer kann sich also freuen, für alle wichtigen Positionen mehrere Kandidaten zu haben.

Später im Bus nimmt er, nachdem er dem Trainer seine Überlegungen mitgeteilt hat, neben Rick Platz.

Sein Freund streckt sich wohlig. »Sarah hat ein paar Videos ausgeliehen, Sambo. Komm doch später zu uns, damit wir sie uns gemeinsam anschauen können. Mein Dad hat Spätschicht, und meine Mutter geht immer um elf Uhr ins Bett. Dann müssen wir uns nicht bei den heißen Szenen die Augen zuhalten und können uns Popcorn satt reinziehen.«

»Bist du sicher, daß ihr beiden nicht allein bleiben wollt?«

»Aber klar, Doofmann. Du bist doch unser bester Freund. Aus irgendeinem unerfindlichen Grund ist meine Mutter der Ansicht, Sarah und ich würden in deiner Gegenwart nichts anstellen, was deine jugendlichen Schamgefühle verletzen könnte.«

»Mit anderen Worten, wenn Sarah es vor Geilheit nicht mehr aushält und dir die Kleider vom Leib reißt, muß ich mich mannhaft zwischen euch werfen?«

»Nein, Blödi, solche Heldentaten werden von dir nicht erwartet. Richte du deine Augen immer schön auf die Glotze, und wenn Sarah und ich uns einmal etwas länger in der Küche aufhalten sollten, sag dir einfach, daß wir gerade die nächste Ladung Popcorn vorbereiten.«

Sam setzt eine besorgte Miene auf. »Dir ist hoffentlich bewußt, wie viele Menschen pro Jahr ersticken, weil sie sich zuviel Popcorn hineinstopfen!«

Rick legt seine Hände um Sams Hals und tut so, als wolle er ihn erwürgen. Sam verdreht die Augen, bis nur noch das Weiße in ihnen zu sehen ist, und läßt die Zunge zum Mundwinkel heraushängen.

»Mal sehen, vielleicht komme ich«, sagt Sam schließlich.

Als der Bus auf den Parkstreifen hinter der Greenspark Academy zurücksetzt, ruft und winkt Sarah ihnen aus Ricks Wagen zu.

»Na, ist das nicht ein netter Zug von dieser Süßen«, grinst Rick. »Hat sie mir doch schon alles angewärmt.«

Der Bus der Mädchen hält hinter ihnen an. Sam trabt zu seinem Truck. Er läßt den Motor an und dreht die Heizung auf. Während er bibbernd am Steuer sitzt und darauf wartet, daß es warm wird, läuft die Mutantin am Truck vorbei und marschiert in Richtung Hauptstraße. Hat sie ihn übersehen? Aber sie weiß doch, wo der Truck steht, seit sie heute morgen aus ihm ausgestiegen ist. Er hupt einmal, aber sie reagiert nicht darauf. Also hupt er noch einmal, jetzt lauter und länger. Sie bleibt nicht einmal stehen, geschweige denn, daß sie sich zu ihm umdreht. Plötzlich ist er davon überzeugt, daß sie ihn geflissentlich ignoriert, weil sie sich mit Chapin treffen und sich mit ihm vergnügen will.

Er fährt los, hält neben ihr an und kurbelt das Fenster herunter. »Komm schon, Deanie. Steig ein.«

Sie antwortet ihm mit dem ausgestreckten Mittelfinger.

Er gibt Gas, fährt ein Stück vor und verstellt ihr mit dem Wagen den Weg. Als sie ihm ausweichen will, springt er heraus und baut sich vor ihr auf.

»Nun zier dich nicht so!« Es sollte humorvoll klingen, kommt aber etwas zu barsch und hart über seine Lippen.

Sie beißt die Zähne zusammen, täuscht rechts vor und will dann links an ihm vorbei. Er blockt sie erfolgreich ab. Sie bewegt sich so hastig, daß die Tasche ihren Händen entgleitet, und im nächsten Moment sind Sam und Deanie ein einziges Knäuel aus Füßen und Kleidern, das miteinander ringt, um nicht hinzufallen.

»Steig endlich in den verdammten Truck!« befiehlt er ihr.

Gelächter und freche Rufe von den anderen Studenten, die nach dem Sieg ausgelassen nach Hause strömen, dringen an ihre Ohren. Sarah und Rick sind von Sams Ringkampf mit Deanie so fasziniert, daß sie vor lauter Hinstarren ihren Austausch von Zärtlichkeiten vergessen.

Das Wissen darum, im Mittelpunkt des allgemeinen Interesses zu stehen, hilft Sam keineswegs, seine Gelassenheit wiederzufinden. Er schnappt sich ihre Tasche und schleudert sie ins Fahrerhaus. Die Mutantin dreht sich rasch um und will davonlaufen, doch Sam packt sie am Arm und an den Hüften und wirbelt sie herum, bis sie, angetrieben von ihrer eigenen Geschwindigkeit, gegen ihn prallt.

»Schmier ihr doch eine, Sambot!« fordert eine der Jandreau-Zwillinge ihn auf und erhält dafür Beifall, auch von Nat.

Deanies Blick wird leer, und sie erstarrt in seinen Armen. Er ist wütend auf sie, empört über den blöden Zuruf von einem der verdammten Zwillinge und über die Zustimmung, die sie dafür erhalten hat, und nicht zuletzt zornig auf sich selbst, weil er es einfach nicht über sich bringen kann, die Mutantin ziehen zu lassen. Sam hebt sie hoch und schiebt sie buchstäblich in den Truck. Er springt hinterher, knallt die Fahrertür zu und beugt sich über Deanie, um die Beifahrertür zu verriegeln. Sie zieht sich furchtsam vor ihm zurück und gleitet auf den Boden.

»Keine Bange, ich habe nicht vor, dich zu schlagen. Ich könnte dich niemals schlagen.« Er packt mit beiden Händen fest das Lenkrad, um sich zur Ruhe zu zwingen, und murmelt: »Aber ich könnte dich umbringen.« Er sieht sie an. »Tut mir leid, so habe ich das nicht gemeint. War nur ein blöder Witz.«

Sie wischt sich mit dem Handrücken die Nase ab. Dann zieht sie sich auf die Bank und hockt dort wie ein Häufchen Elend.

»Was sollte das denn jetzt? Du wirst bloß wieder krank. Es macht mir wirklich nichts aus, dich nach Hause zu fahren.«

»Brich dir bloß keinen Zacken aus der Krone!« giftet sie ihn an. »Laß mich einfach nur in Ruhe!«

Sam preßt die Lippen zusammen, legt den Gang ein und fährt los.

Deanie scheint kurz davor zu stehen, vor Wut zu platzen, als sie ihn anschreit: »Wie würde es dir gefallen, blöd angemacht und herumgeschubst zu werden? Und dazu geifert dann noch irgendein Arschloch, man soll mir in die Fresse schlagen!«

»Ich wollte wirklich nicht, daß es dazu kommt. Tut mir ehrlich leid. Und ich denke, sie hat es auch nicht so gemeint. Aber wir haben heute gesiegt, und da sind halt alle übermütig. Ich möchte doch nur, daß du wieder zur Vernunft kommst und dich von mir nach Hause fahren läßt, damit du nicht krank wirst. Verdammt, Deanie, du hast nur diese beschissen dünnen Turnschuhe an den Füßen, und draußen auf der Straße liegt der Schneematsch zehn Zentimeter hoch.«

Sie reagiert darauf mit einem kräftigen Tritt ihrer beiden Füße gegen das Armaturenbrett. Dann, nach längerem Schweigen, langt sie nach seiner Lunch-Box. »Stimmt. Ich hatte doch tatsächlich vergessen, daß du ein verdammter Heiliger bist.«

Für die nächsten Sekunden konzentriert sie sich darauf, eines seiner Sandwiches zu verschlingen. Danach trinkt sie Tee aus seiner Thermosflasche, der bestenfalls noch lauwarm sein dürfte. Schließlich schält sie eine Banane und schnieft. »Meinst du, sie zeigen heute abend in den Nachrichten Ausschnitte vom Spiel?«

Das Aroma der Banane dringt in seine Nase, und ihm läuft das Wasser im Mund zusammen. Er gibt ihr zu verstehen, daß sie die Frucht mit ihm teilen soll.

»Könnte sein. Du warst ja auch sehr gut.« Er kann sich gerade noch zurückhalten und schweigt über ihre Spielfehler, die ihm aufgefallen sind. Deanie ist ohnehin schon sauer auf ihn, und Kritik konnte sie noch nie gut vertragen. Das hebt er sich besser fürs nächste Training auf.

Deanie rutscht auf den Knien über die Bank und schiebt ihm ein Stück Banane in den Mund. Als ihre Fingerspitzen seine Lippen berühren, zieht sich sein Magen zusammen. Sie bleibt in dieser Stellung neben ihm und füttert abwechselnd sich und ihn. Ihre Finger sind bald feucht und klebrig. Das Licht der Straßenlaternen spiegelt sich auf ihren Gesichtsketten wider, und die restlichen Ketten klirren leicht, wenn Deanie sich bewegt, um beim Ruckeln des Trucks ihre Balance zu halten. Sie tut ein wenig zuviel des Guten. Der zerkaute Bananenbrei füllt seinen Mund aus, und er muß mehrmals schlucken, um nicht daran zu ersticken. Sie lehnt sich an ihn und legt eine Hand auf seinen Oberschenkel. Ihre linke Brust ruht an seinem Oberarm.

Die nasse schwarze Straße wird vom Schein der roten Rücklichter überschwemmt, die an den Wagen vor ihm leuchten. Sam hat das Gefühl, Scheuklappen zu tragen, weil er nur noch voraus etwas erkennen kann. Die Straße scheint kein Ende zu nehmen, ist nur ein glänzend schwarzes, bedeutungsloses Band, das sich durch die Nacht windet. Deanies Berührung und Nähe verwirren ihn, versetzen ihn geradezu in Panik, weil er nur zu gut weiß, wie empfänglich er dafür ist. Schon taucht die Kurve vor ihm auf, und er biegt zu dem abgelegenen Platz ab, an den er sich schon bei früheren Gelegenheiten mit ihr zurückgezogen hat.

Deanie hält ihm das Ende der Banane hin, und er öffnet den Mund. Sie schiebt ihm das Stück zwischen die Lippen und ihre Finger hinterher. Er saugt und leckt sie ab. Plötzlich zieht sie sie heraus, und schon liegt ihr Mund auf dem seinen. Sam schmeckt ihre Zunge und den Bananenbrei. Sie vermengen sich, und er fürchtet wieder, würgen zu müssen, reißt den Kopf zurück und stößt sie fort.

Deanie zuckt die Schultern. »Ich gehe auf jeden Fall in die Fabrik. Tony hat in dieser Woche Tagschicht. Ich will nicht nach Hause gehen, bevor ich sicher sein kann, daß er sich unter den Tisch gesoffen hat.«

Sam ist unendlich erleichtert zu hören, daß sie nicht vorhatte, sich mit Chapin zu treffen und zu vergnügen. Aber dann bereiten ihm ihre Worte ein Frösteln. Er kommt sich dumm vor, weil er in der Fabrik immer nur den Ort gesehen hat, an dem sie sich lieben können; dabei war und ist er Deanies geheime Zuflucht. Der Streit auf dem Parkplatz klingt noch in seinen Ohren, aber schon findet er die Vorstellung entsetzlich, daß sie die halbe Nacht und mehr ganz allein in der verfallenen Fabrik verbringen will. Doch wenn er mit ihr geht, werden sie wieder miteinander schlafen, oder es zumindest versuchen. Er muß nicht lange nachdenken, um zu einem Entschluß zu kommen: Sie können auch später noch zu Rick gehen.

Sie gleitet aus dem Wagen und zieht die Tasche hinter sich her. Ohne ein weiteres Wort zu verlieren, marschiert sie in die Büsche und zu dem Pfad, der durch den Wald führt. Er schließt für einen Moment die Augen, und als er sie wieder öffnet, ist von Deanie nichts mehr zu sehen. Rasch zieht er den Schlüssel aus dem Zündschloß und holt die Taschenlampe aus dem Handschuhfach.

Er stolpert durch den matschigen Schnee, prallt gegen Baumstämme und bleibt an Büschen hängen, bis er glaubt, sich durch einen Dornenwall vorkämpfen zu müssen. Ein gefrorener Ast zerbricht mit lautem Knacken unter seinem Schuh, und ihm wird bewußt, daß er so heftig schwitzt, als befinde er sich in einem Spiel, in dem es um alles oder nichts geht.

Wie früher auch schon hat sie die Kerzen angezündet. Offenbar zieht sie deren Schein dem elektrischen Licht vor. Bald orientiert er sich an dem Schimmer, der aus der Hausmeisterloge dringt. Als er in der Tür steht, sieht sie auf und fährt wie selbstverständlich damit fort, ihre Schnürsenkel zu lösen. Er schaltet die Taschenlampe aus und stellt sie auf den Tisch. Dann wendet er sich ihr zu, und sie streckt ihm die Hände entgegen. Er geht zu ihr und zieht sie an sich.

Zum ersten Mal ist ihr Verlangen ebenso stark wie das seine.

»Tu es!« drängt er sie, und sie keucht und klammert sich an ihn.

Als er kommt, kann er für einen Moment an nichts anderes als an die Explosion seines Orgasmus' denken. Sie kämpft immer noch, um zum Höhepunkt zu gelangen, und er versucht, ihr zu helfen. Er stößt weiter in sie hinein, muß sich aber angesichts seines schlaffer werdenden Penis' wenige Sekunden später geschlagen geben. Ihr Kopf liegt auf seiner Brust und sie hört, wie sein Herzschlag allmählich zu einem normalen Rhythmus zurückfindet. Wenn er sie doch nur zum Orgasmus bringen könnte… Sam hat keine genaue Vorstellung, was dann geschieht, ist aber davon überzeugt, daß es sich um etwas Fundamentales handeln muß, um etwas, das ihre Beziehung von Grund auf verändern kann.

»Morgen erwartet mich eine Doppelschicht. Sollen wir uns am Sonntag nachmittag hier treffen? Wir könnten an deiner Wurftechnik arbeiten. Ich bringe etwas zu essen mit, und wir veranstalten ein Picknick, ja?«

Ihre Augen leuchten. Das gefällt ihm sehr. Wenn es nicht schon so spät wäre, würde er sie zu Rick mitnehmen. Beim nächsten Mal, wenn die Gelegenheit günstig ist, wird er das auch tun. Was ist denn schon dabei? Deanie und er sind halt zusammen, gelegentlich. Sie ist eine Freundin – unabhängig von dem, was sonst noch zwischen ihnen abläuft –, und er darf doch wohl von seinen anderen Freunden erwarten, daß sie ihr höflich und freundlich begegnen. Und was die Arschlöcher auf dem Parkplatz angeht, so ist es allein deren Problem, wenn sie Schwierigkeiten damit haben.

Am Rand des Supermarkt-Parkplatzes sitzt Sergeant Woods in seinem Wagen. Als Sam an ihm vorbeifährt, winkt er lässig. Vielleicht wollte er aber auch nur den Rauch aus dem Fenster wedeln.

Das Schreien des Babys rollt die Treppe herunter bis in die Küche, als Sam durch die Hintertür eintritt. Dann platschen die nackten Füße seiner Stiefmutter über den Dielenboden. Wenig später gurgelt und schluckt der Säugling zu ihren beruhigenden Worten.

Er geht unten auf die Toilette und stellt verdrossen fest, daß es ihn beim Wasserlassen brennt. Mit schmerzverzogenem Gesicht betrachtet er seinen Schwanz. Die Eichel ist stark gerötet, und der Rest des Penis ist wundgerieben. Das kommt vom zu häufigen Einsatz, sagt er sich und erinnert sich an die Zeit, als er das Masturbieren entdeckte. Damals befriedigte er sich so oft selbst, daß ihm bald danach auch das Urinieren Schmerzen bereitete. Zu jener Zeit geriet er in helle Panik, weil er befürchtete, er habe irgend etwas an seinem Glied kaputt gemacht.

Doch dann sagt er sich, daß Deanie es auch mit Chapin treibt, und Chapin springt auf alles, was ihm vor die Flinte kommt. Unter anderem auf Karen – das behauptet dieses Arschloch jedenfalls, und zumindest ist es nicht auszuschließen –, was Sam die groteske Situation ins Bewußtsein bringt, er könnte via Chapin und Deanie von seiner eigenen Schwester angesteckt worden sein. Wie konnte er nur so dämlich sein? Ich nehme die Pille, hat sie ihm gesagt, und damit war für ihn alles klar, so als brauche er sich nur darum Sorgen zu machen, wie oft er mit ihr schlafen kann.

Plötzlich hat er das dringende Bedürfnis zu duschen. Als ob das etwas bringen würde, wenn sie ihm wirklich einen Tripper oder Gott-weiß-was verpaßt hat. Aber seine Stiefmutter bringt gerade das Baby zu Bett, und wenn in der Dusche mit dem Aluminiumboden das Wasser läuft, wird die Kleine unruhig und schläft nie ein. Er läßt warmes Wasser ins Waschbecken ein und wäscht sich den Schwanz und die Hoden so gründlich wie möglich. Es schmerzt höllisch, als der Seifenschaum mit den Abschabungen auf der empfindlichen Haut in Berührung kommt. Nun, er wollte es ja so haben. Wollte sie bis zum Gehtnichtmehr vögeln. Na und? Was ist denn schon dabei?

Als er das Badezimmer verläßt, entdeckt ihn sein Vater, der nur mit der Pyjamahose angetan mitten im Wohnzimmer steht, die Fernbedienung in der Hand hält und sich offensichtlich die Spätnachrichten anschauen will. Sam wird sofort vom schlechten Gewissen befallen. Während er sich hastig die Jeans hochzieht, schenkt ihm Reuben ein spöttisches Lächeln, und das macht für den Jungen alles nur noch schlimmer.

»Ihr habt ein gutes Spiel gemacht.«

»Ja.« Sam legt eine Hand auf den Treppenpfosten und schwingt daran herum, bis er die Stufen erreicht hat.

»Sammy…«

Der Junge bleibt stehen, dreht sich aber nicht um. Er will sich nicht noch einmal dem Röntgenblick seines Vaters stellen.

Reuben seufzt und sagt nur: »Nichts, nichts. Gute Nacht.«

Sam eilt die Stufen hinauf und murmelt ein leises »Nacht«, von dem er sicher sein kann, daß sein Vater es nicht hört.

25

Als sie am Morgen alle im Versammlungshaus zusammenkommen, ist die Atmosphäre der Reserviertheit noch nicht verflogen, auch wenn sie letzte Nacht gut zusammengespielt haben. Es liegt unzweifelhaft etwas in der Luft, das früher oder später zum Ausbruch kommen wird. Rick ist spät dran, und neben ihm trabt Billy Rank. Fosse, Gramolini und Bither werfen Billy verächtliche Blicke zu, die ihm sichtlich zu schaffen machen. Rick legt seinem Ersatzmann eine beruhigende Hand auf den Arm.

»He, Bigger«, sagt Pete. »Nachdem ich gestern gesehen

be, wie du die Mutantin über den Parkplatz gewirbelt hast, frage ich mich, ob sie es war, die dir letzte Woche den Kratzer auf der Nase verpaßt hat?«

»Mensch, Pete-Baby«, grinst Gramolini, »du scheinst ganz zu vergessen, daß die Mutantin sich noch nie gegen ein paar Stöße gewehrt hat.«

Pete wirft Sam einen Seitenblick zu: »Das ist richtig, aber du scheinst vergessen zu haben, daß die beiden auf Sado-Maso stehen. Für mich hat das auch weniger nach einem Kratzer als vielmehr nach einem Biß ausgesehen. Vermutlich hat die Mutantin, als sie gerade mitten im Getümmel waren, versucht, ihm die Nase abzubeißen.«

»Wie ist es mit ihr, Sambot?« will Bither wissen. »Komm, nun erzähl schon!«

Sam wirft Bither den Ball an die Brust. »Wenn man euch Spinner so reden hört, könnte man glatt auf die Idee kommen, ihr kennt euch alle wahnsinnig gut aus.«

Sie lachen, aber es klingt etwas nervös. »He«, sagt Rick, »ich muß um elf zur Arbeit. Können wir endlich anfangen?«

Als sie alle zum Diner ziehen, um dort neue Energie zu tanken, hocken sich Rick und Sam nebeneinander ans Ende des Tresens. Dieses Frühstück ist das erste, was Sam seit der Banane zu sich nimmt, die er sich gestern mit Deanie geteilt hat. Schließlich hat er aufs Abendbrot verzichtet, um mit ihr in der Fabrik zusammensein zu können. Die ersten Bissen erwecken in ihm wie die ersten Schneeflocken im November das Gefühl der Leere. Er weiß, daß er viel brauchen wird, um dieses Loch zu stopfen, und konzentriert sich aufs Kauen und Schlucken.

Als Rick fertig ist, fragt er Sam, ob er schon vom Verkehrsamt Nachricht bekommen hat, wann er seine Motorradprüfung ablegen kann. Sam schüttelt traurig den Kopf und entgegnet, daß das Verkehrsamt sich immer noch bedeckt hält.

»Eine verdammte Schande«, schimpft Rick. »Da hast du schon so eine tolle Maschine und darfst nichts damit anfangen.«

»Das Wetter ist eh zu beschissen für eine Spritztour.«

Rick räuspert sich und fährt dann leise fort: »Ich dachte, du wolltest letzte Nacht zu mir kommen.«

Sam wischt nachdenklich mit einem Stück Toast Eigelb auf. »Nun, ich habe mir gesagt, Sarah und du, ihr kommt auch ohne mich zurecht.«

»Das stimmt«, grinst Rick und stibitzt mit seiner Gabel eine Wurstscheibe von Sams Teller. »Wie ist es denn mit dir und der Gauthier weitergegangen, nachdem ihr euch auf dem Parkplatz gefetzt habt? Hast du sie irgendwo hingebracht, wo du sie umbringen konntest – oder hast du sie gevögelt?«

Sam hebt eine Augenbraue. »Ist das alles, was dir dazu einfällt?«

»Nun spann mich nicht so auf die Folter.« Rick rülpst leise. »Wenn zwei Leute wie die Gauthier und du sich so oft streiten und trotzdem in jeder freien Minute zusammen anzutreffen sind, muß doch was laufen.«

Sam wischt sich mit der Serviette den Mund ab, faltet sie dann ordentlich zusammen und legt sie neben seinen leergefegten Teller. »Weißt du was, kümmre dich um deinen eigenen Mist, ja?«

Reuben kommt mit der Post in die Werkstatt und schleudert Sam den Brief mit dem Aufdruck des Verkehrsamts zu. Sam läßt den Schraubenschlüssel fallen, um das Schreiben aufzufangen. Er reißt den Umschlag auf und stöhnt. »Mann, ausgerechnet an dem Tag!«

Reuben wirft einen Blick auf das Schreiben und lacht. »Mitten in der Woche, in der die Endrundenspiele stattfinden. Tja, da wirst du einen neuen Termin für die Prüfung erbitten müssen.«

Im Grunde ist es nicht tragisch, wenn der Termin verschoben wird. Bis zum Frühjahr sind noch einige frostkalte und glatte Wochen zu erwarten, und der Frühling selbst wird zunächst einmal auch nicht viel mehr als Tauwetter mit Schneematsch und aufgeweichten Wegen mit sich bringen. Ehe es Mai geworden ist, sind die Chancen auf einen schönen Tag zum Motorradfahren so groß wie die Wahrscheinlichkeit, im heftigen Regen eine Münze auf dem Bürgersteig zu finden. Sam setzt sich aber gleich hin und füllt das Formular für einen neuen Termin aus, auch wenn die Post erst am Montag abgeholt wird.

Kurz vor Feierabend betritt Sam die Toilette, öffnet den Hosenschlitz und lehnt sich mit einer Hand an die Wand über der Wasserspülung. Er schließt die Augen und schickt flehentliche Gebete zum Himmel. Als der Strahl kommt, bereitet er ihm keine Schmerzen mehr. Sam grinst matt.

Jetzt, da sie endlich eine Aushilfe im Laden hat, die einen zuverlässigen Eindruck macht, hat Pearl beschlossen, sich in den Wintermonaten die Sonntagmorgen freizunehmen. Sie sagt, daß sie etwas für ihre Figur tun will und kommt mit ins Versammlungshaus. Auch Reuben läßt sich dort blicken, zum ersten Mal seit seiner Krankheit. Das Training macht Sam Spaß, denn es sind nur wenige von seinen Teamkameraden anwesend – Rick, Todd, Joey Skouros und Billy Rank –, und sie alle bewegen sich spielerisch und ohne übertriebenen Ernst.

Wieder zuhause erklärt Reuben, er werde heute kochen, damit Pearl den ganzen Tag frei hat. Sam hat es bislang wenig ausgemacht, am Sonntag im Diner zu frühstücken, doch die Aussicht darauf, mit der Familie am Tisch zu sitzen, erinnert ihn daran, wie die Sonntage in seiner Kindheit waren. Damals hat sein Vater immer das Frühstück gemacht. Vermutlich hing das damit zusammen, daß die Frauen – seine Mutter und seine Großmutter – in die Kirche gingen und sein Vater lieber zuhause blieb.

Beim Essen studiert Sam den Sportteil der Sonntagszeitung. Später gibt er ihn seinem Vater und erhält dafür den Politikteil. Überall im Nahen Osten knallt es, und der Rest der Welt sitzt auf der Zuschauerbühne und starrt wie gebannt auf diesen Krisenherd. Ein vierzehnjähriges Mädchen wurde auf dem Weg zu einem High-School-Basketballspiel in Cape Cod von einem Heckenschützen erschossen. Weder der Täter noch sein Motiv sind bislang bekannt. Verdrossen wirft Sam die Zeitung auf den Boden und starrt auf ein Stück Kartoffel, das inmitten einer Ketchup-Pfütze auf seinem Teller liegt. Die Aromen von Zucker und von Essig, die im Ketchup enthalten sind, brennen in seiner Nase.

Pearl und Reuben tauschen Blicke aus. Dann räuspert sich sein Vater und dreht den Stuhl ein wenig, bis er seinem Sohn ins Gesicht schauen kann.

»Wie sehen deine Pläne für den Rest des Tages aus?«

»Rauschgift«, antwortet Sam geistesabwesend. »Ich werde mir den Kopf zudröhnen. Und danach überfalle und verwüste ich drei oder vier Läden in der Nachbarschaft, und später knalle ich vielleicht ein paar Cops über den Haufen.«

»Also gut«, sagt Reuben und faltet den Sportteil zusammen. »Ich habe dir eine einfache Frage gestellt, Sammy. Warum reagierst du so beschissen darauf?«

»O nein!« stöhnt Pearl.

Sie erhebt sich vom Tisch, befreit Indy aus ihrem Kinderstuhl und wischt dem Säugling mit einer Ecke ihrer Schürze das verklebte Gesicht ab.

Sam ignoriert seinen Vater. Er kippt die Essensreste in den Ausguß und marschiert in Richtung Haustür.

»Sammy«, sagt Reuben, »setz dich hin!«

Er kehrt ihm den Rücken zu und nimmt die Jacke vom Garderobenhaken. Dann hört er, wie der Stuhl seines Vaters über den Küchenboden scharrt. Einen Moment später legen sich die Hände Reubens schwer auf seine Schultern und drehen ihn herum.

»Was habe ich dir getan?« fragt sein Vater.

»Sag du mir's doch«, erwidert Sam.

Pearl, die das Baby jetzt auf dem Arm hält, warnt: »Bitte, Männer...«

»Du hältst dich da raus!« fährt Sam sie an.

Der verletzte Ausdruck auf ihrer Miene lenkt ihn ab, und so ist er nicht auf den harten Stoß vorbereitet, den Reuben ihm auf die Brust versetzt. Er prallt gegen die Haustür, und sein Vater packt ihn am Kragen.

»So redest du nicht mit ihr, verstanden?«

Dann läßt sein Griff nach, und er tritt einen Schritt zurück. Ihm ist anzusehen, wie sehr es ihn entsetzt, die Hand gegen seinen Sohn erhoben zu haben.

Das Baby fängt an zu wimmern. Es sieht die beiden erschrocken an, verzieht das kleine Gesicht und bereitet sich darauf vor, zu schreien. Pearl hebt die Kleine hoch, um sie zu beruhigen.

Sam schluckt und sagt dann: »Es tut mir leid, Pearl.«

Sie sieht ihn an und wirkt immer noch verletzt. Aber ihre

Augen leuchten zögernd auf, und es gelingt ihr, ein vorsichtiges Lächeln aufzusetzen.

Sam senkt den Blick, nimmt seine Jacke, reißt die Tür auf und stolpert nach draußen.

Sein Vater folgt ihm. »Sammy, bitte, warte noch einen Moment.«

Sam will gerade die Stufen hinuntergehen. Er streckt eine Hand nach dem Pfosten aus wie ein Kampfjet seinen Fanghaken bei der Landung auf einem Flugzeugträger auswirft.

»Tut mir leid, dich gestoßen zu haben, Sammy. Und jetzt sprich mit mir. Bitte.«

Sam hat keine Ahnung, warum ihm jetzt Tränen in die Augen treten. Seine Nase läuft, und er kommt sich vor wie Indy, die heult, weil die Welt so angsteinflößend ist. »Wo steckt Karen? Was geschieht mit ihr? Sie könnte schon tot sein. Und du tust so, als existiere sie nicht. Du hast sie auf die Straße geworfen und dich seitdem nicht mehr um sie geschert.«

Reuben schiebt die Schultern vor. Er senkt den Kopf, steht breitbeinig da und wirkt wie ein Bulle, den man provoziert hat und der zum Racheangriff ansetzt. »Ich denke unablässig an Karen. Was verlangst du denn, daß ich tue? Du weißt ganz genau, daß es überhaupt nichts gebracht hat, als wir sie in die Reha-Klinik gesteckt haben. Sie hat die Therapie abgebrochen und ist gegangen. Ich konnte sie nicht aufhalten. Himmel nochmal, Sammy, du kannst doch noch nicht vergessen haben, wie sehr sie uns allen zugesetzt hat.«

»Nur Pearl«, wendet Sam ein.

»Nein, uns allen. Sie war auf dem besten Wege, nicht nur sich selbst, sondern uns andere auch zu zerstören.«

»Warum hast du nicht diesen Drecksack Bri erschlagen? Sie war doch noch so jung, und du hast zugelassen, daß er mit ihr herummachen konnte. Wo warst du, als er angefangen hat, ihr Alkohol und Drogen einzuflößen? Wo warst du, als er sie schließlich gefickt hat?«

Reuben könnte entgegnen, daß er sein Bestes getan hatte, aber nicht vorhersehen konnte, wo alles enden würde; oder er könnte erwidern, daß er schließlich nicht in der Lage war, das Mädchen vierundzwanzig Stunden am Tag zu überwachen. Aber er sagt nichts dergleichen, nicht etwa, weil er keine Fehler zugeben kann. Nein, er ist es einfach müde, sich deswegen rechtfertigen zu müssen oder nach Entschuldigungen für sein Verhalten zu suchen.

»Warum hast du sie nicht einfach erschossen?« fährt Sam mit einem Kloß im Hals und nicht mehr so laut wie vorher fort. »Das wäre für Karen immer noch besser gewesen als das Leben, das sie jetzt führt.«

»Sammy«, sagt Reuben und geht auf ihn zu, um ihn in den Arm zu nehmen. Aber Sam läßt den Pfosten los und wehrt seinen Vater ab.

Er stolpert die Stufen hinunter, rennt blindlings über den Weg und fällt mehr in seinen Truck, als daß er einsteigt.

Reuben muß sich ebenfalls an dem Pfosten festhalten, als er seinem Sohn hinterherstarrt. Er zittert – und nicht nur, weil er ohne Jacke nach draußen gelaufen ist. Seine Ohren schmerzen, und er zieht sich in die Küche zurück, wo seine Frau Zeitung und Kaffee vergißt, sich vom Tisch erhebt und ihm mit ausgebreiteten Armen entgegenläuft.

»Glaubst du, daß mit dem Jungen alles in Ordnung ist?« fragt er sie.

Pearl reibt ihre Wange an der rauhen Baumwolle seines Hemds. »Hast du die Titelseite gelesen?«

»Natürlich. Und es ist mir nur mit Mühe gelungen, keinen Nervenzusammenbruch zu bekommen.«

Sie löst die Umarmung, nimmt die Zeitung und zeigt ihm die Titelseite. »Die Welt ist auf dem besten Weg, verrückt zu werden. Sam macht sich Sorgen um Frankie. Und sieh hier, irgendein Wahnsinniger hat auf einen Schulbus geschossen und ein Mädchen getötet. Eine Basketballspielerin.«

Reuben klopft mit dem Zeigefinger auf die Zeitung. »Draußen auf der Veranda hat er unvermittelt angefangen, von Karen zu reden.«

»Er muß sich sehr hilflos fühlen«, sagt sie.

Reuben nimmt ihre Kaffeetasse und trinkt einen Schluck.

»Heute morgen war mit ihm noch alles in Ordnung. Wir verstanden uns prima. Und dann ist er von einem Moment auf den anderen wie verwandelt. Überhaupt geht es in der letzten Zeit mit seinen Stimmungen ständig auf und ab, gerade so wie auf einer Achterbahn. Vielleicht hat das mit den Hormonen zu tun... Aber nein, das ist eine zu einfache Erklärung. Ich habe seit einer ganzen Weile das starke Gefühl, daß sich bei ihm etwas getan hat, wobei er mich – uns – nicht gebrauchen kann.«

»Tja, in diesem Jahr ist viel auf uns zugekommen«, bemerkt Pearl, und Reuben muß grinsen, weil sie, ohne es böse zu meinen, seine lakonische Sprechweise perfekt nachgeahmt hat.

Er läßt sich auf dem Schaukelstuhl neben dem Herd nieder, zieht sie auf seinen Schoß und umschließt eine ihrer Brüste.

Wenn man sich wie er um das Geschäft kümmern muß, vergißt man leicht, daß Sammy zum Mann heranwächst. Er hat stets Sams Entschluß unterstützt, die Talentsucher auf Abstand zu halten, aber mittlerweile muß er sich eingestehen, ein wenig enttäuscht darüber zu sein, daß der Junge seine Zukunft auf die lange Bank zu schieben scheint. Er rechnet schon seit Wochen damit, daß Sam sich für eine Universität entscheidet. Der Junge kann das ganz allein für sich und ohne Beeinflussung von anderen tun. Doch mittlerweile schreibt man schon Januar, und der Termin rückt rasend schnell näher, an dem man sich an einer Hochschule, gleich welcher, einschreiben muß. Bislang hat Sammy nicht mehr unternommen, als den Anstalten, die Interesse an ihm bekundet haben, die vorgedruckte Rückantwort, meist nicht mehr als eine simple Postkarte, zu schicken. Aber er hat noch nicht eine der Hochschulen besucht, die für ihn in Frage kommen könnten, um sich dort einen persönlichen Eindruck zu verschaffen. Reuben fragt sich, ob er dem Jungen nicht einen kleinen Schubs geben sollte, schließlich geht es um seine Zukunft. Möglicherweise ist Sammy verwirrt und hätte gern eine gewisse Entscheidungshilfe. Reuben beschließt, mit dem Jungen ein längeres Gespräch zu führen, sobald er wieder zuhause ist.

»Hör sofort auf damit, sonst gebe ich Milch.«

»Ich mag es, wenn du Milch gibst. Die ist nämlich lecker«, lächelt er. »Was hältst du davon, wenn wir den Nachmittag im Bett verbringen?«

Die Straße ist unter den Rädern glatt wie Glas. Er nimmt die Abbiegung auf die Hauptstraße bewußt zu schnell, und als sein Körper mit dem Truck schleudert, fühlt er sich auf eigenartige Weise knochenlos. Das erinnert ihn an ein Spielzeug aus seiner Kindheit, einen Gummimann, den man wie den Plastic Man in den Comics verdrehen und verbiegen konnte; der Name der Puppe war Stretch Armstrong. Körperwärme machte ihn dehnbar, aber wenn man ihn nicht oft genug bewegt oder die Wärme nicht ausreichte, riß seine unnatürlich rosafarbene Haut auf, und durch die Risse drang die grellgrüne Substanz, hinter der sich das Geheimnis seiner Biegsamkeit verbarg.

»Die Puppe fühlt sich komisch an«, hatte er einmal Frankie anvertraut, »so wie wenn ich an meinem Pipimann zupfe.«

Frankie legte dem jüngeren Bruder sofort eine Hand auf den Mund.

»So was darfst du nicht sagen«, ermahnte er ihn, und in seinem Gesicht arbeitete es wie damals, als er in der Kirche einen Lachanfall bekommen hatte, »sonst bekommt Mommy ein Kätzchen.«

»Es fühlt sich aber wirklich so an«, beharrte der kleine Sam.

»Klar doch. Es ist nur so, daß niemand davon erfahren möchte, wenn du an dir selbst herumspielst.«

Danach fragte Frankie ihn öfter in Gegenwart von Erwachsenen, die natürlich keine Ahnung von dem kleinen Geheimnis hatten, ob er nicht Angst habe, der alte Stretch könne auseinanderreißen, wenn soviel an ihm herumgezupft würde. Zusammen mit dem Großteil seiner anderen Spielsachen, die in der Dachkammer aufbewahrt wurden, ist Stretch Armstrong ein Opfer des Feuers auf der Farm geworden.

Mächte, auf die er keinen Einfluß hat, scheinen an ihm zu ziehen und zu zupfen, ihn in eine Comic-Figur wie Stretch zu verwandeln. Zur Zeit hat er das Gefühl, seine Haut sei so dünn geworden, daß sie jeden Moment an bestimmten Stellen aufreißen könne und daß sich dann die grellgrüne Scheiße nach außen ergießen würde, die sich in ihm befindet.

Als er nach Greenspark kommt, befällt ihn der dringende Wunsch, immer weiter zu fahren. Er will seine Mutter sehen.

Nein, nicht nur sehen, sie soll zurückkommen. Wie damals als Kind will er das, was unmöglich ist. Wenn sie wirklich wiederkäme, würde er sie bald noch mehr hassen, als er das jetzt schon tut. Sie würde ihn ohne Zweifel mit ihrer Frömmelei, ihren wenig einsichtigen Regeln und ihrer Bigotterie in den Wahnsinn treiben. Seine Mutter ist schuld daran, daß Karen sich auf der Straße herumtreibt, daß Frankie auf der anderen Seite der Welt darauf wartet, zerfetzt, zerstückelt oder massakriert zu werden, und daß er selbst sich in seinem eigenen Heim wie ein unerwünschter Gast vorkommt.

Werd endlich erwachsen, ermahnt er sich. Die Welt ist eben beschissen, na und? Wo viel Licht, da auch viel Schatten. Alles, was einen nicht umbringt, macht einen noch stärker, auch wenn es knüppeldicke kommt. Du läufst auf deinen zwei Beinen, bekommst genug zu essen, und niemand drückt Zigaretten auf dir aus... Letzteres bringt ihm Deanie ins Gedächtnis zurück. Sie wartet auf ihn, so hofft er zumindest. Es ist ihm nicht aus dem Gedächtnis gegangen, daß sie die Nächte in der Fabrik verbringt, und deshalb hat er einen alten Schlafsack eingepackt, der jetzt unter dem Beifahrersitz liegt. Sobald er wieder zuhause ist, wird er sich bei seinem Vater und bei Pearl dafür entschuldigen, sich wie ein Kotzbrocken benommen zu haben. Vielleicht erzählt er ihnen dann auch von Deanie. Eigentlich sollte er sie mit nach Hause bringen und seinen Leuten vorstellen. Und bei nächster Gelegenheit sollte er seinen Arsch in Bewegung setzen und sich auf die Suche nach Karen machen. Wenn er Deanie schon ins Haus bringen kann, muß es ihm doch auch möglich sein, seine durchgeknallte Schwester heimzuholen.

Nachdem alle Sonntagszeitungen verkauft sind, ist in der Drogerie von Greenspark nicht mehr viel los. Der gelangweilte Ladenbesitzer sitzt selbst an der Kasse. Er wirft einen kurzen Blick auf das Päckchen Kondome und das Geld, das Sam ihm auf den Tresen legt, und gibt den Betrag ein. Kaum hat er das Geld an sich genommen, als Sam auch schon das Päckchen in seiner Jackentasche verschwinden läßt. Der Ladenbesitzer zählt ihm das Wechselgeld in die Hand und lächelt selig.

»Ich wünsche dir einen schönen Tag, Sam«, sagt er und zwinkert beziehungsvoll.

Sam lächelt gequält zurück, rafft zusammen, was ihm an Würde geblieben ist, und verläßt, so gut es geht, die Drogerie, ohne etwas umzustoßen oder über seine eigenen Füße zu stolpern.

Draußen atmet er lange und erleichtert aus. So schlimm war es doch gar nicht.

Als er vor der Tür steht, hört er von drinnen das dumpfe Aufprallen des Balls und das Knirschen von Splitt unter Gummisohlen. Er sieht ihr eine Weile zu, wie sie mit dem Ball eine Acht läuft. Sie bemerkt ihn und grinst ihn an.

In der schattigen Höhle der Fabrik gleicht Deanie einer Kerzenflamme, wirken ihr Gesicht und ihr Körper von ihrem eigenen Licht belebt. Ihr Schädel sieht heute besonders kahl aus; sie trägt sein altes und abgewetztes orangefarbenes Sweatshirt, dessen Ärmel und Säume in Bändern auslaufen. Offensichtlich hat sie eine Art Fransen hineingeschnitten, und ihm macht das nichts aus. Der Stoff bauscht sich, wenn sie springt oder sich dreht. Deanie hat heute kein Make-up aufgelegt, was sie jünger macht. Sie kommt ihm mit den Schädelstoppeln, den Ringen, den Ketten und dem extremen Outfit mehr wie ein Kind als wie eine Sechzehnjährige vor.

Als er den Rekorder einschaltet, wird der Sound der Surf Punks aus der Tiefe der Fabrik auf sie zurückgeschleudert. Deanie hüpft vor Freude, und er lacht. Obwohl die Fabrik abgelegen hinter dem Abhang und inmitten des Waldes steht, dreht Sam den Rekorder nicht ganz auf. Wenn jemand draußen vorbeiläuft, wird er nicht mehr als einen schwachen Beat im Wind hören, der genauso gut von einem vorbeifahrenden Auto oder einem Wagen vom Supermarkt-Parkplatz kommen kann.

Sie laufen, springen und probieren alles Mögliche aus. Sie klammern, blocken sich gegenseitig ab und tun alles, um ins Schwitzen zu geraten. Deanie und Sam spielen die Rolle, die sie so gern vor Publikum vorführen, aber allmählich wird es mehr als bloße Possenreißerei, und sie testen einander ernsthaft. Er bezwingt sie regelmäßig, obwohl sie das nie zugibt und auch nicht bereit ist aufzugeben. Endlich bildet sie mit den Händen ein T für Time, um sich Auszeit zu nehmen. Keuchend geht sie in die Hocke.

»Zeit für den Unterricht«, erklärt er ihr.

Stöhnend erhebt sie sich und kommt zu der Linie, die er mit der Schuhspitze in den schuttübersäten Boden zieht. Er stellt sich dicht hinter sie, legt seine Hände auf ihre Hüften und korrigiert ihre Haltung. Mit seinen Knien stößt er in ihre Kniekehlen und biegt die Ellenbogen, bis sie im perfekten 90-Grad-Winkel zum Oberkörper stehen. Dann tritt er zurück. Deanie hält den Ball in beiden Händen. Er legt seine Hände auf die ihren und dreht den Ball, bis das Ventil, wo der Ball aufgepumpt wird, oben liegt.

»Leg einen Finger auf den Nabel des Balls.«

»Auf den Nabel?« Sie kichert.

»So nenn ich die Stelle. Von mir aus kannst du ihr jeden Namen geben, der dir gefällt. Nadelkopf, Klingelknopf oder meinetwegen auch G-Punkt. Jetzt such auf dem Boden nach der Stelle, an der sich der Key-Center in einer Linie mit dem Korb befindet. Und nun los!«

Sie geht etwas in die Hocke, läßt den Ball aufschlagen, dreht ihn einige Male, bis sie den Nabel gefunden hat, und läßt dabei keine Sekunde den Korb aus den Augen. Dann schnellt ein Arm vor und schleudert den Ball zum Korb. Er berührt den Ring, prallt ab und fällt zu Boden.

Sam fängt den Ball auf, als er wieder hochspringt, und reicht ihn Deanie.

»Halt ihn an dich gepreßt. Los.«

Sie hält den Ball auf Brusthöhe, bringt die Ellenbogen in eine Linie mit den Knien und wirft den Ball ein zweites Mal. Wieder verfehlt er sein Ziel.

Sam nähert sich ihr von hinten, legt ihr den Ball in die Hände, bringt ihre Ellenbogen in die richtige Position und bedeckt dann ihre Hände mit den seinen.

»Hör auf, den Ball zu schleudern. Du mußt ihn mit beiden Händen werfen, Deanie. Zielen und dann stoßen. Dein ganzer Körper muß die Bewegung mitmachen. Laß den Knien und den Handgelenken genug Spielraum zum Federn.«

Er nimmt seine Hände fort und tritt einen Schritt zurück.

Und dieses Mal funktioniert es. Und auch beim nächsten Versuch. Sie trifft den Korb wieder und wieder. Und sie sieht ihn von der Seite an.

»Leck meine Muschi«, provoziert sie ihn.

Er packt sie, sie quiekt, und er reißt sie von den Füßen. »Okay«, sagt er.

Als er sie in der Hausmeisterwohnung auf den Tisch plumpsen läßt, versetzt sie ihm einen Stoß an die Brust. Ihre Augen sind halb geschlossen, ihr Mund vom Schrecken noch aufgerissen. Er legt seine Hände auf ihre Knie und schiebt ihre Schenkel auseinander. Sein Gesicht verschwindet dazwischen. Die abgewetzte Jeans, die seidene Unterwäsche und das Gewirr der Ketten sind feucht von ihrem Schweiß. Und riechen nach ihr. Seine Nase prallt unter dem Schambein gegen ihre geschwollenen Schamlippen. Die Oberschenkel unter seinen Händen erzittern und werden starr. Er atmet tief durch die Nase ein. Der Duft elektrisiert sein Nervensystem. Alles in seinem Unterleib zieht sich zusammen, und im selben Moment wird sein Schwanz groß und hart und preßt sich gegen den Hosenschlitz. Für einen Moment reibt er sein Gesicht am Schritt ihrer Jeans, dann löst er die Ketten an ihrer Hüfte und öffnet den Reißverschluß ihrer Hose, bevor er den Kopf hebt.

Deanie ist rot angelaufen und starrt ihn vorwurfsvoll an. »Gott, bist du pervers. Du schnüffelst wie ein großer Hund an mir.«

Er senkt den Kopf wieder und fängt aus tiefster Kehle zu knurren an. Das bringt sie zum Lachen.

Während sie sich aus ihren Sachen schält, fängt auch er an, sich auszuziehen. Der Anblick seines erigierten Penis', der frei hüpft und wackelt, während er sich von seinen Jeans befreit, kommt ihm komisch vor. Deanies Nacktheit hingegen fasziniert und erregt ihn immer noch: das leichte Zittern ihrer kleinen Brüste, die makellose Weiße ihre Haut, die von der Schwärze ihrer Schambehaarung und dem Rosafarbenen darunter akzentuiert wird. Während sie ihre Ketten wieder anlegt, schiebt er eine Hand vor und reibt unbeholfen an ihrem schwarzen Dreieck. Und als sie die Ketten zwischen ihre

Schenkel schiebt, bedeckt er mit der Hand ihre ganze Muschi. Dann schließt er die Augen und vergräbt sein Gesicht zwischen ihren Schenkeln. Sie kommt ihm vor wie ein mit Fransen behaftetes fleischiges Meereslebewesen, eine von diesen gesichtslosen exotischen Tiefseedelikatessen, die weder ganz Tier noch ganz Pflanze sind, die wie ein transparenter Schatten treiben und schwanken. Deanie zuckt vor ihm zurück, und er packt sie an den Hüften und versucht, sie dort zu küssen. Seine Lippen fahren über die geschwollenen Rundungen ihrer Scham, dann folgt die Zunge, schmeckt und taucht ein. Die Spitze findet die feuchte, gelockte Rosette der geschlossenen Öffnung und erkundet die kleinen, verwirrenden Blütenblätter. Er hat einen fremden, würzigen Geschmack im Mund, ein seltsames Aroma, das den Mund austrocknen läßt und fragt sich, ob dieses Gewürz wie in Frank Herberts Roman »Dune« seine Augen blau färben und ihm Visionen bescheren wird.

Sam hört Deanies Stöhnen nicht, aber er spürt, wie die Anspannung in ihren Oberschenkeln nachläßt. Seine Zunge leckt, bis er die Klitoris erreicht. Die Spitze fährt über den kleinen Hügel. Deanie schreit, bäumt sich auf und windet sich. Die Ketten treffen ihn wie ein Peitschenhieb an Nase und Mund.

Er bricht auf dem Boden zusammen und preßt die Hände vors Gesicht. Die Mutantin folgt ihm rasch mit klirrenden und klappernden Ketten und beugt sich ängstlich über ihn.

Er öffnet ein Auge, erblickt ihre Nase und die rachsüchtigen Ketten, die daneben baumeln, und schließt das Lid wieder. Seine Zunge fährt vorsichtig durch seinen Mund und schmeckt Blut. Weitere Nachforschungen ergeben, daß er sich in die Innenseite der Unterlippe gebissen hat. Seine Erektion befindet sich auf dem Rückzug. »Warum immer ich?« krächzt er.

Er lehnt sich auf einen Ellbogen und blinzelt sie an. Seine Lippen sind verfärbt und schwellen an, aber die Haut ist nicht aufgerissen. Er betastet vorsichtig den Nasenrücken und entdeckt, daß er dort eine Abschürfung hat. Die Nase fühlt sich an, als hätte er eine draufbekommen. Doch er verliert kaum Blut, und das dumme Gefühl wird morgen vergangen sein.

Deanie liegt wieder auf der Matratze und sieht ihn nicht an. Ihre Wangen sind purpurrot angelaufen.

»Was ist denn los? Habe ich dir etwas getan?«

»Es war widerlich!« platzt es aus ihr heraus. »Ich habe es gehaßt! Es hat sich angefühlt, als hättest du meinen Finger in eine Steckdose geschoben... nur daß es nicht mein Finger war!«

Er entschuldigt sich. »Vielleicht bin ich etwas zu stürmisch gewesen.«

Sie versteckt ihr Gesicht hinter den Händen und schiebt sich unter die Decke. Sam sieht ihr an, daß sie friert. Er gibt ihr das Sweatshirt, dreht den Heizkörper auf und holt den Schlafsack, den er neben der Tür liegengelassen hat. Dann deckt er sie gut zu, wickelt sie in den Schlafsack und zieht den Reißverschluß hoch. Sie sieht aus wie ein Indianerkind und muß kichern.

»Ich brauche Eis«, erklärt er ihr und langt nach seinen Sachen. »Und ich habe Hunger. Ich nehme mir Auszeit.«

26

Die Nase in seinem nackten Gesicht sieht aus, als hätte eine Katze sie zum Skiabfahrtslauf benutzt. Er beugt sich im Toilettenraum des chinesischen Restaurants zum Spiegel vor und betastet vorsichtig seine geschwollene Oberlippe. Morgen, denkt er, wird der Mund nicht mehr so schlimm aussehen, aber die Nase...

Als er in die Fabrik zurückkehrt, hat sie den Rekorder in die Hausmeisterloge gestellt und klappert gerade die Radiosender ab. Ihm ist vorher schon klar gewesen, daß nicht einmal die Mutantin endlos Surf Punks hören mag, deswegen hat er sich im Truck die Jackentaschen mit Kassetten vollgestopft. Er leert die Taschen auf dem zusammengebrochenen Bett. Während sie die Kassetten durchstöbert, öffnet er die weißen Schachteln, die das Essen enthalten. Ihm läuft das Wasser im Mund zusammen, seit er das Restaurant betreten hat und schon im Vorraum vom Duft überwältigt wurde. Mittlerweile knurrt sein Magen vernehmlich.

»Ich mag kein chinesisches Essen«, beschwert sie sich, »und mit den verdammten Stäbchen kann ich auch nicht umgehen.«

»Dann iß doch mit den Fingern. Nimm viel Reis. Und die Glückskekse darfst du alle haben. Der Kellner hat mir noch ein paar mehr eingepackt. Ich verputze dann den Rest.«

Aber schon der erste Biß in das Szetschuanhuhn läßt ihn zusammenzucken. Die scharfen Gewürze verbrennen seine Oberlippe. Sei's drum, er ist viel zu hungrig, um sich davon aufhalten zu lassen. Sie sitzt auf der Matratze, während er es sich auf dem Boden bequem macht, starrt das Essen eine Zeit lang mißmutig an, dann stochert sie mit ihren Stäbchen in den Schachteln herum und leckt sie vorsichtig ab. Noch ein Moment vergeht, bis sie mit den Fingern in den Reis greift.

»Heiß!« stöhnt sie.

»Da hast du ausnahmsweise mal recht!« keucht er.

Sie haben keinen Tee, um den scharfen Geschmack hinunterzuspülen. Aber er hat das Problem vorhergesehen und am Getränkeautomat vor der Drogerie ein paar Dosen Cola gezogen. Während er ihr zusieht, wie sie mißtrauisch die Schachteln und ihren Inhalt inspiziert, kommt ihm der Verdacht, daß sie noch nie in ihrem Leben chinesisch gegessen hat. Kein Wunder, daß sie nicht mit Stäbchen umgehen kann.

Während er die bodenlose Leere in seinem Bauch langsam füllt, bessert sich seine Stimmung erheblich. Er langt nach einer Kassette von Meatman, legt sie ein, und »Bonin' in the Boneyard« ertönt. Deanie kennt das Stück nicht. Die unverhohlene Geilheit, die aus der Stimme des Sängers klingt, bringt sie dazu, sich in sich selbst zurückzuziehen. Er läßt die Tüten und Schachteln stehen, kriecht zu ihr und hockt sich neben sie.

»Geht's dir wieder besser?« fragt sie und hebt eine Braue.

Er fährt mit der Fingerspitze über ihren Kopf und grinst. »Wenn man nicht spielt, kann man auch nicht gewinnen.«

»Aber auch nicht verlieren.«

Er runzelt die Stirn.

Sie sieht ihn erschrocken an, so als habe sie etwas Falsches gesagt. »Vielleicht ist es einfach nicht mein Spiel«, meint sie leise.

Der Kontakt mit ihrem Körper und die unverschämt aufreizende Musik erregen Sam sehr. Er zieht ihre Hand zwischen seine Beine und küßt sie sanft. Sein Oberlippe meldet sich zwar wieder schmerzvoll, aber das macht ihn nur noch schärfer. Der Nachgeschmack von Ingwer und Sambal in seinem Mund tut ein übriges. Er langt unter ihr Sweatshirt.

»Nein, nein, nicht schon wieder!« ruft sie.

Er beugt sich über sie, preßt die Lippen auf ihre Bauchdecke und pustet die Luft aus, so daß es wie ein langgezogener, lauter Furz klingt. Sie kreischt und schlägt wild um sich. Sam zieht ihr Sweatshirt wieder nach unten, legt die Linke auf ihre Scham, preßt die Handfläche auf ihren Venushügel und drückt sanft zu. Sie zittert, springt aber nicht wieder in die Höhe. Er drückt wieder und bewegt die Handfläche auf und ab. Sie fängt an den Schläfen und zwischen den Brüsten zu schwitzen an.

»Toll«, murmelt er, schält sich erneut aus seiner Jeans, kniet sich zwischen ihren Beinen hin und hebt ihren Hintern, um besser ans Ziel zu gelangen. Dann fallen ihm die Gummis in seiner Jackentasche ein.

»Was machst du denn?« fragt sie ungehalten, als er sich aufrichtet und mit zwei Fingern nach der Jacke fischt.

»Du willst frei sein, und ich sicher.«

Er macht sich auf einen neuerlichen Zornesausbruch von ihr gefaßt, aber sie verdreht nur die Augen und starrt dann an die Wand. Sam ist überrascht, wieviel Enttäuschung das in ihm auslöst. Er möchte ihr weh tun, möchte dafür sorgen, daß sie sich genauso mies fühlt wie er, wenn er an sie und Chapin denkt. Aber das kann er nicht in diesem Moment. Wenn er es täte, käme er sich hundsgemein vor. Das Ding auf seinem Schwanz fühlt sich unangenehm an und wirkt wie ein Fremdkörper. Und sieht wirklich zu blöd aus. Sicherheit. Pah! Es schützt ihn nicht davor, einen Trottel aus sich zu machen. Und wenn damit die ganze Stimmung zunichte gemacht worden ist, hat er es nicht besser verdient.

Er schämt sich, weil er à la Chapin in sie eindringt, und versucht, das durch noch mehr Zärtlichkeit wiedergutzumachen. Bei jedem Zusammensein mit ihr wird ihm bewußter, daß sie zwar über die größere sexuelle Erfahrung verfügt, aber keine Befriedigung finden kann. Sein Schwanz füllt sie aus, gibt ihr aber keine Erfüllung. Anfangs hat sie nicht mehr getan, als die Beine breit zu machen und sich ihm zur Verfügung zu stellen. Jetzt beteiligt sie sich von Mal zu Mal mehr am Liebesspiel, und das offenbart nur, wie wenig sie früher vom Sex gehabt hat.

Jeder Kuß bereitet ihm Schmerzen, das kann er vor ihr nicht verborgen halten. Deanie scheint seine Lippen zu suchen. Das verblüfft ihn und erregt ihn dann so sehr, daß er Angst vor sich selbst bekommt. In seinem Magen breitet sich Übelkeit aus, was aber auch vom Blut in seinem Mund herrühren mag. Beide werden von der Vorstellung aufgeheizt, etwas Verbotenes, vielleicht sogar Schlechtes zu tun. Der Speichel, den sie austauschen, ist von seinem Blut durchzogen.

»Oooh!« stöhnt sie, wirft sich gegen ihn und stößt einen erstickten Schrei aus.

Er hört sie kaum, und als sie kommt, klingt das in seinen Ohren wie der Schrei eines fernen Vogels an einem nebligen Tag. Die Brecher schlagen gegen die Klippen und rauben einem die Sicht, dazu der Geruch von Brackwasser und der immerwährende Wind, der einem eine Gänsehaut beschert. Er glaubt, sein Innerstes kehre sich nach außen, als er sich in sie ergießt.

»Ich glaube, ich habe es geschafft«, sagt sie.

Sam braucht ein paar Sekunden, um ihre Worte zu verarbeiten. Er wischt sich etwas Speichel vom Mundwinkel: »Du glaubst es nur?«

»Nein, es war wirklich da. So als ob ich etwas zurückhalten und dann loslassen würde. So ähnlich, wie wenn man auf dem Parkplatz über einen Stein rollt. Na ja, für die Anstrengung war das Ergebnis ziemlich mau.«

Sam schließt die Augen. Das ist wieder typisch Deanie. Kaum hat sie es endlich nach vielen Mühen geschafft, zum Orgasmus zu kommen, redet sie alles klein. »Tut mir leid. Warum hast du dich nicht verdrückt, als ich das Essen holen gegangen bin?«

Bei Deanie macht sich die Kälte bemerkbar. Ihre Brustwarzen richten sich auf, und sie bekommt eine Gänsehaut. Rasch zieht sie sich das Sweatshirt wieder über und läßt sich dann auf ihn fallen.

Sein Schlummer wird unterbrochen, als er plötzlich ihre Wärme nicht mehr spürt. Sie hat sich erhoben, um eine neue Kassette einzulegen. Sein Mund und seine Nase schmerzen, und hinter seinen Augen pochen Kopfschmerzen. Er kann nicht mehr denken und hat das Gefühl, irgendein Scherzbold habe seinen Schädel mit schnellhärtendem Zement gefüllt. Die Kassette surrt, und dann ertönt »Fool in the Rain«, ein Song, der nach Fishbone einschläfernd wirkt. Schon ist Deanie wieder neben ihm im Schlafsack. Nackt von Kopf bis Fuß. Sie schlafen erneut miteinander, diesmal ohne Präservativ.

»Du bist aber schnell wieder einsatzfähig«, staunt sie.

»Man muß gesund leben«, grinst er.

Der Kragen seines T-Shirts reibt schmerzhaft über seine Nase, als er es sich über den Kopf zieht. Und das erinnert ihn daran, daß er eine Erklärung für seine Verletzung finden muß. Am besten eine Lüge. Heute abend ist sicher nicht der geeignete Zeitpunkt, sagt er sich, Deanie nach Hause mitzunehmen und seinen Leuten vorzustellen. Sobald er nur den Mund aufmacht, um irgendeine erfundene Geschichte darüber zum Besten zu geben, wie er sich die Wunde an der Nase zugezogen hat, wird seine Haut ihn wie ein Lügendetektor verraten. Wenn die Mutantin zuhause nur mit ihm im gleichen Zimmer ist, wird er sofort erröten. Er muß sie dafür nicht einmal anschauen. Und er sieht vor seinem geistigen Auge, wie er und sie dann sofort anfangen zu kichern und damit nicht mehr aufhören können. Nicht zu vergessen den Ärger, den es heute morgen gegeben hat. Nein, er muß diese Geschichte erst regeln, bevor er einen Überraschungsgast mitbringt.

Die Ampel springt auf Gelb um, und Sam bremst ab. Sergeant Woods kommt gerade aus der Drogerie, stopft ein Zigarettenpäckchen in seine Tasche und läuft zu seinem Wagen. Sam beobachtet ihn im Rückspiegel und hält brav vor der roten Ampel. Er hebt eine Hand, und Ricks alter Herr winkt zurück.

Der alte Truck rollt über die Kreuzung und steuert den Ridge an. Sergeant Woods schließt die Wagentür auf und schiebt ein angebrochenes Päckchen Zigaretten unter den Sitz. Wenn man zwei oder drei aus einer Packung geraucht hat, schmecken die restlichen irgendwie schal. Er hebt die halbvollen Päckchen auf und gibt sie Betrunkenen, die er auf der Straße aufliest. Es ist immer gut, ein paar Zigaretten bei sich zu haben, lautet seine Devise; man kann die Leute damit beruhigen, wenn man sie zur Zelle bringt. Als er ein Streichholzbriefchen ins Handschuhfach wirft, wird ihm klar, daß Sam schon wieder aus der Mill Street gekommen ist. Das ist nicht die Straße zum Spielfeld, sondern die, die dahinter kommt.

Da er im Moment nichts Besseres zu tun hat, als seine Neugier zu befriedigen, startet er den Wagen und fährt die Mill Street hinauf. Einige Kids haben die Abkürzung durch den Wald an der alten Fabrik genommen, um zum Spielplatz zu gelangen, und den Schnee zertrampelt. Er hält den Wagen am Waldrand an, steigt aus und untersucht die Spuren im Schnee. Das sind ohne Zweifel die Reifenspuren von Sams Truck. Um das zu erkennen, bedarf es keiner großen detektivischen Fähigkeiten. Er hat die Reifenspuren oft genug auf dem Kies seiner Auffahrt gesehen. Der Spielplatz liegt ganz in der Nähe, wo er den Jungen schon einmal mit dem Gauthier-Mädchen entdeckt hat. Seine Neugier erhält neue Nahrung, und ihm fällt ein, daß er gehört hat, wie Rick am Telefon mit Sarah über die beiden gesprochen hat. Anscheinend ist Sam immer noch hinter dem Mädchen her.

Er folgt dem Pfad durch den Wald zum Spielplatz. Unweit der alten Fabrik entdeckt er Deanie Gauthier, die sich am Schloß zu schaffen macht. Woods bleibt im Schatten der Bäume stehen und rührt sich nicht.

Der Sergeant weiß, daß das Mädchen sich gern in das alte Gemäuer zurückzieht, wenn sie Ruhe vor der Welt haben will. Und in den wärmeren Wochen werden hier auch gern Partys gefeiert. Er hat sich schon einmal die Mühe gemacht, den Ort zu inspizieren; zum einen um festzustellen, inwieweit die Fabrik baufällig ist und ob jemand dort zu Schaden kommen könnte, zum anderen, um sich einen Überblick zu verschaffen für den Fall, daß er einmal dienstlich hier aufkreuzen und irgendeine Fete auflösen muß. Bislang hat es hier nie Ärger gegeben. Ihm ist klar, daß die Kids Geheimverstecke und andere Orte brauchen, wo die Erwachsenen sie nicht finden können. Woods hat auch nichts dagegen, solange er nur weiß, wo diese Treffpunkte sind. Die alte Fabrik ist verlassen und gehört rein verwaltungs- und steuerrechtlich der Stadt, obwohl sich im Rat niemand sonderlich für die Anlage interessiert. Für sie ist die Fabrik nur eine Ansammlung von Gemäuer am Brook, so malerisch wie Ödland und genauso sinnvoll.

Aha, hier treffen sich die beiden also. Woods grinst. Kids. Geile Bande.

Sie bemerkt ihn nicht zwischen den Bäumen und stampft zum Spielplatz. Als sie an der Abfalltonne am Parkplatz vorbeikommt, wirft sie eine Einkaufstüte hinein. Deanie Gauthier dreht sich um, entdeckt den Polizisten noch immer nicht und geht dann den Pfad entlang, der zur Depot Street führt.

Woods kehrt zu seinem Streifenwagen zurück und fährt ihn auf den Parkplatz am Spielplatz. Er macht sich wieder auf den Weg zur Fabrik, hat sich diesmal aber mit einer Taschenlampe und einem Dietrich bewaffnet. Das Vorhängeschloß läßt sich mühelos öffnen. Er schlüpft in die Fabrik und schließt das Tor hinter sich. Seine Nase nimmt alle Gerüche wahr, erschnüffelt aber nichts Außergewöhnliches. Der Strahl seiner Taschenlampe fährt über den Boden. Jede Menge Spuren von Turnschuhen. Er läßt den Strahl durch die Halle wandern, aber nicht hoch genug, um auf den Korb zu treffen. Woods entdeckt die Hausmeisterloge und grinst. Die Matratze hat schon immer dort gelegen, und Deanies rauschhafte Kritzeleien an den Wänden sind auch nicht neu. Aber seit kurzem ist der kleine Raum mit einem Schlafsack und einem kleinen Heizgerät ausgestattet. Und in einer Ecke liegt ein Basketball. Verblüfft registriert er in dem Raum den ranzigen Gestank von chinesischem Essen. Und den Zauber der Nacht, die Geruchsspuren von zwei Menschen, die vor kurzem miteinander geschlafen haben. Aber keinerlei Rückstände von Bier oder Pot. Nicht einmal Zigarettenkippen liegen herum. Das Heizgerät ist elektrisch, ein Kabel führt zu der Steckdose in der Wand. Die Birne an der Decke brennt, und der Heizkörper läuft. Der Sergeant verläßt den kleinen Raum und begibt sich zum Sicherungskasten. Der Taschenlampenstrahl fährt zur Wand, und er entdeckt den Lichtschalter. Als er die Beleuchtung einschaltet, pfeift er anerkennend durch die Zähne. Die Kids haben die Halle in ein Basketballspielfeld umfunktioniert. Verdammt, grinst er. Die beiden kommen hierher, um zu trainieren und um zu vögeln. Woods muß lachen, bis ihm die Tränen die Wangen hinunterlaufen.

Auf dem Rückweg zum Wagen fischt Woods die Tüte aus der Tonne und entdeckt in ihr Essensreste und Schachteln. Und eine Kondomverpackung. Aber auch hier keine Hasch- oder Marihuanakrümel und keine zusammengedrückten Bierdosen. Natürlich würden sie so etwas lieber in der Fabrik verstecken oder durch ein zerbrochenes Fenster ins Freie oder in den Millrace werfen.

Er setzt sich hinters Steuer, schüttelt den Kopf und fängt wieder an zu lachen. Der Knabe sorgt dafür, daß das Mädchen ins Schwitzen kommt, alles was recht ist! Vermutlich ist das Basketballtraining sogar Sams Vorstellung von Vorspiel. Der Sergeant lacht, bis ihm der Bauch weh tut.

Na und? Niemand schert sich um die Fabrik, und die beiden richten dort doch nun wirklich keinen Schaden an. Solange sie ihren Hormonstößen nachgibt, kann Deanie wenigstens nicht saufen, Gras rauchen oder in irgendwelchen Läden klauen. Und was Besseres kann ihr doch gar nicht passieren. Bei Sam ist das was anderes, aber die kleine Gauthier kann wirklich nicht viel mehr vom Leben erwarten. Wenigstens benutzt Sam Gummis. Dem Himmel sei Dank dafür. Und bei Jugendlichen in dem Alter halten solche Geschichten ohnehin nicht ewig. Vor allem diese Deanie, die bekommt doch kaum den Namen des gerade aktuellen Jungen mit, da ist die Affäre auch schon wieder vorüber. Über kurz oder lang wird sie wieder auf Partys gehen wollen, und wenn Sam keine Lust dazu hat, läßt sie ihn einfach stehen. Oder aber Sam hat nach einer Weile genug davon, sie zu vögeln, und kommt wieder zu Verstand. Dann begreift er sicher, daß die Gauthier nichts für ihn ist.

Woods schlägt seinen Notizblock auf und notiert sich, daß er in der Nähe der Fabrik ein paar Jugendliche bemerkt und sich dann den Ort genauer angesehen hat. Offenbar nutzen die Kids das Gemäuer für ihre Rendezvous'. Aber da sie beide gleich alt sind und er nirgendwo Anzeichen von Drogenmißbrauch entdeckt hat, wird er sie, wenn er sie nochmals dort antrifft, lediglich davonjagen.

J.C.s Sunbird steht in der Depot Street am Bürgersteig. Die Mutantin zögert und ist sofort auf der Hut. Am liebsten würde sie auf der Stelle kehrtmachen und sich für ein paar weitere Stunden in die Fabrik zurückziehen, aber ihre Schulbücher sind in ihrem Zimmer, und nächste Woche erwarten sie Tests in drei Fächern. Sie schiebt die Hände tief in die Manteltaschen, marschiert auf geradem Weg zur Haustür und betritt das Haus mit der üblichen aufgesetzten arroganten Miene, hinter der sie ihre Nervosität zu verbergen versucht.

J.C. sitzt mit Tony am Küchentisch. Sie muß gar nicht den Koks auf dem Tisch sehen oder in ihre trüben Augen blikken, um zu wissen, daß die beiden sich wieder vollgedröhnt haben. Es reicht vollauf zu hören, wie sie bei ihrem Anblick lachen.

»Schwester D.!« ruft J.C. »Komm, hol dir auch einen Kick. Dann bist du gleich gut drauf.«

Sein Gesicht ist stark gerötet, und seiner Miene ist anzusehen, daß er sich für ungeheuer geistreich hält.

Tonys Lachen ebbt ab, als er sich über die nächste weiße Linie beugt.

Deanie nimmt aus dem Augenwinkel Judy wahr, die vor dem Fernsehgerät auf der Couch sitzt. Sie hält eine Flasche Jack Daniel's und eine Tasse in einer Hand, und auf ihrem Schoß liegt ein Aschenbecher. Sie muß nicht genauer hinsehen, um zu wissen, daß Judys Augen glasig sind und daß das Make-up auf ihrem Gesicht so rissig wie bei einer alten Puppe ist.

Während Tony vor sich hin kokst, verdrückt sich Deanie still und leise in ihr Zimmer. Sie will gar nicht erst mit sachkundigem Blick feststellen, wieviel Stoff die beiden Männer bereits verbraucht haben. Ein oder zwei Linien machen Tony geil, ein paar mehr, und er wird paranoid und weiß nicht mehr, was er tut. Vor allem braucht Deanie jetzt dringend eine Dusche.

Sie schnürt die Basketballschuhe auf und tritt sie von den Füßen. Danach entfernt sie, ohne das übergroße Sweatshirt auszuziehen, die Bauchketten und läßt alles auf ihr Bett fallen. Als sie das rote Badetuch vom Haken an der Tür nehmen will, weht es vor ihren Fingern, weil Tony gerade die Tür aufreißt. J.C. steht wie der Adjutant der Königin bei einer Parade schrägt hinter ihm und macht ein gierig erwartungsvolles Gesicht.

Deanie tritt unwillkürlich einen Schritt zurück.

»Ich hab da 'ne Geschichte über dich gehört«, beginnt Tony. »Du sollst es in der Silvesternacht mit dem ganzen verdammten Basketballteam getrieben haben.«

Sie macht noch einen Schritt zurück und sagt rasch nein, bevor er fortfahren kann. Ihre Knie werden weich, und bis auf das Nein weiß sie nicht, was sie entgegnen soll.

»Mit dem ganzen verschissenen Team«, raunzt Tony. »Und mit Super-Sam. Ich bemühe mich seit Jahren um dich und sage dir immer wieder, halt dich von diesem Knaben fern, aber was muß ich dann erfahren? Das Riesenbaby prügelt dich über den gesamten Schulparkplatz! Ich kann mir nicht helfen, aber ich habe den dringenden Verdacht, der blöde Scheißer kennt dich besser als ich! Gut genug zumindest, um sauer auf dich zu werden und dir eine Abreibung zu verpassen. Ich meine, ich liebe dich mehr als mein Leben, du kleiner Engel, was aber nicht heißt, daß du mich zu oft auf die Palme bringen sollst.«

Ihre Kniekehlen berühren die Bettkante. Sie preßt sich dagegen, um ihr Zittern unter Kontrolle zu halten.

»Das ist alles eine gemeine Lüge! Ich habe nichts getan!«

Als Tony mit der Rechten ausholt, zuckt sie zusammen, aber er legt die Hand nur sanft auf ihre Wange und lächelt. »Beweis es mir.«

J.C. grinst breit.

Sie will wieder nein sagen, aber die Anstrengung, tapfer zu sein, lähmt ihren Verstand. Für einen langen Moment treffen sich seine und ihre Augen. Sein Mund ist zusammengepreßt. Langsam verziehen sich ihre Lippen zu einem leicht verunglückten stolzen und trotzigen Lächeln.

»Rühr mich ja nicht an«, flüstert sie. »Rühr mich nie wieder an. Sonst sage ich es allen, und Sam wird dich umbringen.«

Tonys Finger rutschen an ihrer Wange hinab, bis sie an der Halskette hängenbleiben. Er dreht sie herum, reißt daran und zerrt Deanie von den Füßen. Ihre Zehen strecken sich verzweifelt nach dem Boden, erreichen ihn aber nicht. Die Halskette droht, sie zu erwürgen, und sie bekommt schon keine Luft mehr. So sieht sie die rechte Faust nicht kommen, die mit der Wucht eines Kolbens ihre linke Gesichtshälfte trifft. Ihr Kopf fliegt zur Seite, als würde sie wie ein Fisch an der Angel zappeln. Im ersten Moment ist ihr Gesicht wie betäubt, dann überfällt sie wahnsinniger Schmerz. J.C. fängt an zu schreien, und Tony ruft: »Scheiße! Meine Hand!«

Er läßt sie los, und sie bricht zusammen. Wie im Schock krabbelt sie zu ihrem Bett. Rote Tropfen fallen von ihrem Gesicht. Sie ist schon halb unter dem Bett, als er sie wieder herauszieht. Deanie tritt nach ihm und trifft seine Kniescheibe. Jetzt brüllt er noch lauter als J.C.

Sie zieht sich am Bett hoch und richtet sich auf. In ihrem Kopf sind nur rasende Wut und gräßlicher Schmerz. Ihre Hand findet die Bauchketten, die sie aufs Bett geworfen hat. Sie holt mit voller Wucht aus, macht eine halbe Drehung und hat nur die Tür im Auge, den Weg nach draußen. Die Ketten sausen durch die Luft, und im nächsten Moment lösen sich wie bei einer Explosion Hautteilchen und Blut von Tonys Gesicht. Sie spürt den Schlag im Arm und im Rücken. Tony brüllt, J.C. schreit, und sie fällt in den Chor ein.

Beim Aufprall verliert sie die Kette, die allein weiter fliegt, zuerst nach oben, über Tony hinweg, und dann in den Spiegel. Glasscherben sausen so ungestüm durch die Luft, als habe ein Gott eine Schneekugel zu heftig geschüttelt. Deanie hockt sich hin und macht sich ganz klein, um sich zu schützen. Tony taumelt in die Arme von J.C., und gemeinsam bewegen sich die beiden wie in einem aberwitzigen Tanz auf die Couch zu, auf der Judy sitzt und ihnen entsetzt entgegen starrt. Blutgefärbter Speichel und furchtbare, kaum verständliche Flüche kommen aus dem Loch, das einmal Tonys Mund gewesen ist.

Die Mutantin wischt etwas aus ihrem Gesicht, betrachtet kurz das, was aussieht wie ein zermanschter Tausendfüßler, und wirft dann angeekelt Tonys Augenbraue fort. Dann fällt sie auf die Knie und sucht zwischen den Scherben wie verzweifelt nach ihren Ketten. Als sie sie gefunden hat, wickelt sie sich das Metall um die Hand, rappelt sich auf und stolpert auf die Tür zu. Doch da wartet schon J.C. Sie hebt ihre kettenbewehrte Faust und droht ihm damit, aber er schiebt sie nur nach draußen und die Stufen hinunter. Deanie bricht im Schnee zusammen und hört, wie er sich hinter ihr lautstark übergibt.

Die Kälte dringt schmerzhaft in die Schnittwunden in ihrem Gesicht und an ihren Händen ein. Sie wischt das Blut weg, das in ihre Augen läuft, und beschmiert so ihre Züge wie bei einer Kriegsbemalung. Ihre Finger wollen die linke Gesichtshälfte betasten, zucken aber kurz davor zurück. Sie fürchtet sich davor, denn alles dort fühlt sich taub und schlaff an. Deanie löst ihr Kopftuch und zieht es herunter, um die Wunde zu bedecken. Sie kann nicht verhindern, daß der Stoff über die Wange streicht, und ihre Kehle scheint wie aus eigenem Antrieb Schmerzensschreie auszustoßen.

Irgendwie kommt sie wieder auf die Füße, und der Schnee greift mit eisigen Fingern nach ihren Knöcheln und krallt sich in ihren Socken fest. In blinder Panik verliert sie allen Orientierungssinn. Sie stürmt durch den Wald und bewegt sich instinktiv hangabwärts auf den Mill Brook zu. Die tauben Füße kommen nur mit Mühe voran, der Frost hat sich in ihren Knochen festgesetzt, und die Kälte legt sich wie ein berauschender Belag über ihre Gedanken. Sie verliert wieder den Boden unter den Füßen, wirft sich mit heldenhafter Anstrengung herum, dreht ihren Körper wie eine Spindel nach rechts und fällt doch durch die geborstene Linse der gefrorenen Zeit. Ihr Sturz währt endlos lange. Diesmal muß sie nicht wieder aufstehen. Ihre rechte Pupille sieht dunkles Licht und erkennt darin die Körnung des Schnees, transparente, gebrochene und verwirrende Kristalle wie Glasscherben. Milliarden glänzender Lichtpunkte, die das Licht eines roten Sterns aufsaugen und ihn rosa färben.

Weil er nicht nach Hause will, verbringt Sam etliche Stunden damit, ganz allein im leeren Versammlungshaus zu trainieren. Er bewegt sich zum Klang des Wolfsgeheuls und dem antreibenden Beat des Schlagzeugs, die aus dem Rekorder dringen. Erst als er am ganzen Körper zittert, hält er inne.

Nur noch ein Licht brennt im Erdgeschoß, als er endlich das Haus betritt. Er steht in der Küche am Ausguß, starrt an seinem Spiegelbild vorbei durch das Fenster in die Nacht und ißt die Reste aus dem Topf, den er im Kühlschrank vorgefunden hat. Pearl erscheint in der Tür, als er die Milchtüte leert. Sie schiebt die Hände in die Ärmel ihres Morgenmantels und sieht ihm kommentarlos zu, wie er mit der einen Hand die leere Tüte in den Mülleimer wirft und sich gleichzeitig mit der anderen über den Mund wischt.

»Tut mir leid, daß ich mich heute morgen wie ein Blödmann aufgeführt habe«, entschuldigt er sich.

Sie nickt, tritt zu ihm und streicht ihm vorsichtig mit den Fingerspitzen über die Oberlippe und die Nase.

»Schatz, was ist denn mit dir passiert?«

»Ein Unfall. Nur ein dummer Unfall.«

Sie hebt eine Braue und klopft ihm dann auf den Bauch. »Bist du satt geworden?«

Er rülpst laut zur Antwort, und beide fangen an zu lachen.

Sie holt den Kessel. »Ich mache mir Tee. Willst du auch eine Tasse? Auf dem Tisch steht noch etwas Kuchen.«

Grinsend schneidet sich Sam ein tüchtiges Stück von dem Rosinenkuchen ab, und Pearl schiebt rasch einen Teller darunter. Er findet den Krug mit der Vanillesauce und kippt sie über den Kuchen, bis von ihm nichts mehr zu sehen ist. Pearl lächelt. Er trägt ihr das Tablett mit dem Tee nach oben.

Indy knabbert an dem Sauger der Plastikflasche und schüttelt immer wieder mit spastischen Zuckungen den Bund mit den überdimensionierten Plastikschlüsseln. Sie sitzt auf ihrem dick in Windeln gepackten Hintern neben Reuben auf dem Bett, der gerade ein Buch liest. Die Kleine sieht Sam an, und im selben Moment blickt auch Reuben über den Rand seiner Brille. Beider Gesichter zeigen sofort einen Ausdruck großer Freude.

Doch dann runzelt Reuben die Stirn. »Oh, das sieht aber

böse aus. Hast du dich wieder mit Rick in der Wolle gehabt?«

Sam starrt auf seine Füße, während sein Gesicht anfängt zu glühen. Er sucht verzweifelt nach einer Möglichkeit, sich unauffällig zu verdrücken.

»Tut mir leid wegen heute morgen.«

»Wir haben schon Schlimmeres überstanden«, entgegnet Reuben, macht ein zufriedenes Gesicht und läßt das Thema damit ruhen.

»Hast du den Eindruck, daß er und Rick sich wieder geprügelt haben?« fragt Reuben Pearl, nachdem sich der Junge tausendmal danach erkundigt hat, ob es ihnen auch wirklich nichts ausmachen würde, wenn er sich jetzt unter die Dusche stellte. »Er ist ziemlich verschwitzt, so als habe er den ganzen Tag gespielt.«

Pearl hockt ihm diagonal gegenüber auf der Bettkante. Sie legt die Füße übereinander und schafft so eine Art Laufstall für Indy. Das Baby läßt den Schlüsselbund fallen und zieht sich am Oberschenkel seiner Mutter entlang. »In der Küche hat er mir erklärt, es sei ein Unfall gewesen.«

Reuben setzt die Brille ab und legt sie zusammen mit dem Buch auf den Nachttisch.

»Wer weiß, was sie wieder angestellt haben. Vielleicht wollte er den Korb küssen und ist ihm dabei etwas zu nahe gekommen.«

»Oh!« macht Pearl. »Ein Glück, daß er sich nicht auch noch ein paar Zähne ausgeschlagen hat.«

»Oder die Nase gebrochen hat. Es wäre ihm sicher zu peinlich, uns das einzugestehen.«

Pearl verzieht nachdenklich das Gesicht. »Möglicherweise hat er sich doch wieder mit jemandem geprügelt.«

»Aber er war doch immer so etwas wie ein Friedensstifter. Wenn zwei Streit miteinander bekommen haben, ist er stets dazwischengegangen, um zu schlichten. Andererseits ist er mein Sohn. Einiges hat er geerbt, und für einiges habe ich ihm ein schlechtes Beispiel gegeben. Als zum Beispiel Karen von Bri durchgeprügelt wurde, habe ich Sam erklärt, daß die einzige Reaktion darauf die sei, Bri windelweich zu schlagen. Ich habe ihm gesagt, daß es Fälle gebe, in denen man am besten die Fäuste sprechen lasse.«

»Ach, Jungs sind eben so, manchmal müssen sie sich einfach prügeln«, sagt Pearl. »Sogar mit ihren besten Freunden. Das hat für sie nichts zu bedeuten. Und Sam stößt sich sowieso überall, bleibt an jeder Türklinke hängen, wie man so schön sagt.«

Reuben rückt sein Kissen gerade. »Warum werden Kinder nicht mit einer Art Panzer geboren? Dann könnten sie sich nach einem Unfall häuten, wie Schlangen.«

Pearl lacht laut.

»Keine Ahnung. Wir verletzen uns zwar, aber wir flicken alles wieder zusammen, meine Kleine«, erklärt sie Indy.

27

Die Sonne schlummert noch hinter dem Horizont, und die Welt ist saukalt, als Sam zitternd an der Ecke steht und wartet. Die Mutantin ist spät dran, und hier draußen ist es kälter als im Zentrum des verdammten Universums. Um sich eine kleine Belohnung für all das Ungemach zu gönnen, stellt er den Motor ab und geht in das Café, das noch früher als der Diner öffnet. Er kauft zwei Becher Kakao, stellt den zweiten, der für Deanie bestimmt ist, in seine Lunch-Box, damit er nicht umkippen kann, und trinkt seinen langsam aus. Noch immer läßt sie sich nicht blicken. In der Turnhalle warten sie auf ihn, und wo bleibt Deanie? Ganz gewiß muß sie sich nicht noch frisieren. Aber vielleicht ist ja heute eine Schädelrasur fällig. So etwas läßt sich natürlich nicht zwischen Tür und Angel erledigen. Aus dem Radio ertönt Tesla, die ihre Version eines alten Hits aus den Sechzigern zum Besten gibt:

Sign says anybody caught trespassing
will be shot on sight.
So I jumped the Fence and I yelled at the house,
hey, what gives you the right?

»Ich habe das Recht dazu, weil ich die verdammten Steuern und die Hypothek auf das blöde Haus bezahlen muß, in dem du in Ruhe scheißen kannst«, kommuniziert Sam mit dem Song, blickt in den Spiegel und verzieht höhnisch den Mund. »Deshalb benimm dich, du langhaarige Hippieschwuchtel. Geh zum Friseur. Such dir eine anständige Arbeit.«

Aber niemand ist da, der über seine Parodie auf einen Spießer lachen könnte. Und von Deanie ist noch immer nichts zu sehen.

Er stellt den Wagen auf dem Schulparkplatz ab und greift nach seiner Tasche. Sie stößt gegen die Lunchbox, der Deckel klappt zu, und im nächsten Moment erfüllt Kakaoaroma den Truck. Sam öffnet die Box und sieht die Bescherung. Der Plastikbecher ist geplatzt, und die milchbraune Brühe hat sich über seine eingepackten Sandwiches verbreitet und die gelbe Schale der Banane verfärbt. Fluchend knallt er den Deckel zu und schiebt die Box in eine Tasche.

Die Trainerin der Mädchenmannschaft ist bereits ein paar Minuten vorher eingetroffen und hat die Turnhalle aufgeschlossen. Das Training hat schon begonnen.

»Wo steckt denn die Gauthier?« ruft Rick ihm vom Spielfeld zu. »Oder hast du sie endlich mit dem Truck überfahren?«

Sam beachtet ihn nicht, muß dann aber feststellen, daß Rick nicht der einzige ist, der ihn mit Fragen aufziehen will. Anscheinend ist der Streit vom vergangenen Freitag zwischen ihm und Deanie auf dem Parkplatz noch immer das Gesprächsthema Nummer eins. Und da die verschrammte Nase und die geschwollene Oberlippe in seinem Gesicht nicht zu übersehen sind, ziehen die Spieler allerlei Schlußfolgerungen, von denen nur die wenigsten schmeichelhaft für ihn sind.

»Wie sieht die kahlgeschorene Hexe denn jetzt aus?« will Bither wissen. »Hast du genauso viel gegeben, wie du eingesteckt hast?«

Mouth hat ihn am Samstag gesehen, als sein Gesicht noch heil war, und deswegen ist es von ihm blödsinnig, irgendeine Schlußfolgerung zu ziehen. Trotzdem errötet Sam, denn schließlich liegt Bither mit seiner Bemerkung gar nicht so falsch, wenn auch in einem ganz anderen Sinn.

Als Sam sich von Mouth abwendet, begegnet er dem unangenehmen Blick von Melanie Jandreau. Seine Miene verwandelt sich in Stein, und erneut ärgert er sich wieder über den dummen Zwischenfall auf dem Parkplatz. Melanie nagt an ihrer Unterlippe und wischt sich die Hände an der Hose ab.

Am Ende des Spiels hält die Trainerin ihn an der Tür auf und zieht ihn in eine ruhige Ecke. »Weißt du, wo die Gauthier steckt?«

»Sie war heute morgen nicht an der Stelle, wo ich sie normalerweise auflese. Ich habe lange gewartet, aber sie ist nicht aufgetaucht.«

»Gauthier wird immer besser. Ich fände es wirklich schade, wenn sie wieder erkrankt wäre.«

»Klar.« Er zuckt die Schultern und sieht an ihr vorbei, um ihr zu verstehen zu geben, daß er dringend los muß. Aber sie versperrt ihm weiterhin den Weg.

»Ich war am Freitag auf dem Parkplatz, Sam, und ließ gerade den Motor warmlaufen. Gott allein weiß, wie oft ich schon stark an mich halten mußte, um der Gauthier keine zu kleben. Aber das, was da zwischen euch beiden vorgefallen ist, sah weder schön aus, noch hörte es sich gut an. Ich weiß nicht, was ihr beiden miteinander habt, aber als Lehrkraft darf ich nicht wegsehen, wenn ein Schüler dieser Anstalt die Hand gegen einen anderen erhebt.«

»Ich habe sie nicht geschlagen«, murmelt Sam. »Ich habe sie nur angebrüllt, mehr war da nicht.«

»In Ordnung, Sam. Aber wenn du nur einmal Miene machen solltest, sie zu verprügeln, solltest du dich lieber gleich nach einer neuen Schule umsehen. Was hast du denn mit deiner Nase gemacht?«

»Ein dummer Unfall.«

Sie blinzelt hinter den Brillengläsern und entläßt ihn mit einer Handbewegung. Ihrer Miene ist nicht anzumerken, ob sie ihm die Antwort abkauft.

Sam begibt sich auf direktem Weg ins Büro der Schulverwaltung und bittet die Sekretärin, bei Deanie Gauthier zuhause anzurufen, bevor sie wegen unentschuldigtem Fehlen eingetragen wird.

»Da meldet sich niemand, Sam. Vielleicht kommt sie ja später noch.«

»Als sie das letzte Mal krank war, hat niemand sie entschuldigt. Möglicherweise ist sie allein zuhause und zu schwach, um den Hörer abnehmen zu können.«

Die Sekretärin lächelt ihn mitfühlend an.

»Nun beruhige dich wieder. Heute schmeißt sie niemand aus dem Team.«

Zwischen zwei Unterrichtsstunden erwischt er Shas Grey und fragt sie, ob sie etwas von Deanie wisse.

»Du kriegst mehr von ihr mit als ich«, erwidert sie schnippisch.

Im Fitness-Raum absolviert er sein Programm, muß aber immerzu an Deanie denken. Er sieht sie ständig in ihrem fadenscheinigen Bademantel vor sich, wie sie barfuß daliegt und hohes Fieber hat. Zuhause kümmert sich doch niemand um sie, weder ihre Mutter noch dieser Idiot. Statt dessen drücken sie Zigarettenkippen auf ihr aus. Beim letzten Mal hatten die alten Frauen dafür gesorgt, daß Deanie Medizin bekam.

Er überlegt, ob er Chapin nach ihr fragen soll, aber die Vorstellung, diesen ständig lachenden Idioten in seine Sorgen einzuweihen, schmeckt ihm überhaupt nicht. Schon der Anblick dieses Schleimbeutels erweckt in ihm Mordgedanken. Als er einmal einen Blick auf Chapin wirft, entdeckt er, daß der Junge ihn anstarrt. Seine Augen verdrehen sich, sein Lächeln fällt wie ein Kartenhaus zusammen, und im nächsten Moment versagen Chapins Nerven, und er läßt fast die Gewichte fallen.

Als Sam am Mittag in die Cafeteria geht, ist Deanie noch immer nicht da. Mrs. Hobart zuckt bedauernd die Schultern. Sie hat das Mädchen heute noch nicht gesehen.

Er öffnet seine Lunchbox und starrt mißmutig auf den Inhalt. Der Kakao hatte Zeit genug, das Einwickelpapier zu durchdringen und die Sandwiches und die Plätzchen aufzuweichen. Von seinem Mittagessen ist nur ein bräunlich gefärbter Matsch übriggeblieben.

Pete Fosse läßt sich neben ihm nieder. »He Slammer, woher weißt du, wenn eine Nutte genug hat?«

Sarah Kendall, die schräg gegenüber von Sam sitzt, blickt auf. Überall am Tisch fangen die ersten an, voller Vorfreude zu kichern.

»Wenn ihr das Zeug aus der Nase herausläuft«, antwortet Rick irritiert. »Gott, Petey, der Witz ist nicht nur widerlich, sondern auch uralt.«

Mitten hinein ins Gekicher und Gelächter sagt Pete: »Na ja, ich meine ja auch nur – ist einem von euch schon mal aufgefallen, daß die Nase der Mutantin eigentlich andauernd läuft?«

Diesmal lacht Pete allein, und Sarah macht ein verblüfftes: »Oh!«

Ekel zeigt sich auf Sams Miene, als er noch einen Blick in seine Lunchbox wirft. Aber als er wieder aufblickt, ist seine Miene gelassen.

»Das kapiere ich nicht ganz, Pete. Was du gerade gesagt hast, ist doch technisch unmöglich. Soviel ich weiß, sind Frauen nicht hohl. Und der Gauthier läuft immerzu die Nase, weil sie sich im Winter nicht warm genug anzieht.« Sam tut so, als würde er angestrengt nachdenken. »Und außerdem kommt es sicher daher, daß sie raucht.«

Pete sieht sich suchend am Tisch um, aber keiner steht zu ihm. Alle schweigen. Einige sehen gespannt zu, doch die meisten starren auf ihre Teller.

»Ach Scheiße«, sagt Pete. »Du hast genau verstanden, was ich meine. Die Show, die du hier abziehst, Sam, ist reichlich albern.«

Sam knallt den Deckel seiner Lunchbox zu und steht so abrupt auf, daß er an den Tisch stößt. Erschreckte Schreie ertönen, und eilige Hände greifen davonfliegenden Milchtüten und Limodosen hinterher.

»Das ist aber eigenartig, Pete. Genau dasselbe wollte ich dir nämlich gerade sagen.«

Fosse ballt die Fäuste und erhebt sich langsam. Todd Gramolini hält ihn am Arm fest. Stühle scharren über den Boden, als Rick und ein paar andere sich darauf vorbereiten, an der zu erwartenden Schlägerei teilzunehmen. Aber Sam will

Pete diese Genugtuung nicht verschaffen und verläßt die Cafeteria.

Draußen nimmt er auf dem Weg zur Verwaltung drei Stufen auf einmal. Die Sekretärin, die gerade ihr Sandwich verdrückt, sieht ihn an und schüttelt den Kopf. Sam rennt hinein und holt die Jacke aus seinem Spind. Als er die Schule verläßt, sagt er sich, daß ihm diese Eigenwilligkeit wahrscheinlich einen schweren Verweis einbringen wird. Vermutlich muß er beim Spiel wieder häufiger auf der Bank sitzen, und im Team wird neue Unruhe entstehen. Am liebsten würde er kotzen, aber er hält keinen Moment inne.

Er zwingt sich dazu, nicht schneller als erlaubt zu fahren. Vor dem Haus in der Depot Street stehen keine Autos, und das Gebäude selbst macht einen verlassenen Eindruck. Jemand hat sich auf den Stufen vor der Tür übergeben. Die Masse ist gefroren und erinnert eher an Plastikkotze aus einem Scherzartikelladen. Er achtet darauf, nicht hineinzutreten und klopft an die Tür. Niemand macht auf.

»Deanie!« ruft er.

Und wenn sie so krank ist, daß sie nicht an die Tür kommen kann? Oder wenn sie verletzt ist, wenn sie sich nicht mehr rühren kann?

Er ruft wieder ihren Namen. Nur Stille antwortet ihm. Er macht einen Schritt zurück und tritt die Tür ein. Im Hause ist nur Dunkelheit, wenn man von dem Rhomboid des Tageslichts absieht, das durch die Tür hinter ihm eindringt und von seinem Schatten verzerrt wird.

»Deanie!«

Er lauscht, hört aber nichts. Kein angestrengtes, mühevolles Atmen, kein Stöhnen. Sam macht Licht. Die Tür zu Deanies Zimmer steht halb offen. Das Bett ist leer und unbenutzt, doch mit Glasscherben gesprenkelt. Auch auf dem Boden vor dem Bett funkelt es, und einige Scherben sind sogar bis nach draußen auf den Flur geflogen. Dunkle, verschmierte Flecken zeigen sich auf dem Linoleumboden, der zum Schlafzimmer führt. Als er in die Hocke geht, um die Flecken zu inspizieren, dreht sich ihm der Magen um. Kalter

Schweiß steht ihm auf der Stirn. Das Blut hat sich braun verfärbt, ist also schon ein paar Stunden alt.

»Verdammter Schweinehund«, murmelt er.

Wie in Trance geht er von einem Zimmer zum anderen. Jemand hat auf der Couch geblutet, und jemandes Blut spritzte an die Haustür. Rote Flecken finden sich auch in Deanies Zimmer. Er entdeckt ihren Rucksack und ihre Sporttasche, die auf dem Boden stehen. In einer Ecke liegen ihre Basketballschuhe. Verdammt, was trägt sie bloß an den Füßen?

Panik schnürt ihm die Kehle zu. Er wirbelt herum und stürmt die Treppe hinauf, um im Schlafzimmer nachzusehen. Aber dort ist sie auch nicht. Sam reißt den Kleiderschrank auf und starrt auf den mageren Inhalt: ein paar Frauenkleider und drei oder vier Paar hochhackige Schuhe, die so aussehen, als hätten sie ihre beste Zeit schon lange hinter sich. Er stolpert die Treppe wieder hinunter und öffnet eine Tür, hinter der sich eine Art Vorratsraum befindet. Ein fauliger Gestank dringt aus der Kammer; er findet in ihr nichts bis auf Sperrmüll und Kisten voller wertlosem Kram. Sam reißt die nächste Tür auf und sieht sich einem weiteren Kleiderschrank gegenüber, in dem Mäntel und Stiefel aufbewahrt werden. Dann kann er wieder klar genug denken, um sich einzugestehen, daß Deanie nicht im Haus ist. Was immer sie ihr auch angetan haben mögen, Deanie ist nicht mehr hier.

Wenn das Blut von ihr stammt, ist sie vielleicht zum Krankenhaus gefahren. Sam geht in die Küche und wählt die Nummer des Krankenhauses. Endlich hat er einmal Glück. Sonny Lunts Schwester meldet sich. Sie wohnte früher in Nodd's Ridge und kennt ihn als Reubens Sohn. Sie gibt ihm bereitwillig auf seine zwei Fragen Antwort, kann ihm damit aber wenig weiterhelfen. Nein, Deanie Gauthier ist in den letzten vierundzwanzig Stunden nicht im Krankenhaus eingeliefert worden, und, nein, man hat sie auch nicht ambulant behandelt. Sam legt auf, bevor sie ihn fragen kann, warum er das wissen möchte.

Als er draußen vor der Tür steht, muß er vor der glitzernden Helligkeit für einen Moment die Augen schließen. Danach sucht er den schmalen Garten ab und findet beunruhigende, aber verräterische Spuren. An einer Stelle ist der Schnee plattgewalzt, so als wäre dort jemand gestürzt. Möglicherweise hat sich da aber auch nur ein Hund gewälzt. Des weiteren entdeckt er rosafarbene, verblaßte Flecken, bei denen es sich um Blut handeln könnte. Oder hier hat jemand ein Glas Bowle verschüttet. Und schließlich einen Stapfen im Schnee, der genau die Ausmaße ihres Fußes, höchstens mit einer Socke bekleidet, aufweist. Verdammt, sie ist ohne Schuhe nach draußen gerannt. Und etwas weiter ein Handabdruck. Ja, der kann nur von ihrer Hand stammen, er kennt die Proportionen viel zu gut. Und der Schnee erinnert ihn an die Farbe ihrer Haut.

Sam flucht leise.

Sie ist mit bloßen Füßen hinaus in den Schnee gelaufen und gestürzt. Dann hat sie sich wieder aufgerappelt und ist in den Wald gerannt. Seinen ungeübten Augen zeigen sich keine weiteren eindeutigen Spuren, aber er marschiert trotzdem gut hundert Meter in den Wald hinein. Überall behindern ihn Sträucher und Unterholz, und auf dem Boden zeigen sich unzählige Fährten, die Kinder auf dem Weg zum Spielplatz hinterlassen haben. Das Terrain fällt stetig zum Mill Brook hin ab. Wenn sie aus Angst oder aus Furcht vor weiteren Verletzungen aus dem Haus geflohen ist, muß ihr Weg sie aus Instinkt oder aus Gewohnheit zur Fabrik geführt haben.

Sam rennt zurück, und kaum eine Minute später stellt er den Truck am anderen Ende des Walds ab und läuft den Weg zur Fabrik hinunter.

Das Schloß liegt auf dem Boden. Er lehnt sich gegen die Tür und schiebt sie auf. Sofort schaltet er das Licht an. Das harsche weiße Licht der nackten Lampe zeigt ihm die leere Größe des Raums. Der Basketballkorb wirkt irgendwie fehl am Platz. Wieder lauscht er angestrengt, nach irgend etwas, das ihm anzeigen könnte, daß Deanie noch am Leben ist. Aber er hört nur seinen eigenen raschen Atem und den Wind, der durch die zerbrochenen Lichtluken pfeift. Und dann vernimmt er, wie jemand unter größter Anstrengung Luft einsaugt, so als seien die Atemwege verstopft.

Er marschiert mit großen Schritten zu dem kleinen Raum, ohne sich dessen bewußt zu werden. Dann ist er dort und findet sie. Auf der Matratze liegend hat sie sich wie ein Fötus in dem alten orangefarbenen Schlafsack zusammengerollt. Das Brokatkopftuch hat sie sich um den nackten Schädel gebunden. Sie gibt ein unartikuliertes Rasseln von sich und dreht sich im Schlafsack. Er und sie strecken gleichzeitig die Hände aus. Wie eine Ertrinkende umklammert sie die Ketten an seinem Hals.

Er fühlt ihren Puls. Ganz normal. Auch ihr Atem geht ruhig. Die Fingerspitzen sind weiß, aber nicht blau angelaufen. Der Heizofen ist eingeschaltet. Wenn sie die ganze Nacht hier verbracht hat, haben der Heizkörper und die Wärme des Schlafsacks sie vor dem Erfrieren bewahrt. Aber Deanie ist bleich, fühlt sich kalt an und hat viel Blut verloren. Er tastet sie vorsichtig ab, ohne gebrochene Knochen zu finden. Sie hat sich ihre Bauchketten um die Linke und den linken Unterarm gewickelt, so als habe sie sich verzweifelt wehren müssen. Deanie trägt dieselbe Kleidung, die sie gestern schon anhatte, und sie stinkt nach Urin und getrocknetem Blut. Das Kopftuch bedeckt die eine Hälfte ihres Gesichts, die andere ist verklebt von Blut, Rotz und Speichel. Das Blut, das das Tuch durchtränkt hat, hebt das Muster auf eigenartig attraktive Weise rotbraun hervor.

Sam hebt behutsam das Tuch von ihrer linken Gesichtshälfte, um nach der Wunde darunter zu sehen. Doch im ersten Moment kann er nicht erkennen, was er da vor sich hat. Das Fleisch und die Gesichtsketten sind nicht mehr voneinander zu unterscheiden. Es sieht für Sam so aus, als habe jemand ihre Gesichtshälfte aufgerissen und die Zähne durch die Ketten ersetzt. Er kann keine Konturen ausmachen, weder die des Jochbeins noch die des Kiefers oder die der Schläfe. Und das linke Auge liegt unter angeschwollenem, blau verfärbtem Fleisch verborgen.

Zuerst glaubt er, die Knochen der linken Gesichtshälfte seien zerschmettert. Dann schließt er auf Blutergüsse. Diese Verletzung hat sie sich nicht heute zugezogen. Nachdem er gestern gegangen ist, muß sie hierher zurückgekehrt sein. Wahrscheinlich nicht lange danach, wenn er die Färbung der linken Wange richtig deutet. Und bei ihr zuhause muß ihr etwas ganz Entsetzliches zugestoßen sein. Wie ein verwundetes Tier ist sie von dort fortgekrochen und hat sich hierher geschleppt, um in ihrem eigenen Urin und Blut zu liegen. Dort draußen im Wald hätte sie sich den Tod holen können, wenn sie es nicht bis in diesen Raum geschafft hätte. Und kein Hahn hätte nach ihr gekräht. Niemand hätte sie vermißt.

Er hebt ihren Kopf so sachte wie möglich an seine Brust und hält sie fest.

»Samgod«, stöhnt sie.

»Ich bin ganz gewiß kein Gott. Und jetzt bringe ich dich sofort ins Krankenhaus. Also sei still und spar deine Kräfte.«

Deanie ist nicht schwer, aber der Schlafsack ist schlüpfrig, und er hat Angst, im Wald zu stolpern und dem Mädchen neue Schmerzen zu bereiten. Als sie den Truck erreichen, fürchtet er, mittlerweile genauso schlimm zu riechen wie Deanie. Er fährt vorsichtig und angespannt. Ihr Kopf ruht an seiner Schulter. Die Ketten am Arm sind durch den Schlafsack zu fühlen. Er zieht den Arm heraus, wickelt die Ketten ab und versichert ihr, daß sie die jetzt nicht mehr braucht.

Er streicht ihr sanft über den rechten Mundwinkel. »Was ist geschehen?«

Ihr Atem wird lauter, und im Ausatmen gibt sie ihm kaum hörbar die Antwort: »Tony.«

Seine Finger umklammern das Lenkrad, als wollten sie es erwürgen, und er knirscht vernehmlich mit den Zähnen. Mörderischer Zorn macht sich in seinem Herzen breit. Deanie stöhnt wieder. Sam nimmt eine Hand vom Steuer, streicht ihr mit den Fingerspitzen über die rechte Wange und spürt Feuchtigkeit, die aus ihrem Auge kommt.

»Worum ging es diesmal? Hast du seinen gesamten Stoff aufgeraucht, oder was?«

Sie schüttelt sich, so als müsse sie lachen.

»Nein«, röchelt sie, »diesmal ging es um dich.«

Zuerst versteht er das genauso wenig wie den Schaden auf ihrer linken Gesichtshälfte. Doch allmählich kommt ihm die Erkenntnis. Er spürt, wie alles Blut aus seinem Gesicht weicht, wie sein Herz einen Satz macht und wie sich in seinem Bauch etwas zusammenkrampft. Es kommt ihm so vor, als würden sich seine Innereien vor der Haut zurückziehen. Endlich kommt das Krankenhaus in Sicht.

In dem kleinen Raum, in dem man sie gleich nach ihrer Ankunft in der Notaufnahme schiebt, verlangt die Schwester, daß Deanie aus dem Schlafsack herauskommt. Während Sam ihr hinaushilft, klammert sie sich an ihn, als wolle sie in ihn hineinkriechen und könne den Reißverschluß an seinem Körper nicht finden. Als er sie auch noch ausziehen will, bekommt sie einen hysterischen Anfall. Die Schwester zieht sich zurück und überläßt es Sam, mit der Kranken zurechtzukommen.

Sam hockt auf dem Untersuchungstisch. Ihr Kopf liegt in seinem Schoß, und er hält ihre Hände fest. Jetzt, da sie sich in die Obhut und Fürsorge des Krankenhauses begeben haben, befällt Deanie das große Zittern, und sie kann nicht mehr aufhören zu weinen. Mit einem Taschentuch wischt er die Tränen von ihrer rechten Wange und versucht mehr schlecht als recht, sie zu säubern. Und die ganze Zeit redet er beruhigend auf sie ein. Kurze Sätze, die wenig objektive Bedeutung besitzen, aber Ruhe ausstrahlen.

»Es ist vorüber. So etwas wird dir nie wieder zustoßen«, verspricht er ihr gerade, als die Tür aufgeht und eine ihm unbekannte Frau in den mittleren Jahren erscheint.

Sie ist untersetzt und macht einen lebhaften Eindruck. Ihre Miene wird ernst, als ihr Blick erst auf Sams Nase fällt und dann zu Deanies Händen weiterwandert, die die ihres Freundes immer noch umklammert halten, und schließlich bei der Hälfte von dem Gesicht des Mädchens hängenbleibt, das nicht von dem Kopftuch verdeckt ist.

»Ich bin Dr. Spellman. Was haben wir denn hier vor uns?« fragt die Ärztin. Sie klingt neutral, gleichzeitig aber auch so, als wappne sie sich dagegen, etwas Furchtbares zu hören zu bekommen. Gleichzeitig hebt sie mit zwei Fingern das Brokattuch an.

»Ihr Gesicht ist so geschwollen, daß sie kaum reden kann«, erklärt Sam. Dann nennt er Deanies und seinen Namen.

»Das kriegen wir schon wieder hin. Würden Sie uns bitte für einen Moment allein lassen?«

Deanies Fingernägel bohren sich in seine Hand, als er sie loslassen will.

»Keine Sorge, ich bin draußen vor der Tür«, verspricht er ihr.

Als Sam die Tür hinter sich schließt, hört er, wie die Ärztin Deanie fragt, was ihr zugestoßen sei. Er bleibt in der Nähe der Tür und kommt sich überflüssig vor. Aus dem kleinen Raum hört er den Rhythmus von Dr. Spellmans Fragen, was seine Frustration noch vergrößert. Als Deanie nach ihm ruft, stürmt er durch die Tür hinein. Sie wirft sich sofort in seine Arme.

»Also bitte«, sagt die Ärztin mit hochrotem Kopf, »dann berichten Sie mir, Mister, was vorgefallen ist.«

Deanie verkrampft in seinen Armen und fängt dann an, langsam zu reden: »Unfall. War Unfall.« Zuerst hört sie sich so an, als spräche sie durch einen Knebel, doch sie wiederholt die Worte so oft, bis sie verstanden werden.

Sam ist wie betäubt und kann nichts anderes tun, als die Mutantin anzustarren. Jetzt, wo ihr ganzer Kopf zu sehen ist, kommt sie ihm kaum noch menschlich vor. Ihre Gesicht wirkt wie eine Maske, die jemand zu nachlässig über die Schädelknochen gestülpt hat. Wenn man nur auf ihre linke Gesichtshälfte schaut, könnte man annehmen, einen Zombie aus einem drittklassigen Horrorfilm vor sich zu haben. Und das Unheimlichste an ihr ist der sich bewegende Mund, wenn sie gegen die Schmerzen und die durchtränkten Zellstofftücher ankämpft. All diese Anstrengungen unternimmt sie, nur um eine groteske Lüge aufzutischen. Sie erzählt der Ärztin, sie sei auf dem Spielplatz mit dem Kopf voran die Rutschbahn hinuntergeglitten, sei unten schwer aufgekommen und habe für kurze Zeit das Bewußtsein verloren. Irgendwie habe sie es dann geschafft, sich zur alten Fabrik zu schleppen, obwohl sie sich daran beim besten Willen nicht mehr erinnern könne.

»Das ist eine verdammte Lüge!« wirft Sam ein. Deanies Fingernägel reißen seine Handflächen auf.

»Halt den Mund!« fährt sie ihn an.

»Der Freund ihrer Mutter hat das getan!« ruft Sam.

Sie trommelt mit ihren kleinen Fäusten gegen seine Brust. »Nein, sag nichts davon!«

»Er war es, der sie so zugerichtet hat. Sein Name ist Tony Lord.«

Ein Leuchten erscheint in Dr. Spellmans Augen.

»Haben Sie Lord gesagt?« Sie lächelt wissend. »Wie klein die Welt doch ist. Ein Mann dieses Namens belegt eines unserer Betten. In der vergangenen Nacht hat er eine Augenbraue und ein paar Hautstückchen verloren. Und sein Gesicht sieht dem Ihren nicht unähnlich, junge Dame. Er hat angegeben, im berauschten Zustand in einen Spiegel gefallen zu sein. Ist Ihnen möglicherweise das Gleiche widerfahren?«

Deanie gibt keine Antwort.

Die Ärztin strahlt jetzt grimmige Heiterkeit aus. Sie erscheint wie eine Frau, die ihren Lieblingssessel in die richtige Position gerückt hat, um einen guten Blick auf die Hinrichtung zu haben, und die sich jetzt nur noch der Frage widmen muß, welche Wolle sie für ihre Strickarbeit verwenden soll. Von nun an behandelt sie Sam wesentlich freundlicher.

Sam wird in diesem Moment klar, daß Dr. Spellman ihn im Verdacht hatte, Deanie all die Verletzungen zugefügt zu haben, und daß Deanie nur gelogen hat, um ihn zu schützen. Wie stets bei solchen Gelegenheiten läuft er rot an.

»Doch zuerst wollen wir die Wunden versorgen, okay? Um Mr. Lord können wir uns später immer noch kümmern. Haben Sie außer im Gesicht noch weitere Verletzungen davongetragen?«

Leise, aber doch hörbar erleichtert, antwortet Deanie mit nein.

»Dann machen Sie sich doch bitte frei.«

Deanie flüstert Sam ins Ohr: »Ich habe mir ins Höschen gemacht.«

»Das läßt sich nicht verheimlichen«, grinst Sam. »Je eher du die Klamotten ausgezogen hast, desto weniger Gestank wirst du verbreiten. Mann, das ruft unangenehme Erinnerungen in mir wach. Ich war als Kind Bettnässer.«

Deanie sieht ihn mit einem großen rechten Auge an.

Die Ärztin fragt interessiert: »Eine angeborene Blasenschwäche?«

Sam schüttelt den Kopf. »Nein, meine Eltern haben sich scheiden lassen. Vermutlich haben sie mir das Gefühl gegeben, ich solle mich verpissen, und das hat sich irgendwie verinnerlicht.«

Dr. Spellman grinst, und Deanie versucht vergeblich, es ihr gleichzutun.

»Geben Sie mir die Schere«, meldet sich Sam freiwillig. »Ich befreie sie aus ihren Sachen.«

Die Ärztin sieht ihm zu, wie er Deanie das Sweatshirt aufschneidet. Das Blut ließe sich aus dem Stück herauswaschen, aber vermutlich will sie es nie wieder tragen. Trotzdem bedauert er, es zerstören zu müssen. Zuerst hat sein Bruder es getragen, der jetzt am Persischen Golf um sein Leben bangen muß. Dann ging es auf seinen Vater und auf ihn über, bis schließlich Deanie es tragen durfte. Dieses Sweatshirt hat mehr als nur treue Dienste geleistet.

»Ich habe einen Sanitäterkurs belegt«, sagt Sam, um ein Gespräch in Gang zu bringen. »In den Sommerferien arbeite ich als Krankenpfleger. Ich bin definitiv dazu qualifiziert, Leute aus ihren Kleidern zu schneiden.«

Das Sweatshirt ist offen, und Sam wendet sich dem T-Shirt zu. Als ihre Brust bloßliegt, klammert Deanie sich an ihn.

»Hübsche Titten«, sagt er anzüglich, und sie macht ein Geräusch, das wohl ein Kichern darstellen soll.

Dr. Spellman macht ein ernstes Gesicht.

»Das ist schon okay«, versichert er der Ärztin. »Deanie und ich haben schon früher Doktorspiele gemacht.«

Deanie zittert. Sam bedeckt sie mit seiner Jacke und beeilt sich, sie von Jeans und Unterwäsche zu befreien. Als er das geschafft hat, schiebt er seinen Kopf unter die Jacke und pustet ihr auf den Bauch. Sie tritt wild um sich und kichert unkontrolliert. Als er den Kopf wieder herauszieht, sieht er, daß Dr. Spellman errötet ist und sich ein Lächeln verbeißt.

»Sehr gut«, sagt sie strenger als beabsichtigt. »Ich schätze, ich bin Ihnen zu Dank verpflichtet.«

28

Mit einer raschen, oft erprobten Handbewegung zieht sich die Ärztin die Gummihandschuhe aus. Ihre Miene drückt Ärger und Empörung aus, und beides schwingt auch in ihrer Stimme mit: »Wir müssen Sie röntgen lassen. Das Ödem da gefällt mir überhaupt nicht. Die Ketten haben sich in die

Epidermis eingegraben. Sie können von Glück sagen, daß die Ketten nicht zu stramm sitzen, andernfalls wären Ihnen die Ohrläppchen und die Nasenflügel aufgerissen worden. Sobald wir die Röntgenbilder gemacht haben, möchte ich Sie gern anästhesieren, um die Ketten zu entfernen und die Wunde zu reinigen. Wir behalten Sie über Nacht hier, und morgen sieht sich ein plastischer Chirurg Ihr Gesicht an.«

So klar und deutlich, wie es ihr nur möglich ist, entgegnet Deanie: »Das kann ich nicht bezahlen.«

»Darüber können Sie sich später immer noch Gedanken machen«, wehrt Dr. Spellman ab. »Ein Fremdkörper befindet sich in Ihrem Gesicht, und es sind bereits erste Anzeichen einer Infektion festzustellen. Mit einer Blutvergiftung sollte man nicht spaßen, junge Dame.«

»Bitte, ich möchte nicht über Nacht hierbleiben müssen«, sagt Deanie kläglich. »Das wird viel zu teuer.«

»Sie geht nicht wieder nach Haus«, erklärt Sam streng. »Das kommt überhaupt nicht in Frage.«

»Mr. Lord ist zur Zeit nicht in der Lage, allzu viele Dummheiten anzustellen«, sagt die Ärztin. »Und wenn es nach mir ginge, würde man ihm noch auf dem Krankenbett Handschellen anlegen.«

Deanie zieht sich an Sam hoch, bis sie aufrecht sitzt. »Es war doch nur ein Unfall!«

»Gott im Himmel, Deanie!« stöhnt er.

»Sie müssen nicht die ganze Nacht hierbleiben, nur ein paar Stunden, bis Sie sich von der Narkose erholt haben.« Dr. Spellman bemüht sich, ein freundlicheres Gesicht aufzusetzen. »Es tut mir leid«, sagt sie dann sanfter, »aber ich bin vom Gesetz her verpflichtet, jeden Fall zu melden, bei dem körperliche Mißhandlung vermutet werden muß.«

»Deanie«, lächelt Sam, »du kannst bei mir und meiner Familie unterkommen, aber du bist erst wirklich sicher, wenn du diesen Dreckskerl hinter Schloß und Riegel gebracht hast.«

»Dem kann ich nur zustimmen, Miss Gauthier. Hat Mr. Lord Sie auch sexuell belästigt?«

»Nein«, murmelt Deanie und vergräbt ihr Gesicht an Sams Brust.

Dr. Spellman zieht sich neue Handschuhe an. »Davon möchte ich mich lieber selbst überzeugen.«

»Nein!« schreit Deanie.

Die Ärztin sieht Sam fragend an, so als wolle sie ihn bitten, Deanie zu einer Zustimmung zu bewegen. Aber er steht unter Schock. Zuerst Dr. Spellmans Verdacht, und dann Deanies heftige Reaktion darauf sorgen in seinem Kopf für die größte Verwirrung. Wieso ist er nicht von selbst darauf gekommen? Nach außen hin wirkt er stark und hält das Mädchen fest, das verzweifelt an ihm Halt sucht. Aber in seinem Innern tobt ein Sturm, der wie mit glühenden Klingen in sein Herz und in seine Seele schneidet.

Dr. Spellman nimmt sich ihren Notizblock vor und fragt die Patientin, ob sie regelmäßig Medikamente nimmt.

»Die Pille«, antwortet Sam an ihrer Stelle. »Und sie raucht. Zigaretten und Gras.«

»Ich bin gerade dabei, es mir abzugewöhnen«, wendet Deanie ein.

Die Ärztin hebt eine Braue. »Das sollten Sie auch besser tun. Nikotin verengt Ihre Blutbahnen und verlangsamt den Heilprozeß. Für Ihr Gesicht brauchen Sie viel Glück, damit es wieder so wird wie früher. Also halten Sie sich von den Zigaretten fern. Selbst das Passivrauchen kann bei Ihnen zu Komplikationen führen. Das selbe gilt für Marihuana, denn das beeinträchtigt neben anderem die Wirkung der Pille. Haben Sie sonst noch schlechte Angewohnheiten, von denen ich wissen sollte?«

»Nur ihn«, antwortet Deanie und zeigt mit dem Daumen auf Sam.

Während sie sich röntgen läßt, hält er ihre Hand. Als er danach darauf wartet, daß sie aus dem Operationssaal kommt, fällt ihm nur wenig ein, womit er sich ablenken könnte. Aber halt, er muß in der Schule anrufen.

»Sam Styles!« stößt die Sekretärin hervor. »Wo steckst du? Hier wartet dicke Luft auf dich, junger Mann!«

Ohne auf ihre Fragen einzugehen, verlangt er von ihr, daß sie ihn mit Laliberte verbinden soll.

»Ich bin mit Deanie Gauthier im Krankenhaus«, teilt er dem Rektor mit.

»Was ist denn passiert?«

»Sie wurde verletzt, aber sie kommt schon wieder auf die Beine. Im Moment befindet sie sich im OP. Die Sache ist jedoch recht unangenehm. Ich schätze, die Behörden werden sich einschalten. Und es ist durchaus denkbar, daß der Freund ihrer Mutter unter Anklage gestellt wird. Heute abend weiß ich sicher mehr. Ich melde mich dann noch einmal bei Ihnen.«

Laliberte reagiert genau so, wie Sam es sich vorgestellt hat. »Grundgütiger! Haben Sie so etwas schon geahnt, als Sie heute mittag ohne Erlaubnis das Schulgelände verließen? Warum haben Sie mir nicht vorher Bescheid gegeben, Sam?«

»Ich dachte, Deanie sei wieder krank, wie neulich. Gut, ich wußte, daß sie es zuhause nicht leicht hatte, aber ich hatte keine Ahnung, was sich dort tatsächlich abspielt. Auf jeden Fall habe ich erst hier bei der Untersuchung erfahren, daß sie körperlich mißhandelt worden ist.«

»Nun ja«, seufzt der Rektor, »das läßt sich jetzt nicht mehr ungeschehen machen. Wir reden später nochmal darüber, wenn Sie etwas mehr in Erfahrung gebracht haben. Lassen Sie mich Ihnen einen Rat geben, Sam: Verplappern Sie sich nicht, wenn die Polizei sich einschalten sollte. Ihre Aufgabe besteht jetzt vor allem darin, weiteren Schaden von Miss Gauthier fernzuhalten.«

Der Mann will vor allem Schaden von sich und seiner Schule fernhalten, erkennt Sam, sagt aber nichts dazu. Schließlich ist er selbst auch nicht ohne. Im Gegensatz zu Laliberte hat er nämlich schon vorher gewußt, daß Deanie zuhause mißhandelt wurde. Er hat aber nie etwas unternommen, vielleicht aus ähnlichen Motiven, die den Rektor jetzt dazu bewegen, seine Schule aus allem herauszuhalten.

Sam hockt in dem Raum, in dem er zu warten versprochen hat, auf einem Plastikstuhl. Am Ende des Gangs befindet sich der Operationssaal, indem Dr. Spellman gerade die Ketten entfernt. Sam gerät ins Brüten. Wenn es ihm gelingen sollte, der alten Frau an der Rezeption die Nummer von Tonys Zimmer zu entlocken, könnte er eine Scheibe einschlagen und dem Drecksack das wegschneiden, was von seinem Gesicht noch übriggeblieben ist. Die Vorstellung hallt so stark in ihm wider, daß er es auf dem Stuhl nicht mehr aushält und losläuft. Blindlings und mit gepreßtem Atem stolpert er nach draußen und will auf den Parkplatz, wo er frische Luft schöpfen und gegen ein paar Reifen treten kann.

Doch an der Rezeption stehen Sergeant Woods und Art Poloniak, der Polizeichef. Sie verfolgen interessiert Sams merkwürdige Gehweise.

»Wenn man vom Teufel spricht«, grinst der Polizeichef.

Aber Woods ist nicht nach Späßen zumute. »Wie geht es Deanie?« fragt er besorgt.

»Im Augenblick entfernt eine Ärztin ihre Gesichtsketten. Was denken Sie denn, wie es ihr geht?«

Sein wenig vorbereiteter Versuch, an Poloniak vorbeizulaufen, wird von der fleischigen Hand des Polizeichefs vereitelt. »Nicht so hastig, mein Sohn. Du brauchst uns nicht so anzufahren. Wo willst du überhaupt hin?«

»Überall und nirgends. Zu meinem Truck, um mir den Walkman aufzusetzen. Und was zu lesen zu holen, um was gegen die verdammte Warterei zu tun.«

»Dann begleite uns doch in die Cafeteria«, sagt Poloniak ungewohnt freundlich. »Ich spendiere dir einen Becher Kakao, und dann erzählst du uns alles, was du über diese Geschichte weißt. Du wirst sehen, damit kann man sich prima die Zeit vertreiben.«

Bei dem Wort »Zeit« fällt Sam etwas Wichtiges ein, und er wirft einen nervösen Blick auf die Wanduhr.

»Ich verpasse mein Training«, sagt er, ohne nachzudenken.

»Das ist nicht so schlimm«, versichert Woods ihm. »Im Moment gibt es Wichtigeres zu erledigen.«

Als er sich von den beiden Polizisten wie ein Kind, das sich verlaufen hat, in die Cafeteria führen läßt, verlangt der Körper sein Recht. Seine Finger zucken nach dem Ball, sein Rückgrat spannt sich zum Sprung, und seine Beine wippen, um Sturmläufe und Täuschungsmanöver durchzuführen. Plötzlich will er Tony Lord nicht mehr verstümmeln oder umbringen. Die Vorstellung einer weiteren Gewalttat bereitet ihm Übelkeit. Und er hat auch keine Lust mehr, sich von der Musik aus dem Walkman einlullen zu lassen oder sich hinter einem Buch zu verstecken. Er will nur spielen und darüber die Krankenhausgänge und die Polizisten mit ihren Fragen vergessen.

In der Cafeteria herrscht der übliche muffige Geruch von Schweiß und verkochtem, mehrfach aufgewärmtem Essen. Und der bringt Sam zu Bewußtsein, daß seine Unruhe, seine Kopfschmerzen und seine emotionale Instabilität zu einem guten Teil vom Hunger herrühren. Er bestellt zwei Cheeseburger, eine doppelte Portion Fritten und einen Milkshake, überlegt es sich dann anders und verlangt drei Burger und eine dreifache Portion Fritten.

Als er an der Kasse bezahlen will, hält der Sergeant ihn zurück.

»Ich denke, das übernehmen wir, was, Art?«

Die Polizeichef betrachtet gerade gierig die Nachspeisenauslage. Aber als Woods einen bezeichnenden Blick auf den Bauch seines Vorgesetzten wirft, seufzt Poloniak und bezahlt Sams Essen.

»Jetzt erzähl uns alles, mein Junge«, drängt der Sergeant ihn, als sie am Tisch sitzen. »Von Anfang an.«

»Welcher Anfang?« fragt Sam verwirrt.

»Tja, von heute an. Beginnen wir doch mit heute«, schlägt der Polizeichef vor.

Und Stück um Stück setzen sie die ganze Geschichte zusammen.

Sam verschlingt die Cheeseburger, spürt etwas Klebriges an seinen Fingern und leckt die blutrote Tomatensauce ab. Seine Finger ziehen unbewußt eine Linie vom linken Nasenflügel zum Ohrläppchen und von dort hinunter zum Kiefer. Dann atmet er tief durch. »Ihre Ge-ge-gesichtsketten...« Sam bemerkt die unverhohlene Heiterkeit Poloniaks angesichts seiner Sprachbehinderung, aber auch Woods' wütenden Blick über die Reaktion seines Chefs. Er legt eine Hand auf die Wange und bemüht sich, jedes Wort zu betonen: »Dr. Spellman hat gesagt, es sei ein schwerer Faustschlag gewesen. Hat nicht viel gefehlt, und er hätte ihr den Kiefer gebrochen.«

Der Sergeant räuspert sich. »Unser mutmaßlicher Täter liegt auch hier und befindet sich in einem schlimmeren Zustand als das Opfer. Und das Opfer hat zwei Aussagen gemacht, die einander widersprechen.«

»Mir stehen diese Familienkräche bis hier!« stöhnt Poloniak.

»Wir brauchen entweder ein Geständnis von diesem drogensüchtigen Säufer oder die Wahrheit von Deanie«, fährt Woods fort.

»Gott, wenn sie sich überhaupt noch daran erinnern kann«, schnaubt der Polizeichef. »Sie war wahrscheinlich genauso zu wie ihr Stiefvater.«

Woods bemerkt, daß Sam die Fäuste ballt und legt ihm warnend eine Hand auf den Arm.

»Vielleicht kann man ihre Mutter zu einer Aussage bewegen.«

»Wenn si-sie überhaupt etwas davon mitbekommen hat«, entgegnet Sam und gibt es Poloniak zurück: »Vermutlich war sie von allen Anwesenden am meisten weggetreten.«

Der Polizeichef läuft rot an.

»Jetzt hör mir mal gut zu, du kleiner…«

Der Sergeant schneidet ihm vorsorglich das Wort ab.

»Natürlich reden wir mit ihr. Tony Lord ist selbst ins Krankenhaus gekommen, hat aber kein Wort über das Mädchen verloren. Weder daß sie verletzt worden ist, noch daß sie vermißt wird. Nach allem, was wir wissen, hat Deanie unversorgt und schwer verwundet die Nacht in einem verlassenen Gebäude verbracht. Wenn das nicht Vernachlässigung der Elternpflicht und Fahrlässigkeit ist!«

Poloniak nickt. »Wird Zeit, daß wir uns das Haus mal ansehen.«

»Du kommst mit, Sam«, sagt Woods. »Dann kannst du uns sagen, ob es dort noch so aussieht wie zu dem Zeitpunkt, als du es verlassen hast.«

Sam hat keine große Lust, das Haus noch einmal zu betreten, ganz zu schweigen davon, Judy Gauthier zu begegnen. Aber auf der anderen Seite hat er ja doch nichts Besseres vor.

Als er auf dem Rücksitz des Streifenwagens sitzt, befällt ihn ein schlechtes Gewissen, und er erinnert sich an alle Schandtaten, die er jemals begangen hat. Er hofft, daß niemand ihn sieht, während er mit den Polizisten durch die Stadt fährt.

»Sam«, dreht der Sergeant sich zu ihm um, »sind dir an Deanie früher schon einmal Anzeichen von körperlicher Mißhandlung aufgefallen?«

Das Schweigen, das vom Rücksitz kommt, bewegt beide Polizisten dazu, in den Rückspiegel zu blicken.

»Vor ein paar Wochen hat jemand eine Zigarette auf ihrem Handrücken ausgedrückt. Deanie sagte, ihre Mutter habe das getan. Als Strafe, weil sie ihr immer die Kippen gestohlen hat.«

»Und hast du ihr das geglaubt?« fragt der Polizeichef.

Sam zögert mit der Antwort. »Ich wußte nicht, inwieweit man ihr überhaupt glauben durfte.«

Poloniak legt den Arm auf die Lehne, um sich besser umdrehen zu können. »Hast du sonst was an ihr bemerkt? Oder hat sie dir vielleicht etwas erzählt?«

»Eigentlich nicht. Ich meine, sie hat ständig Schrammen und blaue Flecken. Ich dachte immer, die rühren vom Training her.«

Der Sergeant räuspert sich und sieht ihn im Rückspiegel an. »Glaubst du, daß man sie auch sexuell mißbraucht hat?«

»Ich weiß nur, daß sie ziemliche Angst vor Tony hatte. Und er hat ihr verboten, sich von Jungs anrufen zu lassen. Wenn ich sie abgeholt oder abgesetzt habe, dann immer ein gutes Stück von ihrem Haus entfernt.«

Der Polizeichef trommelt mit den Fingern auf die Lehne. »Diese Deanie treibt sich doch viel herum, nicht wahr, Sam? Ich meine, sie ist jede Nacht unterwegs, trinkt und hat eine Menge Erfahrung mit Jungs hinter sich. Glaubst du da nicht, daß das einem Burschen, der ja praktisch so etwas wie ihr Stiefvater ist, gehörig gegen den Strich gegangen ist? Möglicherweise hat er sie nur mit Schlägen zur Disziplin anhalten wollen.«

Sam lacht laut. »Disziplin? Sie hätten sich einmal Deanies Gesicht ansehen sollen. Oder besser das, was davon übriggeblieben ist!«

»Ist ja schon gut, Sam«, vermittelt Woods. »Niemand will diesen Dreckskerl in Schutz nehmen. Wir ermitteln doch nur, und da müssen wir uns ein möglichst vollständiges Bild von dem machen, was vorgefallen ist.«

Das Haus am Ende der Depot Street ist immer noch leer, und die Tür steht halb offen, wie Sam sie verlassen hat. Er muß auf dem Rücksitz bleiben, während die Beamten sich die Bescherung im Haus ansehen. Die Nachbarn werfen zunächst Blicke aus ihren Fenstern und ziehen sich dann die Wintermäntel an, um die Sache aus der Nähe zu betrachten. Sie stehen herum und starren auch Sam an, der sich auf seinem Sitz immer kleiner macht. Endlich kommt der Sergeant heraus. Er läuft zum Wagen und gibt über Funk durch, was er herausgefunden hat. Jetzt darf Sam mit ins Haus. Auf dem Weg zur Tür betet er darum, daß die Nachbarn bemerken, daß er keine Handschellen trägt.

Im Haus sieht es noch genauso aus wie vor ein paar Stunden, als er hier Deanie gesucht hat.

Dann fällt ihm ein, daß Deanie Kleider braucht. Und natürlich ihre Bücher, den Teamdress, die Basketballstiefel und den Walkman, damit sie dieses Haus nie wieder betreten muß.

»Deanie kommt mit zu mir nach Hause. Kann ich für sie ein paar Kleidungsstücke zusammenpacken, und was sonst noch so dazugehört?«

»Es wäre besser, wenn du hier vorerst nichts anfaßt«, entgegnet Poloniak.

Woods wirft einen Blick in Deanies Zimmer. »Sam ist hier doch schon durchgelaufen, Chief. Und die Fotos von diesem Raum haben wir auch gemacht. Ich schätze, wir sollten den Jungen etwas für sie einpacken lassen. Natürlich behalte ich ihn dabei im Auge.«

Bei jedem Schritt knirscht Glas unter seinen Schuhen. Sam stellt den Rucksack, die Sporttasche und die Stiefel aufs Bett. Der Sergeant verfolgt jede seiner Bewegungen. Die Schubladen der Kommode, die vom Sperrmüll zu stammen scheint, enthalten nur wenig Wäsche. Er kennt jedes einzelne Stück, und es erschreckt ihn, wie wenig sie besitzt. Als er alles zusammen mit dem Dress, den Büchern, einem Dutzend Kassetten und einer Handvoll Make-up in die Tasche gestopft hat, befindet sich nicht mehr viel in dem Zimmer. Nur ein paar Papierrollen, Streichhölzer und Kerzenstummel. Dann entdeckt er den Mantel, der an einem Nagel an der Wand hängt, und den Morgenmantel an der Tür. Er nimmt beide ab und steckt sie zu den anderen Sachen.

Jetzt sieht das Zimmer fast so elend aus wie die Hausmeisterwohnung in der alten Fabrik. Nein, noch schlimmer, wenn man den geborstenen Spiegel betrachtet. Deanies Habe ist so bescheiden wie die eines Flüchtlings. Ihm wird klar, warum sie immer so getan hat, als wären Lumpen, Löcher und Fetzen ihr ganz persönlicher Stil: Sie besaß nie mehr als das. Und der kaputte Spiegel paßt ins Bild, paßt zu Deanie, die sich in Lumpen kleidet, sich den Schädel kahl rasiert, sich mit Tätowierungen schmückt und als ganz persönliche Note Ketten im Gesicht trägt.

Als er den Raum verläßt, fällt sein Blick kurz auf sein Ebenbild im Spiegel. Und plötzlich knotet sich sein Magen zusammen.

»Die Kritzeleien«, stöhnt er.

Der Sergeant sieht ihn fragend an.

»Die Bilder, die sie in der Fabrik an die Wand gekritzelt hat.«

»Ja, die habe ich bemerkt, als ich mir das Gemäuer näher angesehen habe. Was ist damit?«

Sam starrt ihn an, und Woods wird schlagartig ernst.

»Wir müssen sie uns noch einmal ansehen. Dringend!«

Während Sam die Habe Deanies in seinen Truck packt, der noch immer vor dem Krankenhaus auf dem Parkplatz steht, wirft er einen Blick auf das Gebäude. Durch die Glasfront sieht er Poloniak an der Rezeption. Der Polizeichef nimmt gerade einen Plastiksack in Empfang, der die Kleidungsstücke enthält, die Sam ihr vorhin mit der Schere aufgeschnitten hat. Zum ersten Mal wird ihm bewußt, daß aus der Sache jetzt wirklich ein Fall geworden ist. Von nun an werden sie vor lauter Bullen, Sozialarbeitern, Anwälten, Gerichtssälen und Richtern kaum noch Zeit zum Atmen finden. Er muß an all die schrecklichen Stunden seiner Kindheit denken, und ihm wird kotzschlecht.

Er kehrt zum Truck zurück und kramt in seiner Sporttasche nach dem Walkman. Etwas klirrt unter Deanies Tasche. Er sieht nach, entdeckt ihre Bauchketten und nimmt sie in die Hand. Deanie hatte sie um ihre Hand gewickelt – wie eine Waffe. Die Ärztin hat gesagt, Tony Lords Auge sei verletzt, und er habe eine Braue verloren. Hat ein Spiegelsplitter diese Wunden verursacht? Hat Deanie mit den Ketten in den Spiegel geschlagen? Oder hat sie die Waffe direkt gegen ihren Stiefvater eingesetzt?

Er schiebt die Ketten in die Jackentasche. Seine Augen sind trocken und gerötet, und ein Druck liegt auf seiner Brust. Tony Lord ist zur Zeit von legalen Drogen high. Sam lehnt sich an den Truck und öffnet und schließt die Fäuste. Er kämpft gegen den dringenden Wunsch an, Tony noch einmal die Ketten zu schmecken zu geben, sie ihm bis zum letzten Glied in den Rachen zu stopfen.

An der Rezeption zieht er sie aus der Tasche und reicht sie Woods. »Die hatte sie sich um die Faust gewickelt.«

Woods zeigt Poloniak die Ketten. »Was hältst du davon, Art?«

Der Polizeichef wirft den Kopf in den Nacken. »Die sollten wir lieber in Verwahrung nehmen.«

Und wieder wandert etwas in einen Plastikbeutel.

Sam hat auf dem Plastikstuhl im Wartezimmer die Haltung einer Brunnenfigur eingenommen, hält die Augen geschlossen und sperrt mit dem Lärm, der aus dem Kopfhörer dringt, die Welt aus. Er spürt, wie seine Zellen sich im Prozeß des Wartens verdicken, wie sie versteinern. Wie ein gefallener Erzengel, der auf diese Zeitebene verdammt wurde, dreht er die Zehen in den heruntergekommenen, abgerissenen Schuhen nach innen und läßt die Hände schlaff zwischen den Höckern seiner Knie liegen, die aus den Rissen in seinen Jeans hervorragen. Der Walkman-Kopfhörer erschafft eine robotische Abschirmung um seinen Kopf, während er meditierend auf dem Stuhlrand hockt und der Pferdeschwanz sich auf seinem muskulösen Rücken ausbreitet.

Dr. Spellman klopft ihm auf die Schulter. Blinzelnd schiebt er die Kopfhörer von den Ohren und springt auf.

»Wir bringen sie jetzt in ihr Zimmer, damit sie sich dort ausruhen kann.«

Er schnappt sich das Bündel mit ihren Sachen.

»Was ist mit ihrer Mutter? Ist sie schon irgendwo aufgekreuzt?«

Sam schüttelt den Kopf.

Deanie hat das Bewußtsein noch nicht wiedererlangt. Sie liegt in ihrem Krankenbett. Die eine Hälfte ihres Gesichts ist bandagiert, die andere sieht überraschend schmutzig aus. Eigenartigerweise verleihen ihr die Bandagen im Gesicht etwas Menschliches. Sie sieht jetzt aus wie ein normaler Mensch mit einer Kopfverletzung. Sam sucht eine Schwester, läßt sich von ihr einen Waschlappen geben, hält ihn unter fließendes Wasser und reinigt behutsam Deanies freie Gesichtshälfte.

Als Dr. Spellman fortgeht, schließt Sergeant Woods seinen Block.

Poloniak, der neben ihm steht, kratzt sich seinen breiten, am Scheitelpunkt kahlen Schädel. Das vorhandene Haar ist farblos und wirkt so, als hielte es sich schon viel zu lange dort auf. Er weist verblüffende Ähnlichkeit mit den kurzschnauzigen Tieren auf, die am oder im Wasser leben, wie Biber, Vielfraß oder Bisamratte.

»Ist dir aufgefallen, daß der junge Mann eine zerkratzte Nase und eine dicke Lippe hat? Es könnte doch sein, daß er in die Sache verwickelt gewesen ist. Ich will ja nicht sagen, daß er das Mädchen so zugerichtet hat, aber vielleicht hat er Lord die Fresse poliert, nachdem der sich an Deanie vergriffen hatte, oder?«

Woods schüttelt den Kopf. »Lord und Deanie weisen vor allem Riß- und Quetschwunden auf. Ich wäre nicht überrascht, wenn es die Kette war, die Lord seine Augenbraue gekostet hat. Dr. Spellman hat gesagt, sie glaube nicht, daß diese Wunden von herumfliegenden Glasscherben herrühren könnten.«

Woods kratzt sich am Kinn und fährt dann fort: »Davon abgesehen habe ich die beiden jungen Leute gestern am späten Nachmittag gesehen. Das kann nicht lange vor dem Vorfall gewesen sein. Sam war auf dem Weg nach Greenspark, und Deanie wies noch keine Verletzungen auf.«

»Was hattest du denn da zu tun?« Der Polizeichef wirkt verwirrt.

»Ich habe mich ein wenig umgesehen«, antwortet der Sergeant. »Du weißt doch, Art, daß die Jugendlichen gern in der alten Fabrik Parties feiern. Wir haben im Prinzip nichts dagegen, oder? Aber wir sollten uns darüber informieren, wo sie sich treffen, nicht wahr? Nun, ich habe herausgefunden, daß die Gauthier das alte Gemäuer als Zufluchtsort nutzt. Das für sich genommen läßt schon den Schluß zu, daß bei ihr zuhause nicht alles zum Besten stehen dürfte. Wie dem auch sei, ein paar Wochen vor Weihnachten habe ich die beiden vom Spielplatz verscheucht. Nun, gestern waren Sam und Deanie wieder dort. Deshalb dachte ich mir, sieh dir die Sache doch mal genauer an. Ich ging zur Fabrik, und als ich nur noch ein paar Meter entfernt war, kam das Mädchen heraus. Ich habe gewartet, bis sie verschwunden war, und ging dann hinein. Tja, die beiden jungen Leute haben sich in der Fabrik mehr oder weniger häuslich niedergelassen. Ich halte das nicht für schlimm, Art. Eine Menge Jugendlicher, die scharf aufeinander sind, suchen sich ein Plätzchen, um es dort zu treiben. Außerdem habe ich weder Alkohol noch Drogen entdeckt. Deswegen sagte ich mir, in diesem Fall sollte das Gesetz beide Augen kräftig zudrücken.«

Poloniak grinst. »Genau das hätte ich auch getan. Es ist uns schließlich nicht daran gelegen, den Jungen in eine Zelle zu sperren, bloß weil man sein blankes Hinterteil sehen konnte, als er die Kleine auf der Sitzbank seines Trucks gestoßen hat. Trotzdem macht die ganze Geschichte mich etwas nervös... dich nicht, Woodsie?«

»Gott, natürlich. Wenn Sams Name fällt, haben wir hier bald den größten Medienrummel.«

»Die Sache ist ein Fall fürs Jugendamt, und wir können nur dafür sorgen, daß nicht allzu viel Wind darum gemacht wird. Ich rufe Laliberte an, damit er in der Schule den Deckel draufhalten kann. Und er wird ohnehin erfahren, daß das Jugendamt sich einschaltet. Wir können davon ausgehen, daß

Sam die Klappe halten wird. Er wollte ja nicht einmal mit uns reden. Und wenn die Fernseh-Fuzzis kommen und ihn interviewen, bekommen sie von ihm dreieinhalb Sekunden Gestammel. Und das ist ihnen als O-Ton bestimmt nicht gut genug. Es ist eine verdammte Schande.«

»Ja, mir tut nur auch die Kleine leid.«

Poloniak verzieht das Gesicht. »Klar, natürlich«, stimmt er ungeduldig zu. »Sie war vor der Verletzung schon kein angenehmer Anblick. Wie gut, daß Sam so groß ist. Da muß er ihr nur dann ins Gesicht sehen, wenn sie gerade auf ihm sitzt. Aber ich habe eigentlich den Jungen im Auge. Ein gutaussehender Bursche wie er voller Talent, voller wirklich großartigem Talent, und dann gibt ihm die Natur ein so schwaches Gehirn mit auf den Weg.« Er streckt die Zunge heraus und verdreht sie. »Die Zunge spielt ihm fast immer einen Streich, und wo bei anderen ein Strahler im Oberstübchen brennt, ist es bei ihm nur eine 15-Watt-Birne. Was hat er überhaupt mit diesem kleinen Freak, mit dieser Kratzbürste zu schaffen, wo er doch jede Klasse-Cheerleaderin flachlegen könnte? Zumindest eine, die sich unter den Achselhöhlen, nicht aber auf dem Schädel rasiert.«

»Er hat eben ein zu weiches Herz«, vermutet der Sergeant. »Hör mal, so weit wir wissen, ist er nur zufällig und am Rande an dieser Geschichte beteiligt. Er war der gute Samariter, der die Kleine aufgelesen und ins Krankenhaus gebracht hat.«

»Weiches Herz?« schnaubt der Polizeichef. »Ich würde eher auf eine weiche Birne tippen. Weiche Birne, weiches Herz und ständig einen Steifen in der Hose. Und wenn ich im Bibelunterricht nicht ständig geschlafen habe, hat der gute Samariter damals das Opfer nicht gevögelt.« Er bemerkt mit einem Seitenblick, daß der Sergeant darüber nicht lachen kann. »Nun blas kein Trübsal«, zwinkert er ihm zu. »Wird schon schiefgehen. Schließlich habe ich einen Haufen Geld auf den Jungen gesetzt.«

Sie hängt über seinem Unterarm und kotzt in die Plastikschüssel. Sam wischt ihr danach den Mund ab.

»Tut jetzt noch schlimmer weh als vorher«, ächzt sie.

»Dafür haben sich aber Profis um die Sache gekümmert«, beruhigt er sie. »Leute, die wissen, was sie tun. Deswegen sind sie ja auch so teuer.«

Die Krankenschwester lacht.

Deanie verzieht den Mund zu einem verunglückten Lächeln.

Dr. Spellman kommt herein und bringt eine zweite nierenförmige Plastikschüssel mit. Darin befinden sich Deanies Gesichtsketten, der Nasenring und die Ohrringe. Sie schwimmen in einer Blutlache und wirken so unappetitlich wie gezogene Zähne.

»Ich muß das hier der Polizei geben. Sie werden die Ketten und Ringe sicher irgendwann zurückerhalten.«

Sie reicht Deanie ein vollgetipptes Blatt, dem die Wundbehandlung, einige Telefonnummern und ein neuer Termin bei der Ärztin zu entnehmen sind. Dr. Spellman gibt ihr Antibiotika und Schmerzmittel. Allesamt kostenlose Proben, wie Sam dankbar registriert. Wenigstens bleiben ihnen damit die Apothekenkosten erspart. Anscheinend hat die Ärztin Deanies Worte, von wegen sie könne nicht bezahlen, ernst genommen.

»Schluß mit dem Rauchen«, rät Dr. Spellman dringend. »Und legen sie im Auto den Gurt an.«

»Wann kann ich wieder spielen?«

Deanies kaum zu vernehmende Frage verwirrt die Ärztin.

»Basketball«, erklärt Sam rasch. »Die Saison dauert noch einen Monat, und sechs Wochen, wenn die Mädchen ins Finale kommen.«

»Oh!« macht Dr. Spellman. »Ich weiß nicht so recht. Die Gefahr erscheint mir zu groß, daß beim Spiel die Wunde in Mitleidenschaft gezogen wird. So schnell ist das nicht ausgeheilt...« Sie verzieht den Mund. »In ein paar Tagen können Sie wieder in die Schule gehen, aber mit der laufenden Saison ist es für Sie wohl Essig.«

Deanie atmet scharf ein. »Nein!« ruft sie durch die Maske aus Bandagen und Zellstoff.

Die Ärztin fährt angesichts der Heftigkeit dieses Ausbruchs zusammen und schüttelt dann den Kopf.

»Ganz ehrlich, junge Lady, ich würde Ihnen nicht dazu raten. Ich habe gerade eine zwanzig Zentimeter lange Wunde in Ihrem Gesicht zusammengenäht. Es würde mir gar nicht gefallen, wenn all die Mühe umsonst gewesen wäre.«

»Scheiß auf mein Gesicht!« schreit Deanie. »Es ist sowieso ruiniert.«

Dr. Spellman erblaßt.

Sam legt Deanie eine Hand auf den Arm. »Ist ja schon gut«, beruhigt er sie. »Alles kommt in Ordnung.«

Deanie ist trotz Sams festem Griff kaum zu bändigen. Sie tritt um sich, reißt sich den intravenösen Schlauch aus dem Handrücken und schleudert die Schüssel mit dem Erbrochenen vom Bett. Blut spritzt aus dem Einschnitt ihrer Vene auf Sams ohnehin schon beschmutztes Hemd. Aber Deanie ist viel zu erschöpft, um sich lange wie eine Berserkerin gebärden zu können.

Im Truck, den er frühzeitig gestartet hat, damit es in der Kabine warm wird, lassen die Heizungsluft und die Narkosemittel, die noch in ihrem Blut sind, Deanie rasch einnicken. Bald schläft sie mit dem Kopf auf seinem Oberschenkel ein.

29

»Wir sind da«, erklärt Sam ihr auf der Auffahrt, aber Deanie ist noch viel zu benommen, um darauf zu reagieren. Sie erschlafft in seinen Armen, als besäße sie keine Knochen, und ihr Kopf fällt auf seine Schulter.

Reuben, der sie vom Fenster aus hat kommen sehen, öffnet die Hintertür. Sam trägt Deanie in die Küche. Indy, die auf Reubens Schulter hockt, hüpft vor Freude, ihren großen Bruder zu sehen, auf und ab. Pearl blickt von dem Topf auf, in dem sie dem Duft nach Hühnersuppe kocht. Ihr Willkommenslächeln macht rasch einem Ausdruck von Sorge Platz.

»Das ist Deanie«, stellt Sam sie vor. »Sie muß irgendwo für eine Weile unterkommen.«

Reuben reicht Pearl den Säugling und folgt Sam, der das Mädchen ins Wohnzimmer bringt und dort auf die Couch legt. Er setzt sich neben sie und schiebt ihr ein paar Kissen unter den Kopf. Reuben bringt Decken und verfolgt besorgt, wie Sam sie zudeckt. Als Sam fertig ist, nickt er und deutet zur Küche. Sie ziehen sich dorthin zurück und lassen die bewußtlose Deanie allein.

»Der Freund ihrer Mutter hat ihr ins Gesicht geschlagen«, klärt Sam seine Familie kurz angebunden auf.

Pearl muß sich setzen. Reuben tritt zu ihr und ergreift ihre Hand. Indys Lächeln ist vergangen. Sie hat zwar kein Wort verstanden, aber den ernsteren Tonfall ihres großen Bruders registriert.

»Erzähl uns alles, Sam«, drängt Reuben.

»Der Drecksack liegt jetzt im Krankenhaus. Ich schätze, Deanie hat sich nach Kräften gewehrt und ist ihm nichts schuldig geblieben. Die Polizei sucht nach ihrer Mutter. Das Jugendamt wird sich wohl einschalten. Deanie muß irgendwo unterkommen, bis eine Pflegefamilie für sie gefunden ist.«

Pearl verbirgt ihr Entsetzen hinter praktischen Überlegungen: »Wir könnten doch im Wintergarten auf der Veranda ein Bett aufbauen. Und natürlich einen Heizkörper hineinstellen.«

»Sie kann mein Zimmer haben«, bietet Sam an.

Alle schweigen für einen Moment, um darüber nachzudenken.

»Das Babygeschrei könnte sie in ihrem Schlaf stören. Und den braucht sie jetzt dringend«, wendet Reuben ein.

Daran hat Sam noch nicht gedacht. Pearl, Reuben und er haben sich längst daran gewöhnt. Nicht so Deanie. Für sie wird in diesem Haus ohnehin eine Menge fremd und neu sein.

Vor dem Abendbrot ruft Sam den Rektor an. Die Polizei war bereits bei Laliberte, und er hat auch schon die beiden Trainer über den Vorfall informiert. Der Rektor seufzt schwer, als er von Sam erfährt, daß Deanie auf Rat der behandelnden Ärztin für den Rest der Saison ausfällt. Gleich morgen früh soll in Lalibertes Büro eine Krisensitzung abgehalten werden.

Beim Essen gibt Sam eine Zusammenfassung der Ereignisse. Er erzählt die Geschichte nun schon zum dritten Mal. Sam verschweigt Pearl und Reuben, daß er mit Deanie geschlafen hat, und erzählt ihnen auch nichts von den Treffen in der alten Fabrik. Er erwähnt lediglich, daß sie sich mehrere Male in das alte Gemäuer zurückgezogen hat, um dem häuslichen Druck zu entgehen. Alles ist so kompliziert, und er weiß nicht recht, wie er es erklären soll. Vor allem weiß er nicht, was aus ihm und Deanie werden wird. Sie hat soviel Mist mitmachen müssen, da kann es Monate oder Jahre dauern, bis sie über alles hinweggekommen ist. Plötzlich wird ihm bewußt, daß Deanie morgen allein im Haus ist. Und die nächsten Tage auch, weil er zur Schule muß und Pearl und Reuben arbeiten gehen. Es hängt alles davon ab, wie rasch sie wieder zu Kräften kommt und bis wann das Jugendamt für sie eine Pflegefamilie gefunden hat.

Als er vorschlägt, bei ihr zu bleiben, macht ihn sein Vater sanft darauf aufmerksam, daß seine Examenswoche beginnt. »Solange sie unter Schock steht und die Schmerzmittel einnimmt, wird sie ohnehin den größten Teil des Tages verschlafen. Pearl oder ich könnten ja alle paar Stunden nach ihr sehen.«

Pearl nickt. »Wir sind doch ganz in der Nähe, Sam.«

Sam trägt sie hinaus auf die Veranda und in den Wintergarten. Seine Eltern haben dort eine Liege und einen Heizkörper aufgestellt. Alle Vorhänge in diesem Raum sind zugezogen, und es ist hier so warm wie in einem Treibhaus. Der Wintergarten ist größer als der Raum, den Deanie in der Depot Street bewohnt hat. Er steht voller Pflanzen und Korbmöbel. Der Geruch von Vegetation und Sommer hängt noch in der Luft, und Deanie findet hier bestimmt mehr Ruhe als im Wohnzimmer. Der Wintergarten hat früher schon als Gästezimmer gedient, wenn Pearls Stiefvater zu Besuch kam. Bei seinem letzten Aufenthalt hat Norris eine Strickweste vergessen. Sie riecht nach Zigarren, und aus Gründen der Sentimentalität hat Pearl sie seitdem auf der Lehne des Schaukelstuhls hängenlassen.

Deanie kommt ein wenig zu sich, genug, damit er ihr mit dem Löffel dicke Hühnerbrühe einflößen kann. Danach legt sie sich hin wie ein Säugling, der gerade gestillt worden ist. Er verabreicht ihr die Medikamente. Als er ihr ihren Pyjama bringt, schüttelt sie nur den Kopf. Die Schmerzmittel tun rasch ihre Wirkung, und sie schläft wieder wie ein Stein.

Als Sam oben in seinem Zimmer sitzt, kommt es ihm eigenartig profan vor, sich jetzt an den Stoff für die Prüfungen zu machen. Er wagt es auch nicht, die Kopfhörer aufzusetzen, weil er befürchtet, durch den Soundwall Deanies Rufe nicht hören zu können. Schließlich nimmt er sich eines seiner Schulbücher vor, aber die Buchstaben verschwimmen und tanzen vor seinen Augen. Er liest den ersten Absatz wieder und wieder, ohne ihn zu verstehen und ohne sich daran zu erinnern, daß er ihn bereits mehrere Male durchgelesen hat.

Das Telefon klingelt, und Pearl ruft ihm zu, er solle drangehen. Er marschiert hinunter in die Küche und hebt ab. Auf der Anrichte steht ein Zitronenauflauf, seine Lieblingsnachspeise, und den verputzt er beim Reden.

»Wo hast du gesteckt, Sambo?« will Rick wissen. »Die Schule zu schwänzen, ist eine Sache, aber beim Training zu fehlen ist schon fast eine Todsünde. Der Trainer hat uns mehrmals um den Platz gescheucht, so als sei es unsere Schuld, daß du nicht gekommen bist.«

»Ich bin weggegangen, um mich um Deanie zu kümmern. Und das war richtig von mir. Dieser Drecksack, mit dem ihre Mutter zusammenlebt, hat ihr das Gesicht eingeschlagen. Ich habe sie ins Krankenhaus gebracht. Hat mich Stunden gekostet, deinem Dad und Poloniak klarzumachen, was vorgefallen ist.«

»Du willst mich wohl verarschen!«

»Frag ihn doch selbst. Die Ärztin sagte, Deanie könne die laufende Saison vergessen. Ich fürchte, mir droht das gleiche Schicksal, wenn der Trainer mich in die Finger bekommt.«

Rick stöhnt. »Gott, Mann, es tut mir wirklich leid wegen der Gauthier. Das ist wirklich entsetzlich, aber, verdammt nochmal, sag doch sowas nicht. Ich glaube nicht, daß ich es ertragen könnte, mir für den Rest der Saison Petes dummes

Gelaber anzuhören, gar nicht davon zu reden, auch noch mit ihm spielen zu müssen.«

»Es tut mir sehr leid, dir solche Unannehmlichkeiten zu bereiten«, entgegnet Sam sarkastisch und läßt den Hörer auf die Gabel fallen.

Die Schreibtischlampe brennt noch, als er aufwacht. Er ist inmitten seiner Bücher eingeschlafen. Im ersten Moment glaubt er, Indys Schreien habe ihn geweckt. Dann wird er hellwach, schiebt die Bücher beiseite und läuft aus dem Zimmer. Als er die Treppe erreicht, steckt Pearl ihren Kopf aus dem Schlafzimmer.

Er winkt sie zurück. »Ich kümmere mich schon darum. Wahrscheinlich braucht sie irgendwas.«

Deanie bewegt sich unruhig auf der Liege und stöhnt und schluchzt im Schlaf. Er hält sie fest und schaukelt sie leicht, bis sie sich wieder beruhigt. Er schaut auf die Uhr. Die nächste Schmerztablette ist erst in einer halben Stunde fällig. Aber er kann es nicht ertragen, Deanie so leiden zu sehen, und gibt ihr die Pille jetzt schon. Dann schlüpft er zu ihr unter die Dekke. Seine Körperwärme besänftigt allmählich ihr Zittern. Endlich schläft sie ruhig weiter. Und er ruht neben ihr.

Über ihm quietscht die Wiege, und eine piepsige Stimme ruft »Mama-Mama-Mama.« Sam öffnet ein Auge. Die Dunkelheit ist bereits fadenscheinig, und der Morgen kommt. Er liegt auf einem schmalen Bett, in einem kleinen Raum neben einem dürren Mädchen. Sam hebt sie mit einem Arm an. Der bandagierte Kopf kommt auf seiner Schulter zu liegen. Deanie trägt immer noch die Sachen, die er ihr im Krankenhaus angezogen hat. Er spürt die sanfte Wölbung ihrer Brust an seinen Rippen, und ihm wird bewußt, daß er eine Morgenlatte hat. Von Deanie geht eine Geruchsmixtur von Fieberschweiß, Blut und Urin aus, und aus ihrem Mundwinkel rinnt Speichel auf seinen Arm. Vorsichtig löst er sich von ihr, legt sie bequem hin und verläßt die Liege.

Mit seinen bloßen Füßen verursacht er auf der Treppe kein Geräusch, aber als er den Absatz erreicht, kommt Pearl mit dem Baby auf dem Arm aus dem Kinderzimmer. Sie betrachtet ihn kritisch, schenkt ihm dann aber ein müdes Lächeln.

»Wie geht's Deanie?«

»Sie hat eine schlimme Nacht hinter sich«, antwortet Sam und läuft an ihr vorbei.

Er braucht nur ein paar Minuten, um sich anzuziehen und seine Bücher zusammenzupacken. Mit der Sporttasche in der einen Hand und dem Basketball unter dem anderen Arm wummert er gegen die Badezimmertür. Sein Vater murmelt, daß er hereinkommen könne.

Reuben schiebt sein Kinn zum Spiegel, hält das Rasiermesser unter das laufende Wasser und sieht Sam mit einem Auge an.

»Zahnbürste«, sagt sein Sohn nur.

Reuben tritt beiseite. Sam öffnet den Schrank, der unter dem Waschbecken angebracht ist, und holt eine ungeöffnete Tube Zahnpasta heraus, an der eine Zahnbürste angeklebt ist. Eine von Pearls Grillen: Sie hat noch nie eine Zahnbürste gekauft und stets eine Zahnpastamarke gefunden, die pro Tube eine Gratisbürste beigibt.

Wieder unten, wirft er einen Blick in den Wintergarten. Sie ist wach und blickt ihm mit ihrem rechten Auge entgegen; das linke ist unter der Schwellung nicht zu erkennen. Er hockt sich neben sie auf die Liege und drückt ihr die unbenutzte Zahnbürste in die schmale Hand. »Fühlst du dich fit genug, ins Badezimmer zu gehen?«

Sie nickt und hält sich an seinem Hemd fest, während sie die Beine von der Liege schiebt und sich aufrichtet. Sie schwankt erheblich und muß sich an ihm stützen. Die Nachwirkungen des Narkosemittels bereiten ihr Schwindelgefühle. Er geht mit ihr zum Bad. »Soll ich mit hineinkommen?«

»Ich denke, das schaffe ich schon allein«, krächzt sie ungehalten. Ihr Tonfall veranlaßt ihn, ihr Platz zu machen.

»Schließ aber nicht die Tür ab. Ich warte hier draußen für den Fall, daß du einen Schwindelanfall erleidest.«

Er hält vor der Tür Wache und lauscht angestrengt und ängstlich auf Geräusche aus dem Bad. Sie uriniert. Dann stöhnt sie, als sie die Zahnbürste in den Mund schiebt. Als sie die Tür wieder öffnet, muß sie sich am Rahmen abstützen, um auf den Füßen zu bleiben. Er muß ihr helfen, zurück zur Liege zu gelangen.

Sam hat ein eigenartiges Gefühl, als er das Haus verläßt. Deanie ist dort, hält sich in seinem Zuhause auf, während er sich auf den Schulweg macht. Er weiß, daß Pearl und Reuben regelmäßig nach ihr sehen werden. Aber seinem Gefühl nach befindet sie sich in seiner Obhut, und da ist ihm unbehaglich zumute, sich auf jemand anderen verlassen zu müssen. Pearl und Reuben kennen Deanie schließlich nicht; und sie kennt die beiden nicht.

»He, Kumpel!« ruft Rick quer über den Parkplatz.

Sam schwingt sich aus dem Fahrerhaus und geht ihm entgegen. Er wirft dem Freund den Schlüsselbund zu, sagt »bis später« und macht sich auf den Weg ins Büro des Rektors.

Laliberte, Liggott und die beiden Trainer hocken mit grimmigen Mienen um die Kaffeemaschine des Rektors und verfolgen angespannt das Zischen und Röcheln, das aus der Maschine dringt. Sam empfindet sofort tiefstes Mitgefühl für das Gerät und betet im stillen darum, gleich etwas effektiver als die Maschine fungieren zu können. Inzwischen hat er sich zurechtgelegt, was er sagen will, und fühlt sich etwas sicherer.

Niemand will ihm die Hölle heißmachen, weil er während seiner Bewährungszeit weder am Unterricht noch am Training teilgenommen hat. Unter anderen Umständen hätte man ihn längst aus dem Team geworfen und der Schule verwiesen. Natürlich kommt ihm zugute, daß er so viele Jahre erfolgreich für das Team gespielt hat, aber die Schulverwaltung hat noch andere Gründe, den Deckel auf der Geschichte zu halten. Die Anstalt kann es sich nicht leisten, daß ein erzürnter Sam sich an die Öffentlichkeit wendet und den Medien berichtet, warum er die Regeln gebrochen hat.

Als Sam die Halle betritt, hören alle mit dem Training auf. In einer so kleinen Stadt kann man nichts lange geheimhalten. Den Jungs und Mädchen ist anzumerken, daß sie Bescheid oder zumindest etwas wissen; aber sie scheinen jeder für sich übereingekommen zu sein, nichts zu sagen. Rick hat natürlich alles von Sam erfahren, und da gibt es ein paar andere, die ihre eigenen Quellen besitzen: Eltern oder Geschwister, die im Krankenhaus oder in der Stadtverwaltung arbeiten. Deb Michaud dreht die Musik leiser, als alle sich Sam nähern.

»Ich habe gehört, daß die Gauthier in dieser Saison nicht mehr mitspielen kann?« fragt sie ihn.

Er nickt nur.

Die Bestätigung ruft im Mädchenteam Enttäuschung hervor. Die Jungs sehen einander fragend an und wenden dann verlegen den Blick ab. Nur Pete Fosse tut so, als interessiere ihn das alles überhaupt nicht.

»Wie schlimm hat es sie erwischt?« will Nat Linscott mit gepreßter Stimme wissen. »Wir haben gehört, ihr Gesicht soll ziemlich übel zugerichtet sein.«

Automatisch fährt Sams Hand hoch und bedeckt die linke Hälfte seines Gesichts. »Von hier bis da ist alles kaputt.« Er spricht nicht weiter, weil seine Kehle plötzlich rauh geworden ist und seine Augen brennen.

Melissa Jandreau verzieht das Gesicht. »Igitt, wie scheußlich!«

Ihre Schwester Melanie greift sich an die dünne goldene Halskette, an der der Klassenring ihres Freundes hängt.

Pete Fosse läßt ungeduldig den Ball auftitschen.

Im ersten Moment möchte Sam ihn niederschlagen, aber als ihm bewußt wird, wie angespannt die anderen die Szene verfolgen, beläßt er es dabei, den Jungen grimmig anzustarren. Er weiß, daß sie heute abend spielen müssen, sie alle, und außerdem hat jeder von ihnen mehr als genug mit den Prüfungen zu tun. Wenn es jetzt zum offenen Streit zwischen ihm und Pete käme, würde das niemandem nützen. Und keiner hat etwas davon, wenn er sich zu lange dem Kummer über Deanie hingibt. Er zwingt sich dazu, ruhig und entspannt zu sein.

»Auf geht's«, sagt er, und im folgenden Trainingsspiel löst sich die angespannte Atmosphäre in Luft auf.

Auffällig unauffällig wartet Rick vor dem Physikraum auf Sam und begibt sich sofort zu seinem Freund, als der durch die Tür kommt. »Wie ist es gelaufen?«

Sam steckt sich den Zeigefinger in den Mund und macht Würgegeräusche. »Wär schon ein verdammtes Wunder, wenn ich bestanden hätte.«

Rick stöhnt auf. »Na wunderbar. Das letzte, was wir jetzt gebrauchen könnten, wäre, wenn du bei den Tests durchfällst. Was ist denn passiert? Ich meine, es geht doch nur um dieses Mickymaus-Fach Physik, oder? Du hast doch gelernt und dich vorbereitet.«

»Letzte Nacht bin ich über den Büchern eingeschlafen«, gesteht Sam. »Und was hast du Schlaukopf so getrieben?«

Rick setzt eine triumphierende Miene auf und hebt siegesgewiß den Daumen. »He, Kumpel, du hast letzte Nacht einfach mitten im Telefonat eingehängt. Wie so ein Pickelgesicht von der Junior High-School, das zum ersten Mal einen blanken Busen sieht. Aber so leicht bin ich nicht unterzukriegen.«

Sam grinst.

»Also dachte ich mir, da mußt du dir wohl deinen alten Herrn vorknöpfen. Nun ja, du weißt, daß er nie über seine Arbeit spricht. Und irgendwie war ich schon darauf gefaßt, daß er mir keine Antwort gibt. Du kannst dir meine Überraschung vorstellen, als er plötzlich versuchte, mich auszuquetschen. Tja, was ich von der Sache weiß, ist verdammt wenig, wenn man bedenkt, daß du daraus ein größeres Geheimnis machst als Mutter Theresa über ihre BH-Größe.« Rick dreht eine Pirouette und läuft rückwärts vor Sam her. »Schließlich sagte er mir, daß die Mutantin für eine Weile bei euch bleibt...«

»Nenn sie nicht so«, platzt es aus Sam heraus. »Sie hat einen Namen.«

»Okay. Ist ja schon gut. Tut mir leid. Ich bin eben nur ein wertloses Stück menschlicher Scheiße und habe nichts Besseres als den Tod verdient. Vorzugsweise durch Stromstöße in die Eier. Mein Dad wollte mir nicht mehr als das sagen, was du mir mitgeteilt hast. Er hat noch nicht einmal erzählt, daß du es warst, der dem Dreckskerl von Deanies Vater die Fresse poliert hat.«

Sie erreichen die Treppe, die zum Korridor entlang der Cafeteria hinabführt. Sam bleibt stehen. »Ich wünschte, ich hätte es getan. Aber ich war es nicht, sondern Deanie.«

Rick legt ihm eine Hand auf den Arm. »Hör zu, Mann, es tut mir wirklich leid, was ihr passiert ist.«

Sam nickt und blickt hinab auf das surrealistische Gewimmel von Köpfen und Schultern, das mit dem Getöse eines Sturzbaches über die Stufen und durch den Gang strömt. Getrampel und Schwatzen der Jugendlichen vermengen sich zu einer undefinierbaren Masse. Er stürzt sich in das Tosen und hat das Gefühl, von einer Klippe zu springen. Rick folgt ihm.

Am Mittagstisch entzieht Sam sich allen Gesprächen, indem er die Nase in ein Schulbuch steckt. Obwohl er den Text früher schon gelesen und auch verstanden hat, kommt es ihm jetzt so vor, als habe jemand alle Sätze und Buchstaben auf der Seite und in seinem Kopf durcheinandergerührt. Je länger er auf die Sätze starrt, desto weniger Sinn ergeben ihre Inhalte. Und das Schwatzen rings um ihn herum lenkt ihn immer stärker ab. Die Prüfungen halten als Gesprächsthema nicht lange vor; ihnen folgen die anstehenden Spiele, die in allen Einzelheiten diskutiert werden. Doch allmählich kommt man zum eigentlichen Thema, und dazu werden die Köpfe zusammengesteckt. Sam hört immer häufiger seine und Deanies Spitznamen, die im Flüsterton getuschelt werden. Sams Ohren werden heiß, und als er aufsieht, blickt er in Mädchengesichter, die offen sind wie voll erblühte Rosen. Große Augen und erregte Mienen richten sich auf ihn. Die Mädchen sehen so aus, als hätten sie gerade den neuesten Klatsch und die jüngsten Skandale ausgetauscht. Von Fosses Tisch ertönt lautes, dreckiges Lachen, und Sam wendet den Blick dorthin. Pete lächelt ihn einfältig an und beugt sich dann zu Tim Kasten, um eine weitere abfällige Bemerkung zu machen.

Gott, was für ein Scheißhaufen, denkt Sam. Er leert rasch seinen Teller und zieht sich dann in die Bibliothek zurück, wo er wieder über den Büchern einschläft.

Zur Halbzeit haben die Mädchen einen komfortablen Punktevorsprung gegen die Lady Bears aus Breckenfield. Sam sieht dem Spiel zusammen mit seinen Kameraden von der Tribüne aus zu. Chapin sitzt einige Reihen unter ihm. Jüngere wie Grey, Lexie Michaud und Jimmy Bouchard bilden heute seine Gefolgschaft. Allesamt Kids, mit denen er sich in seiner normalen Freizeit nur selten umgibt. J.C. dreht seinen in allen Regenbogenfarben gefärbten Kopf, bis er Sam sieht, und lächelt ihm zu, als wolle er ihm zuprosten. Chapin muß mittlerweile über Deanie Bescheid wissen. Die Gerüchteküche an der Schule kocht schon den ganzen Tag. J.C. ist so ziemlich der einzige, der Deanie besser kennt und sich noch nicht bei ihm nach ihr erkundigt hat.

Die ersten Zuschauer, die das folgende Spiel der Jungs sehen wollen, treffen ein. Unter ihnen sind Ricks Eltern und Reuben. Der Anblick seines Vaters lenkt Sam von seinen Grübeleien über die Indifferenz von Deanies sogenannten Freunden ab, und er steigt über die Bänke nach oben.

»Wie geht es Deanie?«

»Sie schläft wie ein Stein«, antwortet Reuben. »Ist sicher so am besten für sie. Beruhige dich, Pearl ist bei ihr.«

Sergeant Woods kommt zu ihnen. Er erkundigt sich nach Deanie und teilt dann mit, daß man ihre Mutter in New Hampshire gefunden, besser aufgegriffen habe. Aber sie stünde so sehr unter Drogen, daß man sie noch nicht hätte vernehmen können. Zur Zeit liege sie in der toxikologischen Abteilung des Krankenhauses in North Conway. Sobald sie halbwegs wieder bei Verstand sei, wollten die Beamten sie sofort befragen, auch wenn sie sich vermutlich an nichts würde erinnern können. Dem Jugendamt seien mittlerweile alle Unterlagen über den Fall zugegangen. Dort sei man auch darüber informiert, daß Deanie zur Zeit bei Freunden untergekommen sei. In den nächsten Tagen würden sich sicher Beamte des Jugendamtes bei den Styles' melden.

»Sie leiden dort unter erheblichem Personalmangel. Als ich der Frau, mit der ich gesprochen habe, mitteilen konnte, daß Deanie einstweilen bei einer intakten Familie untergebracht sei, ist sie mir vor Freude fast um den Hals gefallen, weil es allem Anschein nach immer schwerer fällt, geeignete Pflegefamilien zu finden.«

Sam ist überrascht, wie sehr ihn diese Nachricht erleichtert.

»Das Mädchen ist ohnehin nicht in der Verfassung, um durch die Gegend gekarrt zu werden«, bemerkt Reuben.

Woods grinst.

Am Ende des dritten Viertels liegen die Lady Bears um zwölf Punkte zurück, und die Jungs verlassen die Bänke, um sich umzuziehen. Ihre Stimmung ist fast schon zu gut. Sie malen sich aus, wie sie die Bears in einem sicheren Heimspiel haushoch wegputzen werden.

Sam hockt neben Rick auf der Bank, bindet sich die Schnürsenkel der Basketballstiefel zu und achtet wenig auf das Gelärme seiner Kameraden.

»Was hat Chapin und seine Gefolgschaft von pickligen Süchtigen denn hierher geführt?« fragt er seinen Freund.

Rick zuckt die Schultern. »Das habe ich mich auch schon gefragt. Vielleicht hat ihm jemand erzählt, daß man von den alten Kaugummis, die unter den Bänken kleben, prima high werden könne.«

Der Trainer zügelt die Jungs ein wenig, damit sie nicht überschnappen. Das Team läuft hinaus auf den Platz und macht sein Spiel. Zum ersten Mal kann Sam alles vergessen. Als sie danach in die Umkleidekabine zurückgekehrt sind und Sam sein T-Shirt aus dem Spind holt, segelt ein Fetzen Papier zu Boden. Es fällt direkt in seine ausgestreckte Hand. Ein kleines Stück dünnes Reispapier, von der Größe seines Daumennagels. LECK MICH HART UND FEST, hat jemand draufgekritzelt. Als er sich umsieht, entdeckt er nichts Ungewöhnliches. Die Umkleidekabine riecht wie immer, und auch an der vorherrschenden Atmosphäre läßt sich nichts Ungewöhnliches feststellen. Seine Kameraden tun genau das, was man von ihnen erwarten darf. Niemand beobachtet ihn verstohlen, um seine Reaktion auf den Zettel zu verfolgen. Äußerlich gleichgültig geht er zu den Toiletten und spült den Fetzen hinunter.

Als Deanie ihn mit ihrem gesunden Auge ansieht, liegt darin die ganze Pein eines verwundeten Tiers. Eine merkwürdige Spannung liegt in der Luft, als er sich neben sie setzt und ihr einen leichten Kuß auf den Mund gibt. Im Verlauf des Tages hat sie sich gewaschen und umgezogen. Sie trägt ihren eigenen durchgewetzten Pyjama und riecht nach Fieberschweiß, Medikamenten und körpererwärmtem Mandelöl.

»Wie geht es dir?«

»Geht so.«

Sie hat immer noch Mühe zu sprechen. Das geschwollene Gewebe in ihrem Gesicht ist hart geworden. Sie kommt Sam so vor, als säße sie beim Zahnarzt und versuche, sich mit ihm trotz einer Novocain-Betäubungsspritze und etlicher Klammern und Klemmen, die Lippen, Wangen und Gaumen auseinanderziehen, zu unterhalten.

»Wir haben gewonnen. Sowohl die Jungs wie auch die Mädels.«

Sie bringt ein leichtes Lächeln zustande und sinkt erleichtert ins Kissen. »Fein.«

»Haben Pearl und Dad gut auf dich aufgepaßt?«

»Riechst du das Öl? Pearl hat mich gebadet. Und von oben bis unten mit dem Zeugs eingerieben. Und mir diesen... diesen...« Sie zeigt auf ihren Pyjama.

»Hast du deine Medikamente für die Nacht eingenommen?«

Deanie nickt.

Er deckt sie gut zu und küßt sie auf die Stirn. Sie dreht sich mit einem langen Seufzer auf die andere Seite.

Sein Geist taumelt am Rand des Bewußtseins entlang, weigert sich aber hartnäckig, in die Tiefe hinabzusinken. Nachdem er lange wach gelegen hat, hört er plötzlich, wie Indy sich in ihrem Bettchen bewegt. Sie fängt an, mit sich selbst zu reden und bricht dann unvermittelt in Wimmern aus. Eine halbe Minute später vernimmt er das Rauschen von Pearls Nachthemd und das schnelle Tappen ihrer nackten Füße, die an seiner Tür vorbeieilen.

Er wirft einen Blick ins Kinderzimmer. Indy starrt ihn mit großen Augen über die Schulter ihrer Mutter an. Sie hat sich eine kleine Faust in den Mund geschoben. Eine Diele knarrt unter Sams Fuß, und Pearl wirbelt herum.

»Sammy!«

Er fährt sich durchs Haar. »Ist alles in Ordnung mit ihr?«

»Sie zahnt nur, die Ärmste. Du kannst dich ruhig wieder hinlegen.«

Doch er tritt an den Rand der Treppe und lauscht in Richtung Wintergarten. Deanie hustet leise und angestrengt. Er geht nach unten. Sie sitzt auf ihrer Liege, reibt sich das gesunde Auge und langt nach den Tabletten. Er nimmt ihr die Flasche aus der Hand und dreht den Deckel mit der Kindersicherung auf.

»Hat das Baby dich geweckt?« fragt sie.

»Nein. Sie kriegt einen Zahn. Das arme Ding kann doch nichts dafür.«

»Mir ist kalt.«

Sie hebt den Saum der Decke, und er schlüpft zu ihr ins Bett. Sie kuschelt sich an ihn und legt ein Bein zwischen seine. Sam schließt die Augen und verfolgt das Taumeln seines Geists am Rand des Schlafs. Nach etlichen Fehlversuchen kippt er diesmal hinüber.

30

Eisbrokat überzieht die Fensterscheibe hinter dem dicken Vorhang. An den Stellen des Gesichts und des Halses, die nicht bedeckt sind, fühlt Sam enorme Kälte, so als hocke der Eisdrache direkt vor dem Haus und hauche ihn an.

Er schleicht sich durch das trübe Licht der Dämmerung hinauf in sein Zimmer und streckt sich auf seinem Bett wohlig aus. Die Kühle, die ihn unter der Decke erwartet, ist ihm unerwartet angenehm. Sie ruft bei ihm eine Gänsehaut hervor, und am ganzen Körper stellen sich die Haare auf. Die Ketten an seinem Hals kommen ihm vor, als seien sie Bestandteil dieser Reaktion. Er rollt sich auf den Bauch und fängt an, langsam zu masturbieren. Sam benutzt dazu keine Hand, sondern schiebt den steifen Penis auf und ab. Bald befindet er sich in einer Art Trance, und als er dann endlich kommt, erlebt er den Orgasmus wie ein Ereignis zwischen Tag und Traum. Wenig später, während er immer noch vor sich hindämmert, hört er, wie die Badezimmertür sich hart hinter seinem Vater schließt. Er rollt sich herum, um den Wecker abzuschalten.

Eine Viertelstunde später schlüpft er wieder in Deanies Bett. Sie liegt auf der Seite und hat die Knie angezogen, um sich zu wärmen. Die Schwellung, die ihr linkes Auge wie eine überreife Pflaume aussehen ließ, weist nun einen Schlitz auf, und darin ist ein wenig von dem dunklen Auge zu erkennen. Ihr rechtes Lid flattert, und sie leckt sich im Schlaf die Lippen. Dann macht ein leichtes Lächeln die Züge ihrer gesunden Gesichtshälfte weicher.

Deanie besitzt nur den einen Pyjama. Er besorgt ihr aus dem Wäschekorb eine lange Unterhose Pearls. Zusammen mit ihrem Bademantel und seinen Strümpfen sieht sie zwar nicht todschick aus, aber wenigstens wird ihr darin warm.

Nachdem sie sich geduscht hat, ruft sie ihn ins Bad, aber nicht, um sich ihm in den geborgten Sachen zu präsentieren. Sie sitzt auf dem Hocker und hält sich an seinem Hemdsaum fest, während er ihren Kopfverband abnimmt. Ihr Schädel, den sie seit Tagen nicht mehr rasiert hat, präsentiert sich nun mit schwarzem Haar, das so weich und seidig ist wie das eines Babys.

Während sie ihm ins Gesicht blickt, sucht ihre Hand die seine und verhakt sich in seinen Fingern. Er hat den Eindruck, für sie ist sein Gesicht in diesem Moment so etwas wie ein Spiegel. *Spieglein, Spieglein an der Wand, bin ich wirklich die Häßlichste im ganzen Land?* So, wie Deanie sich jetzt in ihm sieht, wird sie sich immer sehen. Er drückt ihre Finger, um ihr Kraft zu verleihen.

Die Wunde stellt nicht mehr als den Zentralpunkt auf der vielfarbigen Karte dar, als die sich ihre linke Gesichtshälfte präsentiert. Ihr Ohr macht den Eindruck, als habe ein Kind es mit dicken, ungelenken Fingern aus Lehm geformt. Von der Augenbraue bis zum Kiefer sieht ihre Haut wie ein Gewitterhimmel im Sommer aus. Die Wundränder heilen ungleichmäßig zusammen. Das neue Fleisch sieht gegen die violette Färbung, die geronnenes Blut und andere Flüssigkeiten unter der straffen Haut hervorgerufen haben, wie geschmolzenes Kerzenwachs aus. Es hat keinen Zweck, sie anzulügen, denn in spätestens einer Minute wird sie in den Spiegel an der Wand schauen und sich zu sehen bekommen. Die Ärztin hat nicht gesagt, daß ein neuer Verband angelegt werden muß. Von nun an muß sie der Welt mit diesem Gesicht gegenübertreten.

»Alles heilt gut und sieht ganz okay aus. Aber die Schwellung ist noch ziemlich groß. Ich habe keine Ahnung, was sich daraus entwickeln wird.«

Sie dreht sich zum Spiegel um und blickt lange hinein. Ihre Hände liegen schlaff in ihrem Schoß, und sie rührt sich nicht. Wenn sie den Impuls verspüren sollte, die Wunde zu betasten, kann sie ihm offenbar widerstehen.

Er trägt ihr mit den Fingerspitzen vorsichtig eine Antibiotika-Salbe auf. Es gelingt Deanie, nicht zusammenzuzucken. Sie verfolgt mit dem rechten Auge jede seiner Bewegungen, und schließlich drückt sie ihre gesunde Gesichtshälfte an ihn.

»Ich muß mich wieder rasieren«, sagt sie.

»Du kannst ja nicht einmal mit dem linken Auge sehen. Paß nur auf, du wirst dir dabei noch das Ohr absäbeln.«

Sie zuckt die Schultern. »So wie ich jetzt aussehe, würde das nicht mehr viel ausmachen, oder? Hilf mir bitte beim Rasieren, ja?«

»Wenn du wirklich so schlimm aussiehst, wie du sagst, hat es ja wohl auch mit der Rasur noch Zeit«, widerspricht er, erkennt aber an ihrer Miene, daß sie sich nicht umstimmen lassen will.

Zuerst wickelt sie ein heißes Handtuch um ihren Kopf. Als er den Rasierschaum aus der Tube auf seine Handfläche drückt und ihn dann auf dem feuchten und warmen Haarflaum auf ihrem Kopf verstreicht, ruft das bei ihm nostalgische Erinnerungen hervor. Er erzählt Deanie von den Zahnpasta- und Rasierschaumkriegen seiner Kindheit, und sie kichert, als sie sich Reuben mit Zahnpasta im Haar vorstellt. Und dazu den kleinen Sam, der auf seinem Rükken reitet und versucht, seinem Vater die Paste in den Mund zu schieben. Er muß sie schließlich ermahnen, mit dem Kichern aufzuhören. Wenn sie nicht stillhält, wird er sie noch schneiden.

Sanft schabt er mit dem Rasierapparat durch den weißen Schaum auf ihrem runden Schädel, und das schafft eine besondere Qualität von Vertraulichkeit zwischen ihnen. Jede seiner Handbewegungen bringt eine neue Variation zärtlicher Berührung mit sich. Dann hat die Rasierklinge eine bleiche, nackte Fläche geschaffen; eine saubere, fragile und skulpturhafte Form, ein gewölbter Knochen mit klar definierten Nahtstellen und darüber die halb durchsichtige Haut mit ihren blaßblauen Venen. Ihr Hinterkopf ruht an seinem Zwerchfell, während er die vordere Schädelhälfte vom Haarwuchs befreit. Er erinnert sich an andere Momente, in denen er ihren Kopf gehalten hat. An der Haarlinie ihrer linken Schläfe und auch unter dem linken Ohr stößt er auf das dunkle Gebiet ihrer Verletzung. Es muß ihr Schmerzen bereiten, wenn die Klinge sie dort berührt, aber sie reagiert darauf mit kaum mehr als dem Schließen der Augen. Als er die letzten Schaumflocken von ihrem Schädel wischt, ist er in Schweiß gebadet.

Sein Blick fällt kurz auf den Spiegel. Unrasiert und mit der Hundemarke und den Ketten um den Hals hat er etwas von einem Piraten an sich. Sam der Korsar – »Entert die Brigg, Männer!« Geradezu hastig reibt er sich mit Rasierschaum ein und entfernt seine Bartstoppel. Die bereits strapazierte Klinge beißt ihn einige Male. Er wischt sich das Gesicht mit heißem Wasser und einem Waschlappen ab, versorgt die Wunden mit einem antiseptischen Stift und notiert sich in Gedanken, daß er nach der Schule neue Rasierklingen besorgen muß.

Beim Morgentraining herrscht eine intensive, konzentrierte Stimmung vor. Mit einem Anflug von Bitternis registriert Sam, daß alle Deanie Gauthier komplett vergessen zu haben scheinen. So als habe sie nie existiert, so als sei sie längst tot, habe entweder Selbstmord begangen oder sei von den Bullen abgeknallt worden, als sie von einer Autobahnbrücke aus auf Kombiwagen Steine geworfen hat. Trotzdem, ohne Deanie sind die Mädchen nur noch halb so gut. Sicher, das Team besitzt immer noch sein solides Fundament, und Talent ist allenthalben festzustellen, aber ihm fehlt der explosive Drive, mit dem Deanie immer wieder überraschen konnte. Sie ist die Spielmacherin, diejenige, die die anderen mitzureißen wußte. Über kurz oder lang werden die Mädchen es noch sehr bedauern, daß Deanie nicht mehr bei ihnen ist.

Im Lauf des Tages hat Sam des öfteren Gelegenheit, sich um Fosse um kümmern. Einmal trifft er sogar Pete und Chapin gemeinsam an, wie sie simultan Gewichte stemmen. Er sucht bei beiden den Augenkontakt, versucht in ihren Mienen zu lesen und ihre Körpersprache zu deuten, um einen Hinweis darauf zu erlangen, wer von ihnen ihm den Zettel in den Spind gelegt hat. Doch sowohl Fosse wie auch J.C. wirken ganz so wie immer. Sie konzentrieren sich auf ihre Übungen, und bei keinem von beiden ist so etwas wie Wut auf ihn festzustellen. Nicht einmal so etwas wie Triumph blitzt aus ihren Augen. Weder Pete noch Chapin wechseln ein Wort mit ihm, aber daran ist nichts Außergewöhnliches, denn sie sprechen auch sonst nur höchst selten mit ihm.

Erst als Sam mit einer Miene ins Verandazimmer kommt, als würde ihn etwas zutiefst beschäftigen, wird der Mutantin klar, daß sie auf ihn gewartet, daß sie sich gewünscht hat, er möge endlich nach Hause kommen. Der Kloß, der in ihrer Brust gesessen hat, löst sich auf, und ihre Erleichterung schlägt sofort auf die Tränendrüsen durch. Um ihr Geflenne zu verbergen, tut sie so, als hätte sie Schwierigkeiten, sich aus der Decke zu befreien.

Er führt sie in die Küche, wo es sofort zu einem mittleren Verkehrsstau kommt. Während Sam den Tisch deckt und seine Stiefmutter mit Töpfen und Pfannen beschäftigt ist, geraten sie sich ständig in die Quere. Sie tänzeln artistisch aneinander vorbei und lachen viel. Pearl gibt ein paar lustige Anekdoten von ihrem Arbeitstag im Diner zum besten. Sams Vater erscheint, nimmt das Baby aus der Wiege und läßt sich am Tisch nieder. Er sitzt neben der Mutantin, und sie wundert sich wieder einmal darüber, wie sehr Vater und Sohn sich ähnlich sehen. Fast kommt es ihr so vor, als habe Sam nie eine Mutter nötig gehabt und als sei auch Pearl nicht mehr als ein Fremdkörper. Angefangen von den Gesten, über die Art, wie sie sich bewegen, bis hin zu ihrer Sprache sind Reuben und Sam auf geradezu unheimliche Weise gleich. Nur die Jahre trennen den einen vom anderen.

Der ältere von beiden verfolgt mit seinen Blicken die Stiefmutter mit einer Intensität, daß die Mutantin am liebsten kichern möchte. Zum ersten Mal sieht sie, wie einer im wahrsten Sinn des Wortes von einem anderen nicht lassen kann.

Pearl scheint sich seiner Blicke bewußt zu sein. Sie kommt der Mutantin vor wie eine Katze, die immer wieder Blicke über die Schulter wirft, um festzustellen, ob die Hand, die sie streichelt, noch auf dem seidigen Fell ruht.

Alle haben am Tisch etwas zu erzählen, und Sam spielt für die Mutantin den Dolmetscher. Aber er wird nicht sehr oft bemüht, denn das Sprechen bereitet ihr Schmerzen, und sie ist schüchtern, weil diese Leute ihr noch fremd sind. Die Wärme und Offenheit, mit der sie sie behandeln, bereitet ihr Unbehagen. Sie weiß nicht, wie sie darauf reagieren soll oder was von ihr erwartet wird. Am meisten fürchtet sie sich davor, etwas Falsches zu sagen und diese Menschen damit zu verletzen. Wo soll sie schließlich in ihrem Zustand sonst hin? Wer würde sie so wie diese Familie aufnehmen? Die Mutantin muß alle Kraft aufbieten, um nicht aufzuspringen und in die relative Sicherheit des Wintergartens zu fliehen. Sie verkriecht sich in Sams Schatten.

»Heute abend soll es schneien. Spätestens aber morgen früh«, sagt der ältere Mann. »Wie hört sich für dich ein verschneiter Tag an, Sammy?«

»Wie eine Reise nach Hawaii«, grinst Sam.

Der Duft der Suppe dringt der Mutantin in die Nase und macht ihr bewußt, wie hungrig sie ist. Sie lenkt sich damit ab, daß sie sich in der Küche umschaut. Der Einrichtung sieht man ihr Alter an, und die Tapete an der Wand hat auch schon bessere Zeiten gesehen. Aber hier kommt es ihr trotzdem, oder gerade deswegen, eindeutig gemütlicher vor als in Chapins Haus, wo man sich wie in einer Musterwohnung von Schöner Wohnen fühlt.

Das Baby, das auf dem Oberschenkel des Vaters herumhüpft, streckt unvermittelt beide Hände nach dem Gesicht der Mutantin aus. Es tatscht darauf herum, bis Sam die kleinen Hände festhält und der ältere Mann den Säugling zu sich herzieht. Er reicht der Kleinen einen Keks. Das Baby schiebt ihn sich in den Mund, löst ihn in einer Flut von Speichel halb auf, nimmt die Reste dann wieder heraus und verschmiert sie über sein Gesicht.

»Da!« erklärt es gutgelaunt.

»Da!« bestätigt sein Vater.

»Das Essen müßte jetzt jeden Moment fertig sein«, verkündet Pearl.

Reubens gute Laune scheint vergangen. »Die Nachrichten von der Golf-Region klangen heute nicht sehr gut. Wenn niemand einen Einwand erhebt, würde ich gern die Regel brechen und vor dem Fernsehgerät essen, um die nächsten Meldungen zu hören.«

»Beim Abendbrot wird sonst *nicht* ferngesehen«, erklärt Sam Deanie.

Pearl sieht ihre beiden Männer abwechselnd an.

»Ich könnte ja alles auf einem Tablett hinübertragen«, bietet Sam sich an.

Ein paar Minuten später bringt er das Essen ins Wohnzimmer. Deanie folgt ihm wie ein nervöser Schatten. Keiner spricht ein Wort, man hört nur die Stimme des Nachrichtensprechers. Reuben sitzt mit Pearl auf dem Sofa und hat einen Arm um sie gelegt. Das Baby krabbelt zwischen ihnen hin und her.

»Der Krieg ist ausgebrochen«, verkündet Reuben.

Ohne den Blick vom Bildschirm zu wenden, läßt Sam sich in dem Sessel neben der Couch nieder. Deanie hockt sich vor ihm auf den Boden. Er zieht sie zu sich heran, bis ihr Rücken an seinen Knien ruht.

»Zeig mit dein Zimmer«, flüstert Deanie ihm nach der Suppe zu.

Der Nachrichtensprecher kündigt einen Sonderbericht an. Reuben klebt geradezu am Bildschirm. Pearl ist oben und bringt Indy zu Bett.

»Gleich, sobald ich gespült habe«, antwortet Sam ebenso leise, erhebt sich und räumt ab.

Deanie folgt ihm wie ein ängstliches Schoßhündchen in die Küche.

»Du kannst ruhig so lange im Wohnzimmer bleiben und zusammen mit meinem Vater fernsehen«, bietet er ihr an.

»Hm«, macht sie nur.

Sie weicht nicht von seiner Seite, und er fragt sich, ob sie vielleicht Angst vor Reuben hat. Vermutlich kommt ihr hier alles fremd und irgendwie unheimlich vor. Deanie hat ja kaum etwas davon mitbekommen, als er sie ins Haus getragen hat. Sie kennt nur die Veranda, das Wohnzimmer, das Bad und die Küche. Ja, er muß ihr hier alles zeigen, muß sie durch die Räume führen, damit sie sich mit den Örtlichkeiten vertraut machen kann. Wenn sie erst ein paar Tage in diesem Haus verbracht hat, wird sie schon von allein darauf kommen, daß sie hier niemand beißen will... oder vorhat, ihr Zigaretten auf dem Handrücken auszudrücken.

»Das ist eigentlich Pearls Haus. Unser altes Heim war viel größer.« Er nickt kurz in Richtung Fenster. »Ein großes altes Farmhaus, oben auf dem Ridge. Ist abgebrannt. Wir bleiben hier so lange, bis es wieder aufgebaut ist.«

»Oh«, sagt sie, »dann besitzt ihr also zwei Häuser? Ihr müßt ja ziemlich reich sein.«

Beim Spülen denkt er länger über diese Bemerkung nach.

Es ist das allererste Mal, daß er ein Mädchen in sein Zimmer führt. Als er eintritt, prüft er schnüffelnd die Luft und stellt erleichtert fest, daß es hier nicht nach Exkrementen stinkt wie in Indys Zimmer. Der Geruch hier ähnelt eher dem einer Umkleidekabine und setzt sich aus Schweiß, Leder, Gummi und diversen Ölen zusammen. Das Odeur einer Sportskanone. Aber schließlich ist Deanie ja auch ein Sportass. Vielleicht hilft ihr der vertraute Geruch, sich hier etwas mehr zuhause zu fühlen. Er erinnert sich, daß es in ihrer winzigen Kammer eindeutig nach ihr gerochen hat, und natürlich nach Zigaretten, Kerzenwachs und ein wenig nach Dope.

Sein Zimmer ist mindestens dreimal so groß wie das Loch unter der Treppe im Haus in der Depot Street. Sein Bett wirkt immens; eine hübsche Tagesdecke, die Pearl gestrickt hat, liegt darauf. Es steht inmitten einer Regalwand, auf der seine Stereoanlage, seine umfangreiche CD-Sammlung und die paar Bücher untergebracht sind, die er gelesen hat. Letztere stehen einzeln und wirken wie Trophäen. Der Raum bietet des weiteren ausreichend Platz für einen Heimtrainer, Gewichte, einen verkratzten alten Schreibtisch, einen Schreibtischsessel, eine Kommode und einen Spiegeltisch. Ein geflochtener Teppich bedeckt den Eichenholzboden. Die Wände sind von einer Vielzahl von Postern bedeckt, nur über dem Schreibtisch hängen einige Familienfotos.

Die meisten Poster bilden Sportkoryphäen ab: Robert Parish, Kareem, Magic Johnson, Roger Clemens und Nolan Ryan. Hinter Glas sieht man Sams wertvollste Basketballsammelkarten. Von einem Brett baumeln drei unterschiedlich große Baseballschläger und wirken wie eine graphische Darstellung seines körperlichen Wachstums. Seine Pulswärmer und Kappen hängen zusammen mit einem Paar Sportschuhe an den Garderobenhaken.

Die vierte Wand ist der Musik vorbehalten. Ein Flugblatt kündigt ein Rock-Konzert in Walkhill an, das nie stattgefunden hat – es wurde nach Woodstock verlegt. Rundherum hängen Poster oder vergrößerte Kopien von Alben- oder CD-Covers. Auf einem sind drei junge Männer zu erkennen, die vor Jahren eine heute nicht mehr existierende Band mit Namen BIG BLACK gegründet hatten. Deanie sieht die Röntgenaufnahme eines Schädels, die von einem Album der Gruppe *Ministry* stammt; zwei Föten hinterm Röntgenschirm; eine Abbildung von einem Plattencover der *Becketts* und die weltberühmten Aufnahmen aus dem Film »Godzilla«, die zwei japanische Bands für ihre Cover verwandt haben. Eine Abbildung zeigt einen Underground-Gitarristen, der eine Maske trägt, eine andere die Mitglieder der Gruppe *Depends*, die nichts weiter als Erwachsenenwindeln am Leib tragen.

Ein Basketball hindert die Kleiderschranktür daran, zuzufallen. Wie eine Statue erhebt sich ein einzelner Basketballschuh vom Schreibtisch. Comic-Hefte liegen unter dem Bett. An der Tür ist die Reproduktion des Gemäldes »Pumpkinhead« von James Wyeth angebracht, die sie ihm einmal geschenkt hat. Während Sam neben Deanie steht, wird ihm klar, daß er im Vergleich zu ihrem Besitz wirklich reich zu nennen ist.

Sie kniet sich auf sein Bett, um die Musikanlage aus der Nähe zu betrachten. »Dafür hast du aber eine Menge Kohle locker machen müssen«, sagt sie.

»Wer nicht raucht, spart viel Geld.«

Sie macht eine abfällige Bewegung und will lachen, spürt aber sofort, wie weh ihr das tut. Also hält sie das Lachen in ihrer Brust fest, kann aber nicht verhindern, daß ihre Schultern zucken und daß ihr gesundes Auge strahlt.

»Dein Dad macht sich große Sorgen um deinen Bruder, nicht wahr?«

»Natürlich.«

»Was meinst du? Glaubst du, sie führen die Wehrpflicht wieder ein?«

»Schon möglich, wenn der Krieg lange genug dauert. Aber laß uns lieber über etwas anderes reden.«

Er schiebt eine seiner Kassetten mit ausgesuchten Punk-Obszönitäten in den Rekorder und legt sich zu ihr aufs Bett. Deanie stöbert mit einer Intensität durch seine CDs und Kassetten, die ihn an Indy erinnert, wenn sie neues Spielzeug bekommt. Bei ihrem Anblick erfüllt ihn tiefe Freude. Alles wirkt so normal. Für einen Moment hat es ganz den Anschein, als sei ihr der ganze verdammte Mist nie zugestoßen.

»Verblüffend«, murmelt sie, während sie die CDs auf einen Stapel legt, die sie hören will. »Das Einzige, was diese Typen gemein haben, ist, daß keiner außer dir ihre Musik hört.«

»Ist eben eins meiner besonderen Talente.«

»Na ja, so kann man das auch nennen«, kichert sie.

Schließlich breitet Deanie sich auf dem Bett aus und legt ihren Kopf in seine Armbeuge. Es fühlt sich gut an, sie so nah bei sich zu haben. Er langt sich ein Schulbuch und nimmt ihren Körper noch deutlicher wahr. Die rechte Seite ihres Gesichts ruht jetzt auf seiner Brust. Die linke Seite, die oben liegt, wirkt wie eine Maske, die ein Bildhauer geschaffen hat, um alles menschliche Leid zu zeigen. Und trotzdem wirkt sie unwiderstehlich weiblich. Er zieht sie mit einem Arm zu sich heran und spürt die Wölbung ihrer Brust auf seiner Haut. Vorsichtig verschiebt er das Handgelenk ein wenig, und schon gleitet eine seiner Fingerspitzen über ihre Brustwarze. Sie fühlt sich so warm und seidig an. Deanie hat die Augen geschlossen und reagiert nicht darauf. Dafür er um so heftiger. Rasch rutscht er ein Stück von ihr fort, um für ihre Reize nicht mehr so empfänglich zu sein, und versucht, sich ganz auf den Text zu konzentrieren. Du bist krank, beschimpft er sich in Gedanken, weil er auf Deanie in ihrem jetzigen Zustand scharf geworden ist.

Er stößt sie sanft an die Hüfte. »He!«

Sie öffnet träge das gesunde Auge.

»Du kannst hier doch nicht einschlafen. Komm, ich bring dich nach unten und leg' dich dort ins Bett.«

Schweigend läßt sie alles mit sich geschehen.

Als er wieder in seinem Zimmer ist und die Lichter gelöscht hat, kann er wie auch in der letzten Nacht nicht richtig einschlafen. Von draußen rinnt ein schwacher Schimmer, die Widerspiegelung des Lichts, das von der Veranda kommt, durch die Eisblumen am Fenster. Schneeflocken wehen an die Scheibe und verwehren ihm zusätzlich die Ruhe. Als aus der Dunkelheit Deanies schmerzerfülltes Stöhnen an sein Ohr dringt, ist er sehr erleichtert, aufstehen und zu ihr gehen zu können. Deanie erwacht nicht aus ihrem Alptraum. Er hält sie fest und wiegt sie sanft, bis sie still daliegt.

Das Knarren der Dielenbretter bricht noch vor dem Morgengrauen die Kruste seines Schlafs. Sam schleicht sich rasch hinauf in sein Zimmer. Als Reuben an seine Tür klopft, hockt er gähnend auf der Bettkante.

»Sieht nach einem verschneiten Tag aus. Hast du schon Lust zu arbeiten?«

»Aber immer.«

Sie sind schon eine Stunde beschäftigt, als sie aus dem Radio erfahren, daß die Schule heute ausfällt. Den ganzen Tag über befreien Reuben, Sam und Jonesy Fahrzeuge aus Gräben und Schneewehen, von Telefonmasten, Bäumen und anderen Wagen, laden Batterien auf und schieben Schneemassen hierhin und dorthin. Sie wickeln ihr Essen aus Butterbrotpapier und vertilgen es hinter dem Steuer oder in der Werkstatt, nehmen es mit einer Hand zu sich, während die andere mit dem Kugelschreiber irgendwelche Papiere erledigt oder an der Registrierkasse die Knöpfe drückt.

Nach einigen Stunden fühlt sich Sam langsam wieder wie ein Mensch. Er kennt keine verläßlichere Methode als harte körperliche Arbeit, um wieder zu Verstand zu kommen. Ein Tag draußen an der frischen Luft, etwas Besseres gibt es für ihn nicht. Daraus schöpft er eine ganz eigene Kraft, wie er sie sonst nur beim Basketballspiel findet.

Doch er muß auch immer wieder an Deanie denken, und

dann fühlt er sich gar nicht mehr so gut. Zumindest verheilt ihre Wunde. Und sie langt bei den Mahlzeiten zu, als hätte sie einen Monat nichts mehr zu essen bekommen. Als sie endlich Feierabend machen, kann er es kaum erwarten, Deanie zu sehen.

Bei seiner Rückkehr brennt jede einzelne Lampe im Haus. Es sieht aus, als stünde es inmitten einer Matrix von Helligkeit, die von der gläsernen Schneefläche reflektiert wird. Zwei Wagen auf der Auffahrt kündigen ihm an, daß sie Besuch haben: Der Streifenwagen von Ricks Vater und Ricks Skylark. Gelächter und Musik dringen hinaus auf die Straße, als Sam aus seinem Truck steigt. Er läuft zum Abschleppwagen und berührt die Motorhaube. Sie ist noch so warm wie ofenfrisches Brot. Sein Vater kann auch gerade erst nach Hause gekommen sein.

In der Küche herrscht ein dichtes Gedränge. Pearl füttert neben dem Herd Indy. Sein Vater ißt am Tisch ein spätes Abendbrot. Sergeant Woods sitzt ihm gegenüber. Vor ihm stehen eine Tasse Kaffee und ein Teller mit den Krümeln und sonstigen Überresten von Rosinenkuchen und Sahne. Das Aroma von Ingwer, Zimt und Vanille läßt Sams Magen knurren. Aus dem Wohnzimmer dringen Ricks lautes und Sarah Kendalls helleres und schrilleres Gelächter an sein Ohr.

Bevor Sam damit fertig ist, den Schnee von den Stiefeln zu stampfen, erhebt sich der Sergeant vom Tisch.

»Ich wollte gerade gehen«, verkündet er. »Hast du Lust, mich zum Wagen zu begleiten, Sam?«

Trotz aller Höflichkeit in seiner Aufforderung besteht doch kein Zweifel daran, daß er Widerspruch nicht dulden wird. Reuben nickt Sam zu.

Auf der Veranda bleibt der Polizist stehen und stellt sich vor den Jungen. »Judy Gauthier hat ausgesagt, daß sie sich nur noch schwach an die Vorfälle erinnern kann. Aber sie ist fest davon überzeugt, daß Tony nichts Böses getan hat. Sie schwört sogar, daß er Deanie nie weh tun könnte.« Der Sergeant nagt an seiner Unterlippe. »Tony selbst gibt zu, daß er am fraglichen Abend nicht ganz nüchtern gewesen sei. Er meinte, du seist an dem Tag in seinem Haus gewesen.« Der Sergeant legt Sam eine Hand auf den Arm. »Er sagt, du hättest sie am Freitag auf dem Parkplatz verdroschen. Daraufhin habe er dir dringend geraten, dich in Zukunft von ihr fernzuhalten. Als Antwort darauf hättest du sein Gesicht dann so übel zugerichtet. Nach seinen Worten wollte Deanie dich zurückhalten, und da hättest du es ihr noch einmal gegeben.«

Sams Brust zieht sich so stark zusammen, daß seine Zunge wie gelähmt ist.

»Du hättest mir von dem Vorfall auf dem Parkplatz erzählen sollen«, fährt der Polizist fort. »Aber das ist jetzt nicht so wichtig. Ich habe gesehen, wie du von dort fortgefahren bist. Und was viel wichtiger ist, ich habe danach auch Deanie gesehen, und zu jenem Zeitpunkt wirkte sie noch ganz gesund und heil. Das habe ich Tony gesagt, woraufhin der mir eine neue Story auftischte. Angeblich sei er in einen Spiegel gefallen und habe sich gleich darauf zur Behandlung ins Krankenhaus begeben. Er hat kein Wort darüber verloren, daß Deanie zur selben Zeit ebenfalls verletzt wurde. Ich war eben bei ihr, und da hat sie mir den Mist vorgesetzt, den sie schon der Ärztin erzählt hat. Von wegen, sie habe auf dem Spielplatz einen Unfall gehabt und so. Ich habe ihr berichtet, was Tony Lord ausgesagt hat, und da hat sie sich in sich zurückgezogen und nicht mehr auf meine Worte reagiert. Vielleicht öffnet sie sich ja wieder, wenn sie etwas Zeit zum Nachdenken gehabt hat. Hat Deanie dir gegenüber irgend etwas erwähnt, das uns weiterhelfen könnte? Ich meine über Lord und sie?«

Sam senkt den Blick und schüttelt den Kopf.

»Also gut.« Woods tritt in der Kälte von einem Fuß auf den anderen. »Es kann noch eine Menge geschehen. Der Staatsanwalt hat keine Lust, Geld und Personal für eine Sache zu verschwenden, die nicht hieb- und stichfest ist. Im Augenblick scheint mir Deanies Sicherheit das Allerwichtigste zu sein. Was würdest du von einem Handel halten? Wir lassen die Anklage gegen Tony fallen, wenn Judy Gauthier sich im Gegenzug bereiterklärt, Deanie in die Obhut des Jugendamtes zu übergeben…«

»Was immer Sie meinen«, murmelt Sam.

Wenn Lord nicht vor Gericht kommt, wird Sam schon andere Wege finden, um dafür zu sorgen, daß dieser Dreckskerl Deanie nie wieder zu nahe treten kann. Und zwar Mittel und Wege, die dauerhafter und erfolgversprechender als die der Strafverfolgung sind.

Der Sergeant legt ihm eine Hand auf die Schulter. »Wozu ich dir allerdings nicht raten möchte, junger Freund, ist, auf die Idee zu verfallen, es diesem Sauhund heimzuzahlen. Glaub ja nicht, daß du es ihm so besorgen kannst, wie dein Vater es mit dem Burschen tat, der deine Schwester vermöbelt hat. Das darfst und wirst du nicht tun. Wenn ich dich in der Nähe von Lord erwische, sperre ich dich eigenhändig hinter Gitter. Und da soll es mir schnurzpiepegal sein, ob das zufällig die Nacht ist, in der ihr euren erneuten Titelgewinn feiern wollt. Wenn du mir in dieser Hinsicht Ärger machst, komme ich wie eine Lawine über dich. Haben wir beide uns da verstanden?«

Sams Wangen glühen, weil er sich dafür schämt, wie leicht Woods seine Gedanken lesen kann. Er nickt.

»Ich habe allein mit Deanie gesprochen«, sagt der Sergeant. »Deine Eltern haben nichts davon erfahren. Ich dachte nämlich, vielleicht wolltest du sie in alles einweihen.«

Sam hört sich in Gedanken schon, wie er seinem Vater klarzumachen versucht, daß er Deanie nie geschlagen, sondern sie nur angebrüllt hat. Und daß andere den ganzen Vorfall jetzt zu ihrem eigenen Vorteil verdrehen und verzerren. Er sagt sich, daß das reichen dürfte, um Woods den Gefallen zu tun, den er von ihm erwartet.

»Das alles tut mir sehr leid«, sagt der Sergeant schließlich. »Versuch, dich davon nicht zu sehr beeinflussen zu lassen. Setz dein Leben wie gewohnt fort.« Woods grinst. »Und vor allem sorg dafür, daß du gute Spiele hinlegst.«

Sam weiß, daß der Polizist es nur gut mit ihm meint. Trotzdem möchte er ihn am liebsten anschreien: »Und was ist mit Deanies Spielen? Was ist mit ihrem verdammten Leben?«

31

So wie sich Mädchen hinzusetzen pflegen, hocken Sarah und Deanie auf der Couch. Sie haben ein Bein angezogen und den Fuß unter den anderen Oberschenkel gezogen, damit sie sich gegenübersitzen und einander beim Schwatzen ansehen können. Die Teenagernormalität, die sie dabei zur Schau stellen, läßt die Verletzung in Deanies Gesicht in einem noch krasseren Licht erscheinen.

Rick liegt im Sessel. Er hat sich Reubens Kopfhörer übergezogen und sich an dessen Musikanlage angeschlossen. Sam gibt ihm die Hand. Rick schüttelt sie und reißt sich gleichzeitig mit der Linken die Kopfhörer herunter.

Deanie wirft Sam einen glitzernden Klumpen zu, der entfernte Ähnlichkeit mit einem Metallvogel hat. »Schau nur, was Sarah mir für hübsche Ohrhänger gemacht hat.«

Sam betrachtet das, was er aufgefangen hat. Im ersten Moment erkennt er nicht mehr als eine zusammengerollte Kette. Er läßt sie über die Handfläche gleiten, und das Gebilde entpuppt sich als Ohrring, der aus sehr feinen Ketten angefertigt ist. Auf manchen ist ein bunter Stein oder eine winzige Perle eingelassen, und alle sind mit Häkchen oder kleinen Schnappverschlüssen aneinander befestigt.

»Na ja, ihr wißt doch, wie das ist. Da hat man ein ganzes Kästchen voller gerissener Ketten und kann eigentlich nichts damit anfangen…«, beginnt Sarah, aber Sams Miene läßt sie innehalten. »Natürlich nur, wenn man Ketten sammelt. Bei mir ist das jedenfalls so. Nun, vor kurzem kam mir die Idee, ich könnte daraus doch prima Ohrringe machen. Damit die Ketten nicht länger nutzlos herumliegen.«

Alle sehen erst sie und dann einander an und müssen plötzlich furchtbar lachen. Sarah errötet und droht ihnen mit dem Finger.

Sam gibt Deanie den Ohrhänger zurück. Sie befestigt ihn am rechten Ohrläppchen und präsentiert sich Sam. Das Gebilde aus feinen Ketten fließt über das glatte Elfenbein ihres Kiefers und ihres Halses.

Sam muß sich räuspern.

»Wunderschön«, sagt er dann.

Sie sieht ihn mit ihrem gesunden Auge an. »Ich weiß natürlich nicht, ob ich je wieder auf der anderen Seite einen Ohrring tragen kann, aber trotzdem...« Sie läßt den Satz unvollendet und zuckt die Schultern.

»Na, dann hast du doch einen Ersatzohrring, falls du den ersten einmal verlieren solltest«, sagt Sarah rasch.

Sam wirft einen Blick auf Sarahs Schuhe und dann auf die Socken, in denen Deanies Füße stecken. Die Mädchen scheinen die gleiche Größe zu haben. Sarah sieht ihn an, so als sei ihr gerade derselbe Gedanke gekommen.

Reuben zeigt sich in der Tür. Auf seinem Gesicht steht die Frage geschrieben: »Willst du heute nacht noch essen oder nicht, Junge?« Er muß sie gar nicht erst aussprechen, denn Sams Magen gibt schon Antwort.

Ingwerrosinenkuchen mit Schlagsahne. Dieses Gericht ist nicht nur einer von Sams Lieblingsnachtischen, sondern auch ein hervorragender Appetitanreger. Das Wasser läuft ihm im Mund zusammen. Rick kommt in die Küche und bedient sich. Sam schaufelt seinen Teller mit Hähnchenteilen, Kartoffelpüree und dicker brauner Soße voll, nimmt sich auf einen Extrateller grünen Salat und holt die Milchtüte aus dem Kühlschrank.

»Vielen Dank, daß ihr herübergekommen seid«, erklärt er seinem Freund.

Rick hebt die Schultern. »Ist doch keine große Sache. Eigentlich war es Sarahs Idee. Seit Weihnachten sieht man sie nur noch irgendwelchen Schmuckfirlefanz basteln. Leider hatte noch niemand Geburtstag, bei dem sie eine Wagenladung von dem Zeugs loswerden könnte.«

»Frag sie doch, ob sie ein paar Hightops übrig hat, ja?« bittet er seinen Freund mit gesenkter Stimme. »Sie scheint die gleiche Schuhgröße wie Deanie zu haben. Deanie könnte auch dringend ein paar Klamotten gebrauchen. Ganz egal was. Mit dem bißchen, was sie hat, kann man sich noch nicht zweimal die Nase putzen.«

»Dann werde ich wohl in Zukunft daran denken müssen, mein eigenes Taschentuch mitbringen zu müssen. Aber klar, ich frag sie.« Er wirft einen Blick über die Schulter ins Wohnzimmer und fährt dann im Flüsterton fort: »Jemand sollte diesem Dreckskerl Lord das Gesicht mit einer rostigen Rasierklinge in Streifen schneiden.«

»Damit müssen wir noch etwas warten. Dein alter Herr hat mir eben gedroht, mich sofort ins Loch zu werfen, wenn er mich in Lords Nähe erwischt. Wenn die Saison vorüber ist, werde ich mich schon um diesen Schweinehund kümmern.«

Rick grinst und lehnt sich zurück. Er lacht. »Gott, da würde ich zu gern dabei sein, wenn du Lord in die Mangel nimmst.«

Sam gießt sich Milch ein. »Jemand hat mir einen dreckigen Zettel in den Spind gelegt.«

Rick schaut abrupt auf. »Mach keinen Scheiß!«

»Ein Stück Papier, so groß wie eine Briefmarke. Als ich nach dem Spiel mein T-Shirt herausgeholt habe, ist es heruntergefallen, so als habe es jemand im Vorbeigehen an den Stoff geklebt.«

»Scheiße.« Rick pfeift durch die Zähne. »Chapin war da.«

»Könnte aber auch ein anderer gewesen sein.«

»Jemand treibt ein schmutziges Spiel mit dir. Wenn du dich nicht vorsiehst, stehst du eines Tages mitten im Match splitterfasernackt da. Und wenn du dann zufällig einen Steifen haben solltest, könntest du gleich mit Scott McKenzie singen: ›If you're going to San Francisco, be sure to tie a flower on your dick!‹«

Beide prusten.

»Du meinst also, ich muß in der Schule auf alles achten? Sogar auf das, was ich esse oder trinke? Und zu tief einatmen ist auch nicht mehr drin?«

»Nein, ganz ehrlich: Du solltest für klare Verhältnisse sorgen. Hau Fosse und auch Chapin einen vor den Bug. Ganz gleich, wer dir das Scheißding ans Hemd geklebt hat, sie beide haben eine Abreibung mehr als verdient.«

Sam schüttelt den Kopf. »Du warst doch derjenige, der mir mit der Faust gedroht hat, als ich das Team verlassen wollte.

Erzähl mir jetzt bloß nicht, ich sollte das Risiko eingehen, mich feuern zu lassen. Das Letzte, was Laliberte mir durchgehen läßt, ist eine Schlägerei. Nein, am besten verhalte ich mich für die nächsten Wochen ein wenig paranoid und drehe mich ständig um, ob nicht einer hinter mir herschleicht. Wenn die Saison vorüber ist, steht mir noch mein ganzes Leben zur Verfügung, um ein paar Rechnungen zu begleichen. Und das werde ich, alter Freund, verlaß dich drauf.«

»Du mußt es diesen beiden Arschlöchern zeigen, damit sie nicht denken, sie könnten sich alles mit dir erlauben.«

»Nein. Vor allem will ich, daß Deanie von diesem Schizo wegkommt. Danach wird sich alles andere von allein fügen. Versteh doch – wenn sie es schaffen, daß ich durchdrehe, haben sie gewonnen, oder nicht? Jetzt muß ich mich ganz auf den Pokal konzentrieren. Ich will, daß wir ihn erringen, und ich will auch, daß Deanie und die Mädchen einen kriegen.«

»Ja, du hast recht«, stimmt Rick ohne sonderlichen Enthusiasmus zu. »Sei trotzdem auf der Hut. Achte drauf, wer hinter dir steht. Ich passe ebenfalls auf deinen Rücken auf.«

Darauf geben die beiden sich die Hand.

Nachdem Rick und Sarah gegangen sind, hocken Mädchen und Katze idyllisch wie ein Stilleben auf der Couch. Deanie streichelt dem Tier langsam über den gekrümmten Rücken; zu mehr Anstrengung scheint sie nicht fähig zu sein. Sam hat den Eindruck, als habe der Besuch der beiden Freunde all ihre Energie aufgezehrt.

Um so überraschter ist er, als er von ihr hört: »Morgen gehe ich wieder in die Schule.«

Angesichts ihrer geschwächten Verfassung kommt ihm das ganz und gar nicht wie eine gute Idee vor. Doch wird ihm gleich darauf bewußt, daß er dann ja den ganzen Tag mit ihr zusammen sein kann. Er wird auf sie aufpassen und bei der geringsten Schwierigkeit sofort zur Stelle sein.

Sie teilt ihm mit, daß sie morgen nach der Schule einen Termin bei Dr. Spellman hat. »Ich sehe nicht ein, daß ich noch länger aufs Spielen verzichten soll, sobald sich mein rechtes Auge wieder geöffnet hat. Die Wunde ist verheilt, und bloß vom Laufen oder Springen bricht sie nicht wieder auf.«

»Und wenn dir der Ball ins Gesicht fliegt oder jemand dir unbeabsichtigt den Ellenbogen an die Wange knallt?«

Deanie versetzt der Katze einen leichten Schubs. Das Tier versteht den Hinweis und verläßt mit einem Sprung die Couch. Deanie kramt zwischen den Kissen und findet eine aufgeschlagene Illustrierte. Es handelt sich um eine Ausgabe von *Sports Illustrated*, und auf der Seite, die sie Sam zeigt, ist Bill Laimbeer, ein Spieler von Detroit, abgebildet. Eine Plastikmaske bedeckt eine Hälfte seines Gesichts.

»Er hat das Ding fast die ganze Saison hindurch getragen.«

Ihre gesunde Gesichtshälfte läuft vor Erregung rot an. Sie glaubt, einen Weg gefunden zu haben, zu dem zurückkehren zu können, was sie auf der Welt am meisten liebt. Zurück zu dem Spiel, wo sie ausnahmsweise einmal von jedem respektiert wird. Nach allem, was Deanie durchmachen mußte, ist Sam mehr als geneigt, ihr diesen Wunsch zu erfüllen.

»Es wäre wirklich großartig, wenn du wieder spielen könntest.«

Er fühlt sich plötzlich nicht ganz wohl, deckt sie zu und eilt ins Badezimmer, um zu duschen.

Später klopft er auf dem Weg in sein Zimmer bei Pearl und Reuben an. Sein Vater liegt angezogen auf dem Bett. Er hat die Augen geschlossen, und das Baby schläft auf seinem Bauch. Pearl sieht von der Tasche auf, in die sie gerade für den morgigen Tag Windeln packt, und schenkt ihrem Stiefsohn ein freundliches Lächeln. Sam zögert, murmelt »Gute Nacht« und zieht sich langsam zurück. Reuben öffnet ein Auge und schmatzt schläfrig.

»Sammy?«

»Judy Gauthier deckt Tony Lord. Die Bullen überlegen, ob sie ihr nicht einen Handel anbieten wollen. Wenn sie die Anklage gegen Lord fallenlassen, soll Judy ihre Tochter dem Jugendamt überlassen.«

Mittlerweile ist es Reuben gelungen, auch das andere Auge zu öffnen. Er murmelt: »Vielleicht ist es besser so.«

Sam ist erleichtert, einer längeren Befragung durch seinen Vater entgangen zu sein, und schleicht sich aus dem Zimmer.

Ein erstickter Schrei reißt Sam aus seinem Tiefschlaf, und schon eilt er nach unten. Deanie sitzt auf der Kante ihrer Liege und zittert in ihrem durchgeschwitzten Pyjama. Er schält sie aus dem feuchten Schlafanzug und bringt ihr einen neuen. Auch die Laken sind durchgeweicht. Schnell legt er Deanie auf das Sofa, deckt sie gut zu, wechselt das Bettzeug und bringt sie wieder auf die Liege. Sie zittert immer noch. Er bedeckt ihr Gesicht mit leichten Küssen, und es ist ihm sehr angenehm, sie so nahe zu spüren.

Stunden später nimmt er schläfrig wahr, daß er einen Steifen hat. Der erigierte Penis preßt sich paßgenau in die Spalte zwischen ihren Pobacken. Während er langsam erwacht, wird sein Schwanz immer härter. Deanies Brüste ruhen auf seinem rechten Unterarm. Seufzend hebt er sich mit der Linken hoch und zieht den anderen Arm sanft unter ihr hervor.

»Mhm«, macht sie ihm Schlaf.

»Schlaf weiter«, murmelt er und schwingt die Beine aus dem Bett. »Ich muß wieder nach oben.«

Eine ihrer Hände sucht ihn und bekommt unbeabsichtigt seinen Schwanz zu fassen. Hastig legt er ihre Hand aufs Kissen zurück und verhakt seine Finger in den ihren. Deanie öffnet die Augen einen Spalt weit und betrachtet ihn mit schelmischem Blick. Er lächelt verlegen und küßt ihre Fingerspitzen. Sie schließt die Augen wieder und dreht sich herum.

Deanies Anwesenheit bringt eine gewisse Unordnung in die Morgenroutine. Als Sam ins Bad will, um sich zu rasieren, steht sie gerade unter der Dusche. Also begibt er sich mit seinem Rasierzeug in die Küche. Er beeilt sich, um fertig zu sein, bevor Pearl hereinkommt, und schneidet sich zweimal.

Draußen hat der Schneesturm glatte Straßen hinterlassen. Da Deanie keine Stiefel besitzt und die Sohlen ihrer Turnschuhe voller Löcher sind, muß sie sich von ihm auf dem Weg von der Veranda zum Truck helfen lassen, und auch später, als sie die Schule erreichen, braucht sie ihn. Sam trägt in der einen Hand ihre Taschen und stützt Deanie mit der anderen. Rutschend und fluchend hält sie sich an ihm fest. Die Kälte und das Adrenalin färben ihre Wangen rot und bringen ihr gesundes Auge zum Leuchten. Das, was früher normal und problemlos zu bewältigen war, erweist sich heute für sie als kleines Abenteuer. Beide lachen, als er sie die Stufen hochhebt und durch die Tür schiebt.

Die Turnhalle ist bereits geöffnet, und alle warten auf den Beginn des Trainings. Deanie und Sam spazieren frohgemut hinein und vergessen für einen Moment alles, was geschehen ist. Bis sie die entsetzten Mienen bemerken, die Deanies Gesicht bei den anderen auslöst. Einige halten sich erschrocken die Hand vor den Mund, andere senken den Blick. Und wieder andere geben sich sichtlich Mühe, nach außen hin cool zu wirken. Sam richtet den Blick auf Fosse. Pete setzt kurz ein höhnisches Grinsen auf und stößt Todd Gramolini in die Seite, der zusammenzuckt und ihn wütend anstarrt. Todds Blick wandert zögernd zu der Mutantin zurück. Seine Miene verzerrt sich, dann sieht auch er nach unten.

Es ist nicht so, als hätten die Jungen und Mädchen noch nie gesehen, wie es einem in dieser Welt ergehen kann. Sie haben sich alle längst an den Studenten gewöhnt, der an Leukämie leidet, oder an den gelähmten Schüler, der an den Rollstuhl gefesselt ist. Und niemand regt sich mehr wirklich über Deanie Gauthiers seltsames Outfit auf, das ihr den Beinamen Mutantin eingebracht hat.

Aber das hier ist etwas ganz anderes, ein nacktes Trauma, welches die eine Hälfte ihres Gesichts verunstaltet hat. Wahrscheinlich wäre es halb so schlimm, wenn Deanie aufgrund eines Unfalls so zugerichtet wäre, aber das Wissen darum, daß die Faust eines Mannes dafür verantwortlich ist, wirkt auf sie alle verstörend. Einige von ihnen haben ihr alles Schlechte gewünscht, als sie auf dem Parkplatz ihren Streit mit Sam hatte. Ein paar haben ihn sogar aufgefordert, ihr eine reinzuhauen, freilich ohne zu wissen, daß sie wenig später tatsächlich auf das Übelste zusammengeschlagen werden sollte. Ohne Ketten, Ohrring und Nasenring steht sie irgendwie entblößt und weiblich verletzlich in ihrer Mitte. Die Wunde in ihrem Gesicht ist eine offene Anklage, die bei allen Scham und Schuldgefühle auslöst. Für einen Moment herrscht eine bedrückende Spannung in der Halle, und in dieser Sekunde könnten sie Deanie genauso gut steinigen, wie sie in ihren Reihen akzeptieren.

Instinktiv stellt sich Sam neben Deanie, um sie im Notfall verteidigen zu können.

»Gauthier!« ruft die Trainerin von der Tür. Deanie dreht sich zu ihr um, und der seltsame Augenblick vergeht.

Die Trainerin kommt zu ihr und führt sie ein Stück fort. Die anderen machen mit dem Training weiter. Plötzlich hat jeder etwas zu sagen. Alle reißen auf geradezu hysterische Weise mehr oder weniger grobe Scherze, doch jeder hütet sich davor, irgendeine Anspielung auf die Mutantin zu machen.

Als die Trainerin mit ihr fertig ist, nimmt Deanie einen Basketball aus dem Regal und setzt sich auf eine Bank, um dem Getümmel zuzusehen. Sam hört sofort auf zu spielen, geht zu ihr und führt sie hinauf auf die oberste Bank, wo die Gefahr am geringsten ist, daß ein unglücklich geworfener Ball ihr Gesicht trifft oder ein allzu enthusiastischer Spieler strauchelt und wie eine außer Kontrolle geratene Rakete gegen sie prallt.

Als Sam etwas später nach ihr sieht, hat sie das Kinn auf den Ball gestützt, der auf ihrem Schoß liegt. Die traurige Sehnsucht in ihrem Blick nimmt Sam allen Wind aus den Segeln, und er kann sich nur noch schlecht konzentrieren. Doch im nächsten Moment hebt sie den Kopf, reckt das Kinn vor und verzieht angesichts seines Spiels spöttisch das Gesicht.

Im Trainingsraum gibt es nur ein Thema: der Golfkrieg. Ein seltsamer Unterton liegt in der Luft, der noch nicht vorhanden war, als sie sich alle gegenseitig versicherten, es würde nie zum offenen Ausbruch von Feindseligkeiten kommen. Drei Parteien bilden sich, und alle reden mit Leidenschaft und voller Überzeugung. Die einen sagen, sie könnten es gar nicht abwarten und wünschten, sie wären schon unten am Golf. Die anderen meinen, sie würden dorthin gehen, wenn man sie zum Militär einberufe. Und dann ist da noch die Minderheit, die den Standpunkt vertritt, sie hätten keine Lust, sich für die Interessen der Ölkonzerne abknallen zu lassen. Aus allen Meinungen wird Sam vor allem eines klar: Die Möglichkeit, daß sie sich eines nicht zu fernen Tages tatsächlich am Golf wiederfinden könnten, ist fast schon Realität geworden. Und es ist auch nicht mehr auszuschließen, daß sie, diese Jungs hier, in der Wüste ihr Blut lassen müssen.

Sam läßt sich von der Musik aus seiner Anlage ablenken. Er will nicht über den Krieg reden, will nicht mal an ihn denken, denn sein Bruder Frankie ist dort unten. Als die anderen ihn fragen, ob er sich freiwillig melden wolle, oder was er täte, wenn die Wehrpflicht wieder eingeführt würde, zuckt er nur die Schultern und antwortet: »Keine Ahnung.«

Was immer sie auch von sich gegeben, wie sehr sie sich auch als Machos gefühlt haben – wenn man in ihre Gesichter blickt, erkennt man, daß sie alle noch Kinder sind. Aber auch die Soldaten, die vor hundertdreißig Jahren im Bürgerkrieg gefochten haben, hatten die Gesichter von Kindern. Keine Ahnung, sagt sich Sam. Und er hat auch keine Ahnung, was aus Frankie wird. Nur daß sein Bruder jetzt in dieser beschissenen Wüste steckt. In ohnmächtigem Zorn dreht Sam die Lautstärke höher.

Deanie braucht natürlich nicht an den Prüfungen teilzunehmen, aber für heute steht ohnehin nur eine an, und sie glaubt, dort durchaus bestehen zu können. Doch der Algebra-Test erweist sich als anstrengender, als sie erwartet hat. Vermutlich ist das auf die Schmerztabletten zurückzuführen, die ihren Verstand blockieren. Aber sie steht es bis zum Ende durch und ist schließlich froh, es hinter sich zu haben. Danach ist sie sehr erschöpft, und ihre Wunde fängt an zu schmerzen, weil die Wirkung der morgendlichen Medikamente nachläßt. Sie begibt sich zur Krankenstation der Schule und läßt sich dort ein Schmerzmittel verabreichen. Die Schwester fordert sie auf, sich eine Weile hinzulegen. Kurz darauf kommt Sam, um nach ihr zu sehen. Er läßt sich nicht davon abbringen, sie zu füttern, und bleibt bei ihr, bis die Medikamente wirken und Deanie einschläft.

Als sie wieder erwacht, ist die Krankenschwester fort, um ihre Kaffeepause zu nehmen. Deanie bleibt liegen und lauscht dem Leben und Treiben der Schule, das durch die offene Tür an ihr Ohr dringt. Ein Junge schreit auf dem Flur herum und wird von jemand sanft getadelt, dessen Stimme sie als die von Paul Romney wiedererkennt. Drei Mädchen laufen kichernd an der Tür vorbei. In einem Klassenraum ganz in der Nähe bemüht sich jemand mit Pathos, den Unterrichtsstoff seinen Zuhörern näherzubringen. Türen öffnen und schließen sich, über ihr wird eine Toilettenspülung betätigt, und aus der Cafeteria zieht der Geruch von aufgewärmtem Essen herüber.

Sie fühlt sich hier im Schoß der Tretmühle Schule sicher und geborgen. Natürlich ist die Schule meistens Oberscheiße. Man muß sich tagtäglich mit den Launen der Lehrer und des Sekretariats herumplagen, und die Schulkameraden führen sich oft genug wie Hyänen oder Haie auf, aber dieser Ort ist auch voller Geschäftigkeit und Wärme, eine wahrer Kaninchenbau, dessen Gänge und Höhlen sie besser kennt als jeder andere hier, besser sogar als Mr. Moody, der Hausmeister. Wenn die Umstände etwas anders wären, hätte sie dem alten George längst einen Schlüssel stibitzt und sich irgendwo in diesem Komplex ein gemütlicheres Plätzchen als in der alten Fabrik eingerichtet.

Sie zieht die Decke bis über das Kinn und verkriecht sich im Kokon ihrer Wärme.

»Hey«, sagt J.C. von der Tür her.

Ihr Herz macht einen Satz, und ihre Brust zieht sich zusammen.

Er legt die Bücher hin und läßt sich auf das Fensterbrett fallen. Mit den Händen in den Taschen legt er den Kopf schief, um Deanie genauer zu betrachten. In seinem Blick erkennt man tatsächlich Sorge.

»Scheiße, da bist du aber in einen ganz schönen Schlamassel geraten.«

Ihr Mund ist wie ausgedörrt, und sie hält den Atem an. Sie fürchtet sich davor, daß er sie berührt. Aber er hält die Hände ruhig, als er neben ihrem Lager in die Hocke geht.

»Du weißt, daß der alte Tony so schnell war, daß ich ihn nicht aufhalten konnte. Das weißt du doch, nicht wahr, D.? Ich meine, woher sollte ich denn wissen, daß er so etwas tun würde? Ich war darauf wirklich nicht vorbereitet. Na ja, wenigstens hast du es ihm tüchtig zurückgegeben.«

Sie hört so etwas wie Bewunderung aus seiner Stimme

heraus, weiß aber, daß er sie damit nur von seiner eigenen Feigheit ablenken will – und davon, daß er Tony mit Koks und anderem versorgt. Jetzt berührt er sie. Seine Finger fahren über ihren Unterarm und über ihren Bauch.

»Ich habe Tony im Krankenhaus angerufen. Er meinte, die Bullen hätten wohl keine Ahnung, daß ich bei dem Vorfall anwesend war. Du hast ihnen doch hoffentlich nichts davon gesagt, oder? Im Grunde genommen hatte ich mit der Angelegenheit ja überhaupt nichts zu tun. Es nutzt doch wirklich niemand, mich im nachhinein in die Geschichte hineinziehen zu wollen. Ich meine, du bist jetzt raus aus dem Drecksloch, und das ist doch die Hauptsache. Soweit ich gehört habe, bleibst du eine Weile bei Samson und seinen Leuten, bis das Jugendamt eine Pflegefamilie für dich gefunden hat. Ich war wirklich erleichtert, als ich das gehört habe. Ehrlich, das kannst du mir glauben. Mir war klar, daß der Hurensohn eines Tages zu weit gehen würde. Aber du hast es ihm mit gleicher Münze heimgezahlt.« J.C. lacht.

»Laß mich allein«, flüstert sie.

Er streichelt ihren Arm. »Samson steht jetzt zwischen dir und Tony. Das hast du toll hingekriegt, D. War wirklich eine Glanztat. Du hast Samson ins Gesicht gesehen und festgestellt, daß in seinem Oberstübchen alle Lichter verlöschen, wenn er einen Steifen bekommt. Bei so einem Burschen darf man davon ausgehen, daß er es verdammt persönlich nehmen wird, wenn sich einer zwischen ihn und seine Pussy drängen will. Wahrscheinlich sollte ich mich glücklich schätzen, neulich Abend nicht auf dem Parkplatz gewesen zu sein. Ich meine, es hätte auch mein Arsch sein können, der einen dicken Tritt abbekommen hätte.«

»Er hat mich nur angebrüllt«, sagt sie leise, »aber nicht geschlagen.«

J.C. grinst wie jemand, der es besser weiß. »Aber sicher doch. Und Tony Lord hat dich auch nicht seit deinem elften Lebensjahr gevögelt.« Er kichert, als sei ihm gerade etwas besonders Lustiges eingefallen. Seine Stimme hat die ganze Zeit über freundlich und angenehm geklungen. In seinen Augen leuchten Witz und Zuneigung. Ohne weiteres packt er ihr Handgelenk und drückt fest zu. »Sorg nur dafür, Baby, daß du deinen Gorilla immer hübsch angeleint läßt. Und denk daran, daß es besser für dich wäre, über bestimmte Dinge die Klappe zu halten. Du möchtest doch sicher nicht, daß in seiner oder in deiner Tasche ein Päckchen gefunden wird, das zu unangenehmen Fragen Anlaß gibt. Und du willst doch sicher auch nicht, daß er mitten im Endspiel einen Koller bekommt oder einen Nervenzusammenbruch erleidet. Solche Dinge können nämlich geschehen, D.«

Sie leckt sich ihre trockenen Lippen. »Laß ihn doch endlich in Ruhe.«

Seine Augen strahlen, als erfülle ihn tiefste Zuneigung. »Ich bin ehrlich glücklich, daß wir diesen Punkt geklärt haben. Weißt du was, D., ich dachte immer, mit uns beiden wäre es etwas richtig Festes. Aber allem Anschein nach hält nichts ewig, was?«

Sie starrt ihn mit funkelnden Augen an. »Laß mich los, sonst schreie ich das ganze Haus zusammen!«

Chapin zieht hastig seine Hand zurück und springt auf.

»Komm wieder auf den Teppich, Baby.«

»Raus mit dir, du Scheißtyp!« fährt sie ihn schrill an. »Sofort!«

Er packt in Nullkommanichts seine Bücher zusammen und ist schon verschwunden. Sie verkriecht sich unter der Decke und lauscht dem raschen Quietschen seiner teuren Hightops auf dem Korridor.

Deanie weiß, sie darf nicht darauf bauen, daß das Gesetz sie vor Tonys Rache schützt. Es hat sie ja vorher schon nicht vor seinen Gemeinheiten bewahrt. Umso mehr wird sie sich bewußt, wie sehr sie jetzt auf Sams Muskeln angewiesen ist, um sich Tony vom Leib zu halten. Sie haßt J.C. dafür, daß er sie in puncto Sam als so berechnend hingestellt hat. Im Grunde ist es für sie doch nur eine Frage des Überlebens. Falls Chapin mit seiner Ansicht recht hätte, wäre es schon berechnend, wenn man in stürmischer See nach einem Rettungsring greift. J.C. Chapin. Sie zieht mit einem Finger auf dem Verband die Wundlinien nach. Und dabei spürt sie, wie Tränen aus ihren Augen rinnen.

Deanies Hände schlagen das Magazin auf der richtigen Seite auf. Dr. Spellman wirft einen Blick auf die Abbildung. Dann sieht sie ihre Patientin an und lächelt. »Sie sind wirklich entschlossen, nicht wahr?«

Deanie grinst.

»Dieser Mann hier – ich kenne seinen Namen nicht – ist doch bestimmt ein professioneller Spieler. Sport ist sein Leben, besser, sein Lebensunterhalt. Sie sind erst sechzehn und spielen in einer High-School-Mannschaft.« Der Tonfall der Ärztin klingt gegen Ende hin immer frustrierter. Sie seufzt und bittet Sam, draußen zu warten.

Er wandert zurück in die Empfangshalle und findet eine Ecke, in der er mit sich allein sein kann. Als sie vorhin beim Betreten des Krankenhauses ein neues Formular in die Hand gedrückt bekamen, erwartete sie ein Schock: Diese Behandlung würde sehr teuer werden. Er hat Deanie beim Ausfüllen geholfen und sich als denjenigen angegeben, der für die Kosten aufkommen würde.

»Ich zahle dir alles zurück«, hat Deanie ihm zugeflüstert, während seine Hand mit dem Stift das entsprechende Feld ausfüllte.

»Hat keine Eile. Gestern hatte ich sehr viel zu tun. Das hat sich wirklich gelohnt.«

Er verschweigt ihr, daß er bereits seinen Namen unter eine Rechnung des Krankenhauses gesetzt hat. Die Summe ist so hoch, daß er mehrere Monate warten muß, ehe er sein Motorrad versichern kann. Sam starrt nervös auf die Uhr. Er will fort von diesem Ort, wo jede Minute Aufenthalt ihn tiefer in Schulden stürzt, außerdem zieht es ihn in die Schule. Zu seinem Glück wird das Rückspiel gegen Mount Grace hier ausgetragen. Und wie üblich spielen die Mädchen-Teams als erste.

Dr. Spellman winkt ihm mit einem Finger zu.

In ihrem kleinen Büro deutet sie auf einen freien Stuhl, läßt sich in den Sessel hinter ihrem Schreibtisch fallen und fängt an, etwas auf ihren Notizblock zu kritzeln. »Ich setze mich mit den Sportmedizinern in North Conway in Verbindung. Vielleicht können die uns eine Schutzmaske für Deanie zur Verfügung stellen. Ich möchte, daß sie erst dann das

Spielfeld wieder betritt, wenn sie im Besitz einer solchen Maske ist. Und ganz gleich, wie es kommt, vor Ablauf einer Woche darf sie ohnehin noch nicht spielen.«

Sam, der sich nicht hingesetzt hat, tritt ans Fenster. Von hier aus kann man die alte Fabrik ausmachen. Er reibt ein Loch in das Kondenswasser, um sie deutlicher sehen zu können.

»Vielleicht könnten Sie die junge Dame von der Komplettuntersuchung überzeugen, die ich an ihr vornehmen will«, fährt Spellman fort. »Wenn Deanie die Pille nimmt, muß sie sich ohnehin einem Checkup unterziehen. Und Sie beide sollten ohne Schutz keine körperliche Liebe praktizieren.«

Sam läuft hochrot an und murmelt: »Zur Zeit läuft da nichts.«

»Es könnte sein, daß sie noch lange keine Lust dazu hat. Sie müssen sehr behutsam mit ihr umgehen und viel Verständnis für sie aufbringen. Deanie könnte zum Beispiel zu große Angst haben, daß ihre Gesichtsverletzung durch eine Unachtsamkeit in Mitleidenschaft gezogen wird. Oder sie könnte zu der Ansicht gelangen, daß sie nicht mehr sexy und attraktiv ist. Möglicherweise möchte sie nur mit Ihnen kuscheln, von Ihnen lediglich Geborgenheit erfahren, es aber nicht zum Beischlaf kommen lassen. Es wäre vielleicht nicht schlecht, wenn Sie sich in eine Beratung begeben würden. Deanie braucht die ganz bestimmt, und Ihnen könnte es auch nicht schaden. Bis ein solcher Vorfall verarbeitet ist, vergeht in der Regel viel Zeit. Und ohne professionelle Hilfe dauert es nur noch länger.«

»Ich habe keine Ahnung, wie ich das alles bezahlen soll!« platzt es aus Sam heraus. »Und was Deanie angeht, so kann die sich nicht einmal ein Päckchen Kaugummi leisten.«

»Sobald sie sich in Behandlung begibt, kann sie die Hilfe von Medicaid in Anspruch nehmen«, erklärt die Ärztin. »Ich werde alles in die Wege leiten.«

Sie führt ihn den Gang hinunter, und er kommt nicht mehr dazu, sie zu fragen, ob der Staat auch für die Rechnungen aufkommen wird, die das Krankenhaus ihm bereits präsentiert hat. Sie erreichen Deanies Zimmer. Die Mutantin sitzt mit verschränkten Beinen auf dem Untersuchungstisch und blättert in der *Sport Illustrated*.

»Es ist alles geregelt, Deanie«, sagt Dr. Spellman. »Rufen Sie mich morgen an. Bis dahin dürfte ich bestimmt etwas über die Gesichtsmaske in Erfahrung gebracht haben.«

Deanie grinst breit und klatscht mit der Rechten in Sams Hand.

32

Die Mutantin rutscht auf ihrem Sitz in der obersten Reihe der Zuschauertribüne in der Turnhalle hin und her. Unter ihr läuft das Spiel gegen Mount Grace ab. Wenn sie sich nur ein bißchen zusammenreißt, könnte sie jetzt dort hinunterlaufen. Wieder und wieder wischt sie sich die schweißnassen Handflächen an den Oberschenkeln ab. Die Erregung brennt wie Feuer in ihrem Bauch. Sie kann nichts dafür, daß sie im Geist bei ihrem Team ist und mit ihm spielt.

»Ist mit dir alles in Ordnung?« fragt Sam. »Ich muß mich jetzt umziehen gehen.«

»Aber klar doch«, entgegnet sie, unwillig über die Störung.

Im letzten Viertel taucht Sams alter Herr auf, gefolgt von der Stiefmutter und dem Baby. Zu ihrer Überraschung bleiben die drei vor der Tribüne stehen, sehen sich suchend um, winken ihr dann zu und lassen sich schließlich neben ihr auf der Bank nieder. Sie wollen sofort von ihr wissen, wie es ihr geht und wie das Spiel läuft. Die Freundlichkeit und die Fragen dieser Leute bereiten ihr größtes Unbehagen, und sie bricht fast in Panik aus.

Die Greenspark-Mädchen holen Punkt um Punkt. Dann ist das Spiel vorüber, und Deanies Team hat einen weiteren Sieg errungen. Die Mädchen bilden für die Jungs-Mannschaft ein Spalier und applaudieren ihnen beim Einlauf, bevor sie sich in ihre Umkleidekabine zurückziehen. Als sie kurz vor dem Ende des ersten Viertels wieder auftauchen, nehmen sie auf den Bänken die Plätze ein, die die Jungs freigemacht haben. Leise bewegt sich Deanie nach unten, um in ihrer Mitte zu sitzen. Die Trainerin grinst ihr zu und lacht über den ausgestreckten Daumen, den sie ihr zeigt, aber die Teamkameradinnen ignorieren sie geflissentlich. Soll doch die Krätze über sie kommen. Keine von ihnen ahnt, daß Deanie ein Paar von Samgods Socken trägt. Und sie genießt es, dieses Geheimnis für sich zu behalten.

Den Jungs scheint wieder eingefallen zu sein, daß sie ein verdammt gutes Team sind. Von einem Moment auf den anderen sind sie auf dem Platz voll da und spielen, daß es eine wahre Freude ist.

Nach dem zweiten Viertel bleibt Sam vor der Tribüne stehen und ruft Deanie zu, ob sie noch fit sei. Sie winkt ihm zu, daß bei ihr alles in Ordnung wäre, aber für sein Gefühl sieht sie reichlich erledigt aus. Vielleicht hätte er sie nach der Untersuchung bei Dr. Spellman gleich nach Hause bringen sollen. Seine Begeisterung darüber, endlich wieder spielen zu können, läßt in diesem Moment spürbar nach. Mit jemandem fest zusammen zu sein, sagt er sich, bringt tatsächlich so viele Komplikationen mit sich, wie er das immer befürchtet hat.

Ausgelassene Stimmung herrscht im Umkleideraum, auch wenn der Trainer stöhnt, einige der Spieler hätten ihm ein paar weitere graue Haare eingebracht. Er sorgt sich darum, ob Rick durchhält. Billy Rank scheint sich noch nicht ganz von seinem Sturz erholt zu haben, und niemand will im Spiel darauf angewiesen sein, sich auf ihn verlassen zu müssen. Tim Kastens Knöchel bereitet immer noch Probleme. Wenigstens strengt Fosse sich heute an. Sam vermutet, daß das nicht unbedingt davon herrührt, daß er sich Pete zur Brust genommen hat. Fosse befürchtet vielmehr, daß Sam unter den wohlwollenden Blicken des Trainers in Zukunft Joey Skouros aufzubauen versucht.

Trotz eines Sechs-Minuten-Laufs der Red Demons im vierten Viertel riskiert es der Trainer, Billy aufs Feld zu schicken. Sam ist auch auf dem Platz, und Pete muß so lange auf der Bank schmachten. Neben ihm murrt und flucht Rick, weil Billy Arme und Beine wie ein Ertrinkender bewegt und der komfortable Punktevorsprung langsam dahinschmilzt. Nach einer Weile nimmt der Trainer Billy heraus und schickt Rick aufs Feld. Rick ist außerordentlich schlechter Laune. Binnen drei Minuten begeht er zwei Fouls. Da er bereits zweimal ermahnt worden ist, wird er bei der nächsten Regelwidrigkeit vom Platz fliegen. Als er Billy, der bereits einen verzweifelten Eindruck macht, einen finsteren Blick zuwirft, ruft der Trainer ihn zu sich.

»Woods«, fährt er ihn an, »laß den Scheiß bleiben.«

Während Rick sich bemüht, ruhiger zu werden, übernimmt Sam die Verteidigung und wehrt drei Angriffe der Red Demons ab. Die Gegenspieler sind darüber so frustriert, daß sie gar nicht mitbekommen, wie Rick aufs Spielfeld zurückkehrt und sich langsam vorarbeitet, bis er nur noch einen Schritt vom Korb entfernt ist. Sam wirft einen langen Paß. Rick springt hoch, fängt den Ball in der Luft und versenkt ihn im Korb. Die verdutzten Verteidiger von Mount Grace stürzen über die Linie, und mittendrin läuft Todd Gramolini. Er entreißt ihnen den Ball und wirft ihn hoch in die Luft zu Sam, der hinter der Center Linie steht. Sam fängt ihn auf und wirft. Der nächste Treffer. Für den Rest des Spiels läuft die Big Machine auf Hochtouren, und den Red Demons bleibt nur das Nachsehen.

Seiner Schuldenlast wegen geht Sam sofort nach dem Spiel zur Arbeit. Er nimmt zwischendurch sein Abendbrot zu sich und weicht seinem Vater nicht von der Seite. Zuhause sind bereits alle zu Bett gegangen, als Reuben und Sam heimkommen. Deanie schläft auf ihrer Liege, und Indy ruht an der Brust ihrer Mutter. Nachdem sie ihr allabendliches Ritual, die Kontrolle der Türen, der Fenster und der Elektrogeräte, hinter sich gebracht haben, sagen sie sich nur kurz gute Nacht und begeben sich auf ihre Zimmer. Obwohl er hundemüde ist, liegt Sam eine Stunde lang auf seinem Bett wach. Er findet den Schlaf erst, als er nach unten geschlichen und unter Deanies Decke geschlüpft ist.

Die Mutantin wacht noch vor dem Morgengrauen auf und zittert. Ein langes blondes Haar findet sich auf ihrem Kissen. Sie erinnert sich, wie er sich mitten in der Nacht hastig von ihr fortgerollt, seine Beine aus den ihren gelöst und sich vom

Bett erhoben hat. Aber sie war viel zu müde, um ihm zu sagen, daß sie Bescheid weiß. Daß ihr klar sei, daß er nichts dagegen tun kann. Daß so etwas Männern mitunter im Schlaf widerfährt. Auch wenn sie nicht neben ihm gelegen hätte, wäre es ihm vermutlich passiert. Es macht ihr genauso wenig aus, als würde ein Hündchen zu ihr ins Bett kriechen und mit der Schnauze die wärmste Stelle suchen.

Sie starrt auf die schmalen, bemalten Holzlatten, die an der Decke der Veranda angebracht sind. Die Zimmer im Erdgeschoß wirken in ihrer Leere viel größer. Die Möbelstücke erinnern an Pferde, die auf einer Koppel schlafen. Sie sind wie schattige Klumpen, die Raum füreinander lassen und sich in einem anderen Bewußtseinszustand befinden. Aus der Küche dringt das leise Summen des Kühlschranks. Die Kohlen im Herd knacken hin und wieder. Sie riecht ihren Rauch. Seit sie das Rauchen aufgegeben hat, ist die Welt für sie voller vergessener Düfte.

In diesem Raum riecht es unverwechselbar nach Zigarren, die vor langer Zeit geraucht worden sind. Allerdings ist ihr noch nicht aufgefallen, daß jemand in diesem Haus Zigarren bevorzugt. An den Badezimmerwänden sind Haltestangen angebracht, wie sie von Menschen benutzt werden, die Krücken benutzen oder sonstwie gehbehindert sind. Also ist anzunehmen, daß hier einmal jemand gewohnt hat, der schwer krank wurde oder einen Unfall erlitten hat.

Oben, im ersten Stock, quietschen Bettfedern und knarren Bodendielen unter dem Gewicht von Sams altem Herrn. Die Stiefmutter fragt etwas mit schläfriger Stimme und erhält eine knappe, aber nicht unfreundliche Antwort, bevor der Mann sich auf den Weg ins obere Badezimmer macht.

Die bloßen Füße der Stiefmutter folgen ihm, gehen am Bad vorbei und betreten das Babyzimmer. Der Säugling begrüßt seine Mutter mit einer Folge von bedeutungslosen Silben und Lauten und rattert lautstark mit dem Plastikschlüsselbund an den Stangen seiner Wiege. Die Mutter lacht leise und nimmt das Baby hoch.

Deanie schlägt die Decke zurück und steht auf. Die Bodendielen zwischen den Knüpfläufern sind trotz der dicken Strümpfe an ihren Füßen sehr kalt, und im unteren Badezimmer gerät sie geradezu ins Frösteln. Sie schaltet sofort die Heizung ein.

Das Stück Seife in ihrer Hand ist immer noch feucht vom Gebrauch in der letzten Nacht. Ihre Zahnbürste lehnt am Rand eines Marmeladenglases, das auf dem Bord über dem Waschbecken steht. Sie nimmt sie heraus, läßt Wasser ins Glas laufen, spült ihren Mund, blickt in den Spiegel und dreht langsam den Kopf nach rechts, um die linke Seite zu betrachten. Gelbe und rotbraune Flecken zeigen sich auf der blauschwarzen Fläche. Die Wunde teilt die schmutzigen Farben wie ein glitzerndes Band. Das Ohr wirkt trotz des durchtrennten und aufgedunsenen Ohrläppchens wieder halbwegs normal. Sie kann das linke Auge öffnen, auch wenn es von dunklen Ringen umgeben ist und sie so aussehen läßt, als habe sie drei Tage nicht mehr geschlafen. Langsam hebt sie eine Hand und bedeckt die linke Gesichtshälfte. Ihr Kiefer mahlt. Sie läßt die Hand sinken und wendet sich rasch ab.

Die Rohre rattern und Wasser prasselt in die kleine Duschkabine des unteren Badezimmers, als Sam die letzte Stufe erreicht. Er klopft heftig gegen die Tür, aber die Brause macht so viel Lärm, daß Deanie ihn wohl nicht hören kann. Im oberen Badezimmer rasiert sich sein Vater. Und er ist nicht allein. Pearl ist gerade aus der Dusche getreten und trocknet sich und das Baby ab. Wie blöd, denkt Sam ärgerlich. Heute ist Samstag, und da hätte Deanie doch wirklich mit dem Duschen noch etwas warten können. Er nimmt seine Jacke vom Haken und tritt durch die Hintertür auf die Veranda, um über das Geländer in die nackten Äste der Fliedersträucher zu pinkeln. Aber irgendwie ist sein Glied noch nicht richtig wach, und der Strahl will nicht kommen. Er hüpft von einem Bein aufs andere und stößt wilde Verwünschungen aus.

Als er in die Küche zurückkehrt und noch damit beschäftigt ist, den Reißverschluß an der Hose hochzuziehen, läuft ihm sein Vater über den Weg. Reuben hebt eine Braue, enthält sich aber jeglicher Bemerkung darüber, in diesem frostigen Wetter zum Pinkeln nach draußen zu gehen. Sam zuckt die Schultern und hängt seine Jacke wieder an den Haken.

Er wäscht sich in der Küche die Hände und fängt dann an, sich zu rasieren.

Er ist noch dabei, die letzten Schaumreste aus dem Gesicht zu wischen, als Deanie in die Küche spaziert. Sie hat sich ein Tuch um den Kopf gebunden und hält die Hightops in der Hand. Lächelnd läßt sie sich am Tisch nieder und zieht sich die Schuhe an. Er füllt zwei Mugs mit Kaffee und setzt sich neben sie hin.

»Kann ich mit euch zur Arbeit gehen? Ich bin euch auch bestimmt nicht im Weg. Vielleicht könnte ich ja für euch die Zapfsäule bedienen.«

Sam sieht seinen Vater an. Reuben zuckt nur die Schultern.

»Ich gehe eigentlich nicht gleich zur Arbeit«, antwortet Sam ausweichend. »Vorher wollte ich noch im Versammlungshaus vorbeischauen.«

»Wozu das denn?«

»Für ein paar Läufe, Lockerungsübungen, wenn du verstehst.«

Deanie strahlt über das ganze Gesicht. »Da möchte ich auch gern hin. Darf ich mit?«

»Es ist noch zu gefährlich für dich zu spielen.«

»Wer redet denn von spielen? Ich will nur etwas zusehen. Wer trifft sich denn dort alles?«

»Ein paar von den Jungs.«

»Super«, grinst sie.

Als er die Seitentür des Gebäudes aufsperrt, steht Deanie neben ihm. Es kommt ihm fast so vor, als würden sie sich in die alte Fabrik schleichen, und er schämt sich ein wenig; denn dieses Haus ist trotz all seiner Improvisiertheit immer noch ein Palast im Vergleich zu dem alten Gemäuer. Deanie tritt in die blaßgoldene Stille der Halle mit der hohen Decke, und ihre Augen werden riesengroß.

»Mein Dad hat dieses Gebäude vor einigen Jahren gebaut. Einer, der regelmäßig zur Sommerfrische hierherkommt, hat das Geld dafür gegeben; der Typ treibt eben gern Sport, wenn er hier in der Gegend ist. Kriegt keinen geraden Wurf hin, ist aber verdammt schnell. Irgendwann mal zeige ich dir sein Haus am See. Mein Vater spielt hier während seiner Abwesenheit den Hausmeister. Wie dem auch sei, solange der

Mann nicht hier ist oder sonstwer die Halle braucht, dürfen wir sie benutzen. Man muß nur Turnschuhe tragen und darf natürlich den Ball nicht vergessen. Meistens finden hier sonntags Spiele statt. Mein Dad hat das ins Leben gerufen. Seit kurzem spielt Pearl auch mit. Sie versteht es, genau zu werfen.«

»Ehrlich?« Deanie läßt den Ball auf ihren Fingerspitzen tanzen, dribbelt ihn über den Platz und wirft ihn in den Korb.

»He, du Eule!« ruft Sam. »Du gehörst auf die Bank, schon vergessen?«

Sie hält den Ball hinter ihrem Rücken und streckt ihm die Zunge heraus.

»Selber Eule, Godzilla.«

Er läuft zu ihr und versucht, ihr den Ball abzunehmen. Kichernd hält sie ihm den Ball hin, zieht ihn aber rasch zurück und unternimmt alles, um ihm den Zugriff zu verwehren. Sam bewegt sich behutsam und ist sich die ganze Zeit über bewußt, wie ungeschützt ihr Gesicht ist. Deanie hingegen tut so, als habe sie überhaupt keine Verletzung. Plötzlich bleibt er stehen, hebt beide Hände und zieht sich hinter die Seitenlinie zurück.

»Och, nun komm schon!« bittet sie.

Er verschränkt die Arme vor der Brust und schüttelt den Kopf.

Sie verzieht das Gesicht, dreht sich um und dribbelt den Ball im furiosen Tempo über den Platz. So jagt sie für eine Weile hin und her. Dann trottet sie zu Sam und bleibt vor ihm stehen. Sie läßt den Ball auftitschen, fängt ihn mit einer Hand, läßt ihn über ihre Handfläche rollen und hält ihn ihm schließlich wie einen Globus hin.

»Feigling«, versucht sie ihn zu provozieren.

Sam streckt eine Hand aus, und sie überläßt ihm den Ball. Dann hockt sie sich unzufrieden vor den Rekorder. Was erwartet sie denn von ihm? Sie kann doch nicht spielen.

Die anderen kommen einer nach dem anderen in die Halle. Als sie Deanie sehen, bleiben sie verblüfft stehen und werfen Sam fragende Blicke zu. Als er nicht darauf eingeht, zucken sie die Schultern und nehmen ihre Anwesenheit wortlos hin.

Eingebettet im Geklapper und Geräuschpegel des Diners spekulieren seine Teamkameraden darüber, ob die Wehrpflicht wieder eingeführt wird und wie man darauf reagieren soll. Die wenigsten von ihnen interessieren sich für Politik, und kaum einer könnte auf einer Landkarte den Irak, geschweige denn Kuwait finden. Doch das ändert nichts an der Tatsache, daß über ihnen das Damoklesschwert schwebt, über kurz oder lang als Kanonenfutter dienen zu müssen. Sam sitzt wortlos dabei, hört allen zu, versucht, ihre Argumente zu verstehen und denkt an Frankie. Deanie verfolgt die Debatte aufmerksam und murmelt einmal: »Was für ein Scheiß«, als einer der Jungs sich besonders heldenhaft gebärdet.

In der Werkstatt zeigt Sam ihr, wie man die Zapfsäulen bedient, den Sicherheitsbügel an den Zapfsäulen vorschiebt, die Kassenknöpfe drückt und die Kreditkarten in die dazugehörige Maschine eingibt. Bald hat sie sich an der Kasse mehr oder weniger häuslich eingerichtet. Sie hat die Schulbücher vor sich ausgebreitet, um die Zeit totzuschlagen, und das Radio voll aufgedreht. Während Sam arbeitet, spricht sie ihn nicht an und versucht auch sonst nicht, ihn abzulenken, was ihr sowohl bei ihm als auch bei seinem Vater Pluspunkte einbringt.

Am frühen Nachmittag fahren sie nach North Conway, um sich nach der Gesichtsmaske zu erkundigen. Sie betreten die Sportmedizin-Klinik, und die Freundlichkeit und Offenheit bereitet ihnen etwas Unbehagen. Sams Arzt kommt aus seinem Büro, redet mit ihm über Basketball und mißt sein Gewicht und seine Größe. Seit der letzten Saison ist Sam um etwas mehr als einen Zentimeter gewachsen, hat aber kein Gramm zugenommen – was nicht ungewöhnlich sei für jemand, der Hochleistungssport betreibt und jede Kalorie sofort verbrennt, dazu müsse er gar nicht erst lange in seinen Tabellen nachsehen.

Deanie hält sich zurück, ist wie üblich auf der Hut und schaut sich genau um. Bald hat sie sich an den hier herrschenden lockeren Ton gewöhnt. Für die Mitarbeiter des Hauses ist ihre Verletzung nicht mehr als ein weiterer Sportunfall. Sie drücken und pressen ihre geschwollene Gesichtshälfte, während sie für die Maske Form nehmen, aber es bereitet ihr große Erleichterung, daß alle davon ausgehen, sie wolle und müsse so rasch wie möglich aufs Spielfeld zurück. Die Maske besteht aus einem Stück Plastik, das ihrem Gesicht angepaßt wird. Zwischen ihrer Haut und dem Plastik befindet sich eine atmungsaktive Schaumschicht. Die Maske reicht bis zu ihrem Auge, biegt zur Nase ab, führt links am Mund vorbei und verläuft entlang des Kiefers bis zum Ohr. Sie wird von einem Band fest- und in Position gehalten, das am Hinterkopf zusammengeknotet wird, was natürlich Schmerzen bereitet. Die Ärzte versichern ihr, daß der Schmerz nachlasse, je mehr die Schwellung abnehme; bald würde sie nur noch ein leichtes Druckgefühl verspüren.

Obwohl Deanie erschöpft und erledigt wirkt, als sie die Klinik verlassen, will sie nicht zu Sam nach Hause, um sich hinzulegen. Sie besteht sogar darauf, mit ihm wieder zur Werkstatt zu fahren und meint, sie brauche nur ein Aspirin, dann sei sie wieder fit. Im Büro zeigt sie Reuben die Maske. Er betrachtet sie kritisch und gibt sie ihr dann mit einem Grinsen zurück; doch freut er sich ehrlich für sie und umarmt sie spontan. Zu seiner großen Verblüffung erstarrt sie augenblicklich und stolpert rückwärts von ihm fort. Reuben läuft rot an und versucht, sich zu entschuldigen und sie zu beruhigen. Aber sie steht da wie ein Tier im Scheinwerferlicht, hält die Maske an die Brust gepreßt und kann sich vor Panik nicht rühren.

Reuben zieht sich zerknirscht ans andere Ende der Werkstatt zurück. Wenig später verläßt er, immer noch frustriert, das Gelände und fährt zur Farm, um dort eine Wand zu mauern.

Als Sam das Quietschen von Reifen und das Geräusch eines Motors im Leerlauf hört, kriecht er unter einer Limousine hervor und bekommt gerade noch mir, wie die Werkstattür hinter Deanie zuschlägt. Er geht zum Fenster, um zu sehen, was sie vorhat. Sonny Lunt steht an den Zapfsäulen. Er winkt ab, um ihr anzuzeigen, daß er allein seinen Tank füllen will. Deanie macht auf dem Absatz kehrt, und Sam hält ihr die Tür auf.

»Wo hast du den verdammten Mantel gelassen? Bist du nicht mehr bei Trost, ohne rauszurennen?«

Er legt seinen Arm um ihre Schultern und führt sie rasch zu dem Stuhl hinter der Kasse.

»Willst du dir unbedingt eine Erkältung einfangen? Bist du so scharf drauf, für den Rest der Saison auf der Bank zu sitzen?«

Sie lehnt sich zurück und stemmt ihre Füße an den Tisch. »Gott im Himmel, jetzt nerv mich doch nicht!«

Er hebt in verdrossener Resignation beide Hände. Dann klemmt er sich den Teekessel unter den Arm, hält ihn im Waschraum unter den Wasserhahn und knallt ihn schließlich so heftig auf den Herd, daß Flüssigkeit hinausspritzt. Wütend stößt er mit dem Schürhaken in die Glut und schiebt ein neues Scheit nach. Als er damit fertig ist, fühlt er sich wie ein Riesenarschloch.

Er wirft ihr einen verstohlenen Blick zu. Sie hat die Knie angezogen, die Arme darum geschlungen und wippt wie ein Kind mit dem Stuhl hin und her. Ihr Kopf ist weit zurückgeneigt, und ihr gebogener Hals bildet eine wunderbar elegante Kurve. Er ertappt sich dabei, wie sein Blick bewundernd auf ihrem Hintern und verlangend auf dem Stoff ruht, der ihren Unterleib bedeckt. Und plötzlich spürt er, wie ihm seine Hose zu eng wird. Sam versucht, sich mit Arbeit abzulenken.

Das ist wirklich alles, was ihre Beziehung ausmacht: Vögeln in der alten Fabrik. Er wußte schon beim ersten Mal, daß es falsch von ihm war, mit ihr zu schlafen, aber er hat es trotzdem getan, weil er nicht anders konnte. So war es doch, oder? Dabei hat sie dringend einen Freund gebraucht, und nicht einen weiteren Typen, der heiß auf sie war. Sie hätten sich sicher besser verstanden, wenn er sich beherrscht hätte. Aber jetzt kann er es nicht mehr ungeschehen machen.

»Wir sind hier nicht in der Disco«, murmelt er vor sich hin. »Wir können hier nicht einfach nur ein bißchen herumschäkern.«

Der Geruch von frisch aufgebrühtem Tee dringt in seine Nase. Er blickt auf und sieht in ihr Gesicht. Deanie hält ihm die Tasse Tee hin, die sie ihm gemacht hat. »Hast du Hunger?«

Er richtet sich auf und nimmt einen Donut aus der Tüte, die sie in der Hand hält.

»Bist zu okay?« fragt er, während er das Stück verschlingt und sich die Finger am Overall abputzt.

»Ein bißchen müde«, gesteht sie. »Aber ich halte schon durch. Das, was ihr mir hier zu tun gebt, ist keine wirklich schwere Arbeit. Ich schätze, ich hätte mich heute auch um meine alten Damen kümmern können. Das wäre sicher kein Problem geworden. Es gefällt mir, wie es hier riecht. Bist du schon einmal von den Benzindämpfen high geworden?«

Sam lacht.

»Was machst du denn da gerade?« will sie wissen.

Er fängt an, ihr etwas von Motoren und Getrieben zu erklären, und nach einer Weile fällt ihm auf, daß sie dicht nebeneinander stehen und daß ihre Beine sich berühren. Wie von selbst hat seine Hand den Weg zu ihrer Hüfte gefunden. Erschrocken tritt er unbeholfen einen Schritt zurück. »Ich muß das hier heute noch fertig kriegen.«

Sie verschränkt die Arme vor der Brust und kehrt mit gesenktem Kopf zur Kasse zurück. Deanie achtet darauf, daß er ihre verletzte Gesichtshälfte nicht zu sehen bekommt.

Sein Vater kommt, um ihn abzulösen, damit er zu Abend essen kann. Er fährt nach Hause und läßt Deanie dort zurück. Sie ist so erschöpft, daß sie nicht einmal einen lahmen Protest vorbringen kann. Bald ist Sam wieder in der Werkstatt und arbeitet bis spät in die Nacht, und das nicht nur, weil er das Überstundengeld gut gebrauchen kann. Als er schließlich Feierabend macht und heimfährt, stellt er erleichtert fest, daß Deanie schon eingeschlafen ist. Tagsüber nimmt sie weniger Schmerztabletten, aber am Abend wird es stets schlimmer, und da verabreicht sie sich die volle Dosis.

Er läßt sich auf sein Bett fallen und nimmt sich das Rechenheft vor, in dem er seine Einnahmen und Ausgaben notiert. Für ein paar Minuten ist er damit beschäftigt, seinen zu erwartenden Lohn dem Schuldenberg gegenüberzustellen. In seinen Finanzen klafft ein gewaltiges Loch. Sein einziger Trost besteht darin, daß es nach der heutigen Fahrt in die sportmedizinische Klinik nicht größer geworden ist. Die

Maske hat sie keinen Cent gekostet. Er weiß nicht, ob Dr. Spellman dabei ihre Hand im Spiel gehabt hat und ihnen etwas Gutes tun wollte, oder ob die Techniker in der Klinik zum erstenmal eine solche Maske angefertigt und sie deshalb, sozusagen als Studienobjekt, gratis abgegeben haben. Sam läßt den Bleistift fallen und vergräbt sein Gesicht im Kissen. Er fragt sich ernsthaft, ob es nicht besser wäre, die Basketball-Saison sausen zu lassen und die dadurch gewonnenen Stunden in Arbeit umzusetzen. Scheiße, es ist seine letzte Saison an der High-School.

Stunden später wird er wach und kann sich nicht erklären, was ihn geweckt hat. Er spürt nur, daß ihn etwas alarmiert. Dann fällt ihm auf, daß absolut nichts zu hören ist, und das beunruhigt ihn sehr. Er rollt sich von seinem Bett und schleicht nach unten zu Deanie.

Im unteren Badezimmer brennt Licht, und die Tür steht weit auf. Deanie steht vor dem Spiegel. Sie bedeckt gerade mit der Hand die Narbe auf der Wange und läßt sie nach einem Moment fallen, so als besäße sie nicht genug Kraft, sie hochzuhalten.

»Die Narbe bleibt mir ewig erhalten, nicht wahr?« sagt sie. »Wie eine Tätowierung, die jeder sehen kann.«

Er antwortet nicht darauf, und sie sieht ihn nicht an. Dann geben ihre Knie nach. Die schmalen Finger umklammern den Waschbeckenrand, aber schon ist er bei ihr, packt sie an den Hüften und reißt sie zurück, ehe sie mit dem Gesicht in den Spiegel fallen kann. Sie wehrt sich kurz gegen ihn, hat aber nicht genügend Kraft, und er begreift, daß sie keinen Schwächeanfall erlitten hat, sondern sich vorsätzlich das Gesicht zerschneiden wollte.

Er hält sie lange fest. Zuckungen fahren wie Wellen durch ihren Körper, und wüßte er es nicht besser, würde er annehmen, sie wollte sich wieder aus seinem Griff befreien. Aber sie hält die Tränen tapfer zurück. Er streicht mit einer Fingerspitze über ihre Lippen. Sie saugt daran, immer fester, bis doch die Tränen aus ihren Augen quellen. Deanie weint stumm und bedeckt ihr Gesicht und seinen Hals mit dem Naß. Und als sie sich an seine Brust wirft, benetzt sie auch seine Haare.

Die Bettstatt hält immer noch etwas von ihrer Körperwärme, als er sie hineinlegt. Er will ihr versprechen, daß die Schwellung im Abklingen ist, daß die Färbung nachläßt und daß sie ganz bestimmt nicht immer so entstellt aussehen wird. Er möchte sie anlügen und ihr sagen, daß man später die Narbe kaum noch erkennen wird, daß man sie leicht mit etwas Schminke vertuschen kann. Aber mit einer Lüge ist ihr nicht zu helfen, und danach stünde er vor ihr als jemand, der die Unwahrheit sagt.

Völlig entkräftet schläft sie in seinen Armen ein. Vorsichtig schiebt er sie von sich und löst sich aus dem Laken. Dann legt er sich neben sie und deckt sich nur mit dem Oberbett zu. Das Bettzeug bildet einen Wall zwischen ihm und ihr.

Auf wackligen Beinen und mit heftig rudernden Armen scheint Indy aller Welt beweisen zu wollen, daß ein Basketballtalent in ihr schlummert. Doch in Wahrheit ist sie nur aufgeregt, weil sie beim samstagmorgendlichen Spiel in der Halle zuschauen darf. Deanie hat die Beine übereinandergeschlagen und das Baby auf ihren Schoß gesetzt. Obwohl der Säugling sich wie wild gebärdet und unverständliche Laute ausstößt, bleibt Deanie äußerlich ruhig. In ihren Gedanken ist nur Sam, der sie letzte Nacht im Badezimmer gesehen hat, der Zeuge ihres alptraumhaften Verhaltens geworden ist.

Am Nachmittag passen sie auf Indy auf, während Pearl und Reuben auf der Farm arbeiten. Da die Kleine mittlerweile laufen kann – auch wenn sie sich nur von Tischbein zu Stuhlbein entlanghangelt und gelegentlich einen Babysprint versucht, ohne über entsprechende Bremsen zu verfügen –, haben ihre Eltern an allen Türen und am oberen und unteren Ende der Treppe Schutzgitter angebracht. Indy möchte klettern, und so schiebt Sam die Sperre an der Treppe zurück und hockt sich daneben, um auf sie aufzupassen. Er läßt sie ein paar Stufen hinaufkrabbeln und setzt sie dann auf die unterste zurück.

»So wirst du deine Arbeit für Romney ja wirklich in nullkommanichts erledigen«, bemerkt Deanie spöttisch. »Außerdem finde ich das wirklich sadistisch. Du läßt sie nur ein Stück vorankommen und ziehst sie dann wieder zurück.«

»So mag sie es eben.«

Indy rutscht aus und schlägt mit dem Mund an eine scharfe Kante. Sofort fängt sie an zu schreien. Sam hebt sie hoch und stellt fest, daß sie sich auf die Oberlippe gebissen hat. Er beruhigt sie, wickelt ein Stück Eis in einen Waschlappen und hält ihn ihr an die geschwollene Lippe. Von einem Moment zum anderen vergißt das Baby seinen Schmerz und beginnt, an dem feuchten Stoff zu saugen. Sam setzt seine kleine Schwester in den Laufstall und klemmt sich wieder hinter den Tisch, um weiter zu arbeiten. Indy zieht sich Stück für Stück am Netz des Laufstalls hoch, bis sie stehen kann.

»Da!« ruft sie ihrem großen Bruder zu.

Als er sich zu ihr umdreht und eine Grimasse schneidet, fängt das Baby an zu giggeln, und Sam muß nun auch lachen. Indy prallt mit dem Gesicht ins Netz und tut sich wieder weh. Erneut erfüllt Geschrei das Zimmer.

Deanie hält sich die Hände an die Ohren. »Grundgütiger!« Sie packt ihre Bücher zusammen und begibt sich nach oben. Sams Erregungszentrum wird aktiv.

Er beruhigt den Säugling. Indy hat sich in ihrem Schrecken naß gemacht. Sam gibt ihr wieder den Lappen mit dem Eisklumpen und trägt sie nach oben, um ihr die Windeln zu wechseln.

Deanie liegt auf seinem Bett auf dem Rücken. Sie hält den Ball mit einer Hand auf dem Bauch fest und hat den anderen Arm über ihre Augen gelegt. Aus dem Rekorder dröhnt »Rock 'n Roll Disease« von Green on Red. Sie hebt den Arm von den Augen, um nach ihm zu spähen, und bringt damit ihre kleinen Brüste zum Wackeln.

Sarah hat einen ganzen Karton voller Jeans, T-Shirts und anderen Kleidungsstücken vorbeigebracht, darunter auch ein Paar Hightops. Sie behauptete, sie habe die Sachen auf Geheiß ihrer Mutter aus ihrem übervollen Schrank aussortiert. Und ehe die Klamotten weggeschmissen würden, wäre es doch besser, sie Deanie zu überlassen. Doch Deanie hat davon bis auf die Turnschuhe, die ihr ausgezeichnet passen, noch besser als ihre eigenen, nichts angerührt. Sie trägt am liebsten Sams Socken und T-Shirts. Das amüsiert Sam, bereitet ihm auf der anderen Seite aber auch ein eigenartiges Gefühl. Er sagt sich, daß seine Sachen ihr ein Gefühl der Geborgenheit geben, daß sie sich ihm so näher fühlt. Deswegen hütet er sich auch, eine Bemerkung darüber fallenzulassen. Er hat sich schon einige Male überlegt, wie er das Geld für eine der Fransenlederjacken aufbringen kann, wie sie die anderen Mädchen in diesem Winter tragen.

Er legt Indy auf sein Bett, und sie krabbelt sofort auf den orangefarbenen Ball zu und patscht mit den kleinen Händen danach. Deanie läßt ihn los, und das Baby ergreift sofort Besitz von dem Ball und versucht sogar, in ihn hineinzubeißen. Deanie lacht darüber, und der Säugling strahlt sie mit sabberfeuchtem Mund an. Dann nimmt Sam Indy den Ball ab, und sie erstarrt. Die kleinen Hände greifen vergeblich nach dem runden Ding. Sam legt seine Schwester auf den Rücken, zieht ihr die Rutschsocken aus und kitzelt die nackten Fußsohlen. Sie kichert und tritt wie von Sinnen mit den Beinchen. Dann dreht Indy sich herum und krabbelt auf den Knien davon. Sam bekommt sie an den Knöcheln zu fassen und zieht sie zurück. Aber jetzt steht Indy auf und versucht, laufend zu entkommen. Sie scheint von dem neuen Spiel ganz begeistert zu sein. Es gelingt dem Baby, sich aus Sams Händen zu befreien, und sie fällt auf Deanie und klettert an ihr hoch. Aus Sorge um das Gesicht seiner Freundin zieht er Indy rasch fort und legt sie wie eine Schildkröte auf den Rücken. Aber die Kleine ist voller Tatendrang. Er muß die Ausreißerin wieder einfangen und legt sie erneut auf den Rücken. Indy gelangt zu dem Schluß, daß es noch viel mehr Spaß macht, von einer Seite auf die andere zu rollen, und bald lachen Deanie und Sam gemeinsam mit ihr. Endlich nimmt er das Baby hoch und schaukelt es in den Armen.

Deanie sinkt zur Seite und stützt den Kopf auf eine Hand. Ihre Brüste zeichnen sich unter dem T-Shirt ab, und sie ertappt ihn dabei, wie er darauf starrt.

Sam findet den Waschlappen, und Indy nimmt ihn gern wieder zwischen die Lippen. Als er sie noch einmal auf den Rücken legt, ist sie zu müde, um weiter zu strampeln. Während er Indys Bauch knetet, kann er nur daran denken, daß

Deanie in der Nähe ist. Sein altes T-Shirt bedeckt ihre bloße Haut. Das Baby verdreht die Augen und erschlafft. Aber eine kleine Faust hält den Lappen fest, als wollte es ihn nie wieder hergeben.

Als Sam wieder Deanie anschaut, beobachtet sie ihn immer noch. Mit zwei Fingern berührt sie eine ihrer Brustwarzen, und ihm kommt das wie eine Aufforderung vor. Dann nimmt sie mit der Rechten eine seiner Hände und führt sie unter ihr T-Shirt. Und wenig später spürt er das wunderbare Gebilde, die sanfte Wölbung... und zieht schwer atmend die Hand rasch zurück.

»Meine Leute können jeden Moment nach Hause kommen!«

Sie verzieht den Mund, rollt sich auf den Bauch und verbirgt ihr Gesicht im Kissen. Er möchte ihr eine Hand auf die Schulter legen, ihr etwas Tröstliches sagen und ihr die Gründe dafür erklären, warum es falsch wäre, damit wieder anzufangen. Aber er weiß genau, wenn er sie jetzt noch einmal berührt, kann er sich nicht mehr beherrschen.

»Scheiße«, murmelt sie. »Ich könnte jetzt für eine Zigarette zur Mörderin werden.«

Er verläßt das Bett rasch und nimmt sich viel Zeit damit, eine Extradecke aus der Kommode zu holen und das Baby, das inzwischen eingeschlafen ist, darin einzuwickeln.

»Möchtest du vielleicht Kakao?« fragt er.

Zu seiner Erleichterung nickt sie. Er geht nach unten, und als er mit dem Getränk zurückkehrt, hat sie die Augen geschlossen und schläft; vielleicht tut sie aber auch nur so. Er deckt sie zu und dämpft das Licht. Morgen ist Feiertag, und da kann sie, wenn sie möchte, den ganzen Tag im Bett bleiben.

33

Als die Mutantin nach dem langen Wochenende zum ersten Mal wieder in die Schule kommt, bemerkt sie sofort den Schock im Gesicht der Trainerin, so als entsetze die Frau sich darüber, ein Mädchen mit einem solchen Gesicht mit auf Tour nehmen zu müssen. Bislang stand Deanie auf der Verletztenliste, und niemand hat eine Erklärung darüber abgegeben, was ihr zugestoßen ist. Doch sobald sie auswärts spielen, wird jeder Lokalblattfotograf sich sofort auf sie stürzen und Fragen stellen, auf die keiner von ihnen eine Antwort geben möchte. Als die Trainerin sie beiseite nimmt und sie bittet, solange hierzubleiben, bis die Gesichtsverletzung verheilt ist, entgegnet Deanie, daß die Fragen so oder so kommen werden, wenn sie während des Spiels ihre Maske trägt. Die Trainerin erklärt sich schweren Herzens einverstanden und will auf die erste Frage »ein Unfall« nuscheln und bei allen weiteren so tun, als habe sie sie nicht richtig verstanden.

Sam hat nichts dagegen, daß die Mutantin wieder mitspielt. Schließlich kann er sie so besser im Auge behalten. Er war jedenfalls nicht begeistert, als sie wieder mit in die Werkstatt wollte. Was er wohl sagen wird, wenn er erfährt, daß sie am Samstag wieder ihre alten Damen besucht? Als sie hinter der Kasse saß, kam er alle paar Minuten hereingeplatzt, um sie vor allen Kunden dies und jenes zu fragen und ihr Vorhaltungen zu machen. Ob sie auch wirklich genug gegessen habe, ob sie sich nicht lieber hinlegen wolle, und ob es ihr auch wirklich gut gehe. Sie hat ihre ganze Kraft aufbieten müssen, um nach außen hin höflich, wenn auch nicht übermäßig freundlich zu bleiben. Und heute mußte sie noch dazu mit ansehen, auch wenn sie stets in eine andere Richtung blickte, wie er ein paar Meter weiter mit Nat Linscott zusammensaß, die ihm ständig mit ihren falschen Wimpern schöne Augen machte.

Deanie kann den Walkman noch nicht wieder aufsetzen, weil ihr linkes Ohr dafür zu geschwollen und wund ist. Also muß sie das Geplapper ihrer Teamkameradinnen über sich ergehen lassen. Die Linscott sitzt direkt vor ihr, und Deanie versetzt ihrer Lehne mit beiden Füßen einen derben Tritt. Zu ihrer großen Befriedigung quiekt Nat vor Schreck.

Mit gesenktem Kopf und dem Kopfhörer auf den Ohren klinkt Sam sich aus. Er macht sich nicht im mindesten Sorgen um die anstehenden Spiele.

Nach einer harten Nacht ist er eine halbe Stunde zu früh aufgewacht. Als er ins Badezimmer wollte, befand Deanie sich schon drin und schor sich mit seinem Rasierapparat den Kopf. Deswegen konnte er sich nicht einmal mehr in der Küche rasieren, ganz zu schweigen von allen anderen Verrichtungen. Als er in seinen Truck stieg und ihn starten wollte, war die Batterie leer. Er bekam den Motor nur mit einem Starthilfekabel zum Laufen und verwünschte sich die ganze Zeit über, vergangene Nacht nicht daran gedacht zu haben, die Batterie an das Ladegerät anzuschließen. Wieder zurück mußte er feststellen, daß sein Rasierapparat so aussah, als habe Deanie damit eine Panzerkette geschoren. Nirgends war eine Ersatzklinge zu finden. Als er endlich am Küchentisch Platz nehmen konnte, bewarf Indy seine Teamkrawatte mit einem Löffel Bananenbrei. Das gute Stück sah danach aus, als habe er sich damit die Nase geputzt.

Im Wagen schob er eine Kassette von Duke Tomato ein, um sich davon aufmuntern zu lassen. Aber schon nach der ersten Strophe drückte Deanie auf den Reject-Knopf. Die Kassette flog aus dem Rekorder, und die Mutantin unternahm nicht einmal den Versuch, sie aufzufangen. Also mußte er mit seinen vom Pfannkuchen, den er beim Fahren verspeiste, klebrigen Fingern danach greifen, und bekam sie sogar zu fassen. Doch nur mit dem Erfolg, daß die Kassette ruiniert war. Deanie nahm dann das Band mit seinen Lieblingsstücken aus den Siebzigern, auf dem so unnachahmliche Gruppen wie T. Rex, Sweet und Queen vertreten waren, und schob es so ungeschickt in den Schlitz, daß es sofort Bandsalat gab. Er mußte am Straßenrand anhalten, um die Kassette herauszubekommen. Und Deanie machte ihm Vorwürfe, als sei er daran schuld. Sie kamen zu spät zum Training, und er mußte ein Donnerwetter über sich ergehen lassen. Deanie natürlich nicht, denn die stand ja offiziell noch auf der Krankenliste. Als er sich endlich in der Umkleidekabine rasieren konnte, mit einer alten Klinge, die er in seinem Spind aufbewahrte, verschandelte er sein Gesicht mit zahlreichen Schnitten. In den kleinen Pausen beachtete Deanie ihn kaum und ließ ihn stehen, so als trage sie nicht seine Sachen am Leib.

Wen kann es da verwundern, wenn er nur noch seine Ruhe haben will und sich mit den Kopfhörern von der Welt ausklinkt?

Die Mutantin sitzt neben der Trainerin auf der Bank und verfolgt die Lockerungsübungen der Spielerinnen. Viele starren sie unverhohlen an; einige tuscheln sich hinter vorgehaltener Hand dumme Bemerkungen zu. Aber damit hat sie gerechnet. Von so etwas läßt sie sich nicht ins Bockshorn jagen. Sie hält tapfer den Kopf hoch. Dann fällt von hinten ein mächtiger Schatten über sie. Sams große Hände legen sich auf ihre Schultern und drücken sie sanft. Dann geht er weiter und läßt sich auf einer der oberen Bänke nieder.

Auszeit. Das erste Viertel ist vorüber. Halbzeit. Deanie hockt neben der Trainerin im Zentrum der Mädchen. Links und rechts von ihr die Zwillinge, die in unbewußter Synchronisation jede eine Hand auf ihre Schulter und auf ihr Knie legen. Ungehindert strömt die Energie des Willens zu siegen durch sie und läßt die verschwitzten Gesichter und hellen Augen erstrahlen.

Einen Sekundenbruchteil, bevor das Aus ertönt, springt Deanie hoch, als wolle sie den Ball in den Korb werfen. Sie stößt die Ellbogen wie Kolben vor und zurück, dann ballt sie die Fäuste und umarmt sich so fest, als würde sie mit sich selbst ringen. Ihre Augen sind vor Ekstase geschlossen, als das Blitzlichtgewitter über die Halle hereinbricht.

Die Jungs haben vor ihrem Umkleideraum in einer langen Reihe Aufstellung genommen, und Deanie klatscht jedem von ihnen auf die Hand. Als sie Sam erreicht, tanzt sie im Zickzack wie ein Regentropfen auf einer Windschutzscheibe und berührt seine Handfläche so rasch mit ihren Fingerspitzen, als nehme sie an einem Schnellschreibwettbewerb teil. Und schon ist sie verschwunden wie ein tänzelnder Wirbelwind.

Der kurze Hautkontakt überträgt ihre Begeisterung auf Sam. Er geht gestählt und fit aufs Feld, und alle Spannungen zwischen ihm und ihr sind wie weggeblasen.

Nach dem Spiel herrscht im Jungs-Bus Hochstimmung.

»Wir haben sie in Grund und Boden gespielt!« schreit Bither.

»Wir haben sie kleingemacht, zusammengefaltet, eingetütet und per Luftpost und Expreß in den Orkus befördert«, begeistert sich Rick.

»Amen, Bruder Dick. Ich kam mir allerdings wie ein paranoides Arschloch vor, als wir dieselbe Flasche abwehren wollten.«

Rick macht ein erstauntes Gesicht und sieht sich im Kreis der Kameraden um. »Na ja, vielleicht wollte er ja nicht dich, sondern mich behindern.«

Sam schüttelt den Kopf. »Das Spiel ist vorbei. Wen auch immer er von uns gemeint haben mag, er hat sein Ziel erreicht, denn wir haben uns beide ablenken lassen.«

»Jeder, der sich mir im Spiel in die Quere stellen will, bekommt von mir eine gehörige Dröhnung, Sambo.«

Sam weiß, daß Rick noch das Adrenalin vom Spiel im Blut hat, sonst würde er nicht so reden.

»Gut, einverstanden«, lächelt er.

Die beiden schlagen die hochgehaltenen Hände gegeneinander, um ihren gegenseitigen Angriffspakt zu besiegeln.

Der Bus mit den Mädchen erreicht die High-School zuerst und leert sich. Sam blickt aus dem Fenster auf seinen Truck. Deanie hat den Wagenschlüssel, und er hat ihr aufgetragen, einzusteigen und den Motor anzulassen, damit sie es warm hat. Doch von der Mutantin ist nirgendwo etwas zu sehen.

Die Welt scheint sich plötzlich unter seinen Füßen schneller zu drehen, und sein Magen schießt die Kehle hinauf. Er packt seine Tasche und klettert über Sitze und erschrockene Teamkameraden nach vorn, um so schnell wie möglich aus dem Bus zu kommen. Die Türen öffnen sich viel zu langsam für ihn. Er versetzt ihnen einen ärgerlichen Tritt, der mit einem pneumatischen Zischen und einem »He!« des Busfahrers beantwortet wird. Als der Fahrer den Öffnungsmechanismus erneut in Gang setzt und die Türen zum erstenmal seit Wochen widerstandslos aufgehen, springt Sam nach draußen, rennt über den Parkplatz zu seinem Truck und reißt die Beifahrertür auf.

Das dunkle Bündel auf dem Boden löst größte Panik in ihm aus. Er kann vor Schreck nicht mehr atmen und greift danach. Deanie schreit und hebt den Kopf von den Armen. Er liest in ihren Augen, daß sie sich nicht verletzt hat. Sie zittert am ganzen Leib, und er erkennt, daß sie nur entsetzlich friert.

Er kommt sich wie ein Idiot vor und fragt sie: »Warum hast du den Motor nicht angelassen?«

»Ich habe alles getan, was du mir gesagt hast«, fährt sie ihn an und kommt ihm dabei vor wie ein bissiger Hund, »aber er wollte nicht anspringen. Wahrscheinlich hab' ich ihn absaufen lassen.«

Schweigend rutscht er hinters Steuer, dreht den Schlüssel, den sie im Zündschloß hat stecken lassen, und bringt den Motor nach einigen Versuchen zum Laufen. Deanie hat ihn tatsächlich absaufen lassen.

»Mein Fehler«, murmelt er. »Ich hätte dir vorher erklären sollen, wie man mit dieser Karre umgehen muß. Aber keine Bange, das üben wir noch.« Und ihm kommt eine Idee. »Mensch, warum bringe ich dir nicht überhaupt das Autofahren bei?«

Sie setzt sich abrupt auf, so als glaube sie, nicht richtig gehört zu haben.

Er zerrt am Knoten seiner Teamkrawatte und zieht sie aus. »Als ich aus dem Bus hierher geblickt habe und dich nicht sehen konnte, habe ich mir vor Angst fast in die Hose gemacht.«

Ihr gesundes Auge wird ganz groß, und ihr Mund zittert. »Ich wollte dir keine Angst einjagen. Ich habe mich nur auf den Boden gelegt, weil es dort wärmer ist. Du brauchst dir wirklich keine Sorgen zu machen. Tony ist zur Zeit nicht in der Verfassung, mir aufzulauern.«

Er schiebt den Knüppel aus der Parkstellung. »Unter meinem Sitz liegt ein Wagenheber. Und ich lege eine Nagelpistole ins Handschuhfach, für den Fall, daß du nicht an das Werkzeug gelangen kannst. Wenn du also allein bist, hast du wenigstens etwas, um dich zu verteidigen.«

Deanie starrt ihn an.

»Der Dreckskerl soll keine Chance mehr erhalten, dir etwas anzutun«, erklärt Sam grimmig. »Und wenn ich ihn in deiner Nähe sehen sollte, reiße ich ihm den Kopf ab.«

Deanie preßt die Arme an ihren Körper, weil sie immer noch friert, und widerspricht: »Soviel Aufhebens ist er wirklich nicht wert.«

Er gibt keine Antwort. In der tiefen Kälte unter seinem Brustbein bläht sich ein mörderischer Zwang auf und wächst zu einer blinden Hitze an. Das erschreckt ihn, und seine Handflächen fangen an zu schwitzen.

Als er den Truck vom Parkplatz auf die Auffahrt zur 302 steuert, rast Fosse an ihm vorbei und setzt sich mit viel zu knappem Abstand vor ihn. Petes Wagen gerät ins Schlingern, und Sam hat alle Hände voll zu tun, ihm nicht hinten reinzufahren. Obwohl sein Verstand ihm sagt, daß Fosse dieses Manöver im Hochgefühl des Sieges und aus purer Übermütigkeit ausführte, ärgert er sich doch tief im Innern darüber. Von Pete könnte das auch als Provokation gemeint sein.

Fosse dreht den Kopf nach hinten, um durch die Heckscheibe Sam anzuschauen. Bither und Tim Kasten sitzen bei ihm im Wagen. Auch sie drehen sich um. Ihre Gesichter sind noch von der Aufregung verzerrt, als der Wagen ins Schleudern geriet. Pete lacht, dann wendet er sich wieder nach vorn und konzentriert sich auf die Straße. Nicht ganz, denn er hebt die Rechte und präsentiert dem Truck hinter ihm den ausgestreckten Mittelfinger. Petes Mitfahrer krümmen sich auf ihren Plätzen vor Lachen.

Das reicht Sam. Er tritt aufs Gaspedal, und ein Ruck geht durch den Wagen vor ihm, als Sams Frontstoßstange dessen Heck anstößt. Deanie schreit auf, reißt die Arme hoch und schlägt sie um sich. Sam gibt noch einmal Gas und schiebt Fosses Karre vor sich her.

Jetzt zeigen sich nicht mehr erheiterte, sondern ängstliche und verärgerte Mienen in der Heckscheibe. Vom Parkplatz, wo zahlreiche Fahrzeuge sich in Bewegung gesetzt haben, ertönt ein Hupkonzert. Deanie schreit wieder, aber diesmal vor Kampfeslust. Sam legt den Rückwärtsgang ein, und ein neuer Ruck geht durch den Wagen vor ihm, als plötzlich die

Schubkraft von hinten ausbleibt. Sam fährt wieder vorwärts und versetzt Fosse den nächsten Stoß. Der Wagen ruckelt hin und her und rutscht mehr, als daß er rollt. Ein erstickter Schrei von Deanie, als ihre Hände vom Armaturenbrett abrutschen und sie auf den Boden fällt.

Die Tür des Wagens vor ihnen fliegt auf, und Pete will hinausspringen, aber Sam schiebt ihn noch kräftiger an. Fosse verzieht sich rasch wieder ins Innere seines Autos und kommt nicht mehr dazu, die Tür zu schließen, die hin und her klappt. Die Fahrzeuge hinter ihnen schalten die Scheinwerfer ein und aus, das Hupkonzert wird infernalisch, und mehrere Jungen und Mädchen hängen sich aus den Seitenfenstern, um wie eine blutgierige Meute mehr vom Geschehen mitzubekommen. Endlich kommt Pete dazu, sich um seine Tür zu kümmern, doch da sieht er, wie Sams Tür auffliegt und der große Blonde mit grimmiger Miene aussteigt. Fosse möchte es lieber nicht darauf ankommen lassen. Er tritt das Gaspedal bis zum Boden durch, und sein Wagen schießt schlingernd fort.

Sam setzt sich wieder hinters Steuer und verfolgt die Flucht seines Gegners. Das Heck von Petes Wagen sieht aus, als wäre eine Herde Kühe darüber getrampelt. Erst jetzt bemerkt Sam, daß Deanie auf dem Boden liegt. Sie hält sich eine Hand an die verletzte Gesichtshälfte, und Sam fährt rechts ran.

»Ich bin in Ordnung«, krächzt sie, als er ihre Hand fortziehen will. »Hab' mich bloß gestoßen.«

Sam bemerkt keine neuen Verletzungen, aber Deanie zuckt zusammen, als er die Wunde berührt.

»Es tut mir leid, es tut mir so leid«, sagt er wieder und wieder.

Die anderen Wagen überholen den Truck und drücken beim Passieren auf die Hupe. Scheinwerferpaar um Scheinwerferpaar blitzt im Seitenspiegel auf.

Deanie hat sich auf der Liege langgemacht, und ihr Kopf ruht an Sams Arm. Er hat sich schon fürs Bett umgezogen, und sie dreht den Kopf ein wenig, bis sie ihm in die Augen blicken kann. Ihre Pupillen sind vergrößert, und ihr verletztes Auge ist fast wieder zugeschwollen.

»Die Gesichter der drei... ich hätte mir fast ins Höschen gemacht.« Sie setzt ein Lächeln auf, dem er nicht widerstehen kann. »Und einen Moment später lande ich auf der Fresse. Das war ein Gefühl, sage ich dir, als hätte ich den Schlag noch einmal erhalten. Die Schmerzen waren unfaßbar, und ich konnte die ganze Zeit nur denken, jetzt hast du alles vermasselt, die Saison ist endgültig für dich gelaufen. Warum habe ich auch nicht den Sicherheitsgurt angelegt. Ich war genauso wütend auf mich selbst wie auf dich.«

»Wir wären besser gleich ins Krankenhaus gefahren, damit sie sich dort dein Gesicht ansehen.«

Sie schüttelt sich. »Nichts da. Ist schon okay. Schließlich ist die Wunde nicht wieder aufgeplatzt. Und als wir dann hier ankamen, waren die Schmerzen fast vergangen.«

Sam weiß genau, wen die größte Schuld trifft. Er geht hinauf in sein Zimmer, hockt sich auf die Bettkante und öffnet die Ketten um seinen Hals. Dann hält er das Metallgliederbündel nachdenklich in der Hand, hebt den Kopf, betrachtet sich im Spiegel und schiebt sich die Kette in den Mund. Die Ecken und Kanten stechen in seinen Gaumen und schaben über seine Zunge und sein Zahnfleisch. Er schmeckt nicht nur das Metall, sondern auch seinen getrockneten Schweiß darauf. Nach einer Weile kippt er den Kopf nach unten und läßt die Kette in seinen Rachen rutschen. Im nächsten Moment muß er würgen. Er beugt sich vor und spuckt die Kette auf seine Hände aus.

Eigentlich will er weiter über Deanie wachen, aber er hört nichts von ihr und verbringt die ganze Nacht in seinem Zimmer. Am nächsten Morgen hat er einen besseren Start. Er versucht es gar nicht erst im Badezimmer, sondern verrichtet sein Geschäft gleich zwischen den Blumen und rasiert sich anschließend in der Küche. Der Truckmotor hustet und spuckt wie ein siebzigjähriger Kettenraucher, springt aber schließlich an.

Pete Fosse wartet vor der Turnhalle auf ihn. »He, Sambot, den Schaden an meinem Heck reparierst du mir, verstanden?«

»Wovon träumst du eigentlich nachts?« Sam geht an ihm vorbei.

Pete hält ihn am Arm fest. »Da liegst du aber falsch, Freundchen. Was meinst du wohl, was Wild Bill dazu sagen wird? Du stehst immer noch unter Bewährung!«

Sam schüttelt die Hand ab und studiert dann nacheinander die Schlüssel am Bund, bis er den richtigen für die Turnhalle gefunden hat. Es erscheint ihm wie ein Segen, daß Deanie gleich in der ersten Stunde einen Test schreiben muß. Er hat jetzt wirklich nicht den Nerv, sich um sie zu kümmern oder sie vor den hämischen Blicken und Bemerkungen der anderen in Schutz zu nehmen.

»Peteybird, Erpressung ist wirklich eine Nummer zu groß für dich.«

Fosse läuft rot an. »Du Arsch!«

Sam hat endlich den richtigen Schlüssel gefunden und schließt die Turnhalle auf. Er dreht sich zu Fosse um. »Ich mache dir ein Angebot.«

Pete starrt ihn wütend an.

»Ich repariere dein verdammtes Heck.«

Fosse blinzelt mißtrauisch.

»In der Werkstatt. Für zehn Mäuse. Sozusagen als Vorzugspreis.«

»Und?«

»Nichts und. Dafür läßt du mich in Ruhe. In den letzten Wochen ist genug Scheiße passiert. Ich bin bereit, dir einen Gefallen zu tun und zu ignorieren, was für ein Blödmann du bist, damit ich die Saison mit Anstand hinter mich bringen kann und mich nicht über noch mehr Mist aufregen muß. Im Grunde keine große Sache, oder? Ich brauche dich als Backup, und du wirst dich anstrengen und alles tun, wenn du im nächsten Jahr mein Nachfolger werden willst.«

Pete grübelt. »Du bist auch nicht unverwundbar, Sambo.«

»Genauso wenig wie du, Pete.«

Die anderen Spieler spüren sofort die Spannung zwischen Fosse und Sam. Sam übersieht Petes finstere Miene und konzentriert sich ganz darauf, ihn ins Training einzubinden.

Schließlich ist Fosse so ausgepumpt, daß er auf Spott und Verachtung verzichtet.

Als Sam sich an der Seitenlinie ausruht, kommt Rick zu ihm. »Was war denn wieder los? Billbo hat mir gerade erzählt, du hättest mit Fosses Wagen Rambo gespielt.«

»Du hast nichts verpaßt«, erwidert Sam. »Es war wirklich eine blöde Geschichte. Eben vor dem Training habe ich die Sache mit Pete geregelt. Ich habe nämlich keine Lust auf kindische Spielchen à la Trittst-du-mich-trete-ich-dich.«

»Wenn du glaubst, du kannst dir das aussuchen, bist du noch dümmer, als du aussiehst. Slammer, manchmal bleibt dir verdammt nochmal gar nicht anderes übrig, als einen Rückzieher zu machen!«

»Hin und wieder muß man sich anstrengen, um erwachsen zu werden. Das geht nicht immer von allein.« Er lächelt, aber Rick schüttelt nur den Kopf.

Gerüchten zufolge ist es zu einem mittelschweren Erdbeben gekommen, dessen Epizentrum sich im Sekretariat befand. Ein älterer Schüler, der dort etwas zu erledigen hatte, berichtete danach, daß Laliberte und die Trainer die Köpfe wegen der nächsten Ausgabe der Wochenzeitung zusammengesteckt hätten. Jeden Mittwoch mittag, dem Tag, an dem die Zeitung erscheint, werden alle Artikel, die etwas mit der Schule zu tun haben, am schwarzen Brett ausgehängt.

Auch an diesem Mittwoch hängt dort bei Schulschluß die übliche Auswahl von Beiträgen. Bei dem Artikel über die Basketballspiele hat man einige Zeilen mit einer Schere herausgetrennt. Sam erinnern die Lücken in dem Zeitungsausschnitt an den Rahmen, den er über die Seiten legt, die er gerade liest. Der Rahmen verdeckt alles bis auf kleine Textfenster, auf die er sich konzentrieren kann, damit er nicht von der Fülle der Worte verwirrt oder abgelenkt wird. Paul Romney hat ihm diese Lesehilfe empfohlen.

Die Mädchen haben heute erst am Nachmittag Training, und Deanie sitzt neben der Trainerin auf der Bank. So hat Sam genug Zeit, um in die Drogerie zu fahren und ein unzensiertes Exemplar der Wochenzeitung zu kaufen.

Auf der Sportseite ist ein Foto von Deanie abgedruckt.

Auch in Schwarzweiß sieht ihre Verletzung schlimm aus, vor allem, weil man ein Bild gewählt hat, auf dem die Wunde besonders deutlich ins Auge springt. Die Zeilen, die die Schulleitung herausgeschnitten hat, handeln von Deanie und dem, was ihr zugestoßen ist. Zum Beispiel steht dort, daß Deanie Gauthiers Gesichtsverletzung viel ernster zu sein scheint, als bislang von der Schule zu hören war. Der Reporter ergeht sich dann in Fragen darüber, wann sie wieder spielen könne, und ob es überhaupt ratsam wäre, sie in dieser Saison noch einmal auf den Platz zu schicken. Der Artikel schließt mit der leicht heuchlerischen Feststellung, daß die Öffentlichkeit wohl nur spekulieren könne, solange die Schulleitung nicht mehr Informationen herausrücke.

Ohne Zweifel kennt die Trainerin den Artikel, aber sie scheint nichts dagegen einzuwenden zu haben, als Sam die Zeitung Deanie bringt. Er setzt sich neben sie auf die Bank. Sie liest den Artikel, betrachtet ihr Bild, faltet die Zeitung dann wieder zusammen und gibt sie ihm kommentarlos zurück.

Sam geht zur Tribüne und schaut den Mädchen beim Spiel zu, bis es für ihn Zeit wird, sich umzuziehen. Zwischendurch kommen Rick und Todd Gramolini zu ihm und studieren den Artikel.

Als Todd das Foto sieht, fährt er sichtlich zusammen. »Oh, Scheiße, Sam. Es tut mir leid, was alles passiert ist. Ich hatte ja keine Ahnung, was das für eine Ratte ist. Wenn ich an ihrer Stelle gewesen wäre, hätte ich mir das auch nicht länger gefallen lassen. Und von Petes saublödem Gelaber habe ich jetzt endgültig die Nase voll.«

Sam reicht ihm die Hand, und Todd drückt sie.

»Können wir bis zum Ende der Saison als Team bestehen bleiben?«

Sam zuckt die Schultern. »Das hängt ganz von Pete ab.«

»Warum brechen wir ihm nicht den verdammten Arm«, schlägt Rick vor, »oder das Bein. Wir brauchen Fosse nicht. Skouros ist mindestens genauso gut wie Pete, und er redet auch nicht so einen Scheiß.«

Todd lacht und schüttelt den Kopf. »Gott, ich höre, was du sagst, Rick, und muß lachen. Trotzdem ist es nicht gut, so über einen Teamkameraden zu sprechen.«

»Pete ist sich selbst der größte Feind«, bemerkt Sam. »Vielleicht stolpert er unglücklich und bricht sich das Bein, ohne daß wir nachhelfen müssen.«

Auf dem Weg nach Hause fragt er Deanie, ob sie die alten Damen besuchen möchte. Sie schüttelt den Kopf und entgegnet, ihr Gesicht würde auch am kommenden Samstag noch so häßlich sein, daß den alten Tanten der Herzschrittmacher stehenbleiben könne.

Diese Antwort macht ihm mehr als alles andere klar, was das Zeitungsfoto in ihr ausgelöst hat. Er gewinnt den Eindruck, daß sie sich den Schädel nicht länger aus Protest rasiert, sondern daß sie darin, wie auch vielleicht eine Nonne, einen Akt der Entsagung an die Welt sieht. Sie bindet sich das Kopftuch mittlerweile so, daß es nicht nur den Schädel, sondern auch die linke Gesichtshälfte bedeckt. Die freche, oft rebellische Deanie von früher gibt's nicht mehr. Mittlerweile kann sie kaum noch jemandem in die Augen sehen und bewegt sich wie ein Geist, der am liebsten für alle unsichtbar bleiben würde.

Als er am nächsten Morgen erwacht und an die Decke starrt, wird ihm bewußt, daß sowohl er als auch sie zum zweitenmal eine ganze Nacht durchgeschlafen haben. Er sagt sich, daß er jetzt eigentlich Erleichterung verspüren müßte. Die Wunde verheilt, die Verfärbung verblaßt, und allmählich kann man ihre normalen Gesichtskonturen wieder erkennen – und das trotz seines dummen Spielchens mit Fosses Wagen. Er muß ihr noch etwas Zeit lassen, damit auch die inneren Wunden vernarben, dann ist sie wieder ganz die alte.

Wenn sie sich dann an ihr neues Leben bei der Pflegefamilie gewöhnt hat – falls es dort nicht schön für sie sein sollte, wird er sie fortholen –, können er und sie von vorn anfangen und es diesmal richtig machen. Für eine Weile werden sie nur Freunde sein, nicht mehr. Vielleicht haben sie danach alle Lust verloren, miteinander ins Bett zu gehen. Viele verheiratete Paare schlafen nach ein paar Jahren nicht mehr miteinander, oder? Und so toll war es in der alten Fabrik ja nun auch wieder nicht. Er hat sich wie ein Anfänger angestellt, und sie hat nie einen richtigen Orgasmus bekommen. Für beide war es sicher nicht einmal so aufregend wie ein Endspiel der Red Sox.

Aus dem Schlafzimmer seiner Eltern hört er die monotone Stimme eines Nachrichtensprechers. Schon seit Tagen stellt Reuben, kaum daß er einen Fuß ins Haus gesetzt hat, gleich das Fernsehgerät ein und klappert die Kanäle ab oder surft mit der Fernbedienung über die Radiowellen, um Neuigkeiten über den Golfkrieg zu erfahren. Sie wissen nur, daß Frankie sich irgendwo im Nahen Osten aufhält, aber die Position seines Kriegsschiffes unterliegt der Geheimhaltung. Seit dem Ausbruch der Kampfhandlungen haben sie nicht mehr von ihm gehört. Die Schwätzer und Auguren in den diversen Expertenrunden rechnen mit einem sechsmonatigen Landkrieg, der fünfzig- bis sechzigtausend Opfer kosten könne. Genauso viele Tote wie in dem Schlamassel in Vietnam, und dort hat der Krieg über zehn Jahre gedauert. Wohlgemerkt, amerikanische Gefallene. Die Vietnamesen hatten zwanzigmal so viele Tote zu beklagen. Und in den Kommentaren und Runden wagt niemand darüber zu spekulieren, wie hoch die Verluste der Iraker oder der amerikanischen Verbündeten sein werden. Sam fängt an zu zittern und fragt sich bang, ob Frankie jemals nach Hause kommen wird… und ob er in einem Jahr womöglich selbst dort unten weilt.

Wer wird sich dann um Deanie kümmern?

34

Tag des Spiels. Zum letzten Mal muß sie auf der Bank sitzen. Die Mutantin blinzelt an die Decke und dreht sich auf die Seite, um in ihre Tasche zu schauen, wo die Schutzmaske oben auf den Büchern liegt. Sie berührt vorsichtig die Narbe und ist wieder einmal verwundert, wie rasch das Gewebe zusammenwächst. Die Ärztin hat die Ränder zusammengezogen, und die Zellen haben sich miteinander verbunden, einfach so, und das schon in den ersten vierundzwanzig Stunden. Das ist jetzt zehn Tage her, und der Rest ist inzwischen so gut verheilt, daß niemand mehr bei ihrem Anblick entsetzt den Blick abwendet.

Sie geht ins Bad und betrachtet sich im Spiegel. Langsam sieht sie wieder so aus wie früher. Manchmal tut ihr das Gesicht noch weg, aber sie muß nicht mehr regelmäßig Schmerztabletten einnehmen. Die Mutantin nimmt sie nur noch, um die Alpträume zu verscheuchen. Und die werden bald auch aufhören.

Die Mutantin holt die Scheibe mit den Antibabypillen aus der Tasche, die sie an die Innenseite des Morgenmantels genäht hat. Während sie die kleinen runden Dinger ansieht, die wie ungezuckerte Minibonbons aussehen, fragt sie sich, warum sie diesen Aufwand überhaupt noch betreibt.

»Wir sind hier nicht beim Teekränzchen! Hier machen wir ernst!« ertönt der Schrei der Mutantin aus dem Gewimmel im Korridor.

Alle fallen übereinander her, während die Jungs aus der Umkleidekabine in Chamberlain strömen und gleich in einen Menschenauflauf geraten. Die Mädchen kreischen, springen auf und ab und knutschen jedes männliche Wesen ab, das ihnen in die Quere kommt. Nicht nur die Jungs vom Team, sondern buchstäblich jeden, der sich nach dem Doppelsieg über Chamberlain gerade in diesem Gang aufhält oder ihn, angelockt vom Lärm, aufsucht. Die Jungs von Greenspark halten sich schon für so unbesiegbar, wie die Sportkommentatoren in den Wochenendzeitungen sie hinstellen. Und beim nächsten Spiel, das die Mädchen bestreiten, wird die Mutantin wieder dabei sein.

In Sams Augen ist Deanie schon wieder ganz die alte. Sie ist ihre Niedergeschlagenheit losgeworden und hat auch den Mantel der Unsicherheit abgelegt. Eifer brennt wie Fieber in ihren Augen. Ihre Haut ist halb durchsichtig und glüht. Das, was von den Verletzungen übriggeblieben ist, wirkt nur noch so, als hätte sie sich irgendwo schmutzig gemacht, und die Narbe an ihrem Wangenknochen sieht aus wie eine Perlenkette. Das Kopftuch trägt sie wieder um die Stirn, und für Sam ist sie unbeschreiblich schön: das schmale Oval ihres Gesichts, der dunkle Bogen ihrer Brauen, das kräftige Schokoladenbraun ihrer Augen und der volle Mund. Er bewegt sich wie in Trance durch die Menge auf sie zu, will zu ihr und fürchtet sich gleichzeitig vor der Nähe.

Nach der Fahrt im Bus richtet Deanie sich wieder wie eh und je im Truck ein. Sie legt die Füße aufs Armaturenbrett und macht es sich auf dem Beifahrersitz bequem.

Krach kommt aus dem Radio, und Sam dreht die Lautstärke herunter.

»Beim nächsten Spiel bin ich wieder dabei!« ruft sie. »Ich kann es kaum erwarten!«

»Ja, wird bestimmt toll.«

Unter dem Blick, den sie ihm zuwirft, kommt er sich wie Stroh vor, das mit einer Lupe zum Brennen gebracht werden soll. »Du warst heute abend großartig.«

Er bricht den Augenkontakt rasch ab und ruft sich in Erinnerung, daß er den Parkplatz verlassen und nach Hause fahren sollte. Sam hat schon öfter solche Blicke von Mädchen aufgefangen, aber es verwirrt ihn immer noch, und er weiß nicht, wie er darauf reagieren soll und was von ihm erwartet wird.

Deanie ist in redseliger Stimmung. Sie plappert über die beiden Spiele, vergleicht sie miteinander, bewertet die Teams, führt auf, welche Spielzüge man hätte besser machen können; kurzum, sie erzählt genau das, worum sich die Gespräche in der Umkleidekabine, im Bus und morgen am Mittagstisch drehen werden. Er verfolgt ihre Worte. Sam ist ein guter Zuhörer, vielleicht ein Ausgleich dafür, daß er selbst solche Mühe mit dem Reden hat. Deanie scheint nicht einen Moment ruhig sitzenbleiben zu können. Sie bewegt ständig die Beine, rudert mit den Armen durch die Luft und gestikuliert wie ein kleines Kind. Dann hebt sie plötzlich den Ball vom Boden auf und umarmt ihn wie einen Teddybär.

Zuhause angelangt springt sie aus dem Wagen und hüpft und tanzt vor ihm ins Haus. Pearl und Reuben begrüßen sie mit hochgehaltenen Händen, und diesmal ist ihr die Berührung nicht unangenehm.

Erst als Pearl mit dem Baby nach oben verschwindet, um es zu baden, rückt Reuben mit den Neuigkeiten heraus. Eine

Frau vom Jugendamt hat vor ein paar Stunden in der Werkstatt angerufen. »Sie meinte, aufgrund der Berichte vom Krankenhaus und von der Polizei müsse davon ausgegangen werden, daß Deanies Mutter ihre Tochter weder in ärztliche Behandlung gebracht noch sich sonstwie um die Verletzungen gekümmert habe. Damit sei es ein Fall für die Behörden geworden. Das Jugendamt will Deanie bis zum Abschluß der Ermittlungen in Gewahrsam nehmen. Unter Umständen steht schon nächste Woche eine Pflegefamilie in Lisbon Falls zur Verfügung.«

Deanie erbleicht.

Sam nimmt unter dem Tisch ihre Hand. »Aber wie soll sie denn von dort aus in die Schule kommen?«

Reuben seufzt. »Sie wird auf die dortige High-School überwechseln.«

»Nein!«

Deanies Schrei drückt auch Sams ungläubige Fassungslosigkeit aus. Doch bevor er etwas äußern kann, reißt sie ihre Hand los und verläßt fluchtartig die Küche. Er erhebt sich, um ihr nachzulaufen, aber schon wird die Badezimmertür zugeknallt, und er sinkt auf seinen Platz zurück.

»Hast du nicht bemerkt, wie gut sie aufgelegt war, als sie ins Haus kam?« fragt Sam leise genug, damit Deanie ihn nicht hören kann. »Während der ganzen Heimfahrt hat sie von nichts anderem als ihrer Rückkehr aufs Spielfeld gesprochen. Wenn das Jugendamt sie von Greenspark wegnimmt, wird sie in dieser Saison nicht mehr spielen können.«

Reuben schüttelt den Kopf. »Vielleicht ist es für sie besser so, Sam.«

Sam wartet vor der Liege darauf, daß Deanie das Bad verläßt. Aus dem Schlafzimmer ertönen wieder und wieder dieselben mageren Meldungen über den Kriegsverlauf. Sie werden kontrapunktiert von Indys Geplapper. Das Baby beherrscht mittlerweile ein halbes Dutzend Silben, die es zu immer neuen Wortgebilden kombiniert, von denen einige sogar so etwas wie einen Sinn ergeben. Die Ohrringe, die Sarah für Deanie angefertigt hat, liegen in einem Wasserglas auf dem fleckigen Tisch, den Pearl von Töpfen und Pflanzen befreit hat, um dem Gast eine Ablagefläche zur Verfügung zu stellen. Neben dem Glas befinden sich ein paar Kassetten und ein Haufen von Kopftüchern. Er muß daran denken, wie es vor Deanies Einzug in diesem Raum war. Es roch wie in einem Treibhaus, vermischt mit altem Zigarrenrauch, und überall Korbkonstruktionen für die Töpfe und Chintz-Kissen.

Deanie erscheint auf der Schwelle und muß sich am Türrahmen festhalten. Ihre Augen sind gerötet und geschwollen.

»So weit wird es nicht kommen«, sagt er, und dieses Versprechen macht ihm klar, was er tun muß. »Ich lasse nicht zu, daß du von hier fortgehst. Ganz gleich, wohin.«

Sie atmet langsam aus, und er liest in ihren Augen, daß sie ihm glaubt.

»Warum kommst du nicht mit nach oben?« schlägt er vor. »Dann kann ich dir ein paar von meinen Bändern vorspielen.«

Deanie läuft nervös hinter ihm her und rast geradezu am Schlafzimmer vorbei, obwohl die Tür dort zu ist. Atemlos läßt sie sich auf Sams Bett fallen und bricht in Gekicher aus.

Er setzt ihr seine Kopfhörer auf und schiebt eine Kassette von den Gear Daddies ein. Dann läßt er das Band bis zu dem Stück »Boys Will Be Boys« vorlaufen, einem Song, der von keinem Radiosender jemals gespielt werden wird, weil er auf das Drastischste die Wahrheit über Jungs und ihre Vorlieben beschreibt. Als die Musik einsetzt, muß er an seine Schwester und an Deanie denken. Vor allem an Deanie, die das Jugendamt ins Exil nach Lisbon Falls verbannen will.

She's fucked again
and she don't know why.

Als Deanie diese Zeilen hört, muß sie kurz und bitter lachen.

Sam hat keine Ahnung, wie und ob er seinem Versprechen nachkommen kann. Immerhin, denkt er, wenn sie so weit fortkäme, könnte Tony Lord sie nicht mehr behelligen. Es wäre besser für sie, auf die Saison zu verzichten, als Gefahr zu laufen, noch einmal diesem Drecksack in die Finger zu geraten.

»Das war super«, sagt sie und schiebt die Kopfhörer zurück, bis sie ihr um den Hals baumeln.

»Ich weiß nicht, was ich tun soll.«

Deanie wird schlagartig ernst. Sie setzt sich auf und legt erwartungsvoll wie ein Schoßhündchen den Kopf schief.

»Ich schätze, ich werde mein Motorrad verkaufen müssen.«

Sie reißt eine Hand an ihren Mund.

Und dann kommt alles – ohne Stottern – aus ihm heraus, was er sich überlegt hat. Er wird mit dem Geld die Arztrechnungen bezahlen, wird ihr den Rest geben und sie in einen Bus nach Oregon setzen, damit sie zu seiner Tante kann. Portland ist eine große Stadt, da muß es doch ein paar gute Gesichtschirurgen geben. Tante Ilene wird ihr bestimmt dabei helfen, einen zu finden. So teuer wird das doch nicht werden. Der Verkauf des Motorrads müßte genug einbringen, um auch noch die Operation bezahlen zu können. Wenn sie das noch in diesem Sommer erledigt, kann sie nächstes Jahr schon wieder Basketball spielen. Jede High-School in Portland müßte sich glücklich schätzen, eine so verdammt gute Werferin in ihrem Team zu wissen. Natürlich ist das nicht das Gleiche, wie hier in Greenspark zu bleiben, aber wenigstens hat sie dort Ruhe vor dem Mistkerl. Und in Portland muß sie sich auch nicht mehr von einem unterbesetzten und mit zu knappen Mitteln versehenen Jugendamt drangsalieren und in ihren Entscheidungen bestimmen lassen.

Sam erinnert sie dann daran, daß er im Juni ohnehin die High-School verlassen wird. Dann könnte er doch nach Oregon ziehen und zu ihr kommen. Vielleicht wird er nach dem Schulabschluß zum Militär einberufen, aber das weiß zur Zeit niemand, und über ungelegte Eier soll man sich nicht den Kopf zerbrechen. Wenn es so weit ist, falls es je so weit kommt, wird ihm schon etwas einfallen.

Er malt ihr aus, wie er sich sein und ihr Leben in Portland vorstellt. Ist ihr eigentlich bewußt, daß sie dort jede Woche ein Live-Konzert besuchen können? Früher oder später spielt jede Band mal in Portland. Er hat dort einmal eine Laser-Show der Zep gesehen. Und Deanie wird keine Schwierigkeiten haben, sich in Portland einzuleben. Oregon und

Maine sind sich ziemlich ähnlich, nur ist es an der Westküste nicht so verdammt kalt wie hier. Oregon ist ein Land mit viel Natur und wenig Menschen. Auf der einen Seite liegt der Ozean, und auf der anderen erheben sich Berge. Und dort gibt es jede Menge Leute, denen es nichts ausmacht, von der Hand in den Mund zu leben. Außerdem müssen sie ja nicht immer dort oben bleiben, höchstens so lange, bis sie die High-School abgeschlossen hat.

»Das ist doch verrückt«, wendet sie wiederholt ein, aber dann erwärmt sie sich immer mehr für die Idee. Deanie hängt bald an seinen Lippen, als würden Goldmünzen aus seinem Mund perlen und nicht ein Strom von halb ausgegorenen, wilden Phantasien. Als er ihr von der Laser-Show berichtet und ihr vormacht, wie die Zuschauer darauf reagiert haben, fängt sie an zu lachen, bis sie sich den Bauch halten muß. Sie rollt sich schließlich herum und vergräbt das Gesicht im Kissen, damit Pearl und Reuben nichts von ihrem Heiterkeitsausbruch mitbekommen und nachschauen.

Als Sam nichts mehr einfällt, dreht sie sich auf den Rükken, richtet sich auf, wischt sich die Tränen aus den Augen und sieht ihn an.

»Scheiße«, sagt Deanie. »Ich wünsche mir fast, daß es wirklich so kommt.«

Sie schauen sich in die Augen.

»Es ist möglich«, beharrt er und erkennt, daß sie ihm wirklich glauben will. Er muß alles daran setzen, ihr diesen Traum zu verwirklichen.

»Komm«, sagt er, »wir sollten dich nach unten bringen.«

Indy ist wieder gut aufgelegt, und Pearl spricht mit ihr. Unter diesem Geräuschschutz schleichen sie auf Zehenspitzen die Treppe hinunter. Wieder in seinem Zimmer, nimmt Sam die Kassette mit den Gear Daddies heraus und legt eine von Duran Duran ein, auf der dasselbe Stück in sechs verschiedenen Versionen zu hören ist. Die geeignete Kulisse, um das heutige Spiel Revue passieren zu lassen. Sie haben Chamberlain haushoch besiegt, sind wie ein Eisbrecher durch schmelzendes Wasser über sie gekommen. Die gegnerische Mannschaft hatte nie den Hauch einer Chance. Aber das nächste Spiel wird härter werden. Greenspark muß aufpassen, nicht zu selbstsicher zu werden und darüber seinen Biß zu verlieren. Die Saison nähert sich rasch ihrem Ende. Alles läuft viel schneller ab. Die Schule, das Leben, einfach alles.

Er erwacht auf dem Bauch liegend, als die Musik auf dem Band immer leiser wird. Die Uhr zeigt neun Minuten nach eins an, und er liegt angezogen auf dem Bett. Die Kopfhörer sind verrutscht. Er setzt sie wieder gerade auf, als »Violence of Summer« beginnt, das erste Stück auf der A-Seite, und fragt sich, wie oft die Kassette wohl schon durchgelaufen ist.

Das Bett schaukelt unter dem Gewicht eines anderen Körpers. Deanie kniet am Ende und beobachtet ihn. Er lacht schläfrig, ist aber im nächsten Moment hellwach. Wie eine Raubkatze kommt sie auf allen vieren näher. Sie kuschelt sich an ihn, und er streicht über ihren Hinterkopf. Deanie hat sich heute morgen rasiert, und ihre Kopfhaut fühlt sich glatt und aerodynamisch wie die Schutzbleche an seinem Motorrad an. Sie kommt seinem Hals sehr nahe, so als wolle sie ihn beißen, und er spürt, wie ihre Zunge über die Kette leckt.

Er schließt die Augen, um das Gefühl noch mehr genießen zu können. Sie hebt den Kopf und preßt ihre gesunde Wange an die seine, so als würden sie Blues tanzen. Ihr Körper wird von leisem Lachen geschüttelt, während sie ihm die Kopfhörer von den Ohren zieht. Seine Zungenspitze folgt der Linie ihrer Narbe von der Nase bis zum Ohr und wieder zurück. Es kommt ihm so vor, als lecke er an seidigen Perlen, an unregelmäßigen Kugeln, die an einer Kette aufgereiht sind. Dann fährt seine Zungenspitze über ihre Oberlippe und in ihren Mundwinkel. Sie öffnet den Mund und läßt seine Zunge eindringen.

Deanie war wieder an seinem Wäscheschrank. Das alte T-Shirt, das sie heute nacht trägt, riecht noch nach ihm. Irgendwie gelangen ihre Brüste in seine Handflächen, und ein Schauer durchfährt ihn. Sie hat nichts weiter als das T-Shirt an.

Deanie schiebt ihre Hände in seine Trainingshose, und als sie seinen Schwanz erreicht haben, legt er eine Hand auf ihre Finger. Er hilft ihr dabei, ihm die Hose herunterzuziehen. Ihre Lippen schließen sich heiß und feucht um sein Glied, und er hat das Gefühl, sie sauge ihm die Haare mitsamt den Wurzeln vom Kopf.

Er bebt am ganzen Leib. Sie hebt den Kopf, und er kann nur keuchen und ihre nasse, flinke Zunge in seinem Mund empfangen. Plötzlich liegt seine Hand zwischen ihren Schenkeln, und sein Daumen fährt über den kleinen Hügel. Sie wirft sich gegen ihn, setzt sich auf ihn und biegt den Rücken durch, um ihm besseren Zugang zu bieten. Ihre Hände finden sein Kreuz und pressen, damit sein Glied noch tiefer eindringt. Er bewegt sich langsam in ihr und wünscht sich, es würde nie aufhören. Er sieht sie an, und sie begegnet seinem Blick mit Verwunderung und leicht amüsierter Neugier, so als wolle sie fragen: Was geht hier eigentlich vor? Schnell zieht er den Kopfhörer herunter, drückt seine Wange an die ihre und dehnt den Bügel, bis beide die Musik hören können. Sie lachen, als sie gemeinsam die Vibrationen des Songs empfangen, nutzen sie wie ein aurales Wasserbett und passen ihre Bewegungen dem Rhythmus an. Er hebt ihre Beine, bis sie sich erschrocken an seinem Hals festhält, und endlich ist der Kontakt zwischen ihren Körpern perfekt. Jetzt bewegen sie sich leicht und intensiv. Ihre Finger verhaken sich in der Kette um seinen Hals. Alles ist heiß und bis zum Zerreißen gespannt. Die Explosion steht unmittelbar bevor.

»Mach schon! Mach!« drängt er sie.

»Oooh!« stöhnt sie und bekommt einen Schluckauf. Er muß lachen und steckt sie damit an. Ein paar Sekunden später bewegen sie sich wieder, und dann kommt sie mit ihm zusammen.

Es ist wie ein endloses Fallen. Jede Zelle vibriert und erblüht, und in diesem goldenen Moment verlaufen und verschwinden alle Ecken und Kanten, weichen der Schwerkraft. Das geschmolzene Zentrum ihrer Körper dreht sich, und wie aus dem Kosmos fallen sie als Funken in sich zurück. Deanie stammelt Konsonanten, die wie ein Sturmwind aus ihr herauswehen.

Reuben richtet sich auf und sagt zu Pearl: »Das Baby ist wieder unruhig. Ich gehe nachsehen.«

Ihre Finger schließen sich um sein Handgelenk. »Nein«, murmelt sie.

Er tätschelt ihr Hinterteil. »Schlaf du nur weiter. Ich habe das Baby gehört, also gehe ich auch nachsehen.«

Pearl öffnet ein Auge. »Das war nicht Indy.«

Reuben kratzt sich am Kopf. »Meinst du, Sammy hat schlecht geträumt?«

Pearl verzieht den Mund zu einem leichten Lächeln. »Nein, Lieber, das Geräusch kam von Deanie.«

»Oh«, macht Reuben und zupft sich am Ohr. »Es hörte sich für mich aber so an, als käme das Geräusch nicht von unten, sondern von hier oben.«

Pearl dreht sich auf die Seite und kuschelt sich an ihn. »Das kam es ja auch. Genauer gesagt, aus Sams Zimmer.«

Reuben ist noch nicht ganz wach, und die Nähe seiner Frau lenkt ihn zusätzlich ab. So dauert es eine Weile, bis er begreift. Haben die beiden etwa die Zimmer getauscht? »Was macht sie denn in Sams Zimmer?«

»Wenn mein Ohr mich nicht getäuscht hat, war sie gerade sehr glücklich.«

»Was?« stößt Reuben hervor, und endlich hat er begriffen. »Sie liegt bei Sammy?«

Pearl lacht, und er kommt sich vor wie ein Idiot. »Ja, sie liegt bei ihm. Wollen wir wetten?«

Er schwingt die Beine aus dem Bett, und Pearl kann ihn gerade noch zurückhalten.

»Leg dich wieder hin!« ermahnt sie ihn. »Und zwar sofort. Du läßt die beiden schön in Ruhe, verdammt nochmal.«

Reuben sinkt aufs Bett zurück. »Sammy und Deanie?« fragt er, als wäre das das Letzte auf der Welt, was er sich vorstellen könnte. Er starrt an die Decke.

»Gott!« murmelt er einen Moment später. »Sie sieht einfach verboten aus. Bist du dir auch ganz sicher?«

Pearl richtet sich auf und murmelt amüsiert: »Männer.«

»Deanie ist bei ihm?« Reuben will es jetzt ganz genau wissen. »Bei unserem Sammy? Er hat wirklich diese kleine Kahlköpfige bei sich und liegt mit ihr...«

»Er liegt nicht nur mit ihr im Bett, er hat sie auch gerade zum Höhepunkt gebracht.«

Reuben strahlt. »Gut gemacht.«

Für einen Moment schweigen sie beide.

»Und morgen früh werde ich ihn in den Arsch treten, daß er durch die ganze Werkstatt fliegt«, murmelt Reuben. »Hat der Kerl denn den Verstand verloren?«

»So ähnlich könnte man es nennen. Und jetzt beruhige dich und schlaf wieder ein. Seit sie zu uns gekommen ist, hat er fast jede Nacht unten bei ihr verbracht. Diese Geschichte hat nicht erst heute nacht begonnen, und die beiden werden nicht bis morgen warten, um dir höchst offiziell davon Mitteilung zu machen.«

Er zieht sie an sich und umarmt sie. Sie schließt die Augen und lächelt.

Sam legt Deanie zu spät eine Hand auf den Mund. Beide erstarren. Vorsichtig legt Sam den Kopfhörer zur Seite und schaltet den Rekorder aus. Während Reuben und Pearl sich in ihrem Schlafzimmer leise unterhalten, sehen die beiden sich lange an. Als nach einer Weile noch nichts passiert ist, atmen Sam und Deanie tief aus und müssen im nächsten Moment furchtbar kichern. Es dauert eine Weile, bis sie sich beruhigt haben.

Reuben starrt immer noch an die Decke. Das Mädchen ist sechzehn, also im richtigen Alter für Sam. Aber… sie sieht aus wie skalpiert und ist voller Narben und Tätowierungen. Gut, im Basketball leistet sie Beachtliches, aber das darf nicht davon ablenken, daß sie Drogen nimmt, Pot raucht und auch sonst nicht viel wert ist. Er hat auf den Zuschauertribünen einiges über sie gehört. Wenn die Leute über sie reden, muß er an Karen denken. Sie haben in gleicher Weise Mitleid mit ihr, wie sie von ihr abgestoßen sind. Genau so wie bei Karen ist sie viel zu früh jemandem begegnet, der sie auf die schiefe Bahn gebracht hat, der sie davon überzeugte, daß sie es nicht besser verdient hat. Und jetzt bietet sie sich schon reflexartig jedem an, sei es aus dem Wunsch, sich zu unterwerfen, oder weil sie ihr Gegenüber verführen will, um so etwas wie Macht spüren zu können. Deanie kann gar nicht mehr anders. Sammy kann man daraus keinen Vorwurf machen, jedenfalls keinen großen. Wie soll er auch mit einer jungen Frau fertig werden, die für ihr Alter über viel zu viel Erfahrung verfügt und nie ein anderes Leben kennengelernt hat als das, das sie führt? Reuben schließt die Augen. Sammy hat Deanie hergebracht. Verdammter Bengel, er hätte sich besser vorsehen sollen! Das letzte, was dieses Mädchen jetzt gebrauchen kann, um ihr verpfuschtes Leben endgültig zu ruinieren, ist ein dicker Bauch, den sein verdammter geiler Sohn ihr gemacht hat.

Hör auf meine Worte, nicht auf meine Taten, schießt es ihm plötzlich durch den Sinn, und er muß an seine Vergangenheit denken. Wie er Pearl in einer betrunkenen, sorglosen Nacht geschwängert hat. Er hatte einen ehrlichen, guten Schwips, und die Sorglosigkeit kam aus tiefstem Herzen. Damals war er jedoch nicht so völlig hinüber, daß er vergessen hätte, welche Folgen aus solch hemmungsloser Leidenschaft erwachsen können. Ich bin darauf gefaßt, hatte er damals gedacht, soweit er noch klar denken konnte. Ich bin darauf gefaßt, und manche Liebe verdient es, sich in einem neuen Leben auszudrücken. Wenn man sich wirklich gern hat. Man kann es auch anders, kruder ausdrücken: Einer Frau einen dicken Bauch zu machen, ist seit Jahrhunderten immer noch die beste Methode, ihre Aufmerksamkeit und Treue zu erhalten. Was ihre Motivation an jenem Abend anging, so kannte er sie damals genauso wenig wie heute. Vielleicht lag sie gar nicht so weit von der seinen entfernt. Sie beide sprangen Hand in Hand von einer Klippe, und Pearl war dabei genauso tollkühn wie er. Es war ein wunderbarer freier Fall, und er hat weder ihn noch die damit verbundenen Komplikationen jemals bedauert.

Sammy, sein Jüngster aus erster Ehe, derselbe, der diese Nutte heute nacht zur Frau gemacht hat, war kein Wunschkind. Laura hatte ihn nicht bekommen wollen. Er hatte sich noch ein Kind gewünscht und unter anderen Bedingungen hätte sich die neue Schwangerschaft als segensreich für die Ehe erweisen können. Aber es ist sinnlos, sich mitten in der Nacht darüber den Kopf zu zerbrechen. Genauso müßig, wie über Frankie und den verdammten Krieg zu grübeln. Oder über seine verlorene Tochter. Seine jüngste Tochter fällt ihm ein, die jetzt friedlich in ihrer Wiege liegt. Er fragt sich, ob er in ein paar Jahren auch wach im Bett liegen, an die Decke starren und sich Sorgen um sie machen wird, weil sie noch nicht nach Hause gekommen ist. Wie geht das, daß man sich als Vater keine Sorgen macht? Ist so etwas überhaupt möglich?«

»Ich hätte dem Jungen einen Hund kaufen sollen, als er einen haben wollte«, erklärt er der Decke.

Neben ihm schüttelt sich seine Frau vor lautlosem Kichern.

Reuben kratzt Bananenbrei von Indys Kinn und schiebt ihn ihr in den Mund zurück. Als Sam und Deanie die Treppe herunterkommen – Sam wie immer, Deanie vorsichtig und zögernd –, erspart er ihnen einen irritierten Blick. Trotzdem steht Deanie wie gelähmt an der Schwelle. Pearl sieht von ihrer Arbeit auf und lächelt den beiden freundlich zu. Sam versetzt Deanie einen Stoß in Richtung Badezimmer. Ihr Blick wandert vom Vater zum Sohn und wieder zurück, bevor sie sich auf den Weg macht. Reuben wischt dem Baby das Gesicht ab und erhebt sich. Er nimmt die Jacken vom Haken und wirft Sam seine zu. Wortlos verlassen die Männer die Küche.

Sam startet seinen Wagen. Der Motor springt an, und er schaltet ihn auf Leerlauf/Parkstellung. Sein Vater reißt die Beifahrertür auf. Der Wagen bekommt Schlagseite, dann sitzt Reuben drin. Sams Beine werden weich wie Butter, und er hängt wie ein Häufchen Elend hinter dem Steuer. Er muß alle Kraft aufbieten, um sich dem Blick seines Vaters zu stellen.

»Ich möchte dir nur zwei Fragen stellen«, beginnt Reuben.

»Sie nimmt die Pille«, entgegnet Sam rasch.

Sein Vater verdreht die Augen. »Mann, das haut mich um. Und wie lautet die Antwort auf Frage zwei?«

Sam zuckt die Schultern.

»Gott, Sammy.« Verwirrung schwingt in seiner Stimme mit, und sie klingt jetzt deutlich sanfter. »Hast du noch alle fünf Sinne beisammen?«

Sam starrt auf die Uhr im Armaturenbrett. »Du weißt nicht, was Deanie alles durchgemacht hat...«

»Genau davon rede ich«, unterbricht sein Vater ihn. »Bei dem Mädchen ist alles durcheinander, was nur durcheinander sein kann. Sie ist verwundbar, sie ist...«

»Dad, wenn sie weit weg von hier zu einer Pflegefamilie geschickt wird, läßt man sie für mindestens ein Jahr kein Basketball mehr spielen!«

Reuben schüttelt den Kopf. »Irgendwie muß ich wohl was nicht mitbekommen haben. Was hat das mit deinen Turnübungen zu tun, die du letzte Nacht auf ihr vollführt hast?«

»Nichts. Kannst du diese Geschichte nicht mal für fünf Minuten vergessen, um dir darüber bewußt zu werden, was für Deanie das Allerwichtigste ist? Der Korb ist ihr Leben, mehr hat sie nicht auf der Welt. Ohne Basketball kann man sie gleich die Toilette hinunterspülen. Sie ist doch schon sechzehn. Warum gesteht man ihr nicht wie Karen zu, auf sich selbst aufzupassen? Dann muß sie sich nicht unter die Obhut des Jugendamtes begeben und kann bei uns bleiben.«

»Nicht bei uns, sondern bei dir. Du verlangst von mir die Erlaubnis, unter meinem Dach mit einem sechzehnjährigen Mädchen zusammenleben zu dürfen. Unter dem Deckmantel, nur um ihr Wohl besorgt zu sein, verfolgst zu genau dieses Ziel.«

Sam schiebt seine Hände in die Achselhöhlen und wendet sein zorngerötetes Gesicht von Reuben ab. »Wenn sie geht, gehe ich auch.«

»Ach, Blödsinn!« explodiert sein Vater.

»Dann breche ich die Schule ab, suche mir eine Arbeit und sorge für uns.«

Reuben streicht ihm über das Haar. »Nein, Sammy, das ist eine ganz dumme Idee.«

»Wenn du sie hier nicht haben willst, können wir auch im Pferdestall unterkommen. So wie ihr damals. Oder wir richten uns bis zum Sommer im Farmhaus ein.«

Pearl steht am Küchenfenster und blickt zu ihnen herüber. Mittlerweile dürfte das Frühstück fertig sein und auf dem Tisch stehen, aber sie winkt ihnen nicht zu, ins Haus zu kommen. Sams Magen zieht sich zusammen, als er den Duft des süßen Toasts riecht, der ihm in die Nase dringt.

»Sammy, du bist noch zu jung, um für einen anderen Menschen Verantwortung zu tragen. Und im Moment hat bei dir der Schwanz das Denken übernommen. Du willst sie nur hier behalten, damit du sie besser vögeln kannst.« Er sieht dem Jungen ins Gesicht, um festzustellen, ob seine derben Worte die gewünschte Wirkung erzielen und ihn wie nach einem kalten Wasserguß zur Besinnung gebracht haben. Auf Sams Miene kämpfen die widersprüchlichsten Gefühle miteinander, aber am Ende bleibt nur eine besonders halsstarrige Sturheit übrig.

»Du verstehst nicht, mein Junge. Ihr zwei lebt hier zusammen, besorgt es euch regelmäßig, zumindest für einige Zeit, und ehe du dich versiehst, habt ihr geheiratet. Und die Chancen, daß diese Ehe funktioniert, sind geringer als die eines Schneeballs in der Hölle!«

»Ich bin noch zu jung zum Heiraten!« erwidert Sam. »Davon abgesehen trete ich nie vor den Traualtar. Wenn man sich verehelicht, ist man schneller geschieden, als ein Schneeball in der Hölle schmilzt!«

Reuben zuckt zusammen.

Sam ist noch nicht fertig. »Du bist hier derjenige, der nicht versteht. Deanie braucht mich, und sie braucht mich jetzt ganz besonders. Wenn ich ihr keine Liebe gebe, stürzt sie ab und glaubt, daß sie bei dem Gesicht niemals jemand wird lieben können.«

Sein Vater schweigt so lange, bis Sam ihn wieder ansieht.

»Ach, Sammy«, sagt Reuben nur, und es klingt unendlich traurig.

Reuben erkennt, daß sein Sohn das Mädchen wirklich liebt. Sonst wäre er zu solchen Gedanken gar nicht fähig. Und vielleicht liegt Sam damit ja gar nicht mal so falsch. Wenn es einen Moment im verpfuschten Leben dieses kleinen Mädchens gibt, in dem sie der Liebe – der naiven, unkritischen Liebe und möglicherweise sogar der Leidenschaft – bedarf, dann höchstwahrscheinlich hier und jetzt.

»Es ist meine Schuld«, sagt Sam plötzlich heiser. »Ich war an jenem Sonntag mit ihr zusammen. Er hat ihr das wegen mir angetan, weil sie sich mit mir getroffen hat... Ich will mein Motorrad verkaufen, um genug Geld für eine Gesichtsoperation für Deanie aufzutreiben.«

Reuben schiebt den Pferdeschwanz seines Sohnes beiseite und legt ihm eine Hand auf den Nacken. »Falsch«, entgegnet er dann. »Ich meine damit, du liegst in der Schuldfrage falsch. Dieser Tony Lord hat ihr das angetan. Nicht du. Du machst in deinem Leben schon genug Fehler, da mußt du dir nicht auch noch die Schuld anderer aufbürden. Und mit dem Verkauf des Motorrads würde ich noch warten. Ich überlege nämlich schon die ganze Zeit, daß Lord oder Deanies Mutter doch eine Unfallversicherung haben müßten, in die auch das Mädchen mit eingeschlossen ist. Auf diese Weise könnte Lord etwas von dem Schaden wiedergutmachen.«

Auf dem Weg zum Haus legt Reuben seinem Sohn eine Hand auf den Arm und bleibt stehen.

»Ich sehe mal zu, ob wir Deanie nicht für volljährig erklären lassen können. Aber zuerst will ich mit Pearl darüber reden. Ihr beide werdet das tun, was ihr tun wollt, ganz gleich, was ich euch gestatte oder untersage. Dennoch halte ich es nicht für eine gute Idee, wenn ihr zwei zusammenzieht, gleich ob hier oder anderswo. Es ist nicht auszuschließen, daß man ein anderes Heim für sie findet, wo man sich um sie kümmert und wo sie Greenspark nicht verlassen muß. Und dann kannst du immer noch das tun, was du für richtig hältst, und dich um sie kümmern. Versuch doch mal, darüber nachzudenken, Sammy.«

Sams Erleichterung darüber, dieses Vater-Sohn-Gespräch hinter sich zu haben, ist so gewaltig, daß er über nahezu alle Vorschläge nachdenken würde. Reuben ist ihm mehr als nur auf halbem Weg entgegengekommen. Jetzt haben Deanie und er eine Chance.

35

Zum ersten Mal seit der Verletzung glitzert der Ring wieder am linken Nasenflügel, und sie hat sich die Augen dick mit Mascara geschminkt. Sie wartet an der Tür, trägt ein Kopftuch und den Mantel und hält sein Frühstück in der Hand. Sams Magen knurrt, und er verliebt sich sofort wieder in sie und sagt sich, daß Liebe eben doch durch den Magen geht. Er faßt Deanie am Arm und stützt sie beim Gang über den vereisten Hof zum Wagen.

»Was war denn los?« will sie wissen.

Sam wartet, bis sie sich angeschnallt hat, setzt dann sein breitestes Lächeln auf und erzählt ihr alles über die vorzeitige Volljährigkeitserklärung und daß sie dann bei ihnen bleiben könne.

»Bei euch bleiben? Wie lange denn?«

»Bis du bereit bist, allein hinaus in die Welt zu ziehen und dein Glück zu machen.«

Sie schließt die Augen. »Ach, Sam!«

»Oder bis du einen Ort gefunden hast, an dem es dir besser gefällt.«

»Und was wird aus dir und mir?«

Sam nimmt ihre Hand und drückt sie. »Nun, die letzte Nacht ist meinem Vater gehörig an die Nieren gegangen. Aber er weiß, daß er uns nicht daran hindern kann, egal ob wir uns hier oder anderswo sehen. Er will aber vorher noch mit Pearl reden, um sicherzugehen, daß sie mit ihm einer Meinung ist.«

»Es geht die beiden absolut nichts an«, protestiert Deanie, »was wir tun oder lassen.«

Sam zieht die Hand zurück und legt sie auf den Lenker. »Aber es ist ihr Haus, und sie bezahlen die Rechnungen. Und Reuben ist mein Vater. Er und Pearl haben jedes Recht, alles zu sagen, was sie wollen.«

»Sie haben doch selbst zusammen in einer Hütte gelebt, bevor sie vor den Traualtar getreten sind. Das hast du mir wenigstens erzählt.«

»Ja, aber da waren sie schon erwachsen, und sie hatten vor, zu heiraten. Wir aber können nicht heiraten. Du bist erst sechzehn, und dich erwarten noch einige Probleme.«

Deanie kramt in seinem Kassettendeck. »Ja, und du bist siebzehn und saublöd, um nur eines meiner Probleme zu nennen.«

»In zwei Monaten werde ich schon achtzehn. Und du mußt mich nicht dumm anmachen. Ich sage doch lediglich, daß es bei ihnen etwas anders war als bei uns.«

»Ja, ja, ja. Wie dem auch sei, ich dachte, ich spinne, als ihr beiden ins Haus zurückkommt und keiner von euch geblutet hat. Ich hatte mich schon geistig-seelisch darauf eingerichtet, den Rest des Winters in der alten Fabrik verbringen zu müssen.«

Sam sieht sie an, als hätte sie die Lösung gefunden. »Wenn es hart auf hart kommt, wäre das natürlich ideal...«

»O Gott, steh mir bei, Sam!« stöhnt sie, verdreht die Augen und kichert.

»Wenn ich gewußt hätte, daß die beiden schon so weit sind, hätte ich natürlich alle Vorkehrungen getroffen, sie gar nicht erst ins Haus zu lassen und sie woanders unterzubringen«, sagt Reuben seiner Frau.

Sie sind auf dem Weg zum Diner, und Indy rutscht auf dem Babysitz zwischen ihnen hin und her.

»Ich trage die Verantwortung für Deanie, und was tut mein Herr Sohn? Er steigt zu ihr ins Bett. Oder sie zu ihm. Wie auch immer. Sie beide können dabei in etwas Dummes hineingeraten. Nicht auszudenken, wenn man sieht, in welchem Zustand Deanie hier ankam.«

»Sie verkraftet mehr, als du dir vorstellst«, seufzt Pearl. »Du siehst in ihr nur ein Opfer. Für mich ist sie aber eine zähe kleine Katze, die sich selbst aus einer unerträglichen Situation befreit und dann für sich einen sicheren Ort gefunden hat. Und du solltest ihr zugutehalten, daß sie sich Sam ausgesucht hat. Eine bessere Wahl hätte sie nicht treffen können, oder? Und ihm mußt du hoch anrechnen, daß er sich von ihrer Kratzbürstigkeit nicht hat abschrecken lassen. Er scheint mir genau zu wissen, daß das nur ein Schutzwall ist, hinter dem sie der Welt begegnet. Wenn man ihnen etwas Zeit und Ruhe läßt, werden sie sicher ihren Weg finden.«

Reuben sieht sie lange an, dann lächelt er. »Okay, das Kind ist in den Brunnen gefallen. Von nun an werden die beiden ihre eigenen Entscheidungen treffen und für sich selbst bestimmen. Ich wünschte nur, die zwei wären nicht so verdammt jung.«

»Jugendliche Unschuld hat auch ihre positiven Seiten. Wenn die beiden schon wüßten, was sie erwartet – würden sie dann die ganze Mühe auf sich nehmen?«

»Eine hübsche Vorstellung, aber leider vollkommen irrelevant. Schließlich muß jeder mit dem arbeiten, was er hat.«

»Aber manchmal steht uns mehr zur Verfügung, als wir glauben«, entgegnet sie.

»Da hast du auch wieder recht. Und manchmal bekommen wir mehr, als wir haben wollen.«

Im Versammlungshaus setzt Deanie sich die Maske auf. Sie und Sam sind als erste gekommen und noch allein. Die Maske sitzt fest auf der Haut und fühlt sich so hart und undurchdringlich an wie ein Exoskelett. Deanie verknotet die Bänder an ihrem Hinterkopf. Trotz der atmungsaktiven Schutzschicht hat sie das Gefühl, große Hitze staue sich unter der Maske. Ihre Gesichtsknochen spüren den Druck und das ungewohnte Gewicht. Auf unheimliche Weise korrespondiert das Plastik mit der Topographie ihrer Züge.

Deanie muß den Nasenring entfernen, weil die Maske zu eng an den Nasenflügel stößt. Sie tauscht ihn gegen einen glänzenden Knopf aus, den sie aus einem Nagelkopf angefertigt hat. Dann bindet sie das Kopftuch neu und zieht es tiefer, um die Maskenbänder zu verbergen. Jetzt fühlt sich ihr ganzer Kopf schwer und wie unter einer Glocke an. Sie dreht den Kopf langsam nach links und rechts und blinzelt.

»Das verdammte Ding behindert meine Sicht!«

Sam packt sie an den Hüften und dreht sie. »Kopf hoch. Linksbeuge. Hm, ich sehe keine Probleme. Du wirst dich an die Maske gewöhnen, und nach einer Weile bemerkst du sie gar nicht mehr.« Doch in Gedanken sagt er sich: ›Wenn Wünsche Pferde wären, würde bereits eine dicke Schicht Pferdeäpfel die Erde bedecken.‹

Deanie wärmt sich auf, streckt ihre Glieder und macht einige Probewürfe. Als die ersten Jungs eintreffen, trainiert sie mit Sam.

Rick geht auf sie zu und betrachtet ihre Maske kritisch.

»Irre«, befindet er dann.

Sie macht eine obszöne Geste, wandert mit wackelndem Hintern vor ihm her und erntet ein paar Lacher.

Doch die Spannung in der Atmosphäre löst sich erst, als Deanie auf einer Bank Platz nimmt und sich aufs Zuschauen beschränkt. Sam wirft ihr einen kurzen Blick zu. Sie hat die Maske abgenommen und hält sie unglücklich in den Händen.

Rick schaut auf die Uhr und sieht Billy an, der zustimmend nickt.

»Gauthier!« ruft Rick dann. »Setz die Jason-Maske wieder auf und zeig mir, was du kannst!«

Alle bleiben stehen, und wieder breitet sich Unruhe aus.

»Nun mach schon, oder traust du dich nicht?« fordert sie Rick ungeduldig auf, während sie an den Maskenbändern herumzerrt. »Uns bleiben nur noch zwanzig Minuten, bis die Mitglieder des Frauenvereins sich emanzipieren wollen und sich hier zum Bauchtanz treffen. Friede sei dem Fußbodenbelag.«

Sam grinst. »Das läßt du dir doch sicher nicht entgehen, oder?«

»Schwerlich, ich bin der Lehrer«, entgegnet Rick.

Pete Fosse verläßt demonstrativ das Feld, als Deanie es betritt. Dupree folgt ihm. Etliche Jungs, darunter Kasten und Bither, zögern. Todd Gramolini bleibt.

»Hosenscheißer!« ruft Rick hinter Fosse und Dupree her. »Sie wiegt bloß fünfundvierzig Kilo. Habt ihr davor Angst?«

Dupree macht ein verlegenes Gesicht. Pete lächelt höhnisch und zeigt Rick den ausgestreckten Mittelfinger.

Doch kaum fangen sie an zu spielen, da wird deutlich, daß es so nicht geht.

»Setz dich hin!« fordert Rick Sam auf. »Du benimmst dich wie eine Glucke. Laß die Gauthier endlich in Ruhe. Damit behinderst du nicht nur sie, sondern auch uns andere. Jetzt pflanz deinen Hintern irgendwo hin, und laß uns spielen.«

Sam sieht Deanie fragend an, bemerkt ihren zornigen Blick und akzeptiert seinen Ausschluß. Er hockt sich an die Wand und verfolgt ihre Versuche, mit der Maske zurechtzukommen. Zuerst bewegt sie sich zögerlich, dann irritiert sie das Plastik zunehmend, und schließlich ist sie nur noch sauer. Sie stampft vom Platz, setzt sich hin und zerrt an der Maske.

»Nicht schlecht für den Anfang!« ruft Rick.

Todd wirft ein letztes Mal auf den Korb, dann löst die Runde sich auf.

»Das ist Superscheiße!« schimpft Deanie, als Sam sich ihr nähert. »Ich bin ganz von der Rolle.«

»Wird schon besser werden. Willst du was essen?«

Sie schneidet ihm eine Grimasse.

Er kniet sich vor ihr hin und streckt die Hand aus, um ihr aufzuhelfen.

»Nun komm schon«, drängt er sie.

Deanie fängt an zu kichern, steigt auf seinen Oberschenkel und setzt sich auf seine Schultern. Er legt seine Hände auf ihre Knie und erhebt sich.

Die Spieler, die noch in der Halle sind, fangen an zu lachen.

Deanie streckt die Hände aus, und Rick wirft ihr einen Ball zu.

»Zwei gegen einen ist unfair!« ruft Rick.

Sam läßt ihre Knie los, und sie gibt ihm den Ball. Er kommt sich vor wie ein Lastkamel, während er den Ball über den Platz dribbelt. Kurz vor dem Korb knallt er ihn auf den Boden. Der Ball fliegt hoch und landet in Deanies wartenden Händen. Sie erhebt sich auf seinen Schultern, erreicht den Ring, hält sich mit einer Hand daran fest und schiebt den Ball hinein. Sam duckt sich unter ihr weg. Deanie hängt am Ring und kreischt wie von Sinnen. Die anderen klatschen. Da läßt sie den Ring los und fällt in Sams ausgestreckte Arme.

Freddy Cape blickt von seiner Zeitung auf, als Reuben das Vallone Café auf der Main Street von Greenspark betritt, und streckt ihm seine Hand entgegen. »Hallo, Cowboy!« grinst Freddy und verwandelt sich von einem Moment auf den anderen in den Klassenclown zurück, der er vor zwei Jahrzehnten war. »Wenn du zu so nachtschlafender Zeit auftauchst, suche ich lieber gleich das Weite. Laß dich gewarnt sein, alter Freund, wenn deine bessere Hälfte dich wieder aus dem Haus gejagt hat, werde ich lieber sie als dich vertreten.«

Reuben lacht und nimmt sich einen Stuhl. Doch der scheint etwas altersschwach zu sein, und so sucht er sich einen anderen. »Wenn ich mir auf einem dieser verdammten Hocker den Arsch breche, darfst du ihn für mich einklagen.«

Tommy Vallone, der Wirt des Lokals, kommt und knallt eine Speisekarte vor Reuben hin. Dann gießt er ihm aus größerer Höhe ein Glas Wasser ein, und Reuben wird in einem Regen von Tröpfchen gebadet.

»Wie geht's denn so, Affenarsch?« begrüßt er ihn in aller Freundlichkeit. »Habe ich richtig gehört, Freddy, du vertrittst die arme liebe Frau von diesem Unhold? Knöpf ihm jeden einzelnen Penny ab, wenn du meine Meinung hören willst.«

»Ich fürchte, bei mir ist nichts mehr zu holen«, entgegnet Reuben. »Schließlich hat Freddy mich letztes Mal auch vertreten. Er hat mir alles abgeknöpft. Nur eine Niere ist mir geblieben.«

Freddy verbeugt sich, und Tommy applaudiert ihm.

Reuben klopft sich auf den Bauch. »Nur Tee für mich, Tommy.«

Der Wirt verzieht das Gesicht. »Grundgütiger, als wenn ich nicht schon am Hungertuch nagen würde! Ich erinnere mich noch gut an die Zeit, in der du auf einen Sitz zwei bis drei Portionen Frühstück bei mir verputzt hast.«

»Das muß zwanzig Jahre oder länger her sein. Mein Körper verbrennt die Nahrung nicht mehr so schnell wie früher.«

Tommy verschwindet kurz, kehrt zurück und stellt einen Kessel mit heißem Wasser, eine Tasse und einen Teebeutel vor Reuben hin. Dann stützt er sich auf Freddys zusammengefaltete Zeitung. »Dein Junge hat es letzte Nacht wohl wieder toll getrieben, was?«

Reuben verschluckt sich am Wasser, und Tommy klopft ihm auf den Rücken.

»Da mußt du was in die falsche Röhre bekommen haben«, diagnostiziert der Wirt fachmännisch. »Du solltest dich in Zukunft etwas mehr vorsehen. Du wärst nicht der erste fette, kurzatmige alte Mann, der sich bei dem Versuch, ein Eisklümpchen aus der Speiseröhre zu würgen, die Lunge aus dem Leib kotzt.«

Freddy fällt vor Lachen fast vom Stuhl.

»Vielen Dank, Tommy«, krächzt Reuben, »ich werde in Zukunft daran denken.«

Der Wirt klopft ihm noch einmal auf den Rücken und verläßt die beiden dann, um einen anderen Gast zu bedienen.

»Fetter, kurzatmiger alter Mann, hast du das mitbekommen?« Reuben schüttelt den Kopf. »Er hat seit der High-

School mindestens fünfzig Pfund zugelegt, und sein Schädel ist so kahl wie ein Babyhintern.«

»Du hättest eben etwas zu essen bestellen sollen«, rät Freddy ihm.

»Wahrscheinlich hast du recht.«

»Ich bete, daß du nicht zu mir gekommen bist, weil du einen Scheidungsanwalt brauchst.«

»Nein, ich möchte mich mit dir über eine Volljährigkeitserklärung unterhalten.«

Freddy legt den Kopf schief. »Erzähl mir bloß nicht, Laura hat sich einen neuen Trick ausgedacht.«

»Nein, es geht um die junge Gauthier.«

Reuben berichtet ihm, was vorgefallen ist und was er sich überlegt hat.

»Da drängt sich mir als erstes die Frage auf, ob Judy Gauthier ihre Zustimmung geben wird. Ich meine, versteh mich nicht falsch, ich halte deine Idee für nicht schlecht. Deanie ist bald alt genug, um auf eigenen Füßen stehen zu können. Und man sollte annehmen, ihre Mutter oder Tony Lord seien nicht allzu scharf darauf, sie wieder unter ihrem Dach zu wissen. Haben die beiden seit dem Vorfall in irgendeiner Weise versucht, Kontakt zu Deanie aufzunehmen?«

Reuben schüttelt den Kopf.

»Dann sehe ich eigentlich keine Schwierigkeiten. Ich melde mich bei euch, um mit dem Mädchen zu reden. An deiner Stelle würde ich allerdings nicht zuviel Mühe damit verschwenden, irgendeine Versicherungsentschädigung für Deanie zu bekommen. Wenn ich es recht sehe, verdient Judy nicht genug, um sich eine Haftpflichtversicherung leisten zu können. Und der miserable Job, den sie hat, beinhaltet sicher keinen Versicherungsschutz. Lord wiederum ist nicht mit Judy verheiratet, also besteht zwischen ihm und Deanie kein legales Abhängigkeitsverhältnis. Selbst wenn Deanie eine Zivilklage gegen ihn anstrengen würde, bezweifle ich, daß er und Judy mehr als das Flaschenpfand ihrer Saufereien und das, was sie am Leib tragen, besitzen. Nun, wo das geklärt ist, wie läuft es denn sonst so bei euch?«

»Du meinst, abgesehen davon, daß mein Sammy seine kleine Skinhead-Freundin mit ins Bett nimmt? Nun ja, ich bin gesund, und meine Frau hat Arbeit.« Reuben zupft sich am Ohr. »Allerdings, nicht ganz gesund. Ich höre nicht mehr so gut. Nächste Woche bekomme ich ins linke Ohr eine Hörhilfe eingesetzt. Ach ja – und mein Ältester treibt sich gerade am Persischen Golf herum, wo ihm die Kugeln um die Ohren pfeifen. Vielleicht braucht er auch bald ein Hörgerät. Und was Karen angeht, tja, Freddy, du weißt ja, was sie so treibt.«

Freddy winkt Tommy zu und gibt ihm per Handzeichen zu verstehen, daß er die Rechnung will. »Tut mir leid wegen Karen. Ich würde ihr ja den Shit zukommen lassen, wenn man sie damit von der Straße bekäme. Aber du weißt doch, wie das ist. Für einen Süchtigen gibt es nie genug. Gib ihm ein Gramm, und er hat es in nullkommanichts aufgebraucht und verlangt nach mehr. Und wenn du ihm immer mehr zur Verfügung stellst, hat er sich bald damit umgebracht.«

»So, wie Karen jetzt lebt, wird sie sich über kurz oder lang sowieso umbringen. Oder sie gerät an den Falschen. Der schneidet ihr entweder die Kehle durch oder infiziert sie mit Aids. Weißt du, Freddy, manchmal habe ich das Gefühl, sie ist bereits tot.«

Freddy erhebt sich und legt Reuben eine Hand auf die Schulter. »Geh es mit Gelassenheit an, alter Cowboy.«

Wenige Minuten später steht Reuben draußen auf dem Bürgersteig und läßt den Blick über die Main Street wandern. Alle Läden haben geflaggt, und der Stoff knattert im Wind. Früher traf man hier an einem normalen Wintersamstag immer viel Verkehr an, sowohl auf der Fahrbahn wie auch auf den Trottoirs. Aber die Zeiten scheinen der Vergangenheit anzugehören. Die Hälfte der Läden hat dichtgemacht, und der mit den Fahnen zur Schau gestellte Patriotismus wirkt seltsam ironisch. Der Mill Brook trägt wie eh und je den Müll des Ortes in seinen Fluten mit sich, und über der Stadt liegt der übelkeiterregende Gestank der Papierfabrik am Bend im Süden Greensparks. Das ist der Duft des Geldes, haben die Menschen hier früher dazu gesagt. Heute kommt es ihm so vor, als sei davon nur Kloakengestank übriggeblieben.

Karen und Deanie, denkt er. Vielleicht ist die kleine Gauthier meine zweite Chance. Hoffentlich habe ich jetzt mehr Glück und vermaßle nicht wieder alles.

Im Badezimmer der Rodriguez-Schwestern wischt die Mutantin mit der Bürste durch das rauschende Wasser im Klo. Die alten Damen waren wieder reichlich vergeßlich und so gibt es eine Menge zu tun, um das Haus in Ordnung zu bringen. Vorhin mußte die Mutantin die überraschten und besorgten Rufe der beiden Frauen über sich ergehen lassen. Sie machten großes Aufhebens darum, wie gut die Wunde verheile und daß man später von der Narbe kaum noch etwas sehen würde. Wenigstens haben sie nicht so getan, als sei nichts geschehen.

Die Mutantin mußte sehr an sich halten, als sie mitbekam, wie die beiden sich bei Sam angestellt haben. Die alten Schachteln haben sich tatsächlich wie Schulmädchen aufgeführt. Sie sagt sich, das muß davon herrühren, daß die beiden nie Mutter geworden sind. Aber Mrs. H. in der Cafeteria, die mit mindestens einer Million Kinder zu tun gehabt hat, führt sich genau so auf. Wahrscheinlich gibt es eine Menge alter Tanten, die beim Anblick von jungen Männern schwach werden. Sie empfinden dann den unüberwindlichen Drang, solche Jünglinge bis zum Platzen zu füttern. So wie die alte Hexe im Märchen von Hänsel und Gretel scheinen sie sie mästen zu wollen, um sie eines Tages zu verspeisen. Andrerseits geben sich Miss Reggie und Miss Katherine auch die größte Mühe, etwas Fett auf Deanies Rippen zu bringen. Die Mutantin zwickt sich in den Arm. Nein, noch ist sie zu knochig, um für die Bratröhre in Frage zu kommen.

Sie versucht, sich das Gemälde von der Nackten, die die Treppe herunterkommt, ins Gedächtnis zurückzurufen, um die Gefühle, die sie dabei bewegt haben, wieder spüren zu können. Aber vielleicht würde sie heute beim Anblick des Bildes ganz anders empfinden. Eine Zigarette oder ein Joint wäre jetzt die reinste Wohltat. Sie hat ihren ersten Orgasmus gehabt. Sie ist tatsächlich gekommen. Die Mutantin weiß jetzt, was das bedeutet. Sie bekommt genug zu essen und lebt in Wärme und Geborgenheit bei Menschen, die freundlich zu ihr sind. Es ist nicht auszuschließen, daß sie bald wieder Basketball spielt. Und Sam liebt sie. So hat er wenigstens gesagt. Und warum möchte sie jetzt am liebsten schreien?

Sam holt sie später am Nachmittag ab und fährt mit ihr nach Hause, wo es Abendbrot gibt. Als sie Sams Heim mit neuer Unruhe betritt, wird sie von einem eher mäßigen Willkommen empfangen. Sams alter Herr und seine Stiefmutter scheinen vor allem mit sich selbst und weniger mit dem jungen Glück beschäftigt zu sein. Sie flirten so ungeniert miteinander, daß Deanie ganz verlegen wird. Als Reuben aufgegessen hat, küßt er erst das Baby und dann seine Frau, bevor er geradezu zögernd nach seiner Jacke greift.

»Ich muß zurück in die Werkstatt und ein paar Reparaturen erledigen, bei denen ich im Wort stehe. Es wird aber sicher nicht spät.«

»Ich komme mit dir, Dad«, erklärt Sam, steht auf und stopft sich das letzte Stück Teig in den Mund. Er zieht sich die Jacke an, hält inne, beugt sich vor und küßt Deanie mit hochroten Ohren. Dann stolpert er auf dem Weg zur Tür über seine eigenen Füße, verfehlt den Türknauf, und Deanie muß sich die Hand vor den Mund halten, um nicht laut zu prusten. Reuben beugt sich noch einmal über Pearl und küßt sie lange und intensiv, bevor er seinem Sohn nach draußen folgt.

Nachdem die beiden Männer fort sind, schauen sich Pearl und Deanie verblüfft an und brechen dann in lautes Lachen aus.

Als die Männer von der Arbeit zurückkehren, hat sich Pearl bereits mit dem Baby zurückgezogen. Deanie liegt zusammengerollt auf der Couch und wartet auf die Spätnachrichten.

»Ich schließe ab«, meldet sich Reuben freiwillig, aber er kann den Blick nicht von dem Bildschirm wenden, läßt sich in seinem Lieblingssessel nieder und klappert mit der Fernbedienung die Kanäle ab, um das Neueste vom Krieg zu erfahren.

Deanie läßt sich von Sam an der Hand nach oben führen. Auf halbem Weg sehen sie sich an und müssen sich auf die Lippen beißen, um nicht zu kichern.

Sam schließt die Tür seines Zimmers, lehnt sich dagegen und flüstert: »Gott, ich kann es noch nicht glauben, daß ich dich tatsächlich mit auf meine Bude genommen habe.«

Lachend schlingt sie die Arme um seinen Hals und läßt sich von ihm hochheben und aufs Bett werfen.

Nach dem Morgentraining stellt sich die Trainerin der Mutantin in den Weg. »Hast du am Wochenende mit Sam gearbeitet?«

Deanie nickt.

»Fein. Er hat dich dazu gebracht, wieder lockerer zu sein, nicht wahr? Ich wünschte, ich hätte für alle im Team eine solche Maske. Bemerkst du sie noch beim Spiel?«

»Ja, Ma'am«, antwortet die Mutantin. Am gestrigen Sonntag ist es schon viel besser gegangen. Sehr viel besser. Als sie sich daran erinnert, schwanken ihre Gefühle zwischen höchster Begeisterung, weil Sam mit seinen Bemühungen recht behalten hat, und frustriertem Widerwillen hin und her.

»Geht es dir wieder gut? Oder hast du noch Schmerzen im Gesicht?«

Sie weiß, daß sie dieser Befragung nicht entgehen kann, wenn sie wieder spielen will. Trotzdem macht die Trainerin sie ganz kribbelig.

Die Trainerin schweigt kurz und sieht sich rasch um, weil sie feststellen möchte, ob sich niemand in Hörweite aufhält. Dann kneift sie die Augen zusammen und fragt leise: »Hat jemand dir Kummer gemacht? Dich wegen der Maske oder der Wunde gehänselt oder beleidigt?«

»Nein, Ma'am«, lügt die Mutantin. Die Lüge geht ihr so leicht über die Lippen, als würde sie selbst daran glauben.

»Und wie geht es dir sonst so? Ist es bei Sam und seinen Leuten okay für dich?«

»Für 'ne Weile geht's sicher«, antwortet Deanie und erzählt der Trainerin dann, daß sie vorzeitig für volljährig erklärt werden soll, um in Greenspark bleiben zu können. Die Trainerin zuckt sichtlich zusammen, als ihr bewußt wird, daß ihre beste Spielerin woanders hin geschickt werden könnte.

»Paß gut auf dich auf«, rät sie der Mutantin schließlich grimmig und läßt sie gehen.

Eine Ahnung von Zigarettenrauch hängt in der Mädchentoilette in der Luft. Die Mutantin weitet sehnsüchtig die Nasenlöcher, aber die Raucherin ist längst fort und kann nicht mehr um einen Zug angepumpt werden. Sie nimmt das Kopftuch ab, schiebt es zwischen die Schlaufen ihres Hosenbunds und betrachtet sich barhäuptig im Spiegel. Wieder ist sie ganz fasziniert davon, wie rasch Haar wächst, ja geradezu wuchert. Stoppeln bedecken ihr Haupt. Der Nasenring verleiht ihr das Gefühl, nicht ganz so nackt zu sein, aber er kann ihr noch nicht ihre alte Stärke zurückgeben. Die Mutantin sieht immer noch aus, als sei sie in einen Verkehrsunfall oder in eine Schlägerei geraten, und sie kommt sich häßlich, klein und wehrlos vor. Ihr kompletter Putz, ihre Rüstung gegen die Welt, würde hervorragend zu der Narbe passen und sie wieder grimmig, wild und böse erscheinen lassen.

Andere Mädchen betreten schwatzend den Raum. Die Mutantin beugt sich zum Spiegel vor und zieht ihren Eyeliner nach. Cady Flemming plaziert ihren knochigen Hintern vor dem benachbarten Spiegel und fängt an, ihre Haare hochzustecken. Sie bürstet mit der Linken und sprüht Haarspray mit der Rechten.

»Ich habe gehört, neulich sei ein Spiegel geplatzt, als du dich darin angeschaut hast«, sagt Cady kaugummikauend. »Oder ist dein Gesicht vielleicht in Sams Reißverschluß steckengeblieben?« Ein Mädchen stöhnt: »O Scheiße!« Die anderen fangen an zu kichern.

Ein Seitenblick zeigt der Mutantin, daß drei ihrer Teamkameradinnen hinter ihr stehen und neugierig lauschen. Cadys dumme Provokationen stoßen sie nicht so sehr ab wie das Gaffen ihrer Mitspielerinnen.

»Wenn du deinen Kopf den ganzen Tag in eine Kloschüssel steckst, Flemm, kriegst du noch mehr Scheiße zu hören.«

Die anderen Mädchen lachen schrill.

Cady verengt die Augen zu schmalen Schlitzen und dreht sich langsam zu Deanie um. Ihr Haar wirkt wie das einer

Barbie-Puppe, deren Besitzerin versucht hat, es mit Klebstoff in Form zu bringen. Cady sieht insgesamt krank aus, wie jemand, der zu lange einer hohen Strahlungsdosis ausgesetzt war.

»Ich glaube, du kannst nicht mehr häßlicher werden, Gauthier«, giftet Cady. »Samson sollte dem Ganzen ein Ende machen und dein Gesicht mit einer Kettensäge bearbeiten.«

»Ach, halt endlich die Klappe, Flemming!« schnauzt Nat Linscott sie an.

»Ja«, stimmt Sarah Kendall zu. »Du siehst doch selbst aus wie ein Kübel voll Scheiße.«

Deanies Lungen fühlen sich an, als steckten etliche scharfe Splitter in ihr fest. Im harten, grausamen Bild des Spiegels präsentiert sich die Narbe in erschütternder Klarheit. Sie ballt die Fäuste.

Nat stößt Cady mit der Schulter beiseite und legt der Mutantin einen Arm um die Hüfte. »Hör doch gar nicht auf die Kuh«, sagt sie.

Auch Sarah tritt näher, so als wolle sie Deanie vor einer plötzlichen Attacke Cadys schützen.

Die Mutantin reckt das Kinn vor und klimpert übertrieben mit den Wimpern. Dann muß sie lachen.

Nat lacht mit ihr, und Sarah bewirft Deanie mit einem Bündel Taschentücher.

Als alle Mädchen kichern und sich etwas zutuscheln, schnieft Cady empört, wirft sich die Handtasche über die Schulter und geht zur Tür.

Deanie schüttelt Nats Hand ab und stellt sich Cady in den Weg. »Flemm, nur zu deiner Information: Biggers Reißverschluß klemmt nicht. Der Freund meiner Mutter hat mich mit einer Kette ins Gesicht geschlagen, gut – jetzt sag doch aber bitte du mir, wovon dein Aussehen herrührt. Und warum du dich selbst von innen her auffrißt?«

Die Cheerleaderin fühlt sich umzingelt, sieht die Mädchen der Reihe nach an und sucht verzweifelt nach einem Ausweg. Plötzlich öffnet sie den Mund und fängt an zu würgen. Dann preßt sie die Hände an den Bauch, beugt sich über das nächste Waschbecken und übergibt sich.

»Holt die Krankenschwester!« ruft die Mutantin.

»Klar«, entgegnet Sarah und eilt schon nach draußen.

Deanie zögert einen Moment, dann tritt sie an Cadys Seite und legt ihr einen Arm um die Hüfte. Nat stellt sich auf die andere Seite und tut es ihr nach. Über Cadys zuckenden Rücken sehen sich Nat Linscott und Deanie Gauthier an.

36

Große, flauschige Schneeflocken gleiten still aus der Dunkelheit, als die Jungs nach dem Training aus der Turnhalle strömen. Nach der weißen Decke auf dem Boden zu schließen, muß es schon eine ganze Weile schneien. Der Motor würgt und spuckt, als Sam den Schlüssel herumdreht. Deanie beschäftigt sich derweil mit seinem Kassettenvorrat. Schließlich hält sie ein Band hoch, damit er das Etikett lesen kann. Als er nickt, schiebt sie die Kassette ein. Wendy O. versucht, so wie Joan Jett zu klingen.

»Erst gurten, dann spurten«, erklärt er Deanie und schnallt sich an.

Die Scheibenwischer bewegen sich im Rhythmus zum schweren Beat aus den Lautsprechern über die Windschutzscheibe. In dem kurz entstehenden Halbkreis, der ihm freie Sicht erlaubt, sieht er, wie Pete Fosse auf dem Parkplatz seinen Blazer erreicht und den Schlüssel ins Türschloß schiebt. Sam fällt im Augenwinkel eine Bewegung auf. Ein Mann steigt aus einem Buick-Kombiwagen, der hinter dem Blazer abgestellt ist, und geht auf Pete zu. Deanie ist noch mit ihrem Gurt zugange und scheint nichts davon mitbekommen zu haben. Die Scheibenwischer legen wieder ein Stück Glas frei, und der Mann hebt einen Gegenstand, den er in der Rechten trägt. Sam erkennt, daß es sich dabei um einen Baseballschläger handelt. Und auch der Mann ist ihm nicht fremd. Er sitzt bei jedem Spiel auf der Zuschauertribüne und gehört zu Greensparks lautstärkeren Fans. Es ist Dale Michaud, Lexies Vater.

»Oh, mein Gott!« stöhnt Sam.

In den wenigen Sekunden, die er braucht, um den Gurt zu

lösen, dreht Fosse sich um, hebt zur Abwehr die Arme und versucht davonzukommen. Michaud holt weit aus und läßt den Schläger von der Seite niedersausen, um den Jungen am Kopf zu treffen. Kurz bevor Holz auf Knochen trifft, rutscht Pete aus und prallt gegen die Beine des Mannes. Beide fallen hin, doch Michaud ist schon wieder oben, während Fosse sich noch mühsam aufrappelt. Der Mann holt aus, um Pete den Schläger zwischen die Beine zu stoßen. Schwankend kann Fosse sich drehen, und das Holz trifft ihn am Knie.

Sam stößt die Tür auf und stürzt nach draußen, um auf die beiden zuzurennen. Das Schlagholz hat Petes Knie hart erwischt. Alle Farbe ist aus seinem Gesicht gewichen, und er ist ohne einen Laut umgekippt. Sam rechnet damit, daß er das Bewußtsein verloren hat.

Michaud hebt den Baseballschläger gerade wieder, als Sam heranstürmt und sich gegen den Mann wirft. Zum letzten Mal hat Sam so etwas im Oktober getan, als er mit einigen Footballspielern aneinander geriet. Der Trainer wurde Zeuge des Vorfalls und kam für eine Weile vom Klo nicht mehr runter, weil er befürchtete, Sam könnte sich dabei eine Verletzung zugezogen haben. Dabei war es sein Gegner, der Quarterback des Teams, der eine Viertelstunde brauchte, bis er die Augen wieder aufschlagen konnte. Als Sam jetzt auf dem Mann landet, hat er das gleiche Gefühl wie damals. Es ist, als würde man von einem Dach fallen.

Michaud ist ein großer, schwerer Mann, so massiv wie sein Buick. Beide gehen zu Boden. Als Michaud sich aufrappelt und von Sam wegkriecht, laufen ihm Tränen über die Wangen. Er schluchzt und weint, doch das hört sich ganz anders an als Pete, der mittlerweile wie am Spieß schreit.

Deanie ist ihm hinterher gekommen und bleibt ein paar Meter vor der Szene stehen.

»Geh sofort in den Truck zurück!« schreit Sam sie an.

Rick Woods taucht hinter Deanie auf, umschlingt sie mit beiden Armen und zerrt sie fort.

Sam kommt hoch und geht in die Hocke. Michaud setzt sich hin. Er hält immer noch den Baseballschläger in den Händen. Sam sucht nach einer Möglichkeit, ihm die Waffe abzunehmen, doch der Mann lacht höhnisch und schwingt sie gegen ihn. Sam zeigt ihm seine leeren Handflächen. Michaud wischt sich mit dem Ärmel seiner Holzfällerjacke die Nase ab.

Sam bemerkt aus dem Augenwinkel Todd Gramolini, der zurück zur Schule sprintet. Er hofft, daß der Junge zu einem Telefonapparat unterwegs ist. Andere Spieler sind nähergekommen, wahren aber vorsichtigen Abstand.

»Omeingott, omeingott«, stammelt und jammert Pete.

Michaud zieht sich an Fosses Blazer hoch. »Ich bin mit diesem Drecksack fertig«, erklärt er.

Sam schüttelt den Kopf. »Sie setzen sich besser ganz ruhig irgendwo hin, Mann, und warten auf das Eintreffen der Polizei.«

Michaud betrachtet Sam verächtlich von Kopf bis Fuß. »Ihr Scheißkerle seid doch alle gleich. Diejenigen von euch, die nicht über sie drübergerutscht sind, haben tatenlos zugesehen und ihre dummen Witzchen gerissen. Keiner von euch ist auf die Idee gekommen einzuschreiten, nicht wahr? Ihr habt es ihn, habt es sie einfach tun lassen! Ich sollte jeden einzelnen von euch mit diesem Holz durchprügeln.«

Der Mann ist stark alkoholisiert und schwankt jetzt, als würde er jeden Moment zusammenbrechen. Sam erhebt sich und streckt dem Mann seine Hand hin, doch der wischt sie nur ärgerlich beiseite.

»Dabei ist sie noch nicht einmal vierzehn«, knurrt Michaud.

Pete windet sich auf dem Boden, bekommt Sams Knöchel zu fassen und stammelt etwas Unverständliches. Als Sam sich über ihn beugt, um ihm mitzuteilen, daß Hilfe unterwegs sei, versetzt Michaud ihm einen Stoß. Pete kreischt, als Sam auf ihn fällt, und Sam hört, wie die Knochen von Fosses zerschmettertem Knie knirschen. Abrupt setzt Petes Schrei aus. Der Junge hat wieder das Bewußtsein verloren. Michaud flieht zu seinem Wagen.

Sam rappelt sich auf und starrt ihm nach. Deanie befreit sich von Rick, und Sam nimmt sie in die Arme, als sie sich ihm an die Brust wirft. Einen Moment später macht sie sich frei und hockt sich neben Pete hin. Während sie ihm Schnee und Tränen aus dem Gesicht wischt, stöhnt sie leise vor sich hin.

Die Räder des Buick schleudern Schneematsch hoch, und schlingernd braust der Wagen über den Parkplatz. Als die erste Polizeisirene von Westen zu hören ist, erreicht Michaud die Main Street und verschwindet in östlicher Richtung.

Rick kniet sich gegenüber von Deanie hin. »Ach, Peteybird«, murmelt er, »dich hat es ja furchtbar erwischt.«

»Wo will er denn hin?« wundert sich Sam. »Die Michauds leben doch in der Stadt.«

»Vielleicht will er zu den Chapins«, vermutet Deanie. »Die wohnen im Osten. Vermutlich weiß Michaud auch über J.C. Bescheid.«

Rick schüttelt den Kopf. »Was für eine beschissene Sache.«

Jetzt, da der gewalttätige Michaud verschwunden ist, wagen sich die Spieler aus dem Schutz ihrer Autos. Sie kommen näher um zu helfen oder bloß, um sich zu wundern. Sam schickt Bither los, eine Decke zu holen. Pete steht unter Schock, und sie müssen ihn bis zum Eintreffen des Krankenwagens warm halten.

Plötzlich steht Sam auf, packt Deanies Hand und zieht sie mit sich zum Truck.

»Wo willst du hin, Sambo?« ruft Rick.

»Zu Chapin!«

»Was zum Teufel hast du vor?«

Sam gibt ihm keine Antwort.

Als sie die 302 erreichen, künden grelle Lichter aus dem Westen die Ankunft der Streifenwagen an. Deanie macht sich auf dem Beifahrersitz ganz klein.

»Schnall dich an!« brüllt Sam. »Mach schon. Wenigstens das eine Mal! Bitte!«

»Rick hat recht. Was willst du bei J.C.?« fragt sie. »Du bist kein verdammter Bulle. Warum läßt du Lexies alten Herrn dieses Schwein nicht in Grund und Boden stampfen? Niemand hätte es mehr verdient als J.C.«

Sam nimmt aus dem Augenwinkel wahr, wie Deanie ihre Gesichtsnarbe betastet.

»Ich bete darum, daß er dieses Schwein umbringt!« platzt

es aus ihr heraus. Dann reißt sie die Hände vors Gesicht, und ihre weiteren Worte kommen stoßweise und in abgehackten Satzfetzen: »Ich hoffe, er stopft – ihm seinen Schläger wenigstens – ins Maul... Ich wünsche mir – er zerstört ihm auch – das Gesicht – weil J.C. dabei mitgeholfen – hat, meins zu – zu ruinieren!«

Die Lichter eines entgegenkommenden Achtzehnachsers blenden Sam, und er erkennt, daß er über die Mittellinie geraten ist. Er reißt das Steuer herum und entgeht in letzter Sekunde dem Lastzug. Der Truck wird vom vorbeidonnernden Transporter heftig durchgeschüttelt.

Im Windschatten des großen Gefährts verlangsamt Sam seine Fahrt. Er glaubt, sich übergeben zu müssen. Deanie befreit sich vom Sicherheitsgurt, kriecht über die Bank zu ihm und legt den Kopf auf seinen Schoß. Er streichelt sie und spürt ihr Zittern. Sam fragt sich, ob Michaud einen zweiten Baseballschläger dabei hat oder ob er ihm das Ding kurz ausleiht, damit auch er J.C. ein paar Hiebe verpassen kann.

Der Buick steht auf dem schneebedeckten Rasen vor Chapins Haus, und als Sam den Truck am Bürgersteig anhält, sieht er, wie Michaud vor J.C.s Wagen steht und mit dem Holz ausholt. Deanies Hände verkrampfen sich in Sams Jacke. Unter dem Schlag überzieht sich die Windschutzscheibe mit einem Spinnennetz von Sprüngen. Michaud schlägt noch einmal zu, und die Scheibe kracht nach innen auf Armaturenbrett und Sitz. Schneeflocken treiben in die Öffnung.

Die Haustür geht auf, und J.C. zeigt sich. Er ist barfuß und trägt Jeans und ein T-Shirt, auf dem *Kiss Me Where It Stinks – Greenspark, Maine* zu lesen steht.

»He!« schreit er. »Was machen Sie denn da? Das ist mein Wagen!«

Michaud dreht sich langsam zu ihm um. Sein Lächeln ist das eines hungrigen Hais.

J.C. springt ins Haus zurück und wirft die Tür ins Schloß.

Michaud grinst zufrieden und macht sich wieder über den Wagen her. Er verpaßt der Motorhaube eine tiefe Delle und schlägt die Scheinwerfer ein.

»Guter Schlag«, lobt Sam und erzählt Deanie, wie sein alter Herr einmal mit bloßen Händen einen Cadillac auseinandergenommen habe.

Aber sie scheint ihn gar nicht zu hören, so gebannt starrt sie auf Lexies Vater.

»Was soll's?« murmelt Sam. »J.C. hat genug Kohle, um sich jederzeit einen neuen Wagen leisten zu können. Zu schade nur, daß die Bullen hier sein werden, ehe Dale ihn zu packen bekommt.«

Sam wendet und fährt zur 302 zurück. Einen Moment später übertönen Polizeisirenen Michauds Zerstörungswerk. Sam biegt in eine Auffahrt ein, wo die dunklen Fenster ihm verraten, daß niemand zuhause ist, und schaltet seine Scheinwerfer aus.

Er hält Deanie fest und fragt: »Was soll das heißen, Chapin hat dabei mitgeholfen?«

»Er war im Haus und hat sich zusammen mit Tony bedröhnt. Als ich hereinkam und ihn sah, wußte ich gleich, daß er nicht nur gekommen war, um Tony high zu machen. Er wollte Tony darauf stoßen, daß zwischen dir und mir etwas läuft. J.C. wußte genau, daß Tony es nie wagen würde, dir etwas zu tun. Aber er würde mich schlagen. Und genau so ist es dann ja auch gekommen.«

»Dieses Schwein«, sagt Sam leise.

»Tony war so vollgedröhnt, daß er mich zwingen wollte, mich vor J.C. und meiner Mutter auszuziehen, um festzustellen, ob ich mit jemandem geschlafen habe. Ich kam mir vor wie eine läufige Hündin. In diesem Moment wurde mir klar, daß ich es nicht ertragen könnte, noch einmal von ihm angefaßt zu werden. Und falls er mich umbringen sollte, würdest du mich rächen. Irgendwie war das der einzige Gedanke in meinem Kopf.«

Die Lichter des Streifenwagens gleiten über sie hinweg, aber sie bekommen kaum etwas davon mit.

Trotz der gelöschten Lichter bemerkt Sergeant Woods den Truck. Er hat auch erkannt, wer in ihm sitzt. Rick hat ihm gesagt, daß die beiden zu Chapin unterwegs sind, aber ihm bleibt keine Zeit herauszufinden, was die zwei hier wollen.

Dale Michaud ist vor ihm, und er muß ihn aufhalten, bevor jemand zu Schaden kommt.

Als der Ruf von der Zentrale kam, befand sich Woods am Westrand der Stadt und verpaßte Sonny Lunt gerade einen Strafzettel, weil die Reifen an seinem Wagen abgefahren waren. So traf Mickey Farrell, der jüngste und unerfahrenste Beamte von Greensparks kleiner Polizeitruppe, als erster am Schulparkplatz ein. Farrell war etwas verwirrt darüber, den Sohn seines Kollegen dort anzutreffen, und konnte auch wenig mit Ricks Aussage anfangen, Sam und die kleine Gauthier seien zu Chapin unterwegs. Doch als Woods das hörte, wurde ihm sofort bewußt, daß die beiden mehr wissen mußten. Und diese Ahnung erhielt eine Bestätigung, als die Zentrale bekannt gab, daß die Chapins die Polizei gerufen hätten.

»Das ist der Anwalt«, teilt Sam Deanie mit, als sie Freddy Capes BMW in der Einfahrt entdecken. »Der ist in Ordnung. Mein Dad und er sind zusammen auf die High-School gegangen.«

Deanie wischt sich über die Augen und verschmiert die letzten Reste ihres Eyeliners. Die meiste Schminke ist vorhin schon verschwunden, als sie sich mit Taschentüchern die Tränen getrocknet hat. Ihre verquollenen Augen sind ein verräterisches Zeichen für das Empfangskomitee, bestehend aus Reuben, Pearl und Freddy, das sich in der Küche versammelt hat. Reuben stellt Deanie vor und sagt ihr, daß Freddy gekommen sei, um sich wegen der Mündigkeitssache mit ihr zu unterhalten. Sie begrüßt ihn mit einem kurzen Kopfnicken und verschwindet dann sofort in Richtung Badezimmer. Sam läßt sich auf einen Stuhl am Küchentisch plumpsen und berichtet in Kurzfassung, wie Michaud über Pete Fosse hergefallen ist.

»Was mag bloß in Dale gefahren sein?« wundert sich Reuben.

Sam zuckt die Schultern, um anzuzeigen, daß er nicht die geringste Ahnung hat.

Pearl macht ein besorgtes Gesicht. »Und der Vorfall hat Deanie so schockiert?«

Sam nickt und ist insgeheim froh, denn die Erwachsenen gelangen rasch zu der Schlußfolgerung, daß ein Ausbruch von Gewalt jeden in Aufregung versetzt, ganz besonders jemanden, der unlängst selbst mißhandelt worden ist.

Reuben studiert die Miene seines Sohnes und erkennt, daß sich dahinter mehr als nur Sorge für Deanie verbirgt.

Als Deanie aus dem Bad kommt, bittet der Anwalt darum, sich mit ihr allein unterhalten zu dürfen. Sam begibt sich auf sein Zimmer und versucht, sich zu beschäftigen. Er kramt durch seine Kassetten und blättert in den Schulbüchern. Als er eine Hausaufgabe findet, die noch erledigt werden muß, stellt er fest, daß er sich nicht konzentrieren kann. Schließlich setzt er sich die Kopfhörer auf und dreht die Lautstärke so weit auf, als wollte er sein Gehirn zertrümmern.

Endlich kommt Deanie zu ihm. Ohne ein Wort zu verlieren, zieht sie sich bis auf die Unterwäsche aus. Er zieht sie an sich, aber bevor er etwas sagen kann, macht sie eines seiner Ohren frei.

»Der Anwalt wartet unten. Er will mit dir sprechen, bevor Sergeant Woods eintrifft.«

Widerstrebend steht Sam auf. Er deckt Deanie zu, küßt sie und erklärt: »Ich werde es nicht zulassen, daß Ricks Dad dich aus dem Bett holt.«

Sie sieht so zerbrechlich aus. Ihr steht eine schlimme Nacht bevor. Er wünscht, er könnte bei ihr bleiben und sie so lange im Arm halten, bis sie eingeschlafen ist.

Freddy sitzt am Küchentisch, der von seinen Papieren überladen ist, und trinkt Kaffee.

»Deanie hat sich hingelegt«, sagt Sam. »Sie ist vollkommen erledigt. Alles, was der Sergeant von ihr wissen will, kann ich ihm auch mitteilen.«

»Ich kann gerne noch bleiben und bei der Befragung neben dir sitzen«, bietet der Anwalt sich an.

Sam zuckt die Schultern. »Danke, aber es geht auch so.«

Freddy fängt an, seine Unterlagen einzusammeln. Das Licht von Wagenscheinwerfern dringt durch das Küchenfenster. Sergeant Woods parkt hinter Sams Truck, dann knirschen seine Schritte über den frisch gefallenen Schnee.

Reuben fragt ihn sofort nach Fosse. Woods antwortet: »Er schwebt nicht in Lebensgefahr, aber mit dem Basketball ist es für ihn wohl Essig.«

»Und Dale Michaud?«

»Der sitzt hinter schwedischen Gardinen. Er hat mir mitgeteilt, daß er zum letztenmal im Alter von neunzehn im Loch gesessen hätte. Damals sei er bei den Marines gewesen und in eine Schlägerei geraten. Aber mehr ist aus ihm nicht herauszubekommen.«

Als der Sergeant den Anwalt erblickt, macht er ein so verblüfftes Gesicht, daß Freddy lachen muß.

Reuben bietet Woods einen Platz an und erklärt: »Freddy ist hier, um sich mit Deanie über ihre Volljährigkeitsverfügung zu unterhalten.«

Woods setzt eine fragende Miene aus.

»So will sie es haben«, sagt Reuben und reibt sich verlegen die Hände. »Sie möchte Greenspark nicht verlassen. Das Jugendamt hat für sie nämlich nur einen Platz in Lisbon Falls gefunden. Wenn sie dorthin ginge, müßte sie die Schule wechseln und könnte in dieser Saison kein Basketball mehr spielen.«

»Ich glaube, ich will mich auch mit ihr unterhalten«, sagt Woods.

»Sie liegt schon im Bett«, entgegnet Sam brüsk. »Für heute hat sie mehr als genug gehabt.«

»Ist ja schon gut«, erklärt der Polizist beruhigend, setzt sich gegenüber von Sam hin und schlägt seinen Notizblock auf.

»Bist du dir sicher, daß ich nicht bleiben soll?« fragt Freddy leise.

Der Junge nickt.

Woods studiert seine Notizen und nimmt nur am Rande wahr, wie Reuben und Freddy die Küche verlassen. Die beiden Männer begeben sich ins Wohnzimmer und hören sich die neuesten Nachrichten an.

Sam berichtet vorsichtig, was er auf dem Parkplatz und vor dem Haus der Chapins gesehen hat. Der Polizist will wissen, was Michaud so in Rage versetzt haben könnte.

Sam starrt auf seine Daumen. »Mr. Michaud scheint der

Ansicht zu sein, Pete und ein paar andere Jungs hätten sich über seine Tochter Lexie hergemacht.«

Woods blickt ihn über den Rand seiner Brille an. »Das ist seine Jüngste, nicht wahr? Und liegt er damit richtig?«

»Ich war nicht dabei.«

»Hast du denn etwas darüber gehört? Weißt du, wer außer Pete noch dabei war?«

»Nun ja, es gab da ein paar Gerüchte. Sie wissen doch, was an einer so großen Schule alles erzählt wird.« Sams Gesicht glüht, und in seinem Magen liegt die Wahrheit wie ein Haarklumpen.

»Wer war denn diesen Gerüchten zufolge alles dabei? Ich meine, auch andere müssen sie gehört haben. Du wärst also nicht der einzige, der Namen nennt.«

»Ich war nicht dabei«, beharrt Sam. »Und ich habe keine Ahnung, was sich zugetragen hat.«

Der Sergeant glaubt ihm, daß er nicht zugegen gewesen ist, ganz gleich, was sich wann, wo und wie ereignet haben mag. Aber er ist felsenfest davon überzeugt, daß Sam die Namen der Beteiligten kennt. »Würde es dir helfen, wenn ich dir sage, daß es nicht unbedingt zu einer strafrechtlichen Verfolgung kommen muß? Es kommt auf das Alter der Beteiligten an. Unzucht mit Minderjährigen, besser gesagt, sexueller Mißbrauch, wie der Straftatbestand heute genannt wird, liegt dann vor, wenn das Opfer unter sechzehn und der Täter über neunzehn ist. Oder wenn das Opfer unter vierzehn und der Täter mindestens drei Jahre älter ist. Aber Lexie ist doch schon vierzehn, nicht wahr?«

»Ihr Vater behauptet, sie sei erst dreizehn.«

»Also gut. Angenommen, sie war zum Zeitpunkt der Tat dreizehn und der Täter sechzehn oder jünger, dann läge nur dann ein Straftatbestand vor, wenn sie einen schweren körperlichen oder seelischen Schaden erlitten hätte. In solchen Fällen spielt das Alter des Opfers keine Rolle. Dann spricht man von vorsätzlicher Vergewaltigung.«

Sam bemüht sich nach Kräften, mit diesen Informationen etwas anzufangen. Die Begriffe Unzucht mit Abhängigen und sexueller Mißbrauch erschüttern ihn. Lexie war bis zur Halskrause zu. Grey ebenfalls. Er muß sich eingestehen, daß er nicht viel über Grey nachgedacht hat. Als er sie gesehen hat, war sie so hinüber, daß er sich kaum vorstellen konnte, sie hätte ihre Einwilligung gegeben. Aber vielleicht ein paar Stunden früher? Die Möglichkeit einer strafrechtlichen Verfolgung einmal beiseite gelassen, kann Sam es drehen und wenden, wie er will, die ganze Geschichte wird über kurz oder lang das Team beeinträchtigen. Sein ursprünglicher Ärger über Pete und die anderen Idioten flammt wieder auf und brennt wie Säure in ihm.

»Mir ist zu Ohren gekommen, daß du mit Fosse das eine oder andere Mal aneinandergeraten bist«, bohrt der Sergeant weiter. »Worum ging es denn da?«

Woods versucht es in einer anderen Richtung. »Und wie steht's mit Chapin? Er gehört doch nicht zu Fosses Freundeskreis, oder? Was hat er mit der Lexie-Geschichte zu tun? Hat er an der Sache teilgenommen, von der die Gerüchte berichten?«

»Chapin ist ein Charakterschwein. Er steht auf ganz junge Mädchen, vor allem auf solche, die vor der rechten Bahn abgekommen sind. Die kann er mit seinem lockeren Lebenswandel leicht beeindrucken, wenn Sie verstehen, was ich meine.«

Die Bitternis in Sams Worten läßt neue Hoffnung in dem Sergeant aufkeimen. »Deanie war doch auch mit ihm zusammen, oder?«

»Ja, wird wohl so gewesen sein, als sie noch jünger war. Ich habe aber nie gehört, daß sich irgendein Bulle je darum geschert hätte. Doch die Geschichte ist vorbei. Sie hat nichts mehr mit ihm zu schaffen.«

»Ich weiß sehr gut, daß Deanie viel Schlimmes mitgemacht hat, Sam. Glaubst du, sie ist bereit, mit mir über Lord zu sprechen? Natürlich nicht heute abend. Ist mir klar, daß sie jetzt ihre Ruhe braucht. Ich muß aber wissen, ob wir auf sie zählen können, wenn Lord vor Gericht gestellt wird.«

Sam weiß, daß er dem Sergeant jetzt eigentlich mitteilen sollte, was Deanie ihm erzählt hat. Aber er hat ihr versprochen, nichts davon zu verraten. Chapin wird vom Geld und Einfluß seiner Eltern geschützt. Das Gesetz kann J.C. nicht das verpassen, was ihm zusteht. Zur rechten Zeit und am rechten Ort will Sam die Sache persönlich in die Hand nehmen.

»Ich fürchte, sie ist noch nicht so weit.«

»Dann lassen wir ihr eben noch etwas Zeit«, nickt Woods. »Kehren wir zu den heutigen Ereignissen zurück. J.C. erklärt, er könnte sich nicht vorstellen, warum Michaud seinen Wagen zu Klump gehauen hat. Ich bin dann zu Lexie gefahren und wollte sie sprechen. Mrs. Michaud kam an die Tür und erklärte mir, ihr Alter könne von ihr aus in der Zelle verfaulen. Was stelle er sich denn vor, wie sie die Familie durchbringen solle, wenn er im Loch säße. Und sie wollte mich nicht mit Lexie reden lassen. Vielleicht habe dieser Volltrottel Dale es nicht besser gewußt, aber es gebe Dinge, die in der Familie bleiben müßten, und da er alles vermasselt und es damit ihr überlassen habe, die Geschichte zu regeln, wolle sie das auch tun, und zwar nach ihren Vorstellungen. Mensch, Sam, Dale kann von Glück sagen, daß seine Frau nicht der Richter sein wird.« Der Sergeant grinst und klappt seinen Notizblock zu. »Früher oder später spreche ich mit Lexie. Und mit Pete, sobald er wieder vernehmungsfähig ist. Und J.C. knöpfe ich mir auch noch einmal vor. Ich hatte nur gehofft, ich könnte mir einen Hinweis verschaffen, bevor ich diese Herrschaften in die Mangel nehme. Irgendeinen Winkel, von dem aus ich ansetzen kann.«

»Pete wird in dieser Saison nicht mehr spielen«, bemerkt Sam. »Vielleicht sogar nie wieder. Das ist zwar nicht exakt Auge um Auge, aber für Mr. Michaud mag es genügen.«

Woods erhebt sich. »Rache ist ein ganz natürlicher menschlicher Instinkt, Sam, aber schon vor vielen Generationen ist man zu dem Schluß gekommen, so etwas lieber Gott und dem Gesetz zu überlassen. Ich weiß auch, daß in unserem Rechtssystem manches zum Himmel stinkt, trotzdem ist es immer noch das beste, das wir haben. Hüte dich davor, auf ähnliche Gedanken zu verfallen wie Dale Michaud. Ganz gleich, ob Deanie uns genug in die Hand gibt, um gegen Lord vorzugehen oder nicht, du hältst dich von ihm fern, kapiert?«

Sam sinkt auf seinem Stuhl zusammen. »Ja, Sir.«

»Vielen Dank für deine Hilfe. Wenn dir oder Deanie noch etwas einfallen sollte, wißt ihr ja, wo ihr mich erreichen könnt.«

Der Polizist, der Anwalt und der Automechaniker stehen zusammen, stampfen in den Schnee und haben sich in dieser kalten und stillen Nacht noch allerlei zu erzählen.

»Hast du bekommen, was du wolltest, Lonnie?« fragt Reuben.

»Nein, weder hier noch bei meiner besseren Hälfte«, entgegnet der Polizist, und die drei Männer lachen. »Hast du eine Ahnung, was hier eigentlich vor sich geht?« fragt er Reuben dann ohne Umschweife. »Ich habe nicht mehr als einen Haufen Fragen, auf die mir niemand eine Antwort geben will. Wenn Dale sich nicht geirrt hat, haben Pete Fosse und J.C. Chapin seine Lexie vergewaltigt. Möglicherweise waren noch ein paar andere Jungs daran beteiligt. Sam weiß mehr darüber, Reuben. Aber er sagt mir nur, daß er nicht dabeigewesen ist. Und über alles andere schweigt er beharrlich. Wer weiß, vielleicht waren noch mehr aus dem Team beteiligt.«

Freddy verzieht erschrocken das Gesicht.

Reuben legt dem Polizisten eine Hand auf die Schulter. »Wenn sie wirklich dabeigewesen sein sollten, Lonnie, müssen wir uns jetzt vor allem um das kümmern, was daraus erwachsen wird.«

Der Sergeant nickt, verabschiedet sich von den beiden und steigt in seinen Wagen.

Als er fort ist, sagt Freddy: »Wenigstens hat er es nicht ausgesprochen, daß er der Meinung ist, Sam decke jemanden. Womöglich Rick.«

Reuben schnaubt und schiebt die Hände in die Jackentaschen. »Rick ist ganz gewiß kein Engel, aber eine solche Tat würde ich ihm nicht zutrauen. Warum sollte er auch? Er hat doch seine Sarah.«

»Ich habe die beiden mal im Kino gesehen«, meint Freddy. »Mir kam es so vor, als habe sie ihm einmal ihre Pussy gezeigt und ihn seitdem fest im Griff.«

»Der arme Teufel!« lacht Reuben.

»Von wegen«, schnaubt der Anwalt. »Alle diese Kids kriegen heutzutage das, wovon ich in meiner Jugend nur träumen durfte. Sie bekommen sogar mehr als ich heute.«

Woods findet Rick in seinem Zimmer vor, wie er auf dem Bett liegt und telefoniert. Er gibt ihm mit einem Handzeichen zu verstehen, endlich aufzulegen. Normalerweise würde er sich taktvoll zurückziehen, damit Rick sich in aller Ruhe von seiner Sarah verabschieden kann; aber jetzt ist er im Dienst und gar nicht glücklich darüber, seinen eigenen Sohn ausfragen zu müssen. Er setzt sich auf Ricks Schreibtischsessel.

»Heraus mit der Sprache. Ich will alles hören, was du weißt.«

»Ich weiß überhaupt nichts, Dad.«

Der Sergeant grinst humorlos. »Diesen Satz werde ich mir ausborgen, wenn du wieder etwas von mir willst.«

Rick legt sich lang und starrt an die Decke. »Ich weiß wirklich nichts. Ich habe gesehen, wie Michaud Petes Knie zertrümmert hat. Sam hat den Mann weggestoßen, bevor er Fosse den Kopf einschlagen konnte. Dann ist Michaud abgehauen, und Sam ist ihm nach. Deanie hatte nämlich die Idee, Dale sei auf dem Weg zu Chapin.«

»Aha? Und was hat sie darauf gebracht?«

»Dad, jeder weiß doch, daß J.C. die kleine Lexie flachgelegt hat.«

»Und hat Michaud auch bei Fosse recht?«

»Na ja, ich habe gesehen, wie Lexie diesen Pete im Corner fast aufgefressen hat. Aber es scheint ihr Hobby zu sein, bei Jungs auf dem Schoß herumzurutschen. Und wenn du es genau wissen willst, sie hat großen Spaß daran, Jungs sexuell zu provozieren. Aber Pete und J.C. gehören nicht zur selben Clique.«

»Also hat Sam womöglich das Leben von Fosse gerettet? Ich hatte eigentlich den Eindruck, du und Sam würdet euch nicht viel aus dem Jungen machen.«

»Das stimmt auch. Aber was Sam angeht, so ist Pete nur ein Fliegenschiß im Vergleich zu Chapin. Den kann er nämlich nicht ausstehen, und ich muß dir wohl nicht zweimal sagen, welche gewisse junge Dame dafür verantwortlich ist.«

»Ist ja schon gut«, seufzt Woods, obwohl er in Wahrheit der Ansicht ist, daß nichts, aber auch gar nichts gut ist.

Ein paar Minuten später ist er in seinem Wagen und sucht unter dem Sitz nach Zigaretten. Als er das halbvolle Päckchen gefunden hat, flippt er mit den Fingern so hart dagegen, daß alle Zigaretten herausfliegen und im Dreck landen. Frustriert zerknüllt er das leere Päckchen.

37

Das Schlagholz fliegt auf ihn zu, und der heftige Sog zerrt an seinen Rückenmuskeln. Er hört, wie seine Kniescheibe zerschmettert wird, wie Glas zerbirst, wie Metall zerreißt, wie Ketten durch die Luft schwirren und wie beim Aufprall Fleisch zerfetzt. Verzweifelt sucht er auf einem Felsen nach einem letzten Halt, verfehlt ihn und stürzt ab in das Klatschen der Faust, die auf Deanies Gesicht landet und ihr die Ketten in die Wangen treibt. Er spürt die volle Wucht der Männerfaust, spürt die Kettenglieder, die wie Zähne in die weiche Wangenhaut und die dünne Muskelschicht über den Gesichtsknochen beißen, das Platzen der Blutgefäße und wie sich die Kehle zusammenzieht und den Schrei erstickt.

Er schwingt den Baseballschläger, um den heranfliegenden Ball zu treffen. Ein Geräusch wie von zerbrechenden Knochen ertönt, und er erkennt, daß der Ball ein Gesicht hat. Das von Tony Lord, das jetzt unter der Wucht des Holzes explodiert, zerplatzt und auseinanderspritzt. Der nächste Ball, der heranfliegt, hat die Züge von J.C.

»Was ist denn los?« murmelt Deanie schlaftrunken.

Sam wischt sich den Mund mit dem Handrücken ab und langt dann nach dem Glas Wasser auf dem Nachtschränkchen.

»Hab' schlecht geträumt.«

Er streichelt ihr über die Kopfstoppeln.

»Muß aber sehr anregend gewesen sein«, flüstert sie.

Ihre Hand berührt seinen erigierten Penis. Er legt ihre Finger um sein Glied. Sie rollt zu ihm und preßt sich an ihn. Er weiß nicht, warum das so ist, aber zusammen zu schwitzen hilft in solchen Fällen. Als er früh am Morgen wieder aufwacht, liegt sie immer noch in seinen Armen, und ein leises Lächeln spielt um ihre Lippen.

»Pete ist in dieser Saison nicht mehr dabei«, teilt ihnen der Coach kurz und bündig vor dem Morgentraining mit.

Die Neuigkeit drückt auf die Stimmung.

»Er reißt eine schmerzliche Lücke, und ihr werdet euch von nun an noch mehr anstrengen müssen, um sie zu schließen. Jemand soll dafür sorgen, daß eine Karte für ihn gekauft wird, die ihr alle unterschreibt. Styles, bring diesen müden Haufen endlich dazu, aktiv zu werden, und such mich dann in meinem Büro auf.«

Ein paar Minuten später hockt der Trainer auf seinem Schreibtisch und hält einen Pappbecher Kaffee zwischen den Händen.

»Furchtbar«, beginnt er, und Sam weiß nicht, ob er damit die dunkelbraune Brühe oder den Verlust von Fosse meint. »Die große Frage lautet: Ist Skouros schon so weit, Petes Platz einzunehmen?«

»Ja, Sir.«

»Ich kenne Dale Michaud. Er wohnt bei mir um die Ecke. Ein paarmal in der Woche laufen wir uns abends über den Weg, wenn wir unsere Hunde ausführen. Wir stehen auf dem Bürgersteig und schwatzen, während die Köter sich beschnüffeln.« Die Brauen des Trainers fahren hoch, und Falten bilden sich auf seiner Stirn. »Ich will dir mal was sagen, Styles, und das ist nur für unser beider Ohren bestimmt. Wenn Fosse meine minderjährige Tochter gebumst hätte, würde ich ihm dafür mehr als nur die Kniescheibe zerdeppern. Mein Baseballschläger hätte aus seinen Hoden Rührei gemacht. Ich bin wirklich außer mir. Und kapieren tu ich es schon gar nicht. So wie ich es sehe, laufen in dieser Anstalt nur gemeingefährliche Irre herum, von denen neunzig Prozent festen Willens sind, ihr Leben zu ruinieren. Erzähl mir bloß nicht, Fosse habe keine Braut finden können, die schon einen BH trägt.«

»Ja, Sir.«

Der Trainer stellt den Becher ab und schlägt mit der Faust auf den Tisch. Er scheint nicht mitzubekommen, wie die Flüssigkeit über das Holz spritzt.

»Gottverdammte Scheiße!« brüllt er. »Ich dulde keine weiteren solchen Vorfälle! Nicht in meinem Team. Hast du mich verstanden? Und sag das auch dem Rest von diesen geilen Schwänzen!«

Sam kann nur auf die braune Lache starren, die sich auf der Schreibtischplatte ausbreitet. »Ja, Sir.«

Der Blick des Trainers fällt auf die Bescherung. »Oh, Mist.«

Sam räuspert sich: »Darf ich in die Halle zurück?«

Der Trainer entläßt ihn mit einer Handbewegung. »Klar, Mann. Will die Gauthier wirklich mit der Maske spielen?«

»Ja, Sir.«

Der Trainer verdreht die Augen. »Gütiger Herr im Himmel!«

Sam zieht sich zurück und grübelt darüber nach, wie er diese Instruktion an die Truppe weitergeben soll.

»Wildgewordener Spinner«, erklärt Chapin gerade im Gewichteraum dem kleinen Halbkreis von Zuhörern und bringt seine Version des Geschehens in Umlauf. Er ist lauter als gewöhnlich, die Worte sprudeln fast ungeordnet über seine Lippen, und in seinem Lachen schwingt ein hysterischer Unterton mit. J.C. folgt Sam von Gerät zu Gerät, und mit ihm kommt sein Kindergarten. Als die Blicke der beiden sich einmal treffen, versucht J.C. eine harte Miene aufzusetzen und seinen üblichen amüsierten Zynismus auszustrahlen, doch aus seinen Augen leuchtet weiterhin nackte Angst.

Als Sam mit seinem Programm fertig ist, macht er sich auf den Weg zu den Duschen. Vor dem Geräteraum bleibt er stehen, dreht sich um und entdeckt, daß Chapin ihn immer noch beobachtet. Sam rüttelt an der Kette, die die Baseballschläger sichert. Das Rattern läßt J.C. zusammenfahren.

Im Umkleideraum zieht Sam die Schnüre seiner Turnschuhe nach. Plötzlich hält er ein loses Ende in der Hand. Er sucht in seiner Tasche nach dem Ersatzpaar Schnürriemen, hockt sich auf die Bank und kümmert sich um den anderen

Schuh. Wieder ertönt ein leises Knacken, und er hält ein zweites loses Ende in der Hand. Diesmal nimmt er sich die Zeit, sich die Bänder genauer anzusehen. Der Riß ist jeweils weitgehend glatt und franst kaum aus. Kein Zweifel, jemand hat die Schnüre angeschnitten. Wahrscheinlich während er unter der Dusche stand. Die Schnitte sind so gesetzt, daß die Bänder bei der ersten Belastung reißen müssen.

Sam begreift die Botschaft: Die Schnitte hätten auch weniger tief gehen können, damit die Schnüre aufgrund der Dauerbelastung erst mitten im nächsten Spiel gerissen wären. Die Vorstellung, hochzuspringen und den Ball zu werfen, um dann auf einem unvermittelt ungeschützten Fuß und Knöchel aufzukommen, treibt ihm den kalten Schweiß auf die Stirn.

Sam steht auf und untersucht das Vorhängeschloß an seinem Spind. Er schließt es, drückt leicht dagegen, und es springt wieder auf. Das hält keinen Dieb ab. Er betrachtet das Schloß genauer und stellt fest, daß der Mechanismus nicht mehr richtig greift. Früher schon hat jemand seinen Spind aufgebrochen – Fosse, um ihm die Ratte hineinzulegen, und ein Unbekannter, der ihm den kleinen Zettel hinterlassen hat. Er vermutet, daß Chapin hinter den angeschnittenen Schnürriemen steckt. Spätestens nach der Ratte hätte er das Schloß reparieren oder gegen ein neues austauschen sollen. Oder Pete so verdreschen, daß jedem anderen die Lust ein für alle Mal vergangen wäre, sich an seinem Spind zu vergreifen.

Er reißt die nutzlosen alten Bänder aus den Schuhen und fädelt die neuen ein.

Mit der Tasche über die Schulter geschlungen und einer Hand in der lässig geöffneten Trainingsjacke steht Chapin vor dem Schwarzen Brett und studiert die Aushänge. Als Sam auftaucht, setzt er ein selbstbewußtes Lächeln auf. Doch dann weiten sich seine Augen vor Entsetzen, als Sam seine Tasche fallenläßt und sich auf ihn stürzt, um ihn mit voller Wucht gegen die Wand zu werfen. Papier knistert unter seinem Rücken, und Stecknadeln pieken in seine Haut.

Sam hält ihn mit einer Hand am Hals fest. »Jetzt reicht es mir endgültig mit dir, du Scheißkopf!«

Chapins Hand, die er in der Tasche gehalten hat, bewegt sich, so als wollte er sie freibekommen. Doch dann bohrt sich etwas Hartes, das sich in der Tasche befindet, in Sams Bauch.

»Laß mich sofort los, sonst puste ich dir ein Loch in den Magen!«

Sam zögert und zieht dann vorsichtig seine Hand zurück.

J.C. drückt das harte Ding tiefer in Sams Eingeweide. »Ein kleines Schrittchen zurück, und dann rührst du keinen Muskel mehr, klar?« flüstert Chapin. »Ich habe hier eine Dreisiebenundfünfziger, Sambot. Einmal abgedrückt, und deine Scheiße tropft von der Decke.«

Hinter den beiden will Tim Kasten in den Gewichteraum und stolpert beinahe über Sams Tasche. Er wirft nur einen Blick auf die zwei, erfaßt sofort die Situation und überlegt, was er tun soll. So tun, als habe er nichts bemerkt, oder das Risiko auf sich nehmen, zwischen den beiden Kontrahenten zerrieben zu werden? Rick taucht auf und will an Tim vorbei. Doch der hält ihn fest.

»Und ich dachte, du würdest dich freuen, mich zu sehen«, sagt Sam.

»Sehr komisch, du Wichser«, entgegnet Chapin höhnisch. »Komm doch mit, ich muß dir was erzählen.« Leise fügt er hinzu: »Hier herrscht mir zuviel Publikumsverkehr.«

»Trau dich doch, Arschloch«, murmelt Sam. »Los, erschieß mich hier auf der Stelle. Dann kannst du die nächsten dreißig Jahre in Shawshank verbringen. Und wenn du wieder rauskommst, bist du ein fetter, häßlicher alter Mann, der einen Türknauf im Arsch trägt, damit ihm nicht die ganze Scheiße herausläuft. Schieß ruhig. Ich bin dann sicher tot, aber dich erwarten die längsten drei Jahrzehnte deines Lebens.«

Chapins Grinsen gefriert. Die Revolvermündung rutscht etwas tiefer, passiert Sams Bauchnabel und rutscht in den Hosenbund.

Sam weiß nicht, ob J.C. wirklich eine Schußwaffe in der Hand hält. Sollte es keine sein, fühlt es sich doch verdammt echt an. Er ist Chapin so nahe, daß er den Angstschweiß seines Gegenübers riechen kann. Und J.C. zittert leicht. Ganz gleich, ob das von Angst oder Hysterie herrührt, in einer solchen Verfassung ist Chapin alles zuzutrauen.

J.C. versucht, sich zusammenzureißen und als Herr der Lage zu erscheinen. »Ach, Scheiße, Slammer, das ist nichts weiter als Selbstverteidigung. Schließlich hast du angefangen und mich gegen die Wand geworfen. Ich habe doch das Recht, mich zu schützen. Und jetzt komm mit auf einen kleinen Spaziergang, damit wir die Sache regeln können.«

Sam dreht sich zu seiner Tasche um.

Chapin schüttelt den Kopf. »Die kannst du später holen.«

Rick geht auf die beiden zu, und Sam gibt ihm mit einem Blick zu verstehen, daß er sich raushalten soll. Chapin hingegen lächelt Rick übertrieben freundlich an. Tausend Fragen stehen Rick auf dem Gesicht geschrieben, aber er geht nicht weiter. J.C. setzt sich in Bewegung, und Sam geht mit ihm. Rick, Kasten und Gramolini, der gerade aus dem Gewichteraum gekommen ist, folgen ihnen in einigen Metern Abstand.

Chapin wirft ihnen über die Schulter einen Blick zu, aber die drei versuchen gar nicht erst, ihre Neugier zu verbergen.

»Das Ganze ist doch irgendwie verrückt«, erzählt er Sam im Plauderton. »Du warst letzte Nacht mit D. vor meinem Haus und hast zugesehen, wie dieser gemeingefährliche Irre mein Auto zerdeppert hat. Ich erfuhr von den Bullen, daß der Wüterich sich zuerst Fosse vorgenommen hat, und das nur wegen dieser dummen kleinen Fotze Lexie. Es gefällt mir nicht, wie die Dinge sich zur Zeit entwickeln. Ich habe keine Lust, mich von irgendwelchen Blödmännern belästigen zu lassen. Also laß mich in Ruhe, sonst schlage ich zurück, und dabei bleibt einer von uns für immer auf der Strecke.«

Sam bleibt abrupt stehen und streckt den Ellbogen nach hinten aus. J.C. prallt prompt dagegen. Rick und die beiden anderen beschleunigen ihre Schritte, aber Chapin hat sich schon wieder gefangen. Die Revolvermündung bohrt sich hart in Sams Bauch.

»Verdammter Idiot!« zischt J.C. »Du hast wohl Sehnsucht nach deinem eigenen Schmerzgeschrei!«

»Quatsch!« provoziert Sam ihn weiter. »Du traust dich ja

doch nicht abzudrücken. Eigentlich sollte ich dir jetzt dein kleines Spielzeug abnehmen und es dir in den Arsch schieben.«

Schweiß breitet sich mittlerweile wie eine Gelatineschicht auf Chapins Gesicht aus. Plötzlich hört der Druck an Sams Bauch auf. J.C. grinst nervös. »Unverhofft kommt oft, Slammer. Und dabei kann es manchmal knüppeldicke kommen. Vergiß das nicht.«

»Brüder und Schwestern, hört mich an!« beginnt Sam lautstark wie ein Prediger, und ein eigenartiges Funkeln tritt in seine Augen. »Kommt Zeit, kommt Rat, Bruder. Du hast recht, unverhofft kommt oft. Dem kann sich niemand entziehen, denn der Wille des Herrn ist unergründlich. Und was dich heute verschont, mag dich morgen treffen.« Chapin weicht, ohne sich dessen bewußt zu werden, wie der Versucher zurück, aber Sam hält ihn am Arm fest, damit ihm das Ende seiner Predigt nicht entgeht. »Was Hänschen nicht lernt, lernt Hans nimmermehr. Früh krümmt sich, was ein Häkchen werden will. Und selig sind die, die schwachen Geistes sind.«

»Bereue deine Sünden, Bruder, bereue und bekenne!« schreit Rick wie in höchster Verzückung. Er ist auf die Knie gefallen und reckt die Hände zum Himmel.

Überall im Flur wird gelacht, und Rufe werden laut wie: »Zeig uns den Weg, Bruder!« oder »Amen.«

»Saublödes Arschloch!« zischt J.C., befreit sich aus Sams Griff und taucht rasch in der Menge unter.

»Ein weiser Mann ändert seine Meinung, ein Narr hingegen nie!« brüllt Sam ihm nach. Als Rick, Todd und Tim zu ihm aufschließen, hat er seinen Elan verloren.

»Worum ging es denn gerade?« will Rick wissen.

Mit gesenkter Stimme antwortet Sam: »Dieser verdammte Irre hat mich mit einer Knarre bedroht, obwohl ich nicht glaube, daß er wirklich eine dabei hatte. Wie dem auch sei, ich nehme an, daß er absolut durchgeknallt ist.«

Die drei Jungs starren ihn ungläubig an.

»Ich erzähl euch keinen Scheiß. Er hatte was in seiner Tasche, das sich tatsächlich wie ein Revolverlauf anfühlte. Und er drohte mir, mich umzulegen.«

»Was für ein Arschloch!« stößt Rick hervor.

»Wir sollten herausfinden, ob er wirklich eine Schußwaffe dabeihat, ehe er damit jemandem schaden kann«, sagt Sam.

Tim Kasten hebt beide Hände und tritt einen Schritt zurück. »Ich muß wirklich los, sonst komme ich noch zu spät. Tut mir leid, Jungs, aber mit Chapin lege ich mich nicht an. Wenn er wirklich bewaffnet ist, sollte man lieber die Polizei rufen.«

»Ich gehe ins Sekretariat«, meldet sich Todd freiwillig und setzt sich schon in Bewegung.

»Bis er soweit ist«, teilt Sam Rick mit, »nehme ich Chapin die Knarre ab.«

Rick fällt ihm in den Arm. »Bist du meschugge? Sollen die Bullen doch diesen Wahnsinnigen entwaffnen. Wenn er wirklich durchgeknallt ist, wird er bei deinem bloßen Versuch vollkommen die Beherrschung verlieren!«

»Könnte sein. Aber wenn wir nichts unternehmen, wer sagt uns, daß es ihm dann nicht in den Sinn kommt, Deanie etwas anzutun? Falls er wirklich eine Schußwaffe hat, bringe ich sie jetzt gleich an mich.«

Sam holt seine Tasche und läuft dann in die Richtung, in der J.C. verschwunden ist.

Rick eilt ihm hinterher. »Wo willst du denn hin?«

»Zu seinem Spind.«

»Glaubst du wirklich, daß er die Waffe dort deponiert?«

»So verrückt, wie er mittlerweile ist, vermutlich nicht. Aber wo soll ich sonst mit der Suche beginnen?«

Eine Tür geht auf, und eine Lehrerin zeigt sich. »Ihr seid spät dran, Jungs«, warnt sie.

»Geh du zum Unterricht«, drängt Sam seinen Freund.

Rick starrt ihn entsetzt an. Pete Fosse einen Denkzettel zu verpassen, ist eine Sache und nicht damit zu vergleichen, einem drogenbedröhnten Irren entgegenzutreten, der glaubt, er sei Dirty Harry. Rick weiß, daß er eigentlich zum Unterricht müßte, wenn da nicht der dumme Umstand im Wege stünde, daß er jetzt Französisch hat und Chapin dort mit ihm in der Klasse sitzt.

Als die beiden die Spinde erreichen, stellt Sam zuerst seine Tasche in seinen Metallschrank und tritt dann zu dem, der

J.C. gehört. Rick steht Schmiere, während Sam mit einem raschen Dreher das Schloß öffnet. Keine Tasche liegt im Spind.

Sam schließt die Tür und schüttelt den Kopf.

»Also hat er sie mit in die Klasse genommen«, sagt Rick. »In den Französischunterricht, an dem ich auch teilnehme. Wenn er sich merkwürdig benimmt, wenn er nur komisch guckt, gehe ich sofort zur Lehrerin und erzähle ihr alles. Mach du dich auf den Weg ins Sekretariat.«

»Ich begleite dich bis zur Klassentür«, beharrt Sam.

Sie werfen einen Blick durch das Sichtfenster und stellen fest, daß zwei Plätze frei sind: der von Chapin und der von Rick.

»Wo treibt sich dieser Spinner bloß herum?« murmelt Rick.

»Vermutlich hat er sich irgendwo hin verdrückt, um seine Nerven zu beruhigen.«

Sam macht unvermittelt auf dem Absatz kehrt und läuft den Weg zurück, den sie gekommen sind. Rick ist einen Schritt hinter ihm, als er vor der Jungentoilette stehenbleibt. Er dreht sich kurz zu Rick um, legt einen Finger auf die Lippen und stößt dann vorsichtig die Tür auf.

Niemand steht vor den Pissoiren und Waschbecken. Und bis auf eine sind alle Kabinentüren offen. Als sie leise eintreten, hören sie, wie jemand hinter der geschlossenen Tür scharf einatmet. Durch die Lücke zwischen Tür und Boden sehen sie Chapins Tasche, Reboks und heruntergelassene Jeans.

»O Scheiße«, seufzt Chapin.

Rick sieht seinen Freund fragend an. Sam legt wieder einen Finger auf die Lippen.

Und dann geht alles so schnell wie auf dem Spielfeld. Sam hechtet zu der Tür und rutscht auf dem Bauch und mit ausgestreckten Armen durch die Lücke. Seine Finger bekommen die Tasche zu fassen, und während J.C. entsetzt aufschreit, rollt Sam schon herum und steht gleich wieder auf den Füßen.

Die Kabinentür fliegt auf. Chapin taumelt heraus und stolpert über seine Hose.

»Du Schwein!« schreit er.

Rick hält Sam die Tür des Toilettenraums auf und läßt sie erst los, als J.C. nahe genug heran ist. Wie erwartet schwingt sie zurück und kracht mit dumpfem Knall gegen Chapin.

Kaum auf dem Korridor, reißt Sam die Tasche auf. Einen Moment später läßt er sie fallen und hält eine Magnum in die Luft.

»Keine Bewegung!« brüllt Lonnie Woods und geht hinter der Treppe in Deckung.

Sam behält die Hände oben und erstarrt. Sein Herz hämmert immer wilder, und im gleichen Maße zieht sich seine Blase zusammen.

»Scheiße!« Rick steht mit dem Bauch an der Wand.

Die Toilettentür fliegt auf, und J.C. taumelt heraus. Seine Nase blutet, und seine Hose hängt immer noch unten.

»Kein Bewegung!« brüllt der Polizist wieder.

Chapin stolpert auf den Sergeant zu.

»Verdammt nochmal!« schreit Woods. »Du sollst stehenbleiben!«

Aber J.C. bewegt sich mit ausgestreckten Armen auf ihn zu. Er läuft wie ein Mann, der durch tiefen Schnee stapft. Woods macht instinktiv einen Schritt zurück und zielt mit seiner Waffe über Chapins Kopf, sei es, um sie ihm über den Schädel zu ziehen, oder um sie aus seiner Reichweite zu bringen. J.C. hat ihn fast erreicht, als er über seine Hose stolpert und gegen den Sergeant fällt, der beiseite treten und ihm ausweichen will. Für einen Moment führen die beiden einen grotesken Tanz auf. Das Blut aus Chapins Nase spritzt gegen Woods' Gesicht und Hemd. Dann rutscht der Fuß des Sergeants über den Rand der obersten Stufe.

Die beiden tanzen nicht mehr, sondern fallen. Woods bekommt den Treppenpfosten zu fassen, und J.C. greift nach ihm. Der Polizist hat keine Hand frei. In der einen befindet sich noch die Dienstwaffe, und mit der anderen hält er sich verzweifelt fest. Chapin verfehlt ihn, rudert wie ein Ertrinkender mit den Armen durch die Luft und saust die Treppe hinunter. Er heult schaurig, bis er mit dem Kopf an eine Stufe kracht und wie eine ausrangierte Vogelscheuche liegenbleibt.

Überall im Gang fliegen Türen auf. In den Klassenräumen entsteht Unruhe, als die Schüler von ihren Plätzen aufspringen und die Lehrer sich verzweifelt bemühen, die Ordnung wiederherzustellen.

»Bist du in Ordnung, Dad?«

Der Sergeant zieht sich an Ricks ausgestreckter Hand hoch. Er atmet schwer und bewegt sich, als hätte er schlimmen Muskelkater.

»Ja, im Gegensatz zu Chapin. Hat ihn eine Kugel erwischt?«

»Aber nein, Dad, er hatte nur versucht, mit der Nase eine Tür aufzuhalten.«

»Die Waffe gehört J.C.!« ruft Sam.

»Das stimmt, Dad«, bestätigt Rick. »Sambo hat sie Chapin abgenommen.«

Woods steckt seine Waffe ins Holster und steigt die Treppe hinunter.

»Sergeant!« meldet Sam sich noch einmal. »Kann ich die Hände jetzt wieder herunternehmen?«

Der Polizist wirft ihm über die Schulter einen Blick zu. »Nein. Du bleibst da so stehen, so gefällst du mir am besten.« Der Sarkasmus in seiner Stimme macht jedoch klar, daß er es damit nicht ernst meint. Am ersten Treppenabsatz stößt er auf Chapin.

Durch das Fenster im Büro des Rektors kann Sam die zwei Streifenwagen und die Ambulanz sehen, deren Hecktüren sich gerade hinter einer Bahre schließen. Ein weiteres Polizeifahrzeug erscheint. Poloniak marschiert zum Haupteingang und redet dort mit Smokey. Die Sirene der Ambulanz heult los, und der Krankenwagen braust davon.

»Wir haben überall im Klo weißes Pulver gefunden, und er hatte ein Röhrchen voll von dem Zeugs in seiner Brusttasche. Aber er wollte nicht sagen, um was es sich dabei handelt.« Woods räuspert sich. »Und jetzt will ich zur Abwechslung von dir mal die ganze Wahrheit hören.«

Sam berichtet in seiner üblichen Knappheit von den Ereignissen des Vormittags und stottert nur ein- oder zweimal.

»Wenn ich dich recht verstehe, glaubt Chapin, du seist

Schuld daran, daß Michaud ihm den Wagen zertrümmert hat. Ich selbst habe diese Schlußfolgerung noch nicht gezogen, aber wo wir schon einmal dabei sind: Hast du Dale irgendwas gesteckt oder nicht?«

Sam kann dazu nur schallend lachen.

»Na ja, ich mußte die Frage stellen«, fährt der Sergeant fort. »Es war verdammt riskant von dir, dort einfach so hineinzustürmen. Da hätte Gott weiß was passieren können. Warum hast du nicht auf uns gewartet?«

»Weil Deanie tot sein könnte, wenn ich zu lange gewartet hätte!«

»Ich schätze, Deanie ist der Schlüssel zu der ganzen Geschichte. Chapin und du, ihr schleicht schon lange wie Raubtiere umeinander herum, weil du ihm seine Freundin ausgespannt hast.«

»Deanie war nie seine Freundin. J.C. ist schlicht und ergreifend verrückt. Er hat Angst, sie könnte ihn verpfeifen. Chapin stand nämlich daneben, als Lord ihr das Gesicht zerschlagen hat. Und es war sein Shit, den Lord vorher geraucht hatte. J.C. raucht das Zeug nicht nur, er dealt auch damit. Und damit meine ich nicht, daß er lediglich ein paar Freunde mit Stoff versorgt.«

Woods nickt. »Da erzählst du mir nichts Neues.« Er legt die Stirn in Falten. »Wenn Deanie gegen ihn aussagen möchte, werden wir ihr gern zuhören. Aber jemand, der vorher nicht straffällig geworden ist, kriegt beim ersten Mal immer Bewährung. Falls es überhaupt zu einer Verurteilung kommt. Ein guter Verteidiger kann Deanie leicht als verschmähte Geliebte und dich als eifersüchtigen Rivalen hinstellen. Wenn J.C. ein paar Jahre älter wäre, würde ich die Sache mit Vergnügen durchfechten, aber so... Wenn wir ihn ins Loch stecken, nimmt morgen schon ein anderer seinen Platz ein. Wie dem auch sei, er hat sich bei dem Sturz den Schädel eingeschlagen und wer weiß was sonst noch für Verletzungen zugezogen.« Der Sergeant klingt jetzt ruhiger, aber er ist davon überzeugt, daß Sam ihm immer noch etwas verschweigt. Etwas, das mit Dale zu tun hat, und das macht ihn fuchsteufelswild. »Sammy, es ist mir scheißegal, ob du jemand versprochen hast, den Mund zu halten, oder ob du jemand decken willst – fallst du irgend etwas über irgendeine Straftat weißt und jetzt nicht augenblicklich damit herausrückst, werde ich dich als Mitschuldigen behandeln.«

Sam beißt sich auf die Unterlippe und legt dann die Hände in den Nacken. Lonnie kennt diese Geste. Sam macht das, wenn der Schiedsrichter bei ihm ein Foul gesehen hat. Hat Sam die Hände im Nacken verschränkt, dann heißt das soviel wie *Ich gebe es zu, ich bin schuldig*.

Doch der Sergeant wartet vergebens. Sam senkt die Hände wieder, läßt den Kopf hängen und brütet vor sich hin.

38

Die ganze Schule brodelt, und es hat den Anschein, als wäre jeder dritte im Toilettenraum dabeigewesen. Hundert verschiedene Versionen machen die Runde, die von Stunde zu Stunde wilder und phantastischer werden.

Kurz vor der Mittagspause zitiert der Trainer Sam zu sich. »Bist du okay?«

»Ja, Sir.«

Er will unbedingt zu Deanie und sie beruhigen. Das, was ihr mittlerweile alles zu Ohren gekommen sein muß, wird sie bestimmt in Panik versetzt haben. Vorher schon hat er Rick zu ihr geschickt, aber er möchte ihr auch selbst versichern, daß sie sich keine Sorgen zu machen braucht.

»Du hättest die Angelegenheit den Bullen überlassen sollen«, sagt der Trainer.

Wie oft muß er sich diese Mahnung wohl noch anhören? Während er sich auf eine Standpauke gefaßt macht, kommt der Trainer unvermittelt auf das heutige Spiel zu sprechen und gelangt zu dem Schluß, daß man es jetzt, wo Fosse ausgefallen ist, wohl mit dem versuchen muß, was an Talent noch vorhanden ist.

Die halbe Mittagspause ist herum, als Sam endlich gehen kann.

Deanie ist in der Küche und steckt bis zu den Ellbogen in Töpfen und Pfannen. Als sie sich mit der Handwurzel über die Stirn wischt, bleibt Tomatensauce darauf zurück.

»Ich habe alles gehört«, sagt sie zu ihm.

»Tja, ist halt passiert. Irgendwann wird dieses Arschloch aus dem Krankenhaus entlassen. Wenn du ihn siehst, dreh dich um und lauf davon, versprochen?«

Sie lächelt ihn spitzbübisch an. »So wie du?«

Als wäre die Auseinandersetzung mit einem schießwütigen Drogensüchtigen noch nicht Aufregung genug für einen Tag, steht heute auch noch das Rückspiel gegen Ravenswood an. Und zum ersten Mal ist die Mutantin wieder dabei. Als das Mädchenteam aus den Umkleidekabinen kommt, entsteht sofort Unruhe auf den Rängen von Ravenswood, wo sich zahlreiche Schüler, Bürger und sonstige Fans eingefunden haben.

Deanie ignoriert die unfeinen Bemerkungen und die höhnischen Lacher, die von dort kommen, und versucht, sich ganz auf das Spiel zu konzentrieren. Sie hat sich vorher rasiert, und ihr Schädel ist nackt und glatt wie ein Baseball. Die Plastikmaske reflektiert auf eigenartige Weise das Licht, und die Narbe darunter wirkt wie ein Sprung in einem Porzellangefäß. Die Bänder, mit denen sie den Gesichtsschutz festgebunden hat, zerteilen ihren Kopf und ihre Züge in unregelmäßige geometrische Flächen.

Sam kommt zu dem Schluß, daß sie wie eine Comic-Heldin aussieht, wie das unglückliche Opfer eines Unfalls in irgendeiner Fabrik, dem es fortan für immer verwehrt ist, eine normale menschliche Existenz zu führen, und das im Gegenzug dazu irgendwelche übernatürlichen Fähigkeiten erlangt hat.

Mit einer Grazie, die ihn anrührt, rückt sie die Maske gerade. Sie sieht ihn, wie er sie beobachtet, und in ihren Augen blitzt Ironie auf. In diesem Moment hält er sie für das vollkommenste Geschöpf unter der Sonne, für den strahlend schönen Racheengel. Sie hat den Killerblick in den Augen, und sie trägt die Maske wie ein Supermodel, das dazu gezwungen ist, zu aufwendigen Schmuck vorzuführen. Die

Spielerinnen heben die Hände und klatschen sie gegeneinander. Sie gesellt sich dazu, und die Haare in ihren Achselhöhlen werden sichtbar.

»Erbarmen, Herr!« hört Sam eine männliche Stimme von den Ravenswood-Bänken. »Unbeschreibliche Häßlichkeit traf meine Augen und hat mich geblendet!«

Rick und Todd halten ihn zurück, als er aufspringen will, doch in Wahrheit ist es Deanies warnender Blick, der ihn auf seinen Platz zurückzwingt.

»Arschloch!« ruft er dem Schreier zu.

Unten auf dem Platz begibt sich einer der Offiziellen zur Trainerin von Ravenswood und redet auf sie ein. Diese wendet sich an ihre Assistentin, die sofort zu der Gruppe von Ravenswood-Fans marschiert, aus deren Mitte die Bemerkung kam. Als sie dort auf Protest stößt, erhält sie Verstärkung durch Konrektor Ligott. Danach verziehen sich die Jungs einer nach dem anderen.

Unten verkündet der Schiedsrichter, daß jede weitere Beleidigung einer Spielerin zum sofortigen Abbruch der Begegnung führen wird. Dann legen die Greenspark-Mädchen los und stampfen Ravenswood in Grund und Boden; am Ende steht es 70 : 49. Siebenundzwanzig Punkte davon hat Deanie gemacht. Danach tanzt sie vor der Parade der wartenden Jungs auf und ab. Sie hat die Maske hochgeschoben und glüht vor Triumph, als wäre sie radioaktiv. Plötzlich wird Sam bewußt, daß sie genauso aussieht, wenn sie gerade einen Orgasmus erlebt hat.

Als Sam mit seinem Team einläuft, ist er ganz auf das Spiel konzentriert und läßt sich später auch nicht von Ravenswoods Taktik aus der Ruhe bringen, vor allem ihn zu stören. Darauf ist das Team vorbereitet. Zur Mitte des ersten Viertels hat Greenspark das gegnerische Trio, das Sam decken soll, endgültig gesprengt. Ravenswood kehrt danach zur Einzelmanndeckung zurück und erlebt ein Fiasko, denn jetzt kann die Big Machine sich voll entfalten und Punkt um Punkt holten.

Während das Ergebnis immer eindeutiger zugunsten von Greenspark ausfällt, werden die Kommentare von den Rängen Ravenswoods zunehmend giftiger und beleidigender.

Als das Schlußsignal ertönt, regnen altes Popcorn und Pappbecher, die nicht unbedingt leer sind, auf das Spielfeld herab. Auf dem Weg zum Händeklatschen mit dem Gegner rutscht Sam auf einem Eisklümpchen aus. Er kann sich gerade noch an Joey Skouros und Billy Rank festhalten und so einen Sturz vermeiden. Die Verlierer haben finstere Mienen aufgesetzt, klatschen eher widerwillig in die Hände der Gegner und sehen sie nicht an. Plötzlich fliegt Sam etwas ins Gesicht.

Wie betäubt blickt er hinauf zu den Rängen und sieht einen zornigen Mann mit hochrot angelaufenem Gesicht.

»He, Alter!« ruft er ihm zu. »Friß Scheiße, und erstick dran!«

»Das habe ich genau gehört!« schreit der Trainer von Ravenswood.

»Was mischen Sie sich da ein!« fährt Sam ihn an. »Der alte Sack hat mir was ins Gesicht geworfen!«

Rick und Todd packen Sam an den Armen und versuchen, ihn in die Umkleidekabine abzudrängen.

»Ich werde mich beschweren«, entgegnet der Trainer. »Das wird nicht ohne Folgen bleiben!«

Als Sam ihm den Mittelfinger präsentiert, wirft sich sein Coach dazwischen.

»Du hirnverbrannter Idiot!« brüllt sein Trainer.

»Der alte Scheißkopf da hat mir was ins Gesicht geschmissen! Sehen Sie sich doch nur den Dreck an, der hier überall auf dem Boden liegt! Ich hätte mir eben fast den Knöchel verstaucht, als ich auf einem Stück Eis ausgerutscht bin!«

»Halt endlich die Klappe!« bekommt er vom Trainer zu hören.

Wütend zieht Sam sich in den Umkleideraum zurück.

Poloniak hat sich auf Unruhe nach dem Spiel eingestellt und vorsorglich zwei Streifenwagen zur High-School beordert. Die Beamten haben alle Hände voll damit zu tun, Schlägereien auf dem Parkplatz zu beenden. Einige Greenspark-Fans haben beschlossen, die Busse aus Ravenswood ordentlich durchzuschütteln, und Greensparks Polizisten sehen sich gezwungen, einen Schutzkordon zu bilden, damit die gegnerische Mannschaft ungehindert einsteigen kann.

In der Umkleidekabine macht der Trainer erst Sam zur

Schnecke und wütet dann über die Unzulänglichkeiten jedes einzelnen Spielers.

Sam befingert sein linkes Ohrläppchen. Vielleicht sollte er es sich durchstoßen lassen. Deanie würde das bestimmt gefallen. Man fängt am besten mit einem einfachen Knopf an, weiß er, bis das Loch nicht mehr entzündet ist. Er könnte so ein kleines Ding einsetzen, wie Deanie es im Nasenflügel trägt. So ein kleiner Knopf ist phantastisch. Wenn er mit der Zunge darüberfährt, kommt ihm das so vor, als lecke er Deanies Klitons, wie sie ihm das letzte Nacht wieder erlaubt hat. Er schlägt die Beine übereinander und legt eine Hand in den Schoß, um seine wachsende Erregung zu verbergen.

»Hörst du mir überhaupt zu?« knurrt der Trainer.

»Nein, Sir«, antwortet er wahrheitsgemäß.

Einige seiner Kameraden fangen an zu kichern.

»Und worauf lauschst du dann? Auf den Wind, der durch dein eines Ohr hinein- und durch dein anderes hinausfährt, weil in der Mitte nichts ist, was ihn aufhalten könnte?«

»Nein, Sir.«

»Nein, Sir. Nein, Sir!« äfft der Trainer ihn nach. »Was tust du eigentlich, außer anderen den Platz wegzunehmen?«

»Ich denke nach.«

Seine Kameraden prusten.

»Nachdenken? Du denkst? Und welche phantastischen Gedanken sind unserem neuen Einstein gekommen?«

»Ob ich mir das Ohrläppchen durchstechen lassen soll oder nicht, Sir.«

Rick stöhnt, Bither kreischt wie irre, und einige andere fallen vor Lachen von der Bank.

Das Gesicht des Trainers hat eine ungesunde Färbung angenommen.

»Beim Allmächtigen, Styles! Du brauchst wahrlich nicht noch ein Loch im Kopf! Und jetzt raus mit euch, ihr alle, bevor ich mir Chapins Kanone besorge!«

Auf dem Weg zur Schule liest Deanie Sam vor, was in der Morgenzeitung von Portland über das Spiel steht. Man hat wieder ein Foto von ihr abgedruckt, auf dem sie genauso unheimlich wirkt wie in der Wochenzeitung. Der Bericht erwähnt, daß die Offiziellen die Zuschauer wegen ihres unsportlichen Verhaltens ermahnt hätten. Ein Kasten beschäftigt sich mit Deanie Gauthiers Rückkehr und den Reaktionen, die sie ausgelöst hat. Ein nicht namentlich erwähnter Vater aus Ravenswood wird zitiert: »Ich meine, ein Mädchen, das eine Schutzmaske tragen muß, sollte gar nicht erst aufs Spielfeld gelassen werden. Das ist doch viel zu riskant. Wenn sie sich wieder verletzt, wen trifft dann die Schuld? Eine gegnerische Spielerin? Oder deren Eltern?« Und ein ebenfalls namentlich nicht vorgestellter Fan von Greenspark meint: »Wenn Sie mich fragen, so berührt mich das sehr eigenartig. Wenn jemand die Schulfarben trägt, repräsentiert er doch auch seine Schule, nicht wahr. Und dann sollte der oder die Betreffende nicht wie ein Nazi-Skinhead aussehen. So etwas wirft doch ein schlechtes Licht auf Greenspark. Mir ist es gleich, wie gut dieses Mädchen spielt, sie ist doch nur eine unter vielen. Und für sie müssen dieselben Regeln wie für die anderen gelten.« Der Reporter fragt den Fan, gegen welche Regeln die Gauthier denn verstoßen habe. »Gegen die, die man eigentlich für alle Frauen aufgestellt hat. Mädchen sollen so aussehen wie Mädchen. Ich meine, Mädchen müssen Haare auf dem Kopf tragen.«

Und dann wird Deanie selbst zitiert. Der Reporter fragt sie, wie groß die Gefahr einer neuerlichen Verletzung sei, und sie antwortet: »Die anderen haben verloren. *Das* sollte ihr Problem sein, und nicht die Frage, wie ich mich vor weiteren Verletzungen schützen kann. Wie viele Spieler von Ravenswood sind mit Mundschutz, Spezialbrille und Stützverbänden an Fußknöcheln und Knien aufgetreten?« Deanie blickt von der Zeitung auf. »Ich habe auch noch die Suspensorien der Jungs erwähnt, aber das scheinen sie gestrichen zu haben.«

»Natürlich.«

Deanie fährt mit dem Vorlesen fort. Der Bericht erwähnt, daß der bisherige Backup-Center von Greenspark, Peter Fosse, für den Rest der Saison ausfällt, weil er sich bei einem Sturz auf dem vereisten Parkplatz eine schwere Knieverletzung zugezogen habe.

»Der Zeitungsmensch hat mich nicht einmal gefragt, wie

es zu der Verletzung in meinem Gesicht gekommen ist«, sagt Deanie. »Dabei hatte ich mir schon eine passende Antwort zurechtgelegt. Aber er wollte von mir nur einen Kommentar über das Spiel dieser Pfeifen aus Ravenswood. Wie dem auch sei, während meiner Abwesenheit hat das Mädchenteam kein Spiel verloren. Und ihr Jungs habt nur während eurer Krise ein paar Begegnungen vermasselt. Ihr braucht Pete nicht, um zu gewinnen. Genauso wenig wie mein Team mich braucht.«

»Jemand wie Pete Fosse fehlt uns doch ein wenig. Skouros hat einfach noch nicht soviel Erfahrung gesammelt. Aber die Mädchen sind durchaus auf dich angewiesen, Deanie. Du bist ihre scharfe Klinge. Ohne dich siegen sie vielleicht, mit dir ganz bestimmt.«

Sie stößt ihn in die Seite. »Das sagst du doch nur, weil du mir wieder an die Wäsche willst.«

Er kann nicht verhindern, daß er rot anläuft, und sie lacht ihn dafür aus.

Von der Nadel spürt er kaum mehr als ein kurzes Zwicken, als Deanie sie ihm durch das Ohrläppchen stößt. Sie läßt die Hand sinken, und er betrachtet sein Ohr im Handspiegel. Die Nadel steckt in dem Ohrläppchen. Kein Blut ist zu sehen. Ein Bienenstich ist bedeutend schmerzhafter. Am stärksten hat sein Unterleib auf Deanies Behandlung reagiert.

Während sie die Nadel herauszieht und das Loch mit Alkohol desinfiziert, reibt er mit seiner Nase über ihre Brüste. Der Alkohol brennt und tut ihm viel mehr weh als die Nadel. Er nutzt dieses Leiden als Entschuldigung dafür, mit dem ganzen Gesicht über ihre Brust reiben zu dürfen, und sie fängt an zu kichern. Nach einer Weile befiehlt sie ihm, damit aufzuhören, und setzt ihm einen ihrer kleinen Stecker ein. Als er wieder in den Spiegel blickt, sieht der Knopf so aus, als sei er schon immer dort gewesen.

»Jetzt bin ich an der Reihe«, erklärt sie.

Davor fürchtet er sich schon die ganze Zeit. Auf dem Küchentisch liegen die fünf Stecker, die er ihr einsetzen soll. Doch zuerst muß er mit einer der anderen Nadeln, die sie sterilisiert haben, die Löcher in ihrem linken Ohr wieder öffnen. Seit der Verletzung sind sie fast vollständig zugewachsen.

Sam reinigt das Ohrläppchen und die Muschel mit alkoholgetränkten Wattebäuschen. Die Verkrampfung in seinem Unterleib hat nichts mehr mit sexuellen Gelüsten zu tun, er hat vielmehr eine Heidenangst davor, ihr Schmerzen zu bereiten. Um zu erfahren, wie weh so etwas tut, hat er ja auch darauf bestanden, daß sein Ohrläppchen zuerst an die Reihe kommt. Auch wenn es sich nicht als besonders schlimm erwiesen hat, bereitet es ihm doch großes Unbehagen, die Prozedur gleich fünfmal durchführen zu müssen. Wenigstens muß er keine neuen Löcher bohren. Die alten zeigen sich ihm in einer Reihe, als hätte das Ohr unter einer Nähmaschine gelegen.

Sie kniet auf einem Küchenstuhl, und ihre Stirn ruht an seiner Brust. Er sagt sich, daß ihn weniger ein chirurgischer Eingriff als vielmehr ein mechanischer Vorgang erwartet. Dann konzentriert er sich auf das kleine Stück Fleisch, das er zwischen Daumen und Zeigefinger festhält. Langsam bewegt er die Nadelspitze auf die Delle des zugewachsenen Lochs zu. Sowohl er als auch sie halten den Atem an, als die Nadel auf Widerstand trifft. Er stößt die Spitze mit einem Ruck durch, und schon ist das erste Loch wieder funktionsfähig.

Sam wischt sich die Hände an den Jeans ab und nimmt die nächste Nadel.

Das erste Loch war einfach. Schließlich galt es nur, das Ohrläppchen zu durchstoßen, das im wesentlichen aus Fettgewebe besteht. Seit Tausenden von Jahren lassen sich Menschen die Ohrläppchen durchstoßen, um sich mit Schmuck zu behängen. Ganz anders sieht es jedoch bei den vier anderen Löchern aus, die sich am Rand der Ohrmuschel befinden. Dort befindet sich hauptsächlich Knorpelgewebe.

»Vielleicht solltest du erst noch mir ein Loch machen«, schlägt er vor.

Sie weiß sofort, daß er Angst vor seiner Aufgabe hat. »Ich habe dir doch schon gesagt, daß du erst abwarten mußt, ob das Loch bei dir keine Schwierigkeiten macht und ob du es überhaupt behalten willst.«

Sam atmet tief durch und sticht die Nadel in die Delle. Er arbeitet so schnell wie möglich, und sie murmelt jedesmal

»Okay«. Als er fertig ist, schüttelt sie sich. Ihre Augen sind feucht, aber sie würde nie zugeben, daß sie Schmerz verspürt hat. Sam würde am liebsten ins Badezimmer laufen und sich übergeben. Seine Finger zittern, als er die winzigen Bluttröpfchen von ihrer Ohrmuschel wischt. Dann sieht er zu, wie sie sich die Knöpfe einsetzt.

»Vielleicht sind unsere Wunden schon richtig verheilt, wenn das Endspiel ansteht. Dann können wir beide Ohrringe tragen.«

Sam verzieht das Gesicht. Fünf reguläre Spiele müssen noch bestritten werden. Und dann steht die Playoff-Runde an. Weiter als bis dahin will er nicht denken. Die Geschichten sind Legion, in denen irgendwelche kleinen, unbedeutenden David-Teams im Viertelfinale mit einem Punkt Vorsprung gewonnen und hochfavorisierte Goliath-Mannschaften aus dem Rennen geworfen haben.

Die Unruhe, die in ihm ist, wird wohl kaum vom Hunger herrühren, aber er hofft, sie mit essen besänftigen zu können. Er geht zum Kühlschrank und betrachtet die Auswahl. Dann holt er Milch und einen halben Schokolade-Kokosnußkuchen heraus und stellt beides auf den Tisch.

Deanie begutachtet sich noch im Spiegel.

»Meinst du, du kannst jemals wieder deine Gesichtsketten tragen?«

»Klar, damit läßt sich doch prima die Narbe verdecken.«

Sam gießt Milch in Gläser und teilt den Kuchen in zwei Hälften. Deanie wartet, bis er das erste Stück im Mund hat, und nimmt dann mit ihrer Gabel etwas von seinem Teil.

»Ich will kein ganzes Stück«, sagt sie. »Was hältst du davon, wenn ich wieder die Ketten trage?«

Er wirkt überrascht. »Wieso? Es ist dein Gesicht. Ich mag deine Ketten, auch wenn sie nicht ganz ungefährlich sind.«

Deanie berührt ihre Narbe, wie sie es mittlerweile recht häufig tut. Er legt seine Rechte auf ihre Linke, zieht sie zurück und hält sie fest.

»Vermißt du die anderen Ketten an mir?« fragt sie.

Nein, diesmal will sie ihn nicht provozieren. Sie möchte es wirklich gern wissen.

»Nein, ich vermisse sie nicht. Natürlich haben sie mir immer gefallen. Sie bildeten einen schönen Kontrast zu deiner Haut.«

Sie lacht, als hätte er ihr das größte Kompliment gemacht.

»Willst du denn neue haben? Ich könnte im Werkunterricht welche für dich anfertigen.«

»Das würdest du tun?«

Im Wohnzimmer wird das Fernsehgerät abgeschaltet, und Reuben kommt in die Küche. Er wirft einen Blick auf den Küchentisch, auf dem eine Flasche mit Alkohol, Nadeln und Wattebäusche liegen, und verzieht kurz die Mundwinkel, als er Sams durchstoßenes Ohrläppchen entdeckt. Doch dann lenkt ihn der übriggebliebene Kuchen ab, und er bedient sich.

»Und wann läßt du dich tätowieren?« fragt er.

Sam und Deanie fangen an zu lachen.

»Ich dachte«, antwortet Sam, »ich laß' mir erst noch den Schädel kahlrasieren.«

Reuben verschluckt sich an einem Stück Kuchen. »O Scheiße«, sagt er etwas später. »Hör zu, mein Sohn: Im Jahr 1967 habe ich mir geschworen, meinen Kindern nie Vorschriften oder Vorhaltungen über ihre Haare zu machen. Und dazu stehe ich immer noch. Ich schätze, ich sollte jetzt besser gute Nacht sagen.«

Als sein Vater die Treppe hinaufgeht, fängt Sam an, das Geschirr abzuräumen. Deanie packt die anderen Utensilien zusammen.

»Könntest du die Milch in den Kühlschrank stellen?« bittet er sie.

Sie verzieht die Lippen. »Du hast sie herausgeholt.«

Er nimmt den Karton und stellt ihn selbst hinein. »Vielen Dank.«

»Ja, und du kannst mich mal.«

»Mensch, Deanie, jetzt komm wieder auf den Teppich. Du würdest dir keinen Zacken aus der Krone brechen, wenn du dich hier im Haushalt etwas nützlicher machtest. Denk doch bitte auch an uns andere. Wir haben für uns fünf nur zwei Badezimmer, und am Morgen sind wir alle in Eile. Ich muß mich immer in der Küche rasieren und schneide mich mehr als einmal bei dem Versuch, Pearl nicht im Weg zu stehen.

Du hingegen spazierst wie selbstverständlich in eines der Badezimmer und blockierst es für Stunden. Hin und wieder könntest du auch mal beim Abwasch helfen oder dich anbieten, einen Korb Wäsche in die Maschine zu stopfen.«

»Ich habe letzten Freitag beim Abwasch geholfen, als du mit deinem Vater zur Arbeit gegangen bist. Erzähl mir also nicht, ich würde hier keinen Finger rühren.« Sie schmollt. »Du könntest mir wenigstens einmal was Nettes sagen.«

Als er den Arm um sie legen will, taucht sie unter ihm weg und rennt aus der Küche. Er läuft ihr bis in ihr Zimmer nach, um sich zu entschuldigen, doch sie wirft sich bäuchlings auf ihr Lager. Er hockt sich auf die Bettkante und streicht ihr mit den Fingerspitzen über den Hinterkopf.

»Du bist wunderschön«, sagt er zu ihr. »Fast noch schöner als die Polizei erlaubt.«

Aus ihrem Mund, der auf das Kissen gepreßt ist, kommt ein Geräusch, das einem Kichern nicht unähnlich ist.

»Du bist der heißeste Feger im ganzen Land, wahrscheinlich sogar im ganzen bekannten Universum.«

Diesmal ist kein Zweifel möglich, es ist ein Kichern.

»Und du bist bei deinem Orgasmus lauter als jeder andere hier im Haus.«

Jetzt schüttelt sich ihr ganzer Körper. Dann hebt sie den Kopf, weil sie sonst an ihrem Lachen ersticken müßte. Sie dreht sich auf den Rücken und schlägt mit dem Kissen auf ihn ein. Er packt sie an den Hüften und nagelt sie aufs Bett. Sie windet sich unter ihm. Dann hält sie sich an seinem Nacken fest und fängt an, so laut wie es nur geht zu stöhnen.

»Oh, du bist so gut... oh, du bist wirklich der Größte... o ja, o ja, o jaaa!«

Er läuft bei dieser Vorstellung rot an und flüstert ihr ins Ohr: »Dafür wirst du mir bezahlen.«

Der Coach verengt die Augen zu Schlitzen, als litte er an einem Blähbauch. Dann zeigen sich Zornesfalten auf seiner Stirn.

»Und was kommt als nächstes? Wirst du dir den Schädel

rasieren und dir einen Ring durch die Nase ziehen wie dieses Skinhead-Ding? Oder dir mit einem Kugelschreiber Hakenkreuz-Tätowierungen verpassen? Ich habe mich gerade erst an eure langen Mähnen gewöhnt, da kommt ihr Typen mit was Neuem, das noch häßlicher ist. Ihr Jungs heutzutage seid schlimmer als Mädchen. Ihr tragt Ohrringe und kümmert euch stundenlang um eure verdammte Frisur. Der eine trägt's schulterlang, der zweite hat Dauerwelle, und der dritte läßt sich einen HJ-Schnitt verpassen und sieht damit so aus, als sei der Friseur sein geschworener Feind! Ihr seid noch schlimmer als die Weiber!«

Während der Trainer das Unglück der Welt beklagt, hält Sam den Gummiring zwischen den Lippen, um sich den Pferdeschwanz zu binden.

Rick zieht ihn am Zopf. »Wofür hast du dich entschieden?« fragt er leise, als der Trainer zu Bither weitergeht, an dem ihn auch etwas stört. »Für den Nasenring oder für die Hakenkreuz-Tätowierung?«

»Für einen Ring am Schwanz«, antwortet Sam im Flüsterton.

Rick muß laut lachen, und der Trainer wirbelt auf dem Absatz herum.

»Was ist denn so verdammt komisch, Woods?«

»Nichts, Sir.«

»Zwanzig Strafrunden. Und weil wahrscheinlich du es warst, Styles, der Woods so amüsant unterhalten hat, darfst du ihm dabei Gesellschaft leisten.«

Bevor die beiden ihre Strafrunden zu Ende gelaufen sind, weiß schon das ganze Team über Ricks Frage und Sams Antwort Bescheid.

Chapin erholt sich von einem Schädelbruch und diversen weniger dramatischen Frakturen. Er verläßt Greenspark Academy und wird seine Ausbildung nächstes Jahr in Ravenswood abschließen. Was geschehen ist, ist geschehen, erklärt sein Vater und meint, daß der Junge genug durchgemacht hat. Was hat er denn schon Schlimmes ausgefressen? Ich meine, wir alle haben in der Schule Pot geraucht, nicht wahr? Und Greenspark hat ja wohl kein ernstliches Interesse daran, wegen Verletzung der Aufsichtspflicht, weswegen J.C. erheblich zu Schaden gekommen ist, angezeigt zu werden, oder?

Fosse bekommt eine künstliche Kniescheibe eingesetzt. Er leidet schlimme Schmerzen und will dringend nach Hause, um es Dale Michaud heimzuzahlen.

»Ich will den Dreckskerl umbringen«, erklärt er Lonnie Woods, und das, obwohl seine Eltern anwesend sind. Seine Mutter ist entsetzt, und sein Vater versucht, ihn zur Ruhe zu bringen. Aber Pete läßt sich nicht aufhalten. »Und das werde ich auch tun!«

Als Fosse wieder ansprechbar ist, teilt der Sergeant ihm mit, daß Dales Frau ihren Mann rausgeschmissen habe. Dale habe am nächsten Tag mit seiner Tochter Lexie einen Bus in Richtung New York City bestiegen und sei vermutlich von dort aus Gott-weiß-wohin gefahren. Das Budget von Greenspark sei so schmal, daß man einen Mann nicht weiter als bis Castle Rock verfolgen könne.

»Solange Dale sich ruhig verhält und nicht auffällt, wird es wohl keine Strafverfolgung geben.«

»Und was ist mit Lexie?« fragt Sam, nachdem er von Ricks Vater die Geschichte gehört hat. »Muß ja ein tolles Gefühl sein, mit ihrem alten Herrn durch die Weltgeschichte zu gondeln.«

Der Sergeant hat sich in der letzten Zeit häufiger Gedanken um die Kleine gemacht. Wird Dale ihr haufenweise Vorhaltungen machen und sie beschimpfen, weil sie so viel Schande über die Familie gebracht hat? Wird er sie wie ein Gefängniswärter behandeln und sie keinen Moment aus den Augen lassen? Wird er sie schlagen, wenn er sie dabei erwischt, wie sie mit irgendeinem pickligen Jungen in irgendeinem Schnellimbiß flirtet? Und wie lange wird sie sich das gefallen lassen, bevor sie türmt und das Heer der Kinder vergrößert, die auf der Straße leben?

39

Autoscheinwerfer blenden im Fenster, und Sam stützt sich auf den Ellenbogen, um nachzusehen.

»Das ist Freddy«, teilt er Deanie mit und reißt sich die Kopfhörer herunter. »Ich gehe nach unten und mache ihm auf.«

Nachdem er verschwunden ist, bleibt sie auf dem Bett sitzen. Es ist nicht wirklich kalt in seinem Zimmer, und als er bei ihr war, hat sie das auch nicht so empfunden, aber jetzt fröstelt sie. Sie besorgt sich aus seinem Kleiderschrank einen alten, formlosen Pullover und zieht ihn sich über den Kopf. Er reicht ihr bis an die Knie, und sie muß die Ärmel hochkrempeln.

Als sie die Küche betritt, erhebt sich der Anwalt. Das macht sie verlegen, und sie geht sofort zu Sam, der an der Anrichte lehnt. Freddy fragt nach Reuben und Pearl. Sam teilt ihm mit, daß sie mit dem Baby zur Farm gefahren sind.

»Soll ich bleiben?« fragt Sam dann.

Sie bohrt ihre Fingernägel in seine Hände.

»Ich möchte, daß er dabei ist«, sagt Freddy und breitet seine Papiere aus. »Deanie, ich habe deine Mutter gesprochen. Lord war bei ihr. Sobald sie gehört haben, was du willst, ist Lord fast aus der Haut gefahren. Deine Mutter scheint ziemlich unter seinem Einfluß zu stehen. Doch am Ende konnten wir einen Handel machen. Wenn du auf die Anzeige gegen sie oder Lord verzichtest, erklärt sie sich mit der Volljährigkeitsverfügung einverstanden. Solltest du aber gegen sie Anzeige erstatten, will Lord seinerseits Sam belangen.«

Deanie schnaubt.

»Der Handel ist natürlich der reine Schwachsinn. Sobald du für volljährig erklärt worden bist, kannst du Lord immer noch anzeigen. Und deine Mutter natürlich auch. Meinetwegen kannst du dich auch an den Staatsanwalt wenden, damit er die Sache in die Hand nimmt. Oder du kannst dich in die

Obhut des Jugendamtes begeben und dir eine Pflegefamilie zuweisen lassen. Du hast die freie Wahl, Deanie. Nun, ich schätze, daß du dich erst mit Sam beraten willst, oder?«

»Nein, ich will nur für mündig erklärt werden. Niemand hat irgendwem etwas zuleide getan. Das können Sie Lord bestellen. Ist damit alles erledigt?«

Sie wendet ihm den Rücken zu und vergräbt ihr Gesicht in Sams T-Shirt.

Freddy sieht Sam an. Sam nickt zum Einverständnis.

Am Freitag abend in Breckenfield sind die Einheimischen schon auf sie eingestimmt. Deanie reagiert mit Hüftwackeln und Kußhänden auf das Gejohle und die Bemerkungen. Dann ertönt der Startpfiff, und sie spielt sich die Seele aus dem Leib. Im Lauf der Begegnung kehrt auf den Bänken von Breckenfield immer mehr betretenes Schweigen ein, weil deren Team gegen Deanie keine Chance hat. Nach dem Spiel stürmen alle Greenspark-Fans, die ihr die Stange gehalten haben, auf den Platz, und Deanie bedankt sich mit zwei gereckten Daumen bei ihnen.

Beide Greenspark-Teams schlagen Breckenfield, wie Kevin Bither es mit feierlicher Stimme ausdrückt, »haushoch«.

Wenn man das Wochenende in einem Piktogramm darstellen wollte, müßte man zwei parallele Wellenlinien zeichnen, die für unablässige Heiterkeit stünden. Noch in der Dämmerung stehen sie auf und begeben sich gemeinsam ins Versammlungshaus. Im Diner verschlingen sie ein Riesenfrühstück, und dann führt Sam sie zum Supermarkt, damit sie dort Miss Reggie abholen kann. Die alten Damen winken ihm vom Küchenfenster zu. Als er sie wieder holt, kommt sie ihm entgegengelaufen. Abends sind sie in der Werkstatt und lassen sich chinesisches Essen bringen. Deanie erhält als kleine Aufmerksamkeit Zitronen-Kokosnußkuchen. Sie bleibt bei ihm, bis er Feierabend macht. Am Sonntag morgen gehen sie wieder ins Versammlungshaus und trainieren und üben neue Techniken ein. Später machen sie Schularbeiten, hören Musik und lesen gemeinsam den Sportteil der Zeitung. Irgendwann werden sie sich ihrer Nähe bewußt und fangen an, sich zu kitzeln, einander durch das ganze Haus nachzulaufen und sich um den besten Platz auf der Couch zu balgen.

Es kommt, wie es kommen muß. Sie erleben beide einen Höhepunkt, der sie wie ein Wasserfall davonträgt, aber er sagt sich, daß das nur von der Aufregung herrührt und bald wieder vergehen wird.

Deanies Hefte haben nicht nur Eselsohren, sie sind auch innen mit selbstgemalten Blumen verschönt. Sie führt in ihnen alle möglichen wichtigen Listen, wie zum Beispiel die, wie viele Körbe sie beim Wochenend-Training geworfen hat. Manchmal bricht ihr der kalte Schweiß aus, und sie hat das Gefühl, sie müsse sich übergeben. In solchen Momenten fragt sie sich, ob Pearl die Plätzchen mit Gras besprenkelt hat oder ob sie ihr etwas in den Kaffee tut.

Deanie wacht immer noch mitten in der Nacht schweißgebadet und um Atem ringend auf. Dann schlägt sie Sam, beißt ihn und reißt ihm mit den Nägeln die Haut auf. Einmal wird er wach und sieht, wie ihre langen Finger eine Strähne seines Haars loslassen, die sie vorher bis zum geht-nicht-mehr gedreht hat.

Die reguläre Saison endet dort, wo sie begonnen hat, in Castle Rock. Nur diese Mannschaft steht Greenspark noch bevor, nachdem sowohl die Jungs wie auch die Mädchen die Cork Cougars und die Hamlin Pipers geschlagen haben.

An der Stadtgrenze werden sie von einem Spruchband empfangen:

Gauthier ist böse und kahl,
Slammer-Sam liebt ihre Noppen,
doch wir haben das Material,
die ›Big Machine‹ zu stoppen.

»He, das finde ich unfair«, beschwert sich Rick. »Mich haben sie überhaupt nicht erwähnt.«

Doch bis sie die Castle Rock High-School erreicht haben, wurde jeder einzelne Spieler der beiden Teams durch den Kakao gezogen, inklusive Rick.

Wir kennen Woodsies Streben,
er hat sich oft ins Fäustchen gelacht,
doch muß er heut' erleben,
wie keinen Punkt er macht.

»O Mann, Scheiße, jetzt bekomme ich es aber wirklich mit der Angst zu tun!« kreischt Rick.

»Woodsie lieb, Woodsie nett, nur Blondinen bringt er ins Bett«, zieht Sam ihn auf.

Die Jungs im Bus haben ein neues Spiel entdeckt: Sie dichten Antworten auf die Schmähungen. Als sie die City von Castle Rock erreichen, hängen sie alle aus den Fenstern und schreien ihre Eigenproduktion hinaus. Die Innenstadt besteht im wesentlichen aus einem billigen Supermarkt, einem Café, einer Bar, einer Videothek (mit strengstem Jugendverbot), einer Spielhalle, einem Friseur-Salon, einem Nähladen, einem Autoverleih, einem Selbstbedienungs-Waschsalon, einer Tankstelle, zwei Banken und fünf Geschäften, die geschlossen sind; darunter das Büro des Immobilienmaklers, das sich neben den anderen Häusern und Grundstücken selbst anbietet. Als der Mädchenbus vorbeifährt, werden die Insassen von obszönen Bemerkungen empfangen, bis sie die Knittelverse der Jungs aufgreifen und sie ebenfalls hinausschreien.

Beim Spiel der Mädchen ist die Sache von vornherein entschieden, aber die Rockets weigern sich, kampflos aufzugeben. Der Widerstand des gegnerischen Teams irritiert die Mutantin. Als sie zu Sam blickt und ihn fragend ansieht, reckt er den Daumen, und sie entspannt sich. Ihre Gelöstheit wirkt sich auf die Spielerinnen beider Teams aus. Als dann die Spielführerin der Rockets unter dem Korb ausrutscht und auf ihrem Hintern landet, reicht die Mutantin ihr eine Hand und hilft ihr auf. Das andere Mädchen schenkt ihr ein dankbares Lächeln.

Ganz anders das Spiel der Jungs. Es wird für Greenspark eine der härtesten Begegnungen der gesamten Saison. In den Wochen und Monaten seit dem ersten Spiel haben die Rokkets viel trainiert und mächtig aufgeholt. Priest und Clutterbuck sind in absoluter Bestform, und die anderen drei, die mit ihnen das erste Team bilden, sind auch nicht ohne. Gary Seeds hat eine schnelle Wurfhand, Mike Fairbrother hat sich gut auf seine Funktion als Big Forward vorbereitet, und aus Nick Young ist ein selbstsicherer Verteidiger geworden, dem keine dummen Fehler mehr unterlaufen.

Sam wird von Priest und Fairbrother gedeckt. Letzterer ist nur ein mittelmäßiger Werfer, aber er kann rennen wie der Wind und hat ein sicheres Gefühl fürs Timing. Und was Lucas Priest angeht, so hat der Taktik und Tricks von Sam studiert (und eifert ihm insgeheim nach). Es gelingt den beiden, Sam zu frustrieren. Tim Kasten bringt nach einer Vorlage Greenspark in Führung, begeht dann aber eine Reihe von dummen und unsinnigen Fouls, bis er endgültig in seine alte Unsicherheit verfällt. Als Castle Rock zur Halbzeit sechs Punkte in Führung liegt, tauscht der Trainer Kasten gegen Skouros aus.

Im dritten Viertel gelingt es Greenspark, den gegnerischen Vorsprung wettzumachen. Sam gönnt sich eine Auszeit, und Skouros nimmt seine Position ein. Alquist spielt anstelle von Joey als Forward, und Billy Rank kommt für Rick Woods aufs Feld.

Als Lucas Priest versucht, sich an Joey abzustützen, um den Korb zu erreichen, erlebt er eine unliebsame Überraschung. Skouros sackt wie eine Witzfigur in einem Comic zusammen. Seine Bewegung ist nicht gerade elegant, wird aber durch Priests dummes Gesicht mehr als wettgemacht. Alquist nimmt ihm rasch den Ball ab und läuft schon in Richtung gegnerischer Korb, noch ehe Lucas sich wieder aufgerappelt hat. Unmutsäußerungen werden auf den Bänken von Castle Rock laut, und man beschimpft und verspottet Lucas Priest. Er setzt eine grimmige Miene auf und sieht aus wie ein Mann, der nach tausend vergeblichen Versuchen jetzt erst recht entschlossen ist, auf dem Bildschirm ein scharfes Bild hinzubekommen.

Rick kehrt aufs Feld zurück, fängt einen Paß von Gramolini, springt hoch und landet unglücklich, während der Ball im Korb ist. Bei seiner Landung prallt Rick gegen Seeds, und Gramolini rennt zu ihnen, um die beiden Taumelnden aufzufangen.

Todd bringt Rick vorsichtig in eine sitzende Position. Der Trainer und die anderen Offiziellen umringen Woods, um sich seinen Fuß anzusehen. Rick muß auf die Bank, und der Assistent des Trainers kühlt die Verstauchung mit einer Eispackung. Billy Rank geht für ihn ins Spiel, und eine halbe Minute später ertönt das Aus. In der kurzen Pause zwischen dem dritten und dem vierten Viertel geht Sam zu seinem Freund, um zu seiner großen Beruhigung zu erfahren, daß die Verletzung wohl nicht sonderlich schwer ist.

Sam beginnt das letzte Viertel mit drei Punkten. Todd erhöht das Punktekonto. Rank nimmt Seeds den Ball ab, wirft ihn zu Skovros, und der bringt ihn im Korb unter. In diesem letzten Viertel zeigt Billy Rank alles, was in ihm steckt, und wird zum bestfunktionierenden Teil der Big Machine. Noch mehr als über den Sieg freut Sam sich darüber, Billy wieder an seiner Seite zu wissen. Im letzten Viertel macht Greenspark vierzehn Punkte. Castle Rock gelingt kein einziger mehr. Sam überläßt Billy den letzten Wurf. Er korbt ihn ein und erhöht auf zwanzig Punkte Vorsprung.

Sam und Deanie halten es auf der Heimfahrt vor körperlichem Verlangen kaum aus. Ihre Zunge ist in seinem Ohr, in seinem Mund, an seinem Hals und an seinen Brustwarzen. Ihre Hände fahren unter sein Hemd und in seine Hose. Über eine Strecke von fünfzehn Meilen bearbeitet sie seinen Schwanz, bis er sie bitten muß, damit aufzuhören, weil er sich auf nichts mehr konzentrieren kann. Während des Abendbrots sitzen sie nebeneinander und halten unter dem Tisch Händchen. Aber nicht die ganze Zeit über, denn hin und wieder gehen die Finger auf Wanderschaft und finden eine Stelle zum Drücken oder Reiben. Sie wagen es nicht, einander anzusehen.

Endlich nimmt Reuben seine Serviette ab und befreit Indy aus ihrem Hochsitz. »Ich versorge heute abend das Baby. Sam, würdest du mit Deanie den Tisch abräumen und den Abwasch erledigen?«

Sam hebt den Kopf und bemüht sich, Deanie nicht anzusehen, deren Hand schon wieder an seinem Oberschenkel zugange ist. »Natürlich«, antwortet er heiser.

»Danke«, sagt Pearl.

Wenig später sind die beiden allein in der Küche. Sie arbeiten rasch und beschäftigen ihre Hände mit dem Geschirr und der Spülbürste. Schließlich wischt Deanie den Tisch ab, und Sam stellt das Porzellan in den Schrank. Als sie fertig sind, sieht Deanie ihn mit schiefgelegtem Kopf an. Hand in Hand steigen sie die Treppe hinauf. Und nach dem ersten Absatz haben sie es furchtbar eilig.

Plötzlich ist Pearl hellwach und fragt sich, ob sie heute überhaupt schon geschlafen hat. Indy war es nicht, von der sie geweckt wurde. Das Baby schläft tief und fest. Im Haus ist alles still, wenn man von dem normalen Ächzen und Raunen der Wände und Möbel absieht. Sie wirft einen Blick auf die Uhr – 0 Uhr 30 – und entdeckt dabei, daß Reuben genau so wach ist wie sie.

Er zieht sie an sich.

»Kannst du nicht schlafen?« fragt sie.

»Ich warte auf Deanies Höhepunkt«, antwortet er. »Die verdammten Kids können schon den ganzen Abend die Finger nicht voneinander lassen.«

Sie gluckst, und ihr Körper schüttelt sich. Er wird sich der Weichheit ihrer Haut und des sanften Gewichts ihres Busens bewußt, atmet ihren Geruch ein und preßt sie fester an sich.

Es kommt, wie es kommen muß. In dieser Nacht hört er nichts von den Seufzern Deanies.

Tony Lord hat sich krankschreiben lassen. Er ist auf einem Auge blind und sucht nach einer Möglichkeit, auf Grund seiner Arbeitsunfähigkeit eine Rente zu beziehen. Auch Judy arbeitet nicht; nach ihrem letzten Saufgelage wurde sie gefeuert. Die Nachbarn rufen zweimal die Polizei in die Depot Street. Judy öffnet die Tür. Beim erstenmal trägt sie nur einen verschmutzten Bademantel und nichts darunter. Beim zweitenmal präsentiert sie sich in Jeans und T-Shirt. Auf letzteres tropft aus ihrer Nase Blut. Jedesmal sehen die Beamten das Gesicht einer Frau, das aussieht wie das eines Schwergewichtboxers nach einem Kampf über fünfzehn Runden. Betrunken, wie sie ist, erklärt sie immer, es sei nichts vorgefallen und die Nachbarn seien Arschlöcher und Spinner.

Die Mündigkeitserklärung ist reine Formsache. Judy kreuzt gar nicht erst auf, aber sie hat wenigstens die Papiere unterschrieben. Freddy verschweigt Deanie, daß er mit einer Flasche Jack Daniels nachgeholfen hat, während Tony seinen Rausch ausschlief.

Der Richter sieht Deanie nur einmal, dafür aber sehr streng an. Er kann an der Familie Styles nichts Nachteiliges finden. Sie besitzen eine Werkstatt und etwas Land, und auch wenn sie nicht über größere Barschaft verfügen, muß doch in ihrem Haus niemand hungern. Die Voraussetzungen seien also gegeben, Deanie Unterkunft, Ernährung und Erziehung zu bieten. Nun gut, es behagt ihm nicht, daß ein gleichaltriger männlicher Jugendlicher unter dem gleichen Dach mit ihr lebt, aber ihre äußere Erscheinung ist dermaßen bizarr, daß der Ansturm männlicher Hormone sich in Grenzen halten wird. Natürlich kennt er den jungen Mann. Er hat ihn schließlich oft spielen gesehen und ist ein Bewunderer seines Talents. Es ist ihm allerdings auch zu Ohren gekommen, daß Sam geistig nicht sehr rege ist. Aber wenigstens machen der Mechaniker und seine Frau einen soliden Eindruck, und angesichts der Knappheit an Pflegefamilien dürfte Deanies Einzug in das Haus der Styles' für alle Seiten die beste Lösung sein.

Der Richter und das Mädchen sehen sich kaum an. Deanie hält den Blick gesenkt und beantwortet die wenigen Fragen, die ihr gestellt werden, mit einem knappen Ja oder Nein. Das polierte Holz des Tisches, an dem sie sitzen, reflektiert ihr Gesicht so klar wie ein Spiegel. Die Narbe zwischen ihrem Ohr und ihrer Nase fügt sich wie eine Maserung in die Platte ein.

Es ist Februar, und es ist Krieg. Alle Welt wartet darauf, daß in der Wüste die Landstreitkräfte aufeinanderprallen. Ansonsten ist dieser Februar genau so wie alle vorangegangenen. Der Februar war immer schon der Monat des Wartens. Alles sehnt das Ende des Winters herbei, damit man endlich nicht mehr die Heizung rund um die Uhr brennen lassen muß. Jeder freut sich darauf, morgens aus dem Haus zu gehen, ins Auto zu steigen und den Motor ohne Schwierigkeiten zu starten. Man wartet darauf, draußen tief einatmen zu können, ohne daß die Haare in der Nase steiffrieren und die Lungenflügel einen Schock erleiden. Mensch und Tier können es nicht erwarten, daß der Planet der Sonne näherkommt und dieses Fleckchen Erde ihren Strahlen hinhält. Und sei es nur, um tagsüber etwas Wärme im Gesicht zu verspüren.

In den Kaufläden und auf der Post unterhalten sich die Menschen jetzt länger, weil keiner mehr in die Kälte hinaus will. Man redet über das Wetter, über den Krieg und über Basketball.

In den eher ländlichen Gebieten gibt es im Winter nur den High-School Basketball. Zwar werden die Spiele mittlerweile vom Fernsehen übertragen, es sind aber immer noch ganze Kleinstädte unterwegs, wenn ihre Mannschaft auswärts spielt. Man scherzt miteinander, bevor es wieder einmal zum Spiel in einen anderen Ort geht. Der letzte macht das Licht aus, so heißt es, und die Einbrecher können ihr Glück nicht fassen, wenn sie eine komplett eingerichtete menschenleere Stadt vorfinden.

Nun, da die letzten regulären Spiele anstehen, wird es Zeit, sich die Spielergebnisse der neun anderen Teams vorzunehmen, die sich für das Turnier qualifiziert haben. Die große Stunde der Stammtischstrategen bricht an, in der jede mögliche Begegnung berechnet, diskutiert, analysiert und auf dem Papier durchgespielt wird. Von nun an ist jedes Spiel von überragender Bedeutung. Single Elimination oder Sudden Death heißt die Devise. Nur einmal verloren, und man kann nach Hause fahren. Zwei der vier Teams auf den unteren Rängen scheiden zwangsläufig in den Vorrunden aus. In der Jungs-Liga muß die Mannschaft, die sich gerade noch auf Platz acht hat retten können, am ersten März gegen den Erstplazierten, also Greenspark, antreten. Am Nachmittag desselben Tages trifft die Nummer Vier der Mädchen-Liga, Greenspark, auf die Nummer Fünf, Comfort.

Es ist auch die Saison der Wasserpistolenschlachten. Wie stets eröffnen die Sportler den Krieg, der sich rasch auf die gesamte Schülerschaft ausdehnt. Bither erwischt es bei der Schlacht an der Treppe, als der Konrektor, nichts Schlimmes ahnend, mitten in die Schußlinie spaziert. Bither hat Glück und kommt mit einer Verwarnung davon.

Einige Truppen ergänzen ihre Bewaffnung durch Rasierschaum und Sprühkäse. Jemand füllt Bithers Suspensorium mit letzterem. Rick ist der festen Ansicht, der Junge sei es selbst gewesen, um immer einen Snack zur Hand zu haben.

Kein Spind und keine Tasche ist mehr vor heimtückischen Anschlägen sicher. Suspensorien werden mit Zahnpasta, Rasierschaum oder Enthaarungscreme gefüllt, Turnschuhe mit Vaseline oder Erdnußbutter. Und Spindtüren erhalten einen neuen Anstrich von Schmiermitteln der unterschiedlichsten Art. Sam entdeckt an seinem Spind eine Masse aus Eiscrem und zerkrümelten Plätzchen. Für seinen Geschmack ist diese Mixtur gar nicht einmal so unappetitlich.

Als eine Lehrerin am nächsten Morgen die Kaffeedose aus dem Regal nimmt, um eine Kanne Kaffee zu brühen, muß sie feststellen, daß der Boden herausgetrennt wurde und daß ihr Kleid eine neue bräunliche Färbung erhalten hat. Die Zuckerdose enthält Alaun, und in der Keksdose finden sich nur noch Hundeplätzchen. Die Tamponspender in der Mädchentoilette spucken ähnlich einem Spielautomaten ihren gesamten Inhalt aus. Aus den Trinkbrunnen kommt plötzlich grünes Wasser, und die Jungstoiletten werden mit blutrotem Naß gespült. Als der Trainer sich in der Lehrertoilette auf die Schüssel setzt, geht eine Polizeisirene los. Welche Auswirkungen das auf seine chronische Verstopfung gehabt haben mag, bleibt der schmutzigen Phantasie der Gerüchteküche vorbehalten.

Bei einer Schulversammlung ruft Wild Bill den Konrektor nach vorn. Doch Laliberte ist nicht in der Lage, sich von seinem Stuhl in der ersten Reihe zu erheben. Die Schülerschaft wird hinausgeschickt, und der Konrektor kämpft sich aus seinem angeklebten Beinkleid und steigt in eine Turnhose, die der Assistent des Trainers ihm sofort besorgt. Danach gibt der Rektor über die Hausanlage bekannt, daß der nächste Streich mit einem Schulverweis geahndet wird. Er hat seine Ansage kaum beendet, als neue Töne aus dem Lautsprecher dringen: Zuerst ein Kreischen wie von Nägeln, die über eine Tafel gezogen werden, dann ein langgezogener

Furz und schließlich seine eigene Stimme, die verkündet: »Laß doch mal einer die Luft raus!«

Am nächsten Morgen ist die ganze Schule mit Klopapier umwickelt, und jemand hat die Tür zum Sekretariat mit Superkleber verschlossen. Man muß sie aufbrechen und stellt danach fest, daß alle Fächer im Aktenschrank und alle Schreibtischschubladen ebenfalls mit Sekundenkleber behandelt worden sind. Verärgert reißt Laliberte das Fach seines Schreibtisches auf und hält unvermittelt die Lade in der Hand. Gleichzeitig ergießen sich Dutzende von Kondomen aus der Öffnung. Entnervt sucht er seine Privattoilette auf und geht, kaum daß er die Tür geöffnet hat, in einer Sturzflut von Popcorn zu Boden.

Seitdem sieht man ihn nur noch mit aschgrauer Gesichtsfarbe.

Im stumpfgrauen Licht des frühen Morgens laden die Busse ihre Passagiere für die Fahrt nach Bangor ein. Die Kids verhalten sich relativ ruhig. Die meisten haben noch Schlaf in den Augen, und die anderen sind einfach nervös. In den berauschenden Phantasien über Begegnungen und Siege spielt eine so profane Tätigkeit wie das Besteigen des Busses nie eine Rolle. Jedem, der eingestiegen ist, kommt es so vor, als erwarte ihn eine Reise über tausend Meilen. Selbstverständlich hat man lange darauf gewartet und sich auch danach gesehnt, in diese oder jene Stadt zu gelangen, die für das Fortkommen des Teams eine so ungeheure Bedeutung besitzt. Doch wenn man dann endlich drinsitzt, wird einem bewußt, daß sich die Fahrt aus einer endlosen Abfolge von Meilen und viel vertrödelter Zeit zusammensetzt, in der man seinem Ziel nur unwesentlich näherkommt.

Die Trainer rufen von ihrem Klemmbrett die Namen der Anwesenden auf und werfen nervöse Blicke auf ihre Armbanduhren.

»Bei mir fehlt noch einer«, sagt der Trainer zu der Trainerin.

»Bei mir auch. Laß mich raten, auf wen du noch wartest.«

Der Trainer nickt düster. »Natürlich wieder diese zwei. Früher ist er nie zu spät gekommen.«

»Da sind sie ja«, verkündet die Trainerin.

Die Trainer schütteln sich die Hände und wünschen einander viel Glück. Das werden sie später, nach dem Aussteigen, noch einmal tun, und ein drittes Mal vor Spielbeginn. Die beiden mögen einander nicht sonderlich. Sie ist sauer, weil er rangmäßig über ihr steht, weil er viel mehr Einfluß hat als sie und weil sein Team beim alljährlichen Etat etwas bevorzugt wird; sie vermutet, dem liegen sexistische Motive zugrunde. Er weiß, wie sie über ihn denkt, und das macht sie ihm nicht unbedingt sympathischer. Davon abgesehen stammt er aus der Generation, die alle weiblichen Trainer grundsätzlich und ausschließlich für Lesben hält. Außerdem neigen beide extrem zum Aberglauben.

Als Sam auf die Bremse tritt und den Truck anhält, ertönt sofort aus den beiden Bussen Gejohle. Deanie zeigt ihnen allen den Mittelfinger und löst damit noch größeres Getöse aus.

»Ich habe dir doch gesagt, wir verpassen sie noch, wenn du weiter so herumtrödelst«, schimpft Sam und packt ihre Taschen zusammen.

Deanie gleitet aus dem Wagen. »Ach, sei doch still. Du hast dich auch nicht sonderlich beeilt!«

Er wuchtet ihre Tasche in den Bus. Melanie Jandreau nimmt sie entgegen. Deanie schiebt sich an ihm vorbei, aber er hält sie am Handgelenk zurück.

»Selber schuld«, flüstert er ihr ins Ohr, »du wolltest ja unbedingt nochmal.«

Sie streckt ihm die Zunge heraus.

Alle Spielerinnen haben das natürlich mitbekommen. Sie kreischen und stöhnen, als würden sie selbst gerade einen Orgasmus erleben.

Er grinst, dreht sich um und läuft zu seinem Bus. Dabei stolpert er und landet fast auf dem Bauch. Seine Kameraden erwarten ihn mit anzüglichen Bemerkungen über den Grund seines Zuspätkommens. Schließlich muß der Trainer für Ruhe sorgen. Als die Busse sich in Bewegung setzen, winken die Mitschüler, Lehrer, Eltern und sonstigen Fans hinterher, die es sich nicht nehmen ließen, zur großen Abfahrt zu erscheinen.

Der Bus der Jungs zieht an dem der Mädchen vorbei, und Sam lehnt sich aus dem Fenster, um Deanie zu erreichen. Sie kniet sich auf ihren Sitz und streckt ihm ihre Hand entgegen. Ihre Fingerspitzen treffen sich.

Atemlos sinkt die Mutantin auf ihren Sitz zurück. Billie Figueroa läßt sich neben ihr nieder und informiert sie, daß die Taschen von *wirklich jedem* nach Kontrabande durchsucht worden sind. Diesmal nicht nur nach Tabak, Alkohol und Drogen, sondern auch nach Sekundenkleber, Wasserpistolen, schleimigen und klebrigen Substanzen, Sprühdosen und überhaupt allem, mit dem sich unter Umständen Unfug anstellen lasse. Gerüchten zufolge sollen bei dieser Razzia etliche Kondome konfisziert worden sein.

Während Billie drauflos schnattert, fällt Deanie etwas an ihr auf. Sie trägt einen glitzernden Knopf im rechten Nasenflügel.

»Mensch, wie siehst du denn aus?« entfährt es ihr.

Billie dreht eitel den Kopf von links nach rechts.

Nat Linscott zeigt sich über der Lehne des Vordersitzes. »Und das ist noch lange nicht alles.«

Nat zieht sich langsam die Baseballkappe vom Kopf. Sie hat sich die roten Locken abgeschnitten und trägt ihr Haar rattenkurz. Und an den Seiten hat sie sich Muster hineinrasiert. »Meine Mutter hat fast einen Herzinfarkt bekommen«, grinst sie. Dann schlägt sie sich mit einer Hand auf die Brust und äfft sie nach: »Jesus, Maria und Josef! Natalie Marie, was hast du da bloß angerichtet? Hast du denn den Abschlußball ganz vergessen?«

40

Der Bus knarrt und schnauft durch die Winterlandschaft. Rick läuft nach hinten zu Sam. Sein Freund schläft. Der Knopf in seinem Ohr wurde gegen einen goldenen Ring ausgetauscht, den er schon bei Deanie gesehen hat.

Die beiden sind wirklich das verrückteste Paar in der ganzen Schulgeschichte. Sie erinnern Rick an den Fernseh-Prediger, der mit einer Nutte erwischt wurde. Am liebsten würde er Sam zu Verstand prügeln. Es macht ihn fuchsteufelswild, wenn er daran denkt, daß die Mutantin Sam eines Tages genauso auflaufen und im Stich lassen wird wie so viele andere vor ihm. So sensibel wie Sam ist, wird ihn das umbringen.

Er hockt sich neben seinen Freund, zieht sich die Kopfhörer über und schließt die Augen. Aber er schläft nicht richtig, weil er sich viel zu intensiv vorstellt, wie er es mit den Jandreau-Zwillingen treibt. Nur halb soviel im Kopf wie Sarah, dafür aber doppelt so viele Titten.

Sam gähnt und öffnet die Augen einen Spalt weit, als sie Bangor erreichen. Er streckt sich, und dabei dringt ihm der scharfe Geruch aus seinen Achselhöhlen in die Nase. Ein tiefer Atemzug in diesem Bus würde einen hartgesottenen Penner aus den Schuhen kippen lassen. Und die Dezibel, die die diversen Gettoblaster ausstoßen, könnte eine Horde wilder Krieger in die Flucht treiben. Für die Jungs selbst ist dieses Getöse ein legales Aufputschmittel, das den Puls und den Testosteronausstoß in die Höhe treibt.

Als sie aussteigen, ist die Stimmung gedämpft. Alle wissen, daß es jetzt fast High Noon ist. Die ersten Zuschauer treffen ein. Fernsehkameras werden aufgebaut. Uniformierte Polizisten plazieren sich an den Ein- und Ausgängen. Die Musiker packen ihre Instrumente aus, und die Cheerleader sitzen mit Lippenstift und Haarspray bewaffnet vor den Spiegeln.

Sam hält die Jungs zurück, damit sie dem Mädchenteam auf dem Weg in ihre Umkleidekabine auf die Hände klatschen können. Er bemerkt sofort den Schmuckknopf in Figueroas Nase.

Dann verziehen die Jungs sich auf die Tribüne unter den grünen und silberfarbenen Fahnen und suchen sich einen Platz, von dem aus sie eine gute Sicht haben. Allmählich füllen sich die Bänke mit den Fans aus Greenspark. Hier kommt mehr Volk zusammen als bei den Stadtversammlungen, und die politischen Parteien könnten überglücklich sein, wenn wenigstens die Hälfte der Anwesenden zur Wahl ginge.

Über der gegenüberliegenden Tribüne hängen die königsblauen Fahnen von Comfort. Doch sieht man dort keine Sportler und Studenten; diese Zuschauer trinken zuhause

Bier, essen viel Kartoffeln, Fleisch und andere Sachen, die als ungesund gelten. Sie haben Bäuche, Doppelkinne und ausladende Hinterteile, und während sie über die Treffen und Programme der Weight Watchers diskutieren, schieben sie sich Süßigkeiten und Cracker in den Mund.

Dann tauchen die Brüder, Freunde und Cliquen der Comfort-Mädchen auf. Sie tragen alle Sportjacken, die mit Buchstaben oder Zahlen bedruckt sind, und drängen nach vorn, um die Cheerleader aus Greenspark zu taxieren. Wenig später erscheint eine weitere Gruppe von Sportjackenträgern (braun mit weißem Besatz): die Archangels von St. Gabriel, die sich weniger für das Aussehen der Cheerleader als vielmehr für die Greenspark Indians interessieren.

Abgesehen von der Farbe ihrer Jacken sind die Spieler von St. Gabriel fast identisch mit den Indians. Sie haben sogar einen Schwarzen im Team. Zwei von ihnen scheinen Brüder zu sein; beide sind stark behaart und von kräftiger Statur. Es ist erst Mittag, und schon haben sie dunkle Schatten an Kinn und Wangen. Mit solchen Stoppeln bringen sie bestimmt die Gesichtshaut ihrer Freundinnen zum Brennen, denkt Sam, und wenn sie schwitzen, riechen sie vermutlich recht streng. Ein anderer Spieler könnte Bithers Cousin sein. Ein sommersprossiger, hagerer Junge mit vorstehenden Fingerknöcheln ähnelt Scottie, dem ehemaligen Senior Guard, der Greenspark letztes Jahr verließ. Der muskulöse, untersetzte Spieler mit dem Bullenkopf und der römischen Nase weist starke Ähnlichkeit mit Dupree auf.

Rick beugt sich zu Sam. »Steh auf, zieh deine Jacke aus und streck dich. Ich möchte sehen, wie diese Trottel sich vor Angst in die Hose machen.«

Sam verdreht die Augen und entgegnet: »Hast du gerade eine saubere Hand frei? Dann darfst du meinen Sack von links nach rechts schieben.«

Rick lacht. »Dein Wunsch ist mir Befehl.«

Die beiden Schulkapellen spielen auf. Die Musikanten von Comfort schlingern sich mehr schlecht als recht durch »Little Lady from Pasadena«, die von Greenspark hämmern »Gloria« herunter, als wollten sie Mauern zum Einsturz bringen. Comfort antwortet mit einem Stück, dem man eine entfernte

Ähnlichkeit mit »Tequila« nicht ganz absprechen kann. Greenspark kontert mit »Louie Louie«, und sie schaffen es tatsächlich, genauso schräg und daneben zu klingen wie die Originalversion von den Kingsmen. Das Jungsteam fühlt sich animiert und singt die legendären Zeilen, die schon seit drei Jahrzehnten die schmutzige Phantasie von Heranwachsenden anregen.

Mittendrin laufen die Indians ein, um sich aufzuwärmen. Auf der Greenspark-Tribüne springt alles auf und begrüßt die Mädchen mit donnerndem Applaus. Von der Comfort-Tribüne kommen Pfiffe und abwertende Bemerkungen. Die Greenspark-Jungs singen den Text von »Louie Louie« noch lauter. Bither springt auf seinem Sitz auf und ab, bis ein Ordnungshüter ihn ermahnt.

Auch ohne ihr ganzes Lametta zieht die Mutantin die Aufmerksamkeit aller auf sich. Ihr kahler Schädel glitzert fast so intensiv wie die Gesichtsmaske. Aber auch die Knietätowierung wird bestaunt. Als sie die Jacke auszieht, sind auch ihre anderen Tätowierungen zu sehen.

Die anderen Spielerinnen des ersten Teams wirken fast so kriegerisch wie Gauthier: Michaud mit ihrer neuen Frisur, Nat mit dem einrasierten Muster im Haar. Figueroa mit ihrem Nasenstecker und die Jandreau-Zwillinge mit ihrer auffälligen, aggressiven Bemalung rund um die Augen.

Als die Comfort-Kapelle »Wipeout« anstimmt, machen die Leute unter den königsblauen Farben würgende Geräusche oder stecken sich den Finger in den Hals. Dieses Mißfallen gilt nicht den Musikern, sondern der Mutantin.

Deanie läßt sich nichts anmerken, wie Sam es ihr geraten hat. Sie läuft auf und ab, um sich mit dem Boden vertraut zu machen. Sam hat schon öfters hier gespielt, sie erst zweimal. Er hat ihr alles über den Platz erzählt, was ihm eingefallen ist, und jetzt würde er am liebsten zu ihr laufen und sie auf weitere Besonderheiten aufmerksam machen.

Sie springt zum Korb, blickt zu den Zuschauerrängen und sucht ihn. Er winkt ihr zu, und sie grinst ihn an. Doch in Wahrheit hat er der Band ein Zeichen gegeben; sie spielt jetzt »The Bitch Is Back«, was unter den Nichteingeweihten für einige Verwirrung sorgt.

Die Comfort Condors sehen ganz und gar nicht wie Raubvögel aus; die Mädchen wirken eher klein und zierlich. Die Starting-Center-Spielerin ist gerade mal ein Meter fünfundsechzig groß, und damit noch die Längste in ihrer Mannschaft. Schon die Point-Spielerin mißt höchstens anderthalb Meter und sieht aus wie eine Porzellanpuppe.

Todd stößt Sam in die Rippen. »Mann, die Nummer zwölf, die Kleinste von ihnen, auf die bin ich unheimlich scharf.«

»Auf wen bist du eigentlich nicht scharf?« bemerkt Rick nur.

Unter Deanies Angriff bricht die Abwehr der Condors zusammen. Greenspark liegt bereits sieben Punkte vorn, als Comfort sich erholt. Die Center-Spielerin unterläuft Nat und macht die beiden ersten Punkte. Dann greift die kleine Nummer zwölf ein, die laut Heft Heidi McCandless heißt. Sie versteht wirklich etwas von ihrem Metier.

Aber die Mutantin läßt weder sie noch ihre Kameradinnen für einen Moment zur Ruhe kommen. Ihre Augen blitzen aus unergründlichen Tiefen, ein Effekt, der durch die Maske noch verstärkt wird. Ihre Haut glänzt vom Schweiß, und im Licht der Scheinwerfer wirkt sie wie von Elektrizität umgeben. Der Funke springt von ihr auf die anderen Greenspark-Spielerinnen über, und gemeinsam bewegen sie sich wie ein Rudel angreifender Wölfinnen über das Feld.

Nat Linscott wächst über sich hinaus, als sie die Center-Spielerin von Condor abblockt. Und wohin die beiden gegnerischen Guards sich auch wenden, ständig ist einer der Jandreau-Zwillinge in ihrer Nähe. Deb Michaud wirbelt wie ein rothaariger Derwisch herum und leistet für die Mutantin wertvolle Vorarbeit. Greenspark stürmt und stürmt und stürmt. Die Condors können nur noch mit hängender Zunge hinterherhecheln. Alle Kräfte ihrer zierlichen Körper sind aufgebraucht, und in ihrer Ermüdung begehen sie Fehler um Fehler. Sie blicken einander an und sehen immer wieder hilfesuchend auf McCandless, die ihnen aber genauso wenig helfen kann wie sie sich selbst. Als das Aus ertönt, steht es 61 : 48.

Die Greenspark Indians ziehen ins Halbfinale ein.

Draußen gehen die Lichter an, und die Luft, die in die Halle strömt, brennt wie scharfe Messer in den Lungen. Fast alle verlassen ihre Plätze, um sich etwas zu essen zu besorgen. Sam drängt Deanie zum Bus, damit sie die Feier mit ihren Kameradinnen nicht versäumt. Er winkt ihr und seinen Eltern zu, die jetzt für sie genau so da sind wie für ihn. Sein Blick wandert über die Armee von zwei Basketball-Teams, Kapelle, Cheerleader, Trainer, Schuloffizielle und Fans. Ligott klebt an Bithers Seite. Seit dem Vorfall bei der Wasserpistolenschlacht läßt der Konrektor ihn keine Sekunde aus den Augen.

Sam stellt seine Tasche auf einem der Stühle ab, die die Greenspark-Ersatzbank darstellen. Zwei Männer, ein dicker und ein dünner, die an ein Komödien-Paar aus alten Stummfilmen erinnern, fegen mit Besen den Boden. Mit den Händen in den Jackentaschen geht Sam das Spielfeld ab, wippt hier und da auf den Zehen und bückt sich einmal, um ein Stück Popcorn aufzuheben.

»Wie geht's denn so, Sam?« ruft einer der Fegenden ihm zu.

Die Frage reißt ihn aus seiner Konzentration. Er blinzelt und nickt dann dem Mann freundlich zu.

»Willst du mal den Ball werfen?« fragt der andere. »Keine Bange. Wir werden dich schon nicht verpfeifen.«

Während er zu seiner Tasche zurückkehrt, sucht er die riesige Halle nach Offiziellen ab. Niemand scheint da zu sein, der ihm Schwierigkeiten machen könnte. Vermutlich füllen sich alle draußen die Bäuche. Nur die Männer mit den Besen, die Fernseh-Teams, ein oder zwei alte Opas, die auf ihren Plätzen eingenickt sind, und drei Polizisten vor einem Bildschirm halten sich hier auf. Sam klemmt den Ball zwischen die Knie und bindet sich das lange Haar mit dem Gummiring zusammen.

Als der Ball zum ersten Mal den Boden küßt, bricht all das in ihm hervor, was sich dort angestaut hat. Es kommt ihm so vor, als sei er jetzt erst erwacht, als sehe er mit neuen Augen, als habe der Ball ihm ein Halluzinogen verabreicht. Die Realität erscheint ihm wirklicher als wirklich, und sein Traum fällt ihm wieder ein. Wie toll wäre es doch, wenn er wahr würde, wenn wirklich alle Mädchen nackt auf dem Spielfeld stünden. Amüsiert tänzelt er um den Ball herum und läßt ihn um sich wandern. Er macht ein paar Sprünge, vorsichtig zuerst, dann immer kraftvoller, und erhält Applaus von den wenigen Anwesenden.

Sam wird sich nicht bewußt, daß die alten Männer aus ihrem Schlummer erwacht und auf ihren Sitzen nach vorn gerutscht sind, daß die Polizisten den Bildschirm längst vergessen haben und daß die Kameras sich auf ihn richten. Für ihn gibt es nur noch den Ball, den Boden und den Korb.

Als er einmal den Kopf hebt, nimmt er im Augenwinkel Reuben wahr. Sein Vater zeigt auf die Uhr. Eineinviertel Stunden sind vergangen. Deutlich mehr Plätze als vorher sind jetzt besetzt, meist von Menschen, die nur einmal hineinschauen wollten, Sam spielen sahen und dann hängengeblieben sind.

Reuben winkt ihn zu sich. »Ich habe dir Sesamnudeln und Tee besorgt.«

Deanie hockt mit ihrem Zigeunerkopftuch neben ihm und sieht ihm zu, wie er etwas aus der Tüte ißt, die sein Vater ihm gebracht hat. Indy ist unruhig, weil sie zahnt. Pearl und Reuben sind mit ihr spazierengegangen. Sam überläßt Deanie den Großteil seiner Nudeln und setzt sie auf seinen Schoß. Ihre Köpfe lehnen aneinander. Die Fransen ihres Kopftuchs kitzeln ihn an den Augen. Und dann wird es Zeit.

Es wird Zeit, hallt es in seinem Kopf wider. Zeit, um zur Umkleidekabine zu gehen, um sich umzuziehen, um die Worte das Trainers zu hören, um aufs Feld zu laufen, um sich warm zu machen und um sich auf sich selbst zu konzentrieren, um seinen Höhepunkt zu finden – vielleicht zum letzten Mal. Nach diesem Turnier gibt es für ihn keinen High-School-Basketball mehr.

Während der Vorstellung schüttelt er den beiden Brüdern die Hand. Scott Barry, die Nummer 11, sieht in natura noch größer aus. Intelligenz leuchtet aus seinen blauen Augen. Sein Lächeln ist kalt, und seine Zähne sind so perfekt, wie man sie nur für viel Geld bekommt. Er ist überall stark behaart, sogar auf dem Rücken. Im deutlichen Kontrast dazu steht seine bleiche weiße Haut, die aussieht, als fließe kein Blut darunter.

»Viel Glück«, sagt Sam zu Barry.

Barry pumpt seine Rechte mit beiden Händen herauf und herunter, so wie das Fernseh-Prediger tun, wenn sie einem den Inhalt der Brieftasche entlocken wollen, und lächelt großmütig. »Das hast du nötiger als ich, Dreckfresser.«

Sam erwidert das Lächeln. »Du mußt es ja wissen, Schwanzlutscher.«

Barrys Lächeln erstirbt.

»Was für nette Menschen«, sagt Sam zu Rick, als sie wieder zusammenstehen.

»Wir werden es heute mit ihnen treiben. Danach mögen sie uns bestimmt noch lieber.«

In einem Punkt hat Sam recht gehabt: Barry stinkt tatsächlich, wenn er schwitzt. Natürlich rinnt bei allen Spielern der Schweiß in Strömen, aber bei diesem Barry ist es geradezu abartig. Einmal wird er von ihm abgeblockt und ringt um Atem. Als er sich wieder umdreht, rammt Barry ihm den Ellbogen in den Bauch. Sam sieht sofort zum Schiedsrichter hinüber, aber der kaut nur auf seiner Pfeife und starrt ihn verständnislos an. Und auch vom Wutgeschrei des Trainers scheint er nichts mitzubekommen.

Von den Videobändern, auf denen die St. Gabriel-Spiele aufgezeichnet sind, weiß das Greenspark-Team, daß die gegnerische Mannschaft nicht viel Wert auf Finessen legt, sondern statt dessen mit vollem Körpereinsatz vorgeht und auch vor Fouls nicht zurückschreckt. Für den Trainer ist in einem Spiel nur halbherzig gekämpft worden, wenn bis zum vierten Viertel nicht mindestens vier oder fünf seiner Spieler einen Verweis erhalten haben. Gerüchten zufolge scheint St. Gabriel es darauf anzulegen, den Gegnern so zu schaden, daß sie für das ganze Spiel oder länger ausfallen. Sie arbeiten mit Ellbogen, Knien, Zehen, Fingern, Köpfen und was sich sonst noch anbietet, und schlagen einem den Ball, scheinbar unbeabsichtigt, ins Gesicht oder in den Bauch. Wenn man schon ein Foul begeht, das ist Sams feste Überzeugung, muß der Gegner soviel abbekommen, daß ein zweiter Versuch gar nicht erst nötig ist. Allerdings zieht er die Finessen der rohen Gewalt vor.

Schon im ersten Viertel verläßt Rick humpelnd das Feld; einer der beiden Barrys ist ihm mit voller Wucht gegen den linken Knöchel getreten. Obwohl er im zweiten Viertel zurückkehrt und von da an genauso gemein spielt wie die Archangels, bringt sein kurzzeitiger Ausfall den Angriff von Greenspark ins Schwanken. Rank hat gesehen, wie es Rick ergangen ist, und wird immer nervöser.

Zur Halbzeit führen die Guten gegen die Bösen mit sieben Punkten Vorsprung. Sam hält sich immer noch etwas zurück, will sein ganzes Potential erst später einsetzen. Kurz vor dem Ende des dritten Viertels verleitet er Scott Barry dazu, ihn innerhalb einer Minute zweimal zu foulen. Beim zweitenmal ist Barry so wütend, daß er alle Vorsicht vergißt und Sam das Knie in den Unterleib rammt. Das bekommt selbst der Pfeifenmann mit. Sam krümmt sich auf dem Boden und kotzt dem Schiedsrichter auf die blitzblanken schwarzen Schuhe. Nummer 11 wird des Platzes verwiesen. Sam geht zur Bank, versucht, sich zu erholen, und erhält Gelegenheit, über die Empfindlichkeit bestimmter Körperteile nachzusinnen.

Skouros nimmt Sams Platz ein und bemüht sich nach Kräften. Beide Teams scheinen die Kontrolle zu verlieren, und das Spiel gleitet in ein allgemeines Gerangel ab. Am Ende des dritten Viertels haben die Archangels den Vorsprung von Greenspark auf einen Punkt verringert.

Zum vierten Viertel ist Sam wieder auf dem Platz. Seine Hoden schmerzen immer noch bei jeder Bewegung. Rick bemerkt seinen Zustand und fragt ihn, ob er auch wirklich okay sei. Sam schüttelt ihn ab und stellt sich in Position.

Er steht am Korb, als der Stürmer der Archangels an Billy und Todd vorbeirennt. Ein Verzweiflungsangriff, da Sam wie ein Wall auf ihn wartet und der Schiedsrichter jetzt die Augen offenhält, aber er läßt sich trotzdem nicht beirren. Sam will sich der unvermeidbar erscheinenden Kollision nicht stellen, weicht aus, als der Gegner nahe genug heran ist, und reißt die Arme hoch. Beide springen gleichzeitig, und kurz vor dem Korb stößt Sam ihm mir den Fingerspitzen den Ball aus den Händen, fängt ihn auf und schleudert ihn in weitem Bogen zu Rick, der sofort zum anderen Ende des Feldes läuft.

Damit beginnt Greensparks großer Angriff. Die Archangels müssen zu ihrer Verblüffung feststellen, daß das Spiel sich gewandelt hat. Sie werden härter, ihre Fouls fieser. In kurzer Folge werden drei ihrer Spieler vom Platz gestellt, darunter auch der zweite Barry-Bruder. Sam sieht Scotts Blick, der wütend auf ihn gerichtet ist, kümmert sich aber nicht weiter darum. Scott Barry ist geschlagen und damit für ihn Vergangenheit.

Am Ende steht es 75 : 62 für Greenspark. Als die beiden Teams aneinander vorbeilaufen und sich die Hände schütteln bleibt Sam vor Scott stehen, kratzt sich mit der Rechten am Sack und reicht sie ihm dann.

»War ein schönes Spiel, was?«

Barry erbleicht und will seine Hand zurückziehen, aber Sam läßt sie nicht los.

»Wichser«, murmelt Scott.

»Das scheint mir mehr dein Gebiet zu sein«, entgegnet Sam mit einem Zwinkern. »Ich weiß mir da anders zu helfen.«

Das Freudengeheul seiner Teamkameraden und ihre Albereien unter der Dusche sind Sam gleichzeitig vertraut und fremd. So wie heute wird es nie wieder sein. Nicht nur rast seine High-School Karriere dem Ende zu, auch dieses Team wird es in seiner jetzigen Form bald nicht mehr geben.

Rick klopft ihm auf die Schulter. »Wir haben es geschafft! Was sagst du dazu, Sambo?«

Sam zieht sich sein Hemd an und sucht nach dem Schlitz für den ersten Knopf. »Hohle Eitelkeit, nichts als hohle Eitelkeit«, entgegnet er.

»Tatsächlich? Warum erzählst du so einen Scheiß?«

»Weil erst du mich auf den rechten Weg geführt hast und weil ich mich gern an unsere theologischen Dispute zurückerinnere.«

»Ganz genau, warum holst du dir nicht einen runter?«

»Tut mir leid, ich habe heute abend schon eine Verabredung. Aber wenn du Anschluß suchst, würde ich dir empfehlen, dich an Scott Barry zu wenden.«

Rick fährt langsam und aufreizend mit der Zungenspitze über die Lippen.

Als sie die Umkleidekabine verlassen, geht Sam zu Reuben, Pearl und Indy und läßt sich von ihnen beglückwünschen, bevor er sich zu Deanie setzt, um sich das nächste Spiel anzusehen. Kinsale besiegt South Portland erst in den letzten zehn Sekunden durch einen Freiwurf. Mittlerweile ist es dreiundzwanzig Uhr, und sie werden nicht vor eins wieder in Greenspark sein.

Die Spiele der Jungs-Mannschaften flackern auf dem Fernsehbildschirm des Busses. Der Bericht wird mit Sams unautorisiertem Vorspiel eingeleitet, und der Kommentator nutzt die Gelegenheit, um Anmerkungen über Sams Karriere einzustreuen und über Greensparks Titelgewinn zu spekulieren. Seit seinem ersten Jahr in der High-School gehört Sam zu der Handvoll Spieler, die über die Landesgrenzen hinaus bekannt sind. Daß er in dieser Saison einen Ohrring trägt, so der Sprecher, beweist trotz allen Talents, daß Sam Styles auch nur ein ganz normaler Teenager ist, der sich wie alle anderen vor allem äußerlich von früheren Generationen absetzen will.

Alle im Bus stöhnen auf, als Barry Scott ihn mit dem Knie im Unterleib trifft. Sam beachtet die rüden Kommentare nicht, die dieses Foul bei den Jungs auslöst, denn er will sich auf das Spiel konzentrieren. Erst als es vorbei ist, erlaubt er sich, an die Zukunft zu denken.

Beide Greenspark-Teams haben die erste Runde erfolgreich hinter sich gebracht. Sie müssen zwei weitere Spiele bestreiten, und wenn sie auch die gewinnen, steht ein drittes an, das um die Meisterschaft des States Maine. Den Jungs bleibt eine Woche, um sich auf die Begegnung mit den Kinsale Trojans vorzubereiten. Die Mädchen müssen am Donnerstag gegen die St. Mary's Crusaders antreten. Bis dahin gibt es für sie nichts anderes als Training. Er bekommt mit, daß für heute abend aber auch eine große Party angesetzt ist.

Plötzlich steigt in ihm das alte Verlangen hoch, daran teilzunehmen. Er fragt sich, ob er Deanie dorthin mitnehmen und sich darauf verlassen kann, daß sie den diversen Versuchungen widersteht. Nein, sagt er sich nach kurzem Nachdenken, und seine Laune verschlechtert sich. Deanie wird stinksauer sein, wenn er ihr erklärt, daß sie heute zuhause bleiben.

Doch sie erwähnt die Party nicht einmal. Sie steigt in den Truck, kuschelt sich an ihn und schläft sofort ein. Zuhause angekommen, ist sie noch nicht wieder erwacht, und er trägt sie ins Haus.

41

Die Busse parken vor dem Bangor Civic Center und sehen aus wie eine Doppelreihe überdimensionierter gelber Ferkel. Aus ihrem Fenster sieht die Mutantin Sams Truck, der einen freien Parkplatz gefunden hat. Sie ignoriert die Passanten, die am Bus vorbeilaufen und einen Blick auf sie zu erhaschen suchen, legt das Kopftuch ab und sucht zwischen den Sitzen nach der Kassette, die ihr während der Fahrt aus der Hand gefallen und weggerutscht ist.

Früher hat sie sich vor den Schülern und deren Reaktionen darauf, daß sie und Sam zusammen gehen, gefürchtet. Natürlich gab es gehässige Bemerkungen, es gibt sie auch heute noch, aber sie waren nie so bösartig, wie sie sich das ausgemalt hat. Anscheinend gewöhnen die Menschen sich an alles. Dabei ist alles an ihr falsch. Die wahre Deanie ist unsichtbar. Narben, Tätowierungen, Ketten, Schmuck und Gesichtsschutz sind nur so etwas wie ein Hologramm von ihr. Manchmal fühlt sie sich hinter dieser Maske sicher, manchmal möchte sie gern feststellen, ob die wahre Deanie noch vorhanden ist. Sie will lieber nicht darüber nachdenken, wie die Mitschüler wohl reagieren würden, wenn sie die wahre Deanie zu Gesicht bekämen.

Die anderen Mädchen trotten zum Auditorium. Sie ist allein im Bus. Die Kassette hat sie gefunden, bleibt aber zwischen den Sitzen hocken, um sich auf die Begegnung mit den starrenden Blicken und vor allem auf das Spiel vorzubereiten. Plötzlich wackelt der Bus, und sie spürt Sams Schritte im Mittelgang. Sie könnte blind und taub sein, sie würde seine Anwesenheit immer noch wahrnehmen.

Er beugt sich über sie und massiert ihren Nacken.

Deanie senkt den Kopf, um es seinen Fingern leichter zu machen.

»Nervös?« fragt er.

Sie dreht sich um und setzt ein amüsiertes Lächeln auf. »Aber doch nicht wegen einem solchen Haufen von Pussies.«

Die Trainerin besteigt den Bus. »Worauf wartest du noch, Gauthier, auf eine schriftliche Einladung?«

»Sie kommt sofort, Coach«, antwortet Sam an ihrer Stelle.

Er richtet sich auf und streckt eine Hand aus, um ihr aufzuhelfen. Sie sieht ihn intensiv an und legt ihm eine Hand auf den Unterleib.

»Gott, Deanie!« entfährt es ihm.

Sie hält sich an seiner Hüfte fest und zieht sich langsam an ihm hoch. Als sie auf den Füßen steht, preßt sie ihren Oberschenkel zwischen seine Beine.

»Vorsicht«, murmelt er, »die Trainerin kann jeden Moment zurückkommen. Nun mach schon, es wird Zeit.«

Greensparks Kapelle schmettert »The Lion Sleeps«, was auf das Spiel überhaupt nicht zutreffen wird. Wie hypnotisiert lassen die St. Mary's Crusaders sich von den wilden Weibern Greensparks geradezu abschlachten. Am Ende steht es 60 : 41 für Deanies Team. Ein glatter Durchmarsch.

Ball an Rick. Rick wirft auf Korb. Da guckt ihr Trojans, was? Sam fühlt sich ganz an der Spitze, auf dem Gipfel der Saison. Er versucht, das dem Gegenspieler vor ihm auf telepathischem Weg nahezubringen, erhält aber keine Reaktion. Vermutlich liegt das an dem Haarschnitt des Jungen. Bis auf ein paar blonde Büschel hat der Friseur – oder war es ein Schafscherer? – ihm den Kopf rasiert. Er sieht aus, als sei jemand auf seinem Schädel Schlitten gefahren.

Der Junge hat einen Partner, einen älteren Schüler mit Spitzbart und farblosen Augen. Die beiden sollen Sam decken. Er findet zunehmend Gefallen daran, dieses Duo auszutricksen. Wenn er angreift, entwickelt sich der Blonde mitunter zu einer Belästigung, aber nur wenn er nahe genug herankommt. Der Ziegenbart ist allerdings ein guter Werfer. Steht er an der Linie, verfehlt er so gut wie nie sein Ziel. Während der Blonde nicht allzu schnell ist, leidet sein Kamerad an einem anderen Manko, genauer gesagt, an einem zu großen Ego. Er will alles allein machen, ärgert sich über jeden Fehler und vergißt darüber, daß das Spiel noch über drei weitere Viertel dauert.

Sam gibt seinen Mitspielern Zeichen, und schon fangen sie nach Plan an, die Trojans auseinanderzunehmen. Anfang des dritten Viertels ist jeglicher Widerstand gebrochen. Sam kann sich eine Pause gönnen, und Skouros hat heute seinen guten Tag. Am Ende steht es 85 : 62 für die Greenspark Indians.

Auf dem Weg zur Umkleidekabine meidet Sam die Presse, doch sie lauert ihm am Ausgang auf und will von ihm eine Stellungnahme dazu hören, daß beide Greenspark-Teams das Regionalfinale erreicht haben. Als Sportler kommt man nicht darum herum, mit den Medien zusammenzuarbeiten, aber in diesem Jahr haben die Trainer ihm und auch Deanie zum Schweigen geraten. Um Deanie mit ihrer Schutzmaske, der Narbe und dem kahlgeschorenen Schädel könnte ein viel zu großer Wirbel entstehen, was in ihrem Team für böses Blut sorgen würde. So schüttelt Sam nur den Kopf. Der Sieg ist Stellungnahme genug. Sollen andere Kids für einen Moment im Rampenlicht stehen und sich äußern.

Auf der Tribüne setzt er sich zu Deanie und den anderen Mädchen. Der Rest seines Teams trudelt ein. Sie verfolgen das nächste Spiel, in dem Castle Rock die Mannschaft von Freemont mit hauchdünnem Vorsprung schlägt. Sam, Deanie und ihre Kameraden werden sich bewußt, daß sie von Castle-Rock-Anhängern umringt sind, die ihrerseits wissen, er sich da in ihrer Mitte befindet. Sam muß sich sehr zu-mennehmen, um bei all den kleinen Provokationen und ungen, die nun folgen, nicht aus der Haut zu fahren.

Beide Greenspark-Teams sind nur einen Sieg von der Regionalmeisterschaft entfernt. Die Jungs müssen gegen den traditionellen Rivalen Castle Rock antreten, und die Sportkommentatoren sind sich bereits einig, daß die Greenspark-Jungs den Rock zerschmettern werden. Einige haben aber Zweifel, was den Erfolg der Mädchen angeht. Die haben zwar Gauthier, aber bei den Brickers, ihrem nächsten Gegner spielt auf der Position des Safe Guard Merrilee Constantine. Sie ist gebaut wie eine Schwergewichtsringerin und gilt als die beste Spielführerin im ganzen Staat.

Als Constantines triumphierendes Gesicht auf dem Bildschirm erscheint, hält Deanie das Band an, auf dem der Sieg der Brickers über Oxford Hill aufgezeichnet ist, und schaltet kurz darauf ab.

»Keine Panik«, sagt Sam. »Du besitzt etwas, das sie nicht hat.«

Deanie nimmt seine Hände aus ihrem Hemd. »Natürlich. Meine Plastikmaske und ein verunstaltetes Gesicht. Das sind enorme Vorteile.«

»Nein, ich meinte eigentlich mich.«

»Soll ich dich vielleicht unter dem Hemd aufs Spielfeld schmuggeln? Oder willst du dich verkleiden? Dann müßtest du dir aber einen Schnurrbart wachsen lassen.«

Sam nimmt die Fernbedienung und schaltet das Band wieder ein. Er läßt die Aufzeichnung ein Stück zurücklaufen und hält wieder bei Constantines Gesicht an. Dann legt er beide Hände um Deanies Kopf und zwingt sie, auf den Bildschirm zu schauen.

»Jetzt paß gut auf«, erklärt er. »Sieh dir diesen Fleischberg genau an. Ich erzähle dir drei Dinge über sie, mit deren Hilfe du sie besiegen kannst.«

»Okay«, sagt Deanie, »ich bin ganz Ohr.«

»Gott sei Dank nicht«, entgegnet Sam, »ich würde doch einige Teile von dir sehr vermissen.«

Er läßt das Band zurücklaufen. »Es geht los. Constantine gibt den Ball nach links ab, läuft ein Stück vor und bekommt den Ball zurück. Jetzt tut sie so, als würde sie ihn wieder abgeben, aber sie rennt nach innen und wirft ihn dann der Nummer zehn zu. Diese Nummer zieht sie im Spiel insgesamt fünfmal ab. Wenn du schon beim erstenmal dazwischen springst, machst du sie irre.«

»Versprichst du mir das?« fragt sie mit zweifelndem Unterton.

»Du kannst dich drauf verlassen. Jeder, der seine Nerven verliert, ist zu schlagen. Nicht umsonst trainierst du so hart. Du bist unverwechselbar, jeder deiner Gegenspieler erkennt dich sofort. Bring sie zu dem Glauben, du seist unüberwindlich, dann können sie bald nichts mehr gegen dich ausrichten.«

»Okay, Coach. Weiter.«

»Wenn Constantine sich dreht, belastet sie den linken Knöchel. Du mußt dich nur in einem solchen Moment vor ihr aufbauen, dann gerät sie aus dem Gleichgewicht. Sie hält dann den Ball nämlich niedrig, du nimmst ihn ihr ab, und sie kann dir nicht folgen, weil sie erst wieder Halt auf dem linken Fuß finden muß.«

»Was hast du doch für einen fiesen Charakter«, sagt Deanie nicht ohne Anerkennung. »Und was ist das dritte Geheimnis?«

Sam grinst. »Sie hatte in ihrem Leben noch nie einen Orgasmus.«

Deanie bewirft ihn mit einem Kissen, aber er kann rechtzeitig ausweichen.

Das grelle weiße Licht eines TV-Scheinwerfers bestrahlt die Maske der Mutantin, und es sieht so aus, als sei alles Fleisch von ihren Schädelknochen gezogen worden. Am unteren Rand des Schutzes zeigt sich eine dunkle Flüssigkeit, bei deren Anblick sich Sams Magen umzudrehen droht. Die Trainerin beugt sich über sie und spricht mit ihr. Von den Zuschauerrängen hört man nur scharfes Einatmen und leises Tuscheln.

Merrilee Constantine steht daneben und sieht aus, als würde sie jeden Moment in Tränen ausbrechen.

»Ich gehe zu ihr«, sagt Sam.

»Du bleibst schön hier«, entgegnet Rick und legt ihm eine Hand auf den Arm.

Sam versucht immer noch zu begreifen, was vorgefallen

ist. Vorhin, das zweite Viertel war erst wenige Minuten alt, hat die Mutantin Constantine unterlaufen, um ihr den Ball abzunehmen. In dem folgenden Gerangel bekam sie Merrilees Ellbogen ins Gesicht. Deanie fiel um wie ein gefällter Baum.

Jetzt richtet sie sich langsam auf. Die Trainerin hält ihr etwas unter die Nase. Einen blutigen Lappen. Es ist nur die Nase, denkt Sam erleichtert. Ihre Nase hat den Stoß abbekommen, aber die Wunde ist nicht aufgeplatzt. Deanie verläßt das Feld, läßt sich auf einen Stuhl fallen und hält sich eine Eispackung ins Gesicht. Sie hat sich die Maske hochgeschoben, und ihr Hemd ist voller Blut. Constantine steht immer noch da und ringt ihre Hände.

Die Mutantin legt die Packung weg und sucht mit den Augen Sam. Sie findet ihn, grinst und verbirgt ihr Gesicht wieder unter dem Eis. Die Assistenztrainerin erscheint und stopft ihr Baumwollstäbchen in die Nasenlöcher.

Deanie ist es mehrfach gelungen, Constantine irre zu machen. Zweimal wäre die Riesin fast auf dem Hintern gelandet, weil die Attacke der Mutantin so überraschend kam. Doch dann hat sie sich auf eine andere Taktik besonnen, und seitdem tobt zwischen den beiden Teams eine erbitterte Schlacht. Jeder Treffer wird mit einem Gegentreffer beantwortet, und bislang steht nicht fest, wer diese Partie für sich entscheiden wird.

Nach der Halbzeit setzt Deanie die Maske wieder auf und kehrt aufs Feld zurück. Sam stirbt auf der Bank tausend Tode. Er kann ihre geschwollene Nase genau erkennen. Auch ihre Augen werden immer kleiner. Er wünscht, sie würden ganz zuschwellen, damit man sie vom Platz nehmen muß.

Constantine geht zu ihr und fragt, ob sie wieder in Ordnung wäre. Deanie grinst und zeigt rotgefärbte Zähne. Die Riesin erbleicht.

Jedesmal, wenn Constantine am Zug ist, taucht die Mutantin vor ihr auf. Rot tropft es aus ihrer Nase, die kleinen Augen blitzen aus schwarzen Ringen, und da sie nur durch den Mund atmen kann, muß ihr Atem nach Blut stinken. Constantine versucht dieses und jenes, allein, sie kann sich nicht dazu bringen, so aggressiv zu spielen, wie es beim Punktestand erforderlich wäre. Die Riesin versucht, Zeit zu gewinnen, um wieder zu ihrer alten Form zu finden, und irgendwann ist es ihr wieder halbwegs möglich, Deanie das Leben schwer zu machen.

Dann kommt Billie an den Ball und wirft ihn in einem langen Pass zu Deanie, die sich unweit des Korbs aufhält. Constantine stürmt zu ihr, um sie am Wurf zu hindern. Als Deanie hochspringt und sich dreht, fährt die Riesin in Panik zurück, stolpert und landet auf dem Steißbein. Ihre Miene zeigt blankes Entsetzen. Die Menge hält den Atem an, als der Ball auf den Korb zusaust. Sam entdeckt rote Punkte auf Constantines weißem Dress. Und weitere Blutstropfen fliegen auf sie zu. Als Deanie auf dem Boden aufkommt, hält sie sich gleich die Hand an die Nase. Blut rinnt zwischen ihren Fingern hervor.

Die Mutantin muß das Feld erneut verlassen. Constantine ist fassungslos. Sie sieht in diesem Moment noch schlimmer aus als Deanie, die wieder auf ihrem Stuhl hockt und mit der Assistenztrainerin scherzt. Bis zum Ende des dritten Viertels bewegt die Riesin sich nur noch mechanisch. Und die Jandreau-Zwillinge sind so gut wie seit langem nicht mehr und holen einen Sechs-Punkte-Vorsprung heraus. Die Bricker-Mädchen geben sich redlich Mühe, das Ergebnis nicht noch höher ausfallen zu lassen. Constantine wird gefoult und verpatzt beide Freiwürfe. Als sie endlich, mit den Nerven völlig am Ende, den Platz verläßt, kehrt die Mutantin ins Spiel zurück.

»Mann, dieses Mädchen ist mir unheimlich«, sagt Rick im Hinblick auf Deanie. »Sie kommt immer wieder zurück, wie ein Geist.«

In den letzten drei Minuten des Spiels treibt Deanie ihr Team an. Als ihr Vorsprung fünf Punkte beträgt, trickst sie die gegnerischen Guards aus, wirft den Ball hinter ihrem Rücken zu Melanie, und die gibt ab an Figueroa. Nur noch vier Sekunden sind zu spielen. Constantine kommt an den Ball, wirft ihn quer über das Feld und verfehlt den Korb. Greensparks Kapelle setzt zu »We Are The Champions« an, und es klingt, als würde ein Jetliner durch die Halle fliegen.

Als alle von den Sitzen springen und nach unten stürmen,

steht Constantine abseits und ganz allein. Sie sieht aus, als könne sie es noch immer nicht fassen. Eine Teamkameradin kommt und umarmt sie. Constantine kann die Tränen nicht länger zurückhalten.

Die Mädchen heben die lachende Deanie auf ihre Schultern. Ihre Nase blutet wieder.

Sam sitzt noch auf der Tribüne. Er sollte eigentlich schon auf dem Weg in die Umkleidekabine sein. Aber dies ist Deanies große Stunde. Er darf sich nicht unter die Begeisterten mischen. Wenn er jetzt aufs Feld ginge, würde alle Aufmerksamkeit sich von ihr abwenden und auf ihn richten.

Deanie befreit sich aus der Menge, geht zu Constantine und umarmt sie. Tausend Kameras halten diesen Moment fest.

Schweißgebadet, mit verheulten Augen aber glücklichen Gesichtern, haben sich die Mädchen zum Spalier aufgebaut, durch das die Jungs aufs Feld einlaufen.

Während sie sich aufwärmen, lauscht Sam der Melodie der Halle: Turnschuhe quietschen, Bälle knallen, der Korbring rattert. Jeder Spieler veranstaltet auf dem Boden seine eigene Percussion. Er hört die gutgeölte Präzision heraus und ist zufrieden.

Sam wedelt sich mit seinem Hemd Luft zu. Es wird Zeit, sich zu entscheiden, was er behalten und was er abstoßen will. Er muß die Kinderzeit ablegen, und es kommt ihm so vor, als ginge die Zeit rasend schnell vorbei. Den einen Sam läßt er zurück, und mit einem anderen, den er noch nicht gut kennt, stürmt er voran.

Der Forward der Rockets, Seeds, nimmt Sam den Ball ab, den er Bither zuspielen will. Clutterbuck wirft den ersten Korb, und auf der Castle-Rock-Tribüne werden alle hysterisch.

Als Seeds an Sam vorbeikommt, schüttelt der ihm anerkennend die Hand. Seeds trägt die Nummer 40 und ist von ausgesuchter Häßlichkeit. Der Mund ist zu groß, die Augen stehen zu eng beieinander, die Nase ähnelt einer Kartoffel, und die Haut ist so hell, daß er womöglich schon von einer

Nachttischlampe einen Sonnenbrand bekommt. Aber er wirkt zäh und durchtrainiert, und er ist verdammt schnell. Er und Lucas Priest arbeiten perfekt zusammen.

Die Rockets sind bester Spiellaune. Keinem von ihnen flattern die Nerven, und jeder lauert nur auf einen Fehler der Indians, um daraus einen Vorteil für das eigene Team zu machen. Schließlich geht es um die Regionalmeisterschaft, und beide Mannschaften bieten Basketball vom Feinsten.

Sie haben schon mehrmals gegeneinander gespielt und kennen die Schwächen und Stärken des anderen Teams. Greenspark hat insgesamt mehr Erfahrung, und es hat Sam Styles. Castle Rock weiß, daß es vor allem darauf ankommt, mit Samgod fertigzuwerden. Die Rockets sind sich darüber im klaren, daß dieses Spiel die Krönung seiner High-School Karriere werden soll und er deshalb motiviert ist wie nie zuvor. Man kann ihn nicht neutralisieren, das haben schon andere Mannschaften vergeblich versucht. Aber wenn es ihnen gelingt, den Rest der Indians auszuschalten, kann man sich konzentriert um Styles kümmern und damit die Chance zum Sieg erhalten. Ein Punkt Vorsprung reicht schließlich.

Alle Mitwirkenden wissen, daß sie ein exzellentes Spiel hinlegen. Castle Rock spielt traumhaften Basketball. Aber das entmutigt Greenspark nicht etwa, sondern stachelt die Spieler zu noch härterem Einsatz an.

Castle Rock kann sich seines Punktgewinns nicht lange erfreuen. Woods, Gramolini, Bither und Kasten müssen sich um den Ball kümmern, weil Lucas Sam nicht in Ruhe läßt. Aber das macht nichts, denn als die Rockets stürmen, verkehren sich die Rollen, und Lucas kommt nicht an Sam vorbei. Die Rockets müssen bei ihren Versuchen, Sam zu umrunden, drei Verweise des Schiedsrichters einstecken. Aber Seeds und Castle Rocks bester Werfer, Nick Young, bewirken wahre Wunder, um den Ball in den Korb zu bringen.

Einmal versucht Lucas, Sam am Korb zu blocken, und gleitet dabei aus. Sam hilft ihm wieder hoch und erhält dafür Beifall von beiden Tribünen. Ein anderes Mal steht Sam an der Linie, und seine Hände folgen dem Bogen des Balls. Lucas grinst und fängt ebenso elegant den Ball ab.

Während der Halbzeit wirft er Deanie einen Blick zu. Sie sitzt zusammen mit den anderen Mädchen nicht weit von seinen Eltern. Ihre Nase sieht immer noch schlimm aus, aber ihr Gesicht strahlt vor Begeisterung.

Rick hat Probleme mit seinem Knöchel. Als er einen Paß verpatzt, humpelt er vom Feld. Der Trainer schickt Rank ins Spiel. Billy platzt geradezu vor Energie, so begierig ist er darauf, am Geschehen teilzunehmen. Sam registriert stolz, daß die Big Machine immer noch wie geschmiert läuft. Kasten und Rank arbeiten heute besser zusammen, als das die meiste Zeit ihm und Rick gelingt.

Lucas kümmert sich immer noch um Sam. Er ruft Fairbrother zu seiner Unterstützung. Am Ende des Viertels muß er sich eingestehen, daß er sich von Sam hat aufs Glatteis führen lassen. Er beschäftigt Lucas und Fairbrother so sehr, daß den restlichen Indians damit mehr oder weniger freie Bahn bleibt.

Trotzdem geben die Rockets sich noch lange nicht geschlagen. Im letzten Viertel spielen sie, als hänge ihr Seelenheil davon ab. Aber in ihrem Wahnsinn steckt Methode, wie Sam zu seinem Verdruß feststellen muß. Lucas verleitet ihn zu einem Foul, und die Rockets bekommen zwei Freiwürfe. Beim aktuellen Spielstand fast eine Katastrophe für Greenspark, und Sam ärgert sich sehr darüber, auf den plumpen Trick hereingefallen zu sein. Lucas tritt an die Linie und wirft mit der gleichen Kraft und Eleganz wie Sam.

Todd führt danach den Gegenangriff an. Er gibt an Rank ab, und Sam folgt mit seinem Schatten Lucas.

»Sammy, dein Schuhband ist aufgegangen!« ruft Lucas.

»Paß du lieber auf, daß du nicht über deinen Schwanz stolperst«, gibt Sam zurück.

Todd wirft, Clutterbuck stürmt, Kasten will Clutterbuck blocken, und für eine Sekunden ist keine Mannschaft im Ballbesitz. Sam ist eingekeilt zwischen Lucas und einem zweiten Bewacher und muß höllisch aufpassen, nicht wieder ein unbeabsichtigtes Foul zu begehen. Bei dem Getümmel, das zur Zeit auf dem Feld herrscht, können die Schiedsrichter mit verbundenen Augen pfeifen. Sie treffen nie den Falschen. Diesmal erwischt es Lucas. Dabei hat er nicht Sam, sondern Kevin Bither durch einen dummen Zufall an der falschen Stelle getroffen.

Mouths erster Ball rollt endlos am Ring entlang, bis er endlich nach außen fällt. Seeds rennt sofort auf den Ball zu, aber Sam ist schneller, schlägt ihn ihm aus der Hand, und Lucas versucht, ihn abzufangen. Er prallt gegen Seeds, fällt gegen Sam, und eine seiner Hände fliegt zu Sams Mund.

Den Trainer reißt es sofort von seinem Sitz, und er schreit »Foul«. Sam taumelt einen Schritt zurück, berührt seine Oberlippe und hat Blut an den Fingern.

Der Schiedsrichter stellt Lucas vom Platz und die Menge auf der Castle-Rock-Tribüne tobt. Deren Trainer stürmt sofort aufs Feld, und sein Assistent hat alle Hände voll damit zu tun, ihn davor zurückzuhalten, den Schiedsrichter tätlich anzugreifen.

Zum ersten Mal an diesem Abend verliert Lucas die Fassung. Mit grimmiger Miene marschiert er zur Bank. Sam läuft zu ihm, um ihm die Hand zu reichen, die einzige Geste, die die Fans der Gegenseite daran hindern wird, Tüten, Dosen und Flaschen aufs Spielfeld zu werfen.

Lucas nimmt Sams Rechte nur zögernd.

»Du hast großartig gespielt«, sagt Sam.

»Leck mich am Arsch«, erwidert Lucas.

Sam grinst, bis ihm klar wird, daß Lucas wirklich sauer auf ihn ist. Er zieht sich zurück. Lucas' Verbitterung wirkt wie Gift, wie ein schlechtes Omen.

Die Greenspark-Fans singen »Na na na na, hey hey goodbye«, und Deanie führt einen Kriegstanz auf. Dann bildet sie mit den Händen einen Trichter und schreit: »Wir sind hier nicht beim Tanztee!«

Rick kommt in den letzten Spielminuten aufs Feld zurück. »Den Sieg haben wir im Sack«, erklart er Sam.

Clutterbuck macht in den letzten Sekunden drei Punkte, ändert damit aber nichts mehr am Sieg von Greenspark. Am Ende steht es 88 : 75.

Die Indians sind auf den Füßen und stürmen zu Sam. Aber er bahnt sich seinen Weg zur Bank von Castle Rock. Lucas' Gesicht ist vor Anstrengung, nicht in Tränen auszubrechen, rot angelaufen. Diesmal nimmt er Sams Hand sofort, und die beiden umarmen sich.

»Das war eigentlich euer Spiel«, sagt Sam zu ihm. »Wir haben zwar gewonnen, aber es war euer Spiel.«

42

Schon lange nicht mehr stand Port Rose im Finale um einen Landestitel. Als endlich alle Fans aus der Stadt eingetroffen sind und ihren Platz auf der Tribüne gefunden haben, atmen die Verkehrspolizisten erleichtert auf. Es kann ganz schön anstrengend werden, Menschen einzuweisen und auf den richtigen Weg zu bringen, die noch nie mit einer dreispurigen Fahrbahn konfrontiert worden sind.

Sam macht sich auf zu seinen Kameraden auf der Tribüne. Keiner von ihnen hat sich auf normalem Weg zu seinem Platz begeben. Sie sind über Lehnen und Zuschauer gestiegen und gesprungen und haben sich wie knochenlose Wesen auf ihren Sitz fallen lassen.

Das Spielfeld unten leuchtet wie Gold. Eigentlich hat das Feld der State University von Orone eine saphirblaue Färbung und weist im Zentrum den Comic-Kopf eines Bärenjungen auf, dem Maskottchen der hiesigen Studentenmannschaften.

Sam sieht mit dem Ohrring und dem Brokatkopftuch der Mutantin aus wie ein Pirat. Die Aufmachung amüsiert ihn, inspiriert aber seine Teamkameraden. Kaum sind sie seiner ansichtig geworden, haben sie ihre Freundinnen bestürmt und präsentieren sich jetzt alle mit einem mehr oder weniger ausgefallenen Kopfputz.

Die offiziellen Farben von Port Rose sind Kastanienrot und Weiß, doch Sam kommen sie eher wie Himbeeren mit Sahne vor, und diese Vorstellung macht ihn hungrig. Von den Ständen unten im Foyer dringt der Duft von Hot dogs, Nachos mit Käse, Popcorn, Kartoffelchips, Cola und Kaffee in seine Nase, und schon macht sich sein Magen mit einem Knurren bemerkbar. Dummerweise hat er jetzt den Geschmack von Himbeertörtchen mit Schlagsahne auf der Zunge. Die Mädchen laufen ein, und das lenkt ihn hinreichend ab.

Im grellen Licht und in der rosafarbenen Tracht wirken die Whalers genauso wie auf dem grobkörnigen Videoband, das ein alter Herr der Verbindung von Greenspark dem Team zur Verfügung gestellt hat. Unter den Mädchen von Port Rose befindet sich Stacey Gould, die die Nummer 6 trägt und ein Meter achtzig groß ist. Sie wirkt sehr ernst und trägt kruzifixförmige Ohrstecker. Ihre ganze Gemeinde scheint mitgekommen zu sein und betet für ihren Erfolg.

Auf der Guard-Position steht Tara Pope, ein hochaufgeschossenes junges Mädchen, das aussieht, als würde sie es in den nächsten Jahren auch auf einen Meter achtzig bringen. Sie trägt etwas zuviel und etwas zu ungünstig verteiltes Gewicht mit sich herum, aber von dem Band weiß Sam, daß das ihrer Kondition keinen Abbruch tut; wenn es nicht anders geht, zögert sie keinen Moment, ihre Gegenspielerin mit der Wucht ihres massigen Körpers zu bedrängen.

Zwei der Whalers sind Kusinen, Kelly und Heather Alley, die sich im Gesicht nicht gleichen, aber in ihrer beeindruckenden Statur sehr ähnlich sind.

Die fünfte im ersten Team ist Vonda Alley, eine entfernte Verwandte von Kelly und Heather. Dafür ist der Umstand verantwortlich, daß in Port Rose alle miteinander verwandt sind (Tara und Stacey bilden da keine Ausnahme). Vonda ist zart und schmal und sieht so aus, als könnte ein Windstoß sie davonwehen. Doch wer genau hinsieht, erkennt, daß sie ungeheuer zäh ist. Sie wird fünf oder sechs Kinder zur Welt bringen, ihren Ehemann überleben und steinalt werden.

Die Greenspark-Mädchen sehen wieder einmal wie eine Horde von Amazonen aus. Ihre nackten Beine wirken muskulös, ihre Knie sind von Schorf bedeckt, und ihre Schienbeine weisen zahllose blaue Flecke auf. Die meisten von ihnen haben ihre Knöchel und Knie bandagiert, und sie schwitzen, wie leicht an den dunklen Flächen in ihren Achselhöhlen und den deltaförmigen Flecken über ihrem Busen und ihrem Hintern zu erkennen ist. Wenn man diese Mädchen verärgert, setzen sie eine finstere Miene auf, geben das von sich, was sie von sich geben müssen, und wenden sich danach wieder ihrem Tun zu.

Die Mutantin läuft an den verkniffenen Mündern der Mädchen des gegnerischen Teams vorüber, sucht Sam auf der Tribüne, reckt die Faust und lächelt grimmig.

»Die Whalers können sich jetzt schon begraben lassen!« ruft Rick und stößt Sam in die Seite. »Sie haben nicht die geringste Chance. Hast du den Blick in Deanies Augen gesehen? Heute fliegen statt Bälle Köpfe durch den Korb!«

Auf der anderen Seite von Sam macht Todd ein unwilliges Geräusch. »Da wär' ich mir nicht so sicher. Ich habe gehört, Nat leide an Krämpfen.«

»Meinst du damit, sie hat ihre Periode bekommen?« fragt Rick. »Woher willst du das wissen?«

Todd zuckt die Schultern. »Ich habe so meine Quellen.«

»Klar«, brummt Rick, »vor allem deinen Arsch.«

Unten auf dem Feld legt Deanie einen Arm um Nats Schultern. »Wie geht's?«

Nat verdreht die Augen. »Furchtbar. Das Motrin wirkt nicht.«

»Scheiße. Hast du es je mit Shit probiert?«

»Du bist wirklich eine große Hilfe, Gauthier«, wendet Billie Figueroa ein. »Sollen wir vielleicht zur Tribüne gehen und fragen, ob jemand Stoff dabei hat? Und soll Nat sich dann hier hinhocken und erstmal einen Joint rauchen?«

Die Mutantin grinst. »Wenn deine Mutter sich schon so über deine Haare aufgeregt hat, was würde sie dann erst sagen, wenn du hier einen durchziehst. Soll ich euch mal sagen, was mir bei Unterleibskrämpfen am besten hilft? Ein Orgasmus, daß ich die Engel singen höre.«

Die Mädchen verziehen die Gesichter.

»Klar«, sagt Nat. »Wenn du mir deinen Sam ausborgst, kann ich mich mit ihm für ein Quickie unter die Zuschauerbänke zurückziehen.«

»Beweg dich doch«, rät Melissa Jandreau, «vielleicht lösen die Krämpfe sich dann etwas.«

»Glaub ich kaum.«

Als Nat vor Stacey Gould steht, wirkt sie fast transparent. Gould hat den Ball und wirft ihn Heather Alley zu, die aber verpatzt und Melissa Jandreau die Gelegenheit gibt, ihn ihr abzunehmen. Der Ball fliegt quer über das Feld von der einen Zwillingsschwester zur andern und von dort zu der Mutantin. Vonda Alley baut sich mit rudernden Armen vor Deanie auf, die einfach stehenbleibt und die Augen verdreht. Tara eilt Vonda zu Hilfe. Sie stemmt die Arme in die Hüften und wirkt wie ein Wall. Nat und Billie schleichen sich von hinten an die beiden heran, Tara nimmt sie aus dem Augenwinkel wahr und ist für einen Moment abgelenkt. Deanie nutzt ihre Chance, geht in die Hocke und wirft den Ball zwischen Taras Beinen hindurch. Billie fängt ihn und spurtet schon zum Korb. Pope und Vonda sind ihr sofort auf den Fersen. Am Netz wartet schon Gould, während Heather und Kelly mit den Zwillingen beschäftigt sind. Die Mutantin läuft an der Außenlinie entlang, bekommt den Ball von Billie, wirft und macht zwei Punkte.

Damit ist der Kampfeswille der Whalers gebrochen. Greenspark macht in kurzer Folge zehn weitere Punkte. Vier sind Melissa und vier weitere Billie zu verdanken. Und Nat, die von Kelly gefoult wurde, erringt beim Freiwurf zwei Punkte. Danach schafft Tara Popo die ersten drei Punkte für Port Rose. Alle Versuche, die Mutantin mit zwei Spielerinnen zu decken, sind von vornherein zum Scheitern verurteilt. Deanie ist einfach nicht zu stoppen und wirbelt wie ein Derwisch über den Platz.

Langsam fangen die Whalers sich wieder. Hin und wieder gelingt ihnen ein Wurf, und manchmal können sie eine Greenspark-Spielerin erfolgreich abblocken. Am Ende des ersten Viertels steht es 23 : 19 für die Indians.

Sam gefällt nicht, wie wächsern Nats Gesicht aussieht. Sie hat bereits drei Würfe versiebt. Kurz darauf rennt Tara Pope in sie hinein.

»Oh, Scheiße!« stößt Todd hervor. »Habt ihr gesehen, wie dieser Lastwagen Nat überrollt hat? Sie wird nie wieder laufen können!«

»Was für ein Weib«, sagt Rick. »Eine wie die könnten wir

gut in unserem Football-Team gebrauchen. Wenn es regnet, könnte man eine komplette Raketenabschußbasis unter ihrem Arsch trockenstellen.«

Nat geht zur Bank. Deb Michaud kommt für sie aufs Feld.

Greenspark beginnt die zweite Hälfte mit einem vernichtenden Angriff, der insgesamt zwölf Punkte einbringt. Die Whalers nehmen danach Auszeit. Vonda Alley rennt heulend zu ihrer Trainerin und hockt sich vor sie hin.

Die Whalers kommen wieder aufs Feld, und Deanie geht zu Vonda, um sie zu beruhigen. Kaum hat sie ihr einen freundlichen Klaps versetzt, starrt Vonda sie entsetzt an, macht dann auf dem Absatz kehrt und rennt schreiend zu ihren Kameradinnen.

Dank eines verpatzten Passes zwischen den Zwillingen gewinnt Port Rose wieder an Boden. Als Melissa den Ball an Kelly Alley verliert, wird Melanie furchtbar wütend und schimpft. Melissa will das nicht auf sich sitzen lassen. Während die beiden sich angiften, läuft Kelly in aller Seelenruhe zum Netz. Deanie, die sofort nachsetzt, brüllt Melanie an, die eigentlich Kelly decken sollte. Bis die Zwillinge sich wieder berappelt haben, hat Kelly den Ball ihrer Kusine zugeworfen, und die versenkt ihn im Korb.

Das weckt die Lebensgeister der Whalers. Sie brechen einfach durch die Verteidigung der Indians durch, und als sie dreimal hintereinander drei Punkte gemacht haben, verlangt die Mutantin Auszeit.

Sie gruppiert die Verteidigung um, und nun hat Port Rose nur noch wenig zu lachen. Deanie, Billie und Melissa holen Punkt um Punkt. Deb Michaud versiebt zweimal. Beim nächsten Versuch ist sie mit den Nerven am Ende. Bei Schluß des dritten Viertels liegen die Whalers mit zwei Punkten vorn.

Nat kommt für Deb ins Spiel. Beide Seiten schenken sich nichts, und so bleibt es bis zum Ende der Begegnung. Die Ermüdung der Spielerinnen wächst, und so häufen sich die Fehler. Manchmal kann die Gegenseite das ausnutzen, aber immer öfter geht es auch schief. Dann kann Nat sich kaum noch auf den Beinen halten, und die Trainerin ruft sie heraus. Die Assistentin folgt ihr und kehrt wenig später zurück, um mitzuteilen, daß Nat sich übergeben hat.

Deb, die für sie ins Spiel kommt, zeigt nun endlich, was in ihr steckt. Die Begegnung wird härter und kampfbetonter, so als hätten alle Spielerinnen ihre Batterien aufgeladen. Nat kommt wieder in die Halle und hockt sich bleich und schwitzend auf die Bank. Als Melissa wegen eines Fouls vom Platz muß, springt Nat für sie ein. Greenspark baut seinen Vorsprung auf zehn Punkte aus, und die Whalers wissen, daß sie das kaum noch aufholen können. Als das Aus ertönt, ist der Vorsprung zwar auf sechs Punkte zusammengeschrumpft, doch damit haben die Greenspark Indians die Mädchen-Meisterschaft 1991 gewonnen.

Aus den Lautsprechern ertönt der Hinweis, daß heute nacht noch ein Spiel auf diesem Platz stattfindet. Trotzdem leeren sich die Tribünen.

Sam findet Deanie, zieht sie aus der Gruppe, von der sie gerade umringt wird, und umarmt und küßt sie. Er möchte sie gar nicht mehr loslassen, aber das Geschiebe ist zu groß. Plötzlich ist er von ihr abgedrängt, und dann taucht Rick neben ihm auf, um ihm mitzuteilen, daß es höchste Zeit ist, sich für das Spiel umzuziehen.

Später sieht er Deanie wieder; die Mädchen kommen gerade von der Siegerehrung. Doch er erblickt sie nur für den Bruchteil einer Sekunde, so als stiege sie in einem Düsenjet in den Himmel und er bliebe am Erdboden zurück. Sam kann ihr gerade noch das Kopftuch zurückgeben, dann hat der Strom kreischender und jubelnder Mädchen sie schon davongetragen.

Er berührt sein Haar. Am Morgen hat sie es ihm zu drei Zöpfen geflochten. Als er die Umkleidekabine betritt, reagieren seine Kameraden wie erwartet: »Seht euch nur Slammer an!« ruft Rick. »Schlimmer geht's ja wohl kaum noch!«

»Ich schätze, demnächst rasierst du dir auch noch den Schädel kahl«, knurrt der Trainer.

»Nein, als nächstes stehen Dreadlocks an. Ich werde Rasta-Mann«, zieht Sam ihn auf.

»Rasta-Sam!« ruft Rick begeistert.

»Dreadlocks? Was um alles in der Welt ist denn das?« Der Trainer hat nicht die Spur einer Ahnung.

Unter ihm der goldene Boden, über ihm das Dach aus Licht und links und rechts die Menschenwälle auf den Tribünen. Der Korbring lockt, die Kapellen dröhnen, und er weiß, daß dies kein Traum ist.

Die Ferrymen tragen Weiß mit silbernen und orangefarbenen Besätzen. Das Team aus Derry verfügt über eine Reihe von Riesen. Gleich in der ersten Mannschaft befinden sich vier Zweimetermänner. Drei von ihnen haben schon in der letzten Saison mitgespielt, in der Derry für eine Sensation sorgte. Alle haben sich die Haare an den Seiten abrasiert; nur ein Büschel ist oben auf dem Kopf übriggeblieben. Sie sehen aus wie Offiziersschüler irgendeiner Kadettenanstalt.

Der Starschütze der Ferryman ist Phil Malenfant, der allerdings nur ein Meter fünfundsiebzig mißt. Malenfant ist flink wie Spucke auf einer heißen Herdplatte. Er trägt einen Dress, der den aktuellen Uniformen der Nationalliga nachempfunden ist. In den vier Jahren seiner High-School-Basketballkarriere hat er es auf fast zweitausend Punkte gebracht. Auf der Center-Position befindet sich Shawn Godfrey, einer der Zweimetermänner, dessen Punktezahl nur knapp unter der von Malenfant steht. Als Sam und Godfrey sich zur Begrüßung die Hand reichen, blitzt es aus dessen blauen Augen wie Laserstrahlen. Die drei Guards sind Mark Tozier, Steven Starbuck und Jesse Blood, ein gut eingespieltes Trio.

Sam wird schon nach einem Blick auf Godfrey klar, daß der Junge Angst hat. Mag sein, weil es heute um den Titel geht, mag aber auch sein, daß er sich vor Sam fürchtet. Wie dem auch sei, der Schweiß an seiner Kehle und das Zucken an seinem Kiefer sprechen eine verräterische Sprache. Als Sam ihn anlächelt, zuckt Godfrey wie ein Tier zusammen, das die Flucht ergreifen will.

Beide springen hoch, um den Ball zu erhaschen.

Sam wirft zu Rick, doch schon ist Malenfant da und nimmt ihm den Ball ab. Der Starwerfer stürmt auf den Korb zu, und die vier anderen Ferrymen rollen wie eine Lawine gegen die Verteidigung von Greenspark an. Doch die Indians sind darauf vorbereitet. Rick setzt Malenfant nach, bringt ihn vom Kurs ab und sorgt dafür, daß er nur langsam vorankommt. Als die Ferrymen die Drei-Punkte-Linie erreichen, stehen die Reihen von Greenspark fest geschlossen. Sam hat seinen Platz am Korb eingenommen.

Malenfant zögert und scheint zu überlegen, ob er von dieser Marke aus einen Wurf wagen soll. Er entscheidet sich dafür, hat aber nicht mit Rick gerechnet. Kaum verläßt der Ball seine Finger, springt Rick hoch, nimmt ihn ihm ab und wirft ihn Todd zu. Todd läßt seinen Bewacher Starbuck im Regen stehen und gibt ihn an Sam ab, der sofort nach vorn stürmt. Er versenkt ihn im Korb, ohne den Ring zu berühren, und landet auf federnden Knien.

Godfrey erwischt den Ball, wirbelt herum und sieht sich Sam und Tim Kasten gegenüber. Er wirft den Ball tief zu Malenfant, doch Rick fängt ihn ab und gibt gleich an Tim weiter. Godfrey will ihn stoppen und trifft ihn mit dem Ellbogen am Ohr; das erste Foul wird gepfiffen.

Über dem Geschrei der Menge kann Sam die Rufe des Trainers von Derry vernehmen: »Gebt nur auf den Ball acht! Keine Fouls! Plan D!« Sein eigener Trainer hockt auf der äußersten Kante der Sitzfläche.

Derry hat die Spielweise der Indians intensiv studiert und sich eine entsprechende Strategie zurechtgelegt. Doch im Grunde können sie mit keinem Spielzug überraschen, dem Greenspark nicht irgendwo schon einmal begegnet wäre. Trotzdem sind sie das härteste Team, dem die Indians je gegenübergestanden haben. Godfrey ist kleiner als Sam, aber mindestens ebenso muskulös gebaut, und eine grimmige Verzweiflung befeuert seinen nimmermüden Einsatz. Malenfant ist eine Spur schneller und flinker als Rick. Von den Guards ist keiner so beweglich und durchtrainiert wie Todd Gramolini, aber Starbuck und Bither sind sich ebenso wie Tozier und Kasten ebenbürtig. Noch vor Ende des ersten Viertels ist klar geworden, daß ein schwieriges und äußerst hartes Match bevorsteht.

Jedem Gegner, der ihm zu nahe kommt, gleich ob er blockt oder geblockt wird, schenkt Sam sein enervierendes Idiotenlächeln und versucht damit, dem Spiel seine eigene freundliche Note zu geben. Wenn jemand stürzt, hilft er ihm auf, und für jeden, der Pech hatte, hat er einen freundlichen Klaps übrig. Rick greift sein Beispiel auf, und auch Todd schließt sich an. Die Ferrymen fühlen sich in zunehmendem Maße von einem solchen Gegner verarscht.

Im zweiten Viertel gelingt es den Indians in sechs Minuten, sieben Punkte zu machen und gleichzeitig die Ferrymen leer ausgehen zu lassen. Doch dann schlägt Derry zurück. Sie tragen ihren Angriff wütend und mit allen Mitteln vor und haben schließlich nicht nur aufgeholt, sondern liegen auch mit vier Punkten vorn. Dafür müssen sie aber erst einmal auf Malenfant und Starbuck verzichten, die jeder vier Foulverweise eingefangen haben. Godfrey und Blood sind je dreimal vom Schiedsrichter erwischt worden, Tozier »nur« zweimal. Auf der Greenspark-Seite haben sich Sam, Kasten und Bither je zweimal etwas zuschulden kommen lassen, während Gramolini es auf drei Verweise bringt. Die Ferrymen-Spieler, die für Malenfant und Starbuck aufs Feld laufen, sind zwar gut, aber keine ernstzunehmenden Gegner für die Indians. Am Ende des dritten Viertels liegt Greenspark wieder vorn.

Im vierten Viertel sind Malenfant und Starbuck wieder dabei. Gramolini foult Starbuck, aber der Trainer läßt ihn im Spiel. Starbuck hat mit seinen Freiwürfen Erfolg. Kurz darauf verwandelt Malenfant einen Wurf von der Drei-Punkte-Linie, und plötzlich liegen die Indians mit fünf Punkten im Rückstand.

Noch fünf Minuten sind zu spielen. Dies ist Sams letztes Basketballspiel für Greenspark, das Finale seiner High-School-Karriere.

Ein Spiel wie die Musik, auf die er so abfährt und an der er die unbegrenzten Ausdrucksmöglichkeiten liebt. Dieses Spiel hat Momente der rohen Kraft, des äußersten Durchhaltewillens und der letzten Reserven. Es verlangt Intelligenz und peinlich genaues Timing. Es finden sich Augenblicke der Slapstick-Komik, aber auch der Eleganz, die jeden russischen Ballettänzer mit Neid erfüllen würden. In dieser Begegnung kann alles passieren.

Godfrey wirft zu weit. Sam spurtet hin und nimmt mit einer Hand den Ball auf. Woods läuft bereits rückwärts auf die gegnerische Spielhälfte. Sam wirft, Rick fängt auf, dreht sich gleichzeitig nach vorn und versenkt den Ball im Korb. Malenfant stürmt heran, doch ihm bleibt nur noch das Nachsehen.

Noch viereinhalb Minuten. Sam vereitelt zwei Wurfversuche von Godfrey. Starbuck foult Gramolini, und der bringt mit seinen Freiwürfen Greenspark wieder in Führung. Malenfant macht einen Dreipunkter. Ein Ellbogen trifft Todd an der Nase, und er muß auf die Bank, weil die Regeln besagen, daß auf dem Spielfeld kein Blut fließen darf. Alquist ersetzt ihn. Der Junge hat seit Spielanfang auf seine Chance gewartet. Kurz darauf wird Sam am Korb von Godfrey gefoult. Bei den Freiwürfen holt er zwei weitere Punkte.

Noch siebenunddreißig Sekunden. Malenfant ist im Ballbesitz und stürmt zum Korb. Rick will ihn aufhalten, stolpert aber über seine eigenen Füße. Malenfant trickst Alquist und Kasten aus, erreicht die Linie und setzt zum Sprung an. Der Ball fliegt in hohem Bogen und landet im Korb.

Sam führt den Gegenangriff und gibt zu Rick ab, doch zu dessen großer Überraschung ist Tozier schneller und nimmt ihm den Ball weg. Im Drehen versenkt er ihn im Korb und macht drei Punkte. Sam bringt sich wieder in den Besitz des Balles und schleudert ihn über die ganze Länge der Halle. Er knallt gegen das Brett, landet auf dem Ring und prallt ab. Das Aus ertönt, und das Spiel steht unentschieden.

Drei Minuten werden nachgespielt. Beide Teams kehren zu ihren Bänken zurück, um sich zu beraten. Die Uhr fängt wieder an zu laufen. Greenspark bekommt als erster den Ball, aber Alquist kann ihn nicht behalten, weil Blood und Malenfant wie hungrige Wölfe über ihn herfallen. Doch die Indians stehen wie eine Mauer zwischen den Ferrymen und dem Korb. Die gegnerischen Werfer werden zunehmend frustrierter, verdoppeln aber ihre Anstrengung. Schließlich wirft Malenfant mit dem Wut der Verzweiflung. Der Ball prallt ab, und Bither erwischt ihn. Worüber keiner überraschter zu sein scheint als Bither selbst. Er gibt den Ball rasch und mit einem Seufzer der Erleichterung an Sam ab. Derry macht es Greenspark nicht leicht. Ständig tauchen die Ferrymen dort auf, wo man sie am wenigsten erwartet hätte, stehen gleich darauf wie die Kavallerie am Horizont und fallen schon wieder auf die Verteidigungslinie zurück. Rick, Bither und Kasten werfen sich den Ball abwechselnd zu, und von der Tribüne ertönen schon Rufe wie »Aufhören!«

Kurz vor Schluß der Verlängerung nimmt Rick den Ball und trifft auf Malenfant, Tozier und Blood. Er täuscht einen Wurf zu Kasten vor, dreht sich, täuscht wieder und tritt einen Schritt zurück. Die drei folgen seinen Bewegungen, aber er macht eine Drehung um hundertachtzig Grad und wirft den Ball zurück an Alquist, der ihn tief zu Bither schleudert. Die drei Ferrymen stürmen zu ihm, und Rick bringt sich in Position, um den Ball von Bither zurückzubekommen. Gerade als Bither hochspringt, ist Godfrey heran und nimmt ihm die Lederkugel ab.

Da schnappt Sam den Ball aus den hochgereckten Händen. Er hört neben sich das Schnaufen der Münder und das Quietschen der Turnschuhe, spürt Arme und Beine, die ihn streifen, und vernimmt seinen beschleunigten Herzschlag. Als er wirft, hört er nur am Jubel der Fans, daß er getroffen hat.

Noch sieben Sekunden.

Tozier gibt an Godfrey ab und der an Malenfant. Mit allem, was noch in ihm ist, wirft Malenfant. Der Ball trifft nicht einmal die Nähe des Korbs.

Konnte es je einen Zweifel am Ausgang geben? fragen die Reporter später Sam. Derry hat gut gespielt, aber Greenspark hat mit 77 : 75 gewonnen. Die Ferrymen sind allesamt gute Spieler, und keiner von ihnen hat eine schlechte Nacht hinter sich. Aber Greenspark hat immer dann Punkte gemacht, wenn es notwendig schien, und Derry eben nicht.

Im Meer der Begeisterten hebt Sam Deanie auf seine Schultern. Sie reitet wie eine Königin auf ihm, und im gleißenden Licht glänzt ihr kahlgeschorener Schädel wie eine goldene Kugel. Plötzlich stellt sie sich mit den Füßen auf seine Schultern, und er hält ihre Knöchel fest. Reuben taucht neben ihm auf und streckt ihr die Arme entgegen. Sie läßt sich vertrauensvoll fallen. Er fängt sie auf und stellt sie auf die Füße.

Ein ganzer Wald von Mikrofonen reckt sich Sams Gesicht entgegen.

»Ist dies der erregendste Moment Ihrer gesamten High-School-Zeit?« will eine junge Fernsehreporterin wissen.

Natürlich erwarten jetzt alle von ihm, daß er ja sagt. Aber er antwortet mit dem, was ihm gerade in den Sinn kommt: »Nein, der dritterregendste.«

Während die junge Frau verständnislos blinzelt, nutzt er die Chance zur Flucht.

Als die Jungs die Umkleidekabine verlassen und nach draußen strömen, werden sie dort von beißender Kälte empfangen. Im Licht der Scheinwerfer sind die Büsche am Zaun rotgolden gefärbt. Sie sehen aus wie Weiden, die sich auf den Frühling vorbereiten.

Um halb drei Uhr nachts erstrahlt die Greenspark Academy im hellsten Licht; es summt in ihr wie in einem Bienenstock. Wenn jetzt noch Rauch aus dem Boden aufstiege, wäre die Illusion komplett, daß es sich bei dem Komplex um ein Raumschiff handelt, das ins All startet, um seinen Samen auf allen Welten auszusäen. Eine Stunde später leert sich der Parkplatz. Um Viertel vor vier glühen die Scheinwerfer nur noch schwach. Ein einzelner Gettoblaster verbreitet einen Rhythmus, bei dem man nicht stillsitzen kann. Auf den draußen gelegenen Spielfeldern treten die beiden siegreichen Mannschaften von Greenspark in gemischten Teams gegeneinander an. Anfassen und Körperkontakt sind ausdrücklich erlaubt. Ein einzelner Polizist steht am Rand und sieht ihnen zu. Er würde zu gern eine Zigarette rauchen, hat aber sein Päckchen Sonny Lunt überlassen, den er in die Ausnüchterungszelle sperren mußte. Eigentlich soll der Beamte darauf achten, ob die Kids nicht schon wieder einen Streich im Sinn haben. Doch allem Anschein nach wollen sie nur noch etwas Basketball spielen.

Er verfolgt die Begegnung so intensiv, daß er nichts von dem Trupp mitbekommt, der durch die Nacht schleicht und sich an dem großen Schild zu schaffen macht. Wenig später hängt unter dem Hinweis, daß Greenspark 1991 sowohl den Titel in der Jungs- wie in der Mädchen-Liga geholt hat, ein weiteres Brett, das verkündet: BÄLLE IN DER BLUSE – BÄLLE IN DER HOSE – NUR SO FUNKTIONIERT DIE CHOSE.

43

Sanft wie eine Schneeflocke gleiten die Zeitungsausschnitte aus dem Umschlag. Es ist Dienstag nacht und Abendbrotzeit. Die Ausschnitte stammen aus der Montagsausgabe. Ein Bild zeigt Sam und Deanie auf seinen Schultern. Jemand hat ihre Stirnen mit einer Kugelschreiberspitze durchbohrt. Sam zerknüllt das Bild rasch, bevor Deanie etwas davon mitbekommen kann. Zu seinem Glück füttert sie gerade Indy mit Bananenmus.

Sam weiß nicht, was er davon halten soll. Vermutlich steckt nicht mehr als ein dummer Scherz dahinter. Aber seitdem dreht er sich immer häufiger um, reagiert sofort, wenn er aus dem Augenwinkel eine Bewegung zu erkennen glaubt und blickt häufiger als gewöhnlich in den Rückspiegel.

Am Donnerstag wird er aus der Klasse ins Sekretariat gerufen. Lonnie Woods befindet sich beim Rektor. Er hat die Mütze in der Hand und macht ein besorgtes Gesicht. Laliberte schweigt vor sich hin, und Sam bekommt ein schlechtes Gewissen. Einen Moment später betritt Deanie das Zimmer. Lässig wie immer spaziert sie herein. Ein Blick auf die Anwesenden läßt sie aber zusammenfahren.

Der Rektor räuspert sich. »Sergeant Woods muß Ihnen etwas mitteilen, Deanie.«

»Es geht um deine Mutter«, beginnt Lonnie, und Sam tritt sofort an ihre Seite.

Die Nachbarn sind alle draußen auf den Bürgersteigen und starren das Haus an, auch dann noch, als der Leichensack längst herausgetragen und in die Ambulanz verfrachtet worden ist. Fernseh-Teams kommen und gehen und befragen jeden, der ihnen über den Weg läuft. Einige Nachbarn geben vor Mikrofon und Kamera kund, daß niemand mit so etwas Schrecklichem gerechnet hätte. Andere erklären, sie hätten das schon lange kommen sehen. Die Reporter setzen betretene Mienen auf, wenn sie von der Ironie der Tragödie berichten, daß es sich bei der Ermordeten um die Mutter der gefeierten Basketball-Spielerin gehandelt hat.

Tony Lord ist verschwunden. Die Polizei vermutet, daß er sich längst außer Landes befindet. Lonnie Woods teilt Sam mit – nur ihm, nicht Deanie –, daß Lord noch für einige Stunden neben Judy Gauthier im Bett gelegen habe, während sie den Verletzungen, die er ihr am Sonntag zugefügt hatte, langsam erlag. Danach sei er aufgestanden, habe geduscht, sich angezogen und gepackt und sei schließlich davongefahren, ohne das Licht zu löschen oder die Heizung herunterzudrehen.

Deanie vergießt keine Tränen. Sie liegt in Sams Armen auf der Couch, während sie sich die Abendnachrichten anschauen. Als der schwarze Sack aus dem Haus getragen wurde, riß sie nur die Hände vors Gesicht. In den nächsten Tagen ist sie sehr in sich gekehrt und zieht sich bis auf Sam vor jedem zurück. Wenn sie den Mund aufmacht, was selten genug vorkommt, will sie eine Zigarette oder einen Joint haben.

So ist er nicht sonderlich überrascht, als er sie eines Abends dabei ertappt, wie sie in seiner Schreibtischschublade herumkramt. Deanie macht sich gar nicht erst die Mühe zu verheimlichen, daß sie dort nach Geld sucht. Sofort wird sie wütend und wirft ihm vor, es sei nur recht und billig, sein Geld zu nehmen, wo er doch all ihren Besitz dazu verwendet hätte, ihre Medikamente und die ärztliche Behandlung zu bezahlen. Und es stehe ihr zu, stoned zu werden, wann immer sie das wolle. Die ganze Saison über sei sie clean geblieben, aber nun sei das Finale vorbei und der Titel gewonnen. Und wenn ihm irgend etwas an ihr nicht passe, könne er sie am Arsch lecken. Während sie zetert, läuft sie herum und reißt sich die Kleider vom Leib, bis sie oben ohne vor ihm steht. Ihre Worte treffen ihn wie Messer.

Im Lampenlicht, das den weichen Schein einer Kerze verbreitet, steigert sie sich immer mehr in Hysterie. Ihre kleinen Brüste zittern, und ihre Rippen sind wieder zu sehen, weil sie seit dem Tod ihrer Mutter keinen Bissen zu sich genommen hat. Trotz allem ist ihre Erregung nur äußerlich. In Wahrheit fühlt sie sich wie ein Tier, das in einer Falle steckt. Sam breitet die Arme aus, und sie wirft sich an seine Brust und mit ihm aufs Bett.

Schwitzend preßt sie sich an ihn, und er lächelt sie an. Fast scheint es, als habe sie sich beruhigt, doch plötzlich verzerren sich ihre Züge wieder, und sie schlägt ihm mit ihren kleinen Fäusten auf den Mund. Dann fahren ihre Finger in sein Haar und reißen ruckartig daran.

Fluchend packt er ihre Handgelenke und dreht sie herum, bis Deanie von ihm abläßt. Doch jetzt versucht sie, ihn ins Gesicht zu beißen. Er stößt sie von sich und wirft sie auf den Rücken. Seine Faust schwebt über ihrer Nase, ohne daß er sich dessen bewußt wird. Erst als er sieht, daß sie die Augen geschlossen und in Erwartung des Schlages alle Muskeln angespannt hat, wird ihm klar, was beinahe geschehen wäre. Ein Tropfen Blut fällt von seiner aufgeplatzten Oberlippe auf ihre Wange und läuft an der Narbe entlang.

Er zieht die Faust zurück und wischt sich mit dem Handrücken über den Mund. Er rutscht zum Bettrand und hockt sich dort hin.

»Ich kann das einfach nicht«, erklärt er ihr. »Du brauchst Hilfe, professionelle Hilfe, und die kann ich dir nicht geben.«

Als er sich zu ihr umdreht, sieht er, daß sie das Gesicht im Kissen vergraben hat. Ihr Rücken bebt und wölbt sich.

Er findet ein paar alte Kleidungsstücke und zieht sie Deanie an. Dann holt er Wasser und ein Aspirin und flößt ihr beides ein. Sie ist jetzt ruhig; ausgebrannt und am Ende ihrer Kräfte. Sam liegt noch lange wach. Deanie bekommt im Schlaf einen Schluckauf. Ihr Atem geht unregelmäßig, wie bei Indy, wenn sie einen Wutanfall hinter sich hat.

Seine Hilflosigkeit erscheint ihm wie eine hohe Mauer, über die er nicht hinüberblicken kann. Am Morgen teilt er ihr mit, daß er für eine Weile im Wintergarten schlafen will. Angespanntes Schweigen folgt, dann erklärt Deanie, sie sei ja wohl diejenige, die im Gästezimmer zu schlafen habe. Er will darüber nicht mit ihr streiten, denn er ist viel zu froh, daß sie ihn nicht schon wieder falsch verstanden hat und glaubt, er wolle sie aus seinem Bett und aus seinem Leben jagen. Als er ihr das sagt, bricht sie in Tränen aus.

Fast zu rasch erklärt sie sich einverstanden, mit Dr. Spellman zu reden und sich von ihr an einen Therapeuten überweisen zu lassen. Er sagt ihr, daß er sie begleiten wolle, wenn sie das wünsche, denn er sei bereit, alles zu unternehmen, damit es ihr wieder besser ginge.

In dem ebenso gutgemeinten wie durchsichtigen Bemühen, Sam von seinem Kummer mit Deanie abzulenken, bietet Reuben ihm an, den Eldorado zu überholen und dann mit ihm eine Spritztour zu machen. Am ersten Sonntag im April fahren Sam und Deanie mit dem Wagen nach Greenspark hinein.

Zu Sams großer Verblüffung scheint es zu funktionieren. Einfach so im Cadillac zu sitzen und das Schnurren des starken Motors zu hören, wirkt ungemein beruhigend. Deanie schiebt eine Kassette ein, stellt die Füße aufs Armaturenbrett und läßt sich von Grunge Machine berieseln.

»Laß uns zur Schule fahren«, schlägt sie vor.

Sam sieht über den Bäumen den Fabrikturm.

»Da ist der Spielplatz«, sagt er.

Sie kuschelt sich an ihn und bindet sich das Halstuch um den Kopf. Ihre Fingerspitzen fahren über die neuen Ketten in ihrem Gesicht. Sarah hat ihr auch einen neuen Ohrring geschenkt: zwei miniaturisierte goldene Basketbälle an einer silbernen Kette. Sie trägt Sams Pullover, der ihr weit über den Hintern reicht.

Der Wagen rollt die Zufahrt zum Spielplatz hinunter. Hier und da liegen schmutzige Schneereste, und der Boden ist von den vielen Kinderstiefeln aufgewühlt.

Sam öffnet Deanie die Tür und hilft ihr heraus. Sie hakt sich bei ihm ein, und sie spazieren gemächlich über den Platz.

Plötzlich packt er sie unter den Achseln und wirbelt sie herum, bis ihr schwindlig wird. Lachend laufen sie zu den Türmen und Palisaden des Kinder-Forts. Sam hat das Gefühl, daß es ihnen am besten geht, wenn sie ausgelassen wie Kinder sind. Abgesehen vom Sex natürlich. Wenn er darüber nachdenkt, kommt er zu dem Schluß, daß Sex das Allerbeste ist. Er vermißt ihn und ist ziemlich scharf auf sie, aber sie sind stillschweigend übereingekommen, in dieser Hinsicht nichts zu unternehmen. Noch immer schlafen sie in einem Bett, aber dort tut sich nichts mehr.

Die bisherigen zwei Sitzungen bei dem Therapeuten waren für Sam keine sonderlich angenehmen Erfahrungen. Er mußte mit anhören, wie Deanie sich selbst zunichte gemacht hat, doch danach war sie stets etwas gelöster. Allerdings haben seine Verwirrung und sein Gefühl der Hilflosigkeit nicht nachgelassen. Manchmal glaubt er, es werde nie funktionieren, und am besten solle er aufgeben.

Er setzt sie auf eine Kinderhütte und zwickt sie ins Knie. Sie vergräbt ihre Finger in seinen Haaren, zieht ihn zu sich heran und küßt ihn. Ein süßer, langer Kuß, ganz anders als der, den sie sich abends im Bett vor dem Einschlafen geben. Lockend sieht sie ihn an und streichelt ihn, bis er seine Hände unter den Pullover gleiten läßt und ihr Brüste umschließt. Dann küßt er sie unterhalb der Taille. Die neuen Ketten dort brennen kalt auf seinen Lippen.

»Ist ziemlich kühl hier draußen«, sagt er. »Warum gehen wir nicht in die Fabrik?«

Sie hält den Kopf schief und sieht ihn spitzbübisch grinsend an.

»Natürlich nur, wenn du Lust dazu hast.«

»Nun«, sagt sie, »irgendwann muß ich ja doch wieder dorthin.«

Das Schloß liegt auf dem Boden und rostet. Stapfen vor der Tür weisen darauf hin, daß in der Zwischenzeit jemand hiergewesen sein muß.

»Penner, was?« meint Deanie. »Na ja, irgendwo müssen sie ja hin, wenn sie nicht erfrieren wollen.«

In der Fabrik erwarten sie die vertraute Kälte und der wohlbekannte Geruch von Fäulnis. Sam schaltet das Licht ein, und ein trüber Schimmer breitet sich in der höhlenartigen Halle aus. Der Korbring wirft einen Schatten an die Ziegelsteinmauer, der an einen Galgen erinnert.

Deanie rümpft angesichts des Gestanks die Nase. Anscheinend haben die Penner sich in den Ecken entleert.

Er will weiter, aber sie stellt sich vor ihn. »Laß mich zuerst gehen. Wenn hier irgendwelche Saufbrüder herumliegen sollten, möchte ich nicht, daß du dir bei ihrem Anblick in die Hose machst.«

Sam schließt die Hausmeisterbude auf, und sie schlurft durch die Halle.

»Wir hätten einen Ball mitbringen sollen!« ruft sie.

»Dein alter liegt hier bestimmt noch irgendwo herum.«

Dann steht sie vor dem Versteck in der Wand, und er hört, wie sie eine Kerze aus der Blechdose nimmt.

Überall liegt Abfall. Eine zerbrochene Bierflasche, leere Konservendosen und Zigarettenkippen. Auf der Matratze liegt eine schmutzige Decke. Der Heizkörper funktioniert noch und hat vermutlich den, der hier eingezogen ist, vor einer Lungenentzündung oder schlimmerem bewahrt.

Als Deanie zu ihm kommt, geht Sam auf sie zu. »Der Ball ist nicht mehr da. Ohne Zweifel ist jemand hier eingezogen, aber zur Zeit außer Haus. Vermutlich schließt er gerade irgendwo Freundschaft mit einer neuen Flasche.«

Sie sehen sich an und lesen im Gesicht ihres Gegenübers denselben Gedanken. Dies ist nicht mehr ihr Zufluchtsort, sondern nur noch ein Loch, in dem ein Penner haust. Falls einer von ihnen vorher das Bedürfnis verspürt hat, sich hier wie in alten Zeiten noch einmal zu lieben, so ist es spätestens jetzt erloschen.

Sam nimmt ihre Hand. »Komm, wir wollen uns etwas umsehen.«

Sie zünden Kerzenstummel an und wandern durch die leeren Hallen und Räume, in denen irgendwann einmal irgend etwas, das längst in Vergessenheit geraten ist, hergestellt wurde. Jahrzehntelang haben hier Arbeiter in mehreren Schichten geschuftet, um Produkte zu fabrizieren, die für irgendwen von Wert gewesen sein müssen. Im Kerzenlicht kommt Sam dieser Ort noch unheimlicher vor als früher. Von überall kommen leise Geräusche – Ratten oder Tauben –, und es hat den Anschein, als würde das alte Gemäuer, obwohl längst tot, immer noch wie ein Zombie atmen. Das

Wachs der Kerzen verbreitet einen Duft, der ihn an den in Kirchen erinnert. Ihm wird feierlich zumute, und er glaubt, diesen Moment bis an sein Lebensende nicht mehr vergessen zu können.

Sie schreiten die alten Maschinen ab, die Sam wie Dinosaurierskelette vorkommen. Unter dem Eis des Baches gurgelt leise das Wasser und bringt einen metallischen Geruch mit sich.

Am Fuß des Turms entdecken sie, daß etliche der unteren Stufen eingefallen und verrottet sind. Voller Melancholie sagt sich Sam, daß die Zeiten, in denen man von der Turmspitze einen wunderbaren Blick auf die Stadt hatte, unwiderruflich vorbei sind.

Zurück in der Haupthalle löschen sie die Kerzen. Im grellen Lampenlicht sieht der Korbring an der Wand erbärmlich aus. Sam kommt sich wie ein Idiot vor, daß er Deanie damit einmal eine Freude machen wollte. Je länger er darauf starrt, desto mehr erinnert ihn der Ring an eine Gefängnissportanlage. Als er sich zu ihr umdreht, ist sie fort.

Voller Panik hält er in allen Richtungen nach ihr Ausschau. Dann rascheln die Seile, und er hört ihr Kichern. Deanie befindet sich auf halbem Weg hinauf zu den Querbalken.

»O Scheiße«, seufzt er.

Behende wie ein Affe klettert sie ins Gestühl. Oben sucht sie sich einen sicheren Platz, geht in die Hocke und zieht einen kleinen Beutel aus ihrem Ärmel. »Komm herauf und nimm einen Zug, du verkrampfter kleiner Trottel.«

»Wo hast du den Shit her?« will er wissen.

Sie gibt ihm keine Antwort, aber das braucht sie auch nicht. Das Gras muß sich in der Blechdose befunden haben.

»Das gefällt mir wirklich nicht!« ruft er ihr zu. »Warum so ein Rückschritt? Rauschgift ändert gar nichts, Deanie!«

»Vollkommen richtig. Es ändert nicht das Geringste. Und jetzt schwing deinen Arsch zu mir herauf, damit wir feststellen können, ob dieser Shit noch etwas Power in sich hat.«

Er findet das Seil und zieht daran. Gott allein mag wissen, wie tragfähig es noch ist. Vermutlich konnte es gerade noch eine kahlköpfige kleine Hexe tragen, reißt aber unweigerlich, wenn ein hundertzwanzig Kilogramm schwerer Athlet sich an ihm hochziehen will. Er blinzelt zu ihr hinauf. Der Rauch weht herab und prickelt in seiner Nase. Sam legt sich das Seil um den Hals, läßt die Zunge aus dem Mund hängen und verdreht die Augen. Sie lacht, als würde er sie festhalten und gleichzeitig kitzeln.

Schließlich klettert er an dem Seil hoch und fühlt, daß es ihn halten wird. Am liebsten möchte er so schnell wie möglich nach oben gelangen, aber er zwingt sich dazu, das Seil vorsichtig und gleichmäßig zu belasten. Zumindest ist hier oben Licht, sagt er sich schließlich und betritt das Reich der Taubenkacke.

Ein Schatten saust nach unten. Er dreht sich um und sieht, daß sie den Pullover ausgezogen und fallengelassen hat.

»Siehst du, jetzt bist du schon angetörnt, obwohl noch kein Zug deine geweihten Lungenflügel verunreinigt hat.«

»Komm schon, Deanie, du weißt, daß ich deine Titten toll finde. Und jetzt steigen wir wieder nach unten. Ich hasse diese Herumturnerei und habe keine Lust, abzustürzen und mir den Hals zu brechen.«

»Armes kleines Dummchen«, verhöhnt sie ihn. »Aber gut, ich wollte ja auch nicht mehr, als diesen Ausdruck auf deinem Gesicht noch einmal sehen.«

»Was für einen Gesichtsausdruck?« will er wissen und wagt es nicht, nach unten oder auf ihre Brüste zu blicken.

»Den, als du Angst hattest, ich könnte runterfallen. Also gut, du zuerst.«

»Nein, du als erste, sonst mache ich mir vor Sorge, du könntest es nicht schaffen, in die Hose. Wenn du sicher unten angekommen bist, lasse ich mich an dem Seil herunter.«

Kichernd schiebt sie sich an ihm vorbei, steckt sich den Joint zwischen die Lippen und klettert am Seil nach unten. Was für eine Hexe! denkt er, als sie grinsend unten angekommen ist und sich für ihn wie eine Stripteasetänzerin bewegt.

Aus dem Schatten am Eingang zur Hausmeisterloge saust der Mann so rasch heran, daß er wie ein Geist wirkt. Sam sieht eine untersetzte Gestalt, breite Schultern und grobe Arbeitsschuhe. Erst als der Mann Deanie anspringt, erkennt er in ihm Tony Lord.

»Drecksack!« brüllt Sam.

Deanie versucht verzweifelt, an dem Seil wieder hinaufzusteigen, aber der Mann hat schon seine Arme um sie geschlungen und zieht sie nach unten. Er schnauft unentwegt und überschüttet sie mit einem Schwall kaum verständlicher, einer krankhaften Phantasie entsprungener Obszönitäten. Während Deanie sich mit einer Hand am Seil festhält, schlägt sie mit der anderen nach ihm und versucht gleichzeitig, sich aus seinen Armen zu winden.

Sam weiß nicht, wie er die zehn Meter, die ihn vom Boden trennen, überwinden soll. Er kommt sich vor, als stünde er am anderen Ende des Universums. Ein Sprung steht außer Frage, und solange sie sich an dem Seil festhält, kann er nicht daran hinuntersausen.

Deanie schlägt Lord auf das verletzte Auge, und er heult auf. Sie nutzt die Gelegenheit und zieht sich ein Stück am Seil hoch, aber er bekommt ihre Knie zu fassen und reißt und zerrt an ihr.

Sie schreit, und mit lautem Brüllen springt Sam von dem Querbalken.

Sergeant Woods macht den Eldorado aus und schüttelt den Kopf. Es ist schon nach zweiundzwanzig Uhr. Wahrscheinlich ist er nur ein mißtrauischer alter Sack; da draußen auf dem Spielplatz treiben sich vermutlich nur ein paar Teenager herum. Na und, laß sie doch. Doch einen Moment später hält er seinen Streifenwagen hinter dem Cadillac an und muß rülpsen.

»Mist«, murmelt er. »Wehe den Kids, wenn ich in der Karre Alkohol oder Drogen finde.«

Verdammte Jugendliche. Warum sollten Sam und Deanie sich hier draußen auf dem Spielplatz herumtreiben? Sie können doch zuhause tun und lassen, was sie wollen. Und was sollte Reuben dazu verleiten, sich hier draußen zu einem Stelldichein einzufinden?

Er leuchtet mit der Taschenlampe in den Eldorado. Niemand hält sich in dem Wagen auf.

Ein Sprung aus zehn Metern Höhe dauert nicht lange, aber es kommt Sam so vor, als befände er sich für einen Sekundenbruchteil im freien Fall, ehe die Schwerkraft nach ihm greift. Fast verfehlt er den Korbring. Das Metall verbiegt sich unter seinen Fingern und schabt Haut ab. Für einen Moment tragen seine Arme sein ganzes Gewicht, dann reißt der Ring aus der Verankerung, gefolgt von einem großen Stück der über hundert Jahre alten Mauer. Im Fall dreht er sich, und hinter ihm prasseln Ziegelsteine auf den Boden. Sie treffen auch ihn und Deanie und Lord. Als er aufkommt, fährt ein stechender Schmerz durch seine Fußknöchel. Die Oberschenkelknochen stoßen tief in die Hüftpfannen, und der Schmerz pflanzt sich durch das Rückgrat bis in den Schädel fort und erreicht rasch die Zähne. Er spürt jeden einzelnen Körperteil gleichzeitig, und in seinen Lungen ist keine Luft mehr.

Ohne es zu wissen, hat er Deanie damit aber die Chance gegeben, die sie braucht. Sams wilder Sprung lenkt Lord so ab, daß sie ein Stück weiter das Seil hinaufklettern kann. Als alles herniederregnet – Sam, Ziegelsteine, Korbring –, läßt Tony Lord sie entsetzt los und reißt die Arme hoch, um sich zu schützen. Deanie rammt ihm ihr Knie in die Weichteile und hört noch, wie er pfeifend Luft hervorstößt. Dann kommt die Lawine über sie; abrupt läßt sie das Seil los und fällt auf den Boden. Lord kippt auf sie und fängt mit seinem Rücken die Steine ab. Bevor der Regen zu Ende ist, kriecht sie unter ihm hervor und bringt sich vor seinen Händen in Sicherheit. Erst jetzt wagt sie es, sich umzudrehen. Tony ist nur noch ein blutiger Haufen, aber eine Hand sucht in den Trümmern nach Halt. Deanie bückt sich und hebt einen Ziegelstein auf, der nahezu intakt geblieben ist. Sie geht auf ihn zu, und er starrt sie verwundert an. Deanie läßt den Stein auf seine Hoden fallen. Der Mann klappt wie ein Taschenmesser zusammen und gibt ein eigentümliches Gurgeln von sich.

Sergeant Woods brüllt und stößt die Tür auf, aber in der Halle ist schon alles vorbei.

Deanie sieht mit glasigen Augen zu ihm hoch. Sie ist von der Gürtellinie aufwärts nackt, und ihre Haut ist aufgerissen und blutüberströmt. Dazu der kahle Schädel und die Ketten. Sie sieht aus wie die Göttin der Zerstörung. Ein Basketballring und haufenweise Ziegelsteine bedecken den Boden. Deanie kniet neben Sam, aber sie berührt ihn nicht. Sie hat die Hände zwischen die Schenkel geschoben, so als sei ihr kalt. Sam liegt merkwürdig verrenkt rechts von ihr. Auch er blutet, aber Woods vermag nicht zu erkennen, welche Verletzungen der Junge erlitten hat. Erst einen Moment später entdeckt er einen zweiten Mann zwischen den Trümmern. Es ist Tony Lord, der sich nicht mehr rührt.

»Sam ist nicht tot«, erklärt Deanie dem Sergeant, aber es hört sich eher so an, als wolle sie sich selbst beruhigen.

»Das stimmt, Kleines«, versichert er ihr und fühlt Sams Puls.

»Er ist nur sehr müde«, fährt sie fort. »Sam hat einen anstrengenden Tag hinter sich. Er ist den ganzen Weg von dort oben geflogen. Wahrscheinlich hat er sich etwas gebrochen.«

Woods fragt sich, ob sie high ist oder unter Schock steht.

Sie berührt Sams Ohrring und atmet zitternd aus.

Tony leckte wie Flammenzungen an ihr hoch, während sie versuchte, das Seil hinaufzusteigen. Und Sam kam direkt aus dem Licht der Lampen herabgeflogen. Er fing sich am Korbring ab, riß ihn herunter und mit ihm ging die ganze Welt in Trümmer. Der Ring rollte noch ein Stück durch den Regen der Schmerzen und das Krachen der Steine. Ein roter Vorhang legte sich vor Sam, und sein Gesicht riß auf. Sie hat alles gesehen und sieht es immer noch. Jetzt braucht sie nicht länger das Foto von dem Gemälde, um zu wissen, was sie erblickt hat.

EPILOG

Der Oktober flattert rotbraun und bronzefarben, golden und blutrot vor dem wie gemalt wirkenden blauen Himmel. Heute ist Elternsprechtag, und keine Schüler halten sich in der High-School auf. Eine schmale junge Frau blättert durch die Hefter auf ihrem Schreibtisch und wartet auf den nächsten Erziehungsberechtigten, der vom Korridor hereinschneit. Es ist ein warmer Nachmittag, und sie hat das Fenster einen Spalt weit geöffnet, um den Duft des Herbstes, ihrer Lieblingsjahreszeit, hereinzulassen. Doch jetzt dringt statt dessen das Geknatter eines Motorrads in den Raum, und sie überhört das erste Klopfen. Dann tritt eine gestreßte vierzigjährige Mutter ein. Natürlich ist ihr Sohn ein guter Schüler, wie überhaupt zu den Elternsprechtagen nur die Väter und Mütter aufkreuzen, die sich eigentlich um ihre Sprößlinge keine Sorgen zu machen brauchen.

Die Mutter will gerade gehen, als es erneut an der Tür klopft. Ein junger Riese, der am Stock geht, kommt herein.

»Miss Carpenter?«

Sie starrt an ihm hinauf und spürt wieder den Hexenschuß in ihrem Genick. Der junge Mann ist mindestens zwei Meter zehn groß. Er trägt eine Motorradjacke und zerrissene Jeans. Als er seine Haare zurückschiebt, erkennt sie einen goldenen Ohrring. Ein feiner blonder Bart umrahmt seine Mundpartie. Auf seiner Nase sitzt eine dunkle Brille mit goldenem Rand.

»Mein Name ist Sam Styles«, stellt er sich vor und reicht ihr die Hand. »Ich komme wegen Deanie Gauthier.«

Natürlich, die Gauthier. Vernarbt, voller Tätowierungen und mit einer Stoppelfrisur. Ganz gleich, welches Thema gestellt ist, in ihren Aufsätzen geht es immer nur um Basketball und Religion. Sie schreibt unentwegt von Gott, schreibt IHN aber klein, so als sei sie mit IHM eine besondere Liaison eingegangen. Gauthiers Gott ist eine sehr irdische Wesenheit. Die Lehrerin erinnert sich, in einem ihrer Aufsätze gelesen zu haben, daß Gott ein so ausgezeichneter Basketballspieler sei, wie es keinen zweiten gebe. Miss Carpenter hat gehört, daß Deanie einen Freund hat, der sie regelmäßig nach der Schule abholt. Die anderen Kids sind mächtig beeindruckt von ihm. Erst jetzt erkennt die Lehrerin den Grund dafür.

»Kommt sie gut mit?« fragt er und klingt genauso besorgt wie die Mutter, die vor ihm gekommen ist.

»Nun ja, sie ist recht gut.«

»Fein. Machen Sie sich bitte keine Sorgen wegen ihrer Hausaufgaben. Wir lernen zusammen. Ich bin selbst noch in der Ausbildung, allerdings auf der Universität.« Er lächelt nach dem letzten Wort, so als könnte er es selbst noch nicht fassen. »Ich habe natürlich eine Menge zu tun, aber es macht mir nichts aus, Deanie zu helfen. Ich studiere Geschichte. In diesem Semester habe ich ein Seminar über die Industrielle Revolution belegt.«

»Wie interessant«, entgegnet Miss Carpenter und ist selbst am meisten überrascht darüber, daß sie das ernst gemeint hat. Jugendliche verblüffen sie immer wieder. Das ist auch ihr Hauptmotiv, mit dem Lehrerberuf weiterzumachen.

»Wenn das Bein wieder in Ordnung ist, darf ich es noch einmal probieren.«

»Was bitte?«

»Na, Basketball. Der Coach hat es mir versprochen. Ich muß natürlich erst ganz gesund werden.« Er klopft sich an die Hüfte. »Sie haben mich so zusammengeflickt, daß jeder Metalldetektor anspringt, an dem ich vorbeikomme. Aber nächste Saison will ich wieder spielen. Der Coach würde graue Haare bekommen, wenn er wüßte, daß ich auf dem Motorrad hierher gefahren bin.« Er zieht eine Visitenkarte aus seiner Jacke. »Wenn Sie jemanden kennen, der seinen Wagen repariert haben will, geben Sie ihm meine Nummer hier. Ich komme auch ins Haus.«

Als er gegangen ist, geht Miss Carpenter ins Lehrerzimmer und berichtet einer Kollegin von der Begegnung mit Sam Styles.

»Ach, die beiden«, grinst die andere Lehrerin. »Er macht gerade ein Rehabilitierungsprogramm durch, aber so weit ich gehört habe, sind seine Chancen sehr gering, jemals wieder Basketball spielen zu können. Und ob er an der Uni seinen Abschluß schafft, steht auch in den Sternen.«

»Nun ja, die beiden scheinen wirklich etwas, äh, Besonderes zu sein.«

»Ich hatte ganz vergessen, daß Sie voriges Jahr noch nicht hier waren. Er und sie, sie waren beide große Basketball-Stars.« Plötzlich schüttelt sie sich. »Das arme Ding, wurde vom Freund ihrer Mutter mißbraucht. Der hat ihre Mutter auch ermordet. Deanie ist zu Sam gezogen, und das hat seinerzeit den meisten Staub aufgewirbelt. Mich hat das nicht sonderlich beunruhigt. Ich habe früher an der Küste unterrichtet, und da war es keine Seltenheit, wenn zwei Halbwüchsige unter demselben Dach lebten. Darf ich mir mal die Visitenkarte ansehen? Der Datsun meines Mannes läuft schon seit einer Woche nicht mehr. Er fährt meinen Wagen, und ich muß dringend etwas unternehmen.«

»Was wird denn aus solchen Pärchen?« fragt Miss Carpenter.

Die andere Lehrerin zuckt mit den Schultern. »Manchmal geht es gut, und sie werden miteinander erwachsen. Aber das kann man vorher natürlich nie wissen.«

NACHWORT

Wenn Sie mir noch ein paar Minuten Ihrer Zeit leihen möchten, könnte ich einige Anmerkungen zu den Basketball-Teams machen, deren Titel ich mir für diese Geschichte ausgeborgt habe. Nicht die fiktive Greenspark Academy, sondern die Old Town High School Indians haben 1991 die Class A Schoolboy Championships des Staates Maine gewonnen. In den Jahren davor gingen die Titel, die ich Greenspark zugeschrieben habe, an: Lawrence, 1990, und Morse 1989 und 1988. Bei den Mädchen hat Lawrence 1991 den Meistertitel des Staates Maine errungen. Alle Spieler in den beiden Greenspark-Teams wurden von mir frei erfunden und besitzen keinerlei Ähnlichkeit mit aktuellen oder früheren Basketballspielern in Maine oder andernorts. Dennoch sind die sportlichen Großtaten der Greenspark-Spieler keineswegs einmalig in der Literatur.

Castle Rock und Derry wurden zuerst von einem anderen Autor in die Literatur eingebracht, der so freundlich war, mir zu erlauben, sie für meine Geschichte zu verwenden. Denjenigen unter Ihnen, die mit Castle Rock vertraut sind, sei mitgeteilt, daß die Basketball-Saison, die in diesem Buch zum Tragen kommt, in dem Frühling stattfand, bevor Mr. Leland Gaunt in Castle Rock seine Kuriositätenhandlung eröffnete.

1. Juni 1991, Bangor, Maine.

Victory Dance, Text und Musik von John Cafferty, Copyright (c) 1987 John Cafferty Music.
Let's Stick Together, Text von Wilbert Harrison, Copyright (c) 1962 by Longitude Music Co., Copyright 1990 erneuert. Alle Rechte vorbehalten. Nachdruck mit Genehmigung der Longitude Music Co.
Life During Wartime (David Byrne, Jerry Harrison, Chris Frantz, Tina Weymouth), Copyright (c) 1979 by WB MUSIC CORP. Alle Recht bei WB MUSIC CORP. Alle Recht vorbehalten. Mit freundlicher Genehmigung von WB MUSIC CORP.
Be True to Your School, Text und Musik von Brian Wilson. Copyright (c) 1963 by Irving Music. Inc. (BMI). Alle Rechte vorbehalten.
Boys Will Be Boys, Copyright (c) 1988 by Steve's Pizza Music (BMI). Text von M. Zellar.
By Courtesy of ROIR Cassettes, the Dickies *We Aren't the World* (ROIR-A140). Text von Phillips/Hufstetter.
Pumpkinhead von Dharma Bums. Text von Jeremy Wilson, Copyright (c) by Mother Found Out Music (BMI).
Copyright-Vermerke zu den zitierten Liedern